文學研究叢書・古典詩學叢刊

李白詩歌龍意象析論

陳宣諭　著

目次

邱序

我在國立臺灣師範大學國文研究所時，曾指導陳宣諭碩士、博士學位論文，歷經八年完成碩士、博士學位論文。其博士論文《李白詩歌海意象》，是國內首部跨越時空海意象古典詩學研究成果，藉由「海」這物象而延伸出「第四度空間」超現實的創作方式，在2011年由萬卷樓圖書有限公司出版。畢業後，任教於臺北市立大學，師生機緣，相知投緣，觀其為學謹慎勤奮，審思明辨，論文研究甚為嚴謹篤實，思慮清新且具創意。

宣諭博士畢業後，與我討論研究中國文化中有關「龍」的主題，實屬不易。然而英國作家J.K.羅琳（J. K. Rowling）寫的兒童奇幻文學《哈利波特》小說和電影均暢銷全球，她筆下魔幻世界的情節，與中國的《封神榜》、《西遊記》虛擬魔幻文學一樣同屬第四度空間文學。「龍」意象這一主題若採以第四度空間手法切入，將是跨越科技的文學研究，然而「龍」變化無形，非第四度空間(立體的第三度空間，乘上時間，即是第四度空間)所能含括，應屬「多維度空間」。

學術研究永無止盡，宣諭秉持執著勤奮學術研究的毅力，完成國內首部跨越時空「龍」意象古典詩學研究成果，全面考察從先秦（西元前1046年）到唐代（西元618-907年）所有「龍」字入詩作品，發現李白是唐代之前使用「龍」字入詩最多的作家。「龍」的意象，是古典中國文化界的集體創作，結構複雜，既深且廣，其具體架構或許在多維度空間才能加以整合，而這個整合的意象，由不同角度觀之，

便有不同投射。「龍」，在李白心中，延伸出超時空、多維度空間、超現實的創作方式，不再是實體的存在，而是變成一種心境，一種看盡繁華之後生命終極的領悟。正如尼采所言：「受苦的人沒有悲觀的權利」，李白的龍意象讓我們看到生命的意志與韌性，昂揚鬥志催促著他一路向前，此書有助於開拓中國歷代龍文學的發展，散播奇幻絢麗的龍文學，使後代文學，對龍的敬仰更為盛行，於是中國人視為龍的傳人。

邱燮友　序於

2015年6月10日

第一章

緒論

第一節　研究動機

　　李白詩歌的高度，後人無法企及，強烈超越自我的個性覺醒亦是後人無法望其向背，李白始終保持赤子之心在其遊仙的幻覺世界中淋漓盡致，一瀉千里的豪語，脫口而出的快語，飛揚跋扈的醉語，意象紛紜。本論文試圖在前人研究的基礎上，進一步發掘出李白詩歌中的一種特殊現象，即「龍」字的大量呈現。筆者考察《全唐詩》中出現「龍」字作品次數為3976次，其中以李白使用頻率為最高，共有226次。

　　歷代中國作家對「龍」文學發揮非常少，因為現實生活中並不存在此種動物，是虛幻神物。「龍文化」領域有很多疑難問題長期得不到解決，尤其是「龍的原型」，歷來說法紛紜，無從考證，僅能歸納諸說。雖然在史前時代，龍已經出現在器物之上，具有圖騰崇拜、原始信仰等多重意涵，龍的起源與形象常與蛇、馬、鱷魚等動物有關，更是傳說中神聖靈獸，能興雲雨，甚至女媧、伏羲具龍之形象，龍已是帝王、祥瑞的象徵。而先秦兩漢時代的典籍也記載疑似龍的生物出現，但不具人性。至佛教傳入東土後，佛教中的護法神中就有龍王，龍文化開始具人性、神性。然而因為龍為虛幻且心象，雖有相關期刊論文探討文學中的龍，如〈《詩經》與龍文化〉一文指出《詩經》中龍字出現多次，但缺乏對龍的具體形狀描寫，可推斷商周之前，龍這種動物可能已經滅絕，僅是民族記憶與標志，有其強健奮進、勇武有

力，善於變化，融合眾相，以成其大的精神[1]；〈中國神龍文化的形成
與發展——《山海經》研究之二〉一文論及神龍文化源自古代農業生
產中的「壠田」[2]；〈魏晉南北朝志怪小說中的龍文化探析〉一文論及
魏晉南北朝有關龍故事的神性、人性占多數，與原始圖騰崇拜、道
教、佛教的傳播有著不可分割的聯繫[3]；〈唐人小說中的龍意象及其文
化意義〉一文說明唐前小說中的龍沒有鮮明的形象特徵，數量也不
多，唐以後，龍的形象有了質和量的飛躍，呈現出「亦獸亦人」、「亦
真亦幻」、「至情至性」的特徵[4]；〈《西遊記》中「龍」形象的傳統文
化審視〉一文說明《西遊記》出現一個特殊的龍形象，它與人們觀念
之中的龍形象相反，是惡之象徵——小鼉龍，《西遊記》中的龍有雙重
意義的融合，即使作怪的龍有高貴血統來歷、出身，亦得受懲罰[5]；
〈《聊齋誌異》中的龍形象與龍文化〉一文論及該書出現以圖騰動物
的龍獸形象展現其獨特外形、神奇本領，渲染其身上的神秘色彩，以
神仙身份出現的龍人形象主要突出其美好的人性、人情的特點[6]。然
而長期以來「龍文學」的創作與研究，與其他文學相較之下，相對顯
得薄弱。

1　詳參劉玉娥：〈《詩經》與龍文化〉，《濮陽職業技術學院學報》第24卷第6期（2011
　　年12月），頁1-3。

2　詳參張建：〈中國神龍文化的形成與發展——《山海經》研究之二〉，《岳陽職業技
　　術學院學報》第20卷第3期（2005年9月），頁70-73。

3　詳參李傳江：〈魏晉南北朝志怪小說中的龍文化探析〉，《重慶工商大學學報（社會
　　科學版‧雙月刊）》第21卷第5期（2004年10月），頁110-113。

4　詳參韓雪晴：〈唐人小說中的龍意象及其文化意義〉，《昭烏達蒙族師專學報（漢文
　　哲學社會科學版）》第25卷第5期（2004年5月），頁28-29、32。

5　詳參葛星：〈《西遊記》中「龍」形象的傳統文化審視〉，《齊魯學刊》2009年第5
　　期，頁123-125。

6　詳參王建平、劉莉萍：〈《聊齋志異》中的龍形象與龍文化〉，《電影評介》2009年第
　　12期（2009年12月），頁96-98。

　　上述那些綰結龍文化表述在文學當中之議題，或雖有學者稍事探討，但多為吉光片羽。就筆者個人研究的背景而論，研究範圍主要以唐代詩學、意象學為研究重心，向上擴展到周秦時代；向下注意到唐代，整體而言，是以唐代詩學為表現中心，尤其注意到意象與詩人心象的關係，筆者觀察到李白為何喜用「龍」字並如何運用「龍」字詞彙呈顯心象，如何承繼與創新龍字詞彙，這些是值得關注的議題。

　　李白身處盛唐時代，而詩歌是唐代文學代表，筆者據詹鍈主編《李白全集校注彙釋集評》中統計李白詩歌共1054首，其中出現「龍」字共有168首，在動物類意象中高居第二位，僅次於「鳥類意象」[7]。令人吃驚現實生活中根本不存在的「龍」意象的出現率竟如此高。不過這些並不是全是摹寫龍的形象，例如：龍虎、魚龍、乘龍、登龍、夔龍、龍舟、龍文、龍袞、龍宮、龍象、龍泉、龍池、龍廄、龍媒、銅龍樓、龍驤、龍門、龍庭、龍鍾、龍門閣、龍門鎮、龍武將軍、龍伯國人等，有些只是構詞素語，有些則是地名，並非典型物象描述。

　　龍不是現實的生物，沒有具體的形相[8]，是傳說中的神物，表達

7　筆者據詹鍈先生主編《李白全集校注彙釋集評》中統計李白詩中出現鳥類意象（除去非意象）共485次，涵蓋有：鳥（青鳥、黃鳥）89次、鳳78次（鳳凰（皇）22次）、雞51次、鶴46次、鷺35次、鴻33次、燕19次、鷹18次、鴛鴦13次、鷗11次、鵝9次、鵬7次、鳧7次、雉6次、雀6次（孔雀1次）、鸕鷀5次、鷓鴣5次、鸚鵡5次、子規4次、白鷳4次、鶉3次、鴉3次、黃鸝3次、精衛3次、鴨2次、鶺2次、鷦2次、鶬2次、鶊2次、翡翠2次、鸝1次、鷺鷥1次、鴛鴦1次、杜鵑1次、鸛1次、鶺鴒1次、鶘1次、鷙1次、鷓鴣1次、鵁鶄1次。

8　根據古代人用文字和各種圖案對龍的性格所作的描寫，可以知道，所謂『龍』，乃指一種（一）有尾巴、（二）主要生活在水中、（三）善於變化的神秘動物。商以前的出土文物反映了它的原始形態：大頭小尾、團曲成圈。……這一形態顯然就是各種哺乳動物所共有的胚胎形態。大頭小尾，團曲成圈，有尾巴，生活在母腹的羊水當中，向新的生命形態轉化：這正是所有胚胎的共同特點。……龍的原型不是某種具體動物，而是隱藏在各種哺乳動物母體內的胚胎。見王小盾：〈龍的實質和龍神

美好的願望，如「飛龍在天」[9]，構成中國皇權最高象徵，既是虛構出來的圖像，卻獨一無二，超越於現實萬物眾生之上[10]。李白喜愛以龍意象入詩，甚至以龍自喻，因此本文以李白詩歌為文本，考察其龍意象的內涵意蘊及創造出獨特風格。雖然大鵬、鳳、仙鶴是李白追求自我實現與仙道、佛教超塵脫俗的意象，但據這些統計數字看來李白詩中善用「龍」意象的程度高於個別的「鳥類」意象，因此，這是具有深入討論之價值。故本研究欲探討：為何李白喜用「龍」意象？李白如何賦予龍意象人格象徵意涵？傳達何種情感與思想意蘊？是否與追求仙道有關？對前代詩文龍意象（龍字詞彙）有何承繼與開創之功？此一研究對「龍文學」這領域蘊藏極大價值研究空間。

第二節　研究範圍

　　為了探究李白詩歌中龍意象，首先得考察李白之前龍字詞彙的使用情況。筆者據逯欽立輯校《先秦漢魏晉南北朝詩》一書，考察出「先秦兩漢詩」中出現龍字共有59次，除去非動物意象者（如詩名〈龍蛇歌〉、書名如〈文心雕龍〉），出現與「龍」相關的動物意象共有42次，可見當時人大多將「龍」視為神獸，除了「龍」字的單獨出現外，如「龍」欲上天、「龍」已升雲之外，已出現「六龍」、「飛龍」、「神龍」、「河龍」、「龍鱗」、「夔龍」這些辭彙，甚至龍形圖騰已運用到軍旗上，出現「龍旗」這個辭彙。然檢索「魏晉南北朝詩」

話的起源〉，《清華大學古代漢文學論集》（北京市：北京中華書局，2005年3月），頁180。

9　《周易‧乾卦》：「九五，飛龍在天，利見大人。」

10　（漢）劉安著，楊堅點校：《淮南子》〈地形訓〉：「羽嘉生飛龍，飛龍生鳳皇，鳳皇生鸞鳥，鸞鳥生庶鳥，凡羽者生於庶鳥。」（長沙市：岳麓書社，1989年），卷4，頁46。

時，發現詩歌中出現龍意象大為增加，約有399次，出現與龍形圖騰相關的詞彙更多，如「龍柱」、「龍舟」、「龍文」等。筆者據清代嚴可均輯《全上古三代文》統計出現「龍」字共41次，除去非意象者[11]，出現與「龍」相關的意象共有34次，「龍」多視為神獸，除了「龍」字單獨出現外，已出現各色的龍，如「黃龍」、「青龍」、「蒼龍」、「黑龍」；將龍的身形動態描繪出，如「龍角」、「龍身」、「龍光」、「游龍」、「龍潛」，甚至以龍為地名的詞彙也出現於文中，如「白龍潭」，可見龍意象逐漸融入生活之中。筆者考察《全唐詩》中出現「龍」字作品次數為3976次，其中以李白使用頻率為最高，共有226次。李白喜愛以龍意象入詩，甚至以龍自喻，因此本文以李白詩歌為文本，筆者據詹鍈主編《李白全集校注彙釋集評》中統計李白詩歌共1054首，其中出現「龍」字共有168首，考察其龍意象的內涵意蘊及創造出獨特風格。

第三節　文獻探討

　　國內外有關本論題之研究情況、重要參考文獻之評述，筆者將此分為四部分析論之。筆者就整體性的研究要求而言，主要是從李白詩歌專門著作，以及李白詩歌之外唐代詩學、龍意象、龍文化、龍文學等期刊論文切入，查考目前學界對李白詩歌、唐代詩學、龍意象、龍文學等相關研究論文，筆者進入「中央研究院圖書館藏書目錄」、「博碩士論文資料庫」臺灣國家圖書館的「全國圖書書目資訊網站」、「全國博碩士論文資訊網」、「中國文化研究論文目錄1946-1979查詢子系

---

11 筆者考察清代嚴可均輯《全上古三代文》中「龍」字出現之處，有些是書名、圖畫名，這些是非意象，均予除去，如《文心雕龍》、《龍韜》、《赤龍負玉苞圖出》等。

統」、「中華民國期刊論文索引系統」；漢學中心的「典藏大陸期刊篇目索引資料庫」、「典藏書刊目錄資料」、「典藏國際漢學博士論文摘要資料庫」；「國科會研究報告總目錄」；大陸的「國家圖書館網站」、「中國知網」等網路搜尋系統，初步搜尋的統計，至2014年為止，以筆者較為熟悉的中文論著而論，固然有不少可以當作研究的基本文獻材料，以及可以作為研究之際背景資料的相關研究成果。

一 關於「李白」研究

今人研究李白專著專文頗豐，大陸方面先後成立四個「李白紀念館」（江油（綿陽）、馬鞍山、安陸、濟寧）之外，更分別在江油及馬鞍山成立「李白研究學會」和「李白研究資料中心」。馬鞍山市在1990年成立全國性的「中國李白研究會」，並舉辦首屆李白研究國際會議，出版《中國李白研究1990年集》[12]、《中國李白研究1991年集》[13]（原名《李白學刊》[14]），推動李白研究深具影響。對於李白相關資料的考訂整理，如：施逢雨《李白生平新探》一書討論李白家世問題，將其生平事蹟予以分段敘述、考訂，不同其他李白年譜將生平逐年逐月記述，後二章討論李白一生重要兩類活動，即政治追求與隱逸求仙生活，並將此置入當時政治、社會文化脈絡中觀察[15]；周勛初《詩仙李白之謎》一書以解開李白身世與思想之謎為主題，將李白身世、子女命名寓意、婚姻關係、思想與政治際遇逐一討論，呈展李白的整體

---

12 中國李白研究編輯部：《中國李白研究1990年集》（南京市：江蘇古籍出版社，1990年1月）。

13 中國李白研究編輯部：《中國李白研究1991年集》（南京市：江蘇古籍出版社，1993年4月）。

14 李白學刊編輯部：《李白學刊》（上海市：三聯書店，1989年3月）。

15 施逢雨：《李白生平新探》（臺北市：臺灣學生書局，1999年8月）。

面貌與價值思想[16]；郭沫若《李白與杜甫》[17]、胥樹人《李白和他的詩歌》[18]、王運熙等著《李太白研究》[19]、李從軍《李白考異錄・李白家世考索》[20]、安旗《李白研究》[21]、郁賢皓主編《李白大辭典》[22]、李長之《詩人李白及其痛苦》[23]；林庚《詩人李白》[24]、張書城《李白家世之謎》[25]、（日本）松浦友久著、劉維治、尚永亮、劉崇德譯《李白的客寓意識及其詩思——李白評傳》[26]、葛景春《李白研究管窺》[27]、安旗《李太白別傳》[28]等，對李白身世研究頗具參考價值，相關議題有深入精微的見解。

二　關於「李白詩歌」研究

李白全集的整理注釋，傳世的有南宋楊齊賢注《李翰林詩》二十五卷，元朝蕭士贇補楊注成《分類補注李太白集》二十五卷，明代胡震亨《李詩通》二十一卷。清代王琦彙集上述三家長處，注《李太白文集》三十六卷，為當時李白詩文合注最完備的。今人大陸學者瞿蛻

---

16 周勛初：《詩仙李白之謎》（臺北市：臺灣商務印書館，1996年）。

17 郭沫若：《李白與杜甫》（北京市：人民文學出版社，1971年）。

18 胥樹人：《李白和他的詩歌》（上海市：上海古籍出版社，1984年）。

19 王運熙等著：《李太白研究》（臺北市：里仁書局，1985年4月出版）。

20 李從軍：《李白考異錄・李白家世考索》（濟南市：齊魯書社，1986年）。

21 安旗：《李白研究》（臺北市：水牛出版社，1992年初版）。

22 郁賢皓：《李白大辭典》（南寧市：廣西教育出版社，1995年1月）。

23 李長之：《道教徒的詩人李白及其痛苦》（瀋陽市：遼寧教育出版社，1998年3月）。

24 林庚：《詩人李白》（上海市：上海古籍出版社，2000年）。

25 張書城：《李白家世之謎》（蘭州市：蘭州大學出版社，2000年）。

26 （日本）松浦友久著，劉維治、尚永亮、劉崇德譯：《李白的客寓意識及其詩思——李白評傳》（北京市：中華書局，2001年10月第1版）。

27 葛景春：《李白研究管窺》（保定市：河北大學出版社，2002年1月初版）。

28 安旗：《李太白別傳》（北京市：人民文學出版社，2004年）。

園、朱金城在此四家的基礎上，旁搜唐宋以來有關詩話、筆記、考證
資料及近人研究成果，加以箋釋補充，考訂謬誤，增列補遺和篇目索
引，集成《李太白集校注》共四冊。大陸學者安旗、閻琦、薛天緯、
房日晰等合編《李白全集編年注釋》上中下三冊，將作品繫年編排，
並對自己之前的考證稍加修訂。此外，作品繫年的專書還有詹鍈編著
《李白詩文繫年》[29]。而大陸學者詹鍈主編《李白全集校注彙釋集
評》共八冊（百花文藝出版社，1996年出版），此書之編輯參閱歷代
重要版本及校注、評釋之精華，甚至收羅初次披露的資料，評論比較
詳備，在校勘方面以日本靜嘉堂文庫《李太白文集》為底本，參校的
總集和選集達十七本之多，糾正王琦注本不少錯誤，並間有詹氏獨到
見解，頗為詳瞻，深具參考價值，是迄今為止最為完善的新版本。

　　臺灣地區李詩研究者，為數不少，如施逢雨《李白詩的藝術成
就》[30]、楊文雄《李白詩歌接受史》[31]、阮廷瑜《李白詩論》[32]、黃國
彬《中國三大詩人新論》[33]等專著各從不同角度闡述李白的種種面
向。筆者考察臺灣地區國家圖書館所收論文，進行檢索（1956-2014
年），以「李白」、「李太白」為題名相關博碩士論文，查詢到72筆之
多，發現研究李白之脈絡朝向主題化、細緻化，同樣的詩歌題材，卻
不斷開創新的研究視域，如在1991年，呂明修已撰寫《李白古風五十
九首研究》，到了2011年，丁符原撰寫《李白古風五十九首思想研
究》、魏鈴珠撰寫《李白〈古風五十九首〉用典研究》；2012年，李文
宏撰寫《概念隱喻理論與詩文分析之運用——以李白古風五十九首為

29　詹鍈：《李白詩文繫年》（北京市：作家出版社，1958年）。

30　施逢雨：《李白詩的藝術成就》（臺北市：大安出版社，1992年2月）。

31　楊文雄：《李白詩歌接受史》（臺北市：五南圖書出版公司，2000年3月）。

32　阮廷瑜：《李白詩論》（臺北市：國立編譯館，1986年7月）。

33　黃國彬：《中國三大詩人新論》（臺北市：源流出版社，1982年3月）。

例》；2013年，黃志光撰寫《李白〈古風五十九首〉篇章結構探析》，
更深化、細緻化的探討「李白古風五十九首」相關主題。甚至學界逐
漸重視詩人交游情況，從相互酬唱贈答詩走向更細緻化的交往詩，如
2012年李鴻泰撰寫《李白交往詩研究》關注李白與友朋之間交游關
係。由上可知，李白詩歌研究歷久不衰，並逐漸走向創新特殊性與精
緻化，如唐代並非海洋文學時代，唐代詩人對「海」的關注度偏低，
甚至詩人一生並無涉海經驗，詩人筆下「海」意象無非是第四度空間
創作，筆者《李白詩歌海意象研究》2011年博士論文從海意象視角切
入研究李白海意象如何展現其心象、承先啟後，是國內首部跨時間與
空間之海意象古典詩學研究成果，開創中國古典詩歌「海洋書寫」
研究。

　　筆者檢索大陸地區的李白詩歌研究者，以「李白」二字為題名相
關博碩士論文有115筆資料，發現與臺灣地區探討切入角度相同，較
為特殊是在2010年出現一本關於李白詩歌「意象」研究，以外文行
文，如蘇健：《李白詩歌意象的概念整合研究》[34]一文不同於傳統文學
藝術手法、修辭學、美學、翻譯學角度切入研究詩歌意象，而是從認
知角度（概念整合理論）對李白詩歌進行意象研究，探索意義建構中
信息整合的一種理論框架，有助於人們了解人們賞析李白詩歌的相關
心理行為，為抽象的認知活動提供理論和現實的依據。

　　筆者再檢索1915-2014年大陸期刊論文，以「李白」為篇名有
4122筆，以李白詩為研究論題者，有889筆資料，為數眾多，在此不
一一列舉，如：盧燕平〈略論李白詩以意驅象的特點及其文化心理成
因〉一文說明李白詩意象的特點：一是對時空的包容、超越性和大幅

---

34 蘇健：《李白詩歌意象的概念整合研究》（長沙市：長沙理工大學外國語言學及應用
　　語言學碩士論文，2010年）。

度的跳躍性；二是以意趨向，情思指向性極強，李白詩意象萬變不離
其踪，貫穿李白詩「群象」的主線便是功業之意熱切強烈，不屈不
撓，這兩個特點有機連繫、互為契機，沒有執著熱切功業之心驅使，
其意象就不會包容乃至超越時空和大幅跳躍，而沒有意象這種的豐富
內容和大幅跳躍的形式，也不足以表現作者對事業的希望和不為世用
的失望這一矛盾造成的跌宕起伏的心理衝突。[35]孟祥修〈論李白的游
仙詩〉一文說明李白的游仙詩有對現實不公、政治黑暗的抗爭意識，
但卻是超脫仕宦的羈絆，達到人的個性自由，建構一種高度理想化的
人生境界；有追尋生命永存的心理，包含幻覺中的歡欣和幻滅後的曠
達情懷；帶著多重價值的藝術體，既不同六朝時代享樂縱欲的游仙
詩，不同於中世紀歐洲對上帝無窮盡的懺悔中，踐踏自己人格尊嚴，
表現類似莊子不受任何世俗限制的自由精神，又明白帶著現實鬥爭不
屈意志。[36]王暉〈試論李白文化心態中求仕與歸隱的矛盾〉一文說明
文學與政治永遠是兩個互補與對立的矛盾體，文學需要的是作家精神
的絕對自由與主體意識，政治需要的卻是嚴謹與敏銳。文學家有時需
要孤獨感，政治家卻會因孤獨感而喪失對時局把握的能力，李白一生
始終在痛苦中掙扎，正因未見兩者的迥異。[37]李麗榮〈道教文化對李
白人生道路及其詩風的影響〉一文說明道教哲學影響李白人生道路和
山水詩風，促使其山水詩具有人格化、仙靈化特徵，以神仙自命，著
意體現超凡脫俗的主體風格；二融己與神仙之列，將真境與幻境合而
為一；三遍訪靈仙之境，為諸仙傳形寫照；四道家的神仙境界，激發

---

35 盧燕平：〈略論李白詩以意驅象的特點及其文化心理成因〉，《天府新論》1998年5期
（1998年9月），頁81-85。

36 孟祥修：〈論李白的游仙詩〉，《人文雜誌》1990年第5期，頁113-117。

37 王暉：〈試論李白文化心態中求仕與歸隱的矛盾〉，《山西廣播電視大學學報》2013
年第2期（2013年6月），頁98-101。

詩人奇特的想像。道教上下無極、浩然無邊的神仙世界為藝術創造提供馳騁想像空間。[38]張蓉、胡建琴〈詩家仙佛終無緣——論李白性格的雙重性〉一文論及李白性格的雙重性，說明李白的自信建立在一是個人價值上，對於自己承擔社會角色的期待；二是對其虛幻中顯赫的望族家世的自詡，但這並非現實存在的根基，李白何嘗不想致身青雲，但現實政治的限制和規定的束縛，自卑心理的陰影，使其表現出不妄與燕雀同群的姿態，因此李白極度外顯的自負作為其內隱心理自卑意識的自救方式。[39]李豔麗〈淺論李白古風詩中的神話〉一文透過〈古風〉詩見其借助神話反映現實時事；有表達事業未成，年華已老，人生幻滅感抒發，甚至大膽想像仙界中的事，將仙界美好與人間對比，反襯人間的黑暗，批判現實社會，宣洩內心的挫傷，達到精神層面的超越。[40]薛豔群〈淺談李白詩中的盛唐氣象〉一文說明李白常用大膽的誇張、生動的比喻來抒發熱烈奔放的思想感情，運用豐富的想像、奇幻神話傳說和游仙詩形式，展現對理想追求，及現實黑暗的尖銳矛盾；詩中意象往往是超現實的、巨大有力的意象；體裁格律自由解放，大膽創新的精神，展現盛唐時代無禁忌的詩人性格。以其叛逆的思想，豪放的風格，反映盛唐時代樂觀向上的創造精神以及不滿封建秩序的潛在力量，擴大豐富浪漫主義的領域與寫作手法，在一定程度上結合現實主義。[41]裴斐〈談李白的游仙詩〉一文說明李白後期

---

38 李麗榮：〈道教文化對李白人生道路及其詩風的影響〉，《河北科技師範學院學報（社會科學版）》，第8卷第3期（2009年9月），頁48-51。

39 張蓉、胡建琴：〈詩家仙佛終無緣——論李白性格的雙重性〉，《西安交通大學學報（社會科學版）》第23卷第4期（2003年12月），頁92-96。

40 李豔麗：〈淺論李白古風詩中的神話〉，《淮南師範學院學報》第8卷第5期（2006年9月），頁36-38。

41 薛豔群：〈淺談李白詩中的盛唐氣象〉，《運城高等專科學校學報》第18卷第5期（1999年10月），頁62-63。

的游仙詩有著作者自己鮮明形象，且筆下神仙富有人情味。其游仙詩
雖充滿神仙虛幻之說，但寄寓著三點：一是詩人揮斥他在政治上懷才
不遇的幽憤；二是表現他放浪縱志和蔑視禮法的性格；三是抒發他對
自由解放的理想生活的憧憬，均表明對統治階級和現存社會秩序的強
烈不滿。[42]王輝斌〈李白詩中之龍山考〉[43]、何念龍〈試論李白的自
我形象在詩中的表現──李白詩歌的浪漫主義創作特徵之一〉[44]、許
總〈論李白自我中心意識及其詩境表現特徵〉[45]、張連舉〈李白詠劍
詩略論〉[46]、傅明善，張維昭〈李白游仙詩與悲劇意識〉[47]、張光富
〈警策心長　憂國情深──李白《蜀道難》主題新議〉[48]、張迤邐
〈失意悲憤是李白詩歌的主旋律〉[49]、李冰〈論李白詩中神仙思想的
多層性〉[50]、賈兵〈李白游仙詩的主題矛盾〉[51]、張宗福〈論李白仙

---

42 裴斐：〈談李白的游仙詩〉，《江漢論壇》1980年第5期，頁87-92。

43 王輝斌：〈李白詩中之龍山考〉，《天府新論》1986年第1期，頁56、62-63。

44 何念龍：〈試論李白的自我形象在詩中的表現──李白詩歌的浪漫主義創作特徵之
　　一〉，《武漢大學學報（人文科學版）》1982年第5期（1982年9月），頁89-94。

45 許總：〈論李白自我中心意識及其詩境表現特徵〉，《安徽大學學報（哲學社會科學
　　版）》1995年第4期（1995年7月），頁8-15。

46 張連舉：〈李白詠劍詩略論〉，《韶關學院學報（社會科學版）》第27卷第8期（2006
　　年8月），頁20-22。

47 傅明善、張維昭：〈李白游仙詩與悲劇意識〉，《寧波大學學報（教育科學版）》第18
　　卷第5期（1996年10月），頁60-65。

48 張光富：〈警策心長　憂國情深──李白《蜀道難》主題新議〉，《九江師專學報》
　　1996年2期，頁73-75、80。

49 張迤邐：〈失意悲憤是李白詩歌的主旋律〉，《遼寧教育學院學報》第17卷第3期
　　（2000年5月），頁84-86。

50 李冰：〈論李白詩中神仙思想的多層性〉，《現代語文（文學研究）》2010年第5期，
　　頁23-26。

51 賈兵：〈李白游仙詩的主題矛盾〉，《信陽農業高等專科學校學報》第20卷第2期
　　（2010年6月），頁95-96。

道詩的清靜與超越〉[52]、米崐〈從李白詩試論盛唐詩歌的氣質〉[53]、景志明、花志紅、葉俊莉〈李白詩學理論探析〉[54]、馮芬〈李白道論詩歌中的生態詩格與人格〉[55]、趙麗梅〈李白的詩與道家思想〉[56]、鄧彪、鄭燕飛〈淺析李白、郭璞之游仙詩的寫作特色〉[57]、文伯倫〈試論李白的游仙詩〉[58]、杜景潔〈好夢難圓——從李白的詩看其矛盾心理〉[59]、阮堂明〈李白詩中對自我的仙化傾向〉[60]、房日晰〈李白詩與盛唐氣象〉[61]、張嘯虎〈論李白的政治態度及其政論詩〉[62]等論文對筆者研究助益不小。

筆者查索臺灣地區期刊論文，以「李白」為論文題名，共有300筆資料，其中如：陳慶元〈李白入永王幕府之心態研究〉一文說明李白即使有政治家的才幹，沒有政治家的性格，從政是感性大於理性

---

52 張宗福：〈論李白仙道詩的清靜與超越〉，《西華師範大學學報（哲學社會科學版）》2009年第2期（2009年3月），頁34-39。

53 米崐：〈從李白詩試論盛唐詩歌的氣質〉，《語文學刊》2012年第9期，頁16-19。

54 景志明、花志紅、葉俊莉：〈李白詩學理論探析〉，《西昌學院學報（社會科學版）》2012年第1期（2012年1月），頁16-19。

55 馮芬：〈李白道論詩歌中的生態詩格與人格〉，《文藝評論》2012年第2期，頁18-20。

56 趙麗梅：〈李白的詩與道家思想〉，《學術探索》2011年第6期，頁106-109。

57 鄧彪、鄭燕飛：〈淺析李白、郭璞之游仙詩的寫作特色〉，《南昌教育學院學報》第26卷第12期（2011年12月），頁34-35。

58 文伯倫：〈試論李白的游仙詩〉，《綿陽師範高等專科學校學報》第19卷第3期（2000年6月），頁47-51。

59 杜景潔：〈好夢難圓——從李白的詩看其矛盾心理〉，《遼寧師專學報（社會科學版）》1999年第5期，頁48-50。

60 阮堂明：〈李白詩中對自我的仙化傾向〉，《天津師大學報》1997年第3期，頁62-67、76。

61 房日晰：〈李白詩與盛唐氣象〉，《西北大學學報（哲學社會科學版）》1987年第2期，頁55-62。

62 張嘯虎：〈論李白的政治態度及其政論詩〉，《中南民族大學學報（人文社會科學版）》1982年第3期，頁96-102。

的，浪漫的思想使得他對某些世事過於樂觀或理想，至死不渝地效忠
玄宗，對永王出師的神聖與理想化，從璘一事，是出於自願也是樂意
為之，李白的執著正是他的弱點，但不因此而貶低他自己的生命。[63]
林淑貞〈李白遊仙詩中的生命反差與人間性格〉一文藉由考察遊仙詩
發現其中透顯出生命起伏跌宕的反差非常大，看不到仙遊之後安頓生
命的喜樂，反而看到他幽深悲感的一面，擁有強烈謫仙意識的李白，
雖然超世的出塵想望，但是深沈的生命裡，然未能忘懷擾攘困厄的人
間社會。[64]以及康震〈論李白政治文化人格的內在矛盾〉[65]等這些論
文分析李白求仕意志與命運，對筆者研究助益良多。

三　關於「意象」研究

中國、西方、近代對意象的詮釋甚多，筆者考察臺灣地區中國文
學系、國文學系博碩士論文（1956-2014年）中以「意象」為題名共
有162筆資料，早在1976年就有關注意象研究，但真正出現熱潮在
1995年之後，有「個別意象」研究、「同類意象群」研究，或是「針
對某一專書做整體意象」研究，這些論文已將意象形成理論基礎、中
西方、近代對意象釋義探源相當豐富。而游瑟玫《盛唐詩歌「龍」意
象之研究》一文與本文研究「龍」意象主題相關，主要探討盛唐詩中
龍的意象，探尋龍意象最原始的起源與歷代龍的形象變化，上溯《詩
經》、《楚辭》以及逯欽立輯校《先秦漢魏晉南北朝詩》去探尋唐以前

---

63 陳慶元：〈李白入永王幕府之心態研究〉，《東海中文學報》第13期（2001年7月），
　　頁61。

64 林淑貞：〈李白遊仙詩中的生命反差與人間性格〉，《彰化師大國文學誌》第13期
　　（2006年12月），頁121。

65 康震：〈論李白政治文化人格的內在矛盾〉，《人文雜誌》2000年第3期，頁92-97。

詩歌中龍的意象源流與發展，此論文針對《詩經》、《楚辭》文本較詳細論述，具參考價值，然對於逯欽立輯校《先秦漢魏晉南北朝詩》詩歌中出現龍字詩歌卻僅是大略論述幾首，並未全面溯源，於此值得深入再作詳細歸納、探析。其論文中由盛唐詩作歸納出帝王、喻人、地名、寫景喻物、以龍喻馬等內涵主題，多為泛論，並說明盛唐詩人作品運用龍意象具有濃厚的神異色彩特色，此論文僅是初步、廣泛、概括性論述，無較深入探討。[66]因此，本文將針對李白詩歌中運用龍意象的作品進行分析，並溯源歷來龍詞彙運用。

　　其餘與本文「龍」意象研究多無相關性，但在「意象」釋義探源相當豐富，筆者繼承前賢的研究成果，彙整歷代有關「意象」的詮說：中國最早出現「意」與「象」的概念是《周易‧繫辭上》[67]，至東漢王充《論衡‧亂龍》最早將「意象」二字聯用為一詞[68]，劉勰《文心雕龍‧神思》「窺意象而運斤」[69]，而王弼在《周易略例‧明象篇》中，對意、象、言的關係，作了深入的辨析[70]。唐代王昌齡《詩

---

66 游瑟玫：《盛唐詩歌「龍」意象之研究》（臺北市：國立臺北教育大學語文與創作學系暑期語文教學碩士論文，2009年）。

67 《周易‧繫辭上》：「書不盡言，言不盡意，然則聖人之意其不可見乎？子曰：聖人立象以盡意，設卦以盡情偽，繫詞焉以盡其言。」（魏）王弼：《周易‧繫詞上第七》，收入《十三經注疏》（臺北市：藝文出版社，1997年），頁31。

68 東漢王充《論衡‧亂龍》：「天子射熊，諸侯射麋，卿大夫射虎豹，士射鹿豕，示服猛也。名布為侯，示射無道諸侯也。夫畫布為熊麋之象，名布為侯，禮貴意象，示義取名也。」（漢）王充：《論衡》，收於王雲五主編：《叢書集成初編》591冊（臺北市：臺灣商務印書館，1993年12月初版），卷16，頁171。

69 劉勰《文心雕龍‧神思》篇：「是以陶鈞文思，貴在虛靜，疏瀹五藏，澡雪精神；積學以儲寶，酌理以富才，研閱以窮照，馴致以懌辭，然後玄解之宰，尋聲律而定墨；獨照之所，窺意象而運斤；此蓋馭文之首術，謀篇之大端。」（梁）劉勰著，范文瀾註：《文心雕龍註》〈神思〉第二十六（香港：商務印書館，1960年6月第1版），卷6，頁493。

70 王弼《周易略例‧明象篇》：「夫象者，出意者也；言者，明象者也。盡意莫若象，

格》中說「意」與「象」未契合，詩思便不通暢，須將主觀精神投入
對象中，對其作內心觀照[71]；晚唐司空圖《詩品‧縝密》中從詩學的
角度標舉「意象」之說[72]。

在西方，1735年，美學之父鮑姆嘉藤（Alexander Gottlieb
Baumgarten, 1714-1762）對意象發表其看法[73]；二十世紀初，英美興
起了「意象派」詩派，他們把「意象」作為詩歌創作時藝術手法，在
英國批評家兼詩人休謨（David Hume, 1711-1776）[74]與美國詩人龐德
（Ezra Pound, 1885-1972）等人的提倡後，意象開始廣泛地被運用。
龐德認為意象產生於情感，將「意象」的創造，視為詩人成就的指
標，大力宣揚意象在詩歌中的重要性[75]；卡羅琳‧司伯吉恩（Caroline

盡象莫若言。言生於象，故尋言可以觀象；象生於意，故可尋象以觀意。意以象盡，
象以言著。故言者所以明象，得象而忘言；象者所以存意，得意而忘象。」《周易
略例‧明象》，收於《易經集成149》（臺北市：成文出版社，1976年），頁21-22。

71 王昌齡《詩格》：「詩有三格：一曰生思，二曰感思，三曰取思。生思一：久用精
思，未契意象，力疲智竭，放安神思，心偶照境，率然而生。感思二：尋味前言，
吟諷古制，感而生思。取思三：搜求於象，心入於境，神會於物，因心而得。」
（唐）王昌齡：《詩格》，收入《中國歷代詩話選》（一）（長沙市：岳麓書社，1985
年第1版），頁39。

72 晚唐司空圖《詩品‧縝密》「是有真跡，如不可知。意象欲生，造化已奇。水流花
開，清露未晞，要路愈遠，幽行為遲。語不欲犯，思不欲痴，猶春於綠，明月雪
時。」（唐）司空圖：《二十四詩品》，見（清）何文煥輯：《歷代詩話》（北京市：
中華書局，1992年5月第1版第3次印刷），頁322。

73 〈詩的哲學默想錄〉：「意象是感情表象，因而更具有詩意。」（德）鮑姆嘉藤
（Alexander Gottlieb Baumgarten, 1714-1762）著，簡明、王旭曉譯：《美學‧詩的哲
學默想錄》（北京市：文化藝術出版社，1987年版），頁170。

74 （英）休謨（David Hume, 1711-1776）說：「要想掌握真實，必須由直覺入手，而
直覺是無法用抽象語言來表達的，唯有依賴意象。詩人的責任便是運用意象來表達
直覺所體驗到的真實世界。」傅孝先：《困學集‧西洋文學散論》（臺北市：時報文
化出版公司，1979年11月2版），頁245。

75 （英）龐德（Ezra Pound, 1885-1972）說：「情感不僅產生『圖式單位』和『形式的
排列組合』，它也產生意象。意象可以有兩種。它可以產生於人的頭腦中，這時它

Spurgeon, 1869-1942）心中的意象，特別強調意象的視覺效果[76]；英美新批評派的中心人物韋勒克（Rene Wellek, 1903-1955）、華倫（Austin Warren, 1899-1986）在《文學論》中也對意象下定義，將意象存在領域擴大[77]。

　　在近代、古今詩學研究專長如劉若愚在《中國詩學》一書界定「image」（意象）的定義[78]；王夢鷗在《中國文學理論與實踐》一書

是『主觀的』。也許是外因作用於大腦；如果是這樣，外因便是如此被攝入頭腦的；它們被融合，被傳導，並且以一個不同於它們自身的意象出現。其次，意象可以是客觀的。攫住某些外部場景或行為的情感將這些東西原封不動地帶給大腦；那種漩渦沖洗掉它們的一切，僅剩下本質的、最主要的、戲劇性的特質，於是它們就以外部事物的本來面目出現。」（美）龐德（Ezra Pound, 1885-1972）著，黃晉凱、張秉貞、楊恆達譯：《象徵主義‧意象派》（北京市：中國人民大學出版社，1989年1月初版），頁150。

76　（英）卡羅琳‧司伯吉恩（Caroline Spurgeon, 1869-1942）：「意象是詩人、散文家以文字描繪成的小幅圖畫，用以解說闡明他自己的想法，潤飾他的想法。作者的看法、設想，言有未盡之處，自有其整體的內涵，自有其深度與豐富的意義，意義就是一種描寫或一種思想，用以把上述的涵意傳達給讀者。」（英）卡羅琳‧司伯吉恩（Caroline Spurgeon, 1869-1942）著，鍾玲譯：〈先秦文學中楊柳意象的象徵意義〉，《古典文學》第七集上冊（臺北市：臺灣學生書局，1985年8月初版），頁81。

77　（美）韋勒克（Rene Wellek, 1903-1955）《文學論》：「意象（image）是一個兼屬心理學上和文學研究上的課題。在心理學方面，『意象』一詞義只過去的的感受上或知覺上的經驗在腦海中的一種重演或記憶，所以並不一定指視覺的經驗而言。……不但有『味覺上的』、『嗅覺上的』意象，而且尚有『熱的』和『壓力的』意象（即肌肉感覺的、觸覺的、移情作用的意象）等等。」（美）韋勒克（Rene Wellek, 1903-1955）、華倫（Austin Warren, 1899-1986）著，王夢鷗、許國衡譯：《文學論》（臺北市：志文出版社，1992年12月再版），頁164。

78　劉若愚《中國詩學》：「『image』用以指喚起心象（mental picture）或者感官知覺（不一定是視覺的）語言表現。在另一方面，這個詞用以指像隱喻、明喻等包含兩個要素的表現方式。」劉若愚著，杜國清譯：《中國詩學》（臺北市：幼獅文化公司，1981年12月3版），頁151。

清楚說意象是直喻、隱喻[79]；陳植鍔[80]、袁行霈[81]、余光中[82]、葉嘉
瑩[83]、陳銘[84]等皆於其著作中論述「意象」的內涵；而吳戰壘《中國
詩學》一書中，將象視為意的載體，讓意得以順利表出的形式[85]；陳
慶輝《中國詩學》一書中，指出意象的特性，乃是「意象」、「情

79 「意象的表述，倘不是直喻（明喻）亦當是隱喻（暗喻）。直喻隱喻的內容，從心
理學看來，就是因原意象而引起的聯想而被記號把它固定下來的繼起之意象。」王
夢鷗：《中國文學理論與實踐》（臺北市：時報文化出版公司，1995年11月），頁167。

80 陳植鍔在《詩歌意象論》說明「意象」的內涵：「就詩人的藝術思維來說，象，即
客觀物象，包括自然界以及人身以外的其他社會關係的客觀，是思維的材料；意，
即作者主觀方面的思想、觀念、意識，是思維的內容。……正如語言的最小獨立單
位是語詞，所謂意象，也就是詩歌藝術最小的能夠獨立運用的基本單位。」陳植
鍔：《詩歌意象論》（北京市：中國社會科學出版社，1990年3月第1版），頁12-17。

81 袁行霈〈中國古典詩歌的意象〉：「意象是融入了主觀情意的客觀物象，或者是借助
客觀物象表現出來的主觀情意」。袁行霈：《中國詩歌藝術研究》（臺北市：五南圖
書出版公司，1989年5月初版），頁61。

82 余光中〈論意象〉曰：「詩人內在之意訴之於外在之象，讀者再根據這外在之象試
圖還原為詩人當初的內在之意。……意象是構成詩的藝術之基本條之一，我們似乎
很難想像一首詩沒有意象的詩，正如我們很難想像一首沒有節奏的詩。」余光中：
《掌上雨》（臺北市：大林文庫，1970年3月初版），頁7。

83 葉嘉瑩〈從比較現代的觀點看幾首中國舊詩〉：「中國文學批評對於意象方面雖然沒
有完整的理論，但是詩歌之貴在能有具感的意象，則是古今中外之所同然的。在
中國詩歌中，寫景的詩歌固然以『如在目前』的描寫為好，而抒情述志的詩歌則更
貴在能將其抽象的情意概念，化成為可具感的意象。」葉嘉瑩：《迦陵談詩》（臺北
市：三民書局，1970年4月初版），頁243。

84 陳銘《意與境——中國古典詩詞美學三昧》：「意象……通常指創作主體通過藝術思
維所創作的包融主體思緒意蘊的藝術形象。因此，意象並不是單純的自然物象，而
是詩人腦子中經過加工的自然物象。它既有第一自然物象的個別特徵和屬性，更有
創作主體賦予特殊內涵的特徵和屬性。」陳銘：《意與境——中國古典詩詞美學三
昧》（杭州市：浙江大學出版社，2001年），頁33。

85 吳戰壘《中國詩學》「意象是寄意於象，把情感化為可以感知的形象符號，為情感
找到一個客觀對應物，使情成體，便於觀照玩味。」吳戰壘：《中國詩學》（臺北
市：五南圖書出版公司，1993年11月初版），頁68。

景」、「形神」、「心物」兩相交融的境界[86]；朱光潛《詩論》中說明意
象雖為外界客觀事物，但詩人在運用意象之時已沾染主觀色彩[87]；王
長俊主編《詩歌意象學》以工程建設為喻，說明意象是詩的最基本也
是最重要的元素[88]。在辭章學方面，陳滿銘在〈從意象看辭章之內
涵〉認為「意象」是偏於主觀聯想、想像所形成之「形象思維」[89]；
仇小屏分別從「意」與「象」分別劃分意象種類[90]等諸說對意象詮
釋，發現他們皆肯定意象是一種心理感覺，得出結論：其一、「意
象」是創作者內在情意、意念、心意等主觀抽象的感情思致與外在物

---

86 陳慶輝《中國詩學》：「意象的特性在於它是意與象、情與景、形與神、心與物的有
　機統一，是審美創造的產物，是不同於主觀世界、也不同於客觀世界的第三種世
　界，它是蘊含著詩人審美感受的語言形象。」陳慶輝：《中國詩學》（臺北市：文史
　哲出版社，1994年12月初版），頁68。

87 朱光潛《詩論》云：「每個詩的境界必有『情趣』（feeling）和『意象』（image）兩
　個要素。『情趣』簡稱『情』，『意象』即是『景』。吾人時時在情趣裏過活，卻很少
　能將情趣化為詩，因為情趣是可比喻而不可繪的實感，如果不附麗到具體的意象
　去，就根本沒有可見的形象。」朱光潛：《詩論》（臺北市：萬卷樓圖書公司，1993
　年），頁67。

88 王長俊主編《詩歌意象學》：「如果說，寫一首詩就是從事一項工程建設，那麼，作
　為這項工程的整體構成的最基本的單位，就是意象。」、「意象是鑄意染情的表
　象。」王長俊主編：《詩歌意象學》（合肥市：安徽文藝出版社，2000年8月1版1
　刷），頁17、177。

89 陳滿銘〈從意象看辭章之內涵〉：「將一篇辭章所要表達的『情』或『理』，也就是
　『意』，主要訴諸各種偏於主觀的聯想，和所選取的『景』（物）或『事』，也就是
　『象』，連結在一起，或者是專就個別之『情』、『理』（意）、『景』（物）、『事』
　（象）等材料本身設計其表現技巧的，皆屬於形象思維。」陳滿銘：〈從意象看辭
　章之內涵〉，《國文天地》19卷第5期（2003年10月），頁97。

90 仇小屏《篇章意象論──以古典詩詞為考察範圍》：「劃分意象，分別從『意』與
　『象』來區分，以『意』是偏於情還是偏於理，來分作『情意象』與『理意象』，
　其次因為『意』可能明點、也可能暗藏，可分為『顯意象』與『隱意象』。以
　『象』來區分，可分為『景意象』與『事意象』、『實意象』與『虛意象』。仇小
　屏：《篇章意象論──以古典詩詞為考察範圍》（臺北市：萬卷樓圖書公司，2006
　年），頁349。

象、景象、事象、形象等客觀現實的感知對象相交融後，透過語言文字，將此精神活動落實於作品中，呈現主體思想和情感的表現。其二、意象並非一定由視覺產生，意象可以作為一種「描述」存在，也可作為一種隱喻存在，不僅可通過感官去觀察，也可藉由心靈去把握。因此，意象是主體與客體的結合，意象形成是一個「化虛為實」的過程，是一個「使情成體」的過程。而陳滿銘在《意象學廣論》：「『意』，是主體的；『象』，是客體的。主客體兩者經由『異質同構』而趨於統一，美感就產生於篇章字句之間。」[91]歷來詩論將客觀之景與主觀之情視為作詩基本要素，並不可分割，只有情景交融才能構成意象，正如朱光潛《詩論》所言：「紛至沓來的意象凌亂破碎，不成章法，不成生命，必須有情趣來融化它們，灌注它們，才內有生命，外有完整形象。」[92]

　　筆者考察臺灣地區博碩士論文發現在「意象」釋義、探源、義界一章討論徵引資料相當豐富，而大陸地區博碩士論文對於「意象」一詞探源較為簡要，皆直接切入文本主題探討，可見兩岸學者書寫論文習性不同，但大陸地區學者關注意象種類較多元且較罕見，不同於以往所關注的物象，思維較開闊活躍是值得一探究竟。故筆者考察大陸地區博碩士論文（1994-2014年）以「詩歌意象」為題名共有127筆資料，發現從2008年起出現熱潮，甚至在2012年出現26筆，有4筆大陸地區碩士論文與本論文研究相關性高，如2012年戴丹鴿《唐詩龍鳳意象研究》[93]一文結合龍鳳兩種動物意象，主題雖是全面性分析唐詩中

91 陳師滿銘：《意象學廣論》（臺北市：萬卷樓圖書公司，2006年），頁140-141。

92 仇小屏：《篇章意象論──以古典詩詞為考察範圍》（臺北市：萬卷樓圖書公司，2006年），頁349。

93 戴丹鶴：《唐詩龍鳳意象研究》（南昌市：東華理工大學文法學院碩士論文，2012年），頁1-42。

的龍鳳意象，可惜內文卻是概要性對唐詩中龍鳳意象進行研究，僅舉數例解析唐詩中龍鳳意象的詩句，似乎不周延、不全面，但已試圖挖掘龍意象在唐代的文化內涵與文學意涵，區分為「天上龍鳳」、「人間龍鳳」兩大意象與祖靈、皇權、君子、愛情等四個象徵意涵。雖然僅是泛論概要區分，文中論述分析不縝密細緻、不深入，但在中國古典文學研究領域中已開啟「龍意象」進入詩歌文本的研究，跳脫出歷來廣泛研究僅著眼於「龍的原型」、「龍的形象」、「龍的文化」的框架，拓展「龍」研究空間。故筆者認為此可以繼續研究與深化之，首先針對《全唐詩》所有詩人詩歌作一全面統計「龍」字出現次數，發現李白詩歌使用龍字居首，故採以李白詩歌為龍意象研究的文本。

　　高衛國《李杜詩歌中動物意象的比較》一書概論所有動物意象，其中論及李杜詩歌中的龍，說明李白對虛擬意象的寄託是複雜的，說「寶劍雙蛟龍」是他精神世界的外化，是他積極入世建功立業的內心精神世界的寫照；「我欲攀龍見明主，雷公砰訇震天鼓」，借助幻想盡情傾訴不平；「玉漿儻惠故人飲，騎二茅龍上天飛」流露出世之情，簡單舉上述詩例說明李白眾多龍意象折射出詩人思想的複雜性。反之，杜甫龍意象蘊含的情感多為帝王的象徵，沒有李白複雜。[94]可見李白詩歌中的龍意象研究是值得深入細緻去探析。

　　時花蘭《「三李」詩歌意象跳躍性研究》一書從詩歌意象的跳躍性進行分析研究，透視詩人的創作心理、精神狀態，說明三李（李白、李賀、李商隱）在理想得不到實現，欲望得不到滿足的矛盾與痛苦中，調動各種心智力量，創作出意象飛動跳躍的獨特詩章。三李在時空意識上都有著一種強烈的超我意識，並深受道教文化的熏染，打造空靈渺遠的境界。李白的謫仙情結助長了其詩思的飛揚，回環往複式

94　高衛國：《李杜詩歌中動物意象的比較》（西安市：陝西師範大學中國古代文學碩士論文，2009年），頁20-22。

的意象組合只是在虛實之間、現實與想像的二重時空裡往複跳躍，並說明處於盛唐的李白跳躍的思維帶有銳利、傲拔而飄逸灑脫志氣。[95]對本論文研究頗有助益之功。

蘇健《李白詩歌意象的概念整合研究》[96]一文是外國語言學及應用語言學的碩士論文，以外文論述，不同於傳統文學藝術手法、修辭學、美學、翻譯學角度切入，是從認知角度（概念整合理論）對李白詩歌進行意象研究，探索意義建構中信息整合的一種理論框架，有助於人們了解人們賞析李白詩歌的相關心理行為，為抽象的認知活動提供理論和現實的依據。

此外，筆者檢索1915-2014年大陸期刊論文以「李白詩歌意象」為主題約有114筆，從這些期刊論文中發現大陸地區學者多喜歡將李白詩歌運用意象方式與其他不同詩人作品運用意象方式作比較，更特別喜歡探析李白詩歌中動態意象。但有1筆大陸地區期刊論文內容與本論文研究相關性較高，對本文研究有所助益，如蒲芳馨〈淺談李白詩中的神仙坐騎〉一文談到有一種神仙坐騎是半仙乘駕的，如「玉漿倘惠故人飲，騎二茅龍上天飛」，說明騎二茅龍是作者李白和天子唐玄宗，可見李白有強烈的出世欲望，運用茅龍意象於此不貶低天子玄宗和自己，既不是神仙，就不需要用到典型的神仙坐騎。然而李白游仙詩中那些默默無聞的神到坐騎是充滿道家思想，呈現平凡、無為，但蘊含玄機、妙趣、智慧是無盡的，至於那些神奇莫測的坐騎，更是李白豐富想像的結晶。[97]

---

95 時花蘭：《「三李」詩歌意象跳躍性研究》（西安市：陝西師範大學中國古代文學碩士論文，2009年），頁1-72。

96 蘇健：《李白詩歌意象的概念整合研究》（長沙市：長沙理工大學外國語言學及應用語言學碩士論文，2010年），頁1-93。

97 蒲芳馨：〈淺談李白詩中的神仙坐騎〉，《中國城市經濟》2010年第11期，頁239。

四　關於「龍」研究

雖然臺灣地區以意象為主題研究的學位論文甚多，但與「龍」意象之相關論文、期刊論文及專書不多。閻雲翔〈試論龍的研究〉一文提出：

> 龍的研究應該以明確龍是一種經過長期的歷史發展和無數次變化的觀念性複合體為前提；以盡可能全面地佔有各種資料，瞭解今人所知的龍之全貌為基礎；通過縱向歷史考察而描述出龍在各個歷史時期的形態特徵；通過橫向的結構——功能分析而闡明龍在中國社會文化各領域中的作用及其與整體社會文化結構的關係；通過在中國文化和人類文化背景上展開的比較研究而從理論上解釋龍的象徵意義；在此之後，所謂中國神龍之謎的揭破才算是具備了可能性。[98]

（一）關涉「龍」的來源

本論文研究李白詩歌的龍意象，必需先對「龍」一詞探源，而「龍」的形象眾說紛紜，中國、西方對龍的探源、詮釋甚多。早期專著針對史前至先秦的龍之起源、龍圖騰、龍形藝術品、神話中龍之形象與先秦典籍中「龍」詞彙探討專書，如：聞一多〈伏羲考〉文中指出龍是一種圖騰（Totem），並且是只存在於圖騰中而不存在於生物界中的一種虛擬的生物，因為它是由許多不同的圖騰糅合成的一種綜合

---

98 閻雲翔：〈試論龍的研究〉，收入苑利主編：《二十世紀民俗學經典・信仰民俗卷》（北京市：社會科學文獻出版社，2002年），頁211。

體。……龍圖騰，不拘它局部的像馬也好，像狗也好，或像魚、像鳥、像鹿都好，它的主幹部分和基本形態卻是蛇。這表明在當初那眾圖騰單位林立的時代，內中以蛇圖騰最為強大，眾圖騰的合併與融化，便是這蛇圖騰兼并與同化了許多弱小單體的結果，說明龍是糅合不同的圖騰而成。[99]在此筆者針對「龍」的來源重要專著一一探析如下：

1 「龍」學專著

　　兩岸地區對於「龍」學研究現狀百家爭鳴，相當廣泛，結合民間風俗文學之後，龍的來源、形象眾說紛紜。劉志雄、楊靜榮合著《龍的身世》一書論及「龍的起源」一章說明當前學術界對龍起源研究現狀是百家爭鳴、眾說紛紜，並將其論點歸納為兩大類：一類認為龍的原型是某種生物或幾種生物的組合，如：蛇、馬、蛇與馬的組合、蜥蜴、河馬、鱷魚、恐龍、松樹等；另一類認為龍的原型不是實際存在的動物，而是某種自然形象或多種藝術化的動物形象的疊加組合，如：雲、虹、閃電、合併了圖騰、物候代表形象的組合等。在諸說當中，以聞一多先生提出的「圖騰合併說」影響最大，至今學術界多依此說。但龍起源問題研究不盡人意，說明了問題的難度，在第二章「龍的定義」提到考古學家張光直在論述商周青銅器的動物紋飾時說：「龍的形象如此易變而多樣，金石學家對這個名稱的使用也就帶有很大的彈性：凡與真實動物對不上，又不能用其他神獸（如饕餮、肥遺和夔等）名稱來稱呼的動物，便是龍了。」並從《說文》：「鱗蟲之長，能幽能明，能巨能細，能短能長，春分而登天，秋分而入

---

99 聞一多：〈伏羲考〉，收入苑利主編：《中國民俗學經典‧神話卷》（北京市：社會科學文獻出版社，2002年），頁160-211。

淵。」及漢代劉向《說苑·辨物》：「神龍能為高，能為下，能為大，能為小，能為幽，能為明，能為短，能為長。昭乎其高也，淵乎其下也，薄乎天光也，高乎其著也。一有一亡，忽微哉，斐然成章。虛無則精以和，動作則靈以化。於戲。允哉！君子辟神也。」將龍說成一種具有爬蟲類特徵的多變神性動物。從已知文獻資料試圖給龍下一個定義：龍是出現於中國文化中的一種長身、大口、大多數有角和足的具有莫測變化的世間所沒有的神性動物。[100]

　　何新《談龍》一書從文字語言著手要解開龍的秘密，龍字古音不僅與「馬」、「蟒」相近，且有一系可讀「武」，因而與王、萬、鱷、物諸音皆相通，由史料和語言材料論証水神黑龍的神話似乎與一種奇特的動物黑鱷有關，並從「龍」字的字形結構分析出四要素：1、龍應是一種具有四足的爬行類動物；2、這種爬行類可能有角，有鱗，頸部有鬣（像野豬），有長尾；3、真實的龍，應是一種兇猛的動物，有巨口獠牙。4、人們畏懼龍，因此在這個字的頭上標記「辛」，以示鎮伏。甚至在商周青銅器圖紋中，確可見到多種龍食人紋器。何新從古生物學的證據，古歷史動物地理學的材料，古文獻的記載都確切無疑地表明：古中國的大陸及海洋上，確曾存在過一種令人恐怖的巨型爬行動物。它其實就是上古傳說中所謂「龍」的生物學原型。意指「龍」在古代確實是存在的，它就是現代生物分類學中稱作Crocodilus Porosus的一種巨型鱷 —— 蛟鱷。（動物學中亦稱「馬來鱷」、「灣鱷」）。[101]

　　何星亮《中國圖騰文化》一書第十三章〈中華民族的標誌和象徵：龍〉說明了「龍」在學術界有兩種意見：一認為龍是圖騰（聞一

100　劉志雄、楊靜榮：《龍的身世》（臺北市：臺灣商務印書館，2001年），頁1-12。

101　何新：《談龍》（香港：中華書局，1989年10月初版），頁9-43。

多等）；另一則認為龍不是圖騰，而是水神或動物神（朱天順等）。但何星亮認為龍是由圖騰演化的神，雖與其他圖騰物有差別，但它畢竟具有圖騰的基本特徵。書中也提出各家學者認為龍的原形說法，如衛聚賢在1934年說龍即鱷魚；八十年代以來，王明達說「龍形象的基調是鱷」；祈慶富說「最早的龍是鱷魚」；王大有以為「中國最原始的龍是灣鱷、揚子鱷」；何新也以為龍的真相是食人灣鱷」，但何星亮認為龍的原形是蟒蛇，除了從《說文》、《山海經》、《爾雅》等論証其基形，更從河南濮陽西水坡仰韶文化遺址墓葬中出土的華夏第一龍推測五、六千年前人們開始塑造龍，在蟒蛇上添上兩足，並換上馬的頭。[102]

朱乃誠《中華龍——起源與形成》一書說明據文獻記載，可以推測，在漢代，在西漢，龍已經是流傳很廣的一種吉祥物，但「龍」文化意識的起源，依靠文獻記載，已經是說不清楚，主要還是通過考古學研究來說明，究目前發現的，能夠準確無誤地表達出龍的形象的，那就是距今6000年以前，在河南濮陽西水坡用蚌殼擺成的一條龍，這條龍的形狀就有點像鱷魚的形狀。[103]朱乃誠以考古學角度研究龍的起源與形象不同於民族學研究從圖騰切入方式不一樣，此為科技與殊奇之處。

田秉諤《龍圖騰：中華龍文化的源流》一書提到八千年前查海遺址的陶器上的「浮雕龍」與石塊擺放的「堆石龍」，証明八千年前的中國先民已經建構「龍」並崇拜「龍」。田秉諤先生主張與聞一多先生都認為「龍是只存在於圖騰中而不存在於生物界中的一種虛擬生物。」從以蛇、虎、熊、鳥等自然界真實存在的生物為圖騰，到以自然界根本不存在的虛擬生物「龍」為圖騰，這顯示了中國原始先民

---

102 何星亮：《中國圖騰文化》（北京市：中國社會科學出版社，1992年11月1版），頁354-374。

103 朱乃誠：《中華龍——起源與形成》（北京市：三聯書店，2009年），頁1-169。

「信仰觀」的一次質變性飛躍。由信仰「人化」的「生物」，到信仰
「神化」的「超生物」，「龍圖騰」的確立，無疑將推動中國人在人神
交感、天人合一理念的道路上越走越高遠，並最終達到天、地、人相
倚相生的和諧之境。[104]

　　何新《龍：神話與真相》一書揭破龍神話之謎，討論龍的語言學
問題，以及古藝術和古動物學觀念中的龍，將遠古神話、考古材料和
語言文獻材料三者結合起來，運用語言分析和解釋學的方法，從鱷的
生態習性分析其為龍的原型。[105]何星亮《中國自然神與自然崇拜》[106]、
印順《中國古代民族神話與文化之研究》[107]、王大有《龍鳳文化源
流》[108]等此類專書主要討論龍之起源論、圖騰象徵與原始宗教意涵，
以及神話中的形象，皆有深入剖析。龍鳳研究專家龐進《八千年中國
龍文化》[109]一書歸納歷來對於「龍」的定義、形相、家族、起源、圖
騰的各種說法，並廣泛收錄大量與龍相關的節日祭祀、音樂歌舞、戲
曲曲藝、競技游藝、武術健身、藥物香料、起居用具、服裝面飾、飲
食瓜果、工藝美術、畫畫票幣、著述文章、樹木花草、建築名勝、外
國人眼中的龍、龍聯集錦等資料，可說是一本龍文化詞典。楚戈（即
袁德星）《龍史》一書集合其對龍藝術品從先秦至清代的研究集大成，
歷數其形象特徵、文化意涵，並提到馬王堆的龍紋和往後漢魏六朝唐
宋元明清的龍紋之風格是一致的，龍紋定型也是源於此一階段。[110]楊

104　田秉諤：《龍圖騰：中華龍文化的源流》（北京市：社會科學文獻出版社，2008
　　年），頁18-30。

105　何新：《龍：神話與真相》（上海市：上海人民出版社，1989年）。

106　何星亮：《中國自然神與自然崇拜》（上海市：三聯書店，1992年）。

107　印順：《中國古代民族神話與文化之研究》（新竹市：正聞出版社，1994年）。

108　王大有：《龍鳳文化源流》（北京市：北京工藝美術出版，1988年）。

109　龐進：《八千年中國龍文化》（北京市：人民日報出版社，1993年），頁1-586。

110　楚戈（袁德星）：《龍史》（臺北市：自費出版，2009年），頁126-375。

青《洞庭湖區的龍文化》一書探究原始宗教、圖騰文化、神話傳說並結合論述其考據之洞庭湖區龍文化[111]。

其二，將龍與民俗、文化、藝術、哲學等結合之論著，如：朱必知《龍圖騰：中國精神》一書說明龍是古人對各種動物和雲、雷電、虹霓、龍捲風等自然天象模糊集合而產生的，龍既是由動物和天象合成，亦代表古人心目中的天，因先民將自身對外部世界的畏懼、疑惑、崇拜、依賴都貫穿在龍的形象之中，因此龍是「天人合一」形象化表述。又因龍的形象由多種動物組合而成，體現著兼容並包與辯証統一的智慧、虛實藝術哲學。[112]龐爐：《龍的習俗》書中除了說明龍的起源、龍的圖騰諸說之外，並論及龍與歌舞娛樂，如龍舞、龍歌、龍舟競渡、龍戲、龍謎；龍與工藝美術，如玉龍、龍杯、龍劍、龍幣、龍郵、龍畫、龍書；龍與建築名勝，如紫禁城「三絕」、龍壁、龍碑、龍的名勝；龍與飲食保健，如古代的「食龍」、龍菜、龍湯、龍食品（古人視鱷肉為龍肉）、龍茶、龍果、龍藥與養生、龍樹、龍草、龍花，因取其形似，因其名貴，寓其祥瑞。[113]

楊靜榮與劉志雄合著《龍之源》一書說明上古通天巫術的龍、祈雨巫術中的龍與龍神的確立，並記載唐代《歷代名畫記》著錄僧繇畫18幅傳代，其中有「橫泉斗龍圖」、「昆明二龍圖」等龍畫，而文學中除了《詩經》、《楚辭》中涉及龍的詩句外，並提及三國時魏國繆襲的〈青龍賦〉、唐代中宗景龍二年、三年，有傳言說黃龍見於上黨伏牛山之南岡，而潘炎認為兩次「龍見」是「彰聖人之德」、「天意汲汲於聖

111 楊青：《洞庭湖的龍文化》（長沙市：岳麓書社，2004年）。

112 朱必知：《龍圖騰：中國精神》（北京市：北京理工大學出版社，2012年），頁83-160。

113 龐爐：《龍的習俗》（臺北市：文津出版社，1990年7月），頁120-181。

人」，特作〈黃龍見賦〉、〈黃龍再見賦〉、〈赤龍據案賦〉中有「群居愕視，聖作物睹，赫然龍光，真我明光」之句，諂顏媚態，此外民俗節日中有龍舟競渡、祭龍節。[114]劉毓慶與趙瑞鎖合著《龍的文化解讀──世俗文化支配下的中國傳統人生》[115]、徐初眉《話說中國龍》[116]等專書內容廣泛多元，從史前文化、遺跡、化石、原始崇拜、圖騰象徵、神話宗教、民間信仰、歷朝藝術作品、民俗觀念、文學形象等皆有著墨。

　　其三，從宗教與民間信仰層面切入之相關專書，如：苑利《龍王信仰探秘》一書論及華北地區是中國農耕文化的發祥地卻旱災頻仍，故以祀龍祈雨為中心的龍王信仰異常發達，針對華北地區龍王信仰深入研究，檢討中國龍王信仰的性質與功能，深入探索龍王信仰的運行方式。[117]其他研究民間神祇者，如：呂宗力、欒保群《中國民間諸神》一書討論兩百多位在中國民間具有較廣泛影響的神祇信仰之起源及演變，大多由民間廣泛立廟奉祀，神祇按其起源性質分類，其中涉及「龍」的神祇有青龍白虎神、龍王、四海龍王，列舉相關文獻史料、前人考證、近人研究，對龍神信仰研究頗有裨益。[118]道教吸收龍神時，效法佛教，將龍神帝王化，塑造出自己的龍王。然而道教的龍王，十分龐雜，按東南西北四海來劃分，有四海龍王，在劉守華《道教與中國民間文學》[119]一書有論及龍神於道教與民間信仰中，其神格與職責的闡述。

---

114 楊靜榮、劉志雄：《龍之源》（北京市：中國書店，2008年），頁151-175、200-224。

115 劉毓慶、趙瑞鎖：《龍的文化解讀──世俗文化支配下的中國傳統人生》（北京市：人民出版社，2006年）。

116 徐初眉：《話說中國龍》（杭州市：西泠印社出版社，2008年）。

117 苑利：《龍王信仰探秘》（臺北市：東大圖書公司，2003年10月）。

118 呂宗力、欒保群：《中國民間諸神》（臺北市：臺灣學生書局，1991年）。

119 劉守華：《道教與中國民間文學》（臺北市：文津出版社，1991年）。

2 臺灣地區學術論文中「龍」學研究現況

　　筆者考察臺灣地區中國文學博碩士論文（1956-2014年）中以「龍」為題名共有11筆資料，如游瑟玫《盛唐詩歌「龍」意象之研究》一文說明盛唐詩人作品運用龍意象具有濃厚的神異色彩特色，此文僅是初步、廣泛、概括性論述，無較深入探討，在關於意象研究一小節已詳述；陳昭吟《唐小說中龍故事類型研究》一文雖以《太平廣記》為研究範圍，據唐小說中「龍」故事情節，將「龍」分為行雨、役龍、屠龍、寶物、仙鄉、異徵等故事類型探析，然於其形成背景一節論述到唐前的龍概述，歸納龍的起源為五種說法：一、外來說：依據龍與外國某種神異動物間之類似，主張龍起源於外國，隨異邦文化而傳入中國的信仰系統，主此說者為章鴻釗；二、恐龍說：企圖以古生物學之自然科學知識，為龍的起源找到一科學答案，主張龍的觀念應是先民對巨大爬行動物恐龍之記憶，或主張先民因對恐龍的恐懼而產生龍崇拜，主此說者有葉玉森、徐知白和美人海斯等；三、靈物說：認為龍因被信為有驅凶迎吉的能力，遂被奉為靈物受到尊崇，主此說者為黃石；四、水神說：中國為農業社會，故需依賴雨水，龍為水神，能直接左右農業之生產，故受崇拜，主此說者為吳大琨；五、圖騰說：以為龍乃華夏民族之遠古圖騰，主此說者為聞一多，其說至今仍保有極大之影響力。此外，並據《左傳》、《漢書》二例映證龍在遠古時代，確為圖騰標記，並從出土龍形玉器見其帶有神物祭祀的性質，肯定其神性。[120]張貞海《宋前神話小說中龍的研究》一文論述先秦至漢代神話中龍的形象、象徵意義、社會功能，以及六朝唐代小說中人龍、龍物互變，並具預示吉凶、療疾治病、招財致福的功能與反

---

120 陳昭吟：《唐小說中龍故事類型研究》（高雄市：國立中山大學中文研究所碩士論文，1996年），頁5-6。

映道教神仙思想，對宋代之前的龍故事做一全面闡釋[121]；蘇敏如《中國水界神異動物象徵研究——以《太平廣記》魚、龜、蛇、龍為例》一書第四章「龍故事之內容與思想」，探究龍的本質與神異能力進行，說明中國水神與印度龍的關係，並對龍母感生、遊龍宮、與龍女婚配等重要類型故事進行分析[122]；蔡佩芳《西遊記中龍王世界的探究》一文說明《西遊記》的故事中有多個龍王角色出現，各個形象迥異，其角色的多樣化在文學作品中較為少見的，針對出現的龍王角色意涵進行比較、釐析[123]；王方霓《龍女故事研究》一書溯源漢譯佛經裡的龍女故事，從龍女成佛的記載，到龍女與凡人婚配及龍女報恩的故事，並探討印度那伽故事對中國龍女故事的影響。然而龍女故事與仙鄉故事有著承襲的關係，並受道教思想的影響，因而流露濃厚的神仙氣息[124]；洪白蓉《幸福的祈思——中國龍女故事類型研究》一書追溯「龍女」故事之印度源頭，並說明漢譯佛經是「龍女」故事早期的文字記錄。「龍女」的漢化，以〈柳毅傳〉為最典型，自唐迄今，柳毅代龍女傳書之故事綱要，深刻影響「龍女」故事在作家文學及口傳文學中的發展[125]；林宜賢《從唐傳奇〈柳毅〉及後世相關戲曲作品看龍女故事的發展》一書主要探討以〈柳毅〉為中心的龍女故事發展，藉由柳毅的相關戲曲作品，進一步探討龍女故事所發展或隱含的意義[126]；

---

121 張貞海：《宋前神話小說中龍的研究》（臺北市：文化大學中國文學研究所博士論文，1992年）。

122 蘇敏如：《中國水界神異動物象徵研究——以《太平廣記》魚、龜、蛇、龍為例》（嘉義縣：國立中正大學中國文學所碩士論文，2009年）。

123 蔡佩芳：《西遊記中龍王世界的探究》（臺中市：東海大學中國文學研究所碩士論文，2009年）。

124 王方霓：《龍女故事研究》（臺北市：文化大學中國文學研究所碩士論文，1993年）。

125 洪白蓉：《幸福的祈思——中國龍女故事類型研究》（臺中市：東海大學中國文學研究所碩士論文，2001年）。

126 林宜賢：《從唐傳奇〈柳毅〉及後世相關戲曲作品看龍女故事的發展》（臺中市：逢甲大學中國文學研究所碩士論文，2010年）。

林禹璇《《夷堅志》龍故事研究》文中論述到宋代號稱龍神信仰的高峰期，內涵豐富，乃唐代之前與元明清以下龍文化的轉變關鍵期。宋代龍故事散見於各類文獻與筆記小說，《夷堅志》中龍故事所表現的內涵，正是介於唐人傳奇中的龍故事，與今日民間龍故事之間，其敘事觀點由雅轉俗的一個關鍵時期，闡發宋人龍神信仰之特色與時代意義[127]；許自佑《青龍白虎源流考》一書從青龍白虎形象意義著手，結合中國古代天文學的發展，陰陽五行觀念的盛行，古代色彩觀的意義，了解其產生的源由。[128]賴美合《龍的意象及其應用研究——以台南大天后宮為實例》一文於第二章古代龍形起源、種類與造型論述龍紋圖騰演變，說明隋唐以後，龍的形態已不再像商周以前「龍蛇不分」，也不再像戰國與秦漢時期似「獸」的造型，並於龍之起源一節說明龍是綜合諸種動物的形象逐漸發展而成的，大家公認它是中華民族崇敬的一種神獸，並論述《山海經》與龍生九子之龍形，道出西方之龍向來是邪惡、黑暗、混亂與毀滅的代表，並將龍按其形態、特點、長幼、顏色、概念予以分類，與本論文欲探討之「龍」意象有較大相關性，具參考價值。[129]

此外，雖題名無「龍」字，但內文探討有關「龍」之篇章，共有3筆資料，如陳秋吟：《屈賦意象研究》文中第四章動物意象提到屈賦中使用最多的動物意象為「龍」，並針對屈原文中的「龍」意象一一探析、歸納，雖取材範圍與本文不同，然其探討仍具參考價值[130]；吳

---

127 林禹璇：《《夷堅志》龍故事研究》（高雄市：國立高雄師範大學國文研究所碩士論文，2010年）。

128 許自佑：《青龍白虎源流考》（新北市：淡江大學中國文學研究所碩士論文，2001年）。

129 賴美合：《龍的意象及其應用研究——以台南大天后宮為實例》（嘉義縣：南華大學建築與景觀學系環境藝術碩士論文，2009年），頁14-57。

130 陳秋吟：《屈賦意象研究》（高雄市：國立中山大學中國文學研究所碩士論文，1996年）。

啟禎：《王維詩的意象》一文從意象學角度探討王維詩中各種意象，在動物意象中關注到「龍鳳」意象的特色，並將王維詩中龍的意象詞分類、統計略述得出象徵尊貴皇族、比喻長壽、天下承平景象、塞外邊陲之地、禪趣、樂器制名方式等意涵[131]；王之敏：《傳統吉祥圖案的意象研究》一文於動物類一節中分析龍的意象，從龍的起源、形貌、特性、重要性、吉祥象徵，析論龍之所以有吉祥、權威、神秘、萬能等各種表徵[132]。

　　而臺灣地區以「龍」為篇名共有7筆期刊論文，如：袁德星〈龍的原始〉一文云：「『龍源於蛇』這在龍族的中國文化中已成定論。」[133]錢曉雲〈談龍在中國人心目中的地位〉一文論及龍的起源、種類與其特性、龍圖騰與龍文化的形成，及中國因崇龍而以「龍的傳人」為榮[134]；章成崧〈從紅山文化玉龍談龍的起源〉一文除了論及紅山文化玉龍之外，並略論中國典籍中的龍、推測「龍」的起源是象徵中國文化的神物，並不是一種真實的動物，也非單憑幻想所造出來的產物，而是先民們透過實際的生活經驗，對自然界的觀察瞭解，才組合成的一個生命體[135]；孫劍秋〈易經中的龍〉一文從本土派說法認為龍是自然天象，是具體可見的實象，而非憑空想像的抽象物，並從語言文字、考古發掘、典籍中來探討龍的形象，而易經中的龍有二層含意：一是乾卦借龍星的運行，說明循環往復的道理；一是以有生命的

---

131 吳啟禎：《王維詩的意象》（臺北市：文津出版社，2008年），頁299-309。

132 王之敏：《傳統吉祥圖案的意象研究》（臺南市：國立成功大學中文研究所碩士論文，2000年），頁151-157。

133 袁德星：〈龍的原始〉，《故宮文物月刊》第60期（1988年3月），頁20。

134 錢曉雲：〈談龍在中國人心目中的地位〉，《宜蘭農工學報》第10期（1995年），頁123-136。

135 章成崧：〈從紅山文化玉龍談龍的起源〉，《中華學苑》第41期（1991年6月），頁89-106。

龍來說明坤卦「龍戰於野，其血玄黃」的現象[136]；姚德懷、陳明然、
國麗婭〈「龍」的一條龍：「龍龘竜……」——以「字位」說試排
「龍」的異體異形字〉[137]；陳泳超〈夔龍是什麼龍？作為地方信仰實
踐的遠古神話〉一文說明夔龍由舜帝的樂官和言官後來夔廟被加載了
禱雨功能，並與龍連帶稱呼，逐漸脫離遠古神話中的官家職守，視為
將軍或神獸之龍，乃至於僅剩夔龍之名而實之以菩薩信戶，見其地方
知識階層與民眾之間順向互動關係[138]；莊吉發〈祥龍獻瑞迎壬辰——
龍圖騰崇拜的文化意義〉一文說明龍圖騰崇拜的氏族、部落，相信其
祖先是因龍感孕而來，與龍有血緣關係，龍子龍孫都是龍的傳人。從
龍氏族的起源，祀龍祈雨的信仰，龍圖騰崇拜與君權象徵的合流，蘊
藏著深遠的文化意義。[139]

3 大陸地區學術論文中「龍」學研究現況

　　筆者檢索大陸學位論文（至2014年止）發現以「龍」為主題共有
31筆碩博士論文，但與臺灣學位論文多著重眼於文學上的龍故事研究
有很大不同，在大陸學位學位論文多以龍形象、龍紋、龍圖騰、龍圖
像研究為主題，大多針對「龍」這一物象起源探究，涉及文學性較
少，僅3筆研究文學作品中的龍形象，如：黃賢《元雜劇龍女形象研
究》、劉淑萍《《太平廣記》狐類龍類虎類研究》、蘇智《從《大唐西

136 孫劍秋：〈易經中的龍〉，《臺北師院語文集刊》第6期（2001年6月），頁39-54。

137 姚德懷、陳明然、國麗婭：〈「龍」的一條龍：「龍龘竜……」——以「字位」說試
　　排「龍」的異體異形字〉，《語文建設通訊（香港）》第100期（2012年5月），頁39-
　　43。

138 陳泳超：〈夔龍是什麼龍？作為地方信仰實踐的遠古神話〉，《興大中文學報》第28
　　期（2010年12月），頁435-449。

139 莊吉發：〈祥龍獻瑞迎壬辰——龍圖騰崇拜的文化意義〉，《故宮文物月刊》第347
　　期（2012年2月），頁4-13。

域記》中走出的「龍」──中印文化傳統中龍形象的比較研究》，與2
筆從語言文字去研究「龍」字詞彙，如周瑜《漢語成語「龍」的隱轉
喻認知》、隋小鳳《含「龍」典故源流研究》外，其餘皆以「龍」形
象為主題探究，詳如下表1-1：

表1-1　大陸地區「龍研究」博碩士論文31筆

論文名稱	作者、畢業院校名稱、學位類別	年代
漢代龍形象研究	金明磊／杭州師範大學／碩士	2013
漢語成語「龍」的隱轉喻認知	周瑜／浙江師範大學／碩士	2012
含「龍」典故源流研究	隋小鳳／中南大學／碩士	2012
雲南少數民族民間文學「龍」母題研究	馬妮婭／雲南大學／碩士	2012
史前龍型探究	張書洋／中央民族大學／碩士	2012
隋唐龍紋裝飾研究	郝明／西安美術學院／碩士	2012
從《大唐西域記》中走出的「龍」──中印文化傳統中龍形象的比較研究	蘇智／蘭州大學／碩士	2012
論中國龍文化與帝王的天命觀	李娜／哈爾濱師範大學／碩士	2012
中越關係視角下兩國龍圖騰之比較研究	潘華芳／廣西民族大學／碩士	2012
苗族崇龍習俗研究	歐陽治國／華中師範大學／碩士	2011
龍騰吉祥映壁生輝	范方營／山東師範大學／碩士	2011
龍圖騰的審美記憶與隱性傳承研究	曾燕／廣西民族大學／碩士	2011
苗族崇龍習俗研究	劉麗／湘潭大學／碩士	2011
西周時期青銅器夔龍紋藝術符號研究	朱淑姣／湖南工業大學／碩士	2011
龍的符號形成與現代演繹	王利利／揚州大學／碩士	2010

論文名稱	作者、畢業院校名稱、學位類別	年代
東周楚國青銅器龍紋飾研究	劉晶晶／武漢理工大學／碩士	2010
龍蛇之蟄以存身也	劉軍／華東師範大學／博士	2009
商至西周前期青銅器龍紋研究	王瑩／山東大學／碩士	2009
中國以龍求雨習俗變遷研究	張強／湘潭大學／碩士	2009
中國龍的圖像研究	汪田明／中國藝術研究院／博士	2008
龍蛇龜黽文化解譯	劉施宏／重慶師範大學／碩士	2008
元雜劇龍女形象研究	黃賢／首都師範大學／碩士	2008
文化的記憶與重構：環大明山龍母信仰探析	張豔／廣西民族大學／碩士	2008
解讀漢代畫像石中的龍圖像	邵陽／揚州大學／碩士	2007
中日「龍」象徵符號的比較研究	李媛媛／北京第二外國語學院／碩士	2007
嶺南龍母文化地理研究	陳玉霜／暨南大學／碩士	2006
宋元瓷器上的龍紋研究	王亞娟／吉林大學／碩士	2006
中國傳統龍紋的圖像與符號學意義研究	姚遠／南京師範大學／碩士	2006
試論龍形紋的演變及演變過程中的融合精神	孫遜／東北師範大學／碩士	2006
《太平廣記》狐類龍類虎類研究	劉淑萍／陝西師範大學／碩士	2003
魚龍百變驅遣自如	魏余秀／山東師範大學／碩士	2002

　　因本論文以探究「龍」字詞彙在李白詩歌中使用情況，必需對歷來「龍」字詞彙語言文字深入探析，然而在上表大陸碩博士論文中，有4筆論文直接關涉到「龍」字符號形成，如：劉施宏《龍蛇龜黽文化解譯》一文將四種動物並列論述，雖然甲骨文中有龍字，但已找不到與龍字相對應的實在動物，該文從語言文字的角度，分析「龍」字

的構字理據，並討論以「龍」作為語素的詞彙具有的意義，追尋龍的文化意義逐漸豐滿、定型的過程，較為特殊之處將龍意象與古人的辯証思維結合，體現出古人「有對」的辯証思維，龍在體態上既具有「張牙舞爪」的凶猛，又具有「身體盤曲」的柔美，既「能幽」又「能明」，既「能巨」又「能細」，既「能長」又「能短」，既「能登天」又「能潛淵」一分為二「有對」性的綜合體現，具兼容性思維[140]；王利利《龍的符號形成與現代演繹》一文針對歷來所有研究龍的起源學者的說法歸納認為有三：一、實物原型說；二、圖騰合併說；三、物候說（認為龍的原型不是蛇、馬、鱷魚等實際存在的某一種動物，也不是各種動物形象的簡單疊加，更不是原始氏族各個部落圖騰崇拜的融合，而是多種自然物候現象的藝術化組合），於第三章龍的形成和發展溯源自商代以前龍的萌芽──原龍紋，從西周到唐代龍的演變、龍紋變遷，並略論繪畫、建築、服飾、民俗、文學中出現的龍，泛論演繹龍這一標識性文化符號的外形和內在意義。[141]周瑜《漢語成語「龍」的隱轉喻認知》一文論及龍的意象詞彙、由單一龍意象構成語，以及由兩個動物意象構成語，多以虎、鳳結合為最，更論述龍的褒義、貶義、中性色彩，龍字成語隱轉喻機制深入探析，具參考價值，有助於本文探究歷來至李白詩歌中「龍」詞彙運用機制[142]；隋小鳳《含「龍」典故源流研究》一文針對《漢語大詞典》和《辭源》中含「龍」典故進行統計，扣除重合部分，總計120個典故，並針對此含龍典故作一分門別類與流變例析，其中出自詩句不少，對於本論文

---

140 劉施宏：《龍蛇龜黽文化解釋》（重慶市：重慶師範大學漢語語文字學碩士論文，2008年）。

141 王利利：《龍的符號形成與現代演繹》（揚州市：揚州大學教育技術學碩士論文，2010年）。

142 周瑜：《漢語成語「龍」的隱轉喻認知》（金華市：浙江師範大學語言學及應用語言學碩士論文，2012年）。

探究李白使用「龍」一詞彙機制，深具參考價值。[143]至於大陸地區對「龍」的相關研究之期刊論文超過百篇之多，故筆者下節以「龍文化」為題專節詳細探析。

（二）關涉「龍文化」研究

臺灣地區對於「龍」文化研究期刊論文、論著不多，反之，大陸地區對於「龍」文化研究相當多，故筆者綜合考察「龍」文化歷來學術期刊論文，檢索1915-2014年大陸期刊論文以「龍」字為篇名，直接探討「龍」的相關研究有330筆，大致歸納為四大類：一、針對「龍」之起源加以研究；二、中西方「龍」之差異；三、針對龍文化與龍神信仰之研究；四、研究文物器具上「龍」之藝術形象。以下分別針對此四大類文獻進行探討。

1 「龍」之起源加以研究

筆者檢索針對以「『龍』之起源」為研究主題，且深入探討龍的起源、原型以及龍圖騰源起等大陸期刊論文（1915-2014年）共有124筆相關資料，如下表1-2：

表1-2 「龍」之起源共124筆

篇名	作者	刊名	出版年／期
龍起源諸說辯証	陳偉濤	史學月刊	2012／10
論龍的雌與雄	郭新生南芳	湘潮	2012／9
論龍與中華民族的淵源	顧婉湫	北方文學	2012／8

---

143 隋小鳳：《含「龍」典故源流研究》（長沙市：中南大學語言學及應用語言學碩士論文，2012年）。

篇名	作者	刊名	出版年／期
中國人的龍圖騰崇拜及其無意識心理原型分析	許昭賓 許昭霞	濮陽職業技術學院學報	2012／8
玉文化和龍的來源及龍形紋飾在不同時期的發展演變	劉晉冀	滄桑	2012／5
民族圖騰與國家標志：龍與中國國家形象傳播	戴維	文學與文化	2012／3
上古至秦漢時期龍崇拜之嬗變及其文化意蘊	朱學良	文學與文化	2012／3
釋龍	范正芳	華夏文化	2012／3
淺論中華民族圖騰——龍的根源	趙金娜	中國外資	2011／10
龍圖騰的起源	張集青	群文天地	2011／7
中華龍的母體和原型是「魚」——從考古資料探索「中華龍」的起源和發展	石興邦	濮陽職業技術學院學報	2011／6
「龍」文化探源	李玉潔	濮陽職業技術學院學報	2011／6
雨：龍是中國偉大的雨神	余志鴻 郭蓬蓬	語文世界	2011／2
試論中國龍文化的起源	龍芃穆	大眾文藝	2010／19
華夏文化中「龍」原型為「馬」之考辨	馮桂芹	當代教育理論與實踐	2010／10
「烏龍」源流研究	楊夢筆	青年文學家	2010／7
史前信仰中神龍形象來源芻議	郭靜雲	殷都學刊	2010／3
紅山文化與中國古代崇龍禮俗的起源	田廣林	文化學刊	2010／1
龍生九子	陸楊	時尚北京	2009／7
中國為何產生「龍」的概念	潘天明	四川統一戰線	2009／1

篇名	作者	刊名	出版年／期
龍由何來	郭軍寧	百科知識	2009／1
龍的遷移歷史	加蘭	飛（奇幻世界）	2008／12
紅山文化與龍	李書敏	遼寧行政學院學報	2008／6
甲骨文「龍」字形體源於龍星說質疑	章也	漢字文化	2008／4
紅山文化的「龍」與仰韶文化的「花」	雪蓮	赤峰學院學報（漢文哲學社會科學版）	2008／3
「龍的傳人」之傳說		老年教育（老年大學）	2008／2
五千年前中國原始龍	謝端琚	天水師範學院學報	2008／1
龍祖──伏羲	王曇	天水行政學院學報	2008／1
上古時期的龍	周及徐	四川大學學報（社會科學版）	2008／1
龍的由來和發展	山齊	決策與信息	2007／12
中國龍的形成與水神崇拜	向松柏	長江大學學報（社會科學版）	2007／8
怎樣看待中國古代的龍	段寶林	文史知識	2007／6
中國的龍	劉漢杰	百科知識	2007／6
龍的創造與傳說	錢張帆	浙江海洋學院學報（人文科學版）	2007／6
龍生九子的由來	丰家驊	歷史學習	2007／2
論龍與中華文化──從伏羲時代龍圖騰談起	徐春燕	黃河科技大學學報	2006／12
龍生九子的來龍去脈	豐家驊	尋根	2006／6
二里頭文化「龍」遺存研究	朱乃誠	中原文物	2006／4
蠶與龍的淵源	王永禮	東華大學學報（社會科學版）	2005／9
龍最早起源於遼河流域	郝冬青	旅遊縱覽	2005／4

篇名	作者	刊名	出版年／期
出土資料中所見的「贏」和「龍」	王蘊智	鄭州大學學報（哲學社會科學版）	2004／11
龍興中國——踏尋龍的足迹	孟廣順	報告文學	2004／10
龍的崇拜之謎	年輪	中州今古	2004／9
夔龍是青銅時代龍的主要形象——從玉文化論中華龍圖騰的起源與演化（下）	柳志青	浙江國土資源	2004／7
華夏上古龍崇拜的起源	劉宗迪	民間文化論壇	2004／4
「龍生九子不成龍」一說由來	吉成名	東南文化	2004／4
漫話魚龍變化	施俊	收藏界	2004／1
論中國龍源於恐龍	呂熙安	學術探索	2003／12
大禹治水與龍蛇神話	何根海	安徽大學學報（哲學社會科學版）	2003／11
中國龍的歷史文化學闡述	張星德	北方文物	2003／3
龍是什麼？	楊文勝	荊門職業技術學院學報	2003／3
龍的起源論	（日）伊滕清司著、張小元譯	思想戰線	2003／2
馬龍：蠶的化身——中國龍原型試探	岳珍	中國文化研究	2003／2
龍源考辨	倉林忠	西北民族學院學報（哲學社會科學版）	2002／4
釋「龍」：中國人的祖靈圖騰	周清泉	成都大學學報（社科版）	2002／4
龍源考辨	倉林忠	江蘇廣播電視大學學報	2002／4
龍及龍字的構形與構意	楊時俊	西南民族學院學報	2001／11

篇名	作者	刊名	出版年/期
漢語語詞中的龍崇拜	徐默凡	華夏文化	2001 / 2
龍年漫話中國龍文化	王開璽	海內與海外	2000 / 12
龍文化的源與流	李振翼	天水行政學院學報	2000 / 6
龍文化探源	余全有	天中學刊	2000 / 6
越地祈雨中的「龍聖」崇信析論──兼論中國龍的原型及起源	陳勤建	華東師範大學學報（哲學社會科學版）	2000 / 5
龍的文明──龍的傳人	濡川 鄭㴐明	文物春秋	2000 / 5
論中華龍的起源	周崇發	江漢考古	2000 / 4
關注中華第一龍	新杰	學問	2000 / 4
龍為何物	陳少鈞	科學之友	2000 / 4
神族的繁衍──「龍生九子」說淺釋	張大魯	蘇州絲綢工學院學報	2000 / 4
越地祈雨中的「龍聖」──兼論中國龍的原型和源起	陳勤建	華東師範大學學報	2000 / 3
龍的起源和神話演變	林琳	文史雜誌	2000 / 3
淺談龍的起源	吳生道	中原文物	2000 / 3
龍文化根源的考古探索	劉蔚華	中州學刊	2000 / 3
龍的研究	孫仲威	東南文化	2000 / 2
龍圖騰略論──龍文化系列之一	紀欣	承德民族職業技術學院學報	2000 / 2
龍的雌雄	孫克讓	尋根	2000 / 1
龍的傳說	宋惠安	農村經濟與技術	2000 / 1
龍崇拜起源新論	吉成名	民俗研究	2000 / 1
中華第一龍──濮陽西水坡蚌殼龍虎圖案的發現與研究	孫德萱 李中義	尋根	2000 / 1

篇名	作者	刊名	出版年／期
關於龍的資料之一	弘	美術大觀	2000／1
中華神龍原型之謎	何根海	百科知識	2000／1
龍文化起源的時間地點	李文穎 田聚常	安陽師範學院學報	2001
中華文化的「千年龍」現象	許德楠	博覽群書	1999／11
龍的起源與嬗變	賈關法	上海集郵	1999／7
華夏文明七千載太昊伏羲第一「龍」	武文	社科縱橫	1999／6
從古代文物談龍的產生、發展與古代文明	劉順安	史學月刊	1999／3
龍的初始原型為河川說——兼論龍神話的原始文化事象	何根海	中國文化研究 池州師專學報	1999／2
中國龍的演變及其特徵	季占田	平原大學學報	1998／12
虹與龍	翟楊	華夏考古	1998／2
龍生九子的傳說	牛語	西南民兵雜誌	1998／2
龍生九子雜說	尚民杰	文博	1997／6
龍源淵考	張文彬 秦文生	尋根	1996／1
歷史角色的嬗變——「魚龍化」考釋	吳效群	史學月刊	1995／6
龍的秘密	何金松	華中師範大學學報（哲社版）	1995／5
中國古代龍形探源	尚民杰	文博	1995／4
「龍生九子」覓踪	尤永清	中外文化交流	1995／4
「龍蛇」溯源	傅莉鳴	語文知識	1995／3
「龍的傳人」說質疑	袁第銳	社科縱橫	1995／2
龍的演變及其內涵	禹建湘	婁底師專學報	1995／2

篇名	作者	刊名	出版年／期
九、龍及相關字試釋	國光紅	南方文物	1995／2
「龍」字探源——神龍研究系列論文之一	周黎民	湘潭大學學報（哲學社會科學版）	1995／1
說龍	段寶林	神州學人	1994／6
華夏文化中龍的原型考	阿爾丁夫	內蒙古社會科學（漢文版）	1994／6
說「龍」——中國文化一瞥	史錫堯	中國文化研究	1994／4
略論中國龍文化的真正本源	蘇開華	南京社會科學	1994／4
黃龍與大禹神話考源	馮廣宏	四川文物	1994／3
漫議中國龍——「龍」文化探源之一	彭京士	職大學刊	1994／2
龍：圖騰——神	何星亮	民族研究	1993／2
淺議龍崇拜的起源	屈川	宜賓師專學報	1993／1
「龍傳人」溯源——從民族圖騰與崇拜談起	楊俊峰	渤海學刊	1992／4
「龍」可招雲致雨的性能成因考——兼說古諺「虎嘯而谷風至，龍舉而景雲屬」	王暉	人文雜誌	1992／3
南蛇・古蛇與龍的圖騰考辨	楊青	益陽師專學報	1992／1
龍之始像及衍變考釋	褚良才	杭州師範學院學報	1991／7
龍為樹神說——兼論龍之原型是松	尹榮芳	學術學刊	1989／7
龍生九子各有所好	三山	長沙理工大學學報（社會科學版）	1989／2
龍的始源	邱瑞中	內蒙古大學學報（哲學社會科學漢文版）	1988／3
「龍的傳人」辨	李洪甫	徐州師範學院學報（哲學社會科學版）	1988／3

篇名	作者	刊名	出版年／期
「龍為蛇說」新探	張國洪 張壽廣	鹽城師專學報（社會科學版）	1988／3
中華龍考辨	李谷鳴 凌德祥	安徽教育學院學報（社會科學版）	1988／3
龍與黃帝部族的圖騰崇拜——兼析濮陽西水坡仰韶文化遺址出土的「中華第一龍」	馬世之	中州學刊	1988／2
略論龍的原型及其崇拜	陳順宣	青海師專學報	1988／1
談龍說鳳	胡孚琛	中國社會科學院研究生院學報	1987／4
試論古代墓葬中龍形象的演變	羅二虎	四川大學學報（哲學社會科學版）	1986／1
中國龍及其演變	樊長新	湘潭大學學報（社會科學版）	1986／1
龍與運古圖騰	蕭紅	河南大學學報（社會科學版）	1984／5
說龍	趙天吏	河南師大學報（社會科學版）	1983／2

　　由上表，可見大陸學者們研究「龍」之起源大多從龍的原型、龍崇拜、龍圖騰、考古文物龍紋切入，研究甚豐，筆者僅舉不同於諸說的期刊論文概說，如尹榮方〈龍為樹神說——兼論龍之原型是松〉一文認為聞一多的圖騰說理論不足與純屬臆測之性質，提出一種新的看法，說明松在外形上與龍相似，特性也契合，與雲相屬，能升天；與水相依，能潛淵，生於深山大澤之中，遠望山上的松，想像能騰雲駕霧，松不吃不睡不息，常與風雨為伍，從風能長吟，松風聽上去如潮如雨，向來以濤或龍吟來形容，一反當時蛇、鱷是龍之原型說法，認

為蛇、鱷主要生活在地上，不能升空，又不能長吟習性不符合龍的特性，論証龍之原型是松。[144] 此外，陳勤建〈越地祈雨中的「龍聖」——兼論中國龍的原型和源起〉一文認為中國龍的原型，是一種具體可感的原始意象的契合，而不應是某一固定圖式的激活和再現，不能僅是馬、牛鹿、鱷魚一類具體物體固定形象的框定和復現。它是一種含有豐富能指基因的心理模式，龍聖崇信就是這類模式的表現。龍的生命，不會僅僅是一個固定的形態，隨機可以轉化為不同的化身，從龍的原型綰合中國「和」的文化概念。[145]

2 中西方「龍」之差異

中西方對「龍」這一物象，因不同的文化背景，分別被賦予不同的象徵意義。

中國先民造出想象中的「龍」字，成為權威、力量、吉祥的象徵，是神異動物，是褒義的；英語的龍（dragon）卻被用來指稱凶殘、邪惡的象徵，與怪物、惡魔聯繫在一起，是貶義的。筆者考察大陸期刊論文（1915-2014年）中以中西方龍的文化差異與翻譯為主題共有51筆相關資料，如下表1-3：

表1-3　中西方「龍」之差異期刊論文共51筆

篇名	作者	刊名	出版年／期
「龍」意象在中英文中的文化差異	曹桂花	湖北工程學院學報	2013／4

---

144 尹榮芳：〈龍為樹神說——兼論龍之原型是松〉，《學術學刊》1989年7月號，頁39-45。

145 陳勤建：〈越地祈雨中的「龍聖」——兼論中國龍的原型和源起〉，《華東師範大學學報》2000年第3期，頁3-8。

篇名	作者	刊名	出版年／期
中西方文化差異下的翻譯研究——以龍的翻譯為例	陳國川	文學教育（中）	2013／4
中國龍與西方Dragon的比較與翻譯問題	王天潤	濮陽職業技術學院學報	2013／2
中西「龍」文化之差異	張存信	華夏文化	2013／1
探析中西方龍及龍文化	吳鵬	科技視界	2012／29
從「龍」和dragon看中西詞彙的文化蘊涵	孟榮新	科教縱橫	2012／11
Dragon與龍的國俗語義對比分析	楊敏 彭騰瑤	內江科技	2012／8
正譯中西方文化差異的龍——從範疇化到隱喻化認知角度	杜娟	海外英語	2012／7
中西「龍」文化差異中的中西生態觀差異	崔慶婕	濮陽職業技術學院學報	2012／6
框架識解視角下的「龍」與「dragon」	修黎黎 鄧科	內江師範學院學報	2012／6
從「龍」看中西方的文化差異	張小梅	東方企業文化	2011／24
龍與Dragon的較量	印傳寶	新課程（中旬）	2011／12
中西「龍」文化之比較	鄭軍	中外文學文化研究	2011／10
「龍」和「dragon」的文化異同	李紹青	衡水學院學報	2011／10
中國文化中的「龍」與西方文化中的「dragon」	李佳	北方文學	2011／9
從中西「龍」文化差異看跨文化交際	李慧敏	青海社會科學	2011／4
中西方龍文化的差異	朱芳 李夢凡	邊疆經濟與文化	2011／4

篇名	作者	刊名	出版年／期
漢語含「龍」詞語的民族性格考察——以《現代漢語詞典（第5版）》為例	潘世松 殷禎岑	咸寧學院學報	2011／3
中國龍與西方dragon的比較研究	宋文娟	濮陽職業技術學院學報	2011／2
中國「龍」與西方「dragon」文化不等值現象分析	任文清	和田師範專科學校學報	2011／2
東西方龍形象與對外交流	葛承雍	濮陽職業技術學院學報	2011／2
論中西方龍形象及其文化意義的差異	趙麗玲 王楊琴	湖北工業大學學報	2010／12
漢英動物詞「龍」的文化內涵及英漢互譯	趙琴娟	語言文學研究	2010／7
淺談龍在中俄人民心中的形象差異	閆德豪	俄語學習	2010／2
淺談中西方文化中龍的認知差異	龔周蓓	公共管理	2009／8
中國文化中的「龍」與西方文化中的「Dragon」	施光	重慶工學院學報（社會科學）	2009／6
「龍」與「Dragon」之辯：一個跨文化交流的典型案例	秦晨	河海大學學報（哲學社會科學版）	2008／12
淺談「龍」在東西方文化中的差異	杜文錦	才智	2008／10
從歸化異化的翻譯策略看「中華龍」和「Dragon」	朱凌雲 任秀英	淮北職業技術學院學報	2008／8
中國「龍」與西方「dragon」文化對比	吳曉莉	寧德師專學報	2008／3
中國「龍」與西方「Dragon」文化對比	吳曉莉	寧德師專學報（哲學社會科學報）	2008／3

篇名	作者	刊名	出版年／期
從跨文化的角度來看對「龍」的翻譯	陳淑媛	安徽文學	2008／2
Dragon能否表示龍——對民族象徵物跨文化傳播的試驗性研究	葛岩 秦裕林	中國社會科學	2008／1
龍的重新翻譯與跨文化傳播研究	黃佶	甘肅行政學院學報	2008／1
略談龍圖騰在中西文化間的差異及原因	劉松柏	黑河學刊	2007／11
跨文化傳播學視角中「龍」與「dragon」的互譯問題與中國國家形象的關係	關世杰	對外大傳播	2007／10
從「龍」看中西間文化差異	黃婷 湯浩	文化藝術研究	2007／7
中國「龍」和西方「dragon」之文化差異與翻譯	史傳龍 賈德江	南華大學學報（社會科學版）	2007／6
從語用學角度看漢英語言中龍文化的差異	錢莉	安康學院學報	2007／6
東西方歷史上不同的龍	惠文聰	科學大觀園	2007／3
從歸化異化的翻譯策略看「中華龍」和「Dragon」	郝景東	宿州教育學院學報	2006／12
中國龍和西方dragon的比較研究	周璇璇	濱州學院學報	2006／4
英漢「龍」文化對比	蔡嵐嵐	泉州師範學院學報	2006／1
從「龍」一詞的文化內涵看漢英文化的差異	雷碧樂	四川外語學院學報	2003／9
從「龍」的寓意看文化詞語的翻譯	李玉萍	安徽紡織職業技術學院學報	2003／6

篇名	作者	刊名	出版年／期
龍的文化內涵兼及英語的dragon	趙培遠 武靈	漢字文化	2003／4
從龍文化看龍的英譯	蔣紅紅	華僑大學學報（哲學社會科學版）	2003／2
論文化詞「龍」與「dragon」之差異	駱文琳	西昌農業高等專科學校學報	2002／12
龍＝dragon？──兼談隔著一層的中西文化交流	董曉航	河南教育學院學報（哲學社會科學版）	2001／3
「龍」和「dragon」──東西方龍的比較及翻譯	楊春梅	廣西師院學報（哲學社會科學版）	2000／3
中國龍與西方龍的比較	趙世平	西安外國語學院學報	1999／2

　　由上表可見，從2007年開始大陸學者針對中西方龍的翻譯存在文化差異，產生不同文化意涵的相關研究，論述蓬勃發展，如曹桂花〈「龍」意象在中英文中的文化差異〉一文說明中國「龍」常被翻譯成英文的「dragon」，從中西龍的起源、形象特徵、文化內涵三方面分析中國龍不等同「dragon」。在中國認為龍的起源尚未有定論，有二說為主要觀點，一是龍是原始社會形成的一種圖騰崇拜，是綜合多種動物的特徵而形成一種根本不存在的動物；二是龍是確實存在的一種動物。西方的龍起源於《聖經》，撒旦的化身，是一種形狀類似蛇的巨大怪獸，有巨大的翅膀，能飛，口中噴火，是邪惡的形象。中國龍最先是圖騰，有無限的神權，到了封建社會成了皇帝的象徵；西方dragon是魔鬼，無惡不作的怪獸，有惡毒、凶狠的意味。因此認為中國龍應翻譯成「Chinese Long」，擺脫西方「dragon」。[146]

---

146 曹桂花：〈「龍」意象在中英文中的文化差異〉，《湖北工程學院學報》第33卷第4期（2013年7月），頁66-69。

　　張存信〈中西「龍」文化之差異〉一文說明中華龍（Long）主要
以農耕文明為背景，為水利與農業之神，由此而生諸多祈禱龍神，以
求風調雨順之習俗。並據《漢語大詞典》說法：「中華龍（Long）為
傳說中一種神異動物……能興雲降雨，為水族之長。後「喻指人
君」，或「俊才之士」等。《簡明不列顛百科全書》：中華龍（Long）
為「行善動物……民族象徵與王室標幟。」、「在道教中，它們是被神
化了的自然力量」。而西方龍（dragon）來源於希臘文（Drakon），根
據《簡明不列顛百科全書》：「在希臘文中，該詞原指任何一種大蛇，
而神話中之龍，不管以後被描寫成何樣，主要仍為一種蛇……自古以
來，龍形狀有各種各樣變化，迦勒底龍有4隻腳，身上鱗，長翅膀，
而希臘之許德拉龍有多個頭。」西方龍（dragon）有海洋文明背景，
為暴力與邪魔之怪物。《簡明不列顛百科全書》：「近東……蛇或龍為
惡之象徵。如埃及阿佩皮神為冥界一大蛇……總之，龍邪惡名稱更
大，在歐洲這種惡名亦十分長久。」因而生諸多屠戮龍之傳說。由此
可見中西方龍是兩種不同性質象徵物。[147]

　　趙麗玲、王楊琴〈論中西方龍形象及其文化意義的差異〉一文論
述中國龍是一種神獸、帝王象徵；西方龍是有毒、能噴火，猙獰而且
貪財、殘暴。龍在中國文化的形象定位為變幻莫測、世間所無的神性
動物，形體長且尾部沒有明顯的界限，一般無翼；在西方龍體短，長
得像蜥蜴，體與尾的界限明顯，而且有翼。同時中國龍多與雨水相
關，其出現意味對生靈施恩；西方龍則噴火、電、煙，一出現則意味
邪惡與人為敵。中國龍形象代表：善、美、神秘、吉祥、剛健、威
嚴、力量和尊貴等；西方龍形象代表：邪惡、暴力、貪婪、守則、魔
法和能量等。了解文化差異，以兼容並濟的心對待異域文化，並且說

---

147 張存信：〈中西「龍」文化之差異〉，《華夏文化》2013年第1期，頁32-33。

明融合、團結、創新、奮進是龍文化顯著特徵。[148]

3 針對龍文化與龍神信仰之研究者

筆者檢索針對以「龍文化與龍神信仰之研究」為主題，探討中國龍與文化習俗的關係、龍的文化意涵與精神、龍相關的地名、龍神崇拜、龍王信仰之起與祠廟之立等大陸期刊論文（1915-2014年）共有133筆相關資料，如下表1-4：

表1-4　龍文化與龍神信仰之研究共133筆

篇名	作者	刊名	出版年／期
中華龍文化的倫理構境及其時代向度	白海燕	學習與實踐	2013／6
淺析早期龍紋流變及「龍文化圈」的初步形成	劉莉	文博	2013／4
「龍」是中華民族的一種傳統文化	李紹連	濮陽職業技術學院學報	2013／3
中國龍文化的宏觀考察	王永寬	洛陽師範學院學報	2013／1
我國古代龍文化與龍舟競技	吳學峰	蘭臺世界	2012／28
中國龍文化	徐貞同	泰州職業技術學院學報	2012／12
中國龍文化	孫國永	中國校外教育	2012／12
論中國以龍求雨習俗中「龍」由獸向人的轉變	張強	華北水利水電學院學報（社科版）	2012／12
龍的精神與和諧人生	翟峰	城鄉建設	2012／6
中華龍文化探源及傳承創新的當代思考	徐佩瑛金薇	黑龍江省社會主義學院學報	2012／6
中華之龍	景舜逸	中國高新技術企業	2011／32

---

148 趙麗玲、王楊琴：〈論中西方龍形象及其文化意義的差異〉，《湖北工業大學學報》第25卷第6期（2010年12月），頁108-110、117。

篇名	作者	刊名	出版年／期
我國早期龍神崇拜的文化心理探析	曾凡	重慶科技學院學報	2011／20
「龍」字探源及其文化意義	盛麗梅	文史在線	2011／11
基於文化創意的中華龍文化復興論	陳麥池	濮陽職業技術學院學報	2011／10
龍、龍圖騰與龍的傳人——兼駁一種觀點	段寶林	百色學院學報	2011／8
初論中華龍及中國形象跨文化傳播	陳麥池 洪流	東方論壇	2011／5
跨文化視野中的中華龍及傳統文化傳承與創新新探	陳麥池	濮陽職業技術學院學報	2011／2
龍神信仰的地方性知識——以大別山南麓張家灣為例	張曉舒 李綱	貴州民族學院學報	2011／1
上古時代的「圖騰」與神龍文化的形成	劉灝	滄桑	2011／1
原始水神信仰與龍神崇拜源流	曾凡	學理論	2010／36
初探中國龍文化	周杭	科技信息	2010／19
淺析龍文化與漢民族的文化心理	高加琴	作家雜誌	2010／12
關羽崇拜傳說與民間龍信仰	劉衛英 姜娜	高丘師範學院學報	2010／10
龍文化與中華民族	許順湛	濮陽職業技術學院學報	2010／10
龍文化的本質是「和」文化	商宏寬	濮陽職業技術學院學報	2010／10
論華夏傳統「龍習俗」文化信奉的人文情趣	張鵬飛	濮陽職業技術學院學報	2010／6
淺談中國古代農業文明中龍圖騰崇拜現象	黃飛	農業考古	2010／4

篇名	作者	刊名	出版年／期
論中華龍文化精神崇拜範式的生命嬗變	張鵬飛	廣西社會主義學院學報	2010 / 4
龍形器與龍的崇拜	朱乃誠	尋根	2010 / 3
龍文化的歷史職能、精神底蘊和重要使命	龐進	商洛學院學報	2010 / 2
中國龍的品相由來與當代傳媒的誤讀	黃震雲	江西師範大學學報（哲學社會科學版）	2009 / 8
中華「龍」文化的生命生態精神	陳文殿	天府新論	2009 / 6
論中華「龍文化」圖騰尊崇的審美情趣	張鵬飛	中華文化	2009 / 5
論華夏傳統民俗文化中「龍情結」崇奉的生命情韻	張鵬飛	福建省社會主義學院學報	2009 / 5
探究龍文化	齊磊磊	隴東學院學報	2009 / 1
作為巫術信仰的龍	蔣明智	長江大學學報（社會科學版）	2008 / 10
獨具特色的雲龍文化	張寶明	大理文化	2008 / 4
五方龍王與四海龍王的源流	閔翔鵬	民俗研究	2008 / 3
從文化的視角看「龍」的解碼	陳媛媛	湖南農業大學學報（社學科學版）	2008 / 3
走向世界的中國龍文化	李玉山	學理論	2008 / 3
中國龍文化的形成發展和中外文化交流	張鶴 張玉清	河北師範大學學報（哲學社會科學版）	2008 / 3
「龍」的字形字意及「龍」的文化精神	李峰	中華文化論壇	2008 / 2
「龍」──古代中國人對水神崇拜的圖騰	鍾華邦	化石	2008 / 2
中國傳統龍文化中的人文精神	李麗	濮陽職業技術學院學報	2008 / 2

篇名	作者	刊名	出版年／期
武當五龍宮龍神崇拜初探	宋晶	鄖陽師範高等專科學校學報	2008／2
炎帝、黃帝與中國龍——兼談中國龍的「龍德」與炎黃文化的和諧精神	王宇信	殷都學刊	2008／1
龍與中國古代文化	盧學平 劉贊愛	科教文化	2008／1
從「龍」的含義發展看隱喻	溫偉華	安徽文學	2008／1
廣義圖騰、精神象徵、文化標誌、情感紐帶——中華龍的定位	龐進	甘肅行政學院學報	2008／1
淺談龍文化的社會基礎	牛全英	科技信息（學術研究）	2007／28
華夏龍文化之精神價值研究	王潔雲	新西部	2007／10
深刻開掘和研究龍文化的精神內涵	錢其琛	科技智囊	2007／10
中國古代「以龍求雨」巫術	張強	華北水利水電學院學報（社科版）	2007／8
「龍崇拜起源」研究述評	徐永安	長江大學學報（社會科學版）	2007／6
論「棄龍」與「揚龍」的文化選擇——兼談人龍舞的文化價值與當代意義	鞏建華	中國海洋大學學報（社會科學版）	2007／4
崇龍習俗與舞龍	呂繼光	社會科學論壇（學術研究卷）	2007／2
中國人「龍」崇拜的心理分析	張建國	黃石教育學院學報	2006／12
龍的文化意向	劉德增	文史知識	2006／10
與「龍」有關的詞語及「龍」的文化象徵涵蘊	焉德才	雲南師範大學學報（對外漢語教學與研究版）	2006／7

篇名	作者	刊名	出版年／期
炎帝與龍文化	龐進	唐都學刊	2006／7
鄙──雷電與神龍崇拜的文字記錄	陳立人	湖南師範大學社會科學學報	2006／5
漢語詞彙中的「龍」概念	許鮮明 季紅雨	雲南師範大學學報（哲學社會科學版）	2006／3
從龍文化看民族精神	閻世斌	學術交流	2006／2
試論漢語文化背景下龍文化的起源與發展	王德	廣播電視大學學報（哲學社會科學版）	2006／1
從文化學角度試析「龍」何以有「禁忌」之意	沈祖春	渝西學院學報（社會科學版）	2005／11
淺論中國的龍文化	樂茂順 簡丹	景德鎮高專學報	2005／9
傣族龍圖騰文化芻議	郝雲華	雲南大學學院學報（哲學社會科學版）	2005／9
龍文化是中華民族的先進文化	趙秉理	青海師專學報（教育科學）	2005／5
渝東南酉水流域民間文學中的龍崇拜與龍征服研究	白俊奎 蔣如洲	重慶社會科學	2005／5
龍馬圖騰與華夏審美意識	叢新強	尋根	2005／5
簡析龍的構字與文化涵義	彭鮮紅	零陵學院學報（教育科學）	2004／6
華北地區龍王廟壁畫中神靈世界的組織結構	苑利	西北民族大學學報	2004／5
龍文化與舞龍習俗	王萬明	西藏藝術研究	2004／3
龍的精神及其當代意義	龐進	唐都學刊	2004／2
從龍王信仰看研究民間信仰的學術價值與意義	苑利	青海民族學院學報	2004／1
龍的文化（下）	李爾重	華中科技大學學報人文社會科學版	2002／2

篇名	作者	刊名	出版年／期
龍文化的現代價值	劉志琴	濮陽教育學院學報	2001／8
龍文化的幾個問題	龐進	濮陽教育學院學報	2001／5
從古代玉龍的演變談中國龍的文化內涵	常素霞	文物春秋	2001／4
龍與古代帝王	紀欣	承德民族職業技術學院	2001／3
中華民族的精神母題和文化標誌——龍的歷史文化學意義	萬洪瑞	濮陽教育學院學報	2001／2
中華第一龍與父系制度的出現	南海森 趙紅	濮陽教育學院學報	2001／2
龍的文化（上）	李爾重	華中科技大學學報社科版	2001／1
試論「馬」、「龍」文化及二者關係	姜德軍	內蒙古大學學報（人文社會科學版）	2000／6
龍文化漫談	常學麗	文物世界	2000／6
龍與帝王	黎雲昆	森林與人類	2000／5
華北地區龍王廟主神龍王考	苑利	西北民族學院學報	2000／4
龍文化與中華神龍衍相圖	王濤	民主	2000／4
中國龍文化研究提綱	李龍	理論觀察	2000／4
中華龍文化	耿法禹	廣西教育學院學報	2000／3
與龍有關的字、詞、語	甘祺庭	閱讀與寫作	2000／2
龍文化述要	冬青	高校社科信息	2000／2
龍的名勝景觀	周洪林	中國審計	2000／2
龍的文化意蘊與修辭	劉才秀	廣州師院學報（社會科學版）	2000／2
龍文化的現代精神	劉志琴	東方論壇	2000／2
「龍」字地名綜述	張金福	中國地名	2000／1

篇名	作者	刊名	出版年／期
唐代龍的演變特點與外來文化	葛承雍	人文雜誌	2000／1
龍與中國古代文明	王宇信	中國歷史博物館館刊	2000／1
龍的名勝景觀	周洪林	中州今古	2000／1
龍文化與中華民族	許順湛	尋根	2000／1
龍的實質和龍文化起源	王小盾	尋根	2000／1
龍圖騰和中國傳統審美意識	吳顏媛	民間文化	2000／z2
中國龍文化的發展階段	何星亮	雲南社會科學	1999／6
藏族為何崇拜龍神	華銳	絲綢之路	1999／6
龍的騰飛：華夏審美風尚溯源	蘇志宏	江海學刊	1999／5
「中華第一龍」與圖騰崇拜	南海森	中原文物	1999／3
「龍」詞語的文化修辭意味	燈果	修辭學習	1999／1
大禹治水與龍蛇神話	何根海	池州師專學報	1999／1
龍崇拜與西南少數民族宗教文化	楊正權	思想戰線（雲南大學人文社會科學學報）	1999／1
中國龍文化的特徵	何星亮	思想戰線（雲南大學人文社會科學學報）	1999／1
龍崇拜與望子成龍的觀念	蕙南	江西社會科學	1999／1
中國神龍的誕生──中國史前考古漫錄	知原	百科知識	1998／5
蛟龍神話與鎮水習俗	姚立江	中國典籍與文化	1998／4
論城隍神信仰的產生與龍神職能的變化	吉成名	文物春秋	1998／4
龍──由圖騰崇拜到皇權象徵	王楠毓 張孟祥	濮陽教育學院學報	1998／3
洮岷地區「龍神」信仰探源	晏雲鵬	西北民族學院學報（哲學社會科學版）	1998／3

篇名	作者	刊名	出版年／期
論龍崇拜與西南少數民族的龍神話	楊正權	民族藝術研究	1998／1
龍神‧龍人‧龍文化	武文	西北師大學報（社會科學版）	1998／1
漫談中華龍文化	徐佩瑛	中央社會主義學院學報	1997／11
龍——水文化的結晶	趙陽	治淮	1997／10
中國龍文化	李運航 琚文英	中州統戰	1997／6
龍文化的現今意義	任昌柱	新視野	1997／2
龍文化、義利觀、現代化	張子琳	殷都學刊	1996／3
「龍城」之稱源流談	薛奇達	江蘇地方志	1996／3
易、龍、日神崇拜及其他	楊慶中	河北大學學報	1996／2
龍崇拜與生殖崇拜——楚五溪之域崇龍之謅析	楊昌鑫	民族藝術	1995／1
「龍城」新解	鄧民新	陝西經貿學院學報	1994／1
龍馬傳說與馬文化的神話內蘊	王立	渤海學刊	1992／4
洪水神話與龍圖騰民族文化	武文	西北師大學報（社會科學版）	1990／4
龍與龍文化新說	楊秀綠	中國人民大學學報	1990／2
龍的文化意識與文化功能	李友謀	鄭州大學學報（哲學社會科學版）	1988／6
略論龍文化及其對我國語言文學之影響	費枝美	徐州師範學院學報（哲學社會科學版）	1988／4

由上表，可見大陸學者多致力於中國龍與文化關係研究，其中較為殊奇是，以詞彙學概念研究「龍」，如許鮮明、季紅雨〈漢語詞彙中的「龍」概念〉一文論述漢語「龍」的原型概念凝聚著9種動物的

特徵，因此，其表達的概念不是單一的而是多重的，龍是高高在上，權力無比，一切都在它的控制之下，是智慧，無所不能的動物，強大兇猛，力量無比，是財富好運的象徵，是人類的保護神，是司管水的動物。這些概念都以龍本身的特徵為基礎，透過其原型概念借助隱喻和換喻而搭建起來。[149]

此外，有5篇期刊論文以論述龍王信仰之起、祠廟之立，民間信仰與宗教所表現的信仰特色[150]，如閔翔鵬〈五方龍王與四海龍王的源流〉一文說明當前普遍認為道教的五方龍王與四海龍王是源自佛教。在魏晉之前，中國並沒有「龍王」的稱謂，但佛教傳入之後，佛經中出現龍王生活在海中，具有「行雲布雨」之能，但此文一反眾說，認為佛教、道教中的五方龍王、四海龍王的源流架構皆取自中國傳統文化中的「五方神靈」與「四海海神」信仰，道教中的龍王與佛教中的龍王並沒有繼承關係，意旨佛道中的龍王是對中國傳統文化的再改造。[151]宋晶〈武當五龍宮龍神崇拜初探〉一文論及五龍宮與先民祭祀五龍以求雨水的信仰有關，而早在商朝就有用泥土制作龍的形狀，利用它招來雨水的習俗。在春秋時期有關祀龍祈雨更多，當蒼龍七宿出現在天際，古人則以為龍神現身，舉行儀式，祭祀龍神，祈求雨水。古人在春、夏、季夏、秋、冬出現旱災時，製作不同色彩的土龍，用來祈雨，而五龍求雨與陰陽五行思想流行密切相關，而五龍分別是青龍、赤龍、黃龍、白龍和黑龍，每當旱災發生時，在東西南北中五方

---

149 許鮮明、季紅雨：〈漢語詞彙中的「龍」概念〉，《雲南師範大學學報（哲學社會科學版）》第38卷第2期（2006年3月），頁102-105。

150 以論述龍王信仰為主題的期刊論文有5筆，如閔翔鵬：〈五方龍王與四海龍王的源流〉、宋晶：〈武當五龍宮龍神崇拜初探〉、苑利：〈華北地區龍王廟主神龍王考〉、〈華北地區龍王廟壁畫中神靈世界的組織結構〉、〈從龍王信仰看研究民間信仰的學術價值與意義〉。

151 閔翔鵬：〈五方龍王與四海龍王的源流〉，《民俗研究》2008年第3期，頁200-205。

相應的方位，製作土龍以求雨。此文可見古代土龍的作用在於求雨。[152]與台灣學者最大不同之處在於大陸學者對龍母信仰頗為關注[153]，針對史籍所載文字、龍母信仰起源、龍母崇拜、及現存龍母祠之分布加以探析，皆非專以龍本身、龍王為研究中心，龍母信仰核心是中國傳統孝道，故不在本論文考察範圍之內。

4 研究文物器具上「龍」之藝術形象

筆者檢索針對以「研究文物器具上『龍』之藝術形象」為研究主題，探討中國裝飾藝術、建築藝術、民俗節慶中龍紋的使用與文化內涵，以及龍造型的轉變等大陸期刊論文共有22筆相關資料，如下表1-5：

表1-5　研究文物器具上「龍」之藝術形象共22筆

篇名	作者	刊名	出版年 / 期
「中國龍」構成設計的造型分析	王村杏 孫立新	藝術評論	2012 / 10
真龍天子與龍袍		科學之友	2011 / 12
論南京雲錦服飾中「雲」和「龍」圖案所蘊含的的中國傳統文化	李葉	南京工業職業技術學院學報	2011 / 9

---

152 宋晶：〈武當五龍宮龍神崇拜初探〉，《鄖陽師範學院高等專科學校學報》第28卷第1期（2008年2月），頁1-5。

153 以龍母信為主題的期刊論文有4筆，如劉雪梅與歐清煜：〈龍母傳說的文化考察〉，《文化遺產》2008年第2期，頁147-152；黃桂秋：〈大明山龍母文化與華南族群的水神信仰〉，《廣西師範學院學報（哲學社會科學版）》2006年第3期，頁1-10；徐亞娟：〈近百年龍母研究概述〉，《廣西民族研究》2007年第4期，頁134-137；王元林、陳玉霜：〈論嶺南龍母信仰的地域擴展〉，《中國歷史地理論叢》2009年10月，頁49-61。

篇名	作者	刊名	出版年／期
淺談中國傳統龍紋的演變及其造型特徵	梁昭華	美術大觀	2011／10
淡化宗教意識的宋元龍文化──淺析宋元時代的畫龍理論與龍紋造型	許滿貴	東方收藏	2011／5
論華夏傳統龍紋雕飾圖案的文化情趣	張鵬飛	濮陽職業技術學院學報	2011／2
龍紋和中國傳統吉祥文化	余山楓	淮北職業技術學院學報	2009／8
民俗中的龍紋	余山楓	阜陽師範學院學報（社會科學版）	2009／3
中國古代建築脊飾中龍形象的起源與應用探究	唐玉琴 席興利	電影評介	2008／9
論中國古代「龍紋」與「龍圖像」的象徵、發展與應用	席亞娜	河套大學學報	2008／9
漢畫「龍、虎」的圖像意義	劉輝	徐州工程學院學報	2008／1
論中國龍、獅的造型特徵	汪銘 劉少牛	美術之友	2008／1
中國民間建築裝飾中龍紋飾的文化內涵	李光安	藝術與設計（理論）	2007／12
淺談龍紋的傳承與發展	閆談 陸軍	科學之友	2007／9
龍文化與裝飾紋樣	曹林娣	藝苑	2007／5
龍圖形的標誌性特徵	秦歲明	美與時代	2004／12
淺談「龍紋」的文化內涵	何晶 張雨	吉林工程技術師範學院學報（教育研究版）	2003／7
試析漢晉神獸鏡中的龍虎神獸與「銜巨」圖紋	霍巍	考古	2003／5
略論龍的造型藝術	張祖平	理論與創作	2000／5

篇名	作者	刊名	出版年／期
唐代龍造型中的外來文化因素	葛承雍	尋根	2000／1
漢代龍虎座圖像的含義	李凇	西北美術	2000／1
龍泉劍產于何處	鄭樹榮	體育文化導刊	1984／6

上表中，李光安〈中國民間建築裝飾中龍紋飾的文化內涵〉一文論述中國民間建築裝飾中的磚雕龍、斗拱龍、雀替龍、碑頭龍，以及其中所蘊涵的吉祥寓意和善、中、和的中華傳統文化內涵與精神，從中流露出中國寬厚的民族精神。[154]余山楓〈民俗中的龍紋〉一文論及中國民俗節日裡的龍紋，如元宵節的面龍燈、舞龍；農曆二月二龍抬頭節；端午節的賽龍舟，而生活中的龍紋出現於服飾，長期為皇族所壟斷，但也禁止不了民間使用龍紋，然而民間龍紋少了威嚴顯得更加自由活潑，更富人性化色彩，龍紋流行於白沙、瓊中一帶黎族服飾圖案。建築方面，應該說無龍不建房，北京故宮作為我國古建築的典範，把龍紋使用到極致，可見龍紋是民俗中不可缺少的紋飾。[155]

葛承雍〈唐代龍造型中的外來文化因素〉一文說明唐代龍形象受外來文化影響很大，頭頂角分叉伸張，與西域出土的大量「鹿紋」、「叉角羚羊紋」毛織品、銅器非常相似。二是龍頭變得圓而豐滿，大多數腦後有鬣，顯然是吸收外來獅子形象，鼻子也近似獅鼻，也有人認為是印度摩竭紋頭部（具有象鼻、巨口、利齒的特徵），龍頸和背上出現「焰環」雖在南北朝時已有，但唐代更加明顯，無疑受了「火聚光頂」（為五佛頂之一）這類佛教裝飾藝術的影響。三是龍身往往

154　李光安：〈中國民間建築裝飾中龍紋飾的文化內涵〉，《藝術與設計》2007年第12期，頁84-86。

155　余山楓：〈民俗中的龍紋〉，《阜陽師範學院學報（社會科學版）》2009年第3期，頁150-151。

做成帶翼獸形象，這是典型西域藝術風格。四是龍體與西域諸國使者所獻珍禽異獸中的獅、豹類似，形體粗壯，輔之以獸腿、獸足、身尾分明，毛髮俱長，四肢奔馳，清楚證明伊朗與西亞藝術，以及游牧民族文化的基本因子。由於中外文化交流盛世的唐代，佛教藝術、外來胡風的傳入，使得中國龍的塑造呈現新的藝術面貌。[156]

（三）關涉「龍」語言、文學作品研究

龍是中國傳統文化中的神物，神物與神話是中華民族早期文明發展的最初文化形態，是人們尊崇的靈物，成為中華文化與帝王的象徵物，又升格為享受香火祭祀的神祇。在兩岸地區針對「龍」語言、文學探討除了博碩士論文研究外，「歷來關涉龍的起源」一節已探析過，不再複述。但對於本論文「李白詩歌龍意象研究」的主題有高度相關性的文章，如黃永武《中國詩學——思想篇》一書中〈中國詩人眼中的動物世界〉一章論及「詩人眼中的龍鳳麟龜」一文認為龍是事業，追溯龍的命名原始，與「動」字「東」字語源相同，東畝春作，是事業的開始，並說明唐代杜甫詩提到龍字，不一定指真龍，但常常和「功業作為」聯想在一起，並說明龍與「為」字「功」字有密切關聯，正如易經乾卦中，除「潛龍」是避世隱世，不為國家社會所用外，「見龍在田」、「飛龍在天」，都是大有作為的表徵。此外也說明龍還有許多相關的聯想，就植物而言，由「松」可以聯想為龍，松是棟樑之材，也是創業有為的象徵，「松」「棟」與「龍」都是同一語根的字；就動物而言，由「馬」可以聯想為龍，龍馬精神代表「勢凌萬里」的志趣與勞苦；就自然界而言，由「天」也可以聯想為龍，天子亦稱龍，天行健；就器物而言，由「劍」也可以聯想為龍，劍光耿耿

---

156 葛承雍：〈唐代龍造型中的外來文化因素〉，《尋根》2001年第1期，頁37-41。

寒直，可以幻化為龍，上述可見從龍是事業的象徵，聯想綰合物象之多。[157]其切入視角特別，對筆者研究助益良多。

筆者考察大陸期刊論文中以「『龍』語言文學作品」為研究主題，探討漢字文化、龍意象的比喻與象徵性、中西方龍意象差異、龍形象在各朝代轉變等大陸期刊論文（1915-2014年）共有54筆相關資料，如下表1-6：

表1-6　大陸地區「龍」語言文學作品研究期刊論文共54筆

篇名	作者	刊名	出版年／期
從《說文解字》看中國先民的龍文化意識	黃交軍	貴陽學院學報（社會科學版）	2013／3
從《周易》到《說文解字》——論「龍」在中國先民文化中的形象流變	黃交軍	貴陽學院學報（社會科學版）	2013／1
從龍飛鳳舞到儒道互補——中華傳統思想文化大流變	張欣毅	圖書館理論與實踐	2012／7
秦漢時期《禮記》中龍的原動物考証	馮洪錢 馮蘭蘭	農業考古	2012／6
明代神魔題材小說中龍神形象的傳播與定型	馮大建	文學與文化	2012／3
《聊齋誌異》龍故事探究	任增霞	文學與文化	2012／3
葉公好龍：蒙冤數千年	葉滿天	現代青年	2011／12
試述古代小說中龍女形象的發展演變	王妍	文藝評論	2011／10
從《論衡·龍虛篇》解讀中國「龍」形象	黃平	重慶三峽學院學報	2011／6

---

157 黃永武：〈中國詩人眼中的動物世界〉，《中國詩學——思想篇》（臺北市：巨流圖書公司，1986年1月1版5刷），頁49-53。

篇名	作者	刊名	出版年 / 期
從《說文解字》「龍」族字看龍的起源原型	繆九花 許玲	語言研究	2011 / 6
龍女故事研究的百年回顧	徐磊	文化遺產	2011 / 2
論漢代擬騷體的「龍蛇」人生哲學	馮小祿 張歡	船山學刊	2010 / 3
古小說中的龍宮及信仰文化考述	沈梅麗	貴州文史叢刊	2009 / 3
解讀中西文學作品中花園和龍的隱喻	明桂花	黑龍江教育學院學報	2008 / 2
《周易》的龍文化意蘊——以「乾」卦為視點之探討	鄧小偉	滄桑	2008 / 1
唐詩中的「龍城」與「盧龍」——從王昌齡〈出塞〉二首之一說起	趙望秦	陝西師範大學學報（哲學社會科學版）	2007 / 9
中西文學中龍的隱喻及文化誤讀	李蓉	福建商業高等專科學校學報	2007 / 8
龍蛇之辨與陰陽之化——說龍在中國神話哲學中的意義	方豔 李俊標	唐都學刊	2007 / 7
「葉公好龍」原因及其真相探析	高輝	大慶師範學院學報	2007 / 6
論《聊齋誌異》的龍虎形象	趙曄	蒲松齡研究	2006 / 1
中國神龍文化的形成與發展——《山海經》研究之二	張建	岳陽職業技術學院學報	2005 / 9
魏晉南北朝志怪小說中的龍文化探析	李傳江	重慶工商大學學報（社會科學版·雙月刊）	2004 / 10
唐人小說中的龍意象及其文化意義	韓雪晴	昭烏達蒙族師專學報（漢文哲學社會科學版）	2004 / 5

篇名	作者	刊名	出版年 / 期
古代小說中龍王形象類型化淺析	沈梅麗	廈門教育學院學報	2004 / 3
論〈鳳凰台〉與〈萬丈潭〉之互為文本及其「鳳」、「龍」的象徵意義	黃奕珍	唐代文學研究	2004
對燭龍神話即極光現象說的質疑	韓湖初	華南師範大學學報（社會科學版）	2003 / 10
略論杜詩的非寫實意象──以「龍」為例	趙曉蘭	杜甫研究學刊	2003 / 2
龍的意象與中國詩意思維關係的探源	吳瑞霞	培訓與研究──湖北教育學院學報	2002 / 12
易卦龍說考略	馬連城	濮陽教育學院學報	2002 / 8
《周易》馬龍原型與上古文學的相關意象	于雪棠	社會科學戰線	2001 / 5
乾卦六龍的天文科學含義新解	宋會群	周易研究	2001 / 4
娶得龍女事事如願──「龍女」故事解析	龔浩群 熊和平	湖北民族學院學報（哲學社會科學版）	2001 / 1
龍蛇傳說及其文化意蘊──靖西民間文學研究之三	凌春輝	廣西右江民族師專學報	2000 / 12
龍──白族民間傳說的重要形象	鮑惠新	昆明師範高等專科學校學報	2000 / 6
論中國古典文學文獻中龍之形象	刑惠玲	圖書館建設	2000 / 6
殷虛卜辭與古代神話中的「龍」	劉青	思想戰線	2000 / 5
龍的語言	紀欣	承德民族職業技術學院學報	2000 / 3
龍和文學	吳航斌	語文月刊	2000 / 3

篇名	作者	刊名	出版年／期
中國龍與《周易》學說	張善文	東南學術	2000／1
剛強勁健的中國龍——周易乾卦六龍發微	張善文	東南學術	2000／1
「葉公好龍」與葉公其人	魏昌	荊州師專學報（社會科學版）	1998／4
關於「龍母」故事的演變及其文化內涵	劉守華	荊州師專學報（社會科學版）	1998／3
「葉公好龍」與文藝的超現實性功能	羅漫	中南民族學院學報（哲學社會科學版）	1991／6
「龍泉」出典考辨	東甫	蘭州教育學院學報	1991／1
「葉公好龍」本源考釋	劉隆有	求索	1988／5
《周易》潛龍、飛龍源流考辨	陸思賢	內蒙古大學學報（哲學社會科學版）	1988／4
「龍」及《易・乾》卦爻辭考釋	李大用	北京大學學報（哲學社會科學版）	1985／4
「龍城飛將」之我見	司俊	甘肅社會科學	1983／6
也說「龍城飛將」	王人恩	甘肅社會科學	1983／6
「龍城飛將」考釋	王秉鈞	蘭州大學學報（社會科學版）	1983／2
《莊子》屠「龍」寓言發微	龔維英	蘇州大學學報（哲學社會科學版）	1983／2
談《周易》「亢龍有悔」	高亨	社會科學戰線	1980／4
《周易》「亢龍有悔」的亢字辨析	李威周	社會科學戰線	1980／2

　　上表中，李蓉〈中西文學中龍的隱喻及文化誤讀〉一文例舉中西方文學中的典故與故事，並相應闡釋其中龍的隱喻與象徵意義，西方以主客體二元論的思維方式為主，中國以天人合一，一元論的思維方

式為主，因思維方式不同，導致對龍的隱喻不同與文化誤讀，除了將
中國「龍」在西語中的對應語改為「loong」，以此替換原有的對應語
「dragon」，或以更開放心態對待文化差異，解決文化誤讀現象。[158]
此種觀點不同以往翻譯方式，較為新穎。除了中西文學對龍的隱喻、
文化詮釋外，更從中國古典文獻去探究「龍」的論文，如黃交軍〈從
《說文解字》看中國先民的龍文化意識〉一文從《說文解字》與龍相
關的字詞解說為對象，從漢字文化角度，在社會實用功能發現龍為人
豢養、可供驅役，並被用於天文氣象感知，以及從玉飾、石飾、衣
飾、屋飾等藝術紋飾審美角度考察中國先民的龍文化意識，具有多效
性、和諧性、典型性。[159]另一篇〈從《周易》到《說文解字》——論
「龍」在中國先民文化中的形象流變〉以《周易》到《說文解字》中
的「龍」的家族：如「龍」、「龘」、「蛟」、「螭」、「虯」為研究對象，
從漢字文化學角度，考察龍在先民文化中形象流變，從單一明確走向
多元複合，從實存動物走向神化虛擬的演變過程，蘊含豐富人文精
神，迥異西方Dragon，以兼容並包特性，抽取華夏各族氏族圖騰的動
物構件，進行不斷分化組合，成為中華民族共同圖騰和精神象徵。[160]
刑惠玲〈論中國古典文學文獻中龍之形象〉一文認為中國古典文獻中
龍的形象具有神尊性，而黃帝是龍崇拜的產物，龍成了至高無上帝王
的象徵，詩經中所提到的龍多指器物上的龍紋，尤其以龍旗為最多，
具有溝通天地使者的含義，也是使用者特殊身份的標誌。三國魏時繆
襲的〈青龍賦〉、唐代潘炎的〈黃龍見賦〉與〈黃龍再見賦〉、白居易

---

158 李蓉：〈中西文學中龍的隱喻及文化誤讀〉，《福建商業高等專科學校學報》2007年
　　第4期（2007年8月），頁95-99。

159 黃交軍：〈從《說文解字》看中國先民的龍文化意識〉，《貴陽學院學報（社會科學
　　版）》2013年第3期，頁50-55。

160 黃交軍：〈從《周易》到《說文解字》——論「龍」在先民文化中的形象流變〉，
　　《貴陽學院學報（社會科學版）》2013年第1期，頁61-69。

的〈黑龍飲渭水賦〉宋代錢起〈西海雙白龍見賦〉、王安石〈龍賦〉
這些作品對神龍形象的描繪與為帝王潤色鴻業、歌功頌德的動機相結
合，將龍的神性與尊嚴渲染淋漓盡致。而嵇康以「潛龍」自喻，抒發
其鬱悶憤懣心情，展現出性情之龍。屈原對龍提出質疑和反問：應龍
何畫？河海何歷？李賀感嘆時間飛逝、人生苦短，將一腔怨氣全洩在
龍身上，「天東有若木，下置銜燭龍。吾將斬其、食其肉，使之朝不
得回、夜不得伏」，元代李好古〈張羽煮海〉則把龍王描寫成一個品
質惡劣的勢利小人表現出龍之罪孽性特徵。[161]李傳江〈魏晉南北朝志
怪小說中的龍文化探析〉一文分析魏晉南北朝志怪小說中呈現出來的
龍形象，認為這一時期文學作品中的龍意象主要受到佛道思想的影
響，表現出「人性」、「神性」和「本性」的特點。[162]韓雪晴〈唐人小
說中的龍意象及其文化意義〉一文說明唐前小說中龍沒有鮮明形象特
徵，至唐代以後，龍的形象有了質與量的飛躍，並分析唐人小說中出
現的龍意象，認為唐代小說中呈現的龍具有「亦獸亦人」、「亦真亦
幻」和「至情至性」的特點，這些是受到中國傳統龍文化、對六朝志
怪小說的繼承、唐代小說創作觀念以及當時宗教的影響。[163]此外，將
龍神信仰與文學相聯繫之期刊論文，如：沈梅麗〈古代小說龍王形象
類型化淺析〉、〈古代小說中的龍宮與信仰文化考述〉[164]二文皆從文學
作品與民間傳說中探求龍王形象特色。

---

161 刑惠玲：〈論中國古典文學文獻中龍之形象〉，《圖書館建設》2000年第6期，頁90-
　　91。
162 李傳江：〈魏晉南北朝志怪小說中的龍文化探析〉，《重慶工商大學學報（社會科學
　　版）》第21卷第5期（2004年10月），頁110-113。
163 韓雪晴：〈唐人小說中的龍意象及其文化意義〉，《昭烏達蒙族師專學報（漢文哲學
　　社會科學版）》第25卷第5期（2004年5月），頁28-29、32。
164 上述二篇期刊論文出自沈梅麗之作，分別出自《廈門教育學院學報》第6卷第3期
　　（2004年9月），頁22-24；《太原師範學院學報》2009年5月，頁94-96。

　　然而與本論文最有直接相關兩篇期刊論文，如吳瑞霞〈龍的意象與中國詩意思維關係的探源〉一文說明龍圖騰體現了原始思維的具象性、感覺性、類比性、象徵性與神秘性。龍圖騰是原始人在幻想意識的支配下的主客體同處於混沌狀態的非自覺的意識行為的產物，蘊含自己超自然力量的顯現，感性思維的產物；而龍的意象則是文明社會時期，思維主體在能夠分清主客體因素的前提下的自覺的意識行為的結晶，思維主體為了追求一種生命美的靈動而進行的有著深厚文化積澱的審美創造，有著理性內涵又以形象、情感、想像感性為主並以詩意的符號予以表達的詩意思維。[165]趙曉蘭〈略論杜詩的非寫實意象──以「龍」為例〉一文說明杜甫對非寫實意象的選擇和運用，是自覺的、積極的藝術追求，並認為杜詩龍意象的主要功用是比喻或象徵。而亦提及李白筆下的龍分屬靈異、俊傑、駿馬、寶劍等諸多意義系列，而以靈異為中心意義，是飛升、飛騰之勢，是自由的、奔放不羈的，曠放傲岸、蔑視權貴，寄託主人公的人生追求。文中說到李白筆下的「飛龍」意象展現盛唐的波瀾壯闊、儀態萬千，不同於杜甫賦予龍意象則是社會變遷、個人際遇、個人心境的投影。杜詩中以飽含同情筆觸刻劃龍的困頓窘迫，以神奇靈異的資質，桀驁不馴的個性以自喻，有著鮮明的個性特徵。[166]此文雖論杜詩筆下的龍，但亦提及李詩筆下的龍，對於筆者研究助益良多。

---

165 吳瑞霞：〈龍的意象與中國詩意思維關係的探源〉，《培訓與研究──湖北教育學院學報》2002年第6期，頁11-14。

166 趙曉蘭：〈略論杜詩的非寫實意象──以「龍」為例〉，《杜甫研究學刊》2003年第2期，頁28-33。

第四節　研究方法

　　本論文《李白詩歌龍意象析論》是以詹鍈主編《李白全集校注彙釋集評》為文本（研究主體），統計出李白詩歌共有1054首，針對李白所有的詩作，不聚焦在某一特定的時期，打破時空的序列，將其作品更有效、清晰的統合，形塑一個完整的架構來統合李白所有的作品，以表達內心世界與人生現實性錯綜複雜的關係。以「意象」為切入點，做全盤觀察研究，建立出專屬李白的意象群，展現作者神奇靈異、奔放靈動、仙氣飄逸的風格與思維。

　　李白詩中意象萬千，層出不窮，該選取什麼意象？有何標準？為了避免焦點渙散，提煉出核心意象並加以詮釋實屬必要。意象的選取難免筆者主觀見解，但本文所討論的意象主題，前人研究成果豐碩之處，實無需再多著墨，抉選出前人未論及，但又是凸顯李白動人、獨特思維的重要意象，加以探討。本文所使用研究方法為：

一、「電腦搜尋統計法」：先將李白詩歌中所有名物、事物之詞語挑出，分類歸納並運用電腦搜尋統計其出現次數，統計出各詞語意象占李白詩歌百分比為多少？發現「龍」意象於動物類意象中高居第二位，僅次於鳥類意象群，高於個別鳥類意象，故再運用電腦搜尋統計方式考察《先秦漢魏晉南北朝詩》、《全唐詩》中「龍」字出現的詩人詩作各有多少？各占其詩歌百分比為多少？發現李白是唐代之前使用「龍」字入詩最多的作家。

二、「演繹推求法」：即「以普通之原理，推知特殊之事物或見解，即由已知推未知。」[167]以詩歌中出現過意象的整理與分析，參酌詩

---

167 杜松柏：《國學治學方法》（臺北市：洙泗出版社，1991年10月），頁274。

人年譜及各家注疏，探討李白詩中「龍」意象的詞彙意義用法，
與其在傳統文學或文化中的傳承關係。觀察先秦、漢、魏晉、南
北朝、唐代各詩家所運用龍字詞彙入詩意涵，李白如何後出轉
精，甚至創造新的詞彙、意涵。

三、「主題學研究法」：在詩歌中，主題是作者試圖表達的思想情感。
　　陳鵬翔在〈主題學研究與中國文學〉一文為主題學下個定義：
　　「主題學研究是比較文學的一部門，它集中在對個別主題、母
　　題，尤其是神話（廣義）人物主題做追溯探源的工作，並對不同
　　時代作家（包括無名氏作者）如何利用同一主題或母題來抒發積
　　愫以及反映時代，做深入的探討。」[168]並且說明「主題學探索的
　　是相同主題（包含套語、意象和母題等）在不同時代以及不同的
　　作家手中的處理，據以了解時代的特徵和作家的『意圖』
　　（intention）」[169]因此，本論文以主題學研究法試圖就先秦一直到
　　唐代李白的所有詩歌不同作者對同一主題（龍意象、龍字詞彙）
　　的知覺來探討歷來的差異，見其在傳統文學或思想中的演變。

四、「歷史研究法」：楊鴻烈《歷史研究法》一書中曰：「凡人對於現
　　在或過去社會上種種事物的沿革變化有瞭解的必要而即搜集一切
　　有關的材料，更很精細緻密的去決定其所代表或記載的事實的真
　　偽、殘缺、完全與否，然後再用極客觀的態度加以系統的整理，
　　使能解釋事物間的相互關係和因果關係以透徹明白其演進的真實
　　情形及所經歷的過程，這樣便是所謂『歷史研究法』。」[170]因
　　此，筆者綜觀前人對於「意象」、「李白詩歌」的相關論著，考察
　　前人研究李白意象到何種程度？還有哪些部分可擴展之處？接下

168　陳鵬翔：《主題學研究論文集》（臺北市：三民書局，2004年），頁16。

169　同前註，頁26。

170　楊鴻烈：《歷史研究法》（臺北市：華世出版社，1975年4月），頁15-16。

來抉擇出前人未論及重要意象——「龍」這多維度空間的物象。
並考察從先秦一直到唐代李白之前的文學作品（以「詩歌」為主
要考察對象），據逯欽立輯《先秦漢魏晉南北朝詩》、《全唐詩》
兩部書為文本，考察前人如何運用龍意象？李白如何承繼與創
新？因此考察歷來「龍學專著」研究、「龍語言、文學作品」研
究、「龍文化」研究、是必要的，看李白之前龍文學、龍文化說
法意涵如何，以及先秦、漢、魏晉、南北朝、唐代各詩家所運用
龍字詞彙入詩意涵，李白如何展現其深度與力度。

五、「文本分析法」：在文學中，文本（text）又被稱之為「本文」、
　　「正文」。文本和西方的「結構主義」[171]關係密切，一般來說，
　　結構主義者認為在語言、事物及其所組成的意義之後，還有超越
　　的東西存在，而「文本」所指涉的，亦即是在文字組成的文章或
　　社會事物的背後，還有另一多元的意義存在。因此，「文本」有
　　其獨特的意義，而此獨特性是奠基於作品、事物或現象之外一種
　　超越的存在。[172]「文本」超越靜態的「作品」，產生動的概念。
　　文本不再只是一種固著於作品中的靜態意義，而是能夠負載、呈
　　現社會現象的互動過程。[173]因此對文本的論述，除了可突顯文字
　　表象與深層之間的關係，並進而超越表象，具有歷史深度的考
　　察，揭示出事物全面可能的意象。文本是「由語言符號構成的文

---

171 法國結構主義者羅蘭巴特（Roland Barthes, 1915-1980）首先指出文學作品的觀念
　　之所以改變，是因為我們對語言概念有了改變。文本是語言構成的抽象空間，只
　　有在閱讀活動中才可以介入與體會，它可以是一篇或數篇作品，主要以語言為媒
　　介，說明某種隱於其中的社會特性。Barthes,R. (1980). From work to test. In Josv'e V.
　　Harai (Ed.), Textual Strategies: Perspectives in Post-structuralist Critisism. p.73-75.
　　London: Methuen.

172 夏春祥：〈文本分析與傳播研究〉，《新聞學研究》第54集（臺北市：政治大學，
　　1997年），頁144。

173 同前註，頁148。

學作品，是作家思想感情和藝術技巧的物質載體。因而，文本是由內容和形式構成的有機統一體」[174]因此文本具有兩大要素，一為內容要素，二為形式要素。「內容要素」是指作家從生活所累積未加工的原始材料中，經過提煉與創造的過程成為文學作品的題材，再經由題材，作家將所要表達的主要思想和觀點蘊含其中，即為文學作品的主題。[175]本論文除了強調龍意象詩歌所要表現的主題思想外，更要關注「形式要素」中的「文本結構」[176]與「表現手法」[177]，從中掌握龍意象詩歌的題材與內涵，考察李白對於多元的龍字詞彙種類的歷來傳說與新變其意的巧思，甚至創新最多描述動態的龍形象，如前人多關注「攀龍」、「乘龍」、「登龍」、「馭龍」、「鬥龍」、「斬龍」、「戰龍」等詞彙，想要控制龍這一物象，但李白卻不使用「斬龍」、「鬥龍」、「戰龍」、「馭龍」這些詞彙，反而新創「勸龍」、「放龍」、「驚龍」這些詞彙，以柔性動詞去對待龍這一物象，可知其寫作語義的獨到，凸顯李白詩歌中龍意象的重要性。

本論文主要運用電腦搜尋統計、演繹分析、歷史研究、主題學、文本分析等方法，試以「意象」理論出發，從李白1054首詩中，抉選的意象重點在於出現次數最高且發揮、凸顯李白詩歌中神奇靈異、奔

---

174 周秀萍：《文學欣賞與批評》（長沙市：中南工業大學出版社，1998年），頁18。

175 同前註，頁19-20。

176 「文本結構」即是對作品的總體組織和安排，也就是作家根據某種意圖把零散的意象、形象、細節、情節以及其他種種藝術材料，以獨特的方式組織起來，而使他們成為一個有機統一體。見周秀萍：《文學欣賞與批評》（長沙市：中南工業大學出版社，1998年），頁21。

177 表現手法，是指作家運用語言塑造藝術形象所採取的各種表現手段，也叫「藝術手法」。文學的基本表現手法有描寫、敘述、抒情和議論等。見周秀萍：《文學欣賞與批評》（長沙市：中南工業大學出版社，1998年），頁21。

放靈動、仙氣飄逸的風格與思維。期待藉由「龍」意象的析論,再取
史料文獻、詩學、文字學、聲韻學、經學、哲學思想、史學、文學理
論、語言學、佛教經典、道教文化、美學、心理詩學、認知心理學、
文藝心理學、時空理論等,作為本書研究旁證理論資料,發掘李白內
心理想世界,在前人基礎上,以新的深度與力度,透視出靈動詩歌中
反映著李白澎湃激昂的救世情懷,歷史民族血淚情感,有著龍般氣勢
豪壯,又不失奇幻縹緲超現實的仙化理想,呈展盛唐詩歌生機勃勃
氣象。

第二章

「龍」意象探源

　　「龍」字最早見於商代甲骨文、金文中，是由龍形象典型化、抽象化而來的象形文字。龍，一種傳說中的遠古動物，相傳麟、鳳、龜、龍為四靈，龍居鱗蟲之長，有鱗有鬚，且有四足五爪，能興雲致雨，可長短巨細變化自如，是一種神異的動物。就歷代描繪的龍形象，實在難以將其比附為自然界的任何一種動物。因此中國歷來諸子百家對於「龍」有不同的詮解，眾說紛紜，筆者歸納諸家之說，大致可分為兩派說法，一派認為龍是遠古時代中的真實動物，另一派認為龍是虛幻神獸，是信仰。不論二者之說如何歧異，共通點，龍具有一般動物所無的超然不群的特性和變化飛升的神通。因此，中國歷來詩文中出現「龍」意象，多帶玄妙靈動之姿，為詩文增色不少。

第一節　龍的溯源

　　研究李白詩歌中「龍」意象，「龍」字運用情況，必探討「龍」這一文化現象時，應當追溯龍的起源問題。「龍」是中國文化中最具想像力的事物，到底從何而來？而古今學者與龍有關的著述甚豐，並以探討龍起源的內容為最多，因其乃是了解「龍」的內涵與真正含義的基礎。

一 龍的起源

　　龍是中國文化中最具想像力的動物，龍的形象與現實中任何動物都不一樣，龍的起源問題，歷來許多學者各自提出不同的說法，眾說紛紜，在此針對龍起源問題的研究狀況，作一歸納，將其論點大致分為兩大派說法：一派認為龍是遠古時代中的真實動物，龍的原型是某種生物或幾種生物的組合，如蜥蜴、鱷魚、恐龍、蟒蛇、馬、河馬、松樹；另一派認為龍的原型不是實際存在的動物，是某種自然形象或多種藝術化的動物形象的疊加組合，如雲、虹、閃電、以蛇為原型的綜合圖騰、物候組合、模糊集合等，筆者將其歸納如下表2-1，再分別論述各家說法：

表2-1 龍的起源各家說法

龍	真實動物		不實際存在動物	
原型	某種生物或幾種生物組合		某種自然形象或多種藝術化的動物形象的疊加組合	
龍的起源各家說法	1.蜥蜴說	象蜥蜴戴角形狀，古人眼中蜥蜴類大共名	1.雲說	雲從龍，龍形是抽象的旋捲狀雲紋
	2.鱷魚說	巨型鱷——蛟鱷、灣鱷	2.虹說	甲骨文「虹」字像兩頭龍之形
	3.恐龍說	巨大爬行動物：四足、細頸、長尾、類蛇、牛、虎	3.閃電說	天空中閃電幻想而來
	4.蛇說	蟒蛇	4.龍捲風	能通天，直立而彎曲
	5.馬說	馬八尺以上為龍	5.以蛇為原型的綜合圖騰說	以大蛇為圖騰兼併其他部族圖騰

龍	真實動物		不實際存在動物	
龍的起源各家說法	6.河馬說	似河馬形體，善於御水	6.物候組合說	選不同物候動物黿類、鱷類、蟲類、蛇類、魚類、鳥類、畜類集中成龍
	7.松樹說	松、龍音韻相近命名，為樹神	7.模糊集合說	爬行動物、哺乳動物、某些自然天象的模糊組合

（一）龍是真實動物

1 蜥蜴說

提出蜥蜴說的學者，從甲骨文中探尋其原始型態似蜥蜴，如唐蘭《古文字學導論》：「龍象蜥蜴戴角的形狀。」[1]；何新〈中國神龍之謎的揭破〉：「蜥蜴與鱷魚形相似，雖大小不同，但蜥蜴卻酷似剛出殼的幼鱷。所以在古人眼中蜥蜴亦歸在龍屬。……龍在古代，乃是一種確實存在過的動物。其實所謂『龍』就是古人眼中鱷魚和蜥蜴類動物的大共名。」[2]古籍中記載視龍猶蜥蜴或視蜥蜴為龍，如《淮南子‧精神訓》：「螭龍猶螻蟻，顏色不變。」[3]；《荀子‧賦》：「螭龍為螻蟻，鴟梟為鳳皇。」[4]；《漢書‧東方朔傳》：「置守宮盆下，射之皆不能中，朔自贊曰臣嘗受易請射之，迺別著布卦而對曰：『臣以為龍又無角謂之為虵，又有足跂跂脈脈善緣壁是非守宮即蜥蜴。』」[5]；《菽

1　唐蘭：《古文字學導論》（濟南市：齊魯書社，1981年1月），頁269。

2　何新：〈中國神龍之謎的揭破〉，《神龍之謎》（延吉市：延邊大學出版社，1988年），頁311、313。

3　（漢）劉安：《淮南子》（臺北市：臺灣中華書局，1968年），卷7，頁8。

4　（周）荀況撰：《荀子》（臺北市：臺灣中華書局，1968年），卷18，頁10

5　（漢）班固撰：《前漢書》第6冊（臺北市：臺灣中華書局，1968年），卷65，頁2。

園雜記》：「虬蚴，其形似龍而小，性好立險，故立於護朽上。」[6]。

2 鱷魚說

提出鱷魚說的學者，如何新《龍：神話與真相》：「古中國大陸和海洋上，確曾存在過一種令人恐怖的巨型爬行動物。這種巨型爬行動物，以及與其形狀相近的其他幾種爬行動物，其實就是上古傳說中所謂『龍』的生物學原型。換句話說，『龍』在古代是確實存在的，它就是現代生物分類學中稱為Crocodilus Porosus的一種巨型鱷——蛟鱷。」[7]。此外，何新在〈中國神龍之謎的揭破〉一文提出鱷魚說另一學名說法：「在中國古代，確實曾存在過這樣一種令人恐怖，並且因而也令人敬畏的巨型爬行動物，這就是現代生物分類學中稱作『灣鱷』的那種巨型鱷魚。」[8]

3 恐龍說

持恐龍說的學者主張龍的觀念應是遠古先民對恐龍的記憶，如閻雲翔〈試論龍的研究〉一文說：「有些學者試圖運用古生物學等自然科學知識為龍之起源找到一個科學的答案，主張龍之觀念應是遠古先民對於巨大的爬行動物恐龍的記憶，或主張先民因對恐龍的恐懼而產生龍崇拜。」[9]。又，王大有《龍鳳文化源流》指出：「龍，被古人公認為最原始的祖型，可能還是恐龍。古人以具有四足、細頸、長尾、類蛇、牛、虎頭的爬行動物為龍，這可能是古人當時見到並描繪下來

---

6 （明）陸容撰：《菽園雜記》，收入《景印文淵閣四庫全書》1041冊（臺北市：臺灣商務印書館，1983年），卷2，頁245。

7 何新：《龍：神話與真相》（上海市：人民出版社，1989年），頁23。

8 何新：〈中國神龍之謎的揭破〉，《神龍之謎》（延吉市：延邊大學出版社，1988年），頁300。

9 閻雲翔：〈試論龍的研究〉，《九州學刊》1988年第2期，頁101。

的某種恐龍形象。」。[10]

4　蛇說

　　持蛇說的學者與研究較多，如徐乃湘、崔岩峋《說龍》一書綜論：「龍具有圖騰的特徵，說明龍應當是從現實生活中某種動物發展演化而來的。」並由《山海經》中得出古人龍蛇不分，以及龍蛇主要特徵相同，「綜合起來看，龍是以蛇為基礎的。而發展變化了的蛇圖騰像就是龍的形象。」[11]；何金松從漢字形義去探源龍的形象，其《漢字形義考源》中〈釋龍〉指出龍的特徵曰：「龍可以豢養、馴化，為人服勞役，並可殺肉吃。」[12]，並分別從「龍字的讀音」與「龍形」說明龍只能是蟒蛇，不是鱷魚或蜥蜴之說法：「《漢語大字典》龍字列了兩個音：（一）long《廣韻》力鍾切，平鍾來。東部。（二）mong《集韻》莫江切，平江明。東部。這兩個音的上古韻部都是『東』。第（二）音的反切下字『江』的中古韻是江韻。但是江字從工得聲，工字的上古韻屬東部，故莫江切的上古音是明母東韻，與力鍾切只聲母不同。為了使龍的mong音有字表示，就用了『蟒』，後來讀為mang，東韻變成陽韻。還有一種解釋：龍在上古口語中有兩個音節，後來分解為兩個音，因而既可讀mong，又可讀long。表示鱷魚的甲金文隸定作䲜，篆文隸定作咢，還有鰐、鄂、鍔、諤、愕等字，《廣韻》都是五各切，古音為疑母鐸部，與龍字的兩個音都相差很遠。從字音上也可證明龍是蟒，不是鱷魚或蜥蜴。」[13]、「龍的軀幹始終保持蟒蛇固有的修長圓柱形態，沒有變成像鱷魚或蜥蜴那樣短粗

---

10 王大有：《龍鳳文化源流》（北京市：北京工藝美術出版社，1988年），頁120。

11 徐乃湘、崔岩峋：《說龍》（北京市：紫禁城出版社，1987年），頁13。

12 何金松：《漢字形義考源》（武漢市：武漢出版社，1996年），頁37

13 何金松：《漢字形義考源》（武漢市：武漢出版社，1996年），頁39-40。

而成梭形，因為龍不是鱷魚或蜥蜴，所以只會變到添足、長角、生
鬚、增鰭為止，沒有也不會徹底鱷化或蜥蜴化。」[14]；龐燼《龍的習
俗》中認為蛇為龍的原型，其理由是因龍的軀體似蛇，在中文古籍
中，並可找到蛇化為龍的記載、詩文裡亦常有龍蛇並稱的語句，再從
蛇的生活習性來看，其神祕、出沒無常的特性恰似龍性，又蛇在古代
很早就被人們奉為神而崇拜，由此種種推論，蛇作為龍的模糊集合對
象之一，是可以肯定的。[15]

5 馬說

　　龍源自馬說，有一說：龍頭似馬首，龍身似馬形。甲骨文中的某
些龍字，頭部窄而長，似馬首。漢代王充《論衡‧龍虛》中言「世俗
畫龍之象，馬首蚺尾」[16]。而龍身似馬形的記載，見於《論衡‧驗
符》篇：「湘水去泉陵城七里，水上聚石曰燕室丘，臨水有俠山，其下
巖淦，水深不測。二黃龍見，長出十六丈，身大於馬，舉頭顧望，狀
如圖中畫龍，燕室丘民皆觀見之。去龍可數十步，又見狀如駒馬，大
小凡六，出水遨戲陵上，蓋二龍之子也。」[17]；《太平廣記》引《錄異
記‧王宗郎》：「金州刺史王宗郎奏洵陽縣洵水畔有青煙廟。數日，廟
上煙雲昏晦，晝夜奏樂。忽一旦，水波騰躍，有群龍出於水上，行入
漢江，大者數丈，小者丈餘，如五方之色，有如牛馬驢羊之形。」[18]
另一說：《周禮‧夏官‧庾人》：「馬八尺以上為龍。」[19]；《山海經‧

14　何金松：《漢字形義考源》（武漢市：武漢出版社，1996年），頁46。

15　龐燼：《龍的習俗》（臺北市：文津出版社，1990年），頁5-7。

16　（漢）王充：《論衡》第1冊（臺北市：臺灣中華書局，1968年），卷6，頁10。

17　（漢）王充：《論衡》第2冊（臺北市：臺灣中華書局，1968年），卷19，頁11。

18　（宋）李昉等撰：《太平廣記》第9冊（北京市：中華書局，1961年），卷425，頁
　　3457。

19　（清）阮元校勘：《十三經注疏‧周禮3》（臺北市：藝文印書館，2001年12月初版
　　14刷），頁497。

圖贊》：「馬實龍精，爰出水類」。甚至以龍來比喻馬，如《呂氏春秋・孝行覽・本味》：「馬之美者，青龍之匹。」[20]。

6 河馬說

王從仁〈龍崇拜淵源論析〉：「龍源於河馬。」[21]劉城淮〈略談龍的始作者和模特兒〉：「充任龍的模特兒之一的馬，最初不是一般的陸馬，而是河馬。……河馬不僅把自己的部份形體貢獻給了龍，而且把自己的部份性能——善於御水，也貢獻給了龍。」[22]

7 松樹說

從松的外形觀之，其盤根錯結的樹根，斑駁的樹幹，與龍有幾分神似，如黃永武《中國詩學——思想篇》中論述：「松、龍，它們有著音韻相近的命名，必然都是龐然大物。龐然大物才能取得這種聲若宏鐘般的命名。……從松與龍的聯想出發，由化龍前的期待，經過龍動、龍臥，直到蟠飛直上蒼穹，它能興雲、起雨、懸露……詩人們對一株現實世界中相當笨重的松樹，聯想得如此浪漫神奇……幾乎對松樹的崇拜，已接近對龍的崇拜了。」[23]而尹榮方〈龍為樹神說——兼論龍之原型是松〉一文曰：「中國人傳說中的龍，原是樹神的化身。中國人對龍的崇拜，是樹神崇拜的曲折反映，龍是樹神，是植物之神。龍的原型是四季常青的『松』、『柏』（主要是松）一類喬木。」、「松、龍不僅在外部形象上驚人地相似，而且『龍』的其他屬性，與

---

20 楊家駱主編：《呂氏春秋集釋》第2冊（臺北市：世界書局，1958年5月初版），卷14，頁12。
21 見王才、馮廣裕：《龍文化與民族精神》（上海市：上海人民出版社，2000年），頁2。
22 劉城淮：〈略談龍的始作者和模特兒〉，《學術研究》（雲南）1964年3期，頁52-60。
23 黃永武：《中國詩學——思想篇》（臺北市：巨流圖書公司，2004年），頁43-44。

松也同樣驚人地相似。」[24]

（二）龍不是實際存在的動物

1 雲說

　　龍源白雲說，乃因雲的盤捲翻騰變化不居的形狀更與雨水同質的關係，《周易·乾》：「雲從龍。《疏》：『龍是水畜，雲是水氣，故龍吟則景雲出，是雲從龍也。』」[25]。《淮南子·天文訓》：「龍舉而景雲屬。」[26]，又《淮南子·墜形訓》：「黃龍入藏生黃泉。黃泉之埃上為黃雲。……青龍入藏生青泉，青泉之埃上為青雲。……赤龍入藏生赤泉，赤泉之埃上為赤雲。……白龍入藏生白泉，白泉之埃上為白雲。……玄龍入藏生玄泉，玄泉之埃上為玄雲。」[27]以及王充《論衡·龍虛》：「雲雨感龍，龍亦起雲而升天。」[28]由此可證龍與雲的關係是十分密切。故何新在〈龍鳳新說〉一文說道：「『龍』就是雲神的生命格」、「最初的龍形不過是抽象的旋捲狀的雲紋。而後來逐漸趨於具體化、生物化，並且展開而接近於現實生物界中兩棲類和爬行類動物的形象。」[29]

---

24 尹榮方：〈龍為樹神說──兼論龍之原型是松〉，《學術月刊》1989年7月號，頁39、44。

25 （清）阮元：《十三經注疏·周易1》（臺北市：藝文印書館，2001年12月初版14刷），頁15。

26 （漢）劉安：《淮南子》（臺北市：臺灣中華書局，1968年），卷3，頁2。

27 （漢）劉安：《淮南子》（臺北市：臺灣中華書局，1968年），卷4，頁12-13。

28 （漢）王充：《論衡》（臺北市：臺灣中華書局，1968年），卷6，頁12。

29 何新：〈龍鳳新說〉，《諸神的起源──中國遠古神話與歷史》（北京市：三聯書店，1986年），頁65、67。

2 虹說

　　虹七彩，碩長，溝通天地的形態並與雨水關係密切，於是先民將其與龍聯繫之。商代甲骨文中「虹」字很像一條拱起身軀的雙頭龍。從考古資料分析，其原型很可能來自象徵虹的「雙龍首玉璜」，最早出現於遼寧喀左縣東山嘴的紅山文化遺址，而殷址婦好墓中出土的商代「龍首玉璜」，一端呈現龍首，另一端呈龍尾。到了漢代長沙馬王堆三號漢墓出土的帛書《天文氣象雜占》中，關於虹的占文上方，虹被繪作背脊微拱的獸形龍，其中還有被稱作「雙虹」的圖形，正體現了虹霓之象。[30]而胡昌健〈論中國龍神的起源〉一文論述：「龍的原型來自春天的自然景觀——蟄雷閃電的勾曲之狀、蠢動的冬蟲、勾曲萌生的草木、三月始現的雨後彩虹，等等。……其中虹是龍的最直接的原型，因為虹有美麗、具體的可視形象。」[31]，孫機〈神龍出世六千年〉一文舉証紅山文化遺址中已出土兩端為龍首的璜形玉飾，本是虹的象徵，甲骨文虹字像兩頭龍之形。[32]

3 閃電說

　　閃電成為龍的來源取材乃因其形狀與甲骨文中某些龍字相似，而其特點符合古籍中「龍性」的載述，如《論衡・無形》：「龍之為蟲，一存一亡，一短一長，龍之為性也。」[33]；《說苑・辨物》：「神龍能為高，能為下，能為大，能為小，能為幽，能為明，能為短，能為長，

---

30 王子今：〈龍與遠古虹崇拜〉，《文物天地》1989年第4期，頁47。

31 見劉志雄、楊靜榮著：《龍的身世》（臺北市：臺灣商務印書館，2001年），頁3。

32 孫機：〈神龍出世六千年〉，《龍文化特展》（臺北市：國立編譯館，1999年），頁40。

33 （漢）王充：《論衡》（臺北市：臺灣中華書局，1968年），卷2，頁9。

照乎其高也，淵乎其下也，薄乎天光，高乎其著也，一存一亡，忽微哉，斐然成章。虛無則精以和，動作則靈以化。」[34]；《說文》：「龍……能幽能明，能細能巨，能短能長，春分而登天，秋分而潛淵」[35]上述正是閃電的特性，「一存一亡，一短一長」，出現時間為春分後叱吒蒼穹，秋分後消聲匿跡。朱天順《中國古代宗教初探》：「幻想龍這一動物神的契機或起點，可能不是因為古人看到了與龍相類似的動物，而是看到天空中閃電的現象引起的。因為，如果把閃電做為基礎來把它幻想成一種動物的話，它很容易被幻想是一條細長的、有四個腳的動物」[36]。

4 龍捲風

提出龍捲風之說是中央大學地球科學院趙丰教授〈從地球科學追尋龍的起源〉一文中提及「龍的起源是龍捲風。因為龍捲風能『通天』，直立而彎曲，就如同甲骨文、古玉器所描繪的。它們變化多端，來去無蹤，一般出現的季節是每年春分到秋分的時節，完全有如《說文》所述，而且有不一樣的光彩色彩，出現時伴隨暴雨、閃電、冰雹」[37]。

5 以蛇為原型的綜合圖騰說

聞一多《神話與詩──伏羲考》曰：「龍究竟是個什麼東西呢？它是一種圖騰（Totem），並且是只存在於圖騰中而不存在於生物界中

---

34 （漢）劉向：《說苑》（臺北市：臺灣商務印書館，1965年5月臺1版），卷18，頁180。

35 （漢）許慎撰，（清）段玉裁注：《說文解字注》（臺北市：黎明文化事業公司，1998年12刷），頁582。

36 朱天順：《中國古代宗教初探》（上海市：上海人民出版社，1982年），頁103。

37 趙丰：〈從地球科學追尋龍的起源〉，《科學發展》436期（2009年4月），頁50。

的一種虛擬的生物，因為它是由許多不同的圖騰糅合成的一種綜合體。……龍圖騰，不拘它局部的像馬也好，像狗也好，或像魚、像鳥，像鹿都好，它的主幹部分和基本形態卻是蛇。這表明在當初那眾圖騰單位林立的時代，內中以蛇圖騰最為強大，眾圖騰的合併與融化，便是這蛇圖騰兼併與同化了許多弱小單位的結果。……一個以大蛇為圖騰的團族（Klan），兼併吸收了許多別的形形色色的圖騰團族。……接受了獸類的四腳，馬的頭，鬣的尾，鹿的角，狗的爪，魚的鱗和鬚……於是便成為我們現在所知道的龍了。」[38]認為龍圖騰是古代強大部族兼併吸收其他部族圖騰綜合而成的。

何星亮《遠古的崇拜》指出：「龍是超民族、超地域的超級圖騰……。龍最初是伏羲部落的圖騰，後來成為各部落共同崇拜的圖騰神。……部落集團為了維繫、團結各部落，以各部落共同崇拜的龍作為部落集團的圖騰。」[39]

6 物候組合說

陳綬祥在《中國的龍》一書中提到龍是物候組合說法：「在廣大的範圍中，人們選擇不同的物候參照動物，因此，江漢流域的黿類、鱷類，黃河中上游的蟲類蛙類魚類、黃河中下游的鳥類畜類等等都有可能成為較為固定的物候曆法之參照動物，這種選擇雖有一定的標準，但只要它們能與氣候周期變化發生明顯的直接聯繫，它們的種類和形象上都有相當寬泛的通融，而不像原始圖騰那樣恆定，……後來，這些關係演化成觀念集中在特定的形象身上，便形成了龍。」[40]

---

38 聞一多：《神話與詩——伏羲考》（臺北市：里仁書局，1993年），頁26。

39 何星亮：《龍族的圖騰——遠古的崇拜》（臺北市：臺灣中華書局，1993年），頁28-29。

40 陳綬祥：〈龍神〉，《中國的龍》（桂林市：漓江出版社，1988年），頁13。

7 模糊集合說

龐燼《龍的習俗》對於龍的起源問題，提出「模糊集合說」，說明專家學者從各個角度進行了稽索和考究，提出幾種具有代表性的觀點，即龍從鱷說、龍從蛇說、龍從蜥蜴說、龍從閃電說、龍從雲等，另也注意到龍與魚、龍與馬、龍與牛、龍與豬、龍與狗等動物的特殊關係，但這些觀點只針對龍的其中之一特性解釋，是有缺陷的，如龍從鱷說、從蛇、從蜥蜴說，雖然解決了龍的「生物性存在」的問題，卻難以解決龍何以騰空升天，興雲布雨的問題；龍從閃電、從雲說，雖然解決了龍的上天入水，行雨放霽的問題，卻又難以解決龍作為「鱗蟲」行走於地面的問題。並認為龍是古人對一些爬行動物和哺乳動物以及某些自然天象模糊集合而產生的一種神物。[41]

上述各家對「龍」的原型論述，有其可取之處，然而這些說法僅能滿足對龍的某一部份特點的解釋，無法全面，至今我們所掌握的考古材料還不足以解開此難題，可見龍起源問題研究的難度性。

二 史料文物中的「龍」

龍千變萬化，種類紛繁，在商周、春秋戰國的青銅器上可證之，又《廣雅・釋螭》曰：「有鱗曰蛟龍，有翼曰應龍，有角曰虯龍，無角曰螭龍，未升天曰蟠龍。」[42]。《論衡・龍虛》曰：「世俗畫龍之

---

41 龐燼：《龍的習俗》（臺北市：文津出版社，1990年），頁1。

42 （魏）張揖著，（清）王念孫疏證：《廣雅疏證》（臺北市：廣文書局，1991年1月再版），頁372。

象，馬首虵尾。由此言之，馬虵之類也。」[43]；宋朝郭若虛言畫龍要掌握「三停九似」[44]之要領。明代李時珍《本草綱目》亦曰：「龍有九似，頭似駝，角似鹿，眼似鬼，耳似牛，頸似蛇，腹似蜃，鱗似魚，爪似鷹，掌似虎；背有八十一鱗，具九九陽數，口旁有鬚髯，頷下有明珠，喉下有逆鱗，頭上有博山。」[45]由上可知龍兼具各種動物所長之神異動物。

近年考古工作的進展，迄今已知的史料文物為我們提供龍起源作全面、深入研究的基礎，以下歸納專家學者對於考古文物中的「龍」。

（一）甲骨文中「龍」字

甲骨文：「龍」（京津一二九三）[46]，像頭戴王冠「干」的大蛇「虫」，大口利齒，靈活騰躍的巨蟒般的身軀。造字本義：中生代一種大口利齒的巨型爬行動物。

甲骨文　　　　金文　　　　小篆

43 （漢）王充撰：《論衡》（臺北市：臺灣中華書局，1968年），卷6，頁10。

44 （宋）郭若虛撰：《圖畫見聞誌・敘製作楷模》曰：「畫龍者折出三停，自首至膊，膊至腰，腰至尾也。分成九似，角似鹿，頭似駝，眼似鬼，項似蛇，腹似蜃，鱗似魚，爪似鷹，掌似虎，耳似牛也。」見《圖畫見聞誌》，收入《叢書集成初編》（北京市：中華書局，1985年），卷1，頁8

45 （明）李時珍：《本草綱目》，收入《景印文淵閣四庫全書》774冊（臺北市：臺灣商務印書館，1986年），頁875。

46 李圃主編：《古文字詁林》（上海市：上海教育出版社，2004年第1版第1刷），頁417。

　　劉志雄、楊靜榮《龍的身世》一書指出:「『龍』字始見於中國目前所知最古老的文字——商代甲骨文和金文中。……甲骨文與金文的龍字屬象形文字,即龍字是依龍的形象『畫成其物,隨體詰詘』而來,係龍形象化、抽象化的產物。因此,甲骨、金文中的龍字是我們了解龍形象的基礎依據。商代甲骨文中的龍字並不統一,據有關專家統計,竟多達七十餘種。從形象上歸納大致可分為兩個大類……僅管兩類字形的差異較大,但它們都明顯呈現動物的形態。其共有的特點是:(1) 身長而曲;(2) 巨頭大口;(3) 絕大多數有角,角的形狀多樣;(4) 足或有或無」[47]。徐乃湘、崔岩峋《說龍》一書論及「象形文字中的龍字」曰:「甲骨文的龍字,大致可分兩種類型。其一是複線式的,即用雙線『畫』出龍的長身與頭形,象『畫』。其二是單線式的,即以單線『寫』出龍的蜿蜒的身形及帶『冠』的頭部,象『字』。從象形文字上反映出來的龍形象是一長身,身形蜿蜒,大首巨口,頭上飾冠、角、無足的動物,整個形象是低頭,身體作直立式伸曲」[48]。

　　楊新〈論述龍和龍紋藝術的發展〉一文曰:「甲骨文中的龍字有多種寫法,據專家們的統計,有七十餘種之多,但大體可分為兩類,即簡式和繁式。差別在於有無角、鱗、足等。」[49]可見殷商時期「龍」字已廣泛出現,且呈現商代龍形象的特徵。

(二)考古器物上的龍紋

　　劉志雄、楊靜榮《龍的身世》指出後世的龍紋來源於新石器時代

---

47 劉志雄、楊靜榮:《龍的身世》(臺北市:臺灣商務印書館,2001年),頁8。
48 徐乃湘、崔岩峋:《說龍》(北京市:紫禁城出版社,1987年12月1刷),頁29。
49 楊新:〈試述龍和龍紋藝術的發展〉,《龍的藝術》(臺北市:臺灣商務印書館,1988年),頁13。

的動物紋像，並把這些動物紋像稱為「原龍紋」。這些原龍紋是目前所知最古老、最原始的與龍有關的材料，是探索龍起源的最堅實的立足點。在渭河流域中，發現陶器上繪有許多的魚形紋飾，及貌似娃娃魚的鯢紋，許多研究學者認為，這些魚紋就是早期的龍紋。[50]有學者提出龍的原型是魚，這些出土文物為其證明龍的原始圖案。

　　朱乃誠《中國龍起源和形成》文中論到龍起源：根據考古，發現中國最早的龍形圖案，是來自於遼寧阜新查海原始村落遺址出土的「龍形堆塑」，距今約八千年。龍身是由紅褐色的石塊堆砌，揚首張口、彎腰弓背，身長約20米。再來是距今約六千年的河南西水坡的蚌殼龍，其樣貌為巨頭張口、背亦弓曲，尾長，兩足，足有四爪，此龍的形象有學者提出其實是鱷的形象，但其樣貌與後世的龍已相當接近。還有黃梅縣白湖鄉張城村焦墩遺址發現的用卵石擺塑的一條巨龍，又1971年發現的內蒙古三星他拉玉龍，是屬於新石器時代的紅山文化，距今約五六千年。但說它的形象是龍，實體卻像豬，玉龍的頭部造型明顯有豬的特徵：耳大、吻長閉口、鼻端前突、並列雙鼻孔，略成菱形的眼睛、吻部及眼睛周圍有多道皺紋。[51]從河南西水坡的蚌殼龍出土文物証明龍為鱷說；紅山文化的龍形玉的形象與豬相像，又帶出龍為豬說的看法。

　　對於龍的起源，眾說紛紜，筆者認同閻雲翔〈試論龍的研究〉一文所言：「關於龍之原型的觀點中有相當一部分是通過猜測或者依據有限的資料再輔之以猜測而得出的。某些論者在未曾瞭解龍之全貌與歷史以前，過於匆忙地將他們的注意力集中在龍的某一特徵上，從而產生了一些不必要的紛爭。」[52]而圖騰說亦流於臆想，正如劉志雄、

---

50 劉志雄、楊靜榮：《龍的身世》（臺北市：臺灣商務印書館，2001年），頁20-21。

51 朱乃誠：《中國龍起源和形成》（北京市：三聯書店，2009年），頁17-23。

52 閻雲翔：〈試論龍的研究〉，《九州學刊》香港第2卷第2期（1988年1月），頁107。

楊靜榮《龍的身世》一文分析「圖騰合併說」時指出：「《史記》關於殷、周兩代始祖出身記載確實流露出玄鳥與巨人跡為殷、周兩大氏族圖騰的信息。然而迄今為止，考古學、歷史學均無可信資料證明在中國歷史上曾有過一個強大的以蛇為圖騰的氏族部落，至於兼併與融合其他以馬、狗、魚、鳥、鹿為圖騰的氏族部落的說法更是完全出臆想。尤其應當指出的是，現今一些學者將中國古文物上出現的動物造型視作圖騰的表現形式，這是非常錯誤的」[53]。

綜上所述龍的起源說法以及史料文中的龍字、龍紋，筆者認為「龍」可能是古人對於一些爬行動物、哺乳動物、魚類、鳥類以及某些自然天象、圖騰的模糊集合，此一神物來自現實又非現實，非今日自然界存在的動物、植物，可見龍的研究工程浩大且艱深，至今無較全面、周延的的解答，正因如此，這一神物的研究仍待後世學者不斷結合考古、歷史、文物學等綜合考究。

第二節　歷代龍的形象

由於考古文物出土，證明新石器時代即出現龍紋造型，也是最原始的與龍有關的研究材料，為後人探索龍的起源奠定堅實的基礎，然而隨著時代不同，各朝代龍的形象有獨特的象徵與形態，更賦予不同意涵。筆者將歷代龍的形象演變及其意涵分述整理如下：

---

53 劉志雄、楊靜榮：《龍的身世》（臺北市：臺灣商務印書館，2001年），頁5。

一　先秦兩漢（西元前1600年至西元220年）

　　先秦龍紋主要多發現於玉器和青銅器上，〈試論龍和龍紋藝術的發展〉一文指出：「商代早期玉器上的龍紋頭部多大而無耳，刻有鱗紋或雲紋的長曲身軀。商代中期和晚期龍紋的頭上出現了角，一部分出現柱形角。以安陽殷墟婦好墓出土的玉龍為例：龍身像蛇卷曲，巨首，有雙足，四趾，頭上多出了柱形雙角，背上有齒狀鰭，身上有菱紋或雲紋。」[54]而至春秋戰國時期，龍已脫離爬蟲類的造型，由抽象化逐漸邁向寫實化的圖像，「出現四肢，各有兩爪，能站立起來，尾較長，呈尖型卷曲狀。頭部出現尖狀小耳，嘴多張開，上唇翹卷，下唇內卷，龍角翹卷，並出現分枝」[55]其形象更顯得威武、有生氣。除了上述考古文物觀察龍形象外，筆者據林禹璇《《夷堅志》龍的故事研究》論文中「先秦兩漢龍形象」一節及古籍綜合歸納出當時人對龍的形象描述有以下諸說：

　　（一）龍出沒於深山大澤之中，如《左傳》：「襄公二十一年……深山大澤，實生龍蛇。」[56]時人相信幽深之側，必有龍的存在。（二）龍為性情凶猛會攻擊人之獸性生物，如《莊子‧秋水》：「夫水行不避蛟龍，漁夫之勇也。」[57]，得知龍除了出現於深山之中，亦出現水域之中，將蛟龍視為凶猛的獸性生物。（三）龍能蓄水，招來風雨，與

54　楊新、李毅華、徐乃湘：〈試論龍和龍紋藝術的發展〉，《龍的藝術》（臺北市：臺灣商務印書館，1988年），頁13。

55　附錄〈歷代龍象演變及其藝術特點〉，《龍文化特展》（臺北市：國立歷史博物館，2000年），頁328。

56　（清）阮元：《十三經注疏‧左傳6》（臺北市：藝文印書館，2001年12月初版14刷），卷34，頁592。

57　（周）莊周：《莊子》（臺北市：臺灣中華書局，1968年），卷6，頁13。

水關係密切，如《山海經‧大荒北經》：「應龍已殺蚩尤，又殺夸父，
乃去南方處支，故南方多雨。」、「蚩尤作伐黃帝，黃帝乃令應龍攻之
冀州之野，應龍蓄水」[58]說明應龍能蓄水亦能招來風雨；以及《左
傳‧昭公十九年》出現龍的記載：「鄭大水，龍鬬于時門之外洧淵。
國人請為禜焉，子產弗許，曰：『我鬬，龍不我覿也。龍鬬，我獨何
覿焉？禳之，則彼其室也。吾無求於龍，龍亦無求於我。』乃止
也。」[59]可知龍的出現與鄭國發生水災有關，可見龍與水關係密切，
百姓向鄭國大夫子產請求舉行禳災祈福的祭祀。「龍」在祭祀巫術中
為通天神獸，但子產認為龍自己在鬬，並未與人類活動產生關聯，沒
有祭祀的必要，拒絕禜龍。《左傳》所載見龍，雖引起朝野議論，但
並未將龍的出現與當時政治、社會相聯繫，只是平實客觀的記載。而
在《山海經》之中，有不少半人半龍的神具有呼風喚雨之神力，如計
蒙出入必有風雨[60]，應龍能蓄水；《春秋繁露‧同類相動》：「物故以類
相召也，故以龍致雨」[61]；《論衡‧亂龍篇》曰：「董仲舒申《春秋》
之雩，設土龍以招雨，其意以雲龍相致。《易》曰：『雲從龍，風從
虎。』以類求之，故設土龍，陰陽從類，雲雨自至。」[62]可知降雨並
非龍的職責，因龍而產生風雨異變現象，故以龍得雨實乃物類相感。
又《呂氏春秋‧召類》論及同類相召時舉龍之例：「以龍致雨，以形

58 （晉）郭璞注，（清）郝懿行箋疏：《山海經箋疏》第17（臺北市：臺灣中華書局，
　　1969年2月臺2版），頁4、5。

59 （清）阮元校勘：《十三經注疏‧左傳6》（臺北市：藝文印書館，2001年12月初版
　　14刷），卷48，頁846。

60 《山海經‧中山經》：「又東百三十里曰光山，其上多碧，其下多木，神計蒙處之，
　　其狀人身而龍首，恒游於漳淵，出入必有飄風暴雨。」見（晉）郭璞注，（清）郝懿
　　行箋疏：《山海經箋疏》第5（臺北市：臺灣中華書局，1969年2月臺2版），頁26。

61 （漢）董仲舒：《春秋繁露》（臺北市：臺灣中華書局，1968年），卷13，頁3。

62 （漢）王充：《論衡》（臺北市：臺灣中華書局，1968年），卷16，頁1。

逐影」[63]，綜上得知造龍、畫龍等求雨儀式，皆是同類相應。（四）龍是多棲性，龍能潛水能陸，隨季節而變化，「春分而登天，秋分而潛淵」，這是蛇、蜥蜴等爬蟲類動物冬眠習性。《周易・乾卦》中「潛龍勿用」，「潛」即潛藏水底，亦可視為蛇、蜥蜴或魚類冬眠的一種變異。（五）龍為神仙之座騎或使者，如《周易・乾卦・彖傳》：「雲行雨施，品物流行，大明終始，立位時成，時乘六龍以御天。」[64]、《淮南子・天文訓》注曰：「日乘車，駕以六龍，羲和御之」[65]、《韓非子・說難》：「龍之為蟲也，柔可狎而騎也」[66]、王充《論衡・龍虛篇》云：「夫天之取龍何意邪，如以龍神為天使」[67]，以及《山海經》中祝融[68]、蓐收[69]、大神句芒[70]等都以龍為座騎。[71]

綜上可知，龍主要生活在水中，能翻江倒海，在天上引發風雨雷電，性格兇猛的神獸，唯神仙能駕馭控制之。從先秦至東漢末佛教傳

---

63 〈有始覽・召類・應同〉：「類固相召，氣同則合，聲比則應……以龍致雨，以形逐影」。見（秦）呂不韋撰，楊家駱主編：《呂氏春秋集釋》第2冊（臺北市：世界書局，1958年5月初版），卷13，頁8-9。

64 （清）阮元：《十三經注疏・周易1》（臺北市：臺灣中華書局，1968年），頁10。

65 （漢）劉安：《淮南子・天文訓》：「爰止羲和，爰息六螭。高誘注云：『日乘車，駕以六龍，羲和御之。』」（北京市：中華書局，1988年），頁236。

66 （戰國）韓非著：《韓非子》（臺北市：臺灣中華書局，1968年），卷4，頁10。

67 （東漢）王充：《論衡》（臺北市：臺灣中華書局，1968年），卷6，頁9。

68 《山海經・海外南經》：「南方祝融，獸身人面，乘兩龍。」見（晉）郭璞注，（清）郝懿行箋疏：《山海經箋疏》第6（臺北市：臺灣中華書局，1969年2月臺2版），頁5。

69 《山海經・海外西經》：「西方蓐收，左耳右蛇，乘兩龍。」見（晉）郭璞注，（清）郝懿行箋疏：《山海經箋疏》第7（臺北市：臺灣中華書局，1969年2月臺2版），頁5。

70 《山海經・海外東經》：「東方句芒，鳥身人亡，乘兩龍。」見（晉）郭璞注，（清）郝懿行箋疏：《山海經箋疏》第9（臺北市：臺灣中華書局，1969年2月臺2版），頁4。

71 上述五論點，詳參林禹璇：《《夷堅志》龍的故事研究》（高雄市：國立高雄師範大學國文學系碩士論文，2010年），頁28-29。

入之前，龍已具神秘力量的神獸，但尚未具人性的神靈，而漢代以龍求雨，董仲舒曾造龍求雨可證之。閻雲翔曰：「至少從西周時期開始，龍就不再是自然界中的實有動物，而是變成只存在於人們觀念與想像之中的神異動物，變成一種觀念。」[72]

秦漢以降，世人對龍的認識更加模糊，統治者往往出於政治目的，將龍的出現與人事相聯繫，此後見龍事件不絕於史，所述情況大多誣妄、附會之言，增加象徵君王的封建威權，如秦始皇被稱為祖龍，漢高祖劉邦乃其母感龍而生，從而失去先秦古籍中見龍記載的真實意義。秦漢時期的龍象，由抽象的造型走向現實化，龍紋也大量出現於畫及各種器物之上。〈試述龍和龍紋藝術的發展〉一文指出：「此時的龍軀體較短，似虎似馬，頸長尾細，龍的頸部、軀幹和尾部三部分的區別十分明顯，龍尾和虎尾相似。從漢代開始，出現鬍子和肘毛，有的龍還出現了雙翼。龍的造型在漢代臻於定型，其造型是：頭大頸細，張口吐舌，舌細長如蛇信，龍牙長而尖利，眼睛如環，雙角細長，兩耳生毛，全身披鱗甲。四肢粗壯，掌似虎，三爪，肘生毛。整體形象威猛又飛動靈活。」[73]龍的意涵從先秦時代表通天神獸、神仙座騎走向秦漢時代祥瑞、君王化身。

二　魏晉南北朝（西元221年至589年）

「魏晉南北朝時期的龍象特徵是灑脫修長，奔放活躍，身軀比漢代拉長，走獸狀的形態逐漸減弱，但尾部仍然近似虎尾，行走如雲；

---

72 詳參閻雲翔：〈試論龍的研究〉，《九州學刊》香港第2卷第2期（1988年1月），頁99-110。

73 楊新、李毅華、徐乃湘：〈試述龍和龍紋藝術的發展〉，《龍的藝術》（臺北市：臺灣商務印書館，1988年），頁16。

龍的頭部與同時期的鳳和麒麟的頭部有很多相似之處，既扁又長，並開始出現明顯的雙鹿形角，龍的嘴角漸深，龍髮開始向後披散，腹甲和龍麟趨向整齊細密，四肢開始出現肘毛，爪一般呈三趾」[74]。在《唐代的外來文明》一書提及六朝時期龍的形象呈現出「身尾分明、體似獅虎、龍角前卷、四肢細長的特點，身軀雕琢鱗紋趨密，大多數的龍有飛翼、鷹爪，有的飛翼誇張成細長的飄帶形，造型風格與以前穩重沈著的靜態相反　一般呈匍匐爬行狀較多，線條流暢講究行雲流水。」[75]南朝龍紋清峻飄逸，傲骨嶙峋；北朝龍紋雍容華美、矯若流雲。龍翼，呈飄動的火焰狀，稱作「肘縈膊焰」，是對龍體的襯托，增加氣勢。龍角捲曲，龍腳變細。江蘇丹陽胡橋南朝大墓中的拼砌磚畫，洛陽上窯所出北魏畫像石棺上的龍，可為代表。[76]而蘇啟明〈世紀龍顏——龍的歷史構成及其美學特質〉一文提到：「魏晉南北朝的龍象仙風道骨，這時期的仙人戲龍或仙人騎龍、乘龍圖象特多，這自然是受到了道教的影響。」[77]此外，在《初學記》卷三十引魏繆襲〈青龍賦〉云：「觀四靈而特奇，是以見之者驚駭，聞之者崩馳，觀夫仙龍之為形也，蓋鴻洞輪碩，豐盈修長。容姿溫潤，委婉成章。」[78]以及晉代郭璞〈燭龍贊〉曰：「天缺西土，龍銜火精。氣為寒暑，眼作昏明。身長千里，可謂至靈。」[79]可知此時龍形象有分仙風傲骨飄

---

74 附錄〈歷代龍象演變及其藝術特點〉，《龍文化特展》（臺北市：國立歷史博物館，2000年），頁329。

75 （美）愛德華・謝弗（Edward Schafer, 1913-1991）著，吳玉貴譯：《唐代的外來文明》（西安市：陝西師範大學出版社，2005年12月），頁138。

76 洛陽博物館：〈洛陽北魏畫像石〉，《考古》1980年3期，頁186。

77 蘇啟明：〈世紀龍顏——龍的歷史構成及其美學特質〉，《龍文化特展》（臺北市：國立歷史博物館，1999年），頁66。

78 （唐）徐堅撰：《初學記》，收入《景印文淵閣四庫全書》890冊（臺北市：臺灣商務印書館，1983年），頁1142。

79 （唐）歐陽詢等奉敕撰：《藝文類聚》，收入《景印文淵閣四庫全書》888冊（臺北

逸靈氣，有雍容華貴，矯若行雲流水，並深受當時佛、道思想影響，在道教中的龍非但能降雨除旱，更能救火，更可求福、長生、官職等，更是仙人的座騎，保有通天神獸意涵；在佛教與佛經傳入東土後，佛教中的護法神婆羯龍王，可做人語，有七情六欲，可隨心喜怒而降雨興風[80]，將龍從神獸形象趨向人性化神。

三 隋唐（西元590年至959年）

　　隋代最著名為「趙州橋上的石雕龍紋，有奔龍、對龍、交頸龍、穿石龍等多種形式，其中奔龍是單龍飛馳圖案，龍巨首吐舌，體軀舒展，姿態奔放雄健，頗具六朝遺風；對龍為曲身飛騰的雙龍，分持火珠與寶相花抬爪相對，圖案具有佛教藝術色彩與吉祥含義；交頸龍為一對行龍兩頸相交，皆口吐蓮花，十分精美；而最有特色是其中的穿石龍圖案，圖中雙龍巨首碩角，軀體若獸，龍的首、尾兩端從石中探出，龍身中斷隱沒石中。作者既表現了龍穿岩引水、變化莫測的神通，又彌補了樣板短小無法表現龍之長軀的缺憾，處理手法輕靈巧妙，具有強烈的審美情趣，而這正是隋唐龍紋所具有的的時代風格。」[81]

　　隋代龍的形式日益世俗化與藝術審美化，龍紋通天神獸的身份也有所淡化，到了唐代，龍紋含義已偏向吉祥瑞獸，在唐代墓室壁畫中傳統龍馱負墓主人升天的圖案已不再盛行，取代是龍與各種花草動物

市：臺灣商務印書館，1986年），頁1141。

80　《華嚴經・世主妙嚴品第一》：「復有無量諸大龍王，所謂毘樓博叉龍王，娑竭羅龍王，雲音妙幢龍王，燄口海光龍王，普高雲幢龍王，德叉迦龍王，無邊步龍王，清淨色龍王，普運大聲龍王，無熱惱龍王，如是等而為上首，其數無量，莫不勤力興雲佈雨，令諸眾生熱惱消滅。」（清）釋道霈編：《華嚴經疏論纂要》（臺北市：新文豐出版社，1987年），頁80。

81　唐寰澄：《中國古代橋樑》（北京市：文物出版社，1987年），頁90。

組合出現。從考古和文物資料觀之，唐代時龍紋多出現於日常實用器物，「它們分別以不同的製作工藝和創作手法，塑造出翼龍、團龍、行龍、臥龍、盤龍、騰龍、蹲龍、雲龍、戲波龍等。」[82]

　　隋唐龍紋主要有三大特徵：「第一，龍頭的變化：龍眼清晰而炯炯有神，龍角開始有了明顯的分叉，龍髮飄逸並向後散開，龍唇不再向外翻卷，上唇開始變尖，龍頭的形狀較之以前更碩大圓潤；第二，龍身的變化：龍腹在和頸部、尾部整體協調的基礎上變得強健粗壯，下腹變得像虎豹一樣凸起。龍鱗開始呈現出一種美觀的整齊和細密。飛龍的雙翼的姿勢動感極強。龍爪仍舊是沿襲以前的三爪，但變得像虎獅的爪部一樣渾圓肥厚，矯健有力。肘毛和鬣毛都加長變密，並有飄逸之感。總體來看，龍體有獅型的趨向；第三，龍尾的變化：龍尾比戰國以前的收縮形狀舒展加長，但也不如戰國以後狹長，像虎豹的尾部一樣變得上揚，並很少有尾鰭。龍尾纏繞右腿之上的現象也是唐代的特例，但由於處理得當，這種龍尾不但沒有顯得畸形，反而看起來更加動感有生氣。」[83]從出土的唐代文物看來，唐代龍的外在和內容皆受外來文化影響不少，因西北方游牧民族和胡人文化的融入，龍頭和龍身與獅、豹、虎、馬之型更為接近，動作神韻更加雄健有力，傳統龍的形象增添了西域胡人風格。

　　此外，唐代還流行一種龍首魚身的「魚龍變紋」，而中國自古有魚化龍的傳說，即魚躍龍門之說，如此龍首魚身的半龍形象在隋唐時代興盛，與隋唐時期科舉制度興起大有關係，科舉不重門第出身，一旦高中，即「朝為田舍郎，暮登天子堂」，如同鯉魚躍龍門一般，故李白〈贈崔侍御〉一詩更以不得化龍之鯉魚自比，於此文化氛圍下，

---

82 葛承雍：〈唐代龍的演變特點與外來文化〉，《人文雜誌》2000年第1期，頁65。

83 王利利：《龍的符號形成與現代演繹》（揚州市：揚州大學教育技術學碩士論文，2010年），頁39-40。

魚龍變紋流行。

綜言之，唐代時龍形象體態豐腴，整體已經完善，各肢體、器官已發展完整豐富，龍形相當充實，除了沿襲歷來通天神獸，特殊宗教載體，以及皇權象象徵外，更廣泛出現於器皿、建築上，成了吉祥瑞獸，魚龍變紋更是時人喜愛的瑞符。

四　宋元明清（西元960年至1911年）

宋代龍的形象已掙開宗教的樊籬，沒有祈福保佑與震懾蒼生的宗教巫術含義，並且溝通天地的含義淡化，強調的是龍的傳神、氣勢與美感。龍紋從宗教轉為藝術審美，北宋美術理論家郭若虛《圖畫見聞志・敘製作楷模》卷一曰：

> 畫龍者，折出三停，自首至膊，膊至腰，腰至尾也，分成九似。角似鹿，頭似駝，眼似鬼，項似蛇，腹似蜃，鱗似魚，爪似鷹，掌似虎，耳似牛也。窮游泳蜿蜒之妙，得回蟠升降之宜。乃要鬃鬛肘毛筆畫壯快，直自肉中生出為佳也。凡畫龍者，開口者易，為巧；合口者難，為功。畫家稱開口貓兒合口龍，言其兩難也。[84]

此種理論結束宋代以前歷朝隨意性的龍紋，使龍紋發展走向定型化。宋人講究生活精緻化，各種龍的紋飾大量應用，尤其手工業發達，陶瓷器紋飾以龍紋為主，龍的體態輕靈矯健，氣質俊雅脫俗，不似唐代剛健有力，而是飄逸之風。

84　（宋）郭若虛撰：《圖畫見聞誌》，收入《叢書集成初編》（北京市：中華書局，1985年），卷1，頁8。

　　元代繼宋代流風餘韻，「元龍的頭趨於扁長，雙眉粗壯如火焰，雙目小而有神，龍角多似鹿角伸向腦後，鬚、髮、肘毛揮灑飄揚，龍頸細長彎曲；元龍身軀蛇形者多於獸形者，均較宋龍更趨細長，背鰭多整齊密布，四肢多呈三爪，四爪者較為少見。」[85]故較宋代顯得輕靈飄逸，更注重整體協調與美觀，更關注龍身所處環境的細膩刻畫，現藏於北京故宮博物院元代「藍釉白龍紋瓷盤」，其「瓷盤內外皆施藍釉，盤心凸起一條昂首撐足的白龍，白龍僅具外形，全無細致刻劃，但有了平坦光潤的藍釉相襯托，從而生動地表現了光彩奪目的白龍翻騰游動於深邃湛藍的大海之中」[86]可明證。然而元代以後，龍形象沿續宋元造型，但由於明、清兩代帝王對龍紋使用的壟斷，龍為皇室專權與象徵，「明代皇帝朝服除十二章外，還有十二團龍，滿身皆龍，甚至皇后的朝服也佈滿龍」[87]，封建君主樹立以上承天命的真龍天子來神化自己的統治權，明代帝王食、衣、住、行皆以龍紋為飾，將龍視為最高權力的象徵。「北京北海公園的『九龍壁』是明清龍的代表作，也是龍壁中的精品」[88]，而「清代龍紋，繼承明龍的形式和特色，『獸形龍』已不再出現。清代龍體自然舒展，龍鱗均勻、有規則，尾鰭增大，但氣勢日益屄弱。龍的形象，由樸素到華麗，由粗獷到精美，由簡到繁，形成龍現在基本的形象」[89]。明、清大多建築、

85　汪田明：《中國龍的圖像研究》（北京市：中國藝術研究院設計藝術學博士論文，2008年），頁67。

86　王利利：《龍的符號形成與現代演繹》（揚州市：揚州大學教育技術學碩士論文，2010年），頁44-45。

87　姚遠：《中國傳統龍紋的圖像與符號學意義研究》（南京市：南京師範大學碩士論文，2006年），頁42。

88　孫機：〈神龍出世六千年──龍的形象之出現、演變和定型〉，《龍文化特展》（臺北市：國立故宮博物院，2000年），頁56-57。

89　同前註，頁57。

日常所用、祭祀大典所用的金銀器等，無處不龍，是中國龍的全盛時代，雖然帝王對龍紋做裝飾的制度愈嚴，但以龍作為一種精神、力量的象徵，在民間深受百姓喜愛。

　　從歷代龍的形象演變可見其由多元化向定型化，由宗教化向藝術化的道路前進，「不同時期呈現出不同的形態特徵，如古拙抽象的商周龍；秀麗矯健的春秋戰國龍；雄渾豪放的秦漢龍；健壯圓潤的六朝隋唐龍；清秀曲麗的宋元龍，繁複華美的明清龍」[90]。龍最初為宗教目的，乃通天神獸、仙人座騎，其後演變為吉祥圖案，代表祥瑞象徵，秦漢以後更是君王表徵，唐代西域胡風融入，龍形象神韻更加雄健有力，加上佛、道日盛，龍文化漸趨世俗性。宋代之後，畫龍理論將龍定型化，龍形象成為各種藝術上的紋飾，不再是帝王專利品。然而明、清時代雖然帝王壟斷龍形象，但將其推崇運用於各藝術領域，以顯帝王權威，龍形象成為皇權專屬的象徵外，更是炎黃子孫精神文化藝術結晶。

---

90 汪田明：《中國龍的圖像研究》（北京市：中國藝術研究院設計藝術學博士論文，2008年），頁111。

第三章
唐代以前「龍」字入「詩」文本
的實貌

　　龍是中國文化中一個怪異、神秘、奇幻的神物，就歷代描繪龍的形象觀之，難以將其比附為自然界任何一種動物。中國關於龍的記載和傳說多元，龍在中國人生活中佔特殊之地位。歷經數千年，中國歷史上不同朝代更替，社會的發展，使龍的象徵意義也隨之變化。在中國文壇上，文人墨客藉「龍」啟發哲思或抒發情懷，其留下龍的作品雖然不多，但從中我們可知歷代先民對龍所關注焦點的轉變，從通天神獸到以龍比德，皇帝龍種，擁有龍意象逐漸豐富多元。因此在研究李白詩歌中的「龍」意象時必須追溯唐代李白之前「龍」字入詩的發展現象與淵源，見李白如何承繼與創新。

第一節　龍意象義界

　　「龍」究竟何物？因不存在於世，非自然界的動物，很難有準確性的定義，考古學家張光直在第四章「藝術——攫取權力的手段」論述商周青銅器的動物紋飾曰：「龍的形象如此易變而多樣，金石學家對這個名稱的使用也就帶有很大的彈性；凡與真實動物對不上，又不能用其他神獸（如饕餮、肥遺和夔等）名稱來稱呼的動物，便是龍

了。」[1]楊靜榮、劉志雄《龍之源》一書給龍下一個定義：「龍是出現于中國文化中的一種長身、大口、大多數有角和足的具有莫測變化的世間所沒有的神性動物。它並不存在于世界之中，而是被古人們創造出來的。在古代各個時期的人們所創作的各種動物紋象中，只有符合這一定義者才有資格被稱為龍。」[2]上述為科技發達的今日考古學家、文字學家、生態學家對龍的了解與認識所作的義界。

古人對「龍」的認知不多，對「龍」字的釋義文獻資料有限，筆者以中國古代典籍（字書）為主，輔以今日辭書，羅列古今人對「龍」字的義界，如下：

1. 最早論及龍的生態特徵文字為《周易‧乾卦》，如「潛龍勿用」、「飛龍在天」、「見龍在田」、「或躍於淵」、「亢龍有悔」、「群龍無首」[3]，描述其無所不在，變化多端的生態。

2. 《韓非子‧說難》曰：「夫龍之為虫也，柔可狎而騎也，然其喉下有逆鱗徑尺，若人有嬰之者，則必殺人。」[4]

3. 《呂氏春秋‧舉難》：「孔子曰：『龍食乎清而游乎清；龜食乎清而游乎濁；魚食乎濁而游乎濁。』」[5]

4. 《左傳》昭公二十九年：「龍，水物也。」[6]

1　張光直：《美術‧神話與祭祀》（臺北縣：稻鄉出版社，1993年），頁54、56。

2　楊靜榮、劉志雄著：《龍之源》（北京市：中國書店，2008年10月），頁10。

3　（清）阮元校勘：《十三經注疏‧周易1》（臺北市：臺灣商務印書館，2001年12月初版14刷），頁8-10。

4　（周）韓非：《韓非子‧說難》（臺北市：臺灣中華書局，1968年），卷4，頁10。

5　楊家駱主編：《呂氏春秋集釋》第3冊（臺北市：世界書局，1958年5月初版），卷19，頁27。

6　（清）阮元校勘：《十三經注疏‧左傳6》（臺北市：臺灣商務印書館，2001年12月初版14刷），頁924。

5. 《尚書‧洪範‧五行傳》:「龍,蟲之生於淵,行無形,游於天者也。」[7]

6. 《管子‧水地》:「龍生於水,被五色而游,故神。欲小則化為蠶蠋,欲大則藏於天下,欲尚則凌於雲氣,欲下則入於深泉,變化無日,上下無時。」[8]

7. 《說文解字》卷十一云:「龍,鱗蟲之長,能幽能明,能細能巨,能短能長;春分而登天,秋分而潛淵。從肉,飛之形,童省聲。凡龍之屬皆從龍。」[9]

8. 《論衡‧龍虛》曰:「孔子曰:龍食於清,游於清;龜食於清,游於濁;魚食於濁,游於清。丘上不及龍,下不為魚,中止其龜與!」[10]

9. 《說苑‧辨物》:「神龍能為高,能為下,能為大,能為小,能為幽,能為明,能為短,能為長,照乎其高也,淵乎其下也,薄乎天光,高乎其著也,一存一亡,忽微哉,斐然成章。虛無則精以和,動作則靈以化。」[11]

10. 《淮南子‧天文訓》:「虎嘯而谷風至,龍舉而景雲屬。」[12]

11. 《本草綱目》引後漢王符的言論:「(龍)其形有九,頭似駝,角似鹿,眼似兔,耳似牛,項似蛇,腹似蜃,鱗似鯉,爪似鷹,掌似虎是也。其背有八十一鱗,具九九陽數。其聲如戞銅盤,口旁

7　(漢)伏勝撰,(漢)鄭玄注,(清)孫之騄輯:《尚書大傳三補遺一卷》,收入《經學輯佚文獻彙編》第6冊(北京市:國家圖書館出版社,2010年),頁60。

8　(周)管仲撰:《管子》第2冊(臺北市:臺灣中華書局,1968年),卷14,頁3。

9　(漢)許慎撰,(清)段玉裁注:《說文解字注》(臺北市:黎明文化事業公司,1998年12刷),卷11,頁582。

10　(東漢)王充撰:《論衡》第1冊(臺北市:臺灣中華書局,1968年),卷6,頁10。

11　(漢)劉向:《說苑》(臺北市:臺灣商務印書館,1965年5月臺1版),卷18,頁180。

12　(漢)劉安:《淮南子》(臺北市:臺灣中華書局,1968年),卷3,頁2。

有須髯，頷下有明珠，頭上有博山。」[13]

12. 《廣雅・釋魚》云：「有鱗曰蛟龍，有翼曰應龍，有角曰虯龍，無角曰螭龍，未升天曰蟠龍。龍能高能下，能小能巨，能幽能明，能短能長，淵深是藏，敷和其光。」[14]

13. 《辭海・龍部》云：「（1）鱗蟲之長，見《說文》。按舊說以龍為四靈之一。（2）君也，見《廣雅・釋詁》。（3）歲星也。《左傳・襄公二十八年》：「蛇乘龍，龍，宋鄭之星也。」注：「龍，歲星，歲星木也，木為青龍。」又東方七宿也。（4）馬名。《周禮・夏官》廋人：「馬八尺以上為龍。」《說文・通訓定聲》云：「馬以高為貴故神異之。」《禮・月令》：「駕蒼龍。」（5）堪輿家以山勢為龍。稱其起伏綿亙為龍脈，氣脈所結為龍穴。（6）姓也。《廣韻》：「舜納言龍之後，或曰出於御龍氏。」」[15]

14. 《辭源・龍部》云：「（1）古代傳說中的一種善變化能興雲雨利萬物的神異動物，為鱗蟲之長。《禮記・禮運》：「麟、鳳、龜、龍，謂之四靈。」（2）喻皇帝。《易・乾》：「飛龍在天，大人造也。」疏：「飛龍在天，猶聖人之在王位。」（3）《左傳・襄公二十年》：「深山大澤，實生龍蛇。」故喻非常之人為龍。（4）星宿名。即東方蒼龍七宿（角、亢、氐、房、心、尾、箕）。《左傳・桓公五年》：「龍見而雩。」疏：「天官東方之星，盡為蒼龍之宿。」（5）舊時風水術因山形地勢逶迤曲折像龍，故謂山勢曰

---

13 （明）李時珍：《本草綱目》，收入《景印文淵閣四庫全書》774冊（臺北市：臺灣商務印書館，1986年），頁875。

14 （三國魏）張揖撰，（清）王念孫疏證：《廣雅疏證》（臺北市：廣文書局公司，1991年1月再版），頁372。

15 熊鈍生主編，臺灣中華書局辭海編輯委員會編：《辭海》（臺北市：臺灣中華書局，1982年臺2版），頁5134。

龍。《全唐詩》三五五劉禹錫〈虎丘寺路宴〉：「埋劍人空傳，鑿山龍已去。」（6）姓。《孟子・滕文公》上有龍子，楚漢時項羽將有龍且。見《廣韻》。」[16]

15.《古代漢語大字典》曰：「（1）喻指君王。《呂氏春秋・介立》：「晉文公反國，介子推不敢受賞，自為賦詩曰：『有龍于飛，周遍天下。』」（2）指駿馬。《呂氏春秋・孟春》：「乘鸞輅，駕蒼龍。」[17]

由上所述，可見「龍」字所顯現的龍形象、特性、意思很多，據上述文獻資料筆者試圖給「龍」下一個定義：龍，生於水，食於清游乎清，上能凌於雲氣，下則入於深淵，能小能巨、能幽能明、能短能長，是一種古傳說中善變化、能興雲雨、利萬物的神異動物、兇猛巨型動物，巨口獠牙，為鱗蟲之長。其形頭似駝、角似鹿、眼似兔、耳似牛、項似蛇、腹似蜃、鱗似鯉、爪似鷹、掌似虎、背有鱗。其聲如戛銅盤，口旁有鬚髯，頷下有明珠，頭上有博山。龍的形象集合眾多動物形貌，且能升天潛水，是中華民族最為推崇的動物形象，加上從歷史學、考古學和民族學資料得知，龍是由圖騰演化的神物，因此，龍並非現實可見的實物，而是通過各種想像匯總起來的神秘動物形象，歷來人們對其崇敬外，亦畏懼可怖，於是產生各種具有褒貶色彩的意象，豐富歷來「龍」的各種詞匯表述。

---

16 商務印書館編輯：《辭源》（臺北市：遠流出版事業公司，1989年4月16日臺灣第5版），頁5134。

17 張雙棣、陳濤主編：《古代漢語大字典》（北京市：北京大學出版社，2004年8月第1版第4刷），頁497。

第二節　先秦文本

一　詩經

　　筆者據據【諸子百家中國哲學書電子化計畫】網站檢索搜尋先秦文學典籍[18]中出現「龍」字的次數，看先秦文學對於龍的認知與龍字相關詞彙的運用情形，發現先秦文學中《詩經》一書出現龍字詞彙約有7次[19]，筆者一一檢視其中使用龍字的相關文句，如下數則：

> 龍旂十乘，大糦是承。(《商頌・玄鳥》，頁794)
> 受小共大共，為下國駿厖，何天之龍。(《商頌・長發》，頁802)
> 龍旗陽陽，和鈴央央。(《周頌・載見》，頁735)
> 我龍受之，蹻蹻王之造。(《周頌・酌》，頁753)
> 龍旗承祀，六轡耳耳。(《魯頌・閟宮》，頁778)
> 四牡孔阜，六轡在手，騏駵是中，騧驪是驂，龍盾之合，鋈以觼軜。(《秦風・小戎》，頁237)
> 蓼彼蕭斯，零露瀼瀼。既見君子，為龍為光。
> 　　　　　　　　　　　　　　　　(《小雅・蓼蕭》，頁349)

　　《詩經》中提到的龍多指器物上的龍紋，出現1次「龍盾」外，

---

18 筆者據【諸子百家中國哲學書電子化計畫】網站檢索搜尋先秦文學典籍《詩經》網址如右：http://ctext.org/book-of-poetry/zh

19 筆者據（清）阮元校勘：《十三經注疏・詩經2》（臺北市：臺灣商務印書館，2001年12月初版14刷）一書為文本，考察統計出《詩經》中出現的「龍」字的次數和文句，不逐條標注出版社及日期，僅於文中標注出處頁碼。

出現多達3次「龍旗」。旗幟是一個國家的主要標誌，旗幟上的圖案是其精神象徵。《詩經》中出現「龍旗十乘」描寫十面龍旗迎風飄揚，氣勢雄偉，場面宏大；「龍旗陽陽」盛讚繪有交龍圖案的旗幟色彩明亮；「龍旗承祀」描寫雙龍交匯的旗幟，在祭祀的上空飄揚，氣勢壯觀，而這些詩句出現在《詩經》的「頌」中，可見龍旗均用於享祀禮儀，不僅商王武丁、諸侯王魯僖公祭祀用龍旗，諸侯來朝助祭周武王時也用龍旗，此時龍紋具有溝通天地使者的意涵外，也是尊貴統治者特殊身份的標誌。

　　《詩經》中出現的「龍」除代表尊貴君王的象徵外，亦出現「為龍為光」、「何天之龍」、「我龍受之」等句，《鄭箋》云：「龍，寵也。為寵為光，言天子恩澤光耀被及己意」[20]。將「龍」解釋為天子的光耀和恩寵，用龍不用寵，亦含天子龍身之意。而「何天之龍」一句下注《鄭箋》云：「龍，當作寵。寵，榮名之謂」[21]，君主是上天之子，開疆闢土，征伐異族皆是上天意旨，受天庇佑，亦蘊含真龍天子之意。「我龍受之」一句下注《鄭箋》云：「龍，寵也。來助我者，我寵而受用之。」[22]此三處「龍」是「寵」之意，指蒙受君王寵遇，故《詩經》中龍的意涵除了為通天神獸，有著溝通天地使者的身份，以及君王尊貴者象徵外，更有榮寵之意。

二　楚辭

　　筆者據【諸子百家中國哲學書電子化計畫】網站檢索搜尋先秦文

20　（清）阮元校勘：《十三經注疏・詩經2》（臺北市：臺灣商務印書館，2001年12月初版14刷），頁349。

21　同前註，頁802。

22　同前註，頁753。

學典籍[23]中出現「龍」字的次數,看先秦文學對於龍的認知與龍字相關詞彙的運用情形,發現先秦文學中《楚辭》一書出現龍字詞彙約有37次[24],筆者一一檢視其中使用龍字的相關文句,出現於〈離騷〉、〈九歌・雲中君〉、〈九歌・湘君〉、〈九歌・大司命〉、〈九歌・東君〉、〈九歌・河伯〉、〈天問〉、〈九章・涉江〉、〈九章・哀郢〉、〈九章・悲回風〉、〈遠遊〉、〈九辯之九〉、〈招魂〉、〈大招〉、〈惜誓〉、〈七諫・自悲〉、〈七諫・哀命〉、〈七諫・謬諫〉、〈哀時命〉、〈九懷・昭世〉、〈九懷・尊嘉〉、〈九懷・陶壅〉、〈九歎・逢紛〉、〈九歎・怨思〉、〈九歎・遠逝〉、〈九歎・遠遊〉、〈九思・悼亂〉、〈九思・哀歲〉、〈九思・守志〉等29篇。筆者統計《楚辭》一書,出現「蛟龍」4次,「八龍」、「蒼龍」、「神龍」各3次,「飛龍」、「乘龍」、「龍門」、「六龍」、「逢龍」(山名)各2次,「兩龍」、「龍堂」、「應龍」、「燭龍」、「虯龍」、「龍蛇」、「螭龍」、「青龍」、「白龍」、「騎龍」、「龜龍」、「龍駕」(龍拉的車,指神仙的車駕)、「龍舉」(龍飛之意)、「龍邛」(水波互相撞擊之貌)、「趠龍」(龍跳躍之意)、「龍輈」(神話傳說中的龍車)各1次。

　　《楚辭》是一部戰國時期楚地詩歌的詩集,以屈原為代表的楚國人創造的一種韻文形式。由上統計可見楚辭中的「龍」字詞彙相當多元,且「龍」字詞彙相當靈動,且均以遊仙方式,表現出神話傳說中的「龍」字相關詞彙。《楚辭》中〈九歌〉涉及龍的詩句,如〈雲中君〉:「龍駕兮帝服,聊翱遊兮周章」(頁35),〈湘君〉:「駕飛龍兮北征」(頁36)、「石瀨兮淺淺,飛龍兮翩翩」(頁37),〈大司命〉:「乘龍

23　筆者據【諸子百家中國哲學書電子化計畫】網站檢索搜尋先秦文學典籍《楚辭》網址如右:http://ctext.org/chu-ci/zh

24　筆者據(漢)劉向編,(後漢)王逸章句,(宋)洪興祖補注:《楚辭》(臺南市:北一出版社,1972年8月初版仿古字版)一書為文本,考察統計出《楚辭》中出現的「龍」字的次數和文句,不逐條標注出版社及日期,僅於文中標注出處頁碼。

兮驎驎，高駝兮沖天」（頁41），〈河伯〉：「乘水車兮荷蓋，駕兩龍兮
驂螭」（頁45）等出現「龍」皆是仙人駕車的神獸，以龍作為神遊的
交通工具，為宗教服務，溝通天、地、人的通天神獸。屈原因不見容
於楚國群佞，而欲上天求賢女，幻想自己也如仙人般駕龍車遨遊彩雲
中，在《離騷》中，屈原想像自己駕馭「神龍」能力，乘龍升天，遨
遊天庭，因苦難的現實世界，轉而尋求心靈慰藉。屈原將民間祀神的
巫歌進行重新創作《九歌》，詩中描寫的仙人都有駕龍的神車，以龍
作為神遊的工具。上古之時，龍是通天神獸，具有溝通天、地、人的
能力，在劉志雄・楊靜榮《龍的身世》一書說：「中國上古時代以龍
為溝通天地使者的原始宗教觀念，造就了龍飛升於天空的能力與形
象。」[25]屈原雖運用靈魂升天思想，藉由「龍」溝通天、地、人，但
因現實困頓，不得君王賞識，轉而駕飛龍至天尋找識己賢君，如〈涉
江〉：「駕青虬兮驂白螭，吾與重華遊兮瑤之圃」（頁75），句中青虬為
青色無角之龍，此詩為屈原被楚國頃襄王放逐時所作，寄望君王重用
之意，然現實困頓，不得賞識，只好駕飛龍升天。屈原〈遠遊〉：「駕
八龍之蜿蜿兮，載雲旗之逶蛇」（頁100）充滿道家方士濃厚思想，為
中國古代最早一篇以神仙素材的浪漫遊仙詩。乘龍上天更與當時道家
神仙思想密切相關，並影響之後魏晉南北朝遊仙詩興起。

　　《楚辭》中「龍」除了是溝通天地神獸外，較前代不同更賦予龍
比德觀，如〈悲回風〉中的「蛟龍隱其文章」（頁91）喻己德之高潔
美好，象徵君子高尚德行，〈哀時命〉中的「蛟龍潛於旋淵兮」（頁
162）以龍來比喻自己潛藏隱晦，〈惜誓〉：「蒼龍蚴虯於左驂兮」（頁
137）中的「蒼龍」為龍名，言己德合神明，則駕蒼龍，驂白虎，其
狀蚴虯有威容也，正如陳秋吟《屈賦意象研究》所言：「飛龍、瑤
象，除描寫屈原車駕之美好外，也隱喻屈原之德操似珍貴的飛龍、美

---

25 劉志雄、楊靜榮：《龍的身世》（臺北市：臺灣商務印書館，2001年），頁124。

玉、瑤象一般美好。」[26]將龍作為君子的象徵,更喻高尚的品德。

此外,在〈九辯〉中「右蒼龍之躍躍」(頁118)之「蒼龍」為傳說中的「青龍」,為祥瑞之物,甚至描繪物體上龍紋圖案,如〈招魂〉:「仰觀刻桷,畫龍蛇些」(頁124),將尊貴形象展出外,更有吉祥之意。而〈天問〉中屈原對「燭龍」、「應龍」、「虬龍」提出疑問,如燭龍為照亮幽冥之神,應龍為有翼的龍,虬龍是無角的龍,可見當時對龍有不同種類的區分,各具神力。而屈原對於「龍」意象的分析探討,大致可歸納出幾種象徵意涵:「一是作為鋪寫景物,二是君子的象徵,三是屈原想像神遊所駕、乘的工具,四是以龍的珍貴美好來喻自己高節的品格,五是神靈降臨或歷遊的主要工具,借龍神秘美好的形象,突顯神靈的高貴美好。」[27]綜上可知,《楚辭》中「龍」的意象除延續《詩經》為溝通天、地、人之神獸與象徵君王的意涵,尊貴祥瑞之意外,開始出現比德觀,以龍來自喻,喻君子之德。

三 山海經

筆者據【諸子百家中國哲學書電子化計畫】網站檢索搜尋先秦文學典籍[28]中出現「龍」字的次數,看先秦文學對於龍的認知與龍字相關詞彙的運用情形,發現先秦文學中《山海經》一書出現龍字詞彙約有42次[29],筆者一一檢視其中記載「龍」字的相關文句,出現於〈南

---

26 陳秋吟:《屈賦意象研究》(高雄市:國立中山大學中國文學研究所碩士論文,1996年),頁147。

27 同前註,頁149。

28 筆者據【諸子百家中國哲學書電子化計畫】網站檢索搜尋先秦文學典籍《山海經》網址如下:http://ctext.org/shan-hai-jing/zh

29 筆者據(晉)郭璞注,(清)郝懿行箋疏:《山海經箋疏》(臺北市:臺灣中華書局,1969年2月臺2版)一書為文本,考察統計出《山海經》中出現的「龍」字的次數和文句,不逐條標注出版社及日期,僅於文中標注出處頁碼。

山經〉、〈西山經〉、〈北山經〉、〈東山經〉、〈中山經〉、〈海外南經〉、〈海外西經〉、〈海外東經〉、〈海內南經〉、〈海內北經〉、〈海內東經〉、〈大荒東經〉、〈大荒西經〉、〈大荒北經〉、〈海內經〉等15篇。

　　《山海經》是我國古籍中保存神話資料最豐富的典籍，書中涉及「龍」的記載有42次，約可分為三個類型，一、龍是「山神形象」，如〈大荒北經〉言燭龍為章尾山之神，「人面蛇身而赤」（山海經箋疏第十七頁7）；鍾山山神之子鼓，如〈西山經〉所言：「其狀人面龍身」（山海經箋疏第二頁15）；〈南山經〉天虞山系（山海經箋疏第一頁11）、〈中山經〉首陽山系（山海經箋疏第五頁33）之神靈形象均為「人面龍身」，擁有神奇威力，而諸山山神的形象各異，有人身龍首、鳥身龍首、馬身龍首、龍身人面、龍身鳥首，尤其鼓凶狠異常；二、龍是「飛騰的神物」，如〈海內南經〉記載「窫窳龍首，居弱水中，在狌狌知人名之西，其狀如龍首，食人。」（山海經箋疏第十頁3）得知窫窳，居弱水，原為蛇身人首形象，在被貳負及危殺害又被救活，變成龍首食人怪獸，；三、龍是神人的名稱，如〈海內東經〉中的雷神，居雷澤，龍身人頭，鼓其腹，發出巨大雷響聲（山海經箋疏第十三頁1）；〈大荒東經〉：「大荒東北隅中，有山名曰凶犁土丘。應龍處南極，殺蚩尤與夸父，不得復上。故下數旱，旱而應龍之狀，乃得大雨。」（山海經箋疏第十四頁6）其中的應龍，乃蚩尤作兵伐黃帝，黃帝令應龍攻冀州之野的功臣，而〈中山經〉中的計蒙與〈大荒東經〉中的應龍皆能呼風喚雨，神通廣大。應龍亦助禹治水有功，然而應龍殺蚩尤和夸父後，不得復上天庭，故下界數旱，旱時作應龍狀，可求得大雨。

　　此外，《山海經》記載「龍魚」，可居水中，又居山陵之上，長像鯉魚，一說像大鯢魚，神人駕它可巡遊九州原野，一說為鱉魚，如〈海外西經〉：「龍魚陵居在其北，狀如狸。一曰鰕。即有神聖乘此以

行九野。」、「白民之國在龍魚北,白身被髮。有乘黃,其狀如狐,其
背上有角,乘之壽二千歲。」(山海經箋疏第七頁4)又記載四方之神
如〈海外南經〉:「南方祝融,獸身人面,乘兩龍。」(山海經箋疏第
六頁5)中「南方祝融火神」;〈海外西經〉:「西方蓐收,左耳有蛇,
乘兩龍。」(山海經箋疏第七頁5)中「西方蓐收金神」;〈海外北經〉
中「北方禺彊」既為風神及兼雨神,〈海外東經〉:「東方勾芒,鳥身
人面,乘兩龍。」(山海經箋疏第九頁4)中「東方句芒木神」等「乘
兩龍」之說。諸山中,以龍命名的山,有「龍首山」、「龍侯山」、「龍
山」。以龍命名的水為「龍餘水」。諸山水中,盛產與龍有關的動物,
有隄水多「龍龜」,岷江多「蠬」,覛水、帝苑水、視水、淪水等多
「蛟」。而盛產與龍有關之植物,有金星山盛產「天嬰」(像龍骨),
賈超山多產「龍脩」(龍鬚草)。綜言之,《山海經》中涉及「龍」的
詞彙皆為神話傳說中的山神形象、飛騰神物、神人之名外,也出現與
龍相關的自然界動植物名稱,然而「龍」本身仍是神話傳說中神物。

四 先秦詩歌謠諺

筆者考查逯欽立《先秦漢魏晉南北朝詩》一書中,先秦詩歌謠諺
有214首,出現8首有關龍字的詩歌[30],約占3.7%,其詩如下:

> 有龍于飛,周徧天下。……龍返其鄉,得其處所。
> 　　　　　　　　　(佚名〈龍蛇歌〉)(先秦詩卷二,頁16)

---

30 筆者據逯欽立輯校:《先秦漢魏晉南北朝詩》(臺北市:學海出版社,1984年5月初
　　版)一書為文本,考察統計出先秦詩歌中出現的「龍」字的次數與文句,不逐條標
　　注出版社及日期,僅於文中標注出處頁碼。

龍欲上天，五蛇為輔。龍已升雲，四蛇各入其宇。

（佚名〈龍蛇歌〉）（先秦詩卷二，頁16）

有龍矯矯，頃失其所。……龍飢無食，一蛇割股。龍返其淵，安其壤土。（佚名〈龍蛇歌〉）（先秦詩卷二，頁17）

有龍矯矯，頃失其所。……龍反其淵。安寧其處。

（佚名〈龍蛇歌〉）（先秦詩卷二，頁17）

丙子之晨，龍尾伏辰。（佚名〈晉童謠〉）（先秦詩卷三，頁38）

雕龍奭，炙轂過髡。（〈齊人頌〉）（先秦詩卷三，頁43）

吳王出遊觀震湖，龍威丈人名隱居。

（〈童謠〉）（先秦詩卷三，頁43）

龜龍爲蝘蜓，鴟梟爲鳳凰。（〈佹詩〉）（先秦詩卷五，頁61）

上述歌謠出現以「龍」為詩題，甚至與其他動物合稱的「龍蛇」、「龜龍」等詞彙，可見在先秦時代已將「龍」視為動物，「龍欲上天」、「龍返其淵」詩句道出龍能飛天、上天、入淵，甚至龍會飢餓，有「龍飢」詞彙出現，更描述龍的型態，如「龍尾」一詞，較殊奇是「龍威」這個詞彙，已將龍的威權展現出。

五　先秦典籍專著

在中國先秦典籍之中，講「龍」最多者為《山海經》與《易經》，而《易經・乾卦》六爻以「龍」作為象徵，因「龍」乃是神物中最大的物象，其形可大可小，時隱時現，變化無窮，正可譬喻君子之際遇。在本節中首先略論《易經・乾卦》六爻中龍象，其次筆者再據故宮【寒泉】古典文獻全文檢索資料庫統計先秦諸子書[31]中出現

31 筆者據故宮【寒泉】古典文獻全文檢索資料庫搜尋先秦諸子典籍共14部：《荀子》、

「龍」字的次數,看先秦諸子對於龍的認知與龍字相關詞彙的運用情形,發現先秦諸子書中,《呂氏春秋》一書使用龍字相關詞彙次數最多,達31次,其次為《莊子》21次,之後為《管子》20次、《韓非子》13次、《荀子》11次。

(一) 周易

《周易》以一套陰陽符號系統來探討宇宙間的簡易、變易、不變之道,闡明人事變化之理與教導人們因應之道。《周易》六十四卦中首卦乾卦,六爻的爻辭以「龍」來詮釋該卦,因「龍」變化無常,能飛天行地潛水,取「龍」為象,借象寓意,以明人事變化之道。《周易·乾卦》云:

> 乾:元亨利貞。初九:潛龍,勿用。九二:見龍在田,利見大人。九三:君子終日乾乾,夕惕若厲,無咎。九四:或躍在淵,無咎。九五:飛龍在天,利見大人。上九:亢龍,有悔。用九:見群龍無首,吉。[32]

「龍」在《易經》中是象徵陽氣之意,初九,「潛龍勿用」,因位居卦象最下位,有如蟄伏深潛水中之龍,因時機未到,須養精蓄銳以待時,不宜躁進有所作為;九二,「見龍在田」,陽氣攀升至地面上,意即潛伏中的龍已上昇至地面上,開始嶄露頭角,有被眾人目睹的機

《老子》、《莊子》、《列子》、《墨子》、《晏子春秋》、《管子》、《商君書》、《慎子》、《韓非子》、《孫子》、《吳子》、《尹文子》、《呂氏春秋》。故宮【寒泉】古典文獻全文檢索資料庫網址如下:http://210.69.170.100/s25

32 (清)阮元校勘:《十三經注疏·周易1》(臺北市:藝文印書館,2001年12月初版14刷),頁8-10。

運，相對利於遇見貴人；九三，爻辭雖未出現龍字，但以告誡君子已有小成，凡事得更加小心，如履薄冰，居於功高震主的危險處境，欲能無咎，須修身自持，即便遭遇變故，亦能化險為夷，逢凶化吉；九四，「或躍在淵」，位於上卦初位，可進可退，進退自如，無論飛躍在天，積極進取，或沈潛水裡，潛修繼續充實自己，皆可得無咎；九五，「飛龍在天」，龍經沈潛、累積能量，在適當時機一躍而起、一飛沖天，定於一尊，陽氣能量完足，有如飛龍般的自在、浩大，特別受到寵信、倚重，甚至受人民愛戴，聲勢如日中天，有至尊中正意涵，帝王權力之象徵，然而此時更應懂得戒慎之理；上九，「亢龍有悔」，因九五爻的飛龍運勢過於強盛，聲勢、成就已達巔峯，如此便產生「物極必反」情況出現，欲進無路，欲退無門，如同為人處事若鋒芒太露易遭人嫉害，動輒得咎；用九，「群龍無首」，易經六十四卦中只有乾卦和坤卦有用九和用六，其他卦象只有六個爻辭，而用九就是變六，由陽變化為陰，六爻皆變，為群龍無首之象，乾卦到此階段必然會變，此為天道循環之理，故能通達乾卦各陽爻的變化，能通曉萬物之變化，才能真正了解與掌握事物，故「用九」是中國文化最高的哲學精神。「《易經》以龍象為乾象，象徵天、父、男、剛、動與帝，說事物從初到盛再到衰的從漸變到質變（突變）的辯証運動過程。從『潛龍』到『見龍在田』，到『或躍在淵』，到『或躍在淵』，到『飛龍在天』，最後到『亢龍』，到『群龍無首』的演變歷程，說人生哲理與人格道德之理。」[33]《易經·乾卦》指出龍的特徵為多棲性，從靜態到動態的變化，而「潛龍勿用」一語更道出「潛」可指潛藏水底，亦可視為蛇、蜥蜴或魚類等動物冬眠的一種變異。「潛龍勿用」指龍蟄伏隱藏，沈潛以待，來喻指賢才埋沒；「飛龍在天」指九五至尊，

---

33 王振復：〈龍文化闡釋〉，收入中華炎黃文化研究組織編寫：《龍文化與民族精神》
　　（上海市：上海人民出版社，2000年），頁9。

喻飛黃騰達人生境遇；「亢龍有悔」指處於極高之位，應以高亢、盈滿為戒，否則將有敗亡之虞，喻高處不勝寒人生境遇。乾卦六爻中的「龍」因不同時機，而有不同的形態變化，以其生物性特徵來闡述人事之道，說明人應能屈能伸，在不同時機，有不同的應變之道。

（二）呂氏春秋

先秦諸子書中，《呂氏春秋》是所有子書中出現龍字相關詞彙頻率最高者，約有31次。筆者一一檢視其中使用「龍」字相關文句，出現於〈孟春紀〉、〈仲春紀〉、〈離俗覽〉、〈慎大覽〉、〈季春紀〉、〈仲夏紀〉、〈有始覽〉、〈審應覽〉、〈恃君覽〉、〈孝行覽〉、〈開春論〉、〈季冬紀〉等篇。《呂氏春秋》一書中出現單用「龍」字詞彙多達11次，一一檢視其中使用到龍字的相關文句，分別出現於〈離俗覽〉、〈有始覽〉、〈恃君覽〉、〈孝行覽〉、〈季冬紀〉等篇。除了「公孫龍」出現8次、「逢龍」3次為人名外，其餘出現「蒼龍」3次，「龍門」2次，「蛟龍」、「黃龍」、「青龍」、「飛龍」各1次。

《呂氏春秋》是中國先秦戰國末期的一部政治理論彙編，為秦相呂不韋及其門人集體編纂而成。其內容以黃老道家思想為主，兼收儒、法、墨、名、農和陰陽等各家言論，為雜家代表作。因此，在書中出現「龍」字相關詞彙，與人名有關的「公孫龍」、「逢龍」竟高達11次，尤以〈審應覽〉：「趙惠王謂公孫龍曰……平原君以告公孫龍。公孫龍曰……孔穿、公孫龍相與論於平原君所，深而辯，至於藏三牙，公孫龍言藏之三牙甚辯……公孫龍說燕昭王以偃兵。」（頁1142、1185、1186、1210）一文出現6次，公孫龍為名家代表人物，是詭辯學代表，提出邏輯學中「個別」和「一般」之間相互關係，將其區別誇大，斷二者之連繫，是為形上學，而《呂氏春秋》中特別記載孔穿與公孫龍論辯之事。另一人名「逢龍」，為夏朝末年中國第一

位以死諫君（夏桀）的忠臣「關逢龍」，如〈孝行覽〉：「故龍逢誅，
比干戮，箕子狂，惡來死，桀、紂亡。……若夫道德則不然，無訝無
訾，一龍一蛇，與時俱化，而無肯專為。」（頁741、817、828）記載
夏桀殺關逢龍，更加肆無忌憚，朝中無人敢犯顏進諫，此後，造成國
家滅亡。上述二人名均與「龍」形象無關。

　　此外，較為殊奇是在《呂氏春秋‧舉難》中記載「孔子曰：「『龍
食乎清而游乎清；龜食乎清而游乎濁；魚食乎濁而游乎濁。』」[34]將龍
與龜、魚並列，由此可見孔子認為龍是一種生活於水中的動物，然而
它又具有一般動物所沒有的超然不群的特性和變化飛升的神通。然而
龍與龜、魚不同之處，在於只游於清水中，只於清水中飲食，由此可
知古人心中龍的形象是高潔神聖的。

（三）莊子

　　其次，《莊子》一書出現龍字詞彙約有21次，筆者一一檢視其中
使用龍字的相關文句，出現於〈逍遙遊〉、〈秋水〉、〈人間世〉、〈胠
篋〉、〈在宥〉、〈天運〉、〈山木〉、〈田子方〉、〈知北遊〉、〈外物〉、〈列
禦寇〉、〈天下〉等篇。

　　《莊子》書中使用「龍」字相關詞彙除了「公孫龍」出現3次，
其為戰國時期趙國人，平原君門客，名家代表人物，提出「白馬非
馬」、「離堅白」學說論點；「關逢龍」出現3次，為夏桀時期大臣，據
史書記載夏桀昏庸暴虐，通宵達旦飲酒作樂，其通過黃圖勸諫，站立
而不離去。夏桀言其妖言惑眾，焚燒黃圖並殺之。另一說夏桀在瑤臺
作炮烙，關龍逢勸諫，被夏桀炮烙而死。此二詞彙為人名外，其餘除
了單用「龍」字7次外，出現「飛龍」、「蛟龍」詞彙各1次，如〈逍遙

34　楊家駱主編：《呂氏春秋集釋》第3冊（臺北市：世界書局，1958年5月初版），卷
　　19，頁27。

遊〉：「乘雲氣，御飛龍」（頁24）；〈秋水〉：「夫水行不避蛟龍者，漁
父之勇也」（頁594），出現較新的詞彙如：「驪龍」3次、「屠龍」1次
均出現於〈列禦寇〉篇章；「老龍」2次出現〈知北遊〉篇章。《莊
子》一書運用「龍」的寓言，相當特殊，言及一戶編織蘆葦為生的兒
子潛入深淵，得到價值千金的寶珠，其父言千金寶珠必在九重深淵黑
龍的頷下，能得珠，必遭其睡。可見「驪龍」即深淵中的怪獸，可輕
易置人於死。較殊奇是：「屠龍」這個新詞彙，朱泙漫向支離益學習
屠龍術，耗盡千金家財，三年後學成，世上無龍，卻無法施展其術。
屠龍術難學、學費昂貴，既有屠龍之術，世間應有龍存在之說，但是
朱泙漫找不到龍，空有高明技術與本領，但現實中用不到，藉由玄虛
靈動的「龍」來闡述人間迷思。此外，多次使用「尸居而龍見」一
語，其實意指雖然居安不動但卻展現出活力，以龍作為活力的代稱之
意。莊子筆下的神人能乘雲氣，御飛龍，正符應《易經》所言：「雲從
龍，風從虎」，由此可見龍可飛翔，並乘著雲氣上天，然而莊子並非
介紹龍的特質，在其筆下的「龍」從具體生物象徵成神人不凡神力。

（四）管子

先秦諸子書中，出現龍字相關詞彙第三高者為《管子》，筆者統
計其書出現龍字詞彙約有20次，一一檢視其中使用龍字的相關文句，
出現於〈水地〉、〈五行〉、〈地員〉、〈形勢解〉、〈山國軌〉、〈山至
數〉、〈輕重丁〉、〈形勢〉、〈樞言〉、〈兵法〉、〈小匡〉等篇。

《管子》一書中使用「龍」字詞彙較殊奇出現「奢龍」一詞為人
名2次，相傳是黃帝時六相之一，其餘單用「龍」字6次，一一檢視其
中使用到龍字的相關文句，分別出現於〈水地〉、〈輕重丁〉、〈樞言〉
等篇外，沿襲已有的「蛟龍」4次、「青龍」1次等詞彙，出現較新的
詞彙如：「龍夏」為齊國地名，出現4次，分別於〈山國軌〉：「龍夏之

地，布黃金九千，以幣貲金，巨家以金，小家以幣」（頁364）、〈山至數〉：「龍夏以北，至于海莊，禽獸羊牛之地也」（頁371）、〈輕重丁〉：「海莊龍夏，其於齊國四分之一也」等三篇之中，「龍章」1次（管子書中「龍章」一詞即「龍旗」之意）出現於〈兵法〉篇中，而「龍旗」、「龍龜」（相傳龍生九子不成龍，其中一子頭似龍，形似龜，在民間稱之為龍龜）等各1次，出現於〈小匡〉篇。《管子》一書在〈水地〉篇明確寫出龍能變幻的物象：「龍生於水，被五色而游，故神。欲小，則化為蚕蠋；欲大，則藏于天下；欲尚（上），則凌于雲氣；欲下，則下于深泉。變化無日，上下無時。」（頁236）故知出神入化即是龍的特質，極度渲染龍的大小上下之變化，除生於水中之外，真實動物的成份盡失。此外，在〈形勢解〉篇中言：「蛟龍，水蟲之神者也……蛟龍待得水而後立其神，……蛟龍得水，而神可立也。」（頁324）「龍」奇特形象，能隨心所欲變化莫測的習性，有「可大可小」、「升天入地」之本領，《管子》一書將「龍」神格化。

（五）韓非子

先秦諸子書中，出現龍字相關詞彙第四高者為《韓非子》，筆者統計其書出現龍字詞彙約有13次，一一檢視其中使用龍字的相關文句，出現於〈難言〉、〈十過〉、〈說難〉、〈外儲說〉、〈難勢〉、〈說疑〉、〈人主〉等篇。

《韓非子》一書中使用「龍」字相關詞彙除了「關逢龍」出現4次為人名，分別出現於〈說難〉、〈十過〉、〈說疑〉、〈人主〉等篇外，其餘單用「龍」字外，還出現「龍蛇」3次，如〈難勢〉云：「飛龍乘雲，騰蛇遊霧，雲罷霧霽，而龍蛇與螾螘同矣，則失其所乘也。……應慎子曰：飛龍乘雲，騰蛇遊霧，吾不以龍蛇為不託於雲霧之勢也。……夫有雲霧之勢，而能乘遊之者，龍蛇之材美也。」（頁297）

可見韓非子認為龍蛇必須能飛騰才是材美，若失其所乘，則與蚯蚓同類而已，道出龍本質是乘雲飛騰於天。而「蒼龍」、「飛龍」出現各2次，「蛟龍」1次等詞彙。在〈說難〉篇中曰：「夫龍之為虫也，柔可狎而騎也，然其喉下有逆鱗徑尺，嬰（觸）之則殺人。」（頁65）可見韓非認為龍是一種實在的動物，其特點是能騎、有鱗、能傷人。

（六）荀子

先秦諸子書中，出現龍字相關詞彙第五高者為《荀子》，筆者統計其書出現龍字詞彙約有11次，一一檢視其中使用龍字的相關文句，出現於〈勸學〉、〈致士〉、〈正論〉、〈禮論〉、〈宥坐〉、〈臣道〉、〈議兵〉、〈解蔽〉、〈賦〉等篇。

《荀子》一書中使用「龍」字相關詞彙除了「關逢龍」、「曹觸龍」為人名，出現各2次，分別於〈宥坐〉云：「關龍逢不見刑乎外！……夫遇不遇者，時也；賢不肖者，材也」與〈解蔽〉曰：「桀蔽於末喜、斯觀，而不知關龍逢，以惑其心而亂其行。」（頁259）可見荀子認為關龍逢為賢才，不被夏桀所用，為賢士懷才不遇感觸良深。此外，亦出現「龍魚」2次，「蛟龍」、「龍茲」、「龍旗」、「彌龍」、「螭龍」等詞彙各1次。荀子認為龍是水物，居於深淵之中，如〈勸學〉篇曰：「積水成淵，蛟龍生焉」（頁4）、〈致士〉：「川淵者，龍魚之居也。……川淵枯則龍魚去之。」（頁173）此二章道出「龍」的水性特質。由此可得知荀子對於「龍」、「蛟龍」等詞彙非神話性，著眼於與魚同為動物界。

第三節　兩漢文本

筆者據逯欽立輯校《先秦漢魏晉南北朝詩》一書統計出漢詩有

592首，出現「龍」字共有37首詩[35]，約占6.2%，一一檢視其中使用「龍」字的相關詩句，分別出現於漢武帝劉徹〈瓠子歌〉、〈天馬歌〉、韋孟〈諷諫詩〉、息夫躬〈絕命辭〉、郊廟歌辭〈安世房中歌〉、郊廟歌辭〈練時日〉、郊廟歌辭〈惟泰元〉、郊廟歌辭〈日出入〉、郊廟歌辭〈天馬〉、郊廟歌辭〈景星〉、郊廟歌辭〈華燁燁〉、郊廟歌辭〈赤蛟〉、鼓吹曲辭〈上陵〉、鼓吹曲辭〈聖人出〉、班固〈寶鼎詩〉、酈炎〈詩二首其二〉、蔡邕〈答對元式詩〉、孔融〈離合作郡姓名字詩〉、仲長統〈見志詩二首其一〉、〈潁川為荀爽語〉、〈公沙六龍〉、瑟調曲〈善哉行〉、瑟調曲〈隴西行〉、〈折楊柳行〉、〈古詩為焦仲卿妻作〉、〈豔歌〉、〈歌〉、琴曲歌辭〈龍蛇歌〉、〈信立退怨歌〉、〈南風操〉、〈赤雀辭〉、〈張公神碑歌〉、〈李陵錄別詩二十一首其六〉、〈李陵錄別詩二十一首其十三〉等詩。

　　漢代詩歌中僅用「龍」字單詞最多，多達15次，而出現「龍」字相關詞彙有：「六龍」5次，「飛龍」4次，「蛟龍」、「神龍」、「青龍」各2次，「龍旂」、「四龍」、「倉龍」、「龍鱗」、「河龍」、「夔龍」、「龍文」、「龍驥」、「虵龍」、「八龍」、「龍子蟠」、「濯龍」、「龍鍾」、「黃龍」、「赤龍」、「蜚龍」各1次。郊廟歌辭〈練時日〉：「駕飛龍，羽旄紛」（頁147）；鼓吹曲辭〈上陵〉：「芝為車，龍為馬。覽遨遊，四海外」（頁158）；鼓吹曲辭〈聖人出〉：「駕六飛龍四時和，君之臣明護不道」（頁160）；瑟調曲〈善哉行〉：「參駕六龍，游戲雲端」（頁266）四詩皆描述駕「飛龍」升天，與仙人共遊仙的幻想，源自《楚辭‧湘君》中「駕飛龍兮北征」。〈日出入〉為郊祀歌，詩云：「日出入安窮，時世不與人同。……吾知所樂，獨樂六龍。六龍之調，使我

35　筆者據逯欽立輯校：《先秦漢魏晉南北朝詩》（臺北市：學海出版社，1984年5月初版）一書為文本，考察統計出漢代詩歌中出現的「龍」字的次數與文句，不逐條標注出版社及日期，僅於文中標注出處頁碼。

心若」（頁150）是首祭祀用的郊廟樂歌，內容讚頌太陽神，感嘆人生命短暫，希冀乘「六龍」升天，以求成仙。孔融〈離合作郡姓名字詩〉作於被曹操免職後，婉轉表達受挫心境，詩云：「虵龍之蟄，俾也可忘」（頁196），詩中「虵龍之蟄」取自《易經‧乾卦‧文言》：「尺蠖之屈，以求伸也；龍蛇之蟄，以存身也。」用以比喻人要像龍蛇一樣先蟄伏潛藏，以待飛升。

　　兩漢詩歌中「龍」意象除延續先秦「乘龍升天」、「以龍喻人」，如蔡邕〈答對元式詩〉：「濟濟群彥，如雲如龍」（頁193）；〈潁川為荀爽語〉：「荀氏八龍，慈明無雙」（頁235）詩中數字結合龍字的「八龍」詞彙，用以形容東漢荀淑所生的八子，其八子於德世、學問方面顯著於世，故時人謂之「八龍」。此外，出現以「龍」比況「馬」，如〈天馬〉：「今安匹，龍為友。……天馬徠，龍之媒」（頁151）詩中以龍來形容天馬神異非凡。以及出現以「龍」來代稱天上星辰，如瑟調曲〈隴西行〉：「桂樹夾道生，青龍對伏趺」（頁267）詩中「青龍」為天上星宿。武帝〈瓠子歌〉：「正道弛兮離常流，蛟龍騁兮放遠遊」（頁93-94）詩中寫水中蛟龍為害，造成水患。班固〈寶鼎詩〉：「寶鼎見兮色紛縕，煥其炳兮被龍文」（頁169）詩中借寶鼎歌頌國家盛世，而寶鼎上的龍紋雕飾光彩耀眼，更顯尊貴。

　　兩漢「龍」字相關詞彙除了出現漢代詩歌之外，還有劉向《說苑‧辨物》一書也論及龍這一物象，其言曰：「神龍能為高，能為下，能為大，能為小，能為幽，能為明，能為短，能為長。昭乎其高也，淵乎其下也，薄乎天光也，高乎其著也。一有一亡，忽微哉，斐然成章。虛無則精以和，動作則靈以化。於戲。允哉！君子辟神也。」[36]而許慎《說文解字》維持劉向說法：「鱗蟲之長，能幽能明，

36　（漢）劉向撰：《說苑》，收入《景印文淵閣四庫全書》696冊（臺北市：臺灣商務印書館，1983年），卷18，頁161。

能巨能細，能短能長，春分而登天，秋分而入淵。」將龍說成一種具有爬蟲類特徵的多變神性動物。

第四節　魏晉南北朝文本

一　魏詩

筆者據逯欽立輯校《先秦漢魏晉南北朝詩》一書統計出魏詩有603首，出現「龍」字共有44首詩[37]，約占7.3%。曹魏詩歌中出現龍字有48次，其中與「龍」字相關用語有：「六龍」5次，「神龍」、「潛龍」3次，「螭龍」、「龍驤」、「飛龍」、「龍飛」2次，「龍泉」、「駕龍」、「攀龍」、「龍陂城」、「龍旂」、「乘龍」、「龍舟」、「龍淵」、「雲龍」、「魚龍」、「龍軒」、「羣龍」、「虞龍」、「龍騰」、「龍陽」、「應龍」、「龍蛇」、「龍樓」、「十龍」、「黃龍」各1次。

魏晉時代，國家爭戰頻繁，社會動盪，人們為超脫生活苦難，抒發對世事無常感嘆，幻想遊仙，故遊仙詩盛行，於遊仙詩中常見「乘龍升天」，如曹操〈氣出倡〉：「駕六龍乘風而行，行四海外路。……仙人玉女下來遨遊，驂駕六龍飲玉漿。……仙道多駕烟乘雲駕龍」（頁345-346），雖同是以「龍」為乘駕升天工具，然而「龍」的種類有所不同，如曹操〈精列〉：「願螭龍之駕，思想崑崙居」（頁346），曹操藉由乘龍升天抒發人生苦短之歎，希冀完成霸業。然而曹植〈平陵東行〉：「閶闔開，天衢通。被我羽衣乘飛龍。乘飛龍，與僊期。」（頁437）詩中幻想上蓬萊山與仙人相會，採食靈芝以求得長生不

37　筆者據逯欽立輯校：《先秦漢魏晉南北朝詩》（臺北市：學海出版社，1984年5月初版）一書為文本，考察統計出魏代詩歌中出現的「龍」字的次數與文句，不逐條標注出版社及日期，僅於文中標注出處頁碼。

老，是為抒發政治困頓之苦悶，藉由乘龍升天以釋鬱悶之情，與其父曹操乘龍希冀完成霸業之心境絕然不同。曹魏時代曹植詩作約有136首，以龍字入詩共有11首，約占8%，是魏代使用龍字詞彙比率最高者。

除了曹氏父子創作乘龍升天之遊仙詩外，阮籍〈詠懷詩八十二首其七十八〉云：「乘雲御飛龍，噓噏嘰瓊華」（頁510）表達企慕神仙思想；嵇康〈遊仙詩〉：「王喬棄我去，乘雲駕六龍」（頁488）傳達希冀自己能拋棄世俗的牽累，結交仙人，與仙人王子喬同居住於仙山希望，詩中「乘雲駕飛龍」受屈原《楚辭》影響，認為「龍」具溝通人神的神獸。龍除了於遊仙詩中是通天神獸，亦有帝王、君子之象徵，以「龍」喻帝王，如曹植〈仙人篇〉：「乘龍出鼎湖，徘徊九天上」（頁434）此典出《史記‧封禪書》黃帝乘龍升天之事，此處「龍」有聖君之意；〈薤露行〉：「鱗介尊神龍，走獸宗麒麟」（頁422）表達自己想為國效力，為國君效勞之意，詩中神龍隱喻為君王。

此外，「龍」成為君子象徵，用以自喻或喻人，如曹植〈言志詩〉：「慶雲未時興，雲龍潛作魚」（頁462）；〈當牆欲高行〉：「龍欲升天須浮雲，人之仕進待中人」（頁438）二詩表達要晉爵升官，除了君臣遇合之機遇外，須有伯樂貴人提攜。阮籍〈詠懷詩十三首其五〉「峨峨群龍，躍奮紫庭」（頁494）、〈詠懷詩十三首其十一〉「隱鳳棲翼，潛龍躍鱗」（頁495）。以「龍」矯捷英姿，形容人威武氣概，如曹丕〈黎陽作詩三首其三〉：「千騎隨風靡，萬騎正龍驤」（頁399）。「龍」亦可喻人潛藏時韜光養晦，如王粲〈贈士孫文始〉：「龍雖勿用，志亦靡忒」（頁358），詩中「龍雖勿用」一語出自《易經》：「初九，潛龍勿用」，故此後，皆以「潛龍」比喻隱居賢士，晉代郭璞〈遊仙詩十四首其一〉：「進則保龍見，退為觸藩羝」詩中「進則保龍

見」取自《易經・乾卦》：「九二，見龍在田，利見大人」[38]，傳達隱居賢士受君王重用。

　　魏詩中「龍」字詞彙除了出現於遊仙詩、用以喻指人格象徵外，還可以「龍」喻日，引申為時間飛逝，如嵇康〈四言詩十一首其十〉：「雲蓋息息，六龍飄飄」（頁485），詩中六龍代稱太陽；以龍為劍名，如曹丕〈大牆上蒿行〉：「越之步光，楚之龍泉」（頁397），詩中以「龍泉」為古代名劍，但名劍須有名士相配，才能發揮劍氣，藉「龍泉」正襯佩劍之人非凡，喻劍之中亦喻人；以「龍」喻馬，如阮籍〈詠懷詩十三首其十三〉：「飛駒龍騰，哀鳴外顧」（頁496），詩中「飛駒龍騰」描寫乘坐駿馬所駕的車輿騰飛。綜上可知，魏詩除了承繼前代龍字詞彙外，亦喜用「龍劍名」、「龍馬」相關詞彙入詩，多與時代風尚有關。

二　晉詩

　　筆者據逯欽立輯校《先秦漢魏晉南北朝詩》一書統計出晉詩有2285首，出現「龍」字共有159首詩[39]，約占7%。晉代詩歌中出現龍字有158次，其中與「龍」字相關的詞彙有：「潛龍」、「龍飛」9次，「六龍」8次，「龍舟」5次，「飛龍」、「白龍」、「龍驤」、「龍躍」各4次，「燭龍」、「騰龍」、「龍翔」、「神龍」、「龍潛」、「五龍」、「群龍」、「龍旗」、「龍鳳」各3次，「龍鱗」、「應龍」、「龍淵」、「龍見」、「龍

---

38 （清）阮元校勘：《十三經注疏・周易1》（臺北市：臺灣商務印書館，2001年12月初版14刷），頁8。

39 筆者據逯欽立輯校：《先秦漢魏晉南北朝詩》（臺北市：學海出版社，1984年5月初版）一書為文本，考察統計出晉代詩歌中出現的「龍」字的次數與文句，不逐條標注出版社及日期，僅於文中標注出處頁碼。

輝」、「攀龍」、「龍津」、「龍泉」、「龍旂」、「龍駟」、「龍輿」、「龍鬚席」、「龍魚」、「龍首」各2次，「龍顏」、「龍文」、「龍形」、「龍仙」、「龍蛇」、「龍虎」、「遊龍」、「龍光」、「龍帔」、「龍濯」、「玄龍」、「龍醢」、「龍蟄」、「龍逝」、「龍種」、「景龍」、「龍戰」、「扳龍」、「青龍」、「虵龍」、「龍子」、「龍頭鐺」、「龍頭」、「虯龍」、「龍楯」、「龍轡」、「八龍」、「龍軺」、「玄龍」、「龍胎」、「衮龍」、「龍吟」、「龍鱗」、「雲龍」各1次。

晉代詩歌除了承繼前代「龍」字詞彙外，新創不少「龍」字相關詞語，如「龍鬚席」、「龍醢」、「扳龍」、「龍頭鐺」、「衮龍」、「龍轡」、「龍軺」、「龍吟」等詞彙，其詩如：清商曲辭〈長樂佳七首其一〉:「玉枕龍鬚席，郎瞑首何當」（頁1055）、〈長樂佳七首其二〉:「玉枕龍鬚席，郎眠何處牀」（頁1056）詩中「龍鬚席」即是以當時珍貴材料龍鬚草編織成的席子，是日常生活用品，亦代指對愛情生活追念；張載〈登成都白菟樓詩〉:「黑子過龍醢，果饌踰蟹蝑」（頁740）詩中「龍醢」乃是指龍製的肉醬，在此用誇飾法形容食物中極品；無名氏〈白鳩篇〉:「浮游太清，扳龍附鳳」（頁845）詩中「扳龍」雖是新詞，實為「攀龍」之意，依附帝王有權勢者；清商曲辭〈三洲歌三曲其三〉:「湘東醽醁酒，廣州龍頭鐺」（頁1061）詩中「龍頭鐺」乃是廣州所產溫酒的酒器，可見晉代人對飲食生活的講究，從詩中可見晉代開始詩人對於富豪政商生活用品的奢華昂貴極細膩刻劃；楊羲〈十二月一日夜南嶽夫人作與許長史〉:「被褐均衮龍，帶索齊玉鳴」（頁1119）詩中「衮龍」意指繡著團龍圖案的龍袍，然而「被褐」本指穿著粗布短衣，貧困處境，「帶索」本指以繩索為衣帶，貧寒清苦，如今以衮龍、玉佩裝飾著，今達昔窮對比明顯；楊羲〈九華安妃見降口授作詩〉:「遂策景雲駕，落龍轡玄阿」（頁1097）詩中以「龍轡」乃指神仙乘駕的龍駕的車，與「六龍」意同；楊羲

〈紫微作〉:「鸞唱華蓋間,鳳鈞導龍輅」(頁1105)詩中「龍輅」乃神仙乘坐龍駕的輕便小車,意同「龍車」、「龍轡」、「六龍」,以及楊羲〈南極王夫人詩〉:「林振須類感,雲蔚待龍吟」(頁1119)詩中道出雲從龍之意,可知晉代「龍」字詞彙多出現於遊仙詩中居多,即使新創龍字詞彙,亦為神仙世界所用。

此外,沿襲前代使用「以龍喻人」、「以龍喻帝王」、「以龍喻日」、「以龍喻馬」象徵意涵:以龍喻人,如傅玄〈歌〉:「鸞鷟樂山林,龍蛇安藪穴」(頁568);以龍喻帝王,如陸機〈吳王郎中時從梁陳作〉:「假翼鳴鳳條,濯足升龍淵」(頁685),詩中「龍淵」指太子,陸機曾為太子洗馬,承蒙得幸飛達龍所在深淵,藉此表達對太子提攜之情感念。〈答賈謐詩十一章其四〉:「吳實龍飛,劉亦岳立」(頁673),詩中「龍飛」語出《易經‧乾卦》:「飛龍在天,利見大人。孔穎達疏:『猶若聖人有龍德,飛騰而居天位。』」[40]此後以龍飛形容帝王的興起與即位;以龍喻日,引申為時間飛逝,如傅玄〈日昇歌〉:「六龍並騰驤,逸景何晃晃」(頁567),傳說中羲和載日,駕六龍而出,此處六龍為太陽代稱,而在晉代中最善用龍字入詩是傅玄,其詩約有111首,有29首與龍字詞彙,約占26.1%,是李白之前使用龍字比率最高的作家,其龍字作品多是郊廟宴饗歌辭。以龍喻馬,如陸機〈庶人挽歌辭〉:「靈輀動轇轕,龍首矯崔嵬」(頁655),詩中「龍首」指送葬時拉喪車的馬首擡高前行。綜上可知,「龍」字詞彙在晉代除了出現於遊仙詩作外,亦逐步融入日常生活之中,與當時社會動亂,佛道思維有密切關係。

40　(清)阮元校勘:《十三經注疏‧周易1》(臺北市:臺灣商務印書館,2001年12月初版14刷),頁10。

三 南北朝詩（宋、齊、梁、陳、北魏、北齊、北周）

（一）宋詩

　　筆者據逯欽立輯校《先秦漢魏晉南北朝詩》一書統計出宋詩有937首，出現「龍」字共有45首詩[41]，約占4.8%。宋代詩歌中出現龍字有44次，其中與「龍」字相關的詞彙有：「龍飛」4次，「六龍」、「龍駕」各2次，「龍鳳」、「潛龍」、「龍旂」、「雲龍」、「龍蠖」、「龍池」、「龍性」、「龍旂」、「盤龍」、「龍鱗」、「龍章」、「龍翔」、「扳龍」、「羣龍」、「龍山」、「飛龍」、「龍子蟠」、「龍精」、「烏龍」、「應龍」、「龍驤」、「龍躍」各1次。

　　宋詩中最善用龍字入詩首推鮑照，其詩約205首，有12首龍字作品，約占5.9%。鮑照使用「龍」字詞彙相當生活化，如〈代陳思王京洛篇〉：「繡栭金蓮花，桂柱玉盤龍」詩中描寫建築中之「龍柱」；〈從庾中郎遊園山石室詩〉：「怪石似龍章，瑕璧麗錦質」詩中以龍的形狀來形容石頭罕見的樣貌。甚至以龍喻皇帝權貴、賢臣，如〈從臨海王上荊初發新渚詩〉：「扳龍不待翼，附驥絕塵冥」（頁1290）、〈蜀四賢詠〉：「皇漢方盛明，群龍滿階閣」（頁1294）二詩分別可見急欲依附有權勢者之狀態，與形容國家興盛之際，朝臣全是賢才，由上可見鮑照使用「龍」字已不再局限於遊仙詩作。

　　宋詩多沿襲前代「龍」字詞彙，但也新創：「龍旂」、「龍蠖」、「龍精」、「烏龍」等詞彙，如謝靈運〈緩歌行〉：「宛宛連螭轡，裔裔

---

41 筆者據逯欽立輯校：《先秦漢魏晉南北朝詩》（臺北市：學海出版社，1984年5月初版）一書為文本，考察統計出宋詩歌中出現的「龍」字的次數與文句，不逐條標注出版社及日期，僅於文中標注出處頁碼。

振龍旐」（頁1152）詩中「龍旐」為龍旗之意；謝靈運〈富春渚詩〉：「懷抱既昭曠，外物徒龍蠖」（頁1160）詩中「龍蠖」即屈伸之意；謝莊〈歌赤帝〉：「龍精初見大火中，朱光北至圭景同」（頁1354）詩中以「龍精」形容「日」是較為殊奇的形容，以龍之光彩奪目來形容「日」光明炫耀；王韶之〈高祖武皇帝歌〉：「鳥龍失紀，雲火代名」（頁1357）二句言取消以鳥龍紀元，用雲和火代名，據《左傳・昭公十七年》記載：「昔者黃帝氏以雲紀，故為雲師而雲名，炎帝氏以火紀，故為火師而火名。」[42]而言之。

　　此外，宋詩沿襲前代使用「以龍喻人」象徵意涵，以「潛龍」比喻傑出人才，如謝靈運〈贈從弟弘元詩六章其二〉：「憩鳳於林，養龍在泉」（頁1154）詩中「養龍在泉」取自《易經・乾卦》：「潛龍勿用，陽在下也。……或躍在淵，進无咎也。」[43]之意。而以「龍」的神性比喻人的個性難以馴伏，如顏延之〈五君詠五首嵇中散〉：「鸞翮有時鎩，龍性誰能馴」，此詩詠嵇康不同流合污的高蹈志節，如龍難以馴服。劉志雄、楊靜榮《龍的身世》曰：「嵇康曾以『潛龍』自喻，抒發其鬱悶憤懣的心情。『潛龍育神軀，躍鱗戲蘭池。延頸慕大庭，寢足俟皇羲。慶雲未垂景，盤恆朝陽陂。悠悠非吾匹，疇肯應俗宜。殊類難遍用，鄙議紛流離。……』〈述志詩之一〉以龍喻人在當時屬於時尚。《晉書・嵇康傳》稱嵇康『有奇才，遠邈不群……人以為龍章鳳姿，天質自然。』足見當時人們也以龍、鳳來讚美嵇康，以龍喻人或自喻皆無犯上之嫌。」[44]由此可見在魏晉南北朝時代龍並非皇帝專屬，多可用以喻傑出之士。

42　（清）阮元：《十三經注疏・左傳6》（臺北市：藝文印書館，2001年12月初版14刷），卷48，頁835。

43　（清）阮元校勘：《十三經注疏・周易1》（臺北市：臺灣商務印書館，2001年12月初版14刷），頁12。

44　劉志雄、楊靜榮：《龍的身世》（臺北市：臺灣商務印書館，2001年），頁306。

（二）齊詩

　　筆者據逯欽立輯校《先秦漢魏晉南北朝詩》一書統計出齊詩有528首，出現「龍」字共有42首詩[45]，約占8%。齊代詩歌中出現龍字有42次，其中與「龍」字相關的詞彙有：「龍門」、「龍樓」各3次，「龍駕」、「燭龍」、「六龍」、「龍精」各2次，「遊龍」、「龍舟」、「飛龍」、「龍潛」、「龍馬」、「龍庭」、「濯龍」、「龍漠」、「羣龍」、「龍戰」、「龍德」、「龍文鼎」、「銅龍門」、「龍鱗」、「蟠龍」、「龍頭」、「龍犠」、「龍鑣」、「龍光」、「龍躍」各1次。

　　齊詩使用最多「龍」字入詩為謝朓，其詩約有200首，有20首龍字詩歌，約占10%，可發現其「龍」字入詩多為「奉和之作」，如〈侍宴華光殿曲水奉敕為皇太子作詩九章其六〉：「龍精已映，威仰未移」（頁1421）二句沿襲宋詩「龍精」喻日之說；〈三日侍華光殿曲水宴代人應詔詩十章其三〉：「長壽察書，龍樓迴彎」（頁1422）詩中「龍樓」本指太子所居之宮殿，於此借指太子之意；〈三日侍華光殿曲水宴代人應詔詩十章其六〉：「濯龍乃飾，天淵在斯」（頁1423）詩中「濯龍」乃漢代宮殿名，借指皇室；〈三日侍華光殿曲水宴代人應詔詩十章其十〉：「願馳龍漠，飲馬懸旌」（頁1423）詩中「龍漠」乃白龍堆沙漠的略稱，泛指西北邊荒之地；〈三日侍宴曲水代人應詔詩九章其六〉：「既停龍駕，亦泛鳧舟」（頁1423）詩中「龍駕」即天子車駕之意，此詩是應詔詩，以龍駕描寫當時侍宴曲水時皇帝車駕之盛；〈奉和隨王殿下詩十六首其十二〉：「龍德待雲霧，令圖方再晨」（頁1446）詩中「龍德」意指聖人之德、天子之德。由上可知謝朓使

---

45 筆者據逯欽立輯校：《先秦漢魏晉南北朝詩》（臺北市：學海出版社，1984年5月初版）一書為文本，考察統計出齊詩歌中出現的「龍」字的次數與文句，不逐條標注出版社及日期，僅於文中標注出處頁碼。

用「龍」字入詩是應酬之作，用於描寫皇帝宮廷之事物。

　　王融有兩首「龍」字入詩的詠物詩，雖沿繼前代「龍門」詞彙，但內涵不同前代之意，如〈詠琵琶詩〉：「芳袖幸時拂，龍門空自生」（頁1402）二句言幸慶得遇見用時，也思及若未見用，幽居龍門之生涯，只是空自生，無法實現生命價值；〈詠梧桐詩〉：「豈斅龍門幽，直慕瑤池曲」（頁1403），詩中以第一人稱表明梧桐不以幽居龍門為榮，反而企盼被製成琴，用以彈奏瑤池仙曲，將「龍門」所象徵的隱逸，與見用對立。二詩中以「幽」和「空自生」來形容「龍門」隱逸生活，然龍門皆已成為過去式，與今日琵琶、梧桐處於見賞、見用狀態，處境不同，從正面、積極心態去表達冀遇之願。細究其中內涵，可發現一個共同特徵：圍繞著物是否見賞、見用的問題，包括不遇之嘆與冀遇之願，或幸慶得以見用，雖然「士不遇」是中國文學常見主題，然而在齊梁作品之中「不遇之嘆」的作品數量遠低於「冀遇之願」。

　　齊詩多沿襲前代「龍」字詞彙，但也新創：「龍庭」、「銅龍門」、「龍轙」、「龍鑣」等詞彙，如謝朓〈永明樂十首其五〉：「化洽鯷海君，恩變龍庭長」（頁1419）詩中「龍庭」乃指朝廷之意；陸厥〈奉答內兄希叔詩五章其一〉：「屬叨金馬署，又點銅龍門」（頁1466）詩中「銅龍門」本指太子宮殿名，門樓上飾有銅樓，在此詩中借指帝王宮闕；謝朓〈迎神八章其七〉：「停龍轙，徧觀此。凍雨飛，祥雲靡」（頁1499）詩中「龍轙」指仙人坐騎；〈送神五章其二〉：「躍龍鑣，轉金蓋」（頁1501）詩中「龍鑣」乃仙人坐騎，綜上可知「龍」字詞彙在齊代，除了遊仙詩作外，其餘多用於形容皇帝宮廷之事物。

（三）梁詩

　　筆者據逯欽立輯校《先秦漢魏晉南北朝詩》一書統計出梁詩有

2363首，出現「龍」字共有143首詩[46]，約占6%。梁代詩歌中出現龍
字有143次，其中與「龍」字相關的詞彙有：「龍樓」10次，「龍門」8
次，「六龍」、「龍城」6次，「黃龍」4次，「羣龍」、「龍躍」、「龍堆」、
「龍駕」、「龍騎」、「龍馬」、「龍驂」、「龍吟」各3次，「蒼龍門」、「龍
燭」、「龍沙」、「二龍」、「蒼龍」、「龍彎」各2次，「龍音」、「九龍」、
「兩龍」、「八龍」、「龍圖」、「龍鑣」、「龍翙」、「水龍」、「龍輈」、「龍
鱗」、「驪龍」、「青龍胎」、「蛟龍」、「龍章」、「龍鏡」、「龍舟」、「盤
龍」、「琥珀龍」、「龍魚」、「乘龍」、「雕龍」、「龍闕」、「龍泉」、「龍
鵤」、「驚龍」、「龍首堞」、「龍尾」、「龍丘」、「青龍陣」、「龍首渠」、
「七龍」、「龍刀」、「成龍」、「銅龍扉」、「龍蟠」、「白龍堆」、「交
龍」、「龍淵」、「青龍門」、「交龍錦」、「龍旗」、「雕龍」、「龍闕」、「黑
龍」、「青龍」、「龍池」、「龍珠」、「龍洲」、「龍德」、「矯龍」各1次。

　　梁代詩歌除了承繼前代「龍」字詞彙外，新創不少「龍」字相關
詞語，如「龍堆」、「白龍堆」、「龍音」、「龍翙」、「水龍」、「龍輈」、
「龍鏡」、「琥珀龍」、「青龍陣」、「龍鵤」、「龍刀」、「交龍」、「交龍
錦」等詞彙，其詩如：沈約〈飲馬長城窟〉：「介馬渡龍堆，塗縈馬屢
迴」（頁1617）；沈約〈白馬篇〉：「赤坂途三折，龍堆路九盤」（頁
1619）；劉孝標〈思歸引〉：「龍堆求援急，狐塞請先屯」（頁1868）；
王筠〈游望詩〉：「晨登黃馬坡，遙望白龍堆」（頁2021）上述四首詩
中「龍堆」即「白龍堆」，西域沙丘名，由於白龍堆土台以砂礫、石
膏泥和鹽鹼構成，呈灰白色，陽光照射會反射點點銀光，似鱗甲般，
故稱為「白龍」，遠望觀之，白龍堆似一群白龍游於沙海之中，「龍
堆」於詩中僅是特殊地名，單純描寫塞外之地；梁武帝蕭衍〈詠笛

---

46 筆者據逯欽立輯校：《先秦漢魏晉南北朝詩》（臺北市：學海出版社，1984年5月初
　　版）一書為文本，考察統計出梁詩歌中出現的「龍」字的次數與文句，不逐條標注
　　出版社及日期，僅於文中標注出處頁碼。

詩〉:「妙聲發玉指,龍音響鳳凰」(頁1537)詩中以「龍音」借代笛音之玄妙;沈約〈奉和竟陵王藥名詩〉:「荊實剖丹瓶,龍芻汗奔血」(頁1643)詩中「龍芻」即「龍鬚草」是草藥之名;何遜〈行經孫氏陵詩〉:「水龍忽東騖,青蓋乃西歸」(頁1700)詩中「水龍」指「戰船」,此為相當特別的說法;何遜〈王尚書瞻祖日詩〉:「金鐸謹已鳴,龍輀將復入」(頁1707)詩中「龍輀」即帝王的喪車;梁昭明太子蕭統〈鍾山解講詩〉:「眺瞻情未終,龍鏡忽遊騁」(頁1797)詩中「龍鏡」乃指背面有龍紋的銅鏡;蕭子顯〈烏棲曲應令三首其一〉:「幄中清酒馬腦鍾,裾邊雜佩琥珀龍」(頁1818)二句言以馬腦製的玉杯喝酒,裙邊雜佩龍形的琥珀玉石,顯現出身份尊貴;梁簡文帝蕭綱〈和武帝宴詩二首其二〉:「聊舉青龍陣,正取絳宮時」(頁1931)詩中「青龍陣」乃作戰時一種戰鬥隊形和兵力部署;劉孝儀〈和昭明太子鍾山解講詩〉:「輕生逢遇誤,並作輩龍鶵」(頁1893)詩中「鶵」乃鸞鳳之屬,「龍」和「鶵」合稱乃龍鳳之意;梁簡文帝蕭綱〈和徐錄事見內人作臥具詩〉:「龍刀橫膝上,畫尺墮衣前」(頁1939)詩中「龍刀」即剪刀之意,「畫尺」為裁衣之尺,蕭綱和徐錄事細膩描摩出婦人裁布製衣之情景;梁元帝蕭繹〈烏棲曲四首其三〉:「交龍成錦鬭鳳紋,芙蓉為帶石榴裙」(頁2036)以及梁元帝蕭繹〈春別應令詩四首其二〉:「試看機上交龍錦,還瞻庭裏合歡枝」(頁2059)二詩中的「交龍錦」乃描寫錦上有兩龍蟠結的圖案,代表富麗華貴象徵,上述簡文帝蕭綱〈和徐錄事見內人作臥具詩〉、梁元帝蕭繹〈烏棲曲四首其三〉、〈春別應令詩四首其二〉三詩皆將「龍」字詞彙寫入宮體詩中,連日常生活用品都與龍形圖騰相關,呈顯出尊貴華麗象徵。

　　南朝梁代詩歌總量最多,其中最善用龍字詞彙是沈約,有23首龍字詩歌,其中有8首是宗廟樂歌,如〈梁明堂登歌五首——歌青帝

辭〉:「帝居在震,龍德司春」(頁2167)詩中「龍德」乃天子之德之
意,用於歌頌帝王宗室之樂歌;〈梁宗廟歌七首其七〉:「八簋充室,
六龍解駢」(頁2168)二句言天子宗廟祀祭宴饗時盛黍器或食用品的
器皿以及皇帝的車駕馬匹充滿宮殿;〈俊雅三曲其三〉:「思皇藹藹,
羣龍濟濟」(頁2170)詩中「羣龍」意指朝中群賢臣之意,滿朝賢
臣,國運興隆;〈期運集〉:「龍躍清漢渚,鳳起方城隅」(頁2182);
〈大壯舞歌〉:「我皇鬱起,龍躍漢津」(頁2185)上述二詩中「龍
躍」指賢德之人興起之意,歌頌國家興盛。其餘除了以樂府古題作詩
外,如〈相逢狹路間〉:「龍馬滿街衢,飛蓋交門側」(頁1616)詩中
「龍馬」乃駿馬之意,意指駿馬滿街跑,且車行如飛,非常迅速;
〈梁甫吟〉:「龍駕有馳策,日御不停陰」(頁1618)詩中「龍駕」乃
六龍御日之典故,二句言光陰飛逝。此外,還有應酬、奉和之作,如
〈酬華陽陶先生詩〉:「若蒙丸丹贈,豈懼六龍奔」(頁1637)詩中
「六龍」乃運用六龍御日典故,二句言若服食丹藥,即可長生,不懼
時光飛逝,歲月催人老;〈侍宴樂游苑餞徐州刺史應詔詩〉:「沃若動
龍驂,參差凝鳳管」(頁1662)詩中「龍驂」即為皇帝駕車的駿馬,
二句乃參加宴會情景的描述;〈還園宅奉酬華陽先生詩〉:「忽聞龍圖
至,仍覩榮光溢」(頁1638)詩中「龍圖」即龍馬從黃河中背負而出
的圖,二句言天降祥瑞,聖王治世,沈約自己深受恩寵,其因助蕭衍
代齊,備受皇帝禮遇,又任昭明太子之師,地位顯赫,朝野深以為
榮。綜上可知,沈約運用龍字詞彙皆是宗廟樂歌與應酬、奉和之作,
多與其仕途得意、國運昌隆有密切關係。

　　其次為梁簡文帝蕭綱有20首龍字詩歌,其龍字入詩之詞彙多為地
名,如〈從軍行〉:「魚雲望旗聚,龍沙隨陣開」(頁1904)、〈隴西行
三首其一〉:「月暈抱龍城,星流照馬邑」(頁1905)、〈龍丘引〉:「龍
丘一回首,楚路蒼無極」(頁1915)、〈賦得隴坻鴈初飛詩〉:「雖弭輪

臺援，未解龍城圍」（頁1950），此四首詩中「龍沙」即白龍堆沙漠、「龍城」、「龍丘」三地皆為是邊塞之地。以及承繼前代六龍御日說法，如〈苦熱行〉：「六龍騖不息，三伏起炎陽」（頁1908）。還有出現宮體詩中以「龍刀」描寫婦女裁衣刀，如〈和徐錄事見內人作臥具詩〉：「龍刀橫膝上，畫尺墮衣前」（頁1939）。再次之為梁元帝蕭繹有11首龍字詩歌，與前代不同，較為殊奇之處，在於使用「龍」字地名、帶有「龍」字兵器、有「龍紋」圖案的寢被、其詩如〈燕歌行〉：「黃龍戍北花如錦，玄菟城前月似蛾」（頁2035）詩中「黃龍戍」即「龍城」，在今遼寧省境內，玄菟城在今朝鮮境內，二地泛指北國燕地，詩中言夫婦離別時情景正值春明花媚之際，以良辰美景反襯離別哀情；〈和王僧辯從軍詩〉：「寶劍飾龍淵，長虹畫彩斿」（頁2037）；〈烏棲曲四首其三〉詩中「龍淵」即「龍泉」乃寶劍名：「交龍成錦鬭鳳紋，芙蓉為帶石榴裙」（頁2036）與〈春別應令詩四首其二〉：「試看機上交龍錦，還瞻庭裏合歡枝」（頁2059）二詩中「交龍錦」即織有蟠龍紋的絲織品，皆為宮體詩中上層社會日用品，亦是至尊珍貴的愛情象徵物。

綜而言之，梁代帝王最喜用龍字入詩，更可見「龍」字詞彙多出現於郊廟宴饗之作或應制之作，如郊廟歌辭〈皇夏樂〉、享廟歌辭〈登歌樂〉、〈祀五帝於明堂樂歌〉、〈侍宴應令詩〉、〈春別應令詩四首其二〉，此外也將「龍」字融入於宮體詩中，如〈和徐錄事見內人作臥具詩〉，「龍」字入詩已從正式場合進入到私人領域，貼近日常生活之中。

（四）陳詩

筆者據逯欽立輯校《先秦漢魏晉南北朝詩》一書統計出陳詩有

609首，出現「龍」字共有41首詩[47]，約占6.7%。陳代詩歌中出現龍
字有41次，其中與「龍」字相關的詞彙有：「黃龍」、「龍媒」、「龍
門」、「成龍」、「蒼龍闕」、「濯龍」各2次，「龍蠖」、「龍駕」、「龍
吟」、「龍沙」、「應龍」、「六龍」、「龍首」、「龍橋」、「龍駒」、「龍
城」、「龍川」、「龍文」、「龍鍾管」、「圖龍」、「銅龍」、「龍宮」、「龍
鏡」、「龍尾灣」、「龍光」各1次。陳詩多承繼前代「龍」字詞彙，但
亦新創「龍媒」、「龍橋」、「龍鍾管」、「圖龍」等詞彙，其詩如：張正
見〈門有車馬客行〉：「紅塵揚翠轂，赭汗染龍媒」（頁2474）、〈上之
回〉：「龍媒躡影駿，玉輦御雲輕」（頁2476）二詩中「龍媒」指駿
馬；張正見〈陪衡陽王遊耆闍寺詩〉：「龍橋丹桂偃，鷲嶺白雲深」
（頁2487）；江總〈橫吹曲〉：「簫聲鳳臺曲，洞吹龍鍾管」（頁2572）
詩中「龍鍾管」指竹笛之意；江總〈詠雙闕詩〉：「刻鳳棲清漢，圖龍
入紫虛」（頁2592）詩中「刻鳳」、「圖龍」意指雙闕的建築物上臨摩
著龍、鳳的形象，此後唐代孫過庭《書譜》中出現「刻鶴圖龍」一
詞，意指在書法學習上，照著鶴、龍的樣子，要求自己維妙維肖地臨
摩。承繼傳統是必要的，但需領悟先賢藝術精髓，在模擬前賢之作
後，能加以創新，才是藝術的真生命，江總新創「刻鳳圖龍」此詞
彙，成為日後書法界常見詞彙。

　　南朝陳代使用最多龍字入詩為張正見有15首，其詩如：〈從軍
行〉：「鴈塞秋聲遠，龍沙雲路迷」（頁2473）詩中「龍沙」指白龍
堆，在西北塞外，亦可泛指塞外之地；〈應龍篇〉：「應龍未起時，乃
在淵底藏」（頁2475）詩中「應龍」乃古傳說中一種有翼的龍，助禹
治洪水時，應龍以尾畫地而成江河，使水入海，然而詩中此二句乃喻

47　筆者據逯欽立輯校：《先秦漢魏晉南北朝詩》（臺北市：學海出版社，1984年5月初
　　版）一書為文本，考察統計出陳代詩歌中出現的「龍」字的次數與文句，不逐條標
　　注出版社及日期，僅於文中標注出處頁碼。

君子隱居養志，以待時也；〈君馬黃二首其二〉：「血汗染龍花，胡鞍
抱秋月」（頁2477）詩中「龍花」指駿馬之意，古時大宛國出良馬，
汗從前肩髆出，如血，名「汗血馬」，於此指駿馬流汗之意，此詩乃
借馬喻人，以馬的雄壯奮戰，寫出戰士浴血沙場的氣魄和抱負，表現
對戰事的信心與勇氣；〈神仙篇〉：「六龍驤首起雲閣，萬里一別何寥
廓」（頁2482）詩中「六龍」乃指太陽，日神乘車，駕以六龍，羲和
為御者，此為遊仙文學與道教化詩歌結合；張正見〈賦得題新雲
詩〉：「體輕無五色，詎是得從龍」（頁2492）以及〈賦得山中翠竹
詩〉：「雲生龍未上，花落鳳將移」（頁2495-2496）二詠物詩中皆以
「雲從龍」之意行文，比喻事物之間的相互感應之意，希冀雲龍遇合
之意。其次為江總6首，其中新創2個新詞彙外，其餘詩例如：〈洛陽
道二首其二〉：「玉節迎司隸，錦車歸濯龍」（頁2569）詩中「濯龍」
為漢代宮殿名，於洛陽西南角，二句描寫出使者持玉節回歸之情景；
〈答王筠早朝守建陽門開詩〉：「金兔猶懸魄，銅龍欲啟扉」（頁
2594）詩中「銅龍」乃指銅製的龍形器物；〈入龍丘巖精舍詩〉：「法
堂猶集鴈，仙竹幾成龍」（頁2582）詩中「成龍」意指得道之意；〈侍
宴玄武觀詩〉：「天駟動行鑣，旆轉蒼龍闕」（頁2578）詩中「天駟」
乃房宿的別名，而「蒼龍」為東方七宿角、亢、氐、房、心、尾、箕
的總稱，二句言時光飛逝之意，可見江總之巧思。

綜上可知張正見、江總使用「龍」字詞彙皆運用於遊仙詩，或皇
帝御駕，或君臣遇合，甚至開始運用於道觀寺廟詩中，可見「龍」字
詞彙在陳代與佛道密切相關，亦可得知玄佛思維在當時相當盛行。

（五）北魏詩

筆者據逯欽立輯校《先秦漢魏晉南北朝詩》一書統計出北魏詩有

183首，出現「龍」字共有17首詩[48]，約占9.3%。其中與「龍」字相關的詞彙有：「羣龍」、「龍興」、「龍潛」、「飛龍」、「騰龍」、「龜龍」、「龍城」、「龍穴」、「龍王」、「天龍」、「青龍」、「乘龍」、「龍虵」等詞彙。

　　北魏開始龍字詩歌多出現於道教歌辭之中，如〈化胡歌七首其二〉：「寺廟崩倒漸，龍王舐經文」（頁2248）與〈化胡歌七首其六〉：「龍王摺水脉，復流不復行」（頁2249）兩首詩中「龍王」為古傳說中統管水族，掌理雲雲的龍神；〈化胡歌七首其四〉：「天龍翼從後，白虎口馳剛」（頁2249）詩中「天龍」為佛教語，謂諸天與龍神；〈老君十六變詞其四〉：「四變之時，生在東方身青蔥，出胎墮地能瞳春，合口誦經聲雍雍。白日母抱夜乘龍，崑崙山上或西東。」（頁2253）；〈老君十六變詞其十二〉：「十二變之時，生在西南在黃昏。……墮地七步雜穢間。九龍洗浴人不聞。」（頁2254）詩中「九龍」指傳說中神仙駕馭的神獸；〈老君十六變詞其十六〉：「十六變之時，生在蒲林號有遮。大富長者樹提闍。有一手巾像龍虵。」（頁2255）詩中「龍虵」即「龍」與「蛇」這種非常之物。綜上可知北魏龍字詩歌多出現於〈老子化胡歌〉、〈老君十六變詞〉與老子西遊化胡的神話傳說有關，而「化胡」有兩種意涵，一為以《道德經》為主體的中土文化教化西域胡人，二為化身佛陀，使胡人信奉，而佛教教義自然源於《道德經》，雖然二說不同，然可見其中佛道互融關係，雖是道教歌辭，但亦出現佛家語，如「天龍」，以及佛經中常出現「龍王」護持佛法等詞彙。

---

48 筆者據逯欽立輯校：《先秦漢魏晉南北朝詩》（臺北市：學海出版社，1984年5月初版）一書為文本，考察統計出北魏詩歌中出現的「龍」字的次數與文句，不逐條標註出版社及日期，僅於文中標註出處頁碼。

（六）北齊詩

　　筆者據逯欽立輯校《先秦漢魏晉南北朝詩》一書統計出北齊詩有203首，出現「龍」字共有23首詩[49]，約占11.3%，其中與「龍」字相關的詞彙除了沿襲前代已有：「銀龍」、「乘龍」、「飛龍」、「龍門」、「九龍」、「驪龍」、「龍鳳」、「青龍」、「龍虎」、「龍駕」、「龍馬」、「遊龍」、「龍雲」等詞彙，亦新創：「龍申」、「龍蒲」、「龍至」等三個詞彙，其詩如〈登歌三曲其三〉：「龍申鳳舞，鶯歌麟步」（頁2318）二句形容歌唱跳舞，生活快樂；享廟樂辭十八首〈登歌樂〉：「彝斝應時，龍蒲代用」（頁2312）詩中「彝斝」為古代祭祀用的酒器，「龍蒲」即「龍鬚草」可作草席；〈文舞階步辭〉：「鳳儀龍至，樂我雍熙」（頁2319）詩中「鳳儀龍至」意指龍鳳英姿儀態之意。期中較為殊奇是，以「龍」借代佳餚，如顏之推〈和陽納言聽鳴蟬篇〉：「鼎俎陳龍鳳，金石諧宮徵」（頁2284）詩中以「龍」、「鳳」代指珍貴佳餚，因現實中不易見靈物，故突顯其佳餚珍貴，首創此說。北齊詩除了蕭放、裴訥之、蕭愨、顏之推等四位作者使用龍字入詩，其詩如：蕭放〈冬夜詠妓詩〉：「銀龍銜燭爐，金鳳起鑪煙」（頁2259）二句言銀質或銀製的龍形燭臺與金質或金飾鳳形的燻爐，可見生活用品的豪華富麗；裴訥之〈鄴館公讌詩〉：「朝雲駕馬進，曉日乘龍上」（頁2263）詩中「乘龍」指騎龍上天之意；蕭愨〈奉和詠龍門桃花詩〉：「舊聞開露井，今見植龍門」（頁2278）二句言過去生於沒有蓋覆之井旁，今日卻得種於龍門之地，代表今昔地位不同，身份高遷之意；〈古意詩二首其二〉：「驪龍旦夕駭，白虹朝暮生」（頁2283）詩中「驪龍」為

49　筆者據逯欽立輯校：《先秦漢魏晉南北朝詩》（臺北市：學海出版社，1984年5月初版）一書為文本，考察統計出北齊詩歌中出現的「龍」字的次數與文句，不逐條標注出版社及日期，僅於文中標注出處頁碼。

傳說中有逆鱗黑色的龍這種神異動物；其餘皆為郊廟歌辭、享廟樂辭，可見北齊「龍」字使用多在宗廟祭祀或國家宴饗樂歌之中。

（七）北周詩

　　筆者據逯欽立輯校《先秦漢魏晉南北朝詩》一書統計出北周詩有434首，出現「龍」字共有52首詩[50]，約占12%，其中與「龍」字相關的詞彙除了沿襲前代已有：「龍山」、「盤龍」、「龍吟」、「八龍」、「龍淵」、「龍馬」、「驚龍」、「龍文」、「龍口」、「臥龍」、「龍鱗」、「龍骨」、「龍首」、「龍泉」、「龍媒」、「龍鳳」、「龍門」、「龍圖」、「龍躍」、「六龍」、「龍穴」、「魚龍」、「雲龍」、「龍駕」、「飛龍」、「九龍」等詞彙，亦新創：「盧龍」、「龍泥」、「泥龍」、「龍漢」等四個詞彙，其詩如：王褒〈從軍行二首其二〉：「康居因漢使，盧龍稱魏臣」（頁2330）詩中「盧龍」即「盧龍塞」，於河北遷安縣西北，在兩晉宋齊北魏以前的詩作中未見此地名；庾信〈道士步虛詞十首其八〉：「龍泥印玉策，大火煉真文」（頁2350）二句是道教歌辭；庾信〈喜晴詩〉：「已歡無石燕，彌欲棄泥龍」（頁2394）詩中「泥龍」為泥塑的龍像，用以祈雨；〈碧落空歌〉：「上開龍漢劫，煥爛光彩分」（頁2441）以及〈第二色界魔王之章〉：「龍漢盪盪何能別真，我界難度故作洞文」（頁2442），上述二詩中「龍漢」為道教元始天尊年號之一，又為五劫之始劫，故為道教用語綜上可見運用龍字入詩的詞彙在北周朝代相當多元，且北周為北朝中使用最多龍字詞彙之國家。

　　北周使用最多龍字入詩為庾信，其詩約有260首，有30首龍字詩歌，約占11.5%，其中有佛道歌辭，如〈道士步虛詞十首其三〉：「鳳

50　筆者據逯欽立輯校：《先秦漢魏晉南北朝詩》（臺北市：學海出版社，1984年5月初版）一書為文本，考察統計出北周詩歌中出現的「龍」字的次數與文句，不逐條標注出版社及日期，僅於文中標注出處頁碼。

林采珠實，龍山種玉榮」（頁2350）、〈送炅法師葬詩〉：「龍泉今日掩，石洞即時封」（頁2384）詩中「龍泉」為「佛寺名」；有奉和應制詩，如〈奉和泛江詩〉：「日落江風靜，龍吟迴上游」（頁2354）詩中「龍吟」招指笛聲妙曼；〈陪駕幸終南山和宇文內史詩〉：「玉山乘四載，瑤池宴八龍」（頁2354）詩中「八龍」為傳說中伏羲兄弟八人，世稱八龍之意；〈從駕觀講武詩〉：「馬畏鐵菱傷，龍淵觸牛斗」（頁2359）詩中「龍淵」為古劍名；〈侍從徐國公殿下軍行詩〉：「電燄驅龍馬，山精鏤寶刀」（頁2361）詩中「龍馬」即駿馬之意；有詠物詩，如〈詠畫屏風詩二十五首其十七〉：「龍媒逐細草，鶴氅映垂楊」（頁2397）詩中「龍媒」為駿馬之意；〈和李司錄喜雨詩〉：「夾道畫龍媒，離光初繞電」（頁2380）詩中「龍媒」指「土龍」之意，與上首詩中「龍媒」意思截然不同，「土龍」乃當時迷信者以土製成龍狀，以為可招誘真龍來降雨；庾信〈題結線袋子詩〉：「交絲結龍鳳，鏤彩織雲霞」（頁2407）詩中「龍鳳」為吉祥象徵，中央絲繩交織，象徵夫妻恩愛，旁結紋飾如雲，象徵家國榮華之意；有宗廟祭祀樂歌，如〈青帝雲門舞〉：「泗濱石，龍門桐」（頁2420）二句言用泗濱石所作之磬，與龍門所植梧桐，木材白色，質輕而堅韌，可製樂器或器具。由上可見庾信運用「龍」字詞彙不局限於特定題材，相當多元，是魏晉南北朝中以「龍」字入詩作品最多者。

其餘皆為宗廟、玄道樂歌，如〈皇夏〉獻皇祖太祖文皇帝：「風雲猶聽命，龍躍遂乘機」（頁2424）、〈皇夏〉獻閔皇帝：「龍圖基化德，天步屬艱難」（頁2424）詩中「龍圖」乃指龍馬從黃河中背負而出的圖，上述二詩有神授君權之意；〈步虛辭十首其六〉：「舍利曜金姿，龍駕欻來迎」（頁2439）；〈步虛辭十首其十〉：「至真無所待，時或轡飛龍」（頁2439），上述二詩〈步虛辭〉乃中國道教歌辭，在齋醮儀式中使用，道士穿著法服，步行環繞象徵仙境的香爐，一面以鐘、

磬伴奏誦詠步虛詞，模擬升天神遊，朝拜仙真，而詩中「龍駕」、「飛龍」皆是仙人的坐騎，神遊天界時所需之物。

四　隋詩

筆者據逯欽立輯校《先秦漢魏晉南北朝詩》一書統計出隋詩有489首，出現「龍」字共有52首詩[51]，約占10.6%，其中與「龍」字相關的詞彙除了沿襲前代已有：「龍城」、「龍庭」、「六龍」、「龍山」、「龍駕」、「龍樓」、「龍門」、「龍輿」、「龍媒」、「蛟龍」、「龍庭」、「盤龍」、「龍穴」、「六龍」、「龍津」、「龍泉」、「二龍」、「龍文」、「龍旂」、「濯龍」、「龍舟」、「龍子」、「龍精」、「龜龍」、「群龍」、「龍宮」、「乘龍」、「九龍」、「龍虎」等詞彙，亦新創：「龍翰」、「龍節」、「龍軒」、「龍勢」、「龍梭」，盧思道〈仰贈特進陽休之詩七章其二〉：「龍翰鳳翼，玉榮松茂」（頁2632）詩中「龍翰」指龍毛、龍麟之意；盧思道〈贈別司馬幼之南聘詩〉：「拂霧揚龍節，乘風遡鳥旌」（頁2633）詩中「龍節」乃龍形的符節；李德林〈相逢狹路間〉：「龍軒照人轉，驥馬嘶天明」（頁2643）詩中「龍軒」指帝王的車駕，如同「龍馬」之意；隋煬帝楊廣〈白馬篇〉：「陣移龍勢動，營開虎翼張」（頁2662）詩中「龍勢」形容盤屈夭矯如龍之物；張文恭〈七夕詩〉：「鳳律驚秋氣，龍梭靜夜機」（頁2733）詩中「龍梭」此說源自《晉書・陶侃傳》記載：「侃少時漁於雷澤，網得一織梭，以挂于壁。有頃雷雨，自化為龍而去。」[52]，故為織梭之美稱。

---

51 筆者據逯欽立輯校：《先秦漢魏晉南北朝詩》（臺北市：學海出版社，1984年5月初版）一書為文本，考察統計出隋代詩歌中出現的「龍」字的次數與文句，不逐條標注出版社及日期，僅於文中標注出處頁碼。

52 （唐）房玄齡等奉敕撰：《晉書》，收入《景印文淵閣四庫全書》256冊（臺北市：臺灣商務印書館，1983年），卷66，頁121。

　　隋代使用最多龍字入詩為盧思道，有8首龍字詩歌，如〈從軍行〉：「朝見馬嶺黃沙合，夕望龍城陣雲起。……歸鴈連連映天沒，從軍行軍行萬里出龍庭。」（頁2631）詩中「龍城」、「龍庭」皆為塞外地名，乃匈奴諸長大會祭祀之地，中國塞外之地；〈彭城王挽歌〉：「纔看鳳樓迴，稍視龍山沒」（頁2636）；〈駕出圜丘詩〉：「乘輿出九重，金根御六龍」（頁2633）詩中「六龍」乃指天子車駕，此詩描寫當時皇帝到郊外圜丘祈天祭祀的情形；〈聽鳴蟬篇〉：「西望漸臺臨太液，東瞻甲觀距龍樓」（頁2637）詩中「龍樓」指帝王的宮闕。其次為薛道衡有6首龍字詩歌，如〈出塞二首其二〉：「連旗下鹿塞，疊鼓向龍庭」（頁2680）詩中「龍庭」為塞外之地，可見隋代開始詩中出現不少邊塞地名；〈昔昔鹽〉：「盤龍隨鏡隱，彩鳳逐帷低」（頁2680）詩中「盤龍」指以盤龍為飾的銅鏡；〈奉和臨渭源應詔詩〉：「鸞旗歷巖谷，龍穴暫經過」（頁2683）詩中「龍穴」為洞穴名，為古時傳說龍所居住之處；〈和許給事善心戲場轉韻詩〉：「竟夕魚負燈，徹夜龍銜燭」（頁2684-2685）詩中所言「魚負燈」即魚形之燈、「龍銜燭」指以龍為飾之燭，可見當時生活日用品喜以龍形製之。再其次為隋煬帝楊廣，其詩約有43首，有5首龍字詩歌，約占11.6%，如〈步虛詞二首其二〉：「翠霞承鳳輦，碧霧翼龍輿」（頁2662）因步虛詞是道教歌辭，故詩中「龍輿」應指由龍拉的車輿；〈楊叛兒曲〉：「龍媒玉珂馬，鳳軫繡香車」（頁2663）詩中「龍媒」為駿馬之意；〈鳳艒歌〉：「意欲垂鉤往撩取，恐是蛟龍還復休」（頁2665）詩中「蛟龍」為古傳說中興風作浪、發洪水的龍；〈出塞二首其一〉：「雲橫虎落陣，氣抱龍城虹」（頁2675）詩中「龍城」為塞外地名。綜上可知隋代開始，龍字入詩多出現邊塞之地名，以及帝王車駕、宮殿，除道教歌辭外，甚至生活日用品也多以龍形製之，「龍」形象已隨處可見。

第五節　李白之前的唐代詩作

　　筆者將《全唐詩》文本製成電子檔，運用電腦搜尋統計方式考察《全唐詩》中出現「龍」字詞彙的作品次數為3976次，統計各家詩人詩作出現「龍」字詞彙，在此分為三部分製表：一、李白之前唐代詩人使用「龍」用入詩情況，如下表3-1；二、李白之後唐代詩人使用「龍」字入詩情況，如下表3-2；三、唐代詩人使用「龍」字入詩情況，如下表3-3。筆者發現李白是《全唐詩》中出現「龍」字最多次數的作家，《全唐詩》僅收錄李白896首，出現「龍」字詞彙176篇數（含詩題），約19.6%，然而筆者再據詹鍈主編《李白全集校注彙釋集評》版本，統計出李白詩歌共有1054首，龍字詞彙出現共168首（未含詩題）。

　　筆者據《全唐詩》將李白之前的唐代詩人作品作全面性的考察，發現在李白之前的唐朝作品約有6343首，然而出現「龍」字入詩約有551首，出現比率約8.7%。而李白之前的唐朝人以「龍」字詞彙寫作共有139位創作者[53]，其詩作詳見附錄一，統計結果如下表3-1。

---

[53] 唐代李白之前139位以「龍」字入詩的創作者，筆者依照《全唐詩》卷數、作者年代排序：李世民10首、李治2首、李顯1首、李隆基8首、武則天3首、上官昭容1首、姚崇1首、蔡孚1首、沈佺期24首、盧懷慎1首、姜皎2首、崔日用1首、蘇頲18首、李乂7首、薑晞2首、裴璀1首、薛稷1首、盧照鄰15首、竇威2首、王昌齡14首、駱賓王22首、東方虬2首、虞世南9首、喬知之1首、厲玄1首、杜頠1首、袁朗1首、王翰1首、張若虛1首、王轂1首、李頎14首、虞羽客1首、李暇1首、王勃5首、張說44首、王珪1首、陳叔達1首、袁朗2首、魏徵1首、褚亮3首、岑文本1首、劉孝孫1首、楊師道5首、許敬宗2首、李義府1首、王績5首、朱子奢1首、陳子良1首、來濟1首、張文恭1首、薛元超1首、李百藥1首、劉褘之1首、任希古3首、楊思玄1首、王德真1首、薛克構1首、陳元光3首、許天正1首、韋承慶1首、崔日用3首、宗楚客1首、張九齡15首、楊炯5首、宋之問23首、崔湜4首、李嶠37首、杜審言4首、

表3-1 李白之前唐代詩人使用「龍」字入詩情況表（據《全唐詩》統計，按出現篇數多寡、作者年代先後排列，在此僅羅列篇數10次以上作家）

作家	詩作總數	使用龍字入詩		作家	詩作總數	使用龍字入詩	
		篇數	比率			篇數	比率
1 張說	298	44	14.77	8 盧照鄰	109	15	13.76
2 李嶠	208	37	17.79	9 張九齡	193	15	7.77
3 王維	351	26	7.41	10 李頎	129	14	10.85
4 沈佺期	171	24	14.04	11 王昌齡	170	14	8.24
5 宋之問	192	23	11.98	12 孟浩然	268	12	4.48
6 駱賓王	124	22	17.74	13 陳子昂	90	11	12.22
7 蘇頲	106	18	16.98	14 李世民	89	10	11.24

董思恭1首、劉允濟1首、姚崇1首、蘇味道2首、郭震1首、王無競1首、賈曾1首、崔融4首、閻朝隱2首、韋元旦3首、唐遠悊1首、李適3首、劉憲2首、韓仲宣1首、周彥昭1首、蔡孚1首、徐晶1首、徐彥伯4首、武三思3首、張易之1首、張昌宗1首、薛曜2首、喬知之3首、陳子昂11首、韋嗣立1首、崔日知1首、盧藏用2首、薛稷2首、吳少微1首、趙冬曦1首、王琚1首、盧僎1首、宋務光1首、武平一3首、趙彥昭5首、蕭至忠1首、楊廉1首、趙彥伯1首、孫佺1首、鄭愔3首、徐堅1首、裴漼1首、陸堅1首、胡皓2首、許景先2首、張嘉貞1首、袁暉1首、王光庭1首、席豫1首、賀知章1首、賀朝1首、張若虛1首、孫逖5首、崔國輔1首、陳希烈2首、盧象2首、徐安貞1首、陸海1首、王維27首、崔顥1首、祖詠1首、綦毋潛1首、常建9首、杜頠1首、孟浩然12首、慧淨4首、僧鸞1首、杜易簡1首、權龍褒1首、陳叔達1首、崔善為1首。

表3-2　李白之後唐代詩人使用「龍」字入詩情況表（據《全唐
　　　　詩》統計，按出現篇數多寡、作者年代先後排列，在此
　　　　僅羅列篇數10次以上作家）

作家	詩作總數	使用龍字入詩		作家	詩作總數	使用龍字入詩	
		篇數	比率			篇數	比率
1 杜甫	1158	140	12.09	21 羅隱	470	29	30.84
2 白居易	2642	123	4.65	22 皮日休	353	29	6.17
3 元稹	593	65	10.96	23 顧況	235	27	11.49
4 李賀	235	65	27.66	24 李群玉	238	27	11.34
5 李商隱	555	61	10.99	25 杜牧	494	25	5.06
6 貫休	553	61	11.03	26 岑參	388	24	6.18
7 劉禹錫	703	60	8.53	27 王建	393	24	6.11
8 陸龜蒙	521	54	10.36	28 劉長卿	508	24	4.72
9 齊己	783	54	6.90	29 黃滔	198	24	12.12
10 許渾	507	50	9.86	30 李紳	127	23	18.11
11 溫庭筠	350	47	13.43	31 儲光羲	176	22	12.5
12 韓愈	372	46	12.37	32 胡曾	166	22	13.25
13 錢起	429	44	10.26	33 張籍	467	22	4.71
14 徐夤	245	43	17.55	34 韋莊	336	21	6.25
15 陳陶	111	37	33.33	35 孟郊	402	20	4.98
16 鮑溶	189	34	17.99	36 姚合	458	19	4.15
17 盧綸	322	33	10.24	37 張祜	367	18	4.90
18 呂岩	107	33	30.84	38 韓偓	316	16	5.06
19 權德輿	339	31	9.14	39 柳宗元	169	16	9.47
20 皎然	506	29	5.73	40 吳融	285	15	5.26

作家	詩作總數	使用龍字入詩		作家	詩作總數	使用龍字入詩	
		篇數	比率			篇數	比率
41 李德裕	136	15	11.03	52 薛逢	92	12	13.04
42 李咸用	141	15	10.64	53 戴叔倫	289	12	4.15
43 徐鉉	255	15	5.88	54 武元衡	192	12	6.25
44 盧仝	92	14	15.22	55 施肩吾	195	12	6.15
45 韋應物	551	14	2.54	56 馬戴	168	11	6.55
46 高適	208	14	6.73	57 戎昱	118	10	8.47
47 李中	287	14	4.88	58 李洞	168	10	5.95
48 李端	271	14	5.17	59 殷文圭	28	10	35.71
49 薛能	271	13	4.80	60 曹松	146	10	6.85
50 楊巨源	148	13	8.78	61 胡曾	258	10	3.88
51 譚用之	40	12	30.00	62 韓翃	166	10	6.02

表3-3　唐代詩人使用「龍」字入詩情況表（據《全唐詩》統計，按出現篇數多寡、作者年代先後排列，在此僅羅列篇數10次以上作家）

作家	詩作總數	使用龍字入詩		作家	詩作總數	使用龍字入詩	
		篇數	比率			篇數	比率
1 李白	896	176	19.64	7 貫休	553	61	11.03
2 杜甫	1158	140	12.09	8 劉禹錫	703	60	8.53
3 白居易	2642	123	4.66	9 陸龜蒙	521	54	10.36
4 元稹	593	65	10.96	10 齊己	783	54	6.90
5 李賀	235	65	27.66	11 許渾	507	50	9.86
6 李商隱	555	61	10.99	12 溫庭筠	350	47	13.43

作家	詩作總數	使用龍字入詩		作家	詩作總數	使用龍字入詩	
		篇數	比率			篇數	比率
13 韓愈	372	46	12.37	38 盧照鄰	109	15	13.76
14 張說	298	44	14.77	39 吳融	285	15	5.26
15 錢起	429	44	10.26	40 李德裕	136	15	11.03
16 徐夤	245	43	17.55	41 李咸用	141	15	10.64
17 陳陶	111	37	33.33	42 徐鉉	255	15	5.88
18 李嶠	208	37	17.79	43 李頎	129	14	10.85
19 鮑溶	189	34	17.99	44 王昌齡	170	14	8.24
20 盧綸	322	33	10.25	45 盧仝	92	14	15.22
21 呂岩	107	33	30.84	46 韋應物	551	14	2.54
22 權德輿	339	31	9.14	47 高適	208	14	6.73
23 皎然	506	29	5.73	48 李中	287	14	4.88
24 羅隱	470	29	6.17	49 李端	271	14	5.17
25 皮日休	353	29	8.22	50 薛能	271	13	4.80
26 顧況	235	27	11.49	51 楊巨源	148	13	8.78
27 李群玉	238	27	11.34	52 孟浩然	268	12	4.48
28 王維	351	26	7.41	53 譚用之	40	12	30.00
29 胡曾	166	22	13.25	54 薛逢	92	12	13.04
30 張籍	467	22	4.71	55 戴叔倫	289	12	4.15
31 韋莊	336	21	6.25	56 武元衡	192	12	6.25
32 孟郊	402	20	4.98	57 施肩吾	195	12	6.15
33 姚合	458	19	4.15	58 陳子昂	90	11	12.22
34 張祜	367	18	4.90	59 杜牧	494	25	5.06
35 韓偓	316	16	5.06	60 沈佺期	171	24	14.04
36 柳宗元	169	16	9.47	61 岑參	388	24	6.19
37 張九齡	193	15	7.77	62 王建	393	24	6.11

作家	詩作總數	使用龍字入詩		作家	詩作總數	使用龍字入詩	
		篇數	比率			篇數	比率
63 劉長卿	508	24	4.72	71 戎昱	118	10	8.47
64 黃滔	198	24	12.12	72 李紳	127	23	18.11
65 宋之問	192	23	11.98	73 李洞	168	10	5.95
66 蘇頲	106	18	16.98	74 殷文圭	28	10	35.71
67 駱賓王	124	22	17.74	75 曹松	146	10	6.85
68 儲光羲	176	22	12.50	76 胡曾	258	10	3.88
69 馬戴	168	11	6.55	77 韓翃	166	10	6.02
70 李世民	89	10	11.24				

　　由表3-3可見，唐代出現龍字詞彙最多是李白，其次為杜甫、白居易、元稹、李賀、李商隱、貫休、劉禹錫、陸龜蒙、齊己，皆是李白之後的作家，可見由李白領軍，帶出龍字詞彙大量使用。然而在李白之前使用龍字詞彙最多是張說44首，約占其詩作14.77%。其詩中出現龍字詞彙，多沿用前代詞彙，如「魚龍」4次，「乘龍」、「龍樓」各2次，「蒼龍」、「黃龍」、「夔龍」、「龍池」、「龍山」、「蟠龍」、「兩龍」、「龍節」、「龍旗」、「八龍」、「雕龍」、「五龍」、「龍驤」、「六龍」、「飛龍」、「龍泉」、「龍媒」、「龍駒」、「龍驂」、「龍圖」各1次。但也有不少新創的龍字詞彙，如〈唐享太廟樂章‧大成舞〉：「帝舞季曆，龍聖生昌」之「龍聖」；〈唐享太廟樂章‧凱安三首其三〉：「離若鷙鳥，合如戰龍」詩中以「鷙鳥」和「戰龍」對比，鷙鳥是鳥類中極凶猛的鳥，如鷹、雕之類，而「戰龍」應為龍中最凶猛最強勢的龍，與〈奉和聖制行次成皋應制〉：「戰龍思王業，倚馬賦神功」二詩中「戰龍」代表戰鬥力強盛的龍，龍中最強勢的龍。〈奉和聖制義成校獵喜雪應制〉：「帝射參神道，龍馳合人性」詩中「龍馳」指駿馬奔

馳;〈入海二首其二〉:「龍伯如人類,一釣兩鼇連」詩中「龍伯」指
龍伯國的巨人;〈答李伯魚桐竹〉:「竹有龍鳴管,桐留鳳舞琴」之
「龍鳴管」、〈奉和聖制過甯王宅應制〉:「竹院龍鳴笛,梧宮鳳繞林」
詩中以「龍鳴笛」形象鮮活描寫出風吹竹林之聲,張說詩作大多為奉
和聖制,詩中「龍」意象呈現氣勢強大,代表國家富強,是初唐詩人
中最善用龍字詞彙者。

　　其次是李嶠龍字詞彙的詩歌有37首,約占其詩作17.79%。其詩中
出現龍字詞彙,多沿用前代詞彙,如「蒼龍」、「龍鱗」、「龍形」、「龍
文」各2次,「夔龍」、「龍虎」、「龍鳴」、「神龍」、「濯龍」、「龍吟」、
「龍宮」、「攀龍」、「天龍」、「龍盤」、「龍門」、「龍舟」、「龍川」、「八
龍」、「龍旗」各1次。但也有新創的龍字詞彙,如〈扈從還洛呈侍從
群官〉:「並輯蛟龍書,同簪鳳凰筆」之「蛟龍書」;〈汾陰行〉:「珠簾
羽扇長寂寞,鼎湖龍髯安可攀」詩中「龍髯」為龍之鬚;〈天官崔侍
郎夫人吳氏挽歌〉:「劍飛龍匣在,人去鵲巢空」詩中「龍匣」為繪有
龍形圖案的匣子,或稱放置龍劍的匣子,故稱為龍匣;〈旗〉:「日薄
蛟龍影,風翻鳥隼文」二句言〈柳〉:「列宿分龍影,芳池寫鳳文」二
詩中「蛟龍影」、「龍影」分別形容旗、柳在風和日麗下之姿態如龍影
般飄逸;〈笛〉:「羌笛寫龍聲,長吟入夜清」之「龍聲」詩中以龍聲
形容笛聲,生動鮮活展現聲音形貌;〈劉侍讀見和山邸十篇重申此
贈〉:「對岩龍岫出,分壑雁池深」詩中「龍岫」指精美的湖山建築;
〈晚秋喜雨〉:「服閑雲驥屏,冗術土龍修」詩中「土龍」指土製成的
龍,用以乞雨。在《全唐詩》四萬八千餘首詩中,僅有初唐李嶠所作
的一首〈龍〉詩:「銜燭耀幽都,含章擬鳳雛。西秦飲渭水,東洛薦
河圖。帶火移星陸,升雲出鼎湖。希逢聖人步,庭闕正晨趨。」詩中
使用北方燭龍、龍飲渭水、堯獲河圖、黃帝鑄鼎等典故,說明龍是一
種神異的吉祥瑞獸。

　　第三，王維龍字詞彙的詩歌約有26首，占其詩作7.41%。其詩中出現龍字詞彙，多沿用前代詞彙，如「夔龍」、「龍宮」、「龍輿」、「龍樓」各2次，「蒼龍闕」、「龍吟」、「銅龍門」、「黃龍」、「龍首」、「龍騰」、「群龍」、「龍庭」、「龍鍾」、「龍泉」、「袞龍」、「龍鱗」、「龍媒」、「龍圖」各1次。但也有新創龍字詞彙，如〈送方尊師歸嵩山〉：「仙官欲往九龍潭，旌節朱幡倚石龕」之「九龍潭」；〈送韋大夫東京留守〉：「天工寄人英，龍袞瞻君臨」之「龍袞」乃古代上公服；〈黎拾遺昕裴秀才迪見過秋夜對雨之作〉：「白法調狂象，玄言問老龍」、〈哭褚司馬〉：「誰言老龍吉，未免伯牛災」之「老龍」二詩中「老龍」乃指老子；〈過香積寺〉：「薄暮空潭曲，安禪制毒龍」詩中「毒龍」即佛教故事中「如菩薩本身，曾作大力毒龍。若眾生在前，身力弱者，眼視便死；身力強者，氣往而死。是龍受一日戒，出家求靜，入林間思維，久坐，疲懈而睡。龍法，睡時形狀如蛇，身有文章，七寶雜色。獵者見之心喜，……便以杖割其頭，以刀剝其皮，……於是自忍，眼目不視，閉氣不息，憐愍此人，為持戒故，一心受剝，不生悔意。既以失皮，赤肉在地，時日大熱，宛轉土中；欲趣大水，見諸小蟲來食其身，為持戒故，不復敢動。……身乾命終……爾時毒龍，釋迦文佛是。」[54]後用以比喻妄心之意，可見王維佛家思想極深，運用佛家語入詩，開創龍字入詩新詞彙。

　　第四，沈佺期龍字詞彙的詩歌約有24首，約占其詩作14.07%。其詩中出現龍字詞彙，除了沿用前代詞彙，如「龍池」2次，「龍門」、「盤龍」、「龍躍」、「龍渠」、「青龍」、「乘龍」、「龍山」、「黃龍」、「龍城」、「龍首」、「龍川」、「龍德」、「龍軒」、「八龍」、「龍鍾」、「龍

54　（印度）龍樹菩薩造，（後秦）鳩摩羅什譯：《大智度論》，收入（日本）高楠順次郎、渡邊海旭組織大正一切經刊行會：《大正新脩大藏經》第25冊（日本：大正新修大藏經刊行會，1960年），卷14，頁162。

馬」、「濯龍」、「龍影」各1次。也開創「斑龍」一詞,如〈幸白鹿觀應制〉:「紫鳳真人府,斑龍太上家」詩中「斑龍」並非「龍」,而是「鹿」的別名,此為殊奇之處。又開創「奔龍」一詞,如〈牛女〉:「奔龍爭度日,飛鵲亂填河」詩中「奔龍」乃指六龍御日之速;「龍藏」一詞,如〈樂城白鶴寺〉:「碧海開龍藏,青雲起雁堂」詩中「龍藏」乃龍宮的經藏,指佛家經典之意。更有一首以龍為題名,如〈龍池篇〉:「龍池躍龍龍已飛,龍德先天天不違。池開天漢分黃道,龍向天門入紫微。邸第樓臺多氣色,君王鳧雁有光輝。為報寰中百川水,來朝此地莫東歸。」整首詩充滿對玄宗皇帝的歌頌,象徵年輕的玄宗從潛伏中躍出,飛上天庭,最終登上帝位的整個過程。詩人描寫龍飛天時在池中的倒影,將天與地混同起,並巧用皇帝即位如登仙的傳統隱喻,對皇帝表達崇敬之意,在此運用「龍」賦予統治者神聖之地位,政治色彩濃厚。

第五,宋之問龍字詞彙的詩歌約有23首,約占其詩作11.98%。其詩中出現龍字詞彙,多沿用前代詞彙,如「乘龍」2次,「龍騎」、「龍媒」、「龍鍾」、「龍鱗」、「龍泉劍」、「蒼龍」、「六龍」、「龍騎」、「神龍」、「魚龍」、「龍飛」、「龍宮」、「鑿龍」各1次。但也有新創龍字詞彙,如〈幸嶽寺應制〉:「雅曲龍調管,芳樽蟻泛觥」之「龍調管」、〈詠笛〉:「羌笛寫龍聲,長吟入夜清」之「龍聲」,二詩皆以龍鳴之聲描寫笛音。此外,也將道教、佛教思維分別與龍意象相結合,其詩如〈送田道士使蜀投龍〉:「人隔壺中地,龍遊洞裏天」,以及〈遊雲門寺〉:「入禪從鴿繞,說法有龍聽」詩中以龍聽說佛法,形象生動且誇飾手法描寫龍聽梵聲。

第六,駱賓王龍字詞彙的詩歌約有22首,占其詩作約17.74%。其詩中出現龍字詞彙,多沿用前代詞彙,如「龍門」3次,「龍鱗」、「龍川」各2次,「龍章」、「龍文」、「龍額」、「龍山」、「盤龍」、「龍津」、

「成龍」、「登龍」、「龍雲」、「龍城」、「龍庭」、「龍宮」、「龍劍」、「龍文」、「龍媒」、「臥龍」各1次。但也有新創龍字詞彙，如〈從軍中行路難二首其二〉：「七德龍韜開玉帳，千里鼉鼓疊金鉦」之「龍韜」；〈代女道士王靈妃贈道士李榮〉：「龍飆去去無消息，鸞鏡朝朝減容色」之「龍飆」；〈出石門〉：「暫策為龍杖，何處得神仙」詩中「龍杖」，典出《後漢書·方術列傳·費長房傳》記載：「費長房者，汝南人也。曾為市掾。市中有老翁賣藥，懸一壺於肆頭……長房辭歸，翁與一竹杖，曰：『騎此任所之，則自至矣。既至，可以杖投葛陂中也。』又為作一符，曰：『以此主地上鬼神。』長房乘杖，須臾來歸，自謂去家適經旬日，而已十餘年矣。即以杖投陂，顧視則龍也。」[55] 故此詩以「龍杖」美稱竹杖。

第七，蘇頲龍字詞彙的詩歌約有18首，占其詩作約16.98%。其詩中出現龍字詞彙，多沿用前代詞彙，如「飛龍」、「龍門」、「魚龍」、「雕龍」、「龍鍾」、「龍泉」、「龍雩」各1次。但也有新創龍字詞彙，如〈武擔山寺〉：「鼇靈時共盡，龍女事同遷」之「龍女」乃古傳說中龍王之女。〈奉和聖制行次成皋途經先聖擒建德之所感而成詩應制〉：「漢東不執象，河朔方鬥龍」之「鬥龍」與〈奉和聖制途經華岳應制〉：「霧披乘鹿見，雲起馭龍回」之「馭龍」，可見蘇頲不沿用前代「戰龍」、「雲從龍」詞彙，反而新創意思相同「鬥龍」、「馭龍」更生動且更具活力表現唐代國力氣象。

第八，盧照鄰龍字詞彙的詩歌約有15首，占其詩作約13.76%。其詩中出現龍字詞彙，多沿用前代詞彙，如「龍駕」、「群龍」、「龍城」、「龍旌」、「蒼龍闕」、「盤龍」、「龍媒」各1次。但也有新創龍字詞彙，如〈中和樂九章·歌東軍第三〉：「島夷複祀，龍伯來賓」之

---

55 （宋）范曄撰：《後漢書》，收入《景印文淵閣四庫全書》253冊（臺北市：臺灣商務印書館，1983年），卷112下，頁609。

「龍伯」指龍伯國巨人;〈山莊休沐〉:「龍柯疏玉井,鳳葉下金堤」詩中「龍柯」乃如龍形的樹枝;〈行路難〉:「娼家寶襪蛟龍帔,公子銀鞍千萬騎」詩中「蛟龍帔」指古代婦女裙子繡上蛟龍圖案或披肩上繡有蛟龍圖案;〈登封大酺歌四首其二〉:「日觀仙雲隨鳳輦,天門瑞雪照龍衣」詩中「龍衣」乃天子之袍服,盧照鄰新創龍字詞彙關注龍形象與日常生活中貼合,如龍形枝幹、服飾上龍紋。

第九,張九齡龍字詞彙的詩歌約有15首,占其詩作約7.77%。其詩中出現龍字詞彙,除了〈故滎陽君蘇氏挽歌詞三首其一〉:「劍去雙龍別,雛哀九鳳鳴」詩中新創「雙龍」一詞外,皆沿用前代詞彙,如「燭龍」、「黃龍」、「龍門」、「龍闕」、「飛龍」、「龍駕」、「龍山」、「龍鍾」、「龍門」、「神龍」、「飛龍」、「群龍」、「龍舟」、「登龍」各1次。「雙龍」為寶劍之代稱,其典故出自晉代張華與雷豫的二龍劍。

第十,李頎龍字詞彙的詩歌約有14首,占其詩作約10.85%。其詩中出現龍字詞彙,多沿用前代詞彙,如「龍虎」2次,「七龍」、「龍州」、「龍吟」、「臥龍」各1次。但也有新創龍字詞彙,如〈謁張果先生〉:「何必待龍髯,鼎成方取濟」之「龍髯」;〈緩歌行〉:「暮擬經過石渠署,朝將出入銅龍樓」詩中「銅龍樓」乃因古代太子宮殿門上雕有銅製龍首,故稱太子宮門為銅龍門,而太子宮殿為銅龍樓;〈別梁鍠〉:「一言不合龍額侯,擊劍拂衣從此棄」之「龍額侯」本為侯名,乃封建制度五等爵位的第二等,泛指寵幸之臣,為士大夫之間的尊稱。較特別是詩中出現佛教詞彙,如〈失題〉:「紫極殿前朝伏奏,龍華會裏日相望」詩中「龍華會」乃廟會名,四月八日,諸寺各設齋,以五色香湯浴佛,以為彌勒下生的象徵。「龍華會」一詞為前代所無,首創釋道類龍字詞彙入詩。

第十一,王昌齡龍字詞彙的詩歌約有14首,占其詩作約8.24%。其詩中出現龍字詞彙,多沿用前代詞彙,如「六龍」、「龍城」各2

次，「黃龍」、「雲龍」、「龜龍」、「龍宮」、「蛟龍」、「龍蛇」、「盤龍」
各1次。但也有新創龍字詞彙，如〈從軍行七首其三〉：「表請回軍掩
塵骨，莫教兵士哭龍荒」詩中「龍荒」乃指荒漠之地少數民族國家，
漠北地區；〈送崔參軍往龍溪〉：「龍溪只在龍標上，秋月孤山兩相
向」詩中「龍溪」與「龍標」皆為地名，王昌齡是邊塞詩人，其新創
龍字詞彙也多與地名相關，較特別是，「龍標」一詞是唐代縣名，故
前代詩作所無，又因王昌齡貶為龍標尉，故後代「龍標」一詞亦可稱
代王昌齡之意。

　　第十二、孟浩然龍字詞彙的詩歌約有12首，占其詩作約4.48%。
其詩中出現龍字詞彙，多沿用前代詞彙，如「魚龍」2次，「蛟龍」、
「龍沙」、「龍門」、「燭龍」各1次。但也有新創龍字詞彙，如〈檀溪
尋故人〉：「花伴成龍竹，池分躍馬溪」之「龍竹」；〈襄陽公宅飲〉：
「綺席捲龍鬚，香杯浮瑪瑙」詩中「龍鬚」即「龍鬚席」，用龍鬚草
編織的席子；〈同張明府清鏡歎〉：「妾有盤龍鏡，清光常晝發」之
「盤龍鏡」，雖然前代已有「盤龍」代稱寶鏡，然孟浩然將此合稱，
直言「盤龍鏡」以盤龍為飾的銅鏡；〈李少府與楊九再來〉：「弱歲早
登龍，今來喜再逢」詩中「登龍」乃指登龍門之意；較特別是佛教
詞彙出現，如〈游景空寺蘭若〉：「龍象經行處，山腰度石關」詩中
之「龍象」一詞，指高僧之意，為前代所無，首創釋道類龍字詞彙
入詩。

　　第十三，陳子昂龍字詞彙的詩歌約有11首，占其詩作約12.22%。
其詩中出現龍字詞彙，多沿用前代詞彙，如「龍門」、「龍種」、「應
龍」、「龍性」、「盧龍」、「魚龍」、「龍川」、「青龍陣」各1次。但也有
新創龍字詞彙，如〈春臺引〉：「嘉青鳥之辰，迎火龍之始」詩中「火
龍」乃為神話傳說中口中噴火的神龍；〈峴山懷古〉：「猶悲墮淚碣，
尚想臥龍圖」詩中「臥龍圖」乃指諸葛亮的謀略，指〈隆中對〉；〈南

山家園林木交映盛夏五月幽然清涼獨坐思遠率成十韻〉:「願隨白雲駕,龍鶴相招尋」詩中「龍鶴」乃指仙人坐騎。

第十四,唐太宗李世民龍字詞彙的詩歌約有10首,占其詩作約11.24%。其詩中出現龍字詞彙,多沿用前代詞彙,如「龍堆」、「龍庭」、「盧龍」、「潛龍」、「龍種」、「九龍」、「龍圖」各1次。但也有新創龍字詞彙,如〈賦得臨池竹〉:「拂牖分龍影,臨池待鳳翔」詩中「龍影」一詞,將竹子和「龍」綰合繫連,說明窗口的竹影與龍相似,將竹影形象活靈活現躍然紙上。

由於唐詩中龍字詞彙為數不少,若不加以分類,很難見其傳承自先秦迄隋代詩歌的線索,以下將海字詞彙大約分類為十八大類,如下表3-4:

表3-4　先秦迄隋代與李白之前的唐代(初唐)詩歌中「龍」字相關詞彙比較

各時代龍詞彙類別	先秦—隋詩中龍字相關詞彙	李白之前的唐代(初唐)詩歌中龍字相關詞彙
1.「V＋龍」類	飛龍15、潛龍13、乘龍6、濯龍5、盤龍4、騰龍4、攀龍2、成龍2、雕龍2、圖龍、駕龍、蟠龍、鑿龍、奔龍、抜龍2、交龍、蜃龍	乘龍7、飛龍6、盤龍6、潛龍5、雕龍3、鑿龍2、攀龍、濯龍、鬥龍、成龍、蟠龍、登龍5、戰龍3、奔龍2、斬龍、馭龍
2.「龍＋V」類	龍飛14、龍駕14、龍躍10、龍吟6、龍翔4、龍戰3、龍騎2、龍見2、龍集2、龍濯、龍饑、龍騰、龍鬥、龍至、龍蟠、龍潛、龍衛、龍逝、龍威、龍蟄、龍匿	龍駕6、龍吟6、龍飛5、龍鳴2、龍躍2、龍衛2、龍騎2、龍門2、龍盤、龍行、龍騰、龍潛、龍至、龍遊2、龍馳、龍聽、龍蹲、龍伏、龍飆

各時代龍詞彙類別	先秦—隋詩中龍字相關詞彙	李白之前的唐代（初唐）詩歌中龍字相關詞彙
3. 顏色專名類	黃龍8、青龍6、白龍5、蒼龍3、玄龍2、黑龍、赤龍、銅龍、倉龍、銀龍、琥珀龍	蒼龍15、黃龍6、白龍4、赤龍3、青龍2、銅龍2、斑龍
4.「數量詞＋龍」類	六龍31、羣龍11、九龍5、八龍4、五龍4、二龍3、兩龍2、四龍2、十龍、七龍	六龍15、八龍5、五龍5、七龍、九龍2、兩龍2、二龍、群龍、雙龍
5. 專有名詞類	龍媒10、應龍5、龍子4、蛟龍3、螭龍2、雕龍、**巨龍**、**烏龍**（古生物今滅絕）	蛟龍6、應龍、虯龍、龍媒、**老龍**、**火龍**
6.「龍＋動物合稱」類	龍馬8、龍驤6、龍鳳5、龍魚3、龍虎3、龍驪3、龍蛇2、龍駒、龍蛟、龍蠵、龍**駉2**、龍鵁	龍蛇6、龍驤4、龍駒3、龍馬3、龍魚2、龍虎2、龍龜、龍鶴
7.「動物＋龍合稱」類	魚龍2、龜龍2、**蚖龍**	魚龍21、龜龍3
8. 物品類	龍旂5、龍文5、龍圖4、龍旗4、龍泉4、龍轡3、龍軒2、龍淵2、龍子蟠2、龍鑣2、龍章2、龍鏡、龍旌、蛟龍錦、龍鬚席、龍頭鐺、龍吟笛、龍旐、龍燭、龍文鼎、龍刀、龍鍾管、龍節、袞龍、泥龍、龍旟、龍楯、銅龍扉、龍首堞、龍梭、龍珠、交龍錦	龍旗10、龍劍7、龍文6、龍圖5、龍鏡3、龍旌3、龍衣2、龍笛2、龍章2、龍竹2、龍服、蛟龍旗、龍管、龍泉劍、龍軒、龍轡、龍匣、龍旂、龍梭、龍節、龍袞**3**、龍調管、盤龍鏡、龍鳴管、龍鳴笛、龍戟、龍杖、蛟龍書、土龍、蛟龍帔
9. 交通工具類	龍舟9、龍驂4、龍輿2、龍車、水龍、龍輈、龍輅	龍輿5、龍驂5、龍舟2、龍車、龍輦
10. 地理類	龍門19、龍城10、龍沙4、龍津4、龍泉3、龍山3、	龍門19、龍城17、龍沙9、龍山9、龍池8、龍泉7、龍

各時代龍詞彙類別	先秦—隋詩中龍字相關詞彙	李白之前的唐代（初唐）詩歌中龍字相關詞彙
10. 地理類	堆3、龍池2、蒼龍門2、龍漠2、龍鳳池、龍門山、龍淵、龍洲、龍川、龍尾灣、河龍、盧龍、龍穴3、龍丘	川7、龍標、九龍潭、九龍津、龍州、黑龍津、龍尾灣、龍堆、龍漠、盧龍、龍鄉2、龍荒、龍湖、龍河、龍溪
11. 建築類	龍樓14、龍庭3、蒼龍闕2、銅龍門2、龍宮2、龍殿、龍闕、龍橋、蒼龍門、龍館、青龍門、龍骨渠、龍首渠	龍樓10、龍宮9、蒼龍闕6、龍庭4、龍闕4、龍殿、銅龍門、龍渠、銅龍樓2、龍祠、龍岫
12. 天象類	雲龍4、龍雲	雲龍2、龍雲、龍星
13. 神明靈怪類	神龍8、燭龍5、龍精4、驪龍3、龍王2、天龍、龍仙	龍伯3、神龍3、驪龍2、燭龍2、龍王、蒼龍精、天龍、毒龍、龍聖、龍女
14. 龍本身（六根）類	龍鱗9、龍首5、龍尾2、龍頭2、龍顏、龍勢、龍形、龍性、龍音、龍種、龍胎、龍口、龍豸、龍醢	龍鱗11、龍額2、龍首2、蛟龍影、龍顏、龍勢、龍形、龍性、龍鬒、龍種、龍影4、龍聲2、龍髯2、龍蹄
15. 吉祥象徵類	龍光3、龍興3、龍德2、龍雯、龍輝2	龍德4、龍興3、龍光、龍雯、龍運2、龍祉
16. 人物類	夔龍、臥龍、龍鍾、龍陽	夔龍4、龍鍾4、臥龍、龍額侯
17. 釋道類	無	龍象、龍華會2、龍藏
18. 兵法類	青龍陣	青龍陣、龍韜2、臥龍圖

從上列資料顯示，自先秦迄隋代約有183個龍字詞彙，約67%的詞彙被唐代繼承下來，而唐代在這基礎上又擴充了50個新詞彙，連同繼承前代的123個舊詞彙，共有173個龍字詞彙。唐代在前代的基礎下，創新最多比率的龍詞彙分別為：「物品類」、「龍＋動物類」、「地

理類」、「動詞＋龍類」、「龍本身（六根）類」、「神明靈怪類」、「建築類」、「吉祥象徵類」、「釋道類」、「顏色專名類」、「數量詞＋龍類」、「專有名詞類」、「交通工具類」、「天象類」、「人物類」、「兵法類」，可見唐代人對龍的想像逐漸豐富，對龍形象運用到各方面的思維不斷創新。以下就分類中分析唐代之前未曾出現過的龍字相關詞彙詩歌加以論述：

一、綜合考察第17「釋道類」，從先秦到隋代千百年間的詩歌中竟無一龍字詞彙與釋道相關，直到唐代始創此類龍字相關詞彙，如「龍象」、「龍藏」、「龍華會」這些佛教術語。此類詩例如下：

龍象經行處，山腰度石關。

（孟浩然〈游景空寺蘭若〉）（全唐詩卷160）

碧海開龍藏，青雲起雁堂。

（沈佺期〈樂城白鶴寺〉）（全唐詩卷96）

更與龍華會，爐煙滿夕風。

（陸海〈題龍門寺〉）（全唐詩卷124）

紫極殿前朝伏奏，龍華會裏日相望。

（李頎〈失題〉）（全唐詩卷134）

回斯少福潤生津，共會龍華舍塵翳。

（慧淨〈雜言〉）（全唐詩卷808）

二、唐代龍字詞彙與前代龍字詞彙相較，幾乎每一類別皆有創新，但創造最多龍字詞彙為第8「物品類」，唐代之前的此類詞彙已不少，初唐詩人套用前人詞彙外，再加以細膩化，如「龍

旗」、「龍笛」、「龍管」、「龍鏡」、「龍服」一詞泛稱，除了有
「龍旌」、「龍斾」、「龍衣」，更擴增「蛟龍旗」、「龍鳴笛」、
「龍調管」、「龍鳴管」、「盤龍鏡」、「龍袞」等詞彙，前代「泥
龍」詞彙到唐代稱為「土龍」，唐代不但出現「龍竹」一詞，
更有「龍杖」、「龍柯」、「龍匣」等新詞彙。甚至在兵器上刻畫
上龍形，除沿用前代「龍梭」詞彙外，更出現「龍戟」一詞，
其詩例如下：

震雲靈鼉鼓，照水蛟龍旗。

　　（儲光羲〈同諸公秋日游昆明池思古〉）（全唐詩卷138）

想龍服，奠犧樽。

　　（〈郊廟歌辭・周宗廟樂舞辭・章德舞〉）（全唐詩卷16）

日觀仙雲隨鳳輦，天門瑞雪照龍衣。

　　　（盧照鄰〈登封大酺歌四首其二〉）（全唐詩卷42）

黼黻龍衣備，琮璜寶器完。

　　（〈郊廟歌辭・周郊祀樂章・治順樂〉）（全唐詩卷16）

竹院龍鳴笛，梧宮鳳繞林。

　　　（張說〈奉和聖制過甯王宅應制〉）（全唐詩卷87）

雅曲龍調管，芳樽蟻泛觥。

　　　　（宋之問〈幸嶽寺應制〉）（全唐詩卷52）

竹有龍鳴管，桐留鳳舞琴。

　　　（張說〈答李伯魚桐竹〉）（全唐詩卷86）

暫策為龍杖，何處得神仙。

　　　　（駱賓王〈出石門〉）（全唐詩卷77）

劍飛龍匣在，人去鵲巢空。

　　　（李嶠〈天官崔侍郎夫人吳氏挽歌〉）（全唐詩卷58）

天工寄人英，龍袞瞻君臨。

　　　　　　（王維〈送韋大夫東京留守〉）（全唐詩卷125）

新宮驪山陰，龍袞時出豫。

　　　　　　（儲光羲〈群鴉詠〉）（全唐詩卷137）

龍袞以祭，鸞刀思啟。

　　　　　　（陳叔達〈太廟祼地歌辭〉）（全唐詩卷882）

鴨桃聞已種，龍竹未經騎。

　　　　　　（王績〈遊仙四首其四〉）（全唐詩卷37）

北首瞻龍戟，塵外想鸞鑣。

　　　　　　（薛元超〈奉和同太子監守違戀〉）（全唐詩卷39）

龍柯疏玉井，鳳葉下金堤。（盧照鄰〈山莊休沐〉）（全唐詩卷42）

服閑雲驥屏，冗術土龍修。（李嶠〈晚秋喜雨〉）（全唐詩卷61）

三、唐代龍字詞彙與前代龍字詞彙相較，幾乎每一類別皆有創新，
　　唐代之前第2「龍＋動詞類」詞彙已不少，初唐詩人除了沿用
　　前代「龍飛」、「龍駕」、「龍躍」、「龍騰」、「龍鬥」、「龍至」、
　　「龍騎」、「龍鳴」、「龍吟」等詞彙外，更新創出不少龍的動態
　　感詞彙，如「龍蹲」、「龍遊」、「龍銜」、「龍伏」、「龍馳」、「龍
　　聽」、「龍飆」等，其詩例如下：

隼集龜開昭聖烈，龍蹲鳳跱肅神儀。

　　　　　　（〈郊廟歌辭・奠文宣王樂章・舒和〉）（全唐詩卷12）

今日泉台路，非是濯龍遊。

　　　　　　（朱子奢〈文德皇后挽歌〉）（全唐詩卷38）

人隔壺中地，龍遊洞裏天。

　　　　　　（宋之問〈送田道士使蜀投龍〉）（全唐詩卷52）

依然四牡別，更想八龍遊。

　　　　　（張說〈送李問政河北簡兵〉）（全唐詩卷87）
龍銜火樹千燈豔，雞踏蓮花萬歲春。

　　　　　（張說〈雜曲歌辭・踏歌詞〉）（全唐詩卷28）
龍銜寶蓋承朝日，鳳吐流蘇帶晚霞。

　　　　　（盧照鄰〈長安古意〉）（全唐詩卷41）
天下有英雄，襄陽有龍伏。（楊炯〈廣溪峽〉）（全唐詩卷50）
帝射參神道，龍馳合人性。

　　　　　（張說〈奉和聖制義成校獵喜雪應制〉）（全唐詩卷86）
入禪從鴿繞，說法有龍聽。

　　　　　（宋之問〈遊雲門寺〉）（全唐詩卷53）
龍飆去去無消息，鸞鏡朝朝減容色。

　　　　（駱賓王〈代女道士王靈妃贈道士李榮〉）（全唐詩卷77）

四、關於第10「地理類」，唐代之前的此類詞彙已不少，初唐詩人
　　套用前人詞彙外，對龍字意涵不再侷限於地理名詞的原義，開
　　始著眼於其深不可測、令人無法捉摸的象徵義，或加入神話之
　　說，開創新的詞彙，如「龍湖」、「龍鄉」、「龍溪」、「九龍
　　潭」、「九龍津」、「黑龍津」，除了沿用前代「龍漠」這個西北
　　邊荒之地的詞彙，更創造「龍荒」這個意指北部遙遠荒漠地區
　　的新詞彙，其詩例如下：

龍湖超忽，象野芊綿。

　　　　（〈郊廟歌辭・享太廟樂章・景雲舞〉）（全唐詩卷13）
龍湖膏澤下，早晚遍枯窮。

　　　　　（許天正〈和陳元光平潮寇詩〉）（全唐詩卷45）

駕綺裁易成，龍鄉信難見。

　　　　　　　　（喬知之〈從軍行〉）（全唐詩卷81）

龍溪只在龍標上，秋月孤山兩相向。

　　　　　　（王昌齡〈送崔參軍往龍溪〉）（全唐詩卷143）

仙官欲往九龍潭，旄節朱幡倚石龕。

　　　　　　　　（王維〈送方尊師歸嵩山〉）（全唐詩卷128）

猶言日尚早，更向九龍津。　（崔顥〈上巳〉）（全唐詩卷130）

遙瞻丹鳳闕，斜望黑龍津。（駱賓王〈疇昔篇〉）（全唐詩卷77）

表請回軍掩塵骨，莫教兵士哭龍荒。

　　　　　　（王昌齡〈從軍行七首其三〉）（全唐詩卷143）

鳥庭已向內，龍荒更鑿空。

　　　　　　　　　（袁朗〈賦飲馬長城窟〉）（全唐詩卷30）

五、初唐詩人對龍字意涵不再侷限於龍的英偉與不可駕馭，開始出
　　現人可以控制龍這一生物，甚至與其搏鬥，如「斬龍」、「馭
　　龍」、「登龍」、「戰龍」等，在此歸類為第1「動詞＋龍」類，
　　詩例如下：

斬龍堰瀨水，擒豹熠夏陽。（王珪〈詠淮陰侯〉）（全唐詩卷30）

忽歎登龍者，翻將吊鶴同。

　　　　　　（張九齡〈和姚令公哭李尚書乂〉）（全唐詩卷49）

展驥端居暇，登龍喜宴同。

　　　　　　（駱賓王〈初秋登王司馬樓宴得同字〉）（全唐詩卷78）

弱歲早登龍，今來喜再逢。

　　　　　　（孟浩然〈李少府與楊九再來〉）（全唐詩卷160）

誰謂登龍日，翻成刻鵠年。

（崔日知〈冬日述懷奉呈韋祭酒張左丞蘭台名賢〉）（全唐詩卷91）

投刺登龍日，開懷納鳥晨。

　　（宋之問〈桂州陪王都督晦日宴逍遙樓〉）（全唐詩卷53）

離若鷔鳥，合如戰龍。

　　（張說〈唐享太廟樂章・凱安三首其三〉）（全唐詩卷85）

戰龍思王業，倚馬賦神功。

　　　　（張說〈奉和聖制行次成皋應制〉）（全唐詩卷86）

霧披乘鹿見，雲起馭龍回。

　　　　（蘇頲〈奉和聖制途經華岳應制〉）（全唐詩卷74）

六、龍的長相在中國人心目中有著鮮明的形象，此為古代人們共同
　　創造出來的神物，上古時代帝王的誕生多少均與龍相關，以示
　　不同於凡人，因此，龍歷來為封建帝王象徵，然就龍本身形象
　　而言，前代詩人亦創造不少詞彙入詩。關於第14「龍本身（六
　　根）類」與第16「人物類」兩大類而言，唐代詩人除了沿襲
　　「龍鱗」、「龍額」、「龍顏」、「龍形」、「龍首」、「龍性」、「龍
　　勢」、「龍種」、「夔龍」、「臥龍」、「龍鍾」等詞彙之外，更新創
　　「龍影」、「蛟龍影」、「龍蹄」、「龍聲」、「龍額侯」等新詞彙，
　　其詩例如下：

拂牖分龍影，臨池待鳳翔。

　　　　　　（太宗皇帝〈賦得臨池竹〉）（全唐詩卷1）

日薄蛟龍影，風翻鳥隼文。　　　（李嶠〈旗〉）（全唐詩卷59）

龍蹄遠珠履，女臂動金花。　　　（李嶠〈瓜〉）（全唐詩卷60）

羌笛寫龍聲，長吟入夜清。（宋之問〈詠笛〉）（全唐詩卷52）

一言不合龍額侯，擊劍拂衣從此棄。

　　　　　　（李頎〈別梁鍠〉）（全唐詩卷133）

七、龍具有神異色彩，龍的角色千變萬化，上天入海，無所不在，
　　龍詞彙含括範圍廣大。關於第12「天象類」、第13「神明靈怪
　　類」、第15「吉祥象徵類」等三大類，初唐詩人使用這三大類
　　的數量、詞彙均較前代多，可見唐代開始人們更喜歡將「龍」
　　這傳說寫入詩中，增加詩歌的浪漫想像空間，唐代除沿襲前代
　　「雲龍」、「龍雲」、「神龍」、「燭龍」、「龍王」、「驪龍」、「龍
　　光」、「龍興」、「龍德」這些詞彙外，在前代基礎上，更開創不
　　少新的詞彙，如「龍星」、「龍女」、「龍聖」、「毒龍」、「龍
　　運」、「龍祉」，其詩例如下：

　　烏緯遷序，龍星見辰。　（〈雩祀樂章·豫和〉）（全唐詩卷10）
　　鸞靈時共盡，龍女事同遷。（蘇頲〈武擔山寺〉）（全唐詩卷73）
　　帝舞季曆，龍聖生昌。
　　　　　　　　（張說〈唐享太廟樂章·大成舞〉）（全唐詩卷85）
　　薄暮空潭曲，安禪制毒龍。（王維〈過香積寺〉）（全唐詩卷126）
　　龍運垂祉，昭符啟聖。
　　　　　　　　　（褚亮〈祈谷樂章·肅和〉）（全唐詩卷32）
　　大業龍祉，徽音駿尊。
　　　　　　　（〈郊廟歌辭·享太廟樂章·光大舞〉）（全唐詩卷13）

八、唐代沿襲前代第3「顏色專名類」、第4「數量詞＋龍類」、第5
　　「專有名詞類」、第18「兵法類」所有詞彙，除了「倉龍」、
　　「琥珀龍」、「巨龍」、「烏龍」這些詞彙至唐代已不再使用，在
　　初唐詩歌中仍可見「蒼龍」、「青龍」、「白龍」、「黃龍」、「赤
　　龍」、「銅龍」、「六龍」、「二龍」、「八龍」、「五龍」、「七龍」、
　　「九龍」、「群龍」、「應龍」、「蛟龍」、「龍媒」、「青龍陣」這些

舊詞,但卻創新「斑龍」、「雙龍」、「火龍」、「老龍」、「虯龍」、
「龍韜」這些龍字詞彙,其詩例如下:

紫鳳真人府,斑龍太上家。

　　　　　　　　（沈佺期〈幸白鹿觀應制〉）（全唐詩卷96）
劍去雙龍別,雛哀九鳳鳴。

　　（張九齡〈故滎陽君蘇氏挽歌詞三首其一〉）（全唐詩卷48）
嘉青鳥之辰,迎火龍之始。（陳子昂〈春臺引〉）（全唐詩卷83）
祝融南來鞭火龍,火旗焰焰燒天紅。

　　　　　　　（王轂〈雜曲歌辭‧苦熱行〉）（全唐詩卷24）
火龍明鳥道,鐵騎繞羊腸。

　　　　　　（李隆基〈早登太行山中言志〉）（全唐詩卷3）
白法調狂象,玄言問老龍。

　　　　　　（王維〈黎拾遺昕裴秀才迪見過秋夜對雨之作〉）

　　　　　　　　　　　　　　　　　（全唐詩卷126）
誰言老龍吉,未免伯牛災。（王維〈哭褚司馬〉）（全唐詩卷127）
偓佺空中游,虯龍水間吟。

　　（儲光羲〈終南幽居獻蘇侍郎三首時拜太祝未上三首其三〉）

　　　　　　　　　　　　　　　　　（全唐詩卷136）
白虎鋒應出,青龍陣幾成。

　　（陳子昂〈還至張掖古城,聞東軍告捷,贈韋五虛己〉）

　　　　　　　　　　　　　　　　　（全唐詩卷84）

九、歷來龍與其他動物常合稱,轉變其原來龍的形象意涵,卻蘊含
　　龍的精神與威武氣概,唐代幾乎沿襲前代第6「龍＋動物合稱
　　類」與第7「動物＋龍合稱類」所有詞彙,如「龍駒」、「龍

驤」、「龍馬」多為駿馬之意，有昂舉騰躍樣子與奮進威武精神，而「龍蛇」、「龍魚」、「龍虎」、「魚龍」、「龜龍」這些將兩動物合稱，並保持原來二物之意的舊詞彙，繼續於唐代詩歌中使用。然而但前代「龍駬」、「龍鵃」、「虯龍」這些詞彙至唐代不再出現，較殊奇是唐代出現「龍鶴」、「龍龜」二字合稱的詞彙，其詩例如下：

願隨白雲駕，龍鶴相招尋。

（陳子昂〈南山家園林木交映盛夏五月幽然清涼獨坐思遠率成
十韻〉）（全唐詩卷84）

帝宅王家大道邊，神馬龍龜湧聖泉。

（蔡孚〈郊廟歌辭・享龍池樂章・第二章〉）（全唐詩卷12）

十、中國歷代多將「龍」用以指稱皇帝，因此皇帝的車駕、宮庭相關詞彙多有龍字出現，初唐詩人多沿襲前代第9「交通工具類」與第11「建築類」所有詞彙，除了「龍輴」指天子的喪車與「龍輅」指龍車之意兩個詞彙至唐代不再使用外，其他如「龍輿」、「龍車」、「龍舟」、「龍樓」、「龍闕」、「蒼龍闕」、「龍殿」、「龍門」、「龍渠」、「龍宮」等詞彙，繼續於唐代沿用。然而唐代開創新的詞彙，如「龍輦」、「龍祠」，甚至精美的湖山建築稱為「龍岫」，其詩例如下：

天游龍輦駐城闉，上苑遲光晚更新。

（盧藏用〈奉和立春遊苑迎春應制〉）（全唐詩卷93）

氣合龍祠外，聲過鯨海濱。

（蘇味道〈單于川對雨二首其二〉）（全唐詩卷65）

鶩池臨九達，龍岫對層城。

（李隆基〈同玉真公主過大哥山池〉）（全唐詩卷3）

對岩龍岫出，分壑雁池深。

（李嶠〈劉侍讀見和山邸十篇重申此贈〉）（全唐詩卷61）

綜觀先秦到唐代李白之前的所有詩歌謠諺，可以發現龍字詞彙漸豐的歷程，出自典故神話傳說為人所習見的那些詞彙，出現較為頻繁，如「六龍」46次，「龍門」38次，「龍城」27次，筆者羅列先秦到唐代李白之前詩歌中龍字詞彙出現頻率，如下表3-5。而詩人自己生造出的新詞彙，則因一時不能得到普遍認同而逐漸於後代消失，如梁代劉孝儀詩中出現的「龍鵜」、南朝宋鮑照詩中出現的「扳龍」、梁代何遜詩中出現的「龍輴」、晉代楊羲詩中出現的「龍軺」，這些詞彙到了唐代詩歌時完全消失殆盡，不再被詩人沿用，見下表3-6。

表3-5　先秦到唐代李白之前詩歌中「龍」字詞彙出現的次數

1. 六龍：46次
2. 龍門：38次
3. 龍城：27次
4. 龍樓：24次
5. 魚龍：23次
6. 飛龍：21次
7. 龍駕、龍鱗：各20次
8. 龍飛：19次
9. 潛龍、蒼龍：各18次
10. 黃龍、龍旗、龍泉：各14次
11. 乘龍、龍沙：各13次
12. 龍躍、龍吟、群龍、龍山：各12次

13.	龍文、龍舟、龍宮、神龍：各11次
14.	盤龍、龍媒、龍驤、龍池：各10次
15.	白龍、八龍、五龍、蛟龍、龍驂：各9次
16.	青龍、龍蛇、龍馬、龍川、蒼龍闕：各8次
17.	九龍、龍劍、龍輿、龍庭、燭龍、龍首：各7次
18.	濯龍、應龍、雲龍、龍興、龍德：各6次
19.	登龍、雕龍、龍魚、龍虎、龍鳳、龜龍、龍旂、龍津、龍關、驪龍、龍圖、夔龍、龍鍾：各5次
20.	騰龍、龍翔、龍騎、赤龍、兩龍、龍子、龍駒、龍鏡、龍彎、龍旌、龍章、龍圗、龍堆、龍精、龍影、龍光：各4次
21.	攀龍、成龍、戰龍、鑿龍、龍門、龍戰、銅龍、二龍、龍驥、龍軒、龍袞、龍穴、龍漠、銅龍門、龍伯、龍王：各3次
22.	扙龍、奔龍、龍見、龍騰、龍至、龍集、龍鳴、龍遊、龍衢、龍潛、玄龍、七龍、四龍、螭龍、龍駟、龍子幡、龍淵、龍鑣、龍節、龍梭、龍衣、龍笛、龍竹、龍旗、龍車、蒼龍門、龍尾灣、盧龍、龍鄉、龍殿、銅龍樓、龍尾、龍頭、龍顏、龍勢、龍形、龍性、龍額、龍聲、龍髯、龍種、龍雩、龍雲、龍輝、龍運、龍韜、臥龍、青龍陣、龍華會：各2次
23.	圖龍、駕龍、交龍、蜃龍、斬龍、盤龍、馭龍、龍蹲、龍濯、龍逝、龍饑、龍威、龍蟄、龍匿、龍蟠、龍馳、龍藏、龍盤、龍行、龍飆、龍伏、龍蹲、倉龍、銀龍、琥珀龍、黑龍、斑龍、雙龍、十龍、巨龍、雕龍、烏龍、火龍、老龍、虯龍、龍鶵、龍蛟、龍蠖、龍龜、龍鶴、虵龍、蛟龍旗、蛟龍錦、龍須席、龍頭鐺、龍吟笛、龍楯、龍旐、龍燭、龍文鼎、銅龍扉、龍刀、龍首堞、龍鍾管、龍珠、交龍錦、袞龍、泥龍、土龍、蛟龍旗、龍服、龍調管、龍管、龍泉劍、龍鳴管、龍鳴笛、龍杖、蛟龍書、蛟龍帔、龍匣、盤龍鏡、龍戟、水龍、龍輀、龍軺、龍輦、龍鳳池、龍門山、龍丘、龍淵、龍洲、河龍、龍湖、龍河、九龍潭、九龍津、龍州、黑龍津、龍溪、龍荒、龍橋、蒼龍門、龍館、青龍門、龍骨渠、龍首渠、龍渠、龍岫、龍祠、龍星、龍仙、天龍、龍女、龍聖、蒼龍精、毒龍、龍音、龍胎、龍口、龍翗、龍醢、蛟龍影、龍蹏、龍鬚、龍聽、龍祉、龍額侯、龍陽、龍象：各1次

表3-6 前代的「龍」字詞彙的落沒

時代 類別	唐代李白之前的詩歌（初唐～李白）不再出現前代的海字詞彙	唐朝詩歌（初唐～晚唐）不出現前代的海字詞彙
1.「V＋龍」類	交龍、扙龍、蜃龍	扙龍
2.「龍＋V」類	龍逝、龍威、龍匿、龍蟄	龍逝、龍威、龍匿
3. 顏色專名類	倉龍、銀龍、琥珀龍	倉龍、琥珀龍
4.「數量詞＋龍」類	四龍	無[56]
5. 專有名詞類	巨龍、烏龍	巨龍、烏龍
6.「龍＋動物合稱」類	龍駒、龍鵁	龍駒、龍鵁
7.「動物＋龍合稱」類	虵龍	虵龍
8. 物品類	龍楯、龍扉、龍首堞、交龍錦、龍泥、龍梭、龍珠	龍楯、龍扉、龍首堞、交龍錦、龍泥
9. 交通工具類	龍輈、龍軺	龍輈、龍軺
10. 地理類	龍丘、龍穴	無[57]
11. 建築類	龍橋	無[58]
12. 天象類	無	無
13. 神明靈怪類	龍仙	龍仙

56 《全唐詩》卷644李咸用〈西門行〉：「四龍或躍猶依泉，小狐勿恃沖波膽。」出現「四龍」詞彙。

57 《全唐詩》卷279盧綸〈奉陪侍中游石筍溪十二韻〉：「猿群曝陽嶺，龍穴腥陰壑。」；《全唐詩》卷396元稹〈賽神〉：「黿鼉在龍穴，妖氣常郁溫。」出現「龍穴」詞彙2次。《全唐詩》卷541李商隱〈龍丘途中〉，詩題出現「龍丘」詞彙。

58 《全唐詩》卷9徐氏〈玄都觀〉：「步黏苔蘚龍橋滑，日閉煙羅鳥徑迷。」出現「龍橋」詞彙。

時代 類別	唐代李白之前的詩歌（初唐～李白）不再出現前代的海字詞彙	唐朝詩歌（初唐～晚唐）不出現前代的海字詞彙
14. 龍本身（六根）類	龍胎、龍口、龍芻、龍醢	無[59]
15. 吉祥象徵類	龍輝	龍輝
16. 人物類	龍陽	無[60]
17. 釋道類	無	無
18. 兵法類	無	無

由上表3-5可見，從先秦到唐代李白之前詩歌中龍字詞彙約有235個，遍及各類，有各式物品上龍形圖騰、龍與動物合稱、龍本身六根形貌、御龍制服龍的動詞組構詞彙、龍本身動態詞彙、以外形顏色品種區分、交通工具、建築、地理、天象、以及有關龍的神話典故，甚至將龍比附人，用以比喻象徵，如龍象、臥龍，甚至吉祥象徵，尤其在魏晉南北朝時新創大量龍形圖騰物品類的龍字詞彙。「六龍」、「龍門」、「龍城」、「龍樓」、「魚龍」這些詞彙歷來廣泛被詩人們使用，在不同時代中，出現許多詩人皆以同一詞彙做為表徵詞，不約而同對「龍」擁有相同或相似的意象，也利用這些詞彙抒發相同或相近的心情，意味著這些龍字詞彙給予人們的意象已達成一種共識。然而不能達成共識的，或因時代流變，自然消失淘汰，如同上表3-6中在唐代詩歌中消失的龍字詞彙。上表3-6，最特殊的是魏晉南北朝時大量在

59 《全唐詩》卷625陸龜蒙〈奉和襲美懷華陽潤卿博士三首其二〉:「談玄麈尾拋雲底，服散龍胎在酒中。」《全唐詩》卷502姚合:〈詠鏡〉:「繡帶共尋龍口出，菱花爭向匣中開。」《全唐詩》卷625陸龜蒙〈奉和襲美題達上人藥圃二首其二〉:「教疏兔鏤金弦亂，自擁龍芻紫汞肥。」《全唐詩》卷397元稹〈青雲驛〉:「獲麟書諸冊，豢龍醢為饗。」上述詩句出現「龍胎」、「龍口」、「龍芻」、「龍醢」詞彙。

60 《全唐詩》卷392李賀〈釣魚詩〉:「詹子情無限，龍陽恨有餘。」出現「龍陽」詞彙。

各式物品上刻畫龍形圖騰，甚至對龍的形象諸多描述，多停留在「龍」這一生物的行貌之上，但在唐代卻消失殆盡，甚至到了李白詩歌中完全沒有承繼「吉祥象徵類」詞彙，反是藉由「龍」喻指人特多，甚至增加魏晉南北朝詩中所無的「釋道類」詞彙，可見龍意象詞彙的沿革受時空條件的影響甚深。

綜觀先秦到唐代李白之前的所有詩歌約有15792首，依照時代順序探討龍字入詩的沿革，發現龍意象詩歌共有1242首，而「龍」相關的詞彙多半與龍形圖騰物象有關，多用於帝王之物。然而在古典詩、文中，甚至有些詩中「龍」充其量不過是剛健威武的相似意義，甚至是祥瑞抽象思維概念的代稱，根本不是真實生活經驗之啟發。從先秦時代寥寥可數的詩例一路向下發展到初唐近千首詩句的情況，可見中國帝王對龍這生物可凌駕於萬民之上的喜愛愈來愈重視，他們對龍的關注焦點，從帝王漸漸擴展到各種祥瑞象徵的聯想，詩人們所擁有的「龍意象」也有所增益且多元化。龍意象抒寫的作者有皇帝、后妃、王爺、宰相、文臣、武將、孤臣、懷才不遇士子等，除了歌功頌德之外，他們體現不同的信仰與價值追求。

第六節　杜甫詩作

筆者統計《全唐詩》中使用「龍」字最高者為李白，其次為同處盛唐時代的杜甫，多達140篇，其詩作詳如附件二，因此有必要將杜甫詩作中使用「龍」字詩歌作一考察，見其龍字使用與李白不同之處，更能凸顯李白使用龍字的獨到與奇特之處。與李白相較之下，杜甫詩中的「龍」，這個非寫實意象主要用以象徵，多為比喻與象徵，作為修飾語居多，在此將杜甫詩歌中龍意象分門別類，論述如下：

一、杜甫詩歌中，「遊仙、神話、志怪文學中的『龍』」的龍意象類型中，筆者發現杜詩中並未將「龍」與仙化理想絪合，但出現「藉神仙神話典故寫『龍』」此類，首先探析「藉神仙神話典故寫『龍』」中出現「蛟龍」多達27首[61]，詩作如下：

恐泥竄蛟龍，登危聚麋鹿。(〈三川觀水漲二十韻〉，頁118-119)
水深波浪闊，無使蛟龍得。(〈夢李白二首其一〉，頁231)
有妹有妹在鐘離，良人早歿諸孤癡。長淮浪高蛟龍怒，十年不見來何時。(〈乾元中寓居同谷縣，作歌七首其四〉，頁298)
南有龍兮在山湫，古木巃嵸枝相摎。木葉黃落龍正蟄，蝮蛇東來水上游。(〈乾元中寓居同谷縣，作歌七首其六〉，頁298-299)
蛟龍亦狼狽，況是鱉與魚。(〈溪漲〉，頁403)
日暮蛟龍改窟穴，山根鱣鮪隨雲雷。(〈又觀打魚〉，頁408-409)
把臂開尊飲我酒，酒酣擊劍蛟龍吼。
　　　　　　　　(〈相從行贈嚴二別駕〉，頁419-420)
鬱鬱三大字，蛟龍岌相纏。(〈觀薛稷少保書畫壁〉，頁429)
路幽必為鬼神奪，拔劍或與蛟龍爭。
　　　　　　　　(〈桃竹杖引贈章留後〉，頁480)
蛟龍無定窟，黃鵠摩蒼天。(〈寄題江外草堂〉，頁452)
楚山經月火，大旱則斯舉。舊俗燒蛟龍，驚惶致雷雨。
　　　　　　　　(〈火〉，頁614)
平生白羽扇，零落蛟龍匣。
　　　　　　　　(〈八哀詩。故司徒李公光弼〉，頁674-677)

---

61 筆者據（唐）杜甫著，（清）楊倫淺注：《杜詩鏡銓》（臺北市：天工書局，1994年10月10日出版）一書為文本，考察統計出杜甫詩歌中出現的「龍」字的次數與文句，不逐條標注出版社及日期，僅於文中標注出處頁碼。

八分一字直百金，蛟龍盤拏肉屈強。

（〈李潮八分小篆歌〉，頁716）

凍埋蛟龍南浦縮，寒刮肌膚北風利。

（〈前苦寒行二首其二〉，頁893）

百年死樹中琴瑟，一斛舊水藏蛟龍。

（〈君不見，簡蘇徯〉，頁790）

無數將軍西第成，早作丞相東山起。鳥雀苦肥秋粟菽，蛟龍欲蟄寒沙水。

（〈暮秋枉裴道州手札，率爾遣興，寄近呈蘇渙侍御〉，頁995）

蛟龍得雲雨，雕鶚在秋天。（〈奉贈嚴八閣老〉，頁153）

蛟龍半缺落，猶得折黃金。（〈銅瓶〉，頁264）

竟日蛟龍喜，盤渦與岸回。（〈梅雨〉，頁317）

魚鱉為人得，蛟龍不自謀。（〈江漲〉，頁896）

旗尾蛟龍會，樓頭燕雀馴。

（〈奉和嚴中丞西城晚眺十韻〉，頁394）

蛟龍引子過，荷芰逐花低。（〈到村〉，頁539）

青溪先有蛟龍窟，竹石如山不敢安。

（〈絕句四首其二〉，頁559）

風送蛟龍雨，天長驃騎營。（〈哭嚴僕射歸櫬〉，頁569）

猱玃須髯古，蛟龍窟宅尊。（〈瞿塘兩崖〉，頁720）

牛馬行無色，蛟龍鬭不開。（〈雨〉，頁742）

蛟龍纏倚劍，鸞鳳夾吹簫。（〈哭王彭州掄〉，頁712）

在杜甫「遊仙、神話、志怪文學中的『龍』」的龍意象類型詩歌中，除了直接引用神話志怪中的蛟龍，如〈哭王彭州掄〉：「蛟龍纏倚劍，鸞鳳夾吹簫」，據《越絕書》：「薛燭曰：『當造劍之時，蛟龍奉爐，天

地裝炭。』」[62]，又〈雨〉：「牛馬行無色，蛟龍鬬不開」直接引用神話
志怪中的蛟龍之外，更多將「蛟龍」用以比喻或象徵，如〈夢李白二
首其一〉末二句言夢醒臨別之際諄諄告誡李白囑其小心，憂其遠謫遭
患，以歸途艱險，暗喻政治環境。在此處運用「蛟龍」這傳說中的一
種水生動物，陷害忠良的惡人，引用《續齊諧記》記載：「漢建武
中，長沙人區曲忽見一士人自云三閭大夫，謂曲曰：『聞君當見祭甚
善，常年為蛟龍所竊。今若有惠，當以楝葉塞其上，以彩絲纏之，此
二物蛟龍所憚。』」[63]；在〈乾元中寓居同谷縣，作歌七首其六〉一詩
詠同谷萬丈潭之龍，言同谷縣東南七里的萬丈潭，相傳有龍自潭中飛
出，仲冬時樹葉黃落而蛟龍蟄伏水底。在杜詩中多用「蛟龍」這一詞
彙，除了使用蛟龍比喻陷害忠良的惡人外，亦多有自喻之意，尤其在
安史之亂後，社會動亂，如〈觀打魚歌〉：「日暮蛟龍改窟穴」、〈寄題
江外草堂〉：「蛟龍無定窟」二詩中以蛟龍作為杜甫自喻。在上述詩例
中亦可見將「蛟龍」這一虛擬圖象刻鑄於器物之上，如〈銅瓶〉：「蛟
龍半缺落，猶得折黃金」，故杜甫運用神話志怪中的蛟龍並非描寫仙
境，更非遊仙，而是將龍意象具象化為日常生活比喻詞與器物形貌
之上。

除了使用「蛟龍」這一詞彙外，還出現「六龍」、「夔龍」、「驪
龍」各2首；「虯龍」、「黃龍」、「龍伯巨人」、「青龍」各1次，詩例
如下：

62　（唐）杜甫著，（清）楊倫淺注：《杜詩鏡銓》（臺北市：天工書局，1994年10月10
　　日出版），頁712。

63　（梁）吳均撰：《續齊諧記》，收入《景印文淵閣四庫全書》1042冊（臺北市：臺灣
　　商務印書館，1983年），頁558。

陰崖卻承霜雪幹，偃蓋反走虯龍形。

（〈題李尊師松樹障子歌〉，頁187）

鷗鳥牽絲颺，驪龍濯錦紆。

（〈大曆三年春白帝城放船出瞿塘峽久居夔府將適江陵漂泊有
詩凡四十韻〉，頁905）

此時驪龍亦吐珠，馮夷擊鼓群龍趨。（〈渼陂行〉，頁76）

赤雀翻然至，黃龍詎假媒。（〈秋日荊南述懷三十韻〉，頁930）

南天三旬苦霧開，赤日照耀從西來，六龍寒急光裴回。

（〈晚晴〉，頁894）

歌罷兩淒惻，六龍忽蹉跎。

（〈送唐十五誡因寄禮部賈侍郎〉，頁546）

六龍瞻漢闕，萬騎略姚墟。（〈贈李八秘書別三十韻〉，頁787）

宮中每出歸東省，會送夔龍集鳳池。

（〈紫宸殿退朝口號〉，頁176-177）

巢許山林志，夔龍廊廟珍。（〈奉贈蕭二十使君〉，頁1013）

蒼水使者捫赤絛，龍伯國人罷釣鼇。

（〈荊南兵馬使太常卿趙公大食刀歌〉，頁730）

存想青龍秘，騎行白鹿馴。（〈寄張十二山人彪三十韻〉，頁280）

天寒白鶴歸華表，日落青龍見水中。

（〈陪李七司馬皂江上觀造竹橋即日成往來之人免冬寒入水，
聊題短作簡李公〉，頁377）

杜詩藉用神話典故中龍意象行文除了「蛟龍」一詞外，在上述詩例亦可見「青龍」、「六龍」、「驪龍」等，如〈陪李七司馬皂江上觀造竹橋即日成往來之人免冬寒入水，聊題短作簡李公〉一詩中引用「青龍」一詞，出自《朝野僉載》記載：「趙州石橋甚工，磨礱密緻如削馬，

望之如初日出雲,長虹飲澗。……天后大足年,默啜破趙定州,復欲南過至石橋,馬跪地不進。但見一青龍臥橋上,奮迅而怒,已乃遁去。」[64];而「六龍」一詞乃神話傳說中的六龍御日,意指光陰,在〈晚晴〉:「赤日照耀從西來,六龍寒急光裴回」、〈送唐十五誠因寄禮部賈侍郎〉:「歌罷兩淒惻,六龍忽蹉跎」二詩運用此神話傳說營造詩中氣氛。此外,儘管杜甫詩歌在選用非寫實意象,然其基調始終是寫實的,如〈渼陂行〉:「此時驪龍亦吐珠,馮夷擊鼓群龍趨」,雖引用《莊子·列禦寇》:「千金之珠,必在九重之淵,驪龍頷下」[65],但卻是寫月下所見之景,燈火遙遙相映,音樂遠播,晚舟移棹,乃「月出而樂作,恍若神遊異境」,杜甫「龍」意象的精心營構,能激活詩中寫實內容,化靜止為飛動,化板滯為靈動,虛實相生。

　　二、在杜甫詩歌,「論虛幻『龍』物象之現實影射」的龍意象類型中,出現「龍吟」3首,「龍駕」、「潛龍」各2首,「攀龍」、「乘龍」、「登龍」、「飛龍」、「龍翔」、「浮龍」、「龍怒」、「龍性」、「蟄龍」各1首,詩例如下:

　　鳥驚出死樹,龍怒拔老湫。
　　　　　　　　　　　　　　　（〈送韋十六評事充同谷防禦判官〉,頁147）
　　攀龍附鳳勢莫當,天下盡化為侯王。(〈洗兵馬〉,頁216)
　　蟄龍三冬臥,老鶴萬里心。(〈遣興五首其一〉,頁233)
　　巴陵洞庭日本東,赤岸水與銀河通,中有雲氣隨飛龍。
　　　　　　　　　　　　　　　（〈戲題王宰畫山水圖歌〉,頁327）

---

64 （唐）張鷟撰:《朝野僉載》,收入《景印文淵閣四庫全書》1035冊（臺北市:臺灣商務印書館,1983年）,卷5,頁271。
65 （清）郭慶藩撰,王孝魚點校:《莊子集釋》（臺北縣:頂淵文化事業公司,2001年）,頁1061。

潛龍無聲老蛟怒，回風颯颯吹沙塵。（〈觀打魚歌〉，頁407）

積水駕三峽，浮龍倚長津。（〈別蔡十四著作〉，頁588）

亭亭新妝立，龍駕具曾空。（〈牽牛織女〉，頁618-619）

冥冥翠龍駕，多自巫山台。（〈雨〉，頁626）

爛如羿射九日落，矯如群帝驂龍翔。

（〈觀公孫大娘弟子舞劍器行〉，頁883）

鳳曆軒轅紀，龍飛四十春。（〈上韋左相二十韻〉，頁85）

門闌多喜色，女婿近乘龍。（〈李監宅二首其一〉，頁10）

置驛常如此，登龍蓋有焉。

（〈秋日夔府詠懷奉寄鄭監李賓客一百韻〉，頁803）

隱豹深愁雨，潛龍故起雲。

（〈戲寄崔評事表姪、蘇五表弟、韋大少府諸姪〉，頁849）

龍吟回其頭，夾輔待所致。（〈送從弟亞赴安西判官〉，頁146）

晚來橫吹好，泓下亦龍吟。

（〈劉九法曹、鄭瑕丘石門宴集〉，頁4）

江天漠漠鳥雙去，風雨時時龍一吟。（〈灩澦〉，頁770）

矯矯龍性合變化，卓立天骨森開張。（〈天育驃騎歌〉，頁90）

在杜甫的「論虛幻『龍』物象之現實影射」的龍意象類型詩歌中，龍意象主要功用是比喻或象徵，以龍為修飾語，其功用多為比喻，如〈牽牛織女〉詩中的「龍駕」用以比喻牽牛之車駕，而〈雨〉詩：「冥冥翠龍駕，多自巫山台」，詩中的中心意象為雨；在〈天育驃騎歌〉中的「龍性」也非指龍，古人認為天馬乃神龍之類，故用以喻良馬之意態；在〈觀公孫大娘弟子舞劍器行〉：「爛如羿射九日落，矯如群帝驂龍翔。」詩中「龍翔」用以形容矯健的舞姿就像眾天神在駕龍飛翔。杜甫所用這類龍意象並非詩篇的中心意象，多只用於輔助意

象,而其中心意象基本是寫實的,如〈觀打魚歌〉:「潛龍無聲老蛟怒」,此篇中心意象為魚。

　　此外,杜甫與李白運用龍意象最大不同點,在於李白著重賦予龍是靈異的,是飛騰之勢,龍是自由、奔放不羈,如李白〈來日大難〉:「海陵三山,陸憩五岳。乘龍天飛,目瞻兩角」,寫其對功名利祿的鄙棄,對仙境的嚮往,在虛幻中縱情抒發對自由理想人生的追求,但杜甫運用「飛龍」這詞彙僅是描繪山水畫中雲龍之景,如〈戲題王宰畫山水圖歌〉:「中有雲氣隨飛龍」,畫中山水廣遠浩淼,水天之間雲氣追隨飛龍。而「攀龍」一詞意指當時攀附肅宗和張淑妃的宦官李輔國、魚朝恩之流,他們藉當初於靈武擁戴肅宗之功,回京後封官進爵,氣焰囂張,勢傾朝野。杜甫此類龍意象凸顯的是蟄龍、潛龍的凝重沈鬱,如〈遣興五首其一〉:「蟄龍三冬臥,老鶴萬里心」、〈觀打魚歌〉:「潛龍無聲老蛟怒,回風颯颯吹沙塵」,甚至刻劃龍困頓窘迫之狀,如〈灩澦〉:「江天漠漠鳥雙去,風雨時時龍一吟」,運用同情筆觸刻畫龍困頓窘迫之狀。

三、杜甫詩歌中,「與『龍』有關的自然界事物景象」的意象類型　　中,僅出現「龍」字地名,並無天上星宿名,如「蒼龍門」、　　「龍門」各4首,「龍池」3首,「白龍潭」、「龍湫」、「龍堆」各　　1首,詩例如下:

清江下龍門,絕壁無尺土。(〈龍門閣〉,頁305)
鳳穴雛皆好,龍門客又新。(〈奉贈鮮于京兆二十韻〉,頁57)
龍門橫野斷,驛樹出城來。(〈龍門〉,頁10)
倚風遺鶂路,隨水到龍門。

　　　　　　　　　　　(〈奉留贈集賢院崔、于二學士〉,頁55)

停驂龍潭雲，回首白崖石。（〈發同谷縣〉，頁301）

夜看酆城氣，回首蛟龍池。（〈詠懷二首其一〉，頁973）

秦地應新月，龍池滿舊宮。（〈洞房〉，頁822）

鳳紀編生日，龍池暫劫灰。（〈千秋節有感二首〉，頁984）

嵯峨白帝城東西，南有龍湫北虎溪。（〈寄從孫崇簡〉，頁847）

上述詩例中，出現「龍門」多指地名，《三秦記》曰：「龍門在河東界，每暮春有黃黑鯉魚自海及諸川來赴，得上者化為龍，否則曝腮點額而退。」、《梁州記》云：「蔥嶺有石穴高數十丈，其狀如門，俗號龍門。」[66]多將龍字地名直接引用於詩中，如〈龍門閣〉：「清江下龍門，絕壁無尺土」、〈龍門〉：「龍門橫野斷，驛樹出城來」；此外「龍潭」、「龍池」、「龍湫」皆於杜詩中純指地名使用，如「龍潭」指萬丈潭，在今甘肅成縣東南七里，〈發同谷縣〉：「停驂龍潭雲，回首白崖石」道出在龍潭當地的雲靄中，停車留連，回首將虎崖勝蹟眺望。但唯獨〈奉贈鮮于京兆二十韻〉：「鳳穴雛皆好，龍門客又新」詩句以「鳳穴」、「龍門」以喻指鮮于仲通之家，期望自己能獲得其重視與提拔，將「龍門」從地名意涵轉化為君子宅第，深化豐富詞彙意涵。

四、杜甫詩歌中，「與『龍』有關的動物界」的意象類型中，出現「龍蛇」10首，「龍虎」、「魚龍」各6首，「龍馬」4首，「龍鳳」、「龍駒」、「龍象」各1首，詩例如下：

識歸龍鳳質，威定虎狼都。（〈行次昭陵〉，頁164）

龍媒昔是渥窪生，汗血今稱獻於此。（〈沙苑行〉，頁91）

---

66 有關龍門一地考證記載引自（唐）杜甫著，（清）楊倫淺注：《杜詩鏡銓》（臺北市：天工書局，1994年10月10日出版），頁55、305。

君不見金粟堆前松柏裏，龍媒去盡鳥呼風。

　　　　　　　（〈韋諷錄事宅觀曹將軍畫馬圖〉，頁533）

有能市駿骨，莫恨少龍媒。（〈昔遊〉，頁702）

白摧朽骨龍虎死，黑入太陰雷雨垂。

　　　　　　　（〈戲為韋偃為雙松圖歌〉，頁328）

偃蹇龍虎姿，主當風雲會。（〈病柏〉，頁369）

下雲風雲合，龍虎一吟吼。

　　　　　　　（〈送重表姪王砅評事使南海〉，頁1009）

鴛鴻不易狎，龍虎未宜馴。

　　　　　　　（〈贈王二十四侍御契四十韻〉，頁524）

峽坼雲霾龍虎臥，江清日抱黿鼉遊。（〈白帝城最高樓〉，頁596）

北極轉愁龍虎氣，西戎休縱犬羊群。

　　　　　　　（〈喜聞盜賊蕃寇總退口號五首其一〉，頁900）

水落魚龍夜，山空鳥鼠秋。（〈秦州雜詩二十首其一〉，頁239）

舟楫欹斜疾，魚龍偃臥高。（〈渡江〉，頁502）

魚龍開闢有，菱芰古今同。（〈天池〉，頁718）

魚龍寂寞秋江冷，故國平居有所思。（〈秋興八首其四〉，頁645）

魚龍回夜水，星月動秋山。（〈草閣〉，頁665）

萬里魚龍伏，三更鳥獸呼。（〈北風〉，頁971）

只收壯健勝鐵甲，豈因格鬥求龍駒。……龍媒真種在帝都，子
孫永落西南隅。（〈惜別行送劉僕射判官〉，頁987）

仰穿龍蛇窟，始出枝撐幽。（〈同諸公登慈恩寺塔〉，頁35）

深山大澤龍蛇遠，春寒野陰風景暮。

　　　　　　　（〈送孔巢父謝病歸遊江東，兼呈李白〉，頁32）

干戈雖橫放，慘澹鬥龍蛇。（〈喜晴〉，頁137）

霜雪回光避錦袖，龍蛇動篋蟠銀鉤。（〈寄裴施州〉，頁875）

龍蛇尚格鬥，灑血暗郊坰。(〈奉酬薛十二丈判官見贈〉，頁796)

旌旗日煖龍蛇動，宮殿風微燕雀高。

(〈奉和賈至舍人早朝大明宮〉，頁174)

荒庭垂橘柚，古屋畫龍蛇。(〈禹廟〉，頁568)

龍蛇不成蟄，天地劃爭回。(〈雷〉，頁868)

萬里滄浪外，龍蛇只自深。(〈憶鄭南玭〉，頁609)

風濤颯颯寒山陰，熊羆欲蟄龍蛇深。(〈呀鶻行〉，頁946)

如聞龍象泣，足令信者哀。(〈山寺〉，頁253)

　　杜甫「與『龍』有關的動物界」的意象類型詩歌中，杜甫龍意象有著時代動亂、關懷社會民生的慈悲心境，故在其詩中運用飽含同情的筆觸刻劃龍困頓窘迫之狀，如〈北風〉：「萬里魚龍伏，三更鳥獸呼」、〈山寺〉：「如聞龍象泣，足令信者哀」，並描寫到龍往往是孤寂無依的，如〈秋興八首其四〉：「魚龍寂寞秋江冷，故國平居有所思」，作者在詩中言國家政局動盪，王侯宅第改換主人，文武不分，邊境多事，戰亂頻仍，篇末以此二句寫景自喻，將「魚龍」喻自己，寫自身病臥夔州，如同深秋潛於秋江的魚龍一樣孤寂，不禁追思起昔年長安生活，將沈重悲慨現實化為稍富靈動之境；〈憶鄭南玭〉：「萬里滄浪水，龍蛇只自深」，寫出杜甫自身際遇的寫照，亦如〈草閣〉：「魚龍回夜水，星月動秋山」，作者在寫龍，實亦自喻，在龍身上寄遇其悲涼憂憤之情。此外，亦將「龍蛇」喻指賢士，如〈送孔巢父謝病歸遊江東兼呈李白〉：「深山大澤龍蛇遠，春寒野陰風景暮」，以處於深山大澤的龍蛇，比懷才不遇、遁世高蹈的孔巢父，深山大澤本是龍蛇之地，孔巢父想與其為伍避世隱居。杜甫運用龍意象將心靈感受具象化，如〈白帝城最高樓〉：「峽坼雲霧龍虎睡，江清日抱黿鼉游」，描述江峽坼裂的群山在雲霧，籠罩下就像臥著的龍虎，道出山峽雲霧掩映盤結，如龍虎沈睡，將真實景色虛幻化，落想奇特。

五、杜甫詩歌中，「與『龍』有關的品物類」的意象類型中，出現
　　建築類，如「龍宮」、「龍廄」各1首；兵器類，如「龍泉」3
　　首；物品類，如「龍文」、「龍袞」、「龍節」各1首；交通工具
　　類，如「龍舟」1首，詩例如下：

龍宮塔廟湧，浩劫浮雲衛。
　　　　　　（〈八哀詩八首其五贈秘書監江夏李公邕〉，頁683）
即今龍廄水，莫帶犬戎膻。
　　　　　　（〈秋日夔府詠懷奉寄鄭監李賓客一百韻〉，頁802）
徒勞望牛鬥，無計斸龍泉。（〈所思〉，頁373）
猛將宜嘗膽，龍泉必在腰。（〈寄董卿嘉榮十韻〉，頁536-537）
一毛生鳳穴，三尺獻龍泉。
　　　　　　　（〈奉送蘇州李二十五長史丈之任〉，頁912）
龍文虎脊皆君馭，歷塊過都見爾曹。
　　　　　　　　　　（〈戲為六絕句其三〉，頁398）
五聖聯龍袞，千官列雁行。
　　　　　　　　（〈冬日洛城北謁玄元皇帝廟〉，頁27）
龍舟移棹晚，獸錦奪袍新。（〈寄李十二白二十韻〉，頁282）

在杜甫「與『龍』有關的品物類」的意象類型詩歌中，杜甫多沿用歷
來龍字詞彙，如君王所居之宮殿為「龍宮」，中央政府養馬之處為
「龍廄」，如〈秋日夔府詠懷奉寄鄭監李賓客一百韻〉：「即今龍廄
水，莫帶犬戎膻」。但在〈八哀詩八首其五贈秘書監江夏李公邕〉詩
中「龍宮」描寫塔廟如龍宮湧出，據《洛陽伽藍記》記載：「永寧寺
永熙三年二月，浮圖為火所燒……時有三比丘赴火而死，火經三月不
滅，有火入地尋柱周年，猶有煙氣，其五月中，有人從象郡來云：

『見浮圖於海中,光明照耀,儼然如新,海上之民咸皆見之。』」[67]此句暗用此事,將龍宮轉喻指李邕所撰碑文雖歷浩劫而浮雲常擁,此為殊奇之處。「龍泉」歷來皆指歐冶子所鑄的鐵劍,杜詩亦不例外,如〈所思〉:「徒勞望牛鬥,無計斸龍泉」、〈寄董卿嘉榮十韻〉:「猛將宜嘗膽,龍泉必在腰」。歷來「龍」多有位高權重君主才能於服飾上繡有龍文,如「龍袞」,指天子禮服,在〈冬日洛城北謁玄元皇帝廟〉一詩描寫到五位聖帝龍袍聯屬,千官旁列有如雁行。「龍文」原先多指衣服或飾品上刻有龍形圖騰,但杜甫將龍意象深化至文學作品上,形容瑰麗辭采作品主宰當時文壇,如〈戲為六絕句其三〉:「龍文虎脊皆君馭,歷塊過都見爾曹」。

綜上各類型的龍意象所言,杜甫對於神異靈怪的「龍」意象賦予個人際遇,時代社會家國變遷,將英矯不凡的龍形象,刻畫、比喻到日常生活之中,將龍意象由虛幻轉化為具象化,並未結合遊仙思維。然而雖描繪出如此神異靈性的龍,品性不馴服,難遇知音,如〈贈王二十四侍御契四十韻〉:「鸑鷟不易狎,龍虎未宜馴」,詩中難馴服的「龍虎」即隱喻出杜甫失意的身影。甚至在〈觀打魚歌〉:「日暮蛟龍改窟穴」、〈寄題江外草堂〉:「蛟龍無定窟」,詩中將「蛟龍」以自喻,甚至社會寫實精神也於龍意象詩歌中流露無遺,如飽含同情地刻劃龍困頓窘迫之狀,如〈雷〉:「真龍竟寂寞,土梗空俯僂」、〈山寺〉:「如聞龍象泣,足令信者哀」。此外,杜甫詩中多用「潛龍」、「蟄龍」以自喻,如〈觀打魚歌〉:「潛龍無聲老蛟怒,回風颯颯吹沙塵」、〈乾元中寓居同谷縣作七首其六〉:「木葉黃落龍正蟄,蝮蛇東來

---

67 (後魏)楊衒之:《洛陽伽藍記》,收入《景印文淵閣四庫全書》587冊(臺北市:臺灣商務印書館,1983年),卷1,頁10。

水上游」，表現其沈鬱悲壯的、雄渾樸實的詩風，長於寫實，由實處著筆，實中有虛，其龍意象浸透著個人傷時憂國憂民之情，與李白善於寫虛，在龍意象寄遇其用世與超然兩種矛盾思想，著重賦予「龍」意象飛升之勢的風格，凸顯飛龍的騰飛飄逸、遊仙、仙道思維，透過神奇傳說來傳達其豪邁奔放情感，迴然不同，故特立一節觀其與李白殊奇之處。

第四章

李白詩歌龍意象類型一
——遊仙、神話、志怪文學中的「龍」

　　《說文》中無「遊」字，段注：「游：『又引伸為出游、嬉游，俗作遊。』」[1]，《廣雅·釋詁》：「遊，戲也。」[2]，而《說文》釋「仙」字：「仚（仙），人在山上貌，从人山。」[3]又《釋名·釋長幼》：「老而不死曰仙。仙，遷也，遷入山也。」[4]故知仙乃是能超塵脫俗與長生不老之人。文人在政治社會中遭遇失意與挫折時，面對矛盾的心理衝突，轉而對天道與命運的超越，導致遊仙幻想的出現，而此遊仙境界是內心自由精神的象徵化。鍾來因《中古仙道詩精華》一書云：「凡是以遊仙為旨歸，為排遣痛苦、力爭自由、追求超越，都是遊仙詩。」[5]張鈞莉定義「遊仙」為：「表現遠遊精神，洋溢仙心仙趣的詩作。」[6]日本學者游佐升〈道教與文學〉一文曰：「所謂遊仙詩是遊覽

1　（東漢）許慎著，（清）段玉裁注：《說文解字》（臺北市：黎明文化事業公司，1996年），頁314下。

2　（清）王念孫疏證：《廣雅疏證·釋詁》（南京市：江蘇古籍出版社，2000年），卷3上，頁77。

3　（東漢）許慎著，（清）段玉裁注：《說文解字》（臺北市：黎明文化事業公司，1996年），頁387下。

4　（東漢）劉熙：《釋名》，收入《百部叢書集成》第84冊《小學彙函》（臺北市：藝文印書館，清同治年間校刻1967年），卷3，頁5右。

5　鍾來因：《中古仙道詩精華》（南京市：江蘇文藝出版社，1994年），頁2-3。

6　張鈞莉：《六朝遊仙詩研究》（臺北市：國立臺灣大學中國文學研究所碩士論文，1987年），頁1。

仙境之詩的意思，是謳歌仙人居住的另一個神秘世界情景的詩。」[7]
而「神話」源於原始社會時期，人們藉助於幻想企圖征服自然的表
現，神話中神的形象大多具有超人力量，是原始人類對自然現象作出
的解釋或願望的理想化。李豐楙先生指出：「遊仙文學的本質基本上
是融合了宗教、神話中對『他界』（other world）的強烈願望。」[8]，
故筆者將遊仙與神話融合一併述之，此外，「志怪」名稱起源於《莊
子·逍遙遊》，指齊諧是記載怪異故事的人[9]。李劍國說：「非人之耳
目所經見的非常之人、非常之物、非常之事，都是志怪反映的對象。
具體說，乃神、仙、鬼、怪、妖、異之類是也。」[10]，故筆者將李白
詩「龍」意象詩歌中的遊仙、神話、志怪歸納於此章節論述之。

　　李白一生熱衷遊仙訪道，「十五遊神仙，仙遊未曾歇」[11]，無論於
綿州彰明（五歲至二十六歲）與湖北安陸定居，其所居的綿州以及漫
遊的四川地區，是當時道教活動最為盛行之處，李白在彰明的匡山
（今屬江油市大康鄉）隱居讀書十年，從他留下〈訪戴天山道士不
遇〉、〈尋雍尊師〉、〈太華觀〉等詩作可證。或於吳、楚、齊、魯等地
漫遊，皆結交有名望道士，如司馬承禎、吳筠、元丹丘、胡紫陽等，
司馬承禎誇其「有仙風道骨，可與神遊八極之表」[12]；四十二歲時經

7　參見福井康順等監修：《道教》（上海市：上海古籍出版社，1992年），卷2，頁255。

8　參見李豐楙：《憂與遊：六朝隋唐遊仙詩論集》緒論（臺北市：臺灣學生書局，
　　1996年），頁14-15。

9　「齊諧」有人名及書名之義。李劍國：《唐前志怪小說史》（天津市：南開大學出版
　　社，1984年），頁10。有引成玄英、司馬彪、崔譔、俞樾等人說法證之，認為以人
　　名為適。

10　李劍國：《唐前志怪小說輯釋》（臺北市：文史哲出版社，1995年），頁11。

11　（唐）李白：《李太白文集》，收入《景印文淵閣四庫全書》1067冊（臺北市：臺灣
　　商務印書館，1983年），卷21，頁6。

12　（唐）李白：《李太白文集·大鵬賦序》，收入《景印文淵閣四庫全書》1067冊（臺
　　北市：臺灣商務印書館，1983年），卷1，頁2。

道士吳筠和玉貞公主的推薦，走終南捷徑方式，受玄宗詔見，然其政
治才能並無處可施，玄宗賞識是其文才，入京僅吟花詠月，粉飾太
平，不到三年被賜金放還。出宮當年結交道士蓋寰，並請蓋寰為自己
寫好道籙，求北海天師高如貴在老子廟為自己舉行授錄儀式，此後，
李白重拾遊仙訪道，但此時心情與入宮前已大不相同，多半是聊作自
我慰藉，獨孤及在〈送李白之曹南序〉形容其風采「仙藥滿囊，道書
盈篋」[13]。此外，李白性格決定其潛意識中不安於現實，一心突破黑
暗現實社會的羈絆，唯有神仙世界才能超越現實不如意，正如其〈送
蔡山人〉：「我本不棄世，世人自棄我」、〈悲清秋賦〉所言：「歸去來
兮人間不可以託些，吾將採藥于蓬丘」[14]，可見遁入遊仙以抒發其現
實世界中所受不公正待遇的強烈憤懣。

　　遊仙思想反映在知識份子的身上是對現實不滿的投射，因不滿，
又無力改變現況，只好將滿懷的委屈訴諸於虛無縹緲的仙道，以彌補
現實不足。李白將強烈的出仕願望與浪漫的遊仙思維聯繫起來，借道
教遊仙方式沖淡與宣洩其政治失意後的心理傷痕。正如朱光潛在〈談
李白詩三首〉一文曰：「在科學還沒發達的社會裏，幻想往往比事實
還有更大的說服力和誘惑力。所以像神仙之類的宗教迷信有極廣泛的
市場。好神仙的人有兩面性，就他們逃避現實，迷信有神通廣大的力
量能創造奇跡來說，是消極的；就他們厭恨惡濁、不肯同流合污，至
少是幻想要有一個合理的社會來說，也未嘗絲毫沒有積極的一面……
落後的一面會隨時代過去，積極的一面對後世人還有幾分鼓舞的力

---

13 （唐）李白：《李太白文集》，收入《景印文淵閣四庫全書》1067冊（臺北市：臺灣
　　商務印書館，1983年），卷32，頁574。

14 （唐）李白：《李太白文集》，收入《景印文淵閣四庫全書》1067冊（臺北市：臺灣
　　商務印書館，1983年），卷1，頁11。

量。」[15]而這個虛幻的神仙世界才會接納李白這個為現實所不容的英
才,借助一個比現實社會高級的世界,以自己從屬於這個更高級的
界,以凸顯統治者的不識英才,李白並非迷信神仙之說,神仙世界的
迷戀其實是自負內心的一種希望得到重用與肯定的渴望。在李白筆
下,神仙由以往高高在上與遙不可及,變成和藹可親,甚至可以騎龍
登仙與眾仙平等交遊,藉由「龍」來遊仙,更將自我形象仙化,飄然
有超世之心。

第一節　藉神仙神話典故寫「龍」

《說文解字》曰:「神,天神引出萬物者也。从示申聲」[16],可見
「神」具有創生性;而《國語‧周語》上〈內史過論神〉言:「神饗
而民聽,民神無怨,故明神降之,觀其政德而均布福焉。……明神不
蠲而民有遠志,民神怨痛,無所依懷,故神亦往焉,觀其苛慝而降之
禍。……是皆明神之志者也。」[17]得知「神」具有宰制性;又《周
易‧繫辭》上曰:「陰陽不測謂之神」[18]說明「神」具有神秘性,是人
想像出來的他界擬人化偶像,是超越性的存在。而「仙」有至善至美
的意涵,且具廣大神通之力,能為人力所不能,故人們將自身理想與
願望附會至「神仙」,希冀藉由神力完成理想,藉由對神仙的想像,
藉「龍」遊仙境,以達理想境界。

---

15 朱光潛:〈談李白詩三首〉,《語文學習》1958年,頁2。

16 (漢)許慎撰,(清)段玉裁注:《新添古音說文解字注》(臺北市:洪葉文化事業
　公司,1998年),頁3。

17 (東吳)韋昭注:《國語‧周語》,收入《四部刊要》(臺北市:漢京出版社,1983
　年),頁565。

18 (宋)呂祖謙編,晦庵先生校正:《周易繫辭精義》,收入《續修四庫全書》第2冊
　(上海市:上海古籍出版社,2002年),頁3。

傳說中的龍，有著不同的種類，在《淮南子‧墜形訓》曰：「正土之氣也，御乎埃天。……黃龍入藏生黃泉，黃泉之埃上為黃雲……青龍入藏生青泉，青泉之埃上為青雲……赤龍入藏生赤泉，赤泉之埃上為赤雲……白龍入藏生白泉，白泉之埃上為白雲……玄龍入藏生玄泉，玄泉之埃上為玄雲。」[19]，文中提到了龍有中央及東南西北之分，分別是黃龍、青龍、赤龍、白龍、玄龍。然而，不同顏色的龍，有著不同傳說，而筆者考察詹鍈《李白全集校注彙釋集評》輯錄李白詩歌共1054首，出現神話傳說中最多「六龍」10首，其次為顏色為白色的龍，「白龍」8首，再其次為「夔龍」6首，「蛟龍」、「青龍」各4首，「驪龍」2首，「虯龍」、「燭龍」、「黃龍」、「二茅龍」各1首，以下分別探討李白詩歌中運用各神仙、神話、志怪典故中「龍」的情形，藉由該「龍」意象表達出何種情感意涵，以及如何拓寬歷來詩歌中使用各種神仙、神話、志怪典故中「龍」詞彙意涵。

一　六龍

「六龍」一詞在李白詩歌中出現最多，據筆者考察詹鍈《李白全集校注彙釋集評》輯錄李白「龍」意象詩歌共168首中，「六龍」意象共有10首，是相當特殊的詞彙。「六龍」這個詞彙最早出自《易經‧乾卦》：「大明終始，六位時成，時乘六龍以御天。」[20]而乾卦六爻的爻辭展示六龍的狀態及其象徵形象，從潛淵龍、見田龍、惕厲龍、躍淵龍、飛天龍至亢晦龍，皆是一條龍活躍的形象。然而至《淮南子》一書出現「六龍御日」這個神話傳說，六龍即為天上駕日的龍車，甚

19　（漢）劉安撰：《淮南子》（臺北市：臺灣中華書局，1968年），卷4，頁12-13。
20　（清）阮元校勘：《十三經注疏‧周易1》（臺北市：藝文印書館，2001年12月初版14刷），頁10。

至喻指太陽之意。筆者據逯欽立輯校:《先秦漢魏晉南北朝詩》一書為文本,考察先秦漢魏晉南北朝詩,在李白之前使用「六龍」一詞入詩的使用情況,發現出現「六龍」這個詞彙高達40次,在李白之前的唐代詩人,使用「六龍」此詞彙出現15次,故筆者統計「六龍」一詞運用主要有四個意旨,如曹魏時代的曹操〈氣出倡〉:「駕六龍乘風而行,行四海外路。……仙人玉女下來遨遊,驂駕六龍飲玉漿」(頁345-346);嵇康〈遊仙詩〉:「王喬棄我去,乘雲駕六龍」(頁488);唐代〈郊廟歌辭・祀圜丘樂章・豫和〉:「歌奏畢兮禮獻終,六龍馭兮神將升」[21],詩中「六龍」為升天神獸,抒發對世事無常感嘆,或為超脫生活苦難,幻想遊仙,「乘龍升天」。

其二,取「六龍御日」神話傳說,以龍喻日,引申為時間飛逝,如曹魏時代嵇康〈四言詩十一首其十〉:「雲蓋息息,六龍飄飄」(頁488);晉代張華〈招隱詩二首其二〉:「羲和策六龍,弭節越崦嵫」(頁622);晉代傅玄〈日昇歌〉:「六龍並騰驤,逸景何晃晃」(頁567);梁簡文帝蕭綱〈苦熱行〉:「六龍騖不息,三伏起炎陽」(頁1908);隋代袁慶〈奉和御制月夜觀星示百僚詩〉:「六龍初匿影,顧兔始馳光」(頁2692),唐代孫逖〈奉和登會昌山應制〉:「乾行萬物覩,日馭六龍遲。」[22]上述六龍皆喻指傳說中羲和載日,駕六龍而出,此處六龍為太陽代稱。

其三,馬八尺稱為「龍」,古代天子的車駕為六匹馬,故天子的車駕稱為「六龍」,如趙彥昭〈奉和送金城公主適西蕃〉:「六龍今出

---

21 (清)康熙四十二年御定:《御定全書詩》,收入《景印文淵閣四庫全書》1423冊(臺北市:臺灣商務印書館,1986年),卷10,頁168。

22 (清)康熙四十二年御定:《御定全書詩》,收入《景印文淵閣四庫全書》1424冊(臺北市:臺灣商務印書館,1986年),卷118,頁137。

餞，雙鶴願為歌」[23]，詩中將「六龍」喻指為天子車駕送金城公主和蕃去。

其四，六兄弟的美稱：晉朝卞粹兄弟，見晉書卷七十卞壼傳，如無名氏〈世為卞氏語〉：「卞氏六龍，玄仁無雙」（頁803），詩中將「六龍」喻指卞粹六兄弟。

然而至唐代李白時再次運用「六龍」此詞彙，除承繼前代「六龍御日」、「天子車駕」之意涵外，更出現「直接代稱唐玄宗皇帝」之意，將神靈性質的「六龍」意涵轉化於人間現實面，在李白詩中「六龍」已超脫幻想遊仙、乘龍升天意涵，卻更貼近現實生活面，由「攀龍升天」轉為「攀龍得勢」，想必與其政治處境有極大關係，而李白此十首詩歌出現「六龍」這一詞彙分別在其人生中四個重要時期，故本節探析此十首詩歌運用「六龍」意象傳達出何種情感，及其詩中呈顯意旨何在？

（一）「六龍」一詞探源

六龍這個詞彙最早出自《易經‧乾卦》：「大明終始，六位時成，時乘六龍以御天。」孔穎達疏：「乾天乃統天之義，言乾之為德，以依時乘駕六爻之陽氣，以控御於天體。六龍即六位之龍也；以所居上下言之，謂之六位也。」[24]此後，又將六龍指太陽，神話傳說中日神乘車，駕以六龍，羲和為御者。漢代劉向〈九歎‧遠遊〉：「貫澒濛以東闕兮，維六龍於扶桑。」[25]、晉郭璞〈遊仙詩十九首其四〉：「六龍

23　（清）康熙四十二年御定：《御定全書詩》，收入《景印文淵閣四庫全書》1424冊（臺北市：臺灣商務印書館，1986年），卷16，頁73。

24　（清）阮元校勘：《十三經注疏‧周易1》（臺北市：藝文印書館，2001年12月初版14刷），頁10。

25　（漢）劉向編，（後漢）王逸章句，（宋）洪興祖補注：《楚辭》（臺南市：北一出版社，1972年8月初版仿古字版），頁193。

安可頓，運流有代謝。時變感人思，已秋復願夏。」（頁865）《初學記》卷一天部日二：「爰止羲和，爰息六螭，是謂懸車。注曰：『日乘車，駕以六龍，羲和御之。日至此而薄於虞淵，羲和至此而回六螭。』」[26]六螭即六龍。以下分別針對「六龍御天」與「六龍御日」探源之。

1 六龍御天

《周易‧乾卦》云：

> 乾：元亨利貞。初九：潛龍，勿用。九二：見龍在田，利見大人。九三：君子終日乾乾，夕惕若厲，無咎。九四：或躍在淵，無咎。九五：飛龍在天，利見大人。上九：亢龍，有悔。用九：見群龍無首，吉。[27]

《易經》以龍象為乾象，象徵天、父、男、剛、動與帝，說事物從初到盛再到衰的從漸變到質變（突變）的辯証運動過程。從「潛龍」到「見龍在田」，到「或躍在淵」，到「或躍在淵」，到「飛龍在天」，最後到「亢龍」，到「群龍無首」的演變歷程，說人生哲理與人格道德之理。[28]

陳江風《天文與人文》曰：「據學術界觀點，『初九潛龍指冬天，

26　（唐）徐堅等撰：《初學記》，收入《景印文淵閣四庫全書》890冊（臺北市：臺灣商務印書館，1983年），頁18。

27　（清）阮元校勘：《十三經注疏‧周易1》（臺北市：藝文印書館，2001年12月初版14刷），頁8-10。

28　王振復：〈龍文化闡釋〉，收入中華炎黃文化研究組織編寫：《龍文化與民族精神》（上海市：上海人民出版社，2000年），頁9。

蒼龍全體處於地平線下（中國天文神話謂地平線之下為淵）』。九二爻『見龍在田，利見大人』，是蒼龍東升、角宿出現在東方地平線之上的情景。九三爻『君子終日乾乾，夕惕若厲，無咎』，指『蒼龍正處於從地平線處上升的階段』，『龍位即相當於君子之位』。九四爻『或躍在淵，無咎』，表現龍身『躍上天空』。九五爻『飛龍在天，利見大人』，指『初昏時蒼龍位於正南方』。上九爻『亢龍有悔』，表示『蒼龍升至高位之後，開始下行』。用九，『見群龍無首，吉』，龍無首，指東方蒼龍七宿的『角宿』（代表龍頭）隱沒不見，而蒼龍其它各個部份在初昏時仍呈現在西方地平線以上』……乾卦六爻正表現東方蒼龍從潛隱到出現、飛升、高亢，然後一步步伏沈，回歸潛淵的循環過程』。此話呈現古人以龍文化意識對時空運行說法。然而《龍與中國文化》一書在引用陳文之後寫道：「《周易‧乾卦》中的七爻雖都取象於龍星，但兆辭的凶吉卻是依神獸龍的生態特徵來判定的。」[29]雖然此處七爻之說有誤，用九並非爻辭，因此不能說乾卦有七爻，但就龍象潛隱飛升與生態特徵來論述天地循環之道與判定吉凶之法，將「龍」文化活躍宇宙論。

　　《易經‧乾卦》指出龍的特徵為多棲性，從靜態到動態的變化，而初九「潛龍勿用」一語更道出「潛」可指潛藏水底，亦可視為蛇、蜥蜴或魚類等動物冬眠的一種變異。「潛龍勿用」指龍蟄伏隱藏，沈潛以待，可喻賢才埋沒，但另一方面又說明潛的愈久，將來可能成就愈大，大器晚成，人生第一階段即是「潛」；九二「見龍在田，利見大人」，「見龍」可喻指此時人生開始發展嶄露頭角；九三雖無「龍」字出現，但說明有像「君子」一樣奮發圖強不斷進取的龍；九四亦無「龍」字出現，但呈現出有躍躍欲試而又能審時度勢明智的龍；九五

---

29 劉志雄、楊靜榮：《龍與中國文化》（北京市：人民出版社，1992年），頁95-96。

「飛龍在天」道出大顯身手高翔於九天之上的「飛龍」，意指帝王在位，更喻飛黃騰達人生境遇；上九「亢龍有悔」指處於極高之位，應以高亢、盈滿為戒，否則將有敗亡之虞，喻高處不勝寒人生境遇。乾卦六龍除了將龍的特性展現外，更代表整個自然變化、人生的變化。

乾卦六爻取「龍」作為「陽」的象徵，與天、君子、光明、剛健、進取融合為一，從「潛龍」到「亢龍」層層推進，形象地展示陽氣萌生、進長、盛壯以至窮衰消亡的變化過程。此外，將最推崇、氣勢宏偉的龍形象移植到君王身上，龍即天子，天子即龍，二者合一。古代帝王被尊稱為「真龍天子」，君王登基即位即稱為登上「九五之尊」，正是《易經‧乾卦》九五爻辭描述的「飛龍在天」的象徵，更是歷代皇朝最高權力的象徵。

2 六龍御日

「六龍」本是《周易》中乾卦的六爻，然而《淮南子‧天文訓》曰：「日乘車駕以六龍，羲和御之，日至此而薄于虞淵，羲和至此而回六螭。」[30]此神話傳說典故，以「六龍御日」喻日月輪轉，感嘆光陰難留。「御天的六龍」到神話中的「御日的六龍」，「六龍」從易象走向特別的意象，此後更以「六龍」借指太陽的審美意象。而「龍」與「太陽」本具超自然神力，太陽是光與熱，是希望、光明的象徵，在《說文》中龍被賦予神性，能幽能明。「六龍御日」是古代神話，傳說羲和是十個太陽的媽媽，羲和每天駕著由六龍所拉的車，載著十個太陽輪流出去值班，扶桑有幾千丈長，一千多圍粗，是天帝十個太陽兒子的住家。有九個太陽住在下面的枝條，一個太陽住在上面的枝條。他們輪流交替地出現在天空，一個太陽回來了，另一個太陽才出

---

30 （漢）劉安撰，高誘注：《淮南鴻烈解》，收入《景印文淵閣四庫全書》848冊（臺北市：臺灣商務印書館，1983年），卷3，頁537。

去值班，進進出出都由母親羲和駕車陪伴，從扶桑出發到了悲泉，到縣車這個地方才停下來。[31]

　　神話是人類所有文化現象中最神秘與無邏輯的，難以科學思維方法作出理性解釋，看似荒謬原始想像，卻展示古先民感受事物、思考問題方式。太陽帶給萬物光明與溫暖，生機活力，其意象有光明、生命之象徵，表達充滿對光明的期待與嚮往，成為主宰人的精神世界的神秘又無所不在的力量，成為權威與權力的象徵，甚至以日出日落來象徵人的一生，正如《易經》以「龍」來象徵人的一生。日神是光明之神，尼采稱之為「夢境」的再現，掌管人們內心幻想世界的美麗假象，有著象徵光明、青春、至高無上的威力。然從「日神」神話轉化至「六龍御日」神話時，此意象產生全新創造，表現光陰荏苒，人生短暫，個體對生命有限的焦慮與應對，表現對日落的恐懼感，幻想通過阻止太陽運行以實現時間的停滯。神奇的六龍演化成羲和御日之關鍵，「六龍御日」成了表達時光飛逝和個人感時感傷，懷才不遇，空感歲月蹉跎而引發哀婉悲涼之嘆，記錄詩人無限憂愁，成為詩人心理狀態的一種標記，此生動比喻非一種情狀描述，而是內心情感寄託，成為時間意象，將時光不再的絕情描摹而出。

（二）李白詩歌運用「六龍」一詞之情感意蘊

　　李白詩歌中出現「六龍」一詞共達十首之多，其詩有：〈蜀道難〉、〈短歌行〉、〈早秋贈裴十七仲堪〉、〈日出入行〉、〈贈張相鎬二首其一〉、〈擬古十二首其六〉、〈萬憤詞投魏郎中〉、〈上皇西巡南京歌十首其四〉、〈遊泰山六首其一〉、〈贈宣城宇文太守兼呈崔侍御〉等，雖

---

31 詳見袁珂：《中國神話傳說》（臺北市：里仁書局，1987年），頁285-286。

然「六龍」一詞蘊含著濃濃神話傳說之意，然而「文學藝術表現的對象，是具體的社會生活和豐富的人的內心世界，……文學用以表現其內容的形式是浸透了作家主觀情緒的藝術形象。」[32]故以下分別析論「六龍」在十首詩中傳達出何種情感意蘊。

1 上有六龍回日之高標

> 噫吁嚱！危乎高哉！蜀道之難，難於上青天。蠶叢及魚鳧，開國何茫然！爾來四萬八千歲，不與秦塞通人煙。西當太白有鳥道，可以橫絕峨眉巔。地崩山摧壯士死，然後天梯石棧方鉤連。上有六龍回日之高標，下有衝波逆折之回川。黃鶴之飛尚不得過，猿猱欲度愁攀緣。青泥何盤盤，百步九折縈巖巒。捫參歷井仰脅息，以手撫膺坐長歎。問君西遊何時還，畏途巉巖不可攀。但見悲鳥號古木，雄飛雌從繞林間。又聞子規啼夜月，愁空山。蜀道之難，難於上青天，使人聽此凋朱顏。連峯去天不盈尺，枯松倒掛倚絕壁。飛湍暴流爭喧豗，冰崖轉石萬壑雷。其險也若此，嗟爾遠道之人胡為乎來哉！劍閣崢嶸而崔嵬，一夫當關，萬夫莫開。所守或匪親，化為狼與豺。朝避猛虎，夕避長蛇。磨牙吮血，殺人如麻。錦城雖云樂，不如早還家。蜀道之難難於上青天，側身西望長咨嗟。（62〈蜀道難〉）

此詩作於開元十九年（西元731年），李白三十一歲，當是李白聲名未振的開元年間，初入長安求仕坎坷時所作。開首避實就虛的凌空起勢，連用三個驚愕感嘆句，驚呼蜀道的高險，將「蜀道之難，難於上青天」作為全詩主旨，具體描寫蜀道艱難，以山川險阻喻仕途坎

32 魯樞元：《創作心理研究》（鄭州市：黃河文藝出版社，1985年），頁77。

坷，藉由神話傳說，誇張描寫山高水險，「上有六龍回日之高標，下有衝波逆折之回川。」一上一下，一山一水，一高一險，正如羲和駕御六龍為太陽拉車，自東而西，永不止息，然而因山勢高聳不得上，真切感受到百步九折、呼吸困難的奇幻境界，極言蜀道險惡與驚心動魄，亦流露出自然界的險象猶如社會現實面。

　　李白一生行蹤並沒有走蜀道的切身經歷，故對〈蜀道難〉的感慨與描寫是基於想像。周勛初在《李白評傳》一書中曰：

> 蜀為四塞之地，唐人入蜀，主要通過水陸兩路。水路為經三峽逆流而上溯，陸路為棧道經劍閣而南下。看來李客攜家到蜀地時沒有沿著人們常走的這兩條路前來，因為在李白的詩文中找不到一絲蹤跡。李白有詠出峽的詩，但沒有任何蹤影可以看出以前曾經此地。他在名篇〈蜀道難〉中，言由北邊入川之難，也無任何線索透露以前曾經到過此地。[33]

李白由於缺乏行走蜀道的切身經歷，但擅長以想像的幻境入詩，故其詩融入蜀地歷史傳說、神話以及對蜀地風物的想像，帶有奇幻、浪漫色彩，詩境光怪陸離。殷璠在《河岳英靈集》中評論曰：「至如蜀道難等篇，可謂奇之又奇，然自騷人以還，鮮有此體調也。」[34]詩歌中所營造出內心的奇幻蜀道，帶有〈離騷〉飄緲的仙境色彩外，更有恐怖、荒遠、淒清的情境，此一神奇的幻境千百年來激發著讀者的想像與強烈好奇。

　　〈蜀道難〉詩中三次慨嘆「蜀道之難，難於上青天。」正如安旗先生所言：

33　周勛初：《李白評傳》（南京市：南京大學出版社，2011年），頁48。
34　詹鍈：《李白詩文繫年》（北京市：人民文學出版社，1984年），頁29。

它的主題有兩層意義，表面上是寫蜀道艱難，實質上是寫仕途坎坷。它是李白在開元年間第一次入長安的產物，反映的是他此期屢逢躓礙的生活經歷，抒發的是理想的幻滅的痛苦，懷才不遇的悲哀，備受屈辱的憤懣，以及當時社會陰暗面所引起的種種思想感情。[35]

李白此詩相當殊奇以「上有六龍回日之高標」一語一反歷來平鋪直敘描繪高聳陡峭之景色，以「六龍回日」神話強化難上青天之意，蜀道高險眾人皆知，然而卻藉用神話故事一再強化奇幻與不可能之意，言蜀道艱難，實悲嘆自己仕途艱困，六龍回日與自己殷盼報國之心相結合。

2 吾欲攬六龍

白日何短短！百年苦易滿。蒼穹浩茫茫，萬劫太極長。麻姑垂兩鬢，一半已成霜。天公見玉女，大笑億千場。吾欲攬六龍，迴車挂扶桑。北斗酌美酒，勸龍各一觴。富貴非所願，為人駐頹光。（167〈短歌行〉）

此詩作於開元二十五年（西元737年），李白三十七歲，〈短歌行〉乃樂府舊題，《樂府解題》曰：「〈短歌行〉，魏武帝『對酒當歌，人生幾何』，晉陸機『置酒高堂，悲歌臨觴』，皆言當及時為樂也。」[36]此詩嘆時光易逝，人壽不長，唯蒼穹浩茫，萬世不絕。以長壽聞名的麻姑

---

35 安旗：〈〈蜀道難〉求是〉，收入《唐代文學論叢》（西安市：陝西人民出版社，1983年），頁187。

36 （宋）郭茂倩編撰：《樂府詩集》第1冊（臺北市：里仁書局，1999年1月10日初版2刷），卷30，頁447。

仙女，兩鬢髮已半白，天公玉女投壺行樂已大笑上千億次，神仙如此，何況是凡人。於是李白展開幻想，「吾欲攬『六龍』，迴車挂扶桑」一句引自劉向《九歎‧遠遊》：「維六龍於扶桑」[37]，而扶桑是神話中樹神，居東海中，日自此出。李白欲攬住駕日車的六龍，使其轉車東回掛於扶桑神樹上，用北斗酌酒，勸六龍各飲一杯，使其沈睡而無法駕日車運行。但如此作為並非為了長享人間功名富貴，僅希冀為人們留住青春容顏。李白明知時光一逝不復返，卻借助大膽想像，在幻想中誇大其辭欲攬六龍，除了實踐自己強烈征服的願望，更有功業未立但青春已逝之感嘆。

3　六龍轉天車

> 遠海動風色，吹愁落天涯。南星變大火，熱氣餘丹霞。光景不可迴，六龍轉天車。荊人泣美玉，魯叟悲匏瓜。功業若夢裏，撫琴發長嗟。裴生信英邁，崛起多才華。歷抵海岱豪，結交魯朱家。良圖竟未展，意欲飛丹砂。破產且救人，遺身不為家。復攜兩少女，豔色驚荷花。雙歌入青雲，但惜白日斜。窮溟出寶貝，大澤饒龍蛇。明主儻見收，烟霄路非賒。知飛萬里道，勿使歲寒差。（293〈早秋贈裴十七仲堪〉）

此詩作於開元二十八年（西元740年）在魯地，李白四十歲。首段自敘飄流天涯，初秋之際仍有餘熱，詩中以「六龍轉天車」，嘆時光如六龍轉日車流逝。次段以荊人卞和因美玉未被人識而哭泣，孔子因命運不如匏瓜而哀嘆作比，嘆自古以來聖賢不遇，正如自己功業如夢，雖有凌雲志，不被明主識。第三段讚裴仲堪才華豪俠相稱，惜於聲色

37　（宋）洪興祖撰：《楚辭補註》，收入《景印文淵閣四庫全書》1062冊（臺北市：臺灣商務印書館，1983年），卷16，頁287。

行樂中度日，最末再以盛世多賢才，勉勵其莫為一時坎坷嗟嘆，雖勉人亦有自勉之意。

4 六龍所舍安在哉

> 日出東方隈，似從地底來。歷天又復入西海，六龍所舍安在哉？其始與終古不息，人非元氣，安得與之久徘徊？草不謝榮於春風，木不怨落於秋天。誰揮鞭策驅四運，萬物興歇皆自然。羲和，羲和，汝奚汨沒於荒淫之波？魯陽何德？駐景揮戈。逆道違天，矯誣實多。吾將囊括大塊，浩然與溟涬同科。
>
> （86〈日出入行〉）

此詩作於天寶六載（西元747年）江蘇蘇州，李白四十七歲。〈日出入行〉乃樂府舊題，古辭云：「日出入安窮？時世不與人同。故春非我春，夏非我夏，秋非我秋，冬非我冬。泊如四海之池，遍觀是邪謂何？吾知所樂，獨樂六龍，六龍之調，使我心若。訾黃其何不徠下！」[38]古辭感慨日出入無窮而人的生命有限，於是幻想乘六龍飛昇成仙，但李白此詩反用其意，認為日出日落乃自然規律，非神仙主宰，人僅能順其自然，不能如太陽長久不死。詩中的「六龍」是日御之意，即六龍駕日車，引用《易·乾卦》：「時乘六龍以御天」。胡震亨《李詩通》注解此詩云：「漢郊祀歌〈日出入〉，言日出入無窮，人命獨短，願乘六龍，仙而升天。太白反其意，言人安能如日月不息，不當違天矯誣，貴放心自然，與溟涬同科也。」[39]但李白對《淮南

---

38 （宋）郭茂倩編撰：《樂府詩集》第1冊（臺北市：里仁書局，1999年1月10日初版2刷），卷1，頁5。

39 詹鍈主編：《李白全集校注彙釋集評》第1冊（天津市：百花文藝出版社，1993年），頁469。

子‧天文訓》中逯吉按《太平御覽》引言：「爰止羲和，爰息之螭，是謂縣車。」高誘注：「日乘車，駕以六龍，羲和御之，日至此而薄于虞泉，羲和至此而回六螭。」[40] 六龍載日的傳說、日出日落由神主宰提出質疑，深受《莊子‧知北遊》哲學思想：「天不得不高，地不得不廣，日月不得不行，萬物不得不昌，此其道與！」[41] 認為日月運行乃自然之道。

　　首段六句提出兩個問題：古代神話傳說中，太陽每日東升西落，乃羲和趕著六條龍載著太陽在天空中從東運行到西，但六龍住宿何處？太陽在空中運行終古不息，人不是元氣，怎樣能和太陽一起升落？「六龍所舍安在哉？」、「安得與之久徘徊」二句為李白對古代神話傳說產生懷疑，否定神話的真實性，說明太陽運行乃正常規律非神明指揮，最後對羲和御日與魯陽揮退太陽神話以反詰語氣嘲諷之，此詩否定六龍御日神話傳說，表達萬物興衰皆自然規律的思維。從對大自然的直觀中得到人生的啟示，一反漢樂府〈日出入〉抒寫的是人生短暫，企望登遐升仙的苦悶情懷，謳歌自然時，迸發出反權貴反禮法，擺脫世俗拘束的思想。

　　此外，〈日出入行〉一詩除否定六龍駕日超自然的神力外，更以太陽的運行，說明「其始與終古不息，人非元氣，安得與之久徘徊？草不謝榮于春風，木不怨落於秋天，誰揮鞭策驅四運？萬物興歇皆自然」，最後更以道家自然思想，對人生抱持一種樸素的唯物觀念，「吾將囊括大塊，浩然與溟涬同科」，人的生死榮衰如同萬物，「興歇皆自然」，無須感恩，不必抱怨，皆是元氣構成，同屬大自然。

---

40 （漢）高誘注：《淮南子注》（臺北市：世界書局，1969年8月3日），卷3，頁45。

41 （清）王先謙著：《莊子集解》（臺北市：東大圖書公司，2004年10月5版1刷），卷6，頁197。

5 六龍遷白日

神器難竊弄，天狼窺紫宸。六龍遷白日，四海暗胡塵。昊穹降
元宰，君子方經綸。澹然養浩氣，欻起持天鈞。秀骨象山嶽，
英謀合鬼神。佐漢解鴻門，與唐思退身。擁旄秉金鉞，伐鼓乘
朱輪。虎將如雷霆，總戎向東巡。諸侯拜馬首，猛士騎鯨鱗。
澤被魚鳥悅，令行草木春。聖智不失時，建功及良辰。醜虜安
足紀？可貽幗與巾。倒瀉溟海珠，盡為入幕珍。馮異獻赤伏，
鄧生欻來臻。庶同昆陽舉，再覩漢儀新。昔為管將鮑，中奔吳
隔秦。一生欲報主，百代期榮親。其事竟不就，哀哉難重陳。
臥病古松滋，蒼茫空四鄰。風雲激壯志，枯槁驚常倫。聞君自
天來，目張氣益振。亞夫得劇孟，敵國空無人。捫蝨對桓公，
願得論悲辛。大塊方噫氣，何辭鼓青蘋？斯言儻不合，歸老漢
江濱。（379〈贈張相鎬二首其一〉）

此詩作於肅宗至德二載（西元757年）十月張鎬率軍東征急救睢陽之
危時，李白五十七歲，江南宣慰使崔渙及御史中丞宋若思為李白推覆
雪清，李白獲釋出潯陽獄，並離開宋若思幕府，臥病於宿松山，雖始
脫牢獄之災，但卻恢復往日自信昂揚情態，詩中向張鎬表明心迹，意
欲建功立業的雄心。詩起首描寫安史之亂造成皇帝逃亡，天下被叛軍
的胡塵搞得昏天暗地。「六龍遷白日」，本指六龍駕日車，但於此處喻
玄宗帝駕南遷成都。「六龍御日」乃是神話傳說，但至漢代劉歆〈遂
初賦〉：「摠六龍於駉房兮，奉華蓋於帝側。」[42]「六龍」一詞成為古
代天子的車駕的代稱，在李白「龍」意象詩歌中除了此首詩外，另有

---

42 漢代劉歆：〈遂初賦〉，收入（宋）章樵註：《古文苑》，收入《景印文淵閣四庫全
書》1332冊（臺北市：臺灣商務印書館，1983年），卷5，頁609。

4首如〈擬古十二首其六〉、〈萬憤詞投魏郎中〉、〈上皇西巡南京歌十首其四〉、〈遊泰山六首其一〉。太陽本是溫暖光明象徵，暗含對光明理想社會的渴望，但於李白筆下「六龍御日」卻有著灰暗低沈感覺，帶有一種憂鬱、淒涼、悲哀、無奈氣氛，表達複雜、矛盾、痛苦心情。

6　六龍頹西荒

運速天地閉，胡風結飛霜。百草死冬月，六龍頹西荒。太白出東方，彗星揚精光。鴛鴦非越鳥，何為眷南翔？惟昔鷹將犬，今為侯與王。得水成蛟龍，爭池奪鳳凰。北斗不酌酒，南箕空簸揚。（839〈擬古十二首其六〉）

　　此詩作於肅宗至德二載（西元757年）十一月，當時李白五十七歲已離開宋若思幕，從永王璘時。全用比興寫時事，開首言國家遭否運，「運速天地閉」暗喻明皇晚年賢人隱而奸佞用事；「胡風結飛霜」言安祿山叛亂如胡風飛霜；「百草死冬月」言人民無辜慘死如百草冬凋；「六龍頹西荒」的「六龍」本指太陽，傳說日神乘車駕以六龍，但此處「六龍」意指天子大駕，皇帝奔亡西往成都。最末言昔日的鷹犬而今成了侯王，得水成蛟龍的魚亦爭得宰相之位，而自己空有北斗之名不能酌酒，雖為南箕卻不能簸揚米穀，流露出空有名聲卻不為人用的悲嘆。

7　何六龍之浩蕩

海水渤澔，人罹鯨鯢。蓊胡沙而四塞，始滔天於燕齊。何六龍之浩蕩，遷白日於秦西。九土星分，嗷嗷悽悽。南冠君子，呼天而啼。戀高堂而掩泣，淚血地而成泥。獄戶春而不草，獨幽怨而沉迷。兄九江兮弟三峽，悲羽化之難齊。穆陵關北愁愛

子，豫章天南隔老妻。一門骨肉散百草，遇難不復相提攜。樹
榛拔桂，囚鸞寵雞。舜昔授禹，伯成耕犁。德自此衰，吾將安
栖？好我者恤我，不好我者何忍臨危而相擠？子胥鴟夷，彭越
醢醯。自古豪烈，胡為此縶？蒼蒼之天，高乎視低。如其聽卑，
脫我牢狴。儻辨美玉，君收白珪。（868〈萬憤詞投魏郎中〉）

此詩作於肅宗至德二載（西元757年），李白五十七歲，雖懷抱平息叛
亂願望，但對統治集團內部矛盾的複雜性缺乏瞭解，入永王李璘幕
僚，然李璘與肅宗戰爭兵敗被殺，儘管李白反對割據，主張平定叛
亂，卻因而牽連下獄，此時距其加入李璘幕僚不過數十日，作此詩以
「萬憤」二字確切表達李白內心憤激之情。開首四句言安史之亂如海
水翻騰，人民遭受鯨鯢吞食，胡沙四處蔓延，滔天大禍起於燕齊之
地。「何六龍之浩蕩，遷白日於秦西」二句運用神話中「六龍御日」
轉化為皇帝逃難西遷，很沈重道出皇帝的車駕之多，卻不得不離開長
安而向西遷逃。古代神話傳說中太陽乘的車子是由六條龍駕駛，此詩
用以比喻朝廷官員、禁衛隊；白日意指玄宗。安祿山攻占潼關後，玄
宗倉惶西逃到蜀地避難，因蜀地在長安西南，故稱秦西，二句諷刺九
州土地分崩離散，難民於戰亂中悽慘，描寫天下受災難之慘，玄宗倉
惶逃往西蜀，國家四分五裂，更帶出其後描寫妻離子散悲慘遭遇與自
己無辜入獄，「樹榛拔桂，囚鸞寵雞」指責朝廷顛倒是非，庸碌之人
竊據高位，有才者反遭打擊不幸；「子胥鴟夷，彭越醢醯」，借古諷
今，強化控訴自己有理想才，欲平亂卻遭迫害，向蒼天呼告申雪冤
情。全詩以「何六龍之浩蕩，遷白日于秦西」為主調，描繪玄宗逃命
時匆忙景象，詩人對祖國命運關懷與對統治權奸的憤怒，揭露黑暗
政治。

8　六龍西幸萬人歡

> 誰道君王行路難？六龍西幸萬人歡。地轉錦江成渭水，天迴玉
> 壘作長安。（267〈上皇西巡南京歌十首其四〉）

此詩作於肅宗至德二載（西元757年）十二月中旬，當時玄宗從成都
返回長安之後，李白五十七歲，詩題指明玄宗幸蜀此一歷史事件，此
詩乃李白在離蜀千里之外異鄉聞得玄宗棄都西行避亂消息，有感而
作。詩中「六龍」即唐玄宗的車駕。詩言世人皆有行路之難，然而天
子之行無所阻礙，西幸於蜀而人心皆悅，隨著玄宗太上皇車駕所至，
天迴地轉，錦江即渭水，玉壘即長安，天地亦為之安排，御六龍以周
四海，無所不通。據《舊唐書‧玄宗本紀》記載：

> 十五載春正月乙卯，御宣政殿受朝，其日，祿山僭號於東
> 京……甲午，將謀幸蜀，乃下詔親征，仗下，從士庶恐駭，奔
> 走于路。……至咸陽望賢驛置頓，官吏駭散，無復儲供，上憩
> 於宮門之樹下，亭午未進食。俄有父老獻麨。上謂之曰：「如
> 何得飯？」於是百姓獻食相繼。俄又尚食持御膳至，上頒給從
> 官而後食。是夕次金城縣，官吏已遁，令魏方進男允招誘，俄
> 得智藏寺僧進芻粟，行從方給。丙辰，次馬嵬驛，諸衛頓軍不
> 進。龍武大將軍陳玄禮奏曰：「逆胡指闕，以誅國忠為名，然
> 中外羣情，不無嫌怨」……乃誅楊國忠，眾方退，一族兵猶未
> 解，上令高力士詰之，迴奏曰：「諸將既誅國忠，以貴妃在
> 宮，人情恐懼。」上即命力士賜貴妃自盡。……逆胡背恩，事
> 須迴避。甚知卿等不得別父母妻子，朕亦不及親辭九廟。言發

涕流,又曰:「朕須幸蜀,路險狹,人若多往恐難供承」。[43]

玄宗倉皇奔蜀,慌不擇路,甚至食物都不能為繼,次馬嵬驛發生兵
變,乃狼狽沈痛之奔蜀。但起首二句「誰道君王行路難,六龍西幸萬
人歡」李白憑著想像玄宗入蜀,充滿榮幸感外,又急切地將安全感傳
達給玄宗,據《資治通鑑·唐紀三十四》記載當玄宗一行至河池郡
時,「丙午,上至河池郡,崔圓奉表迎車駕,具陳蜀土豐稔,甲兵全
盛,上大悅。」[44],可想而知蜀都予驚恐未定的玄宗安全感。蜀地是
李白故都,同時產生安全感,正如凱文·林奇(Kevin Lynch, 1918-
1984)曰:

> 一處好的環境意象能夠使擁有者在感情上產生十分重要的安全
> 感,能由此在自己與外部世界之間建立協調的關係,它是一種
> 與迷失方向之後的恐懼相反的感覺。這意味著,最甜美的感覺
> 是家,不僅熟悉,而且與眾不同。[45]

雖然玄宗幸蜀,李白當時在越中,並未隨駕,但讀其詩有設身處地講
述途經見聞與感受,是一種想像的「自我易位(imaginative self-
transposal)」[46]。人文地理學家斯皮格爾伯格指出:

---

43 (後晉)劉昫等奉敕撰:《舊唐書》,收入《景印文淵閣四庫全書》268冊(臺北市:
臺灣商務印書館,1983年),卷9,頁174-175。

44 (宋)司馬光撰:《資治通鑑》,收入《景印文淵閣四庫全書》309冊(臺北市:臺
灣商務印書館,1983年),卷218,頁35。

45 (美)凱文·林奇(Kevin Lynch, 1918-1984)著,方益萍、何曉軍譯:《城市意象》
(北京市:中華書局,1998年),頁3。

46 (英)R.J.約翰斯頓(Ronald John Johnston, 1940-)解釋斯皮爾伯格關於「想像的自
我易位」所言:「通過替代別人想像而不是通過感知,通過觀察者力圖把自己轉換

研究者想像自己占據著別人的真實位置，並從那裡觀察世界，就像從這個新的觀察角度看，世界本身會表現出的那個樣子。……（研究者）盡其所能地在想像上適應別人頭腦的框架。這種立場的思路要從別人的第一手感知中，和從可得到的他的傳記的事實中導出。[47]

李白對玄宗巡蜀的「想像的自我易位」，將自身經歷與見聞滲入詩中，假想玄宗巡幸成都時的見聞與感受，但實際上展現是李白自身的經歷與見聞。

9　六龍過萬壑

四月上太山，石平御道開。六龍過萬壑，澗谷隨縈迴。馬跡遶碧峯，于今滿青苔。飛流灑絕巘，水急松聲哀。北眺崿嶂奇，傾崖向東摧。洞門閉石扇，地底興雲雷。登高望蓬瀛，想象金銀臺。天門一長嘯，萬里清風來。玉女四五人，飄颻下九垓。含笑引素手，遺我流霞杯。稽首再拜之，自媿非仙才。曠然小宇宙，棄世何悠哉！（636〈遊泰山六首其一〉）

此詩作於天寶元年（西元742年），李白四十二歲遊泰山之作，此詩緊扣主題，「泰山」為歷朝帝王祭祀五帝百神之地，其飛瀑流泉，澗壑縈迴，山勢高峻，因泰山恍若仙境，登高遠望蓬瀛仙島，想像仙人居

到主體的位置，並從這個位置上重建他或她的生活世界，就可以取得本質的見識。」參見（英）R.J.約翰斯頓（Ronald John Johnston, 1940-）著，蔡運龍、江濤譯：《哲學與人文地理學》（北京市：商務印書館，2010年），頁104。

47　（英）R.J.約翰斯頓（Ronald John Johnston, 1940-）著，蔡運龍、江濤譯：《哲學與人文地理學》（北京市：商務印書館，2010年），頁103。

住宮闕，遊天門時驚遇仙女贈飲仙液瓊漿，雖愧塵俗之念仍在，但如此佳景彷彿仙遊雲間，暫拋紅塵煩惱，進行求仙之路。以超然的宇宙觀和獨特的時空透視，覽觀泰山萬象，詩中「石平御道開，六龍過萬壑」乃歌詠唐玄宗開元十三年（西元725年）封禪泰山之事，「六龍」本指天子所乘之車駕六馬，此處指唐玄宗的鸞駕。蔡邕〈獨斷〉：「法駕，上所乘曰金根車駕六馬。」[48]馬八尺稱龍，故以六龍稱御駕。一條唐玄宗封禪時開闢的御道豁然而現，然古御道有十幾里之長，逶迤於峰巒之中，李白沒有白描峰迴路轉，而是以遙思玄宗當年登途賦筆，描寫玄宗車駕登泰山祭祀天帝，穿過群山萬壑所見奇景，而萬千山壑、澗谷、碧峰彷彿隨著皇帝御車隊伍馳騁飛躍起來，表現泰山山勢高遠曲折盤旋上升的生動情景。其後進入遐想中的泰山幻境仙景，登上天門，東望蓬瀛仙島，想像仙人所居金銀宮闕，玉女贈詩仙一杯流霞，卻以自愧非仙才，流露出謫仙於遊泰山之際思索放棄俗世煩惱，隨仙人而去之思緒。此詩以山水實景與仙人仙境兩條發展線綰合，展現出李白進行藝術構思的別具時空意識。

此詩創作心態不用於十多年前初入長安，雖然無成，尚有〈登太白峰〉詩中：「前行若無山」、「何時復更還」之期盼與自信，又不同於遭讒去京後〈夢遊天姥吟留別〉詩中：「安能摧眉折腰事權貴，使我不得開心顏」之仕途幻滅之感。雖用幻境創造出仙人境界，但並未表現出李白追求仙道的誠摯與狂熱，反而展現出追求自由人格、宏大理想而不得實現的心境，由實景入幻景結尾，於幻境中寄託自己的情思，遇事憤而不怒，愁而不苦的豪放飄逸詩風。

---

48 （漢）蔡邕撰：《獨斷》，收入《景印文淵閣四庫全書》850冊（臺北市：臺灣商務印書館，1986年），卷下，頁91。

10 昔攀六龍飛

白若白鷺鮮，清如清喉蟬。受氣有本性，不為外物遷。飲水箕
山上，食雪首陽巔。迴車避朝歌，掩口去盜泉。岌嶪廣成子，
倜儻魯仲連。卓絕二公外，丹心無間然。昔攀六龍飛，今作百
鍊鉛。懷恩欲報主，投佩向北燕。彎弓綠弦開，滿月不憚堅。
閑騎駿馬獵，一射兩虎穿。回旋若流光，轉背落雙鳶。胡虜三
嘆息，兼知五兵權。鎗鎗突雲將，卻掩我之妍。多逢勦絕兒，
先著祖生鞭。據鞍空矍鑠，壯志竟誰宣。蹉跎復來歸，憂恨坐
相煎。無風難破浪，失計長江邊。危苦惜頹光，金波忽三圓。
時遊敬亭上，閑聽松風眠。或弄宛溪月，虛舟信洄沿。顏公三
十萬，盡付酒家錢。興發每取之，聊向醉中仙。過此無一事，
靜談秋水篇。君從九卿來，水國有豐年。魚鹽滿市井，布帛如
雲煙。下馬不作威，冰壺照清川。霜眉邑中叟，皆美太守賢。
時時慰風俗，往往出東田。竹馬數小兒，拜迎白鹿前。含笑問
使君，日晚可迴旋？遂歸池上酌，掩抑清風絃。曾標橫浮雲，
下撫謝朓肩。樓高碧海出，樹古青蘿懸。光祿紫霞杯，伊昔忝
相傳。良圖掃沙漠，別夢繞旌旃。富貴日成疏，願言杳無緣。
登龍有直道，倚玉阻芳筵。敢獻繞朝策，思同郭泰船。何言一
水淺，似隔九重天。崔生何傲岸，縱酒復談玄。身為名公子，
英才苦迍邅。鳴鳳託高梧，凌風何翩翩？安知慕羣客，彈劍拂
秋蓮。（391〈贈宣城宇文太守兼呈崔侍御〉）

此詩作於天寶十二年（西元753年），李白五十三歲，追憶漫遊的往
事，「昔攀六龍飛」，詩中「六龍」一詞在此並非指六龍御日之意而是
指稱君王，將六龍喻為唐玄宗皇帝。起首敘昔日曾任翰林侍臣，其後

離去漫遊山林之間，呈現昔達今窮的落差。接敘行至幽燕欲棄文從武，「彎弓」六句展現昔日自己武藝之強，然而當地勁絕兒多能，讓年已半百的詩人雖自稱矍鑠，髮白心不老也僅能失望而返，干謁求汲引卻謀求軍功失敗的挫折感，於此詩赤裸裸呈現，然卻藉此詩「昔攀六龍飛」、「登龍有直道」，將龍的精神，完全反應於此詩中，展現一種積極向上，愈挫愈勇的精神。

太陽光輝照耀、光彩奪目成為天上君主，而「龍」變化無形，更可御日，故君臨天下的帝王，儼然是人格化的日、龍，故向來以日、龍作為君王代稱。以「日」、「龍」喻君不足奇，但李白以此為中心又衍生出「君恩眷顧」、「明皇奔蜀」、「君臣阻隔」等一系列用法，形成一個比興象徵系統。

（三）李白運用「六龍」一詞之創作心態

李白詩中運用「六龍」詞彙，雖以「六龍御日」為主要創作意涵，但就其作品觀之，可見作者於客觀具體之生活中，受到外界環境因素之刺激，引發個人深切之體驗與感受，「社會環境對人的情緒、心境起著更大的作用。歷史學、社會學通常所說的宏觀的社會政治、經濟、文化環境會給文藝家的心境打上時代的烙印。個體置身其中的具體的環境更是給文藝家以直接的影響。」[49]瑞士・榮格（Carl Gustav Jung, 1875-1961）在《心理學與文學》（*Psychology and Literature*）一書曰：

> 每一個原始意象中都有著人類精神和人類命運的一塊碎片，都有著在我們祖先的歷史中重複了無數次的歡樂和悲哀的一點殘

49 王先霈：《文藝心理學讀本》（武漢市：華中師範大學出版社，2009年），頁146。

餘，……它就像心理中的一道深深開鑿過的河床。[50]

故筆者將李白詩歌依據其生命轉折區分為四個階段：

第一個時期：胸懷壯志卻功業未成（開元六年至天寶元年）（西元718-742年）李白十八至四十二歲，此時期出現「六龍」詞彙，有〈蜀道難〉、〈短歌行〉、〈早秋贈裴十七仲堪〉、〈遊泰山六首其一〉，此時「六龍」落實於神話傳說中的太陽意象，有欲建功立業的雄心壯志，但又感嘆時光飛逝。〈蜀道難〉與〈早秋贈裴十七仲堪〉一詩有著仕途坎坷之浩嘆；〈短歌行〉詩中流露著有著明志濟世之冀盼，積極入世之用心；〈遊泰山六首其一〉表達心中理想之落空，卻嚮往著遊仙世外，正如吳思敬《心理詩學》所言：

> 人生在世，總會對生活抱有這樣那樣的慾望與期待。但由於主客觀條件的限制，人的期待往往落空，人的慾望往往得不到滿足，有時甚至還會飛來橫禍，身處逆境，這樣就會使人感到沮喪、失意、痛苦、憂愁……。這種由於預期的目標遇到障礙而不能實現，內心的慾望不能得滿足而產生的消極性情緒狀態，即是通常所稱的心理挫折。[51]

李白在此種心理挫折下，藉由「六龍」展現出遊仙世外，以消解仕途坎坷、功業未成之傷嘆，更積極表求索功業，報國之心不減。

第二個時期：待詔翰林而未受重用（天寶元年秋至天寶三年）（西元742-744年）李白四十二至四十四歲，此詩期並未出現「六龍」詞彙。

50　（瑞士）卡爾‧古斯塔夫‧榮格（Carl Gustav Jung, 1875-1961）著，馮川、蘇克譯：《心理學與文學》（南京市：譯林出版社，2011年），頁85。

51　吳思敬：《心理詩學》（北京市：首都師範大學出版社，1996年10月第1版），頁25。

　　第三個時期：懷才不遇與憤世嫉俗（天寶三年後期至天寶十四年）李白四十四至五十五歲，但此時期出現「六龍」詞彙，有〈日出入行〉、〈贈宣城宇文太守兼呈崔侍御〉，將「六龍」從神話中的太陽意象落實到現實人間所見君王、天子車駕，從「自許」心態走向「自覺」。李白待詔翰林長安三年之後，明志濟世之理想落空，藉由遊仙訪道方式消解不遇之情，故此時期的〈日出入行〉一反歷來人生苦短，遊仙世外思維，而是面對直視人生困頓之豁然；但李白奇特之處在於處逆境，憤世嫉俗之際，仍不失對世態人情之體悟與積極入世之渴切，正如王先霈《文藝心理學讀本》一書曰：

　　　　心境不是由某一個現存性刺激引起，而是由一種或多種痕迹性刺激引起的。某個或某些刺激對主體產生了強大而深刻的作用，當主體脫離了與刺激物的直接接觸，甚至當主體將這些刺激遺忘之後，它們所引起的情緒狀態卻繼續保留下來。[52]

李白雖遭受到仕途不遂，離開京城後，仍心繫朝政，〈贈宣城宇文太守兼呈崔侍御〉一詩雖流露謀求軍功失敗的挫折感外，更藉由「攀六龍」，表達濟世之求索，展現積入世之用心。

　　第四個時期：窮愁潦倒與老驥伏櫪（至德元載至廣德元年）（西元756-763年）李白五十六至六十三歲，此時期出現「六龍」詞彙，有〈贈張相鎬二首其一〉、〈擬古十二首其六〉、〈萬憤詞投魏郎中〉。在〈贈張相鎬二首其一〉與〈擬古十二首其六〉詩中表現憂國感時之痛心，以及不為人用之感慨；〈萬憤詞投魏郎中〉揭露政治黑暗與表達自己濟世不遂、獲罪下獄之幽憤。此時「六龍」已無神話中太陽意

---

52 王先霈：《文藝心理學讀本》（武漢市：華中師範大學出版社，2009年），頁146。

象，完全投射在現實人間中天子車駕意象，經歷親見皇帝西遷逃難，難民於戰亂中逃景象，有感而發之反思正如吳思敬《心理詩學》所言：

> 客觀生活總是制約著主體心理、時代與現實生活在詩人的主觀精神世界中投射的影子是永遠祛除不掉的，詩人主觀上可能只想真誠地表現自己，實際上卻往往應合了社會生活的呼喚。[53]

又吳思敬《心理詩學》曰：

> 別林斯基也高度評價社會環境對人的內心生活的影響：「不管人的內心生活多麼豐富、華美……一個活人，在他的靈魂裡，在他的心理，在他的血夜裡，負載著社會的生活：他為社會的疾病而疼痛，為社會的苦難而痛苦。」[54]

李白使用「六龍」意涵有著為社會的苦難而痛苦。此外，袁行霈先生論李白其人其詩，標舉「宇宙境界」，又曰：

> 李白與宇宙處於平等的地位，他是它的朋友。也可以說李白心裡裝著整個宇宙，並以這種氣魄看待社會與人生。[55]

李白運用「六龍御日」，以日出的恢宏大氣，如日中天凌人氣勢隱喻對政治理想追求，不斷追求人生理想的生命精神，然而落日又感受到

---

53 吳思敬：《心理詩學》（北京市：首都師範大學出版社，1996年10月第1版），頁39。
54 同前註，頁74。
55 袁行霈：〈李白的宇宙境界〉，《中國李白研究》1990年集・上冊（南京市：江蘇古籍出版社，1990年），頁38。

時光流逝,生命短促,時不我待之感。於此,「六龍」除了展現對君王、光明的渴望,對美好理想與精神家國寄託,更是其人格理想的展現,六龍一詞有著作者身世之感,體現被君王拋棄之孤獨荒涼感。

從李白運用「六龍」一詞之情感意蘊與創作心態可見其運用「六龍」之詞,有四種意涵:一為感時傷逝,悲嘆光陰虛擲,如:〈早秋贈裴十七仲堪〉、〈日出入行〉、〈短歌行〉;其二,單純描述為天上駕日之龍車,如:〈蜀道難〉;其三,將六龍喻為天子車駕,如:〈上皇西巡南京歌十首其四〉、〈萬憤詞投魏郎中〉、〈擬古十二首其六〉、〈贈張相鎬二首其一〉、〈遊泰山六首其一〉。其四,喻指唐玄宗之意,如〈贈宣城宇文太守兼呈崔侍御〉。其中喻指多與唐玄宗相關有六首;感時傷逝,悲嘆光陰虛擲有三首;為天上駕日之龍車只有一首。然而在這四種意涵之中又交織各種情思,如「上有六龍回日之高標」深切表達仕途坎坷之浩嘆;「吾欲攬六龍」流露著明志濟世之冀盼與積極入世之用心;「六龍過萬壑」遙思玄宗皇帝車隊飛躍進入幻境仙景,嚮往著遊仙世外之超脫;「六龍所舍安在哉」一反歷來人生苦短,遊仙世外思維,否定神話真實性,直面人生困頓之豁然;「昔攀六龍飛」表達濟世之求索,展現積入世之用心;「六龍遷白日」、「六龍頹西荒」表現憂國感時之痛心,以及不為人用之感慨;「何六龍之浩蕩」揭露政治黑暗與表達自己濟世不遂、獲罪下獄之幽憤。由此可見李白使用「六龍」一詞,已由神仙性質轉化於人間現實面,超脫前代乘龍升天意涵,轉而貼近現實生活面,由「攀龍升天」深化至「攀龍得勢」之意,多有政治寓託之意,亦有感時傷逝,悲嘆功業未立之感。「六龍」代表有攀龍附鳳之心,對於仕途懷有搏扶搖而直上之想,可視為李白仕途平步青雲的潛意識。

二　白龍

　　在李白之前詩歌中最早出現「白龍」一詞為漢代王逸〈九思・悼亂〉云：「白龍兮見射，靈龜兮執拘。」此乃王逸代屈原抒發憂憤之情，抒寫屈原不幸遭遇，將屈原比喻成白龍處於困窘之境與被拘捕的靈龜。其後，至晉代庾闡〈遊仙詩十首其四〉云：「白龍騰子明，朱鱗運琴高。」詩中描寫陵陽子明騎白龍升天，琴高騎赤鯉輕盈浮游飛騰，此為詩歌中最早運用陵陽子明釣白龍典故；晉代楊羲有3首詩歌中出現「白龍」詞彙，如楊羲〈石慶安作〉云：「紫煙散神州，乘飆駕白龍。」、〈張誘世作〉云：「羅併真人坐，齊觀白龍邁。」、〈許玉斧作〉云：「自足方寸裏，何用白龍榮。」[56] 上述三首詩中白龍均為白色龍這個神異動物之意。但至梁代王筠開始，「白龍」這個詞彙卻新增成地名之意，如王筠〈游望詩〉云：「晨登黃馬坡，遙望白龍堆。」[57] 詩中「白龍堆」，「在新疆省羅布泊以東至甘肅省玉門關間。屬礫質荒漠，係古代湖積層及紅色砂礫層的隆起高地遭受風蝕而成，海拔一千公尺左右。其他散布許多高出地面二十五至四十公尺的方山、岩塔和土柱。呈東北——西南方向，溝谷中有流沙堆積，蜿曲如龍，故稱為『白龍堆』，為西域交通要道。」[58] 此後，唐代東方虯〈相和歌辭・王昭君三首其二〉詩云：「掩涕辭丹鳳，銜悲向白龍。單于

56　見逯欽立輯校：《先秦漢魏晉南北朝詩》（臺北市：學海出版社，1984年5月初版），晉詩卷21，頁1114-1115。

57　見逯欽立輯校：《先秦漢魏晉南北朝詩》（臺北市：學海出版社，1984年5月初版），梁詩卷24，頁2021。

58　見教育部重編國語辭典修訂本，網址：http://dict.revised.moe.edu.tw/cgi-bin/newDict/dict.sh?idx=dict.idx&cond=%A5%D5%C0s%B0%EF&pieceLen=50&fld=1&cat=&imgFont=1

浪驚喜，無復舊時容。」[59]與崔湜〈大漠行〉詩云：「近見行人畏白龍，遙聞公主愁黃鶴。」[60]上述二詩中的「白龍」實指「白龍堆」，而非白色龍這種神異動物。綜上可知，詩人們在使用「白龍」這個詞彙漸漸由神話傳說中仙界使者、神異動物逐漸淡化，而「白龍」一詞至唐代甚至納入中國地名之中，李白之前使用「白龍」一詞入詩僅有7首，且僅運用陵陽子明典故，但從李白開始拓寬「白龍」詞彙意涵，作為自我象徵，表現個人情感與強烈的神話色彩。李白渴望能超越現實不如意世界，藉由白龍的神話傳說寄託於幻想，進入一個能顯示出其獨特不凡的理想價值世界，建構一種高度理想化的人生境界。

（一）「白龍化魚」與「魚化白龍」之源流

1 白龍化魚之典故

在探討白龍化魚典故之前，筆者首先探源白龍傳說，在《墨子・貴義》曰：「帝以甲乙殺青龍於東方，以丙丁殺赤龍於南方，以庚辛殺白龍於西方，以壬癸殺黑龍於北方。」[61]記載白龍盤踞西方。《唐書》記載白龍出現及其發生之奇異事跡，曰：「貞觀中，汾州言青龍白龍見，白龍吐物在空中，有光如火，至地陷入二尺，掘之則烏金也，形圓斜，廣尺余，高六七寸。」[62]、「李嗣業為疏勒鎮使，城一隅陁，屢築輒壞。嗣業祝之，有白龍見，因其處葺，祠以祭，城遂不

59　（清）康熙四十二年御定：《御定全唐詩》，收入《景印文淵閣四庫全書》1423冊（臺北市：臺灣商務印書館，1986年），卷19，頁254。

60　（清）康熙四十二年御定：《御定全唐詩》，收入《景印文淵閣四庫全書》1423冊（臺北市：臺灣商務印書館，1986年），卷54，頁567。

61　（周）墨翟撰，吳毓江校注：《墨子校注》下冊，卷之十二（臺北市：廣文書局，1978年），頁6。

62　見（宋）李昉等奉敕撰：《太平御覽》，收入《景印文淵閣四庫全書》894冊（臺北市：臺灣商務印書館，1983年），卷929，頁307。

壞。」[63]而《列仙傳》曰：「陵陽子明者，銍鄉人。好釣魚，於旋溪釣得白龍。子明懼，解鉤拜而放之。後得白魚，腹中有書，教子明服食之法。子明遂上黃山採五石脂，沸水而服之。三年，龍來迎去，止陵陽山上百餘年。山去地千餘丈，大呼山下人，令上山半，所言：『溪中子安當來，問子明釣車在否？』後二十餘年，子安死，人取葬石山中，有黃鶴來棲其塚邊樹上，鳴呼子安。」[64]，又《水經注》卷二九沔水：「水出陵陽山，下逕陵陽縣，西為旋溪水。昔縣人（陵）陽子明釣得白龍處。後三年，龍迎子明上陵陽山，山去地千餘丈。後百餘年，呼山下人，令上山半與語，溪中子安問子明釣車所在。後二十年，子安死山下，有黃鶴棲其塚樹，鳴常呼子安。」[65]此後白龍成為仙界的使者。

2 魚化白龍之典故

魚化龍是一種「龍魚互變」的形式，龍頭魚身的龍，除了殷商時代有高古玉魚龍外，在西藏更有喜馬拉雅魚龍化石，而古籍中更記載魚龍互變的例子，如辛氏《三秦記》云：「河津一名龍門，水險不通，魚鱉之屬莫能上，江海大魚薄集龍門數千，不得上，上則為龍也。」[66]，此為「鯉魚躍龍門」典故。《水經注・河水》卷四云：「《爾雅》曰：鱣，鮪也。出鞏穴，三月則上渡龍門，得渡為龍矣，否則，

---

63 （宋）歐陽修、宋祁等奉敕撰：《新唐書》，收入《景印文淵閣四庫全書》275冊（臺北市：臺灣商務印書館，1983年），卷138，頁23。

64 王叔岷撰：《列仙傳校箋》（臺北市：中研院文哲所，1995年），頁158。

65 （後魏）酈道元撰：《水經注》，收入《景印文淵閣四庫全書》573冊（臺北市：臺灣商務印書館，1983年），卷29，頁446。

66 （東漢）辛氏撰，劉慶柱輯注：《三秦記輯注》（西安市：三秦出版社，2006年1月1日第1版第1刷），頁95。

點額而還。」[67]；《埤雅・釋魚》曰：「俗說魚躍龍門，過而為龍，唯鯉或然。」[68]；《太平御覽・鱗介部一・龍上》卷九二九曰：「《晉書》曰：符生初夢大魚食蒲。又，長安謠曰：『東海大魚化作龍，男便為王，女為公。問在何所？洛城東。』時符堅為龍驤將軍，第在洛門之東。其後果驗。」[69]；《太平廣記・龍門》卷四百六十六曰：「龍門山在河東界，禹鑿山斷門，闊一里餘，黃河自中流下。兩岸不通車馬。每暮春之際，有黃鯉魚逆流而上，得者便化為龍。又林登雲，龍門之下，每歲季春有黃鯉魚，自海及諸川爭來赴之。一歲中，登龍門者，不過七十二。初登龍門，即有雲魚隨之，天火自後燒其尾，乃化為龍矣。」[70]上述皆記載魚躍過龍門，就會化成龍，升天而去，用以比喻中舉飛黃騰達之事。此外，《說苑・正諫》曰：「吳王欲從民飲酒，伍子胥諫曰：『不可。昔白龍下清冷之淵，化為魚，漁者豫且射中其目，白龍上訴天帝，天帝曰：『當是之時，若安置而形？』白龍對曰：『我下清冷之淵化為魚。』天帝曰：『魚固人之所射也；若是，豫且何罪？』夫白龍，天帝貴畜也；豫且，宋國賤臣也。白龍不化，豫且不射；今棄萬乘之位而從布衣之士飲酒，臣恐其有豫且之患矣。』王乃止。」[71]此處以白龍化魚比喻帝王權貴隱藏身分，改裝出行。

67 （後魏）酈道元撰：《水經注》，收入《景印文淵閣四庫全書》573冊（臺北市：臺灣商務印書館，1983年），卷4，頁61。

68 （宋）陸佃撰：《埤雅》，收錄於《叢書集成初編》（北京市：中華書局，1985年），頁1171。

69 （宋）李昉撰：《太平御覽》（臺北市：臺灣商務印書館，1997年7月第1版第7刷），頁4261。

70 （宋）李昉撰：《太平御覽》（臺北市：文史哲出版社，1987年5月再版），頁3839。

71 （漢）劉向撰：《說苑》，收入《四部備要》明刻本史部22（臺北市：臺灣中華書局，1982年），頁1490。

（二）李白詩歌中白龍意象之內涵意蘊與章法結構

筆者考察李白1054首詩歌中，出現「白龍」意象共有8首，在此節中分別探析此8首詩歌運用白龍意象傳達出何種情感？並輔以章法結構的分析見其詩中呈顯意旨何在？而此8首詩皆作於天寶三年（西元744年）秋天之後，意即李白「賜金放還」離開長安之後，王運熙及楊明說：

> 他的被擠出京，乃是愛好自由、蔑視權貴的性格與森嚴的封建
> 等級制度相衝突的必然結果。而李白正因此而對封建社會的某
> 些黑暗面有了認識，他的詩歌創作也因此而產生了一個飛躍，
> 他的天才閃射出了批叛現實的犀利光芒。[72]

離開長安的李白，在天寶三年到十四年（西元755年）期間南北漫遊，此時與青年時期滿懷青雲之志漫遊，全然不同，親見朝廷腐敗、濟世理想受挫，報國無門，藉由求仙學道尋求精神超脫，但始終對報國的執著，企盼自己有朝一日能於政治上一展長才。然而，天寶十四年安史之亂，五十五歲的李白仍未忘懷君國，於唐肅宗至德二年（西元757年），入永王璘幕府，欲實現報國之心，但對當時局勢不清，以致犧牲於肅宗與永王璘用軍事政治鬥爭下，永王璘兵敗，李白因叛逆罪入獄，經江淮宣慰大使崔渙、御史中丞宋若思說情，免除死罪但流放夜郎，乾元二年（西元759年）流放半道遇赦，在這段期間李白詩歌中「白龍」意象所傳達的情感意涵各有所不同，藉由「白龍」神話典故，除了表徵自我雄才壯志外，更傳達飽含理想、壯志、失望、哀

---

72 王運熙、楊明：〈李白〉，收入山東大學文史哲研究所主編：《中國歷代著名文學家評傳》第2卷（濟南市：山東教育出版社，1985年），頁201。

怨、憤悶之情,從中窺知其內心起伏與盛世興衰,筆者試圖從章法結構探析其詩中旨意與白龍意象的關聯性。

1 青天騎白龍

> 我有萬古宅,嵩陽玉女峯。長留一片月,挂在東溪松。爾去掇仙草,菖蒲花紫茸。歲晚或相訪,青天騎白龍。
>
> （557〈送楊山人歸嵩山〉）

此詩乃天寶三載（西元744年）李白與高適同遊梁宋時所作。前四句自謂有萬古不朽之宅在嵩山玉女峰,那裡長有一輪明月掛在東溪松林之上。後四句謂楊山人歸嵩山採仙草為食,服食菖蒲紫花可保青春。年底時李白可到嵩山去拜訪楊山人,屆時想必其得道駕白龍上青天。

李白言嵩山是其故宅,且多仙跡,以謫仙人自負,楊山人若欲尋仙草,當以菖蒲以求長生,可見「菖蒲」乃仙草,《神仙傳》卷十記載:「王興者,城陽人也,常居一谷中,本凡民,不知書,無學道意也。昔漢武帝元豐二年,上嵩山,登大愚石室,起道宮,使董奉君、東方朔等齋潔,思神至。夜忽見仙人,長二丈餘,耳下垂至肩,武帝禮而問之。仙人曰:『吾九疑神人也,聞中嶽有石上菖蒲一寸九節,服之可以長生,故來採之。』言訖忽然不見,武帝顧謂侍臣曰:『彼非欲學道服食者,必是中嶽之神,以此教朕耳。』乃採菖蒲服之。且二年,而武帝性好熟食,服菖蒲每熱者,輒煩悶不快乃止。時從官多皆服之,然莫能持久。唯王興聞仙人使武帝常服菖蒲,乃採服之不息,遂得長生。」[73]《抱朴子‧仙藥》:「韓終服菖蒲十三年,身生

---

73 （晉）葛洪撰:《神仙傳》,收入《景印文淵閣四庫全書》1059冊（臺北市:臺灣商務印書館,1983年）,卷10,頁310。

毛，日視書萬言，皆誦之，冬祖不寒。又菖蒲，生須得石上，一寸九節已上，紫花者尤善也。」[74]上述二例可證李白所言服食菖蒲可得長生之說屬實，更見李白的道教思維深厚。

歷來騎白龍典故皆引陵陽子明之事例，然此詩「青天騎白龍」句若引《廣博物志》：「瞿武，後漢人也。七歲絕粒，服黃精紫芝，入峨眉山，天竺真人授以真訣，乘白龍而去。」[75]似乎更貼切此詩意。故「白龍」在此為神物，接引凡入登仙界的媒介物。筆者試圖分析此詩的章法結構，去透視作者的心志呈現與全詩意旨何在，其章法結構表如下：

　　賓（景）（底）：我有萬古宅，嵩陽玉女峯。長留一片月，挂在東溪松。

　　主（情）（圖）：爾去掇仙草，菖蒲花紫茸。歲晚或相訪，青天騎白龍。

藉由章法結構表，更可清楚見其全詩主旨在「主」（情、圖）之部分：「爾去掇仙草，菖蒲花紫茸。歲晚或相訪，青天騎白龍。」意在遊仙，李白賜金放還後，藉由求仙學道，化解精神苦悶，正如「文藝心理學認為，人類在飽受心靈的磨難之後，便有一種要求得到解脫、超越的本能，藝術能使人獲得一種心理愉悅與審美快感，宗教能使人在現實性悲劇面前保持一種超然的寧靜與少有的坦然。」[76]在此白龍成為接引升天之神物，將龍與登仙縎合無遺。

74　（晉）葛洪撰：《抱朴子》，收入《景印文淵閣四庫全書》1059冊（臺北市：臺灣商務印書館，1983年），內篇卷2僊藥11，頁63。

75　（明）董斯張撰：《廣博物志》，收入《景印文淵閣四庫全書》980冊（臺北市：臺灣商務印書館，1983年），卷12，頁264。

76　王友勝：〈李白游仙訪道的思想契機〉，《吉首大學學報》1994年第3期，頁4。

2 點額不成龍

> 黃河三尺鯉，本在孟津居。點額不成龍，歸來伴凡魚。
>
> （313〈贈崔侍御〉）

此詩作於李白年四十四歲，天寶三年（西元744年）被放歸山之後，言黃河有三尺之鯉，在於孟津之水。暮春遡流，欲化為龍，卻點額而退，化龍不成，還歸於河伴凡魚。詩中「點額」意指點畫頭額，謂觸石，後因稱仕路失意為點額。《藝文類聚》卷九六：「符子曰：觀於龍門，有一魚，奮鱗鼓鬐而登乎龍門，而為龍。」[77]李白以黃河之鯉喻己，希望一登龍門，以才學為薦，叨居侍從之列，可惜亦被讒見放歸山。筆者試圖分析此詩的章法結構，去透視作者的心志呈現與全詩意旨何在，其章法結構表如下：

```
┌─ 果：黃河三尺鯉，本在孟津居。
│
└─ 因：點額不成龍，歸來伴凡魚。
```

此詩短短四句，採以「先果後因」的形式寫成，描述鯉魚欲化為龍不成，最後還歸於河，李白將自己喻成魚，欲登龍門不成，遭讒賜金放還，長安待詔三年，卻對黑暗官場有了深刻的認識，最後回歸原本清明生活，此詩充滿懷才不遇，流露失意不幸之悲慨。

---

77 （唐）歐陽詢等奉敕撰：《藝文類聚》，收入《景印文淵閣四庫全書》888冊（臺北市：臺灣商務印書館，1986年），卷96，頁923。

3　白龍改常服

　　白龍魚服具有貶義色彩，此語出自西漢時代劉向《說苑・正諫》：「昔白龍下清泠之淵，化為魚。漁者豫且射中其目。」[78]此語在故事背景中經過缺省、轉喻，省略白龍行動過程、意圖，以及所發生具體事件，白龍為見真實人間的情景而化為魚，卻為漁夫刺傷眼，上訴天帝所得答覆因漁夫豫不解真相所以無罪。李白運用此典故轉喻為帝王大臣等身份地位高者隱藏其身份，改裝出門，恐怕會給自己帶來危險不測，如〈枯魚過河泣〉一詩：

> 白龍改常服，偶被豫且制。誰使爾為魚，徒勞訴天帝。作書報鯨鯢，勿恃風濤勢。濤落歸泥沙，翻遭螻蟻噬。萬乘慎出入，柏人以為誡。（171〈枯魚過河泣〉）

此詩作於李白五十一歲，天寶十年（西元751年），首四句寫白龍改換平時所穿的龍服而化為魚，被漁人豫且偶然射中眼睛，訴於天帝亦無用的故事；次四句從古辭「作書」化出，告誡鯨鯢失水則遭螻蟻噬；末二句點出主旨：萬乘之君進出都必須謹慎，應當以漢高祖過柏人之事中記取教訓。樂府古辭云：「枯魚過河泣，何時悔復及。作書與魴鱮，相教慎出入。」[79]此詩戒人君之自重，以微行為戒，白龍本天帝之貴畜，以龍之靈，乘風而上天，人何能制之，惟「白龍改常服」喻指皇帝微服出行，如同龍化而為魚，出遊於淵，則為漁所射，提醒皇帝微行之危。

78　（漢）劉向撰：《說苑》，收入《四部備要》明刻本史部22（臺北市：臺灣中華書局，1982年），頁1490。

79　（宋）郭茂倩編撰：《樂府詩集》第2冊（臺北市：里仁書局，1999年），卷74，頁1044。

　　全詩圍繞「慎出入」申說，融會多個典故，密合貼切。王琦注此詩曰：「太白擬作與古意同。而以萬乘微行為戒，更為深切。」據《舊唐書・玄宗紀》：「天寶八載十一月丁巳幸御史中丞楊釗莊。……天寶九載十一月辛卯幸楊國忠亭子。……天寶十載十一月乙未幸楊國忠宅。」[80]與《舊唐書・楊國忠傳》：「玄宗每年冬十月幸華清宮，常經冬還宮，國忠山第在宮東門之南，與虢國相對。韓國、秦國甍棟相接。天子幸其第，必過五家賞賜宴樂。」[81]記載，天寶八載至十載，玄宗多次幸楊國忠宅。每年冬幸華清宮，常幸楊國忠及虢國夫人、韓國夫人、秦國夫人宅，賞賜宴樂。又〈陳玄禮傳〉記載：「天寶中玄宗在華清宮，乘馬出宮門，欲幸虢國夫人宅。玄禮曰：『未宣勑報臣，天子不可輕去就。』玄宗為之迴轡。他年在華清宮，逼正月半，欲夜遊。玄禮奏曰：『宮外即是曠野，須有備預。若欲夜遊，願歸城闕。』」[82]此外，《酉陽雜俎》卷二曰：「玄宗學隱形於羅公遠，或衣帶或巾腳不能隱，上詰之公遠，極言曰：『陛下未能脫屣天下，而以道為戲。若盡臣術，必懷璽入人家將困於魚服也。』」[83]由上可知玄宗微行不僅見載於史書，且當時傳聞天下，或尤有甚者。故此詩中所謂「萬乘慎出入」，必有所指，更以「白龍化魚」諷諫君主謹慎行事。

　　李白藉由此詩表達出白龍雖為天帝之貴畜，人熟能制之，惟其改常服，化而為魚，出遊於淵，為漁者所射中。然而白龍不可近，而魚為漁人之所利，龍既為魚，當為漁人所制，且訴於天帝亦無益，作書

80　（後晉）劉昫等撰：《二十五史・舊唐書》第1冊（臺北市：藝文印書館，1982年），卷9，頁139。

81　（後晉）劉昫等撰：《二十五史・舊唐書》第2冊（臺北市：藝文印書館，1982年），卷106，頁1602。

82　同前註，頁1607。

83　（唐）段成式撰：《酉陽雜俎》，收入《景印文淵閣四庫全書》1047冊（臺北市：臺灣商務印書館，1983年），卷2，頁654。

與鯨鯢若無風濤，身無所倚，必為螻蟻之輩相聚而攢食，故不當改其常服，君亦不當離於風濤，安於常居即可保身無禍患。筆者試圖分析此詩的章法結構，去透視作者的心志呈現與全詩意旨何在，其章法結構表如下：

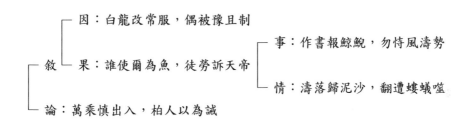

此詩章法結構以「先敘後論」形式寫成，在「敘」的部分以「先因後果」結構道出「白龍改常服」為全詩主旨論點主因，主旨呈顯在最後「論」的部分：「萬乘慎出入，柏人以為誡」，全詩告誡國君雖貴為白龍，但若微服出行，要謹慎行事，否則如同白龍化魚，當為漁人所制，訴於天帝無益，亦諷諫玄宗皇帝不該微服夜遊幸楊氏兄妹宅第。

4 白龍降陵陽

> 敬亭一迴首，目盡天南端。仙者五六人，常聞此遊盤。翏流琴高水，石聳麻姑壇。白龍降陵陽，黃鶴呼子安。羽化騎日月，雲行翼鴛鸞。下視宇宙間，四溟皆波瀾。決絕目下事，從之復何難？百歲落半途，前期浩漫漫。強食不成味，清晨起長歎。願隨子明去，鍊火燒金丹。

（407〈登敬亭山南望懷古贈竇主簿〉）

此詩當作於天寶十二載（西元753年），李白五十三歲，在宣州敬亭山

懷古，實為懷念在此地成仙的竇子明，以切贈竇主簿之姓。詩中前段
描寫從敬亭山回首遠眺，道出古時有仙人遊此，琴高水、麻姑壇皆是
仙人乘鯉與修道之處，而子明釣白龍而放於水，白龍降臨載子明上陵
陽山成仙，子安化黃鶴而自呼其名，羽化飛昇駕乘日月，於雲中飛行
與鴛鸞比翼。後段寫仙人離塵脫俗，而自己有志從仙，欲斷絕一切塵
事，跟隨仙人遨遊有何難，但年已過半百，前程渺茫，希望追隨竇子
明，鍊丹以求成仙。筆者試圖分析此詩的章法結構，去透視作者的心
志呈現與全詩意旨何在，其章法結構表如下：

敘　┬　賓（景）：敬亭一迴首，目盡天南端
　　└　主（情）：仙者五六人，常聞此遊盤　┬　事：谿流琴高水，石聳麻姑壇
　　　　　　　　　　　　　　　　　　　　　　　　白龍降陵陽，黃鶴呼子安
　　　　　　　　　　　　　　　　　　　　└　理：羽化騎日月，雲行翼鴛鸞

論　┬　賓（事）：下視宇宙間，四溟皆波瀾。決絕目下事，從之復何難？百歲
　　　　　　　　　落半途，前期浩漫漫。
　　└　主（情）：強食不成味，清晨起長歎。願隨子明去，鍊火燒金丹。

　　此詩章法結構以「先敘後論」形式寫成，在「敘」的部分以「先
賓後主」結構道出仙人遊盤於敬亭山，將「谿流琴高水，石聳麻姑
壇，白龍降陵陽，黃鶴呼子安，羽化騎日月，雲行翼鴛鸞」為全詩懷
古之重點，最後在「論」的部分亦以「先賓後主」結構，道出自己有
志從仙，「願隨子明去，鍊火燒金丹」二句完全呈顯心志。

5 我昔釣白龍

　　我昔釣白龍，放龍溪水傍。道成本欲去，揮手凌蒼蒼。時來不
關人，談笑遊軒皇。獻納少成事，歸休辭建章。十年罷西笑，

攬鏡如秋霜。閉劍琉璃匣，鍊丹紫翠房。身佩豁落圖，腰垂虎
盤囊。仙人借綵鳳，志在窮遐荒。戀子四五人，徘徊未翱翔。
東流送白日，驪歌蘭蕙芳。仙宮兩無從，人間久摧藏。范蠡脫
勾踐，屈平去懷王。飄颻紫霞心，流浪憶江鄉。愁為萬裏別，
復此一銜觴。淮水帝王州，金陵繞丹陽。樓臺照海色，衣馬搖
川光。及此北望君，相思淚成行。朝雲落夢渚，瑤草空高堂。
帝子隔洞庭，青楓滿瀟湘。懷歸路綿邈，覽古情淒涼。登岳眺
百川，杳然萬恨長。卻戀峨眉去，弄景偶騎羊。

（467〈留別曹南群官之江南〉）

此詩作於天寶十二載（西元753年），李白五十三歲，由梁園經曹南往
江南之時。首段八句有二層意涵，前四句寫李白過去曾像陵陽子明一
樣釣得白龍，又將白龍放入溪水中，本想修道有成離世而去，上凌蒼
天揮手向世人告別，道出少時曾欲學道求仙；後四句寫時運到來卻不
由人，談笑之間我遊於皇帝身邊供奉翰林，雖有獻言卻不蒙見聽，乃
辭別朝廷而歸隱。第二段敘離京十年間的情景，鬢髮已白，將用世之
劍藏於琉璃匣內，在紫翠房中煉丹學仙，身上佩帶著豁落圖，腰間垂
掛著虎盤囊，向仙人借來彩鳳凰，志在遠遊。戀念友人，徘徊蹉跎。
求仙和從政兩無成，長期在人間悲苦。第三段以范蠡功成去越、屈平
遭讒被放為喻，表明自己離京和被逐，飄然有凌紫霞之心，如今流浪
江南，愁與諸君遠別，再飲一杯以解離愁。接著描寫想像中的六朝古
都金陵的景色，秦淮水環繞丹陽郡，樓臺為海色映照，縉紳衣馬在水
光中搖盪。在此地北望諸君，不禁相思淚落成行。再轉想朝雲落於雲
夢之渚，香草空長於高唐之山，帝子尋覓舜帝為洞庭所隔，只見青楓
長滿瀟湘之水。覽景思人，如何不傷。末段六句言南歸路遠，覽古淒
涼，登高眺百川，萬恨悠長。又戀念峨眉仙山，想與葛由共同騎羊成

仙而去。筆者試圖分析此詩的章法結構，去透視作者的心志呈現與全詩意旨何在，其章法結構表如下：

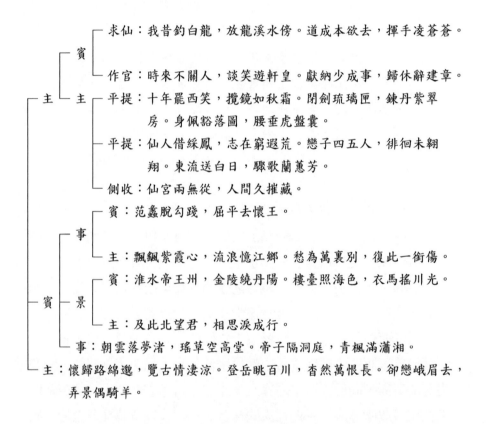

求仙：我昔釣白龍，放龍溪水傍。道成本欲去，揮手凌蒼蒼。

作官：時來不關人，談笑遊軒皇。獻納少成事，歸休辭建章。

平提：十年罷西笑，攬鏡如秋霜。閉劍琉璃匣，鍊丹紫翠房。身佩豁落圖，腰垂虎盤囊。

平提：仙人借綵鳳，志在窮遐荒。戀子四五人，徘徊未翱翔。東流送白日，驟歌蘭蕙芳。

側收：仙宮兩無從，人間久摧藏。

賓：范蠡脫勾踐，屈平去懷王。

主：飄飄紫霞心，流浪憶江鄉。愁為萬裏別，復此一銜傷。

賓：淮水帝王州，金陵繞丹陽。樓臺照海色，衣馬搖川光。

主：及此北望君，相思淚成行。

事：朝雲落夢渚，瑤草空高堂。帝子隔洞庭，青楓滿瀟湘。

主：懷歸路綿邈，覽古情淒涼。登岳眺百川，杳然萬恨長。卻戀峨眉去，弄景偶騎羊。

此詩首先採以「主賓主」結構，第二層以「賓主」、「事景事」結構，第三層再以「平提側收」、「賓主」結構，層層剝筍，點出全詩主旨（主中主結構）：「仙宮兩無從，人間久摧藏」、「懷歸路綿邈，覽古情淒涼。登岳眺百川，杳然萬恨長。卻戀峨眉去，弄景偶騎羊」，身在江湖，心懷魏闕，情深意遠，心境淒涼。

6 天開白龍潭

我隨秋風來，瑤草恐衰歇。中途寡名山，安得弄雲月？渡江如
昨日，黃葉向人飛。敬亭愜素尚，弭棹流清輝。冰谷明且秀，
陵巒抱江城。粲粲吳與史，衣冠耀天京。水國饒英奇，潛光臥
幽草。會公真名僧，所在即為寶。開堂振白拂，高論橫青雲。
雪山掃粉壁，墨客多新文。為余話幽棲，且述陵陽美。天開白
龍潭，月映清秋水。黃山望石柱，突兀誰開張？黃鶴久不來，
子安在蒼茫。東南焉可窮？山鳥絕飛處。稠疊千萬峯，相連入
雲去。聞此期振策，歸來空閉關。相思如明月，可望不可攀。
何當移白足，早晚凌蒼山？且寄一書札，令余解愁顏。

（395〈自梁園至敬亭山見會公談陵陽山水兼期同游因有此贈〉）

　　此詩作於天寶十二載（西元753年），李白五十三歲，秋至宣城後
作。在敬亭見僧會，僧會向詩人介紹陵陽山水，並希望同遊，故詩
人寫此詩相贈。首段寫自梁園至敬亭，芳草早衰落，中途無名山，怎
可賞玩雲月？次段描寫宣城敬亭山地地靈人傑，聲名顯赫的吳氏、史
氏，世代光耀京都，並歌頌僧人會公揮拂講經、粉壁上掃畫雪山，文
人墨客作文稱頌。第三段描寫會公對李白所談隱居之樂與陵陽水山之
美：藍天光照白龍潭，月映秋水，黃山、石柱山相望聳立，仙人子安
乘黃鶴遠去隱於蒼茫之中，東南山水不可窮盡，飛鳥至此亦止飛。層
層疊疊千萬峰巒連綿高聳入雲。末段言聽有此佳景勝地，期望扶杖一
遊，歸來盡可閉門不問世事。相思如仰明月，可望而不可攀，何日能
啟程與會公同去登陵陽山，請其決定後寄一書信以解愁懷。筆者試圖
分析此詩的章法結構，去透視作者的心志呈現與全詩意旨何在，其章
法結構表如下：

敘
- 賓（情）：我隨秋風來，瑤草恐衰歇。中途寡名山，安得弄雲月？渡江如昨日，黃葉向人飛。
- 主（景）：敬亭愜素尚 弭棹流清輝 冰谷明且秀 陵巒抱江城 粲粲吳與史 衣冠耀天京
  - 賓：水國饒英奇，潛光臥幽草。會公真名僧，所在即為寶。開堂振白拂，高論橫青雲。
  - 主：雪山掃粉壁 墨客多新文 為余話幽棲 且述陵陽美
    - 今：天開白龍潭，月映清秋水。黃山望石主，突兀誰開張？
    - 昔：黃鶴久不來，子安在蒼茫。
    - 今：東南焉可窮？山鳥絕飛處。稠疊千萬峯，相連入雲去。

論：聞此期振策，歸來空閉關。相思如明月，可望不可攀。何當移白足，早晚凌蒼山？且寄一書札，令余解愁顏。

　　此詩以「先敘後論」形式寫成，在「敘」的部分形成「賓主」結構，而在賓主結構之下又形成第二層「賓主」結構，點出在敬亭山見僧會，但重點是「主」位之下的第三層「今昔今」結構談隱居之樂與陵陽山水仙跡典故，使文章產生緊湊組織結構，層次井然的藝術效果，透過多角度的烘襯關係，使文勢呈現跌宕多姿、波瀾翻騰的美感。借賓形主的方式道出全詩主旨：於敬亭見會公，為談幽棲之事，具述陵陽之景，由白龍潭、黃石聯想仙人子明棄官學道、子安乘黃鶴遠去，一解愁懷，以暢幽懷。

7 月化五白龍

> 月化五白龍，翻飛凌九天。胡沙驚北海，電掃洛陽川。虜箭雨
> 宮闕，皇輿成播遷。英王受廟略，秉鉞清南邊。雲旗卷海雪，
> 金戟羅江煙。聚散百萬人，弛張在一賢。霜臺降群彥，水國奉
> 戎旃。繡服開宴語，天人借樓船。如登黃金臺，遙謁紫霞仙。
> 卷身編蓬下，冥機四十年。寧知草間人，腰下有龍泉？浮雲在
> 一決，誓欲清幽燕。願與四座公，靜談金匱篇。齊心戴朝恩，
> 不惜微軀捐。所冀旄頭滅，功成追魯連。

（356〈在水軍宴贈幕府諸侍御〉）

此詩作於唐肅宗至德二載（西元757年）正月，李白五十七歲參加永
王幕府後所作。月亮化為五條白龍，騰飛直上九重雲天，安祿山的叛
軍如胡地黃沙從北海飛起，如閃電一般橫掃洛陽。「月化五白龍」一
語典出《十六國春秋・後燕錄》：「慕容熙建始元年正月，……太史丞
梁延年夢月化為五白龍，夢中占之曰：月，臣也；龍，君也。月化為
龍，當有臣為君。」[84]李白言安祿山、史思明叛亂欲篡奪皇位，一月
之間化五白龍而欲翻飛，形容叛軍氣焰囂張。「胡沙驚北海，電掃洛
陽川」，按史載天寶十四載十一月安祿山以十五萬眾於范陽起兵，十
二月攻陷洛陽。「皇輿成播遷」，指天寶十五載六月己亥，安史叛軍陷
京師，玄宗幸蜀。首段六句描寫安史之亂爆發，迅速佔領兩京，玄宗
奔亡蜀中情事。第二段六句描寫永王李璘受玄宗之命鎮守長江流域，
軍旗漫捲如大海波濤，武器羅列似江上雲煙，極力形容其聲威之盛。
第三段六句言永王幕中眾多英賢，在南方水國參加了軍幕，繡衣御史

---

84 （北魏）崔鴻撰：《十六國春秋・後燕錄》，收入《景印文淵閣四庫全書》463冊
　　（臺北市：臺灣商務印書館，1983年），卷48，頁736。

宴集談論，永王借來樓船，群僚入幕如登黃金臺，遙謁紫霞中的神仙，此為得志之時。末段十二句則自抒懷抱，雖為草間人，亦有廊廟志。腰下寶劍可上決浮雲，誓雪國恥，平定叛亂。願與諸公商討兵略，戴君恩而不忘，捐微軀而不惜。所希望就是消滅敵人，功成身退。全詩充滿為國效力的決心，可見李白參加永王幕的動機完全是為了愛國，只是對永王的野心缺乏認識而已。筆者試圖分析此詩的章法結構，去透視作者的心志呈現與全詩意旨何在，其章法結構表如下：

```
                  ┌ 主：月化五白龍，翻飛凌九天。
                  │
          ┌ 賓 ┤ 賓：胡沙驚北海   ┌ 賓：英王受廟略，秉鉞清南邊。雲旗卷海雪，
          │       │  電掃洛陽川    │      金戈羅江煙。聚散百萬人，弛張在一賢。
          │       │  虜箭雨宮闕  ┤
  ┌ 賓 ┤       │  皇輿成播遷    └ 主：霜臺降群彥，水國奉戎旃。繡服開宴語，
  │   │       │                      天人借樓船。如登黃金臺，遙謁紫霞仙。
  │   │
  └ 主 ┤
      │   ┌ 賓：卷身編蓬下，冥機四十年。寧知草間人，腰下有龍泉？
      └ ┤
          └ 主：浮雲在一決，誓欲清幽燕。願與四座公，靜談金匱篇。
                  齊心戴朝恩，不惜微軀捐。所冀旄頭滅，功成追魯連。
```

此詩採三層「賓主呈層級」結構，所謂「賓主呈層級」的結構，即是指文章中出現兩個或兩個以上的「賓主」結構，而且「賓主」結構間又形成具有主從關係的層級型態之作品。運用「賓主呈層級」的形式寫作，可以使文章產生緊湊織結、層次井然的藝術效果；並且透過多角度的烘襯關係，亦可以使文勢呈現跌宕多姿、波瀾翻騰的美

感。[85]第一層「賓主」結構：以「胡沙驚北海，電掃洛陽川，虜劍雨宮闕，皇輿成播遷」為「賓」為「陪筆」，反襯出「主」位，點出「月化五白龍，翻飛凌九天」之題意，強化叛軍氣焰囂張，呈現「先主後賓」之結構。第二層「賓主」結構：以永王李璘受玄宗之命鎮守長江流域為「賓」，正襯出永王群僚如登黃金臺，遙謁紫霞仙之「主」位，呈現「先賓後主」之結構。第三層「賓主」結構：以「卷身編蓬下，冥機四十年。寧知草間人，腰下有龍泉」之「賓」位襯筆，來正襯出「浮雲在一決，誓欲清幽燕。願與四座公，靜談金匱篇。齊心戴朝恩，不惜微軀捐。所冀旄頭滅，功成追魯連。」之「主」位，報國之心，昭然若揭。

8 白龍乃魚服

> 黃口為人羅，白龍乃魚服。得罪豈怨天？以愚陷網目。鯨鯢未剪滅，豺狼屢翻覆。悲作楚地囚，何日秦庭哭？遭逢二明主，前後兩遷逐。去國愁夜郎，投身竄荒谷。半道雪屯蒙，曠如鳥出籠。遙欣克復美，光武安可同？天子巡劍閣，儲皇守扶風。揚袂正北辰，開襟攬羣雄。胡兵出月窟，雷破關之東。左掃因右拂，旋收洛陽宮。回輿入咸京，席卷六合通。叱咤開帝業，手成天地功。大駕還長安，兩日忽再中。一朝讓寶位，劍璽傳無窮。愧無秋毫力，誰念矍鑠翁？弋者何所慕？高飛仰冥鴻。棄劍學丹砂，臨爐雙玉童。寄言息夫子，歲晚陟方蓬。
>
> （378〈流夜郎半道承恩放還兼欣剋復之美書懷示息秀才〉）

---

85 參見夏薇薇：《文章賓主法析論》（臺北市：國立臺灣師範大學國文研究所碩士論文，2000年），頁307。

此詩作於唐肅宗乾元二載（西元759年），李白五十九歲。首四句以雛鳥易被人們網羅，白龍穿魚服被漁人所制，比喻自己被流放乃愚昧所致，不能怨天尤天，為自敘之辭。次四句言鯨鯢般之叛亂尚未剪滅，豺狼般逆賊投降又叛屢屢翻覆，史思明至德二載十二月降，封歸義王、范陽節度使，明年六月復叛。自己卻悲作楚囚，心懷忠憤不得為秦庭之哭以救國難。第三段敘自己一生雖遇玄宗、肅宗二明主卻兩次遷謫貶逐（天寶初被讒去朝及此次長流夜郎），甚至愁痛的流放夜郎，投身荒谷。幸而半道遇赦放還，高興得如飛鳥出籠，更喜兩京收復，國家中興連當年漢光武帝功績都不能及。第四段回顧當初兩京淪陷時皇帝幸蜀，太子駐扶風，揚袂如居北辰正位，開襟用人，又請回紇出兵助戰，終於收復兩京，成就天地大功。《舊唐書・郭子儀傳》記載至德二載：

> 九月，從元帥廣平王率蕃漢之師十五萬進攻長安。回紇遣葉護太子率四千騎助國討賊，子儀與葉護宴狎修好，相與誓平國難，相得甚歡。子儀奉元帥為中軍，與賊將安守忠、李歸仁戰於京西香積寺之北，王師結陣橫亘三十里，賊眾十萬陳於北。……回紇以奇兵出賊陣之後夾攻之，賊軍大潰，自午至酉，斬首六萬，賊將張通儒守長安，聞歸仁等敗，是夜奔陝郡。翌日，廣平王入京師，老幼百萬，夾道歡叫，涕泣而言曰：「不圖今日復見官軍。」廣平王休士三日，率師東趨。……十月，安慶緒遣嚴莊悉其眾十萬來赴陝州，與張通儒同抗官軍。賊聞官軍至，悉其眾屯於陝西，負山為陣。子儀以大軍繫其前，回紇登山乘其背，遇賊潛師於山中，與鬥過期，大軍稍卻。賊兵分三千人，絕我歸路，眾心大搖。子儀麾回紇偷進，盡殺之。師馳至其後，於黃埃中發十餘箭，賊驚顧曰：「回紇

來！」即時大敗，僵屍遍山澤。嚴莊、張通儒走歸洛陽，遂與
安慶緒渡河保相州。子儀奉廣平王入東都，陳兵於天津橋南，
士庶歡呼於路。[86]

第五段敘肅宗、玄宗相繼回京，兩位聖上如同紅日忽然再上中天，玄
宗傳讓寶位，唐朝皇室傳之無窮。末段謂自己在平叛事業中愧無秋毫
之力，誰會想起年邁健壯的李白？亦如高飛冥鴻，無人所取。拋棄學
劍而去學道煉丹，晚年冀登仙山。《唐宋詩醇》卷五評此詩曰：「引罪
自咎，無怨尤之心，有眷顧之誠，不失忠厚本旨。」[87]筆者試圖分析
此詩的章法結構，去透視作者的心志呈現與全詩意旨何在，其章法結
構表如下：

---

86 （後晉）劉昫等奉敕撰：《舊唐書》，收入《景印文淵閣四庫全書》270冊（臺北市：
臺灣商務印書館，1983年），卷120，頁427。

87 （清）乾隆十五年敕編：《御選唐宋詩醇》，收入《景印文淵閣四庫全書》1448冊
（臺北市：臺灣商務印書館，1983年），卷5，頁150。

```
      ┌ 凡 ┬ 主（圖）：黃口為人羅，白龍乃魚服。得罪豈怨天？以愚陷網目。
      │    │
      │    └ 賓（底）：鯨鯢未剪滅，豺狼屢翻覆。悲作楚地囚，何日秦庭哭。
      │
      ├ 目 ┬ 抑：遭逢二明主，前後兩遷逐。去國愁夜郎，投身竄荒谷。
      │    │
      │    └ 揚：半道雪屯蒙，曠如鳥出籠。遙欣克復美，光武安可同？
      │
      ├ 目 ┬ 因：天子巡劍閣，儲皇守扶風。揚袂正北辰，開襟攬羣雄。
      │    ├ 果：胡兵出月窟，雷破關之東。左掃因右拂，旋收洛陽宮。
      │    └ 果：回輿入咸京，席卷六合通。叱咤開帝業，手成天地功。
      │
      ├ 目 ┬ 正：大駕還長安，兩日忽再中。
      │    │
      │    └ 反：一朝讓寶位，劍璽傳無窮。
      │
      └ 凡 ┬ 賓：愧無秋毫力，誰念矍鑠翁？弋者何所慕？高飛仰冥鴻。
           │
           └ 主：棄劍學丹砂，臨爐雙玉童。寄言息夫子，歲晚陟方蓬。
```

此詩以「凡目凡」結構形式寫成，將「先凡後目」與「先目後
凡」兩者加以疊用，首尾均使用「凡」的結構，在「凡」的部分，以
「賓主」結構點出全詩主旨：「黃口為人羅，白龍乃魚服。得罪豈怨
天？以愚陷網目」、「棄劍學丹砂，臨爐雙玉童。寄言息夫子，歲晚陟
方蓬」，強化敘述李白自己因永王李璘兵敗獲罪，下潯陽獄，長流夜
郎，後遇赦，幸天下中興，欲從仙而隱去。鳥之雛者，為人所羅，龍
之改常服者，為漁人所制。人之愚昧而無知，自陷法網，亦猶黃口被
羅，白龍受制，皆咎由自取，以「白龍魚服」喻自己因愚遇險，陷於
困境。綜上詩例可知李白詩歌中「白龍」意涵除了歷來是仙人坐騎，
帶有有遊仙之思外，或有勸戒皇帝微服出遊，或喻臣子叛亂欲奪皇
位，或喻自己陷於困境，在李白筆下拓寬「白龍」這個詞彙歷來意涵。

（三）李白詩歌中白龍意象的創作心理

　　筆者針對李白詩歌中白龍意象的使用，將其區分為兩大時期，分別有不同的創作心理，第一期：在天寶三年（西元744年）後期至天寶十四年（西元755年）期間，李白四十四至五十五歲，此時賜金放還離開長安，懷才不遇，憤世嫉俗的心，於詩作中卻以遊仙方式，運用神仙形象來作為自我的象徵，輔以白龍欲躍龍門的企盼之心抒發內心不遇之情，青天騎白龍，願隨子明去，鍊火燒金丹，作品如：〈送楊山人歸嵩山〉、〈贈崔侍御〉、〈枯魚過河泣〉、〈登敬亭山南望懷古贈竇主簿〉、〈留別曹南群官之江南〉、〈自梁園至敬亭山見會公談陵陽山水兼期同游因有此贈〉等；第二期：至德元載（西元756年）至廣德元年（西元763年），李白五十六至六十三歲期間，由窮愁潦倒到老驥伏櫪，此時以白龍形容叛軍氣焰囂張，更將自己喻為白龍改魚服，被漁人所制，被流放乃愚昧所致，將強勢的白龍形象可深化為更強悍的叛軍與遭難的自身兩種截然不同的象徵，作品如：〈在水軍宴贈幕府諸侍御〉、〈流夜郎半道承恩放還兼欣剋復之美書懷示息秀才〉等。

　　此外，筆者採以章法結構來分析李白詩歌中白龍意象，見其白龍於其詩中占有重要意涵，上述八首詩多以「賓主法」結構，「賓主」法又名「眾賓拱主」法（或「眾星拱辰」法），是文章謀篇布局的藝術手法中，相當常見的一種手法，自古以來即受到相當的重視。陳滿銘在《國文教學論叢》一書中，在〈談運用詞章材料的幾種基本手段〉文章中，扼要論及「賓主」法的原理與定義：

> 　　作者想要具體的表出詞章的義旨，除了要直接運用主要材料之外，往往也需要間接的藉著輔助材料來使義旨凸顯，以增強它的感染或說服力量。直接運用主要材料的，即所謂的「主」；

而間接運用輔助材料的，則是「賓」。一篇文章裡如有主有
賓，則很容易將它的義旨充分的表達出來。[88]

本文八首詩中，可見李白有心強化「白龍」這一物象，以「賓主法」
結構行文，在「主」位時將白龍意象呈顯出來，如用陵陽子明事之典
故，以竇子明棄官學道，釣得白龍，放之於此，後五年，龍來迎子明
上陵陽山成仙而去。李白希冀能如子明修道成仙乘白龍飛去的遊仙思
想，因此「龍」與遊仙思想相貼合。從李白詩文中大量引用經史子集
各種典籍與道經佛書看來，其對中國古代文化涉獵甚廣，故多元思
維，含融甚富，更有超凡眼界，以現實中不存在之「龍」來開展自由
心靈，正如葛景春說：

> 李白思想有個顯著特點，雜。這既與盛唐的開放社會、與他複
> 雜的生活經歷等現實生活因素有關，又與他好奇務廣的性格對
> 流派眾多的多元中國傳統文化的多樣吸收選擇有著密切關
> 係。……在他的身上，有著儒家的熱情，道家的超曠，縱橫家
> 的膽魄，遊俠的氣質，兵家的奇詭，屈子的執著，佛禪的穎
> 悟，神仙家的浪漫，魏晉名士的風流。[89]

因此李白詩歌運用白龍意象的涵義與前代詩家使用白龍意象相對多
元，拓寬歷來使用「白龍化魚」與「魚化白龍」的典故意涵，作為自
我象徵，有著儒家的熱情，建功立業的情懷，道家的超曠，神仙家的

---

88 參見陳師滿銘：〈談運用詞章材料的幾種基本手段〉，《國文教學論叢》（臺北市：國
　文天地雜誌社，1991年7月初版），頁351-352。
89 葛景春：《李白與中國傳統文化》（臺北市：群玉堂出版事業公司，1991年9月初版），
　頁6。

浪漫，騎龍登天的遊仙，表現個人情感與強烈的神話色彩，渴望超越
現實世界困境，建構一個理想世界。正如葛景春在〈自由精神與理想
主義的完美結合──李白思想綜論〉一文中，分析李白思想體系核
心為：

> 將道家自由精神與儒家的理想主義、道家的浪漫思想與儒家的
> 求實精神，道家的個性解放與儒家的兼善天下、道家的功成身
> 退與儒家的入世態度融會結合，⋯⋯其核心是自由精神和理想
> 主義。[90]

李白詩歌中之白龍意象有著儒家理想主義，建功立業入世態度，魚躍
龍門的企盼，如「點額不成龍」；更有著道家浪漫思想、個性解放與
功成身退，如「青天騎白龍」、「我昔釣白龍，放龍溪水傍。道成本欲
去，揮手凌蒼蒼」、「願隨子明去，鍊火燒金丹」。此外，李白一生與
道教結下不解之緣，塑造自己的人格風範，以道教教義核心「道」為
理想，然而「龍」是道教文化的象徵物。而道教成仙學說是現實社會
黑暗與無奈所形成的精神選擇，不完全出世，也不完全入世，而是以
任達態度去追求生命的永恆。李白詩中多藉神仙神話典故寫「白
龍」，將「龍」與「道」相結合，而道的流動變化與龍的飛動氣勢一
樣，道是一個靈動不測、變幻多姿亦如神龍見首不見尾。李白筆下的
白龍有幻化為仙人的坐騎，有自我的象徵，有強勢叛軍的象徵，皆因
龍的形體高大，力量剛健，變化自如，將自我與白龍相類相親，使其
具人性化、倫理化、民族化，最終達到人龍感應，同氣相求的理想
境界。

---

90 同前註，頁11。

　　李白詩歌中之白龍意象意涵多元，筆下「青天騎白龍」有得道昇天遊仙之意；「白龍化魚」，有希冀成仙遊仙思想；「白龍化魚」有喻指自己因愚遇險，喻指皇帝微服出行；「月化五白龍」喻指安祿山、史思明叛亂篡奪皇位。以變化萬端的筆力，道盡人生多少的風華歲月，歡笑悲悽，將歷史時空中的人、事、景物躍然紙上，栩栩如生，如歷眼前。八首白龍意象詩歌多以「賓主」章法結構，以「主」位呈顯白龍意象，可看出白龍意象於詩中所占重要性之高，藉由現實中不存在的白龍來開展自由心靈，在境界上巧思多變，不泥古呆滯，達成清新的境界，呈顯出跌宕多姿變化之美，如此不但讓詩歌中想像的空間發揮極致，並將多樣複雜的微妙情感融入到詩歌藝術殿堂裡。

三　夔龍

　　夔龍，神話傳說中的單足神物，其原型為灣鱷或巨蜥，商夔螭，一足，二爪。《山海經・大荒東經》云：「東海中有流波山，入海七千里。其上有獸，狀如牛，蒼身而無角，一足，出入水則必風雨，其光如日月，其聲如雷，其名曰夔。黃帝得之，以其皮為鼓，橛以雷獸之骨，聲聞五百里，以威天下。」[91]，又《莊子・秋水》曰：「夔謂蚿曰：吾以一足，趻踔而行。」[92]《說文解字》曰：「夔，神魅也，如龍一足。從夊，象有角、手、人面之形。」[93]意指夔是一條腿的龍，而段注引孟康語曰：「夔神如龍，有角，人面。」另一說，夔龍相傳為舜的二臣名，《尚書・虞書・舜典》云：

91　見（晉）郭璞注，（清）郝懿行箋疏：《山海經箋疏》第14（臺北市：臺灣中華書局，1969年2月臺2版），頁6。

92　（周）莊周：《莊子》（臺北市：臺灣中華書局，1968年），頁12。

93　（清）段玉裁：《說文解字注》（臺北市：黎明文化事業公司，1998年12刷），頁233。

帝曰：「咨，四岳！有能典朕三禮？」僉曰：「伯夷。」帝曰：「俞咨！伯，汝作秩宗。夙夜惟寅，直哉惟清。」伯拜稽首，讓于夔、龍。帝曰：「俞，往欽哉！」帝曰：「夔，命汝典樂，教胄子。直而溫，寬而栗，剛而無虐，簡而無傲，詩言志，歌永言，聲依永，律和聲；八音克諧，無相奪倫，神人以和。」夔曰：「於！予擊石拊石，百獸率舞。」帝曰：「龍，朕聖讒說殄行，震驚朕師。命汝作納言，夙夜出納朕命，惟允。」[94]

由上可知夔為樂官，龍為諫官。後世用「夔龍」以喻輔弼之臣。

（一）夔龍整躈於風塵

若有人兮思鳴臯，阻積雪兮心煩勞。洪河凌兢不可以徑度，冰龍鱗兮難容舠。邈仙山之峻極兮，聞天籟之嘈嘈。霜崖縞皓以合沓兮，若長風扇海，湧滄溟之波濤。玄猿綠羆，舔猭呺危；咆柯振石，駭膽慄魄；羣呼而相號。峯崢嶸以路絕，挂星辰於巖嶅。送君之歸兮，動鳴臯之新作。交鼓吹兮彈絲，觴清泠之池閣。君不行兮何待？若返顧之黃鶴。掃梁園之羣英，振大雅於東洛。巾征軒兮歷阻折，尋幽居兮越巇崿。盤白石兮坐素月，琴松風兮寂萬壑。望不見兮心氛氳，蘿冥冥兮霰紛紛。水橫洞以下漉，波小聲而上聞。虎嘯谷而生風，龍藏谿而吐雲。冥鶴清唳，飢鼯顫呻。塊獨處此幽默兮，愀空山而愁人。雞聚族以爭食，鳳孤飛而無鄰。蝘蜓嘲龍，魚目混珍。嫫母衣錦，西施負薪。若使巢由桎梏於軒冕兮，亦奚異乎夔龍整躈於風塵。哭何苦而救楚？笑何誇而却秦。吾誠不能學二子，沽名矯

節以耀世兮，固將棄天地而遺身。白鷗兮飛來，長與君兮相
親。(219〈鳴皋歌送岑徵君〉)

此詩作於天寶三載（西元744年）去朝以後遊梁宋時所作。首段描寫
歸鳴皋為冰雪所阻，水路因黃河冰封令人戰慄不可渡河，河冰參差如
龍鱗鋸齒不能行船，山極其高峻不易陟，天籟悲鳴，峰巖險絕難於登
攀，何以歸此？不得已，暗喻仕途危險，說明岑徵君遠去之理由。末
段寫當今小人如群雞聚族而爭食於朝堂，賢者失所無依，蜥蜴嘲笑巨
龍，魚目可混同珍珠，醜女嫫母衣錦入寵，美女西施卻負薪為奴，真
偽混淆，美醜顛倒。「若使巢由桎梏於軒冕兮，亦奚異乎夔龍蠖蟄於
風塵」二句道出詩人觀點認為不能強迫隱者入仕，也不能讓賢人流落
風塵，如同使隱士巢父、許由囚於軒車冠冕，亦何異於讓夔、龍這樣
善理朝政的賢臣淪落於風塵之中，詩中「夔龍」是傳說中舜時賢臣，
以喻輔弼之臣。

（二）太階得夔龍

嘗高謝太傅，攜妓東山門。楚舞醉碧雲，吳歌斷清猨。暫因蒼
生起，談笑安黎元。余亦愛此人，丹霄翼飛翻。遭逢聖明主，
敢進興亡言。娥眉積讒妬，魚目嗤璵璠。白璧竟何辜？青蠅遂
成冤。一朝去京國，十載客梁園。猛犬吠九關，殺人憤精魂。
皇穹雪天枉，白日開氛昏。太階得夔龍，桃李滿中原。倒海索
明月，凌山採芳蓀。愧無橫草功，虛負雨露恩。跡謝雲臺閣，
心隨天馬轅。夫子王佐才，而今復誰論。曾飆振六翮，不日思
騰騫。我縱五湖棹，煙濤恣崩奔。夢釣子陵湍，英氣緬猶存。
徒希客星隱，弱植不足援。千里一迴首，萬里一長歌。黃鶴不
復來，清風奈愁何！身浮瀟湘月，山倒洞庭波。投汨笑古人，

臨濠得天和。閒時田畝中，搔背牧雞鵝。別離解相訪，應在武
陵多。(332〈書情題蔡舍人雄〉)

此詩於天寶十二載（西元753年）作於梁園之時。首段寫仰慕謝安為
人，平時攜妓東山，歌舞自適，為蒼生暫且出山入仕，談笑卻前秦軍
隊，安社稷，李白希冀能如同謝安建功立業，遇明主，進興亡之言。
然而次段描寫自己遭讒離京，揭露朝廷奸臣誣陷殺害忠良，幸蒙皇帝
聖明，昭雪冤案，「太階得夔龍，桃李滿中原」二句道出朝廷得到
夔、龍那樣的輔弼大臣，賢能才士如同桃李栽滿中原。在此引用「夔
龍」是喻輔弼之臣，用反襯手法自謙無能當時長安三年虛受聖恩，如
今身在江湖，心存魏闕。接續盛讚蔡雄有輔君之才，當今無人能比，
不多時可遷高位，自己當縱遊五湖如莊子臨濠水得天和，不必如屈原
投汨羅自盡，將隱居於世外桃源。

（三）台庭有夔龍

胡馬渡洛水，血流征戰場。千門閉秋景，萬姓危朝霜。賢相夔
元氣，再欣海縣康。台庭有夔龍，列宿粲成行。羽翼三元聖，
發輝兩太陽。應念覆盆下，雪泣拜天光。

（359〈獄中上崔相渙〉）

此詩作於肅宗至德二載（西元757年）被繫潯陽獄中之時。當時崔渙
為宣慰大使，開首四句描寫安祿山叛軍南下直渡洛水，殺人盈野，征
殺戰場血流遍地，百姓性命危殆如晨霜。中間四句歌頌賢相崔渙如同
古代夔、龍那樣善於燮理陰陽元氣，使海內安康，眾官員如星宿般粲
然有序得其所用。詩至此盛讚宰相崔渙到極點後，最末再強化崔相輔
佐玄宗、肅宗、廣平王這三大元聖，使玄宗、肅宗這兩位君主發出更

燦爛的光輝，最終全詩主旨乃盼望如同夔龍的崔相為自己洗雪冤屈，
釋放出獄得見天日。

（四）夔龍一顧重

> 趙得寶符盛，山河功業存。三千堂上客，出入擁平原。六國揚
> 清風，英聲何喧喧？大賢茂遠業，虎竹光南藩。錯落千丈松，
> 虯龍盤古根。枝下無俗草，所植唯蘭蓀。憶在南陽時，始承國
> 士恩。公為柱下史，脫繡歸田園。伊昔簪白筆，幽都逐遊魂。
> 持斧佐三軍，霜清天北門。差池宰兩邑，鶚立重飛翻。焚香入
> 蘭臺，起草多芳言。夔龍一顧重，矯翼凌翔鵾。赤縣揚雷聲，
> 強項聞至尊。驚飆摧秀木，跡屈道彌敦。出牧歷三郡，所居猛
> 獸奔。遷人同衛鶴，謬上懿公軒。自笑東郭履，側慙狐白溫。
> 閑吟步竹石，精義忘朝昏。顑頷成醜士，風雲何足論？獼猴騎
> 土牛，羸馬夾雙轅。願借羲和景，為人照覆盆。溟海不震蕩，
> 何由縱鵬鯤？所期要津日，倜儻假騰騫。

（392〈贈宣城趙太守悅〉）

此詩作於天寶十四載（西元755年），詩中「夔龍一顧重，矯翼凌翔
鵾」意指趙悅得到宰相楊國忠的器重而提拔，使之如鵾鷄展翅凌空飛
翔，聲名遠揚，剛強不屈的性格也被皇上聞知，雖突遭冤屈打擊但道
德更敦厚。詩中的「夔龍」意指當權者宰相楊國忠之意。末段敘趙悅
歷任三郡太守，所到之處猛虎逃奔有美政，過去承蒙您以國士之禮待
我恩遇，希冀您登高位之時，借助趙悅的幫助援引，使自己亦能展翅
高飛。

（五）奕世皆夔龍

> 岑公相門子，雅望歸安石。奕世皆夔龍，中台竟三拆。至人達
> 機兆，高揖九州伯。奈何天地間，而作隱淪客。貴道皆全真，
> 潛輝臥幽鄰。探元入窅默，觀化遊無垠。光武有天下，嚴陵為
> 故人。雖登洛陽殿，不屈巢由身。余亦謝明主，今稱慺塞臣。
> 登高覽萬古，思與廣成鄰。蹈海寧受賞？還山非問津。西來一
> 搖扇，共拂元規塵。（561〈送岑徵君歸鳴皋山〉）

此詩作於天寶三載（西元744年）遊梁宋時作。首段八句說明岑徵君
乃相門之子，聲望同於當年謝安。「奕世皆夔龍」說明家族中歷代都
是夔、龍一樣的國家棟樑，而三代為宰相，竟二人被誅。岑徵君能預
見徵兆，遨遊州郡長官之間而辭謝不拜。為何在廣闊天地間，偏要做
高臥深山的隱淪客。次段回應重道能保全真，韜光潛輝，觀察自然變
化才能暢遊無形之門。再次段以嚴子陵雖為光武帝故人而仍學巢由隱
居為例，說明太平盛世仍有不求富貴之士，自己亦辭明主，甘為困頓
之臣。最末以登高覽古，思慕願從廣成子以成仙，學魯連蹈海不受賞。

（六）應運生夔龍

> 虹霓掩天光，哲後起康濟。應運生夔龍，開元掃氛翳。太微廓
> 金鏡，端拱清遐裔。輕塵集嵩岳，虛點盛明意。謬揮紫泥詔，
> 獻納青雲際。讒惑英主心，恩疏佞臣計。彷徨庭闕下，歎息光
> 陰逝。未作仲宣詩，先流賈生涕。挂帆秋江上，不為雲羅制。
> 山海向東傾，百川無盡勢。我於鴟夷子，相去千餘歲。運闊英
> 達稀，同風遙執袂。登艫望遠水，忽見滄浪枻。高士何處來？
> 虛舟渺安繫。衣貌本淳古，文章多佳麗。延引故鄉人，風義未

淪替。顧侯達語默，權子識通蔽。曾是無心雲，俱為此留滯。
雙萍易飄轉，獨鶴思凌屬。明晨去瀟湘，共謁蒼梧帝。

（625〈答高山人兼呈權、顧二侯〉）

此詩作於天寶十三載（西元754年），當時高山人曾有詩贈李白，李白
作此詩酬答並呈送權昭夷、顧侯。起首道出韋皇后弒君後又有太平公
主弄權和虹霓掩蔽天光，英明的玄宗奮起安民濟眾，詩中「應運生夔
龍」喻指玄宗開元時代的姚崇、宋璟等賢臣，如同順應天命而生夔、
龍那樣賢臣輔弼大臣，新創開元盛世，無為而治天下清平。然而自謙
自己如輕塵之微而承蒙天子恩寵，謬忝供奉翰林而起草詔書，獻納忠
言希望青雲直上，無奈小人讒言而恩寵疏遠。其後描寫登舟望遠，忽
見滄浪鼓枻的高山人延引權、顧兩位故鄉之人，重視情誼風範道義未
曾廢棄。詩中最末讚美顧侯懂得可言則言、不可言即沈默進退妙理；
權侯懂得時通則通，時不通則藏的順逆天機，直抒胸懷，一舒憤惋。

四　蛟龍

「蛟」與「龍」人們常將其視為同類，然其於形貌方面略有不
同，據《說文解字》曰：「蛟，龍屬，無角曰蛟。」、段玉裁注曰：
「龍者，鱗蟲之長。蛟其屬，無角則屬而別也。」[95]據其有無「角」
作為二者區別。此外，朱熹《楚辭集注‧天問》曰：「應龍何畫，河
海何歷。下注：有鱗曰蛟龍。」[96]據此以「鱗」為蛟龍之特徵。而蛟
之具體形貌，據郭璞《山海經‧中山經》描述云：「似蛇而四腳，小

95　（清）段玉裁：《說文解字注》（臺北市：黎明文化事業公司，1998年12刷），頁670。

96　（宋）朱熹：《楚辭集注》（臺北市：藝文印書館，1983年），頁105。

頭細頸，有白纓，大者十數圍，卵如一二石甕，能吞人。」[97]其形貌頗似今日之蜥蜴或鱷魚，因此何新認為蛟龍是現代的馬來鱷（灣鱷）。

古籍中有關「蛟龍」故事頗多，對於其造型描述較其他龍詳細，或許因其可見之故，實際存在可能性較高。相傳蛟龍常居於深淵並能引發洪水，得水即能興雲做霧，騰飛上空。《荀子・勸學》：「積水成淵，蛟龍生焉。」[98]；《管子・形勢》：「蛟龍，水蟲之神者也。乘於水，則神立；失於水，則神廢。……故曰：蛟龍得水，而神可立也。」[99]由此可見蛟龍與水相依之緊密。然而神話傳說中蛟龍有著「善」與「惡」之性格，如《楚辭・九歎・遠游》曰：

> 譬彼蛟龍，乘浮雲兮。泛淫澒溶，紛若霧兮。潺湲轇轕，雷動電發，馺高舉兮。升虛淩冥，沛濁浮清，入帝宮兮。搖翹奮羽，馳風騁雨，游無窮兮。[100]

文中蛟龍可騰空飛行，來去自如，神氣十足，以蛟龍的悠遊自在寄托其不受羈絆、超凡脫俗理想，自我超越的性格。然而在古代神話傳說中所記載的蛟龍多是危害人間的害物，如《呂氏春秋・季夏紀・季夏》云：「令漁師伐蛟。注曰：『蛟鼉黿皆魚屬。……蛟有鱗甲，能害人。」[101]，又《呂氏春秋・恃君覽》曰：

97　袁珂：《山海經校注》（臺北市：里仁書局，1982年8月），頁359。

98　（周）荀況撰：《荀子・勸學》（臺北市：臺灣中華書局，1968年），卷1，頁3。

99　（齊）管仲撰，（唐）房玄齡注：《管子》第2冊（臺北市：臺灣中華書局，1968年），卷20，頁2-3。

100　（宋）洪興祖：《楚辭補註》（臺北市：藝文印書館，1981年3月6版），頁515-516。

101　（戰國）呂不韋著，楊家駱主編：《呂氏春秋集釋》第1冊（臺北市：世界書局，1958年5月初版），卷6，頁1-2。

荊有次非者。得寶劍于干遂。還反涉江，至於中流，有兩蛟夾
繞其船……次非攘臂祛衣，拔寶劍曰：「此江中之腐肉朽骨
也，棄劍以全己，余奚愛焉。」……於是赴江刺蛟，殺之而復
上船。[102]

此外，《韓詩外傳》卷十曰：

東海有勇士曰菑丘訴，以勇猛聞於天下。遇神淵曰飲馬，其僕
曰：「飲馬於此者，馬必死。」曰：「以訴之言飲之。」其馬果
沈。菑丘訴去朝服，拔劍而入，三日三夜，殺三蛟一龍而出。[103]

上述蛟龍有其兇悍性格，然而當覆舟傷人事件傳出，就易被穿鑿附會
為水中蛟龍作怪。歷代典籍中有關逐蛟、斬蛟的記述很多，如東漢末
曹操逐蛟，晉時周處斬蛟，謝盛叉蛟，隋趙昱戮蛟等等。[104]

（一）蛟龍翼微躬

清水見白石，仙人識青童。安陵蓋夫子，十歲與天通。懸河與
微言，談論安可窮？能令二千石，撫背驚神聰。揮毫贈新詩，
高價掩山東。至今平原客，感激慕清風。學道北海仙，傳書蕊
珠宮。丹田了玉關，白日思雲空。為我草真籙，天人慚妙工。
七元洞豁落，八角輝星虹。三災蕩琁璣，蛟龍翼微躬。舉手謝

---

102 （戰國）呂不韋著，楊家駱主編：《呂氏春秋集釋》第3冊（臺北市：世界書局，
1958年5月初版），卷20，頁9。

103 賴炎元：《韓詩外傳今註今譯》（臺北市：臺灣商務印書館，1972年9月初版），頁
411。

104 趙伯陶：《中國民俗文化面面觀》（濟南市：齊魯書社，2000年），頁175。

天地，虛無齊始終。黃金獻高堂，答荷難克充。下笑世上事，
沉魂北羅酆。昔日萬乘墳，今成一科蓬。贈言若可重，實此輕
華嵩。（335〈訪道安陵遇蓋寰為余造真籙臨別留贈〉）

此詩作於天寶三年，李白四十四歲，遭賜金放還後，受道教儀式洗
禮。前八句美言蓋寰幼年天賦異稟，論起道教言論精妙。第二段續言
平原郡太守贈詩讚揚蓋寰名震山東，而蓋寰因得高天師真傳，修煉內
丹之術，白日能冥想仙遊九天，為李白傳授道籙，而真籙上的文字散
發出八角光芒，如同天上星虹，學可此符得天神庇佑，免除三災，並
能騎蛟龍飛昇，逍遙於天地之間。詩中「蛟龍」成為助人升天的乘騎
神物，與《楚辭・九歎・遠遊》可騰空飛行，來去自如，寄託其超凡
脫俗的理想。

（二）蛟龍筆翰生輝光

去歲左遷夜郎道，琉璃硯水長枯槁。今年勅放巫山陽，蛟龍筆
翰生輝光。聖主還聽子虛賦，相如卻欲論文章。願掃鸚鵡洲，
與君醉百場。嘯起白雲飛七澤，歌吟淥水動三湘。莫惜連船沽
美酒，千金一擲買春芳。（444〈自漢陽病酒歸，寄王明府〉）

此詩作於乾元二年（西元759年），李白五十九歲遇赦回至江夏時作。
前四句以去年被流放奔往夜郎路途，琉璃硯臺中的水常乾涸而詩興枯
槁。今年在巫山之南遇赦放還，「蛟龍筆翰生輝光」，形容自己詩興大
發，揮筆如蛟龍翱遊般地寫出光輝的文章，作為對比。此處將運筆形
如蛟龍翱翔，將蛟龍騰空飛行，來去自如，悠遊自在，不受羈絆的形
象賦予才思敏捷，行文自如之意，運用「蛟龍」來比喻運筆之妙，如
此空靈妙比，李白首創。

（三）那知不有蛟龍蟠

> 朝策犁眉騧，舉鞭力不堪。強扶愁疾向何處？角巾微服堯祠
> 南。長楊掃地不見日，石門噴作金沙潭。笑誇故人指絕境，山
> 光水色青於藍。廟中往往來擊鼓，堯本無心爾何苦？門前長跪
> 雙石人，有女如花日歌舞。銀鞍繡轂往復迴，簸林蹶石鳴風
> 雷。遠煙空翠時明滅，白鷗歷亂長飛雪。紅泥亭子赤欄干，碧
> 流環轉青錦湍。深沉百丈洞海底，那知不有蛟龍蟠？君不見，
> 綠珠潭水流東海，綠珠紅粉沉光彩。綠珠樓下花滿園，今日曾
> 無一枝在。昨夜秋聲閭閭來，洞庭木落騷人哀。遂將三五少年
> 輩，登高送遠形神開。生前一笑輕九鼎，魏武何悲銅雀臺？我
> 歌白雲倚窗牖，爾聞其聲但揮手。長風吹月渡海來，遙勸仙人
> 一杯酒。酒中樂酣宵向分，舉觴酹堯堯可聞。何不令皐繇擁篲
> 橫八極，直上青天揮浮雲。高陽小飲真瑣瑣，山公酩酊何如
> 我？竹林七子去道賒，蘭亭雄筆安足誇？堯祠笑殺五湖水，至
> 今憔悴空荷花。爾向西秦我東越，暫向瀛洲訪金闕。藍田太白
> 若可期，為余掃灑石上月。
>
> （513〈魯郡堯祠送竇明府薄華還西京〉）

此詩作於天寶五載（西元746年）秋。首四句道出久病初起，接續四
句寫自然美景中卻傳來擊鼓嘈雜聲，原來是人們到堯祠來祭祀。堯本
無心受人祭拜，人們何苦喧囂使其不安，於此隱含對皇帝周圍佞臣的
譏諷。「深沉百丈洞海底，那知不有蛟龍蟠」一句道出潭水百丈之深
能通貫海底，怎知沒有蛟龍蟠踞，此句暗喻賢士藏匿在野。在此以
「蛟龍」常居深淵的特性，運用神話傳說中「善」的性格，寄託其超
凡脫俗、自我超越性格的賢士。

（四）得水成蛟龍

> 運速天地閉，胡風結飛霜。百草死冬月，六龍頹西荒。太白出
> 東方，彗星揚精光。鴛鴦非越鳥，何為眷南翔？惟昔鷹將犬，
> 今為侯與王。得水成蛟龍，爭池奪鳳凰。北斗不酌酒，南箕空
> 簸揚。（839〈擬古十二首其六〉）

此詩作於肅宗至德二載（西元757年）十一月，時李白已離開宋若思
幕，尚未被判流夜郎。「得水成蛟龍，爭池奪鳳凰」一句據《魏書・
楊大眼傳》：「時高祖自代將南伐，令尚書李沖典選征官，大眼往求
焉。馬沖弗許。大眼曰：『尚書不見知聽，下官出一技，便出長繩三
丈許，繫髻而走繩，直如矢，馬馳不及，見者莫不驚歎。沖曰：『自
千載以來，未有逸材若此者也。』遂用為軍主。大眼顧謂同僚曰：
『吾之今日，所謂蛟龍得水之秋，自此一舉，終不復與諸君齊列
矣！』未幾，遷為統軍。」[105]運用此典言得水之魚變成蛟龍，爭得權
利成為宰相。

五　青龍

青龍又稱蒼龍，是「四靈」[106]或「四神」之一。青龍意涵歷來

---

105 （北齊）魏收奉敕撰：《魏書》，收入《景印文淵閣四庫全書》262冊（臺北市：臺
灣商務印書館，1983年），卷73，頁105。

106 漢代緯書《尚書考靈曜》云：「東方角、亢、氐、房、心、尾、箕七宿，其形如
龍，曰左青龍。南方井、鬼、柳、星、張、翼、軫七宿，其形如鶉鳥，曰前朱
雀。西方奎、婁、胃、昴、畢、觜、參七宿，其形如虎，曰右白虎。北方斗、
牛、女、虛、危、室、壁七宿，其形如龜蛇，曰後玄武。」演化為二十八宿星
官，各有名姓、服色和職掌。四靈在道教神系中，作為護衛的神靈。道士行法

有以下諸說，其一，青龍為星宿名，如《尚書‧虞書‧堯典》曰：
「日永、星火，以正仲夏」。孔傳：「火，蒼龍之中星，舉中則七星
見。」[107]「日永」指「夏至」，因白晝最長，故稱「日永」，「星火」
指「夏至」時火星出現於南方，而蒼龍即青龍，為黃道東方七宿總
稱。古代行軍以畫有青龍的旗幟表示東方之位，如《禮記‧曲禮
上》：「行，前朱鳥而後玄武，左青龍而右白虎」。其二，將蒼龍指青
色駿馬，如《禮記‧月令》曰：

> 孟春之月，日在營室，昏參中，旦尾中。其日甲乙，其帝大
> 皞，其神句芒，其蟲鱗，其音角，律中大蔟。其數八，其味
> 酸，其臭羶，其祀戶，祭先脾。東風解凍，蟄蟲始振，魚上
> 冰，獺祭魚，鴻雁來。天子居青陽左个，乘鸞輅，駕倉龍，載
> 青旂，衣青衣，服倉玉，食麥與羊，其器疏以達。[108]

又《周禮‧夏官司馬》曰：

> 廋人：掌十有二閑之政教，以阜馬、佚特、教駣、攻駒，及祭
> 馬祖、祭閑之先牧，及執駒、散馬耳、圉馬。正校人員選。馬
> 八尺以上為龍，七尺以上為騋，六尺以上為馬也。[109]

時，「左有青龍名孟章，右有白虎名監兵，前有朱雀名陵光，後有玄武名執明，建
節持幢，負背鍾鼓，在吾前後左右，周匝萬千重。」詳見卿希泰主編：《中國道
教》第3卷（上海市：知識出版社，1994年），頁29。

107 （清）阮元校勘：《十三經注疏‧尚書1》（臺北市：藝文印書館，2001年12月初版
14刷），頁21。

108 （清）阮元校勘：《十三經注疏‧禮記5》（臺北市：藝文印書館，2001年12月初版
14刷），頁279-285。

109 （清）阮元校勘：《十三經注疏‧周禮3》（臺北市：藝文印書館，2001年12月初版
14刷），頁497。

其三，蒼龍為龍名，如《楚辭‧惜誓》曰：

> 惜余年老而日衰兮，歲忽忽而不反。登蒼天而高舉兮，歷眾山
> 而日遠。觀江河之纖曲兮，離四海之霑濡。攀北極而一息兮，
> 吸沆瀣以充虛。飛朱鳥使先驅兮，駕太一之象輿。蒼龍蚴虯於
> 左驂兮，白虎騁而為右騑。建日月以為蓋兮，載玉女於後車。
> 馳騖於杳冥之中兮，休息虖崑崙之墟。樂窮極而不猒兮，願從
> 容虖神明。[110]

其四，蒼龍相傳為黃帝時六相之一，如《管子‧五行》：

> 昔者黃帝得蚩尤而明於天道，得大常而察於地利，得蒼龍而辯
> 於東方。[111]

其五，青龍為祥瑞之物，如《楚辭‧九辯》之九曰：

> 願賜不肖之軀而別離兮，放遊志乎雲中。棄精氣之摶摶兮，鶩
> 諸神之湛湛。驂白霓之習習兮，歷群靈之豐豐。左朱雀之茇茇
> 兮，右蒼龍之躍躍。屬雷師之闐闐兮，通飛廉之衙衙。前輕輬
> 之鏘鏘兮，後輜乘之從從。載雲旗之委蛇兮，扈屯騎之容容。
> 計專專之不可化兮，願遂推而為臧。賴皇天之厚德兮，還及君
> 之無恙。[112]

110　（漢）劉向編，（漢後）王逸章句，（宋）洪興祖補注：《楚辭》（臺南市：北一出
　　版社，1972年8月初版仿古字版），卷11，頁137-138。

111　（周）管仲撰：《管子》第2冊（臺北市：臺灣中華書局，1968年），頁10。

112　（漢）劉向編，（漢後）王逸章句，（宋）洪興祖補注：《楚辭》（臺南市：北一出
　　版社，1972年8月初版仿古字版），卷8，頁118。

最後，青龍亦指漢代宮闕名，如陸倕〈石闕銘〉云：「蒼龍玄武之製，銅闕鐵鳳之工。」、李善注曰：「《三輔舊事》曰：『未央宮東有蒼龍闕，北有玄武闕。』」[113]綜言之，龍能興雲吐霧，形體能巨能細、能大能小、能長能短，能高於天，下於淵，春分登天，秋分潛淵。為四靈之一，代表祥瑞、尊貴。

（一）青龍白虎車

> 四明三千里，朝起赤城霞。日出紅光散，分輝照雪崖。一餐嚥瓊液，五內發金沙。舉手何所待？青龍白虎車。
>
> （695〈早望海霞邊〉）

此詩作於開元十四年（西元726年），前四句描寫四明山綿延三千里，早晨赤城山霞光的景色，後四句道出求仙之思。末句「青龍白虎車」用沈羲昇天故事，據《神仙傳》記載：「沈羲者，吳郡人也。學道於蜀中，但能消災治病，救濟百姓而不知服食藥物，功德感於天，天神識之。羲與妻賈氏共載詣子婦，卓孔寧家道，次逢白鹿車一乘，青龍車一乘，白虎車一乘，從數十騎，皆是朱衣，仗節方飾帶劍，輝赫滿道。羲曰：『君見沈道士乎？』羲愕然。曰：『不知何人耶？』又曰沈羲。答曰：『是某也，何為問之。』騎吏曰：『羲有功於民，心不忘道，從少已來，履行無過，壽命不長，算祿將盡，黃老愍之，今遣仙宮來下迎之。』……遂載羲昇天。」[114]詩中濃厚道教之思，飲道教的玉液，食金丹，服之長生，向天舉手等待迎己昇天的青龍白虎車。

---

113 （南朝梁）蕭統編，（唐）李善注：《文選》（臺北市：五南圖書出版公司，2009年10月初版9刷），頁1372。

114 （晉）葛洪：《神仙傳》，收入《景印文淵閣四庫全書》1059冊（臺北市：臺灣商務印書館，1983年），卷3，頁266。

（二）自挾兩青龍

> 昔我遊齊都，登華不注峯。茲山何峻秀？綠翠如芙蓉。綠翠如
> 芙蓉。蕭颯古仙人，了知是赤松。借予一白鹿，自挾兩青龍。
> 含笑凌倒景，欣然願相從。（18〈古風五十九首其十八〉）

此詩寫遊仙，登上華不注山，於山中遇見仙人赤松子，借詩人白鹿，
自己乘兩青龍，含笑升天，詩人亦乘白鹿相從。詩中「青龍」乃仙人
所騎乘，在《列仙傳》卷下：「呼子先者，漢中關下卜師也。老壽百
餘歲。臨去，呼酒家老嫗曰：『急裝，當與嫗共應中陵王。』夜有仙
人持二茅狗來。至呼子先，子先持一與酒家，嫗得而騎之，乃龍也。
上華陰山，常於山下大呼言：『子先、酒家母在此』。」[115]此處用其意
將青龍視為乘騎升天的工具。

（三）水作青龍盤石隄

> 水作青龍盤石堤，桃花夾岸魯門西。若教月下乘舟去，何啻風
> 流到剡溪？（634〈東魯門泛舟二首其二〉）

此詩作於開元二十八年（西元740年），李白移居東魯。「水作青龍盤
石堤」一句描寫水似青龍盤繞著石堤彎曲流轉，以水流曲折如龍盤，
李白靈動飛躍的思維，活化水流如同青龍形象。次句描寫魯門西夾岸
皆是盛開的桃花，在此晶瑩月下泛舟，豈是東晉名士王徽之雪夜訪戴
逵，「乘興而行，盡興而返」瀟灑可比擬。

115　（漢）劉向：《列仙傳》，收入《景印文淵閣四庫全書》1058冊（臺北市：臺灣商務
　　　印館，1983年），卷下，頁504。

（四）青龍見朝暾

> 晉室昔橫潰，永嘉遂南奔。沙塵何茫茫！龍虎鬪朝昏。胡馬風
> 漢草，天驕蹙中原。哲匠感頹運，雲鵬忽飛翻。組練照楚國，
> 旌旗連海門。西秦百萬眾，戈甲如雲屯。投鞭可填江，一掃不
> 足論。皇運有返正，醜虜無遺魂。談笑過橫流，蒼生望斯存。
> 冶城訪古跡，猶有謝安墩。憑覽周地險，高標絕人喧。想像東
> 山姿，緬懷右軍言。梧桐識佳樹，蕙草留芳根。白鷺映春洲，
> 青龍見朝暾。地古雲物在，臺傾禾黍繁。我來酌清波，於此樹
> 名園。功成拂衣去，歸入武陵源。

（703〈登金陵冶城西北謝安墩〉）

此詩於天寶六載（西元747年）金陵所作。先敘述永嘉之亂的情景，
次寫謝安談笑之間遏制危局，不負蒼生之望，再寫自己冶城訪古，最
末寫登墩見江中白鷺洲被春色照映，朝陽從青龍山升起，地雖古而景
物猶在，臺已傾而禾黍繁茂，功成後則拂衣而去，於武陵源隱居。
「青龍見朝暾」中的「青龍」是山名，在今南京江寧區。《江南通
志》卷十一江寧府：「青龍山在府東南三十五里，山趾石堅而色青，
郡人多取為碑礎。」[116]

六　驪龍

驪龍即傳說中的黑龍。《尸子》卷下：「玉淵之中，驪龍蟠焉，頷

---

116 （清）趙弘恩等監修，（清）黃之雋等編纂：《江南通志》，收入《景印文淵閣四庫
全書》507冊（臺北市：臺灣商務印書館，1983年），卷11，頁384。

下有珠也。」[117]《莊子・列御寇》:「河上有家貧恃緯蕭而食者,其子沒於淵,得千金之珠。其父謂其子曰:『取石來鍛之。夫千金之珠,必在九重之淵,而驪龍頷下。子能得珠者,必遭其睡也;使驪龍而寤,子尚奚微之有哉?』今宋國之深,非直九重之淵也;宋王之猛非直驪龍也。」[118]此為「探驪得珠」之典故。

(一) 驪龍吐明月

> 梁有湯惠休,常從鮑照遊。峨眉史懷一,獨映陳公出。卓絕二道人,結交鳳與麟。行融亦俊發,吾知有英骨。海若不隱珠,驪龍吐明月。大海乘虛舟,隨波任安流。賦詩旃檀閣,縱酒鸚鵡洲。待我適東越,相攜上白樓。(405〈贈僧行融〉)

此詩作於李白二十八歲,開元年間初遊江夏於鸚鵡洲贈僧行融之作,開首六句以湯惠休與鮑照結交,史懷一與陳子昂結交,說明高僧與詩人都是情趣相投。接續八句讚美行融像海神不隱珍珠,詩中「驪龍」一詞引用《莊子・列禦寇》:「夫千金之珠,必在九重之淵,而驪龍頷下」之語,以驪龍吐明珠來彰顯行融的才學與開曠的胸襟。

(二) 采珠勿驚龍

> 我本不棄世,世人自棄我。一乘無倪舟,八極縱遠拖。燕客期躍馬,唐生安敢譏?採珠勿驚龍,大道可暗歸。故山有松月,遲爾翫清暉。(555〈送蔡山人〉)

---

117 (周) 尸佼撰:《尸子》(臺北市:臺灣中華書局,1968年),頁7。

118 (清) 郭慶藩撰,王孝魚點校:《莊子集釋》(臺北縣:頂淵文化事業公司,2001年),頁1061。

此詩作於天寶三載（西元744年），李白四十四歲離開長安遊梁宋時作。開首言自己本是想濟世之人，無棄世之心，而世人不用我而棄我。接續言一旦逍遙自在，乘縱遊八方，再以蔡澤、唐舉的典故，言蔡山人來日當大富貴，他人豈敢譏笑，並以「採珠勿驚龍」一句引用《莊子‧列禦冠》典故，告誡友人取富貴不宜觸君王之怒，得大道可退隱以全其身。從此詩可見蔡山人有入世求仕之意，李白卻是賜金放還，故有勸戒之意。

七　虯龍

「虯龍」，或作「虬龍」，是傳說中無角龍，《說文》：「虯，龍無角者」[119]。於《楚辭‧天問》曰：「焉有虬龍，負熊以游？」[120]王逸《楚辭章句》云：「有角曰龍，無角曰虬。」[121]可證。《楚辭‧離騷》曰：「駟玉虬以乘鷖兮，溘埃風余上征。」[122]、《九章‧涉江》云：「駕青虬兮驂白螭，吾與重華遊兮瑤之圃。」[123]屈原筆下虯龍有飛升神力，亦為仙人騎乘工具與幻想自己騎著「虯龍」遊天之花園，於此可知虯龍乘騎飛天之功能。近人楊寬《中國上古史導論》一書記載：「虬龍負熊」為鯀禹神話中的一個片斷，因「禹」字之字形近乎「虬」字，故「禹」即「虯龍」，認為「虬」與「禹」有其密切關係。[124]

119　（清）段玉裁：《說文解字注》（臺北市：黎明文化事業公司，1998年12刷），頁670。
120　（宋）洪興祖：《楚辭補註》（臺北市：藝文印書館，1981年3月6版），頁108。
121　同前註，頁160。
122　（宋）朱熹撰：《楚辭集注》（臺北市：藝文印書館，1974年），頁34-35。
123　（宋）洪興祖：《楚辭補註》（臺北市：藝文印書館，1981年3月6版），頁214-215。
124　楊寬：《中國上古史論》，見收於顧頡剛：《古史辨》第7冊第14篇「禹與句龍」一節，楊氏云：「『禹』從『九』從『虫』，九蟲實即句龍虯龍也。」（海口市：海南出版社，2005年5月），頁358。

李白「龍」意象詩歌，僅有一首運用「虯龍」一詞，其詩如下：

趙得寶符盛，山河功業存。三千堂上客，出入擁平原。六國揚
清風，英聲何喧喧？大賢茂遠業，虎竹光南藩。錯落千丈松，
虯龍盤古根。枝下無俗草，所植唯蘭蓀。憶在南陽時，始承國
士恩。公為柱下史，脫繡歸田園。伊昔簪白筆，幽都逐遊魂。
持斧佐三軍，霜清天北門。差池宰兩邑，鶚立重飛翻。焚香入
蘭臺，起草多芳言。夔龍一顧重，矯翼凌翔鵷。赤縣揚雷聲，
強項聞至尊。驚飆摧秀木，跡屈道彌敦。出牧歷三郡，所居猛
獸奔。遷人同衛鶴，謬上懿公軒。自笑東郭履，側慙狐白溫。
閑吟步竹石，精義忘朝昏。頹顏成醜士，風雲何足論？獼猴騎
土牛，羸馬夾雙轅。願借羲和景，為人照覆盆。溟海不震蕩，
何由縱鵬鯤？所期要津日，倜儻假騰騫。

（392〈贈宣城趙太守悅〉）

此詩作於天寶十四載（西元755年），首段寫趙氏得姓之初，趙襄子得
寶符伐代國而開拓趙國山河，後有平原君養賓客三千，在六國中發揚
清惠的風化，解國難而聲名顯赫。而趙悅您能弘揚先世的大業，持虎
竹符節於南方擔任宣城太守，繼承先世功業，又善於培植賢才。「錯
落千丈松，虯龍盤古根」，二句言趙悅如千丈松，根深葉茂，如虯龍
盤著古根。以「虯龍」這一古代傳說中無角的龍，形容千丈松的盤曲
貌。李白在此以趙悅比松，以虯龍盤踞形容千丈松，一層層遞進，似
乎以趙悅比虯龍，將人形容如虯龍有神力。

八　燭龍

　　燭龍又名「燭陰」、「逴龍」，蛇身無足無爪，《山海經・海外北經》：「鍾山之神，名曰燭陰。視為畫，暝為夜，吹為冬，呼為夏。不飲，不食，不息，息為風。身長千里。其為物，人面，蛇身，赤色，居鍾山之下。」[125]、《山海經・大荒北經》：「西北海之外，赤水之北，有章尾山，有神，人面蛇身而赤，直目正乘，其瞑乃晦，其視乃明，不食不寢不息，風雨是謁。是燭九陰，是謂燭龍。」[126]兩段記述是同一事物，一條巨大能照亮黑夜的龍。在戰國屈原〈天問〉提出：「日安不到，燭龍何照？」的疑問，而東漢・王逸注：「言天之西北，有幽冥無日之國，有龍銜燭而照之。」[127]。又《楚辭・大招》：「北有寒山，逴龍䫻只」，洪興祖注：「疑此逴龍即燭也。」[128]此處龍與古籍中一般所言的龍不同，它全無生物特徵，不受外界控制，身長千里能控制畫夜，居住地是日光不到之處。而袁珂《中國神話傳說》一書記載：「《山海經》裡所記述的那個鍾山的『燭龍神』。這神，是人的臉，蛇的身子，紅色的皮膚，身子有一千里長，眼睛生得很特別，像兩枚橄欖般地直豎著，合攏就是兩條筆直的縫。這神的本領很大，只要他把眼睛一張開，世界就成了白天，眼睛一閉攏，黑夜就降臨大地。吹口氣就烏雲密布，大雪紛飛，成為冬天；呼口氣馬上又赤

125　（晉）郭璞注，（清）郝懿行箋疏：《山海經箋疏》第8（臺北市：臺灣中華書局，1969年2月臺2版），頁1。

126　（晉）郭璞注，（清）郝懿行箋疏：《山海經箋疏》第17（臺北市：臺灣中華書局，1969年2月臺2版），頁7。

127　（漢）劉向編，（後漢）王逸章句，（宋）洪興祖補注：《楚辭》（臺南市：北一出版社，1972年8月初版仿古字版），頁54。

128　同前註，頁131。

日炎炎，流金鑠石，變成夏天。他蜷伏在那裡，不吃飯，不喝水，不睡覺，不呼吸——一呼吸就成為長風萬里。他的神力又能燭照九重泉壤的陰黯，傳說他常銜了一支蠟燭，照在北方幽黯的天門之中，所以人們又叫他做『燭陰』。」[129]在漢代《淮南子》卷四〈墜形訓〉記載：「燭龍在雁門北，蔽於委羽之山，不見日。其神人面龍身而無足。高誘注：『龍銜燭以照太陰，蓋長千里，視為晝，暝為夜，吹為冬，呼為夏。』」又「北方北極之山，曰寒門。高誘注：『積寒所在，故曰寒門。』」[130]

　　歷代對燭龍有不同解釋，其說大致歸納有三，其一為日說，據《易緯乾坤鑿度》曰：「太陽順四方之氣。古聖曰：燭龍行東時蕭清，行西時燠熱，行南時大曬，行北時嚴殺。」[131]清代俞正燮《癸巳存稿·燭龍》認為「燭龍即日之名。」[132]其二為祝融說，古史學者楊寬曰：

> 「燭龍」與「祝融」音近，又同有燭照之能，祝融有開天闢地之神話，而燭龍之傳說，亦與盤古之神話有相同處。然則，燭龍與祝融疑亦同一神話之分化耳。《國語·周語下》謂：「昔夏之興也，融降於崇山」祝融在崇山；而燭龍在鍾山；「崇」、「鍾」似亦一聲之轉。《山海經·西山經》云：「又（崟山）西四百二十里曰鍾山，其子曰鼓，其狀如人面而龍身，是與欽丕鳥殺葆江於崑崙之陽，帝乃戮之鍾山之東，曰瑤崖。……鼓亦

129　袁珂：《中國神話傳說》上冊（北京市：人民文學出版社，1998年），頁66。

130　（漢）劉安撰：《淮南子》（臺北市：臺灣中華書局，1968年），卷4，頁10。

131　（漢）鄭玄撰：《易緯乾坤鑿度》卷上，收入《無求備齋易經集成》（臺北市：成文出版社，1976年），卷11緯書158，頁45。

132　（清）俞政燮撰，楊家俊主編：《癸巳存稿》（臺北市：世界書局，1977年4月再版），頁172。

化為鵁鳥，其狀如鷗，赤足而直喙，黃文而白首，其音如鵠，見則其邑大旱。」張衡〈思玄賦〉亦云：「過鍾山而中休，瞰瑤谿之赤岸，弔祖江之見劉。」鍾山之子鼓龍身，當即鍾山之神燭龍；祖江當為江河之神，疑即鯀或共工。燭龍即祝融，則鼓殺祖江之說，疑即祝融殺鯀於羽山之說；帝戮鼓之說，又疑即帝嚳誅重黎之說。鼓即燭龍、祝融，為日神，故見則其邑大旱；鼓死而化為鵁鳥，又疑即《淮南子·精神篇》：「日中有鵁鳥」之說也。[133]

其三，認為燭龍即極光，張明華在〈燭龍和北極光〉一文中認為燭龍不是動物，「燭龍照明」之說，是北極光現象的神化。[134]趙丰在〈【上下古今人世間】燭龍：千百世代的古今奇緣〉一文指出因磁北極在古代位於亞洲北部，所以古人看得到符合燭龍形象的極光。[135]

李白「龍」意象詩歌，僅有一首運用「燭龍」一詞，其詩如下：

燭龍棲寒門，光耀猶旦開。日月照之何不及此？唯有北風號怒天上來。燕山雪花大如席，片片吹落軒轅臺。幽州思婦十二月，停歌罷笑雙蛾摧。倚門望行人，念君長城苦寒良可哀。別時提劍救邊去，遺此虎文金鞞靫。中有一雙白羽箭，蜘蛛結網生塵埃。箭空在，人今戰死不復回。不忍見此物，焚之已成灰。黃河捧土尚可塞，北風雨雪恨難裁。（88〈北風行〉）

---

133 楊寬：《中國上古史導論》，收入《古史辨》第7冊上編（臺北市：藍燈出版社，1941年），頁315-316。

134 詳參張明華：〈山海經新探〉，《學林漫錄》（成都市：四川省社會科學院，1986年第8集），頁308-314。

135 趙飛：〈【上下古今人世間】燭龍：千百世代的古今奇緣〉，臺灣《科學人》雜誌2009年5月號，頁36。

此詩作於天寶十一載（西元752年）於幽州作。起首寫北方苦寒，運用古代神話怪誕，描寫燭龍棲於寒門之山，極北之地，而寒門至陰，日照不至，突出幽州嚴寒形象。燭龍睜眼即白天，閉眼即是黑夜，但燭龍畢竟有睜眼之時，使人民還能得一線光明。然而今日的幽州卻為日月永遠照不到的地方，一片漆黑，惟有天上來的北風，將巨大的燕山雪花吹落在軒轅臺上，更加強化北方雪大天寒淒涼，此詩中的「燭龍」不是昇天的神物，反而成為光明之神，是光明希望的象徵，以此反襯北風的淒寒冷冽。

九　黃龍

《淮南子・天文訓》曰：「中央土也，其帝黃帝，其佐后土，執繩而制四方，其神為鎮星，其獸黃龍。」[136]記載黃帝即「黃龍」。《瑞應圖》記載黃龍的習性：「黃龍者，四龍之長，四方之正色，神靈之精也，能巨細，能幽明，能短能長，乍存乍亡，王者不漉池而漁，德達深淵則應，和氣而游于池沼。」、「黃龍不眾行，不群處，必待風雨而游乎青氣之中，游乎天外之野，出入應命以時，上下有聖則見，無聖則處。」[137]由此可知黃龍為四龍之長，居四方之正色，代表有德的王者，祥瑞的徵兆。

此外，在馮廣宏〈黃龍與大禹神話考源〉一文記載四川岷江上的黃龍傳說：

> 松潘茂縣一帶至今還流傳著一段黃龍助禹治水的神話。相傳大
> 禹治水到了茂州（即今茂汶），有九條神龍前來求封。大禹不

136　（漢）劉安撰：《淮南子》（臺北市：臺灣中華書局，1968年），卷3，頁3。
137　見龐進：《八千年中國龍文化》（北京市：人民日報出版社，1993年），頁44。

知是龍，誤呼為蛇。神龍認為這是大禹故意貶低他們，十分不
滿，就準備掀翻他的船。這時忽然有條閃著金光的黃龍飛來解
危，並且背負著大禹的船溯江而上，直達松潘。從此以後，就
有了現在的岷江。大禹感謝黃龍協助開江，準備封他為天龍。
可是黃龍甘居淡泊，不願登天，所以一直就在涪江源頭黃龍溝
隱居。於是那裡的山，就被人們稱作藏龍山。[138]

上述記載岷江當地流傳黃龍助禹治水神話，然而據《楚辭‧天問》
曰：「何海應龍？何盡何歷？」王逸注云：「禹治洪水時，有神龍，以
尾畫地，導水所注，當決者因而治之也。」[139]將「應龍」視為禹治水
之功臣，掌管雨水的神物，可見在上古文獻中「黃龍」並非助大禹治
水，而是搗亂，正如《呂氏春秋‧知分》所言：「禹南省，方濟乎
江，黃龍負舟，舟中之人五色無主。」[140]但至晉代，將蓄水興雨的應
龍與抬船夾舟的黃龍融為一體，成為助禹治水的功臣，據王嘉《拾遺
記》記載：「禹盡力溝洫，導川夷嶽。黃龍曳尾於前，玄龜負青泥於
後。」[141]可證。李白「龍」意象詩歌中雖未出現「應龍」一詞，但出
現一首運用「黃龍」詞彙的詩歌，其詩如下：

> 白馬誰家子，黃龍邊塞兒。天山三丈雪，豈是遠行時？春蕙忽
> 秋草，莎雞鳴曲池。風催寒梭響，月入霜閨悲。憶與君別年，

138 馮廣宏：〈黃龍與大禹神話考源〉，《四川文物》1994年第3期，頁8。
139 （漢）劉向編，（漢後）王逸章句，（宋）洪興祖補注：《楚辭》（臺南市：北一出
   版社，1972年8月初版仿古字版），卷3，頁53。
140 （秦）呂不韋撰，（漢）高誘註：《呂氏春秋》，收入《景印文淵閣四庫全書》848
   冊（臺北市：臺灣商務印書館，1983年），卷20，頁452。
141 （晉）王嘉：《拾遺記》，收入《景印文淵閣四庫全書》1042冊（臺北市：臺灣商
   務印書館，1983年），頁320。

種桃齊娥眉。桃今百餘尺，花落成枯枝。終然獨不見，流淚空
自知。(120〈獨不見〉)

〈獨不見〉見《樂府解題》曰：「〈獨不見〉，傷思而不得見也。」[142]
描寫女子思念遠戍丈夫。「白馬誰家子，黃龍邊塞兒」，點明丈夫是騎
白馬遠赴黃龍塞的守邊者，「天山三丈雪」那是雪深三丈的苦寒之
地。然而李白此詩中的「黃龍」並非神話傳說中的助大禹治水的神
物，而是古城名，即龍城，又名和龍城、龍都，古址在今遼寧朝陽，
泛指邊塞地區，可見李白對於「黃龍」一詞已無助禹神話典故之意，
然而筆者發現在《山海經·海內經》中郭璞注引《歸藏·啟噬》曰：
「鯀死，三歲入腐，剖之以吳刀，化為黃龍。」[143]說明「禹」是在
「鯀」死以後，從其身體裡面出生的，且其出生時現黃龍之形。李白
或許對於「鯀腹生禹」一事之神話傳說，或許有所感，將後代子弟形
容成黃龍加上地名關係，更加傳神生動。

十　二茅龍

　　「二茅龍」乃出自《列仙傳》卷下〈呼子先〉：「呼子先者，漢中
關下卜師也。老壽百餘歲。臨去呼酒家老嫗曰：『急裝。當與嫗共應
中陵王。』夜老仙人持二茅狗來至，呼子先，子先持一與酒家嫗，得
而騎之，乃龍也。上華陰山，常於山上大呼，言：『子先酒家母在
此。』」[144]李白「龍」意象詩歌，僅有一首運用「二茅龍」一詞，其

142　(宋)郭茂倩編撰：《樂府詩集》第2冊〈雜曲歌辭〉(臺北市：里仁書局，1999年
　　1月10日初版2刷)，卷75，頁1066。

143　郭郭註：《山海經注證》(北京市：中國社會科學出版社，2004年)，頁941。

144　(漢)劉向：《列仙傳》，收入《景印文淵閣四庫全書》1058冊(臺北市：臺灣商務
　　印書館，1986年)，頁504。

詩如下：

> 西岳崢嶸何壯哉！黃河如絲天際來。黃河萬裏觸山動，盤渦轂轉秦地雷。榮光休氣紛五彩，千年一清聖人在。巨靈咆哮擘兩山，洪波噴流射東海。三峰卻立如欲摧，翠崖丹谷高掌開。白帝金精運元氣，石作蓮花雲作臺。雲臺閣道連窈冥，中有不死丹丘生。明星玉女備灑掃，麻姑搔背指爪輕。我皇手把天地戶，丹丘談天與天語。九重出入生光輝，東來蓬萊複西歸。玉漿倘惠故人飲，騎二茅龍上天飛。

> （213〈西岳雲臺歌送丹丘子〉）

此詩作於天寶二載（西元743年），李白四十三歲在龜蒙山一帶送元丹丘西遊華山而作。描寫元丹丘身處雲臺名山幽勝，隱可與神仙為伴，出能與君王對話，功成後又能駕二茅龍飛昇，飲玉吸霞，如此自由瀟灑的人間神仙，正如葛洪所建構的道教中神仙譜系的「地仙」標準[145]，既可升天又能往來人間。詩中以共同登仙表示祝願，運用神話傳說，增添虛幻縹緲的氛圍。由此可知，世俗化的地仙欲昇天需仰賴「龍」這一神物悠遊於仙界，而此詩亦傳達出李白將隱者視為神仙之意，更反映李白自認為「我即仙人」的豪邁。

---

145 道教神仙譜系中有三品之分：「上士舉形昇虛，謂之天仙；中士遊於名山，謂之地仙」、「凡服九丹，欲昇天則去，欲且止人間亦任意，皆能出入無間。」見（晉）葛洪：《抱朴子》，收入《景印文淵閣四庫全書》第1059冊（臺北市：臺灣商務印書館，1983年），內篇卷2，頁9。

十一　龍伯巨人

　　龍伯國的人是龍的種族，居於崑崙山北方不知幾萬里遠之處，故稱「龍伯」。《列子‧湯問》記載龍伯國人之說：

> 其（歸墟）中有五山焉，一曰岱輿、二曰員嶠、三曰方壺、四曰瀛洲、五曰蓬萊。其山高下周旋三萬里，其頂平處九千里，山之中間相去七萬里，以為鄰居焉。其上禽獸皆純縞，珠玕之樹皆叢生，華實皆有滋味，食之皆不老不死，所居之人皆仙聖之種，一日一夕飛相往來者不可數焉。而五山之根無所連著，常隨潮波上下往還，不得暫峙焉。仙聖毒之，訴之於帝。帝恐流於西極，失羣聖之居，乃命禺彊使臣鼇十五，舉首而戴之，迭為三番，六萬歲一交焉，五山始峙。而龍伯之國有大人，舉足不盈數步而暨五山之所，一釣而連六鼇，合負而趣，歸其國，灼其骨以數焉。於是岱輿、員嶠二山流於北極，沈於大海，仙聖之播遷者臣億計。帝憑怒，侵減龍伯之國使阸，侵小龍伯之民使短，至伏羲神農時其國人猶數十丈。[146]

　　殷墟中有五座神山，其上住著仙人，然五座神山飄浮於大海中，常隨海潮漂流無定，仙人訴苦於天帝，天帝命北海海神禺強派遣十五隻海鼇舉起五座神山，然而龍伯國中有個大人，然其連釣六隻大鼇，於是岱輿、員嶠二山飄流至北極，沈沒大海，仙人們因此慌忙播遷數以億計。天帝知此事，震怒下將龍伯國土地削減，並縮短其身子，直

146　（周）列禦寇撰，（晉）張湛注：《列子》，收入《景印摛藻堂四庫全書薈要》子部道家類276冊（臺北市：世界書局，1987年），頁44。

至伏羲神農時，龍伯國人仍有數十丈長。李白運用此神話傳說，展現神異靈動的色彩外，更有其豪邁之風。如〈贈臨洺縣令皓弟〉一詩云：

> 陶令去彭澤，茫然太古心。大音自成曲，但奏無弦琴。釣水路非遠，連鰲意何深。終期龍伯國，與爾相招尋。

（319〈贈臨洺縣令皓弟〉）

此詩作於天寶十一載（西元752年），李白五十二歲北上幽州途經臨洺縣時所作。詩中運用陶淵明辭官歸隱奏無絃琴之事與《列子‧湯問》龍伯巨人釣走東海六鰲之傳說，暗指臨洺縣令被訟停官之事，最後以龍伯巨人神話傳說慰勉之，表達前程受挫但仍不失其遠大抱負與豪邁之情。

第二節　「龍」與道教的仙化理想

道教產生於東漢民間，南北朝時經葛洪、寇謙之等人形成系統理論。道教在唐代被定為國教，歷朝皇帝多崇奉道教。道教亦迎合封建士子的想做官通過「終南捷徑方式」；想長壽透過「符籙丹鼎」，以求長生不老之術；想自由有神仙飛昇九天之說。道教如此熱愛生命、自由，符應現實人生，順應人情欲，追求物質欲與享樂的「全性保真」，適合唐代封建社會士民心態。李白一生處於道教最受統治階級尊崇年代，高祖李淵神化自己皇權，尊老子李耳為祖先，將道教列為三教之首，隨之太宗、高宗亦然[147]。武則天為鞏固自己皇位，一反先

---

147 唐太宗時，為抑制當時士庶競相崇尚的佛教，下令「詔道士女冠，宜在僧尼之前」，高宗時除親謁老君廟，追號「太上玄元皇帝」外，更請王公百僚皆習《老子》。見（宋）王溥撰：《唐會要》中冊（臺北市：世界書局，1960年），卷49，頁859。

前，轉而崇佛抑道。至中宗、睿宗、玄宗三代時，道教重新受寵。唐代統治者禮遇道教，給道士很高的社會地位，尤其玄宗時道教更蒙殊榮，信神仙之說，求長生之術，據《舊唐書》禮儀志四記載：「開元二十年，正月，巳丑，詔兩京及諸州各置玄元皇帝廟一所，並置崇玄學。其生徒令習《道德經》及《莊子》、《列子》、《文子》等。」[148]以及《舊唐書·玄宗本紀》記載唐玄宗開元二十五年（西元737年）七月令「道士女冠宜隸宗正寺，僧尼令祠部檢校」[149]提高道士、女冠政治地位與社會地位，並且經常召見道士，任命道士尹愔為諫議大夫，集賢學士兼知史館事，領修國史之任，徵召道士以茅山宗為多，拜官賜物，先後接受茅山派宗師司馬承禎、李含光的法籙，令司馬承禎於近兩京的王屋山自選形勝，置壇室修道，以備隨時應詔，死後追贈銀青光祿大夫[150]，而《全唐文》中留下玄宗與李含光往還詔敕、批答多達二十一件之多[151]，甚至公主嬪妃多有入道為女真者，將道教推向唐代最高峰。李白一生主要活動於玄宗、肅宗兩朝，道教思想給積極入世的士子們遇阻後的解脫與撫慰，道家鄙棄功名利祿，主張無為自

---

148 （後晉）劉昫等奉敕撰：《舊唐書》〈本紀第二〉（北京市：中華書局，2002年），卷24，頁22。

149 （後晉）劉昫等奉敕撰：《舊唐書》，收入《景印文淵閣四庫全書》268冊（臺北市：臺灣商務印書館，1983年），卷9，頁161。

150 （後晉）劉昫等奉敕撰：《舊唐書·司馬承禎傳》，收入（清）紀昀等奉敕撰《欽定四庫全書》（廣州：廣東書局重刊本，清同治七年1868），卷192，頁15、17。

151 玄宗與李含光往還詔敕批答有21件，如〈迎李含光敕〉、〈命李含光建茅山壇宇序〉、〈答李含光進紫陽觀圖敕〉、〈賜李含光號元靜先生敕〉、〈答李含光謝賜法號敕〉、〈答李含光進靈芝敕〉、〈答李含光賀仙藥靈芝敕〉、〈命李含光投謝茅山敕〉、〈賜李含光養疾敕〉、〈答李含光謝賜詩及物敕〉、〈命李含光奉詞詣壇陳謝敕〉、〈答李含光謝賜詩敕〉、〈賜李含光物及香棗等敕〉、〈答李含光謝修齋醮敕〉、〈褒賜李含光敕〉、〈長至日賜李含光敕〉、〈賜李含光物敕〉、〈命李含光修功德敕〉等見（清）董誥等編：《欽定全唐文》（北京市：中華書局，1983年11月第1版），卷36、41，頁395-399、446。

然，給予仕途失意的隱士增添可貴精神內質。

　　道教為了養生延壽，登真成仙，採取「守一」、「存思」修煉方法，葛洪《抱朴子‧地真篇》：「守一存真，乃能通神。」[152]以及《抱朴子‧對俗篇》：「《僊經》曰：『服丹守一，與天相畢，還精胎息，延壽無極。』此皆至道要言也。」[153]道教認為人的生命思維及心理活動都是精、氣、神相互作用，人需將三者合一，即能知覺到神仙世界，甚至脫胎換骨，飄然成仙。透過存思主觀冥想、幻想來感受體驗神仙及神仙世界的存在，如此即可化虛無為實有，而「龍」是道教文化的象徵物，與「道」有其相似特性，龍的飛動氣勢與道的流動變化一樣，然而人的生命存在受著時間、空間的限制，在現實中的種種希求無法盡如人意。因此，人的生命內涵有著本質上的「悲涼性」，如何超越悲涼進入理想境界，李白試圖在詩中將「龍」與道教的仙化理想結合，藉由想像出的神物，輔助登天，進入隨心所欲仙人世界。道教神仙故事成為遊仙詩創作重要素材，在神仙世界中，李白可以衝破現實之網，宣洩內心深處煩惱、苦悶，透過仙化理想以達內心欲求與情感滿足，在幻覺中馳騁豐富想像力。

一　龍與道教、神仙世界之關係

　　唐朝統治三百多年，歷代皇帝都將道教作為自己統治的政治工具與精神支柱。李白一生與道教結下不解之緣，塑造自己的人格風範，以道教教義核心「道」為理想，然而「龍」是道教文化的象徵物。

152　（晉）葛洪：《抱朴子‧內篇》，收入《景印文淵閣四庫全書》第1059冊（臺北市：
　　　臺灣商務印書館，1983年），卷4，頁111。

153　（晉）葛洪：《抱朴子‧內篇》，收入《景印文淵閣四庫全書》第1059冊（臺北市：
　　　臺灣商務印書館，1983年），卷1，頁11。

「道」是老子哲學的中心概念，而「龍」與「道」有其相似性，在殷曉蕾〈略論道教文化與龍畫之關係〉一文認為龍是道的感性顯現物，從其「基本屬性」說明著相似性特性：

> 老子認為「道」是精深奧妙、不可言說的，因此，它的特性常人難以體會，至於用語言文字或概念來界定它、表述它，更無從談起；龍則是一種由蛇演化而來（依照傳統說法）的有鱗有鬚能與雲作雨的動物，既尊貴無比又神異非凡，並且蹤跡神秘，常常是神龍見首不見尾，普通人很難見到它，更別說接近它，把握它，利用它了。……道是一個變體，它不斷運動變化，永遠也不會消失熄滅，正是這種運動變化產生了天地萬物，同時這種運動變化又始終處於一個圓圈之內　不論它如何變動，最終總要復歸到原點，「歸根曰靜」（《老子》第十六章），此為老子哲學的歸結點；龍不論獨居深淵，還是飛升雲端，始終處於天──地這個大循環圈之內，同時龍的生存與水又密不可分，雲、雨、霧皆是水的變體，歸根結底都是水，龍滋生於水，憑借水的力量施展本領，因而龍實際是在水這個循環圈之內永遠運動，永遠變化，它滋養於水，又復歸於水。[154]

又從其「精神內涵」說明著相似性特性：

> 老子認為自然無為，致虛寧靜，生而不有，為而不恃，長而不宰等觀念都是「道」所體現的精神內涵；龍行雲施雨，滋潤了萬物，繁榮了生機，功業完成後並不與萬物相爭，收斂意欲，

---

154 殷曉蕾：〈略論道教文化與龍畫之關係〉，《大連大學學報》第22卷第1期（2001年2月），頁102。

含藏動力，或返回深淵，毫無怨咎；或深居天庭，恬淡安然。
柔弱處下，清靜無為，忍辱負重。[155]

由上可知「道」的流動變化與「龍」的飛動氣勢一樣，道是一個靈動
不測、變幻多姿亦如神龍見首不見尾。道不斷運動變化但永不消失亦
如龍始終存在於天地之間，運行於水循環圈內。

　　道教是發源於中國之本土性宗教，其內容體系龐雜，包括有鬼神
崇拜、神仙之說與方士之術及黃老之學等[156]，尤以神仙思想最為重
要。從漢代到六朝，道教神仙思想逐步壯大，人由凡俗之身要登天成
仙，需仰賴外物之助方能達成，故「龍」即為中介物，在成仙過程中
扮演著重要角色，亦為仙人之交通工具。「龍」與仙人相提並論，甚
至以龍為登天想法，並非在晉人葛洪《神仙傳》方始出現，在《山海
經》、《楚辭》、《史記》早已記載之。近人張光直曾對以龍通天緯地的
想法詳加考察，認為其可溯至原始時期的薩滿信仰之靈媒——巫。巫
覡是在天地乖違之後，人神相交的唯一方式，巫覡以物供祭天地，並
以各種動物相助其達到交通天地、溝通鬼神的目的，「龍」即為諸物
之一。[157]李白詩中多藉神仙神話典故寫「龍」，將「龍」與仙化理想
結合。神話傳說中神奇的幻想和大膽誇張的故事豐富人的想像力，李
白筆下的龍，有幻化為仙人的坐騎，有成為遨遊馳騁天際的神畜，有
潛藏深淵，有飛上九天興雲布雨神力。在《太上登真三矯靈應經》曰：

---

155 同前註，頁103。

156 李養正《道教概說》一書對於道教起源認為它不外乎是由鬼神崇拜、神仙之說與
　　方士之術、及黃老學說的神秘成份三項而來，而鬼道、方仙道、黃老道乃道教的
　　母體。詳參李養正：《道教概說》（北京市：中華書局，1989年2月第1版），頁14。

157 見張光直：〈商周青銅器上的動物紋樣〉，《中國青銅時代》（臺北市：聯經出版
　　社，1987年），頁366-367。

> 夫三蹻經者，上則龍蹻，中則虎蹻，下則鹿蹻。如此蹻者，是
> 上清宮內隱秘之書。大凡學仙之道，用龍蹻者，龍能上天入
> 地，穿山入水，不出此術，鬼神莫能測，能助奉道之士，混合
> 杳冥，通大道也。……龍蹻者，奉道之士，欲游洞天福地，一
> 切邪魔精怪惡物不敢近，每去山川江河州府，到處自有神祇來
> 朝現。[158]

由此可見「龍」在道教中最主要的作用是助道士上天入地，溝通鬼
神。「三蹻」乃協助人們登天成仙之憑藉，而三蹻中以「龍蹻」功用
最大，能「上天入地、穿山入水」，甚至「一切邪魔精怪惡物不敢
近」等本領。此外，在濮陽第45號墓發現仰韶遺蹟中可見「三蹻」形
象，以及戰國時代銅器蟠螭夆龍文卣上面，亦刻鏤一個巫師駕馭著龍
蹻的圖形。[159]由此可知，龍是巫師從事通天入地的助手。

　　神仙是心造的幻象，「神仙信仰是人類自原始社會以來就有的一
種樸素的對理想人生、理想社會的嚮往。在道教未正式形成之前，中
國人便已於人的世界之外幻化出一個龐雜的神鬼世界。在西漢以後，
人們繼承了前代的神仙思想，憑著超感覺的冥想整理了神仙譜系，編
織成了道教的中心教義和終極理想。」[160]、「道教典籍中絕大部分篇
章是圍繞著長生不老、修道成仙為主題，追求的是肉體的永恆存在，

158　（金）丘處機，白雲觀長春真人編纂：《正統道藏》第52冊〈洞真部‧眾術類〉
　　　（臺北市：新文豐出版社，1985年），頁1。

159　見張光直：〈濮陽三蹻與中國古代美術上的人獸母題〉，《中國青銅時代》第2集
　　　（臺北市：聯經出版社，1990年11月初版），頁93。

160　鍾文華：〈試論蜀人的仙化思維〉，《綿陽師範學院學報》第26卷第7期（2007年7
　　　月），頁61。

超越生死帶來的種種羈絆和煩惱，追求靈魂和精神的絕對自由。」¹⁶¹，故李白對現實社會的不滿，嚮往虛無飄渺的神仙世界，大量創作遊仙詩，以求得精神解脫，「希企成仙的動機可歸為『憂』一字，因而如何獲致短暫的『解我憂』之法，即是『遊』──神遊、想像之遊所形成的奇幻之遊。」¹⁶²，然而在遊仙詩中更藉由人類經驗範圍以外的多維度空間「龍」這種神物的輔助登天，進入隨心所欲的仙人世界。

「龍」可能是人類經驗範圍外實存之物，或是人類想像出來雄偉的神物，然其形體高大、力量剛健，格調超群、獨來獨往、騰雲興雨、變化自如，故「龍」與君子相通相類相親，使得「龍」具人性化、倫理化、民族化，最終達到龍人感應、同聲相應、同氣相求的理想境界。

（一）騎龍升天想望

「1987年5月在濮陽西水坡45號原始墓葬的發掘出蚌砌龍虎圖案，經1988年中國社會科學院考古研究所實驗對蚌殼化石進行碳十四測定，其年代距今約6460加減135年與比利時格羅寧根大學同位素研究中心所測數據約6465加減135年約略相同，是迄今為止考古發現的最早龍形象，被封為『中華第一龍』，此為仰韶文化時期古墓葬，龍長178公分，高67公分，頭北尾南，背向主人，昂首，張口，曲頸躬身，長尾，前爪扒，後爪蹬，作騰飛狀，在45號墓南25公尺發現一人騎龍圖。」¹⁶³可見上古人民認為人不能直接與天通，必須有「龍」這

---

161 同前註，頁61。

162 李豐楙：《憂與遊──六朝隋唐遊仙詩論集》（臺北市：臺灣學生書局，1996年3月），頁8。

163 詳見〈濮陽中華第一龍〉2013年11月16日《中時電子報》http://www.chinatimes.com/cn/newspapers/20131116001002-260303

一靈物導引，才能升天，進入天國，證明早在六、七千年以前，人們相信騎龍升天的神話。然而騎龍升天而去的神話隱喻著一去不返人間的意義。到了秦漢以後，此種想法成為乘龍昇仙的觀念，在《史記・封禪書》記載齊國士公孫卿所言黃帝鑄鼎的神話，如下：

> 黃帝采首山銅，鑄鼎於荊山下。鼎既成，有龍垂胡髯下迎黃帝。黃帝上騎，羣臣後宮從上者七十餘人，龍乃上去。餘小臣不得上，乃悉持龍髯。龍髯拔，墮，墮黃帝之弓。百姓仰望黃帝既上天，乃抱其弓與胡髯號，故後世因名其處曰鼎湖，其弓曰烏號。[164]

此段文字記載黃帝於荊山下鑄鼎，鼎成後，有龍現於天空，垂下鬍鬚迎黃帝上天，黃帝騎龍而去。溝通天地的方式是鑄鼎，而溝通天地使者是「龍」，鼎上龍紋是能接統治者上天的神龍。因「龍」乃是溝通天地使者，故天神人主以「龍」為坐騎，乘龍往來於天地之間。

新石器時代，濮陽西水坡墓葬中就出現過乘「龍」的蚌塑圖像；「商代金文中則有龍字，郭沫若先生釋為巫祝之祝的本字，而其形頗似人乘於龍背。」[165]先秦古籍中現「乘龍」神話，如《大戴禮記》記載黃帝、顓頊、帝嚳皆乘龍：「黃帝黼黻衣，大帶，黼裳，乘龍扆雲，以順天地之紀，幽明之故，生死之說，存亡之難。」、「顓頊⋯⋯乘龍而至四海，北至於幽陵，南至於交趾，西濟於流沙，東至於蟠

164　（漢）司馬遷：《史記》，收入《景印文淵閣四庫全書》243冊（臺北市：臺灣商務印書館，1986年），卷28，頁647。

165　張鶴、張玉清：〈中國龍文化的形成發展和中外文化交流〉，《河北師範大學學報（哲學社會科學版）》第31卷第2期（2008年3月），頁158。

木。」、帝嚳則「春夏乘龍，秋冬乘馬，黃黼黻衣，執中而獲天
下。」[166]而屈原〈九歌〉描寫神人乘龍於天，如〈雲中君〉：「龍駕兮
帝服，聊翱游兮周章」[167]；〈湘君〉：「駕飛龍兮北征，邅吾道兮洞
庭」[168]；〈大司命〉：「乘龍兮轔轔，高駝兮沖天」[169]；〈東君〉：「駕龍
輈兮乘雷，載雲旗兮委蛇」[170]；〈河伯〉：「乘水車兮荷蓋，駕兩龍兮
驂螭」[171]等，展現乘龍觀念與龍是通天的坐騎。在此節中探討李白六
首有關「書寫騎龍升天」之詩歌如下：

1 騎龍飛去太上家

黃帝鑄鼎於荊山，鍊丹砂。丹砂成黃金，騎龍飛去太上家。雲
愁海思令人嗟。宮中綵女顏如花。飄然揮手凌紫霞，從風縱體
登鸞車。登鸞車，侍軒轅。遨遊青天中，其樂不可言。

（69〈飛龍引二首其一〉）

2 騎龍攀天造天關

鼎湖流水清且閑。軒轅去時有弓劍，古人傳道留其間。後宮嬋
娟多花顏。乘鸞飛煙亦不還，騎龍攀天造天關。造天關，聞天
語。屯雲河車載玉女。載玉女，過紫皇。紫皇乃賜白兔所搗之

---

166 （漢）戴德撰，（北周）盧辯注：《大戴禮記》，收入《景印文淵閣四庫全書》128冊
　　（臺北市：臺灣商務印書館，1986年），卷7，頁472。

167 （漢）劉向編，（後漢）王逸章句，（宋）洪興祖補注：《楚辭》（臺南市：北一出版
　　社，1972年8月初版仿古字版），頁35。

168 同前註，頁36。

169 同前註，頁41。

170 同前註，頁44。

171 同前註，頁45。

藥方。後天而老凋三光。下視瑤池見王母，蛾眉蕭颯如秋霜。
（70〈飛龍引二首其二〉）

　　上述二詩是李白將龍視為通天的坐騎，〈飛龍引〉為古樂府辭，專言黃帝鼎湖丹成騎龍上昇之事，而曹植有〈飛龍篇〉，言求仙者乘飛龍昇天，李白此詩寫黃帝采首山之銅，鑄鼎於荊山之下，鍊丹砂成黃金，以為不死之藥。黃帝服之，得道上昇，騎龍遊於太清之上，乃遊仙之詩。〈飛龍引〉二首即歌頌黃帝升天的情景，一反之前反對君王求仙的詩作，在〈飛龍引二首其一〉想像黃帝鑄鼎鍊丹成功後，騎龍飛入太清仙宮的情景，〈飛龍引二首其二〉藉由王母未食紫皇藥方以至蛾眉如霜，映襯出黃帝得紫皇之助，終能與天齊壽，在此描述黃帝升天之樂。為何李白認同黃帝升天，卻譏諷周穆、秦皇、漢武，甚至玄宗皇帝呢？黃帝本是神話性多過歷史性人物，其建立大不朽功業，完成人間功業後的黃帝追求仙境，正符合「功成身退」的完美典範。求仙原是「欲得恬愉澹泊，滌除嗜欲，內視反聽，尸居無心」、「仙法欲靜寂無為，忘其形骸」[172]但是一心求仙的人間帝王，不惜花費民脂民膏，勞師動眾尋訪仙藥，只為求得權勢榮華的延續，非但不能超越塵世羈絆，甚至被佞臣蒙蔽，因此李白雖然藉「黃帝乘龍」表現出追求道家修鍊、企望成仙的遊仙思想，甚至篤信道教不僅是一種思想上的虔誠，還曾經付諸實踐成為道士，但反對人間帝王求仙態度，心裡明白長生之術、不死之藥不存有，羽化成仙更是不可能，但對生命的珍視和熱愛，表現了旺盛的生命欲求與強烈的願望。筆者試圖分析此詩的章法結構，去透視作者的心志呈現與全詩意旨何在，二詩章法結構表如下：

172　（晉）葛洪著：《抱朴子・內篇》，收入《景印文淵閣四庫全書》第1059冊（臺北市：臺灣商務印書館，1983年），卷1論僊第2，頁8。

〈飛龍引二首其一〉章法結構表：

```
                          ┌─ 主：鍊丹砂，丹砂成黃金。騎龍飛去太上家。
         ┌─ 主：黃帝鑄鼎於荊山 ┤
         │                └─ 賓：雲愁海思令人嗟
  主 ─┤
         │                ┌─ 賓：飄然揮手凌紫霞，從風縱體登鑾車。登鑾車。
         └─ 賓：宮中綵女顏如花 ┤
                          └─ 主：侍軒轅，遨遊青天中，其樂不可言。
```

此詩採以兩層「賓主」結構，藉由章法結構表，更可清楚見其全詩主旨在「主」位部分：「黃帝鑄鼎於荊山」、「鍊丹砂，丹砂成黃金。騎龍飛去太上家」，借「賓」位：「宮中綵女顏如花」、「飄然揮手凌紫霞，從風縱體登鑾車。登鑾車」以及「賓中主」：「侍軒轅，遨遊青天中，其樂不可言」強化「主」位：黃帝騎龍上天之事，雖然詩中並未寫到黃帝騎龍升天之後在青天暢遊的快樂，但卻借由宮女隨黃帝飄然攀登鑾車進入神遊仙之中之歡樂妙不可言，點出全詩主題表達遊仙之樂。

〈飛龍引二首其二〉章法結構表：

```
                           ┌─ 賓：造天關，聞天語，屯雲河車載玉女。
                           │                        ┌─ 主：後天而老凋三光
  ┌─ 主：鼎湖流水清且閑       ├─ 主：過紫皇，紫皇乃賜 ┤
  │     軒轅去時有弓劍       │      白兔所擣之藥方    └─ 賓：下視瑤池見王母，
  │     古人傳道留其間       │                              蛾眉蕭颯如秋霜。
  │
  └─ 賓：後宮嬋娟多花顏，乘鸞飛煙亦不還，騎龍攀天造天關。
```

此詩採三層「賓主呈層級」結構，所謂「賓主呈層級」的結構，

即是指文章中出現兩個或兩個以上的「賓主」結構，而且「賓主」結構間又形成具有主從關係的層級型態之作品。運用「賓主呈層級」的形式寫作，可以使文章產生緊湊織結、層次井然的藝術效果；並且透過多角度的烘襯關係，亦可以使文勢呈現跌宕多姿、波瀾翻騰的美感。[173]第一層「賓主」結構：以「後宮嬋娟多花顏，乘鸞飛煙亦不還，騎龍攀天造天關」為「賓」為「陪筆」，反襯出「主」位，點出「鼎湖流水清且閑，軒轅去時有弓劍，古人傳道留其間」之題意，強化軒轅皇帝騎龍升天之事，呈現「先主後賓」之結構。第二層「賓主」結構：以「造天關，聞天語，屯雲河車載玉女」為「賓」，正襯出紫皇所賜月宮中玉兔所搗藥方之「主」位，呈現「先賓後主」之結構。第三層「賓主」結構：以「下視瑤池見王母，蛾眉蕭颯如秋霜」之「賓」位襯筆，來正襯出皇帝服食後就壽越日、月、星比天還要後老之「主」位，以西王母的蒼老來反襯黃帝永遠年輕，長生不老，全詩稱頌神仙不死，嚮往神仙生活。

3 身騎飛龍耳生風

　　李白家鄉所在四川綿州，除了戴天山外，當有紫雲山及道觀，生長於道教發源蜀地，且多道教勝地。少年隱居修道，對於道教信仰不全然是仕宦遇挫後的避世，在二十歲以前即與元丹丘相識結交[174]。李白二十七歲至三十五歲第一次漫游期間，曾在湖北江陵與天台高道司馬承禎相遇，並被贊「有仙風道骨，可與神遊八極之表」，此時李白

173　參見夏薇薇：《文章賓主法析論》（臺北市：國立臺灣師範大學國文研究所碩士論文，2000年），頁307。

174　據李白在50歲左右寫給元丹丘的〈秋日鍊藥鑪白髮贈元六兄林宗〉詩云：「弱齡接光景，矯翼攀鴻鸞。投分三十載，榮枯所同歡。」詹鍈繫此詩於天寶九載（750），李白年二十，並以為元林宗即元丹丘。詹鍈主編：《李白全集校注彙釋集評》第3冊（天津市：百花文藝出版社，1996年12月第1版），頁1452。

自負傲岸自許並未受到現實社會衝擊。於開元十九年（西元731年）
應元丹丘之邀同隱嵩山時作〈元丹丘歌〉，其詩如下：

> 元丹丘，愛神仙。朝飲潁川之清流，暮還嵩岑之紫煙。三十六
> 峯長周旋。長周旋，躡星虹。身騎飛龍耳生風。橫河跨海與天
> 通。我知爾遊心無窮。（214〈元丹丘歌〉）

　　李白身處盛唐時期，求仙訪道除了企求長生不老外，更體現空前
強大的唐帝國，追求理想、個性精神自由的生命意識。詩中描寫元丹
丘愛好遊仙的生活：朝飲潁水，暮還嵩山，經常來往於三十六峰之
間，並想像其足踏星虹，身騎飛龍上天。據《雲笈七籤》卷六〈三洞
品格〉云：「太上紫微宮中金格玉書靈寶真文篇目有十部妙經。……
昔黃帝登峨嵋山詣天皇真人，請受此法，駕龍玄昇……自唐堯之後，
得上文者乃七千人，此飛龍玄昇或論化潛引，不可具記。」[175]，又卷
十八《三洞經教部·老子中經》有「駕六飛龍」及「能白日昇天」說
法[176]。而「橫河跨海與天通」一句引用《列仙傳·陶安公傳》云：
「朱雀止冶上曰：『安公，安公，冶與天通。七月七日，迎汝以赤
龍。』至期赤龍到，大雨而安公騎之。」[177]神話不只是單純故事而
已，其往往象徵著人們對對生命存在意義的詮釋，上述所描寫的仙人
因有龍駕接引升天，甚至可遨遊於天地之間，李白藉由這些典故神話
轉而思索己身若欲登天，也需有似「龍」這樣神物貴人或機緣牽引才

---

175 （宋）張君房編：〈三洞品格〉，《雲笈七籤》，收入《景印文淵閣四庫全書》1060
　　冊（臺北市：臺灣商務印書館，1983年），卷6，頁52-53。

176 （宋）張君房編：〈三洞經教部·老子中經〉，《雲笈七籤》，收入《景印文淵閣四
　　庫全書》1060冊（臺北市：臺灣商務印書館，1983年），卷18第23神仙，頁223。

177 （漢）劉向：《列仙傳》，收入《景印文淵閣四庫全書》第1058冊（臺北市：臺灣商
　　務印書館，1983年），卷下，頁504。

行，以天界世界象徵人間朝廷宮闈，奔向想像中完滿世界之心態呈現一覽無遺，詩中描寫仙人無拘無束自由自在的生活，是李白追求的生活理想，藉由騎龍升天的「想像力」自由感發，在仙境之中得到慰藉。筆者試圖分析此詩的章法結構，去透視作者的心志呈現與全詩意旨何在，其章法結構表如下：

```
┌─ 凡：元丹丘，愛神仙。
├─ 目一：朝飲潁川之清流，暮還嵩岑之紫煙。
├─ 目二：三十六峯長周旋。長周旋，躡星虹。
├─ 目三：身騎飛龍耳生風，橫河跨海與天通。
└─ 凡：我知爾遊心無窮
```

此詩以「凡目凡」結構形式寫成，將「先凡後目」與「先目後凡」兩者加以疊用，首尾均使用「凡」的結構，在「凡」的部分點出全詩主旨：「元丹丘，愛神仙」，描寫元丹丘愛好遊仙的生活，朝飲潁水，暮還嵩山，經常往來於三十六峰之間，想像其足踏流星和虹霓，身騎飛龍上天，最後以「凡」：「我知爾遊心無窮」一語收束全詩，可見元丹丘為一道流，李白與其同氣相求。

4 龍駕空茫然

河伯見海若，傲然誇秋水。小物昧遠圖，寧知通方士？多君紫霄意，獨往蒼山裏。地古寒雲深，巖高長風起。初登翠微嶺，復憩金沙泉。踐苔朝霜滑，弄波夕月圓。飲彼石下流，結蘿宿谿煙。鼎湖夢淥水，龍駕空茫然。早行子午間，卻登山路遠。拂琴聽霜猿，滅燭乃星飯。人煙無明異，鳥道絕往返。攀崖倒青天，下視白日晚。既過石門隱，還唱石潭歌。涉雪搴紫芳，

濯纓想清波。此人不可見，此地君自過。為余謝風泉，其如幽
意何！

（606〈答長安崔少府叔封遊終南翠微寺太宗皇帝金沙泉見寄〉）

此詩作於開元十八年（西元730年），李白三十歲於長安所作。言遊於
終南，初從翠微宮行至寺中，復憩於金沙泉，朝登嶺履莓苔而霜滑，
夕憩泉弄澄波，飲石下清流，宿溪上煙蘿，懷舊憶太宗曾遊此地，如
今已昇仙，鼎湖龍駕，杳如夢中，而今茫然一塵跡罷矣。李白當下體
悟生命存在的非永恆，用「鼎湖龍駕」去逼進生命存在的本質，表現
自己對生命存在最真實的感受，明白世間一切都在變動之中，機會稍
縱即逝，觀賞在當下的時空場域，對具體物象史跡、抽象的傳說中去
感物起情，感悟生命如此有限與無常，超越功利之心。筆者試圖分析
此詩的章法結構，去透視作者的心志呈現與全詩意旨何在，其章法結
構表如下：

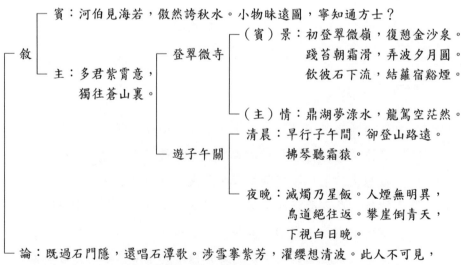

敘
　賓：河伯見海若，傲然誇秋水。小物昧遠圖，寧知通方士？
　主：多君紫霄意，獨往蒼山裏。
　　　登翠微寺
　　　　（賓）景：初登翠微嶺，復憩金沙泉。
　　　　　　　　踐苔朝霜滑，弄波夕月圓。
　　　　　　　　飲彼石下流，結蘿宿谿煙。
　　　　（主）情：鼎湖夢淥水，龍駕空茫然。
　　　遊子午關
　　　　清晨：早行子午間，卻登山路遠。
　　　　　　　拂琴聽霜猿。
　　　　夜晚：滅燭乃星飯。人煙無明異，
　　　　　　　鳥道絕往返。攀崖倒青天，
　　　　　　　下視白日晚。
論：既過石門隱，還唱石潭歌。涉雪搴紫芳，濯纓想清波。此人不可見，
　　此地君自過。為余謝風泉，其如幽意何！

　　此詩章法結構以「先敘後論」形式寫成，在「敘」的部分以「先賓後主」結構「河伯見海若」四句道出河伯誇秋水之典故，喻小人物不識通方之士，來稱讚「多君紫霄意，獨往蒼山裏」二句點出全詩重點：叔封志大而獨往山中探幽，接下來以登翠微寺時，帶出「主」位：憶太宗皇帝曾此地，今已登天，「鼎湖夢淥水，龍駕空茫然」，以及遊子午關清晨、夜晚景色。最後在「論」的部分自嘆徒有隱居之意而無可奈何之情，「既過石門隱，還唱石潭歌。涉雪搴紫芳，濯纓想清波。此人不可見，此地君自過。為余謝風泉，其如幽意何！」八句完全呈顯心志。

5　攀龍遺小臣

> 魯國一杯水，難容橫海鱗。仲尼且不敬，況乃尋常人。白玉換斗粟，黃金買尺薪。閉門木葉下，始覺秋非春。聞君向西遷，地即鼎湖鄰。寶鏡匣蒼蘚，丹經理素塵。軒后上天時，攀龍遺小臣。及此留惠愛，庶幾風化淳。魯縞如白烟，五緵不成束。臨行贈貧交，一尺重山岳。相國齊晏子，贈行不及言。託陰當樹李，忘憂當樹萱。他日見張祿，綈袍懷舊恩。
>
> 　　　　　　　　　　（519〈送魯郡劉長史遷弘農長史〉）

此詩作於天寶元年（西元741年）秋季，開首言送魯郡劉長史遷弘農，今魯國不知賢不能容人，致客居窮困，以此自比在魯備受冷落之處境。次段從「聞君向西遷」至「庶幾風化淳」言劉長史為古之賢臣，黃帝昇天，群臣皆得攀龍而去，獨留此人於後世，興教化美風俗。末段敘長史以魯縞贈己，猶如須賈贈張祿以綈袍，魯縞甚薄，五緵不成一束，一尺之微，如山岳之重，禮輕情意重，他日相見，不忘舊恩。詩中云：「地即鼎湖鄰」、「軒后上天時，攀龍遺小臣」引用黃

帝鑄鼎騎龍昇天之事，但卻強化出遺賢臣之意，自況之意濃厚。筆者
試圖分析此詩的章法結構，去透視作者的心志呈現與全詩意旨何在，
其章法結構表如下：

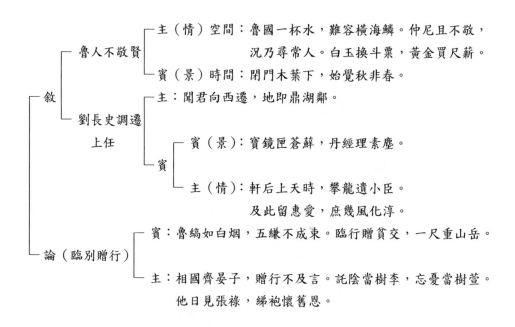

此詩章法結構以「先敘後論」形式寫成，在「敘」的部分，分別
以「魯郡人不敬聖賢」與「劉長史調遷上任」二事用「先主後賓」結
構。在第一個賓主結構中，以「賓」位：「閉門木葉下，始覺秋非
春」二句言自己在魯備受冷落，閉門不出，故不知春秋季節變化正襯
出「主」位：「魯國一杯水，難容橫海鱗。仲尼且不敬，況乃尋常
人。白玉換斗粟，黃金買尺薪」六句道出魯郡人自古以來不敬聖賢，
為第二個賓主結構：劉長史離魯不足為奇鋪陳。然而在第二個賓主結
構中，在「賓」位部分，又以賓主結構帶出「賓中主」：「軒后上天
時，攀龍遺小臣，及此留惠愛，庶幾風化淳」去強化「主」位：「聞

君向西遷，地即鼎湖鄰」道出劉長史即將調遷上任的弘農郡即是黃帝鑄鼎升天之地，如今黃帝寶鏡生苔蘚，丹經被塵埋，正待劉長史去上任留有惠愛，全詩重心於此呈現。最後在「論」的部分回扣開首魯郡此地，更以「賓」位：「魯縞如白烟，五縑不成束。臨行贈貧交，一尺重山岳」正襯「主」位：「相國齊晏子，贈行不及言。託陰當樹李，忘憂當樹萱。他日見張祿，綈袍懷舊恩」勉以樹人之義，他日相見，不忘舊恩，再次縮合期待劉長史上任如黃帝當時未能攀上龍背的小臣，將黃帝恩澤惠愛留此。

6　自挾兩青龍

> 昔我遊齊都，登華不注峯。茲山何峻秀？綠翠如芙蓉。蕭颯古仙人，了知是赤松。借予一白鹿，自挾兩青龍。含笑凌倒景，欣然願相從。（18〈古風五十九首其十八〉）

此詩作於天寶三年（西元744年），李白四十四歲，言曾遊齊都，登華不注之峰，山翠綠高峻，在芙蓉般的山色中遇見赤松子仙人，以白鹿與我，而赤松子仙人自騎青龍飛昇，我亦乘白鹿，從仙人遠遊。據《列仙傳》卷上曰：「赤松子者，神農時雨師也。服水玉以教神農，能入火自燒。往往至崑崙山上，常止西王母石室中，隨風雨上下。炎帝少女追之，亦得仙俱去。至高辛時，復為雨師。」[178]記載赤松子能入火自燒，隨風雨上下之仙人。而「自挾兩青龍」一句引用《列仙傳》卷下云：「呼子先者，漢中關下卜師也。老壽百餘歲，臨去，呼酒家老嫗曰：『急裝，當與嫗共應中陵王。』夜有仙人持二茅狗來。至呼子先，子先持一與酒家，嫗得而騎之，乃龍也。上華陰山，常於

178　（漢）劉向：《列仙傳》，收入《景印文淵閣四庫全書》1058冊（臺北市：臺灣商務印書館，1983年），卷上，頁489。

山上大呼言：『子先酒家母在此』云。」[179]用其事，伸己意，非慕其
輕舉，將不可求之事求之，將不得志的痛苦與不甘隱的抑鬱藉由遊仙
消耗其壯心。騎龍乘龍乃仙人之事，李白與仙人平等交遊，神仙被人
格化，而李白也神仙化，反映我即仙人的豪邁。然而李白並未將登龍
成仙作為終極目的，與其說是為了長生而追求神仙，不如說是寄託人
生理想，藉由乘龍登天，追求長生不死，擺脫時空有限的束縛，達到
對生命塵世的超脫與關懷，以我主宰仙界，對自我主體的強化。筆者
試圖分析此詩的章法結構，去透視作者的心志呈現與全詩意旨何在，
其章法結構表如下：

> ┌ 賓（景）：昔我遊齊都，登華不注峯。茲山何峻秀？綠翠如芙蓉。
> │　　　　　　　　　　　　　　　　┌ 主：自挾兩青龍、含笑凌倒景
> └ 主（情）：蕭颯古仙人，了知是赤松。
> 　　　　　　　　　　　　　　　　　└ 賓：借予一白鹿、欣然願相從

此詩採以兩個「賓主」結構，在章法結構表中可清楚見其全詩主旨在
「主」位部分：「蕭颯古仙人，了知是赤松」、「自挾兩青龍」、「含笑
凌倒景」，借由「賓」位：「借予一白鹿」、「欣然願相從」強化主位。
此詩乃遊仙之作，言李白登上華不注山，在芙蓉般的山色中遇見仙人
赤松子，隨其騎青龍乘白鹿升天遊仙而去。

（二）求仙學道經驗

　　考查李白生平履跡可見其曾訪道、尋仙、煉丹、採藥、受道籙，
並與不少道教徒往來甚密，「仙藥滿囊，道書盈篋」[180]，二十四歲

---

179 （漢）劉向：《列仙傳》，收入《景印文淵閣四庫全書》1058冊（臺北市：臺灣商
　　務印書館，1983年），卷下，頁504。

180 見（唐）獨孤及：〈送李白之曹南序〉，收入氏著：《毘陵集》，收入《景印文淵閣
　　四庫全書》1072冊（臺北市：臺灣商務印書館，1983年），卷14，頁266。

「仗劍去國，辭親遠遊」於湖南江陵遇道教高士司馬承禎，被嘉許「有仙風道骨，可與神游八極之表」，其後於長安遇賀知章被稱為「謫仙人」，並以此自詡，對傳說中客星下凡的嚴子陵，歲星下凡的東方朔極為崇拜，以之自比，如〈酬崔侍御〉：「自是客星辭帝座，元非太白醉揚州」、〈留別西河劉少府〉：「謂我是方朔，人間落歲星」二詩可證，濃厚自我仙人意識，相信神奇怪誕神仙世界存在。

　　然而唐代不乏求仙問道的詩人，如盧照鄰〈與洛陽名流朝士乞藥值書〉一文道出想方設法尋錢煉丹，指望著仙藥治病[181]；王勃〈遊山廟序〉：「常恐運促風火，身非金石」[182]；陳子昂〈感遇其六〉：「玄感非象識，誰能測沈冥？世人拘目見，酣酒笑丹經。昆崙有瑤樹，安得采其英？」[183]以及宋之問〈王子喬〉：「王子喬，愛神仙，七月七日上賓天。白虎搖瑟風吹笙，乘騎雲氣吸日精。吸日精，長不歸，遺廟今在而人非。空望山頭草，草露濕人衣。」[184]二人曾與司馬承禎一起採藥論道，號稱方外十友，其詩中雖有靈仙、餐霞、煉丹，但對成仙望想表現出理智。王維事佛但曾學道，在〈贈東岳焦煉師〉、〈過太乙觀賈生房〉二詩中雖流露對服食求神仙崇仰，然因目睹煉丹服食友人反而短命，否定仙藥之說，如〈林園即事寄舍弟〉：「徒思赤筆書，詎有丹砂井？心悲常欲絕，髮亂不能整。」[185]僅李白將自己視為仙人，於

181 （唐）盧照鄰：〈與洛陽名流朝士乞藥值書〉，《盧昇之集》，收入《景印文淵閣四庫全書》1065冊（臺北市：臺灣商務印書館，1983年），卷7，頁333-334。

182 王勃：〈遊山廟序〉，《王子安集》，收入《景印文淵閣四庫全書》1065冊（臺北市：臺灣商務印書館，1983年），卷5，頁95。

183 陳子昂：〈感遇其六〉，《御定全唐詩》，收入《景印文淵閣四庫全書》1423冊（臺北市：臺灣商務印書館，1983年），卷83，頁716。

184 宋之問：〈王子喬〉，《御定全唐詩》，收入《景印文淵閣四庫全書》1423冊（臺北市：臺灣商務印書館，1983年），卷51，頁546。

185 王維：〈林園即事寄舍弟統〉，《御定全唐詩》，收入《景印文淵閣四庫全書》1424冊（臺北市：臺灣商務印書館，1983年），卷125，頁172。

煉丹服食中,暝想其上天入地,凌虛飛行。

　　楊曉靄在〈李白游仙詩的道教化品格〉一文指出「李白信仰道教主要受茅山道派司馬承禎、吳筠的影響,而茅山道派最初以救世濟俗為心,遁化長生為跡,具有強烈的用世意識,而他們的實踐的理論,本來是由『從儒家正宗入手』」[186]道教求仙並完全出世,而是以任達態度去追求生命永恆,從精神上獲得解脫,正如「文藝心理學認為,人類在飽受心靈的磨難之後,便有一種要求得到解脫、超越的本能,藝術能使人獲得一種心理愉悅與審美快感,宗教能使人在現實性悲劇面前保持一種超然的寧靜與少有的坦然。」[187]李白藉由求仙學道的詩歌實際作為化解精神苦悶,在此節中探討李白二首有關「求仙學道經驗」之詩歌如下:

1 蛟龍翼微躬

　　　　清水見白石,仙人識青童。安陵蓋夫子,十歲與天通。懸河與微言,談論安可窮?能令二千石,撫背驚神聰。揮毫贈新詩,高價掩山東。至今平原客,感激慕清風。學道北海仙,傳書蕊珠宮。丹田了玉闕,白日思雲空。為我草真籙,天人慚妙工。七元洞豁落,八角輝星虹。三災蕩琁璣,蛟龍翼微躬。舉手謝天地,虛無齊始終。黃金獻高堂,答荷難克充。下笑世上事,沈魂北羅酆。昔日萬乘墳,今成一科蓬。贈言若可重,實此輕華嵩。(335〈訪道安陵遇蓋寰為余造真籙臨別留贈〉)

此詩作於天寶三載(西元744年)冬,當時李白請北海高天師授道籙

---

186 楊曉靄:〈李白游仙詩的道教化品格〉,《甘肅廣播電視大學學報》1990年第4期,頁26。

187 同前註,頁26。

於齊州紫極宮後，在德州安陵遇蓋寰道原，為其寫道籙，臨別時寫此詩贈給蓋寰。首段「清水見白石」到「白日思雲空」敘述蓋寰學仙經歷及神通，並從北海高天師學道，在仙宮學得真傳天書，鍊成內丹真功而能白日仙遊九天。後段「為我草真籙」到「實此輕華嵩」寫蓋寰為李白造符籙的情景，其符籙之妙使有道之人皆感慚愧，從符籙字體到內容既輝光又消災，「三災蕩璿璣，蛟龍翼微躬」二句道出李白自身帶真籙，行正法、修善行，有天神佑護，三災不能為害，還能得蛟龍之助，乘龍逍遙於天地之間，虛無無為，超脫生死。道教珍視人的生命與價值，通過自我修煉延長生命的長度，提高生命存在的質量。藉由對道教追求獲得長生不死，擺脫時空有限束縛，對自由精神與超凡脫俗理想人格的追求，以達對生命塵世的超越。筆者試圖分析此詩的章法結構，去透視作者的心志呈現與全詩意旨何在，其章法結構表如下：

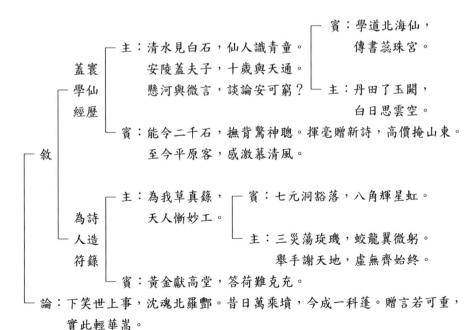

此詩章法結構採以「先敘後論」形式寫成,在「敘」部分,分別從敘述「蓋寰學仙經歷」以及「為詩人造符籙」兩個部分,分別採以二層「主賓」結構。在敘述「蓋寰學仙經歷」這部分中,第一層以「賓」位:「能令二千石,撫背驚神聰。揮毫贈新詩,高價掩山東。至今平原客,感激慕清風」去強化「主」位:「清水見白石,仙人識青童。安陵蓋夫子,十歲與天通。懸河與微言,談論安可窮」之神通、聲價與清風,「借賓形主」方式正襯蓋寰之天賦異稟神通,更輔以第二層「賓主」結構,以「主中賓」:「學道北海仙,傳書蕊珠宮」正襯「主中主」:「丹田了玉闕,白日思雲空」道出從北海仙學道,在仙宮學得真傳天書,煉成內丹即能白日昇天。在敘述「為詩人造符籙」這部分中,第一層以「賓」位:「黃金獻高堂,答荷難克充」去正襯「主」位:「為我草真籙,天人慚妙工」言符籙高妙精工,非但千金難以報答厚恩外,更是令有道之人皆感慚愧,「借賓形主」方式正襯蓋寰所寫符籙之精妙,更輔以第二層「賓主」結構,以「主中賓」:「七元洞豁落,八角輝星虹」強化「主中主」:「三災蕩琁璣,蛟龍翼微躬。舉手謝天地,虛無齊始終」言從符籙字體到內容光輝且消災,並能得蛟龍之助,進入虛無境界,為全詩重心所在。最後在「論」部分:「下笑世上事,沈魂北羅酆。昔日萬乘墳,今成一科蓬。贈言若可重,實此輕華嵩」六句點題感恩為其寫道籙以及說明臨別贈言之貴重。

2 青龍白虎車

> 四明三千里,朝起赤城霞。日出紅光散,分輝照雪崖。一餐嚥瓊液,五內發金沙。舉手何所待?青龍白虎車。
>
> (695〈早望海霞邊〉)

此詩作於入京以前初遊會稽時所作,因起句「四明三千里,朝起赤城

霞」與〈天台曉望〉詩中所云：「天台隣四明」、「門標赤城霞」二句相仿，當是同時所作。前四句狀四明之景色，後四句抒慕仙之情。詩中描述道教瓊液與金沙，可見李白對於此深有研究，據《抱朴子‧金丹》篇：「夫金丹之為物，燒之愈久，變化愈妙。黃金入火，百鍊不消，埋之畢天不朽。服此二物，鍊人身體，故能合人不老不死。」、「古之道士，合作神藥，必入名山。……又按僊經，可以精思合作仙藥者，有華山泰山……大小天台山……此皆是正神在其山中，其中或有地仙之人……不但於中以合藥也，若有道者登之，則此山神必助之為福。」[188]言服食金丹後，五臟之內均散發藥力以及鍊神藥必於名山之中。末句「青龍白虎車」據《神仙傳》曰：「沈羲者，吳郡人也。學道於蜀中，但能消災治病，救濟百姓，不知服食藥物。功德感天，天神識之。羲與妻氏共載，詣子婦卓孔寧家。道次，忽逢白鹿車一乘，青龍車一乘，白虎車一乘，從者數十騎皆朱衣，仗節方飾帶劍，輝赫滿道。問羲曰：『君見沈道士乎？』羲愕然曰：『不知何人耶？』又曰沈羲答曰：『是某也。何為問之？』騎吏曰：『羲有功於民，心不忘道，從少已來，履行無過，壽命不長，算祿將盡，黃老愍之，今遣仙官來下迎之。侍郎薄延者，白鹿車是也。度世君司馬生者，青龍車是也。送迎使者徐福，白虎車是也。』須臾，忽有三仙人在前，羽衣、持節，以白玉版、青玉介、丹玉字授與羲，羲跪受未能讀云，拜羲為碧落侍郎，主吳越生死之籍，遂載羲昇天。」[189]李白引用沈羲典故其實就是有所待，企盼騎青龍車登仙境，「舉手何所待」一語中「待」字，道出極為嚮往道教中的神仙世界，藉由道教的修鍊之功以

---

188 二註出自（東晉）葛洪撰：《抱朴子》，收入《景印文淵閣四庫全書》1059冊（臺北市：臺灣商務印書館，1983年），卷1第4，頁17、25。

189 （東晉）葛洪撰：《神仙傳》，收入《景印文淵閣四庫全書》1059冊（臺北市：臺灣商務印書館，1983年），卷3，頁266。

達進入仙境的神態飄然。然而李白「有待」，與其說待青龍車登天，
不如說待明君賞識、待貴人接引，精神上無法真正消解外在塵世一
切，求仙學道目的乃是為了救世濟俗之用，展現茅山道派強烈用世意
識。筆者試圖分析此詩的章法結構，去透視作者的心志呈現與全詩意
旨何在，其章法結構表如下：

> 賓（景）：四明三千里，朝起赤城霞。日出紅光散，分輝照雪崖。
>
> 主（情）：一餐嚥瓊液，五內發金沙。舉手何所待？青龍白虎車。

此詩採以「賓主」結構，見其全詩主旨在「主」位部分：「一餐嚥瓊
液，五內發金沙。舉手何所待？青龍白虎車」，借「賓」位：「四明三
千里，朝起赤城霞。日出紅光散，分輝照雪崖」之描寫四明山景色而
引出求仙之情思，雖然詩中並未寫仙界景色，但卻借由四明山、赤城
山的霞光、日出時紅光直照瀑布山如雪崖，引出求仙之想，點出全詩
主題表達服食丹藥，期待青龍白虎車迎接昇天。

二　龍與隱逸思維之關係

　　君子孜孜以求的是增進德性與推廣事業，持之以恆剛健奮勉，時
刻警醒而不懈怠。而龍德象徵君子人格是多方位的在不同境遇下呈現
不同氣象，或躍在淵，把握時遇，當進則進，當退則退。乾卦有「時
乘六龍」之象，表現君子進退之道。從初九「潛龍勿用」到上九「亢
龍有悔」系統說明了一個「本隱以之顯」的完整進退過程。《周易‧
乾卦‧文言》曰：

　　初九曰「潛龍勿用」，何謂也？子曰：龍德而隱者也。不易乎
世，不成乎名；遁世無悶，不見是而無悶。樂則行之，憂則違
之，確乎其不可拔，「潛龍」也。[190]

孔穎達《周易正義》曰：「身雖逐物推移，隱潛避世；心志守道，確
乎堅實其不可拔。此是『潛龍』之義也。」[191]意指世道黑暗，君子未
能實現遠大抱負而無所成名於世間。《中庸》有所謂：「遁世不見知而
不悔，唯聖者能之。」[192]，正如孔子所言：「人不知而不慍」、「不患
人之不己知，患其不能也」[193]，主體的道德成就足以讓自我問心無
愧、安於隱遁。李白滿腔熱情卻受到權貴迫害，親見王室腐敗，轉將
理想寄託於隱逸世界。

　　李白在人生低潮時期以深藏幽伏以自我隱修的潛龍自比，奸邪當
道，君子不為世用之時，應當像潛龍一樣，君子德操不為世俗所移，
不為名利所趨，能夠保守其剛堅之志，在世道不濟的時候隱遁山林，
泰然自處而沒有憂悶，自我價值是完滿的。然而李白的隱逸經常與求
仙訪道和拜佛參禪的宗教活動相結合，隱逸與佛、道兩教同以「出
世」為主要理念，李白的宗教活動卻是具有世俗性的動機，求仙的隱

190　（魏）王弼、（晉）韓康伯注，（唐）陸德明音義，孔穎達疏：〈乾卦‧文言〉，《周
　　易注疏》，收入《景印文淵閣四庫全書》7冊（臺北市：臺灣商務印書館，1983
　　年），卷1，頁319。

191　（魏）王弼、（晉）韓康伯注，（唐）陸德明音義，孔穎達疏：〈乾卦‧正義〉，《易
　　經注疏》，收入《景印文淵閣四庫全書》7冊（臺北市：臺灣商務印書館，1983
　　年），卷1，頁319。

192　（宋）朱熹撰：《中庸章句》第11章，收入《景印文淵閣四庫全書》191冊（臺北
　　市：臺灣商務印書館，1986年），頁203。

193　（魏）何晏集解，（宋）刑昺疏，（唐）陸德明音義：〈學而篇〉第1、〈憲問篇〉第
　　14，《論語注疏》，收入《景印文淵閣四庫全書》195冊（臺北市：臺灣商務印書
　　館，1983年），卷1、卷14，頁534、661。

逸行為似乎是以在野之法求在朝之位，也因隱逸行為而累積了名望，沈潛如池中之龍，等待時機一躍上天。

（一）超越現實困頓

　　根據安旗考證，李白三入長安，第一次在開元十八年（西元730年）至十九年（西元731年）間，有〈上安州裴長史書〉及〈上韓荊州書〉自薦未果，西入長安欲謁玉真公主未果；第二次是天寶元年（西元742年）至天寶三載（西元744年）徵召入京，後被讒賜金放還；第三次是天寶十二載（西元753年），欲陳濟世之策，未果而離去。筆者考察李白「龍」意象詩歌，大多作於長安三載之後，詩中表現出對解除社會束縛的渴望與對自由理想的憧憬，企圖通過登龍遊仙方式超越現實困頓，在道家道教的隱逸文化中找到內心失落的精神家園，從而滿足心靈的傷痛。僅管登龍遊仙的神仙世界並未存在，但也唯有此虛幻神仙世界才能與其思想契合。誠如李豐楙先生所云：「因人生之『憂』乃興發『遊』以進入幻想仙界」、「文士因憂而遊於虛幻的仙界，道教中人則因俗世之憂而奉道修行，徹底地遊入另一個方外世界……遊仙文學的本質基本上是融合了宗教、神話中對『他界』（other world）的強烈願望，所以『憂』和『遊』就成為一種進入他界的動機及滿足感，保證了生命永恆地存在的可能性，因此也具有較強烈的排世俗性。」[194]李白在政治失意後，不像屈原自沈作懷沙客，而是藉由求仙道訪道尋求精神慰藉，宣洩人世不平，正如范傳正〈唐左拾遺翰林學士李公新墓碑〉所言：「好神仙非慕其輕舉，將不可求之事求之，欲耗壯心，遣餘年也。」[195]在此節中探討李白二首反映

---

194 李豐楙：《憂與遊：六朝隋唐遊仙詩論集》緒論（臺北市：臺灣學生書局，1996年），頁14-15。

195 詹鍈主編：《李白全集校注彙釋集評》第1冊（天津市：百花文藝出版社，1996年12月第1版），頁11。

「超越現實困頓」之詩歌，詩例如下：

1 乘龍上三天

> 來日一身，攜糧負薪。道長食盡，苦口焦脣。今日醉飽，樂過
> 千春。仙人相存，誘我遠學。海陵三山，陸憩五嶽。乘龍上三
> 天，飛目瞻兩角。授以神藥，金丹滿握。蟪蛄蒙恩，深愧短
> 促。思填東海，強銜一木。道重天地，軒師廣成。蟬翼九五，
> 以求長生。下士大笑，如蒼蠅聲。（140〈來日大難〉）

〈來日大難〉即古樂府〈善哉行〉，亦曰〈日苦短〉。《樂府古題要
解》卷上：「〈善哉行〉古辭：『來日大難，口燥脣乾』，言人命不可
保，當樂見親友，且求長生術，與王喬、八公遊焉。」[196]此詩作於天
寶三年（西元744年），李白四十四歲，被讒去朝時於長安（陝西）所
作，寓其政治失意後希冀遊仙之意，擬古辭而發揮。陳沆《詩比興
箋》卷三評李白〈來日大難〉：「此蓋被讒賜歸，初辭金鑾之時也。今
日置酒離別，明日則為放臣矣。然而感恩懷德，曷敢泯忘！何者？升
我以雲霄，攀我以鱗翼，賜我以仙藥。誠思效銜木之誠，報山海之
德，而已為下士所忌矣。彼但見萬乘之尊下一布衣如此，豈知道在則
勢利輕。古以軒轅而下廣成，視天位如蟬翼，豈高力士輩營營青蠅者
所識哉！」[197]可見出世人不是無情漢，就人格心理學的角度觀之，一
個人理想的選擇、確立與形成都不是一種偶然發動的情緒。思想史學
家亞瑟・賴特（Arthur F.Wright）曰：

> 當個人的願望以及對本身才能的估計開始發展的時候，他便本

196　（唐）吳兢撰：《樂府古題要解》善本（臺北市：藝文印書館，1969年），頁6。

197　（清）陳沆撰：《詩比興箋》（臺北市：鼎文書局，1979年2月初版），卷3，頁153。

著自己的感覺、本著由別人所學到的、以及在周遭所觀察到的東西，初步著手去選擇他自己將來生命的角色。依榮格先生（C.G. Jung）所說，這是選擇社會角色的過程。這「社會角色」猶如一個面具，他對演員或合或不合，但一旦選定了之後，社會便指望著這演員表演出與這角色相配的行為、態度與舉動來。[198]

李白選擇從政抱負的社會角受到嚴重挫敗打擊後，在開首六句渲洩出人生經歷艱難困苦，接續八句寫仙人勸引我遊仙，乘飛龍登天，授我金丹神藥，再四句慨嘆人生雖蒙造化之恩，然生命短促，雖欲圖報，猶如精衛填海之無功。末段謂道重於天地，故軒轅黃帝將皇位視為蟬翼，師事廣成子，捨棄天下以求長生。唯下愚之士才聞道大笑，如蒼蠅之聲。詩中的「乘龍上天」用黃帝軒轅昇天之事，渴望能夠超越不如意現實，進入到一個能顯示出他的獨特不凡與價值世界——神仙世界。正如安旗所言：「他幾乎是一邊說著出世的話，一邊又再做著用世的打算。使人感到他所謂出世云云，往往是作為暫時的自我緩解，說說而已，甚至是其言愈冷，其心愈熱。李白的出世思想當作如是觀，李白的及時行樂的思想和行徑，亦當作如是觀。這都是他的政治抱負不能實現，政治熱情無處寄託，特別是在遭受失敗和打擊之後，一種無可奈何的發洩。」[199]歷史是前人對當時社會活動事實的記載，然而歷史或社會活動事實的詮釋，都需要經由想像而涉入情境的理解，李白化用古辭再加以遊仙過程結合人間情事，帶領讀者情境回

---

198 （美）亞瑟·賴特（Arthur F. Wright）著，中央研究院中美文化研究組譯：〈價值、角色、人物〉,《中國歷史人物論集》（臺北市：正中書局，1973年），頁12。

199 見安旗主編：《李白全集編年注釋》上冊（成都市：巴蜀書社，2000年4月第1版第1次印刷），頁12。

歸到當時李白身處的社會活動場域之中，以玄妙方式將己身交錯於仙境與人間被讒賜歸的不幸，藉由「乘龍上三天」進入當時歷史情境之中，發洩無可奈何的憤悶之情。筆者試圖分析此詩的章法結構，去透視作者的心志呈現與全詩意旨何在，其章法結構表如下：

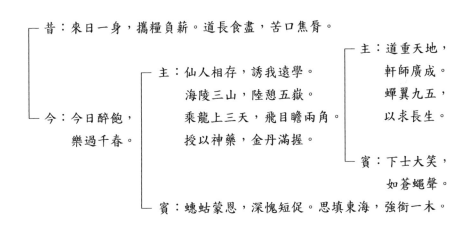

此詩章法結構以「先昔後今」形式寫成，在「昔」的部分自敘人生經歷艱難困苦，在「今」部分採以二層「賓主」形式，第一層「賓主」結構，以「賓」位：「蟪蛄蒙恩，深愧短促。思填東海，強銜一木」道出生命短暫，雖思圖報，卻如精衛填海無用，反襯出「主」位：「仙人相存，誘我遠學。海陵三山，陸憩五嶽。乘龍上三天，飛目瞻兩角。授以神藥，金丹滿握」，雖蒙仙人勸引遊仙、授神藥，乘飛龍登天，雙目可見兩隻龍角之造化之恩。第二層「賓主」結構，以「賓」位：「下士大笑，如蒼蠅聲」反襯「主」位：「道重天地，軒師廣成。蟬翼九五，以求長生」之難得，強化第一層求仙學道可貴。全詩藉由「乘龍上三天，飛目瞻兩角」將遊仙得志神情流露無遺，何等神氣風光。

2 龍騎無鞭策

> 天地為槖籥，周流行太易。造化合元符，交媾騰精魄。自然成
> 妙用，孰知其指的？羅絡四季間，綿微無一隙。日月更出沒，
> 雙光豈云隻？姹女乘河車，黃金充轅軛。執樞相管轄，摧伏傷
> 羽翮。朱鳥張炎威，白虎守本宅。相煎成苦老，消爍凝津液。
> 髣髴明窗塵，死灰同至寂。搗冶入赤色，十二周律曆。赫然稱
> 大還，與道本無隔。白日可撫弄，清都在咫尺。北酆落死名，
> 南斗上生籍。抑予是何者？身在方士格。才術信縱橫，世途自
> 輕擲。吾求仙棄俗，君曉損勝益。不向金闕遊，思為玉皇客。
> 鸞車速風電，龍騎無鞭策。一舉上九天，相攜同所適。
>
> （343〈草創大還，贈柳官迪〉）

此詩作於天寶三年（西元744年），李白四十四歲，請高天師授道籙後初煉大還丹之作。「大還」，大還丹乃道教神仙家所鍊丹藥之一。「還丹」最早見於《抱朴子・內篇・金丹篇》：「凡草木燒之即燼，而丹砂燒之成水銀，積變又還成丹砂。其去凡草木亦遠矣，故能令人長生。」[200]首段從「天地為槖籥」至「孰知其指的」言人與天地，本無二致，自然變化有它微妙深奧難懂之處，無人曉其指歸目的。次段從「羅絡四季間」至「消爍凝津液」謂陰陽五行遍布於四季間，綿延微細，無一隙之間，日月雙光，出沒自然，一陰一陽，相配並耀而不孤，煉丹之道，亦須互相配合，掌握火候，恰到好處。第三段從「髣髴明窗塵」至「與道本無隔」形容丹之初成至積累久而成大還丹的情景。第四段從「白日可撫弄」至「南斗上生籍」謂服食還丹能飛昇上

---

200 （晉）葛洪：《抱朴子・內篇》，收入《景印文淵閣四庫全書》第1059冊（臺北市：臺灣商務印書館，1983年），卷1金丹第4，頁17。

天，能羽化飛昇，長生不老。末段自謂是個道士，欲求仙棄俗，認為
柳官迪亦通曉《周易》老莊損益之道，知進不如退，功名富貴不足介
吾意，故不願再入朝廷金闕，思為玉皇客，駕鸞車，詩中「龍騎無鞭
策」一語進入幻想世界，道出乘龍昇天無須用鞭驅策，以達仙人之功
力，一舉飛上九天，兩人相攜同奔嚮往的目標。筆者試圖分析此詩的
章法結構，去透視作者的心志呈現與全詩意旨何在，其章法結構表
如下：

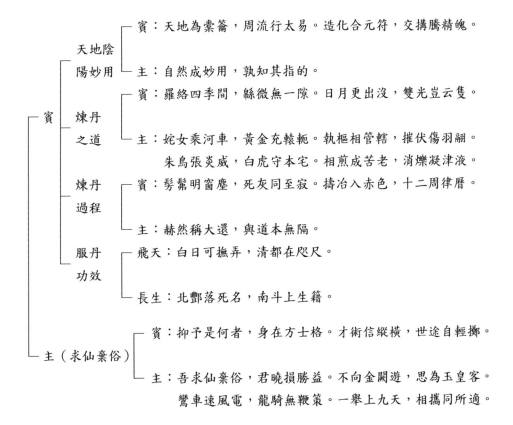

此詩採以「賓主」結構，藉由章法結構表，可清楚見其全詩主旨

在「主」位部分:「吾求仙棄俗,君曉損勝益。不向金闕遊,思為玉皇客。鸞車速風電,龍騎無鞭策。一舉上九天,相攜同所適」,目的在求仙棄俗,借「賓」位:天地陰陽妙用、煉丹之道、煉丹過程、服丹能飛天、長生功效,甚至在「賓」位之中,以「賓中主」:「自然成妙用,孰知其指的」、「姹女乘河車,黃金充轅軛。執樞相管轄,摧伏傷羽翮。朱鳥張炎威,白虎守本宅。相煎成苦老,消爍凝津液」、「赫然稱大還,與道本無隔」去強化煉丹之道與過程,以及李白不遊金闕而思為玉皇客,騎龍升天的目標。

(二)對神仙思維動搖

司馬承禎是唐代道教的改革者,他看到以前道教提倡的煉丹服藥非但無效,還常因中毒斷送人的性命,不利於道教的傳播。於是他揚棄了道教煉丹服藥的方術,隱居天台山,潛心鑽研佛教天台宗,溶佛、道、儒於一爐。其所倡導的神仙說,比之他以前的道教神仙說,有其獨道之處,其《天隱子‧神仙篇》中說:「人生時稟,得虛氣精明通悟,學無滯塞,則謂之神宅。神於內,遺照於外,自然異於俗人,則謂之神仙,故神仙亦人也。」[201]他提出仙人亦人,打破神仙高不可攀的神秘性。李白喜歡神仙世界,騎龍升天進入仙境,但亦深知神仙不屬於現世,否定神仙存在,在〈登高丘而望遠海〉一詩以「鼎湖飛龍安可乘」一語警醒世間沈迷於尋仙求藥之君王,其詩如下:

登高丘,望遠海。六鼇骨已霜,三山流安在?扶桑半摧折,白日沈光彩。銀臺金闕如夢中,秦皇漢武空相待。精衛費木石,黿鼉無所憑。君不見驪山茂陵盡灰滅,牧羊之子來攀登。盜賊

201　(唐)司馬承禎:《天隱子‧神仙篇》,收入白雲觀長春真人編纂:《正統道藏》第21冊(臺北市:新文豐出版社,1985年),頁699。

劫寶玉，精靈竟何能？窮兵黷武今如此，鼎湖飛龍安可乘！

（92〈登高丘而望遠海〉）

此詩作於天寶六載（西元747年）浙江會稽，詩中「銀臺金闕如夢
中」一語道破神仙之說無稽之談，「秦皇漢武空相待」是全詩點睛之
處，秦始皇為求長生不死，耗竭民力財物，秦始皇統一天下，欲想長
生不死，方士們奏說仙人及不死之藥之信息，投合其貪婪的心理，於
是遣使者訪之，據《史記・秦始皇本紀》記載秦始皇二十八年（西元
前219年）：

> 齊人徐市等上書，言海中有三神山，名曰蓬萊、方丈、瀛洲，
> 仙人居之。請得齋戒，與童男女求之。於是遣徐市發童男女數
> 千人，入海求仙人。[202]

三十二年，始皇到碣石，使燕人盧生訪求古仙人羨門、高誓，使韓
終、侯公、石生求仙人不死之藥。三十五年又記載曰：

> 盧生說始皇曰：「臣等求芝奇藥仙者常弗遇，類物有害之者。
> 方中，人主時為微行以辟惡鬼，辟惡鬼，真人至。人主所居而
> 人臣知之，則害於神。真人者，入水不濡，入火不熱，陵雲
> 氣，與天地久長。今上治天下，未能恬淡。願上所居宮毋令人
> 知，然後不死之藥殆可得也。」於是始皇曰：「吾慕真人，自
> 謂『真人』，不稱『朕』。乃令咸陽之旁二百里內，宮觀二百七

---

202 （漢）司馬遷撰：《史記・秦始皇本紀》，收入《景印文淵閣四庫全書》243冊（臺
　　北市：臺灣商務印書館，1983年），卷6，頁149。

十，復道、通道相連，帷帳鐘鼓美人充之，各案署不移徒。行
所幸，有言其處者，罪死。」[203]

此段文字記載秦始皇為了會見「真人」，得不死之藥，聽盧生之語，
將自己隱蔽起來，與臣下隔絕，然而不死之藥終不可得，秦始皇最終
不得不死。此後的漢武帝亦企求長生不死，據《史記‧封禪書》記載
曾有方士向漢武帝鼓吹神仙術：

> 李少君以祠灶、谷道、郤老方見上，上尊之。少君言上曰：
> 「祠灶則致物，致物而丹沙可化為黃金，黃金成以為飲食器則
> 益壽，益壽而海中蓬萊仙者乃可見，見之以封禪則不死，黃帝
> 是也。臣嘗游海上，見安期生，安期生食巨棗，大如瓜。安期
> 生仙者，通蓬萊中，合則見人，不合則隱。」[204]

李少君所言不死之方是黃帝成仙的途徑，漢武帝照辦，親祠灶，
遣方士入海求蓬萊安期生之屬。久之，李少君病死，天子以為化去不
死，求蓬萊安期生莫能得，海上燕齊怪迂方士屬來言神事。而李白詩
中神仙思想寄寓著政治上失意與幽憤，以及追求美好願景，乃因神仙
之境是無機巧清淨之地。然此詩卻痛惡天子勞民傷財妄求神仙，立足
點不同，視角亦有所不同，詩中言秦皇、漢武欲尋仙求藥，精衛徒費
木石，黿鼉難以為梁，則藥不可得，神不可致，葬於驪山茂陵亦灰滅
澌盡，李白藉此批判皇帝嚮往神仙只圖自己長壽永生，永享富貴，呼
應最末二句：「窮兵黷武今如此，鼎湖飛龍安可乘」以秦皇漢武勞民

---

203 同前註，頁163-164。

204 （漢）司馬遷撰：《史記》，收入《景印文淵閣四庫全書》243冊（臺北市：臺灣商
務印書館，1983年），卷28，頁643。

傷財，好戰輝煌武功，妄求神仙，如今卻成了一抔黃土，甚至葬骨未寒而遭發掘，暴露之慘，不能自庇其身，安能如黃帝鼎湖乘龍飛昇？以古諷今，對於今日好神仙、窮兵黷武的唐玄宗予以深刻諫戒。清代王夫之《唐詩評選》評此詩曰：「後人稱杜陵為詩史，乃不知此九十一字中，有一部開元、天寶本紀在內。」[205]又《刪定唐詩解》卷七曰：「此譏方士之無益也。言六鰲扶桑絕不可覩，銀臺金闕亦秦漢之虛慕耳。彼精衛雖費木石，黿鼉非可為梁，而謂三山可至邪？二主陵墓為牧孺盜賊所犯，仙之無益明矣。今窮兵黷武，一遵其迹，飛龍安可乘哉？」[206]，「鼎湖飛龍安可乘」一語一反先前自己騎龍昇天之想望，從旁觀者視角出發，觀察帝王一昧尋仙求藥，以致長生不死，枉顧生民塗炭，大傷上天有好生之德，欲求騎龍升天乃不可得矣。筆者試圖分析此詩的章法結構，去透視作者的心志呈現與全詩意旨何在，其章法結構表如下：

> ├─ 目一：登高丘，望遠海。六鰲骨已霜，三山流安在？
> ├─ 目二：扶桑半摧折，白日沈光彩。
> ├─ 目三：銀臺金闕如夢中，秦皇漢武空相待。
> ├─ 目四：精衛費木石，黿鼉無所憑。
> ├─ 目五：君不見驪山茂陵盡灰滅，牧羊之子來攀登。盜賊劫寶玉，精靈竟何能？
> └─ 凡：　窮兵黷武今如此，鼎湖飛龍安可乘！

此詩以「目凡」結構形式寫成，在「目」的部分，分為五點論

---

205 （清）王夫之：《唐詩評選》，《船山遺書集部》善本（上海市：上海太平洋書店重校刊，1933年12月），頁11。

206 （明）唐汝詢選釋，（清）吳昌祺評定：《刪定唐詩解》（上海市：上海古籍出版社，2002年），卷7，頁3。

述，對神話傳說目一：「六鼇骨已霜，三山流安在」、目二：「扶桑半摧折，白日沈光彩」、目四：「精衛費木石，黿鼉無所憑」加以否定，並且對秦皇漢武的求仙亦加批判，目三：「銀臺金闕如夢中，秦皇漢武空相待」，認為神仙之事虛無飄渺不可求，來強化「凡」的部分，化龍點睛全詩主旨：「窮兵黷武今如此，鼎湖飛龍安可乘」，道出驪山秦始皇與茂陵漢武帝當年生前窮兵黷武，如今陵墓被牧童攀登、失火焚燒，甚至盜賊來劫掠中珍寶，如此下場，費時費力海上求仙，徒勞無益，哪能如黃帝鼎湖乘龍上天成仙。

李白喜歡神仙是事實，在傳說中的神仙能長生不老，御龍乘風自由往來天地之間，是塵俗憧憬的物件。但李白深知神仙不屬於現世，否定神仙存在。道教的神仙世界雖與李白志趣相投，但李白僅將其視為寄託，愛在幻想的神仙世界中自由自在、無拘無束，但不信人能修煉成仙，如〈古風五十九首其三・秦王掃六合〉：「尚採不死藥，茫然使心哀……徐氏載秦女，樓船幾時回？但見三泉下，金棺葬寒灰。」[207]、〈古風五十九首其四十八・秦皇按寶劍〉：「徵卒空九寓，作橋傷萬人。但求蓬島藥，豈思農扈春。力盡功不贍，千載為悲辛。」[208]、〈飛龍引二首其二〉：「紫皇乃賜白兔所搗之藥方，後天而老凋三光，下視瑤池見王母，蛾眉蕭颯如秋霜。」對於玄宗惑溺於蓬萊、不死藥這樣荒誕無稽的求仙空想，枉顧生民，予以強烈的批判與諷諫。據《舊唐書・禮儀志四》記載：「玄宗御極多年，尚長生輕舉之術，於大同殿立真仙之像，每中夜夙興，焚香頂禮。天下名山，令道士、中官合煉醮祭，相繼于路。投龍奠玉，造精舍、採藥餌，真訣

---

207 詹鍈主編：《李白全集校注彙釋集評》第1冊（天津市：百花文藝出版社，1996年12月第1版），頁40。

208 詹鍈主編：《李白全集校注彙釋集評》第2冊（天津市：百花文藝出版社，1996年12月第1版），頁220-221。

仙蹤，滋于歲月。」[209]可知當時投機獻祥瑞，爭言符瑞，紛沓而來，玄宗沈湎於道教方術，儼然以道士皇帝自居，荒於政務。唐代統治者崇道以興唐為目的，崇拜道家治國思想，然而另一方面以追求長生不老之藥等神仙方術為目的，早期扶植道教取得極高政治成就，然而晚年沈湎於道教方術，費時費力求仙藥，荒廢政事，「鼎湖飛龍安可乘」一針見血砭刺惑溺於求仙空想之玄宗。

仕隱情結是傳統中國文人矛盾抉擇，王立先生曾對仕隱主題有段精闢的說明：「出處自得人生情感平衡強烈需要，促使人各取所需，有所側重。就在這價值選擇的過程中，出處主題記錄並建構了人的情感流程與文化心態。」[210]聞一多對於中國文人仕隱之抉擇，認為是一種心理矛盾：

> 我們似乎為獎勵人性中的矛盾，以保證生活的豐富。幾千年來一直讓儒道兩派思想維持著均勢，於是讀書人便永遠在一種心靈的僵局中折磨自己，巢由與伊皋，江湖與魏闕，永遠矛盾著、衝突著，於是生活便永遠不諧調，而文藝也便永遠不缺少題材。矛盾還是常態，愈矛盾則愈常態。今天是伊皋，明天是巢由，後天又是伊皋，這是行為的矛盾。……在這雙重矛盾的夾纏中打轉，是當時一般的現象。反正用詩一發洩，任何矛盾都注銷了。詩是唐人排遣感情糾葛的特效劑。[211]

209　（後晉）劉昫等奉敕撰：《舊唐書・禮儀志》，收入《景印文淵閣四庫全書》269冊（臺北市：臺灣商務印書館，1983年），卷24，頁632。

210　王立：《中國古代文學十大主題──原型與流變》（臺北市：文史哲出版社，1994年7月），頁108。

211　聞一多著，朱自清等編：《聞一多全集》第3冊〈唐詩雜論〉（臺北市：里仁書局，2000年），頁33。

李白在心中早已先行擘畫功成身退的理想藍圖，然而濟世之願無法得遂，以登龍仙隱詩歌在仕隱矛盾僵局中轉向，將桎梏受迫的心靈解放，得到自由與愜意的快適。用世熱情即使被黑暗局勢所壓抑，然其內心世界仍不肯蟄伏，一有機會，便湧現壯志凌雲施展抱負雄心，「每個人都具有一種希望發展，或希望人的各種潛力都得到實現的衝動。」[212]此種抒發個性衝動，發揮潛能即是「自我實現」，透過「騎龍昇天」自我實現的過程，以獲得對生命的肯定。

「龍」是道教文化的象徵物，李白一生與道教結下不解之緣並塑造其人格風範，以道教教義核心「道」為理想，「龍」的飛動氣勢與「道」的流動變化一樣，「道」的靈動不測、變幻多姿亦如神龍見首不見尾。然而道教以神仙思想最為重要，凡俗之身要登天成仙，需仰賴外物之助方能達成，故人類經驗範圍以外的多維度空間「龍」這種神物即為中介物，在成仙過程中扮演著重要角色，由其輔助登天，進入隨心所欲的仙人世界。本文在「龍與道教、神仙世界之關係」小節中探討李白6首「書寫騎龍升天」之詩歌，如「騎龍飛去太上家」、「騎龍攀天造天關」、「身騎飛龍耳生風」、「龍駕空茫然」、「攀龍遺小臣」、「自挾兩青龍」論及黃帝「鼎湖乘龍」神話、《列仙傳》中陶安公傳中「迎汝以赤龍」以及呼子先傳中仙人持二茅龍等騎龍升天之事，表現篤信道教與企望成仙的遊仙思想，藉由騎龍升天，在仙境之中得到慰藉。李白追求的生活理想，並未將登龍成仙作為終極目的，與其說是為了長生而追求神仙，不如說是寄託人生理想，藉由乘龍登天，追求長生不死，擺脫時空有限的束縛，達到對生命塵世的超脫與關懷，以我主宰仙界，對自我主體的強化；李白有2首「求仙學道經

---

212 （美）弗蘭克・G・戈布爾（Frank G. Goble）著，呂明、陳紅雯譯：《第三思潮：馬斯洛心理學》（上海市：上海譯文出版社，1986年），頁65。

驗」之詩歌，如「蛟龍翼微躬」、「青龍白虎車」道出李白自身帶真籙有天神庇佑，並得蛟龍助，乘龍逍遙於天地間，展現對自由、生命塵世超越。以及有待乘青龍車升天，不如說待明君賞識、待貴人接引，精神上無法真正消解外在塵世一切，求仙學道目的乃是為了救世濟俗之用，展現茅山道派強烈用世意識。

　　在「龍與隱逸思維之關係」此小節中論及《周易・乾卦》有「時乘六龍」之象，從初九「潛龍勿用」到上九「亢龍有悔」系統說明了一個「本隱以之顯」的完整進退過程，展現君子進退之道，以龍德象徵君子人格是多方位的，在不同境遇下呈現不同氣象，或躍在淵，把握時遇，當進則進，當退則退。有2首「超越現實困頓」之詩歌，如「乘龍上三天」、「龍騎無鞭策」，運用黃帝軒轅昇天之事，渴望能夠超越不如意現實，進入到一個能顯示出他的獨特不凡與價值世界──神仙世界，並通曉《周易》老莊損益之道，知進不如退，不願再入朝廷金闕；有1首「對神仙思維動搖」之詩歌，如「鼎湖飛龍安可乘」一詩，否定神仙存在，諷諫批判世間沈迷於尋仙求藥之帝王，心裡明白長生之術、不死之藥不存有，羽化成仙更是不可能，對生命的珍視和熱愛，表現了旺盛的生命欲求與強烈的願望。從上述二大方面（視域）切入探討李白詩中「龍」與道教的仙化之理想，得知李白在濟世之願無法得遂，以「登龍仙隱」思維方式在仕隱矛盾僵局中轉向，將桎梏受迫的心靈解放，透過「騎龍昇天」自我實現的過程，透過「龍」與仙化理想在幻覺中馳騁豐富想像力，以獲得內心情感的滿足與生命的肯定。

第五章

李白詩歌龍意象類型二
——論虛幻「龍」物象之現實影射

　　想像是主觀心靈在迷幻狀態中進行自由聯想，任意拼合實像，表現於詩歌中即是不拘常法，任意交錯現實、歷史與神話，跳躍性極大，不受時空的限制，將神話幻境與人生綰合，真幻交揉。虛幻文學有著架空不羈的語言與狂放的想像，大多借助古代神話傳說加以發展鋪敘，以誇張式的敘事背離傳統文學時空的束縛，在現實世界中被認為是荒誕、虛幻、變態的事情在虛幻文學中皆具合理性，它之所以可貴在於借助人的想像超越經驗認識的局限，得到一個全新的視野和深刻的洞察力，呈現出精神性的價值。在奇幻的世界中，將人加以超人化，使人擁有神的能力，將人置於想像建構中的世界中。在虛幻中借神界寫人間，用幻想寫現實的手法以彰顯出人類世界的本質特徵，並流露出世「情」。在梵語中，「世界」這一詞彙含有時間與空間的雙重意義。《楞嚴經》曰：「世為遷流，界為方位。」[1]虛幻文學所創造的世界正如佛教思維，一反現實世界的單一與永恒，佛教並不認為現實世界是永恆的，無常變化，虛幻不實，才是佛法對世間普遍的觀點，將一元世界拓展為多層世界，空間的多層性與時間的可逆性與循環性。虛幻文學因創造出現實生活中不存在的事物，以及日常法則無法

1　（唐）般剌蜜諦譯：《大佛頂如來密因修證了義諸菩薩萬行首楞嚴經》，收入（日）高楠順次郎、渡邊海旭等監修：《大正新脩大藏經》密教部二，九四五（臺北市：新文豐出版社，1983年，日本大正十一年1922-1934年版本），卷4，頁122。

解釋的事件，是「超自然」，超越經驗認知的局限，可以得到一個全新的視野和深刻的洞察力，呈現出作者精神性的價值。

「幻想文學中的幻想卻是一個與之不同維度的概念，在某些日常的個人的幻想中，可能會存在逃避現實的消極傾向和原素，但是幻想文學張揚的幻想是一種生命精神，是對固有的現實生活的超越和解放，它可以將人類引向一個可能的新的世界的入口。」[2]幻想是創造性想像的一種特殊形式，塑造奇異、怪誕的形象，勾勒出日常生活中不存在的世界，可以隱蔽批判社會，影射現實，透過自己塑造的虛幻神物，表達對現實的否定和理想憧憬，透過非現實虛構的龍物象來描摹多維度時空，除了展示心靈的想像力，更反應社會時事。

清代沈德潛《說詩晬語》曰：「太白想落天外，局自生變，大江無風，浪濤自湧，白雲卷舒，從風變滅，此殆天授，非人力也。」[3]李白天才橫溢，其詩發想無端，縱橫變幻，因豐富想像力，非時間、空間所能限制，將非真實自身所見所體驗之事物取材，寄託一己情思與懷抱，此類詩歌材料是由知覺感官感受推想與聯想力而產生的，或由夢境而來，而夢是願望的滿足，現實中得不到滿足，在夢中得到，充分展示詩人思想載體，宣洩情感，或是神奇的、或者虛擬形象，描寫虛幻之「龍」物象，其內蘊意涵是來自真實感受，從「虛幻場域中影射現實」，正如童慶炳先生所編著《文藝理論教程》曰：「文學藝術的真實，要求作家以主觀性感知與詩藝的創造，在其營構的假定性的情景中表現對社會生活內蘊，特別是那些本質性規律性的東西的認識與感悟。」以及樊德三先生主編《文學概論》曰：「作家要科學的把

2　徐海燕：〈幻想的勝利——淺論現代西方奇幻文學〉，《忻州師範學院學報》第23卷第4期（2007年8月），頁31-34。

3　（清）沈德潛：《說詩晬語》，收入陸費逵總勘：《四部備要》集部（臺北市：臺灣中華書局，1965年臺1版），卷上，頁11。

握生活的本質與歷史的趨勢,深刻揭示出生活的底蘊和人生的真諦。」[4]文學是生活的反映,文學作品需揭示出社會生活的內蘊,神秘虛幻的神仙世界雖是超現實的,在現實世界無法實現的,但重在體現作家在虛幻中的審美理想的真實。由於現實生活中的局限,作者理想抱負難以實現,只能在虛幻中尋找一種心靈精神上的慰藉,是一種積極進取的精神意向的體現,通過作者卓越的創造性想像以達到理想境界。「現實時空包括實在的時空與觀念的時空,物理的時空與生物的時空屬於實在的時空。而心理的時空屬於觀念的時空。」[5]物理時空「是指我們生活於當中的真實時空,是實存於這個世界的。」[6]心理時空則是「從現代心理學借用來的一個專門術語,它的原意是說在不同的心態之中,時間的長短和空間的幅度可以變化,與生活中實際的長短與幅度不同。」[7]可知心理時空是主觀的時空,不受限於物理時空。因此,在現實世界難以抒發之情,可藉由「超現實時空」反映社會實況與人們內心的情事。以下分別從「乘龍飛入虛幻神仙世界」與「龍各具姿態的活躍靈動性」二大面向來探討李白詩中「龍」物象由虛幻到現實的影射,追尋其獨特而深刻的觀察。

第一節　乘龍飛入虛幻神仙世界

　　唐代帝王多傾心於道教中的神仙術,李白時期的玄宗朝即是一個彌漫著道教氛圍的時代,受禮遇的道士漸多,如司馬承禎、吳筠、李

4　童慶炳《文學理論教程》及樊德三《文學概論》二說,見劉根生:〈從虛幻的真實再探文學藝術的真實性〉,《衡水學院學報》第4期第7卷(2005年12月),頁67。

5　曾霄容:《時空論》(臺北市:青文出版社,1973年),頁407。

6　黃政卿:《古典詞的時空特質及其運用研究》(高雄市:國立高雄師範大學國文學系碩士論文,2005年),頁190。

7　李元洛:《詩美學》(臺北市:東大圖書公司,1990年),頁311。

含光等。筆者考察《全唐詩》中唐玄宗詩有63首,題為送道士約有10首之多,在〈送道士薛季昌還山〉:「洞府修真客,衡陽念舊居。將成金闕要,願奉玉清書。雲路三天近,松溪方籙虛。獨期傳秘訣,來往候仙輿。」[8]表露求仙之念。中國道教神仙思想從漢代到六朝逐漸流行且深化,人由凡俗之身欲登天成仙,需仰賴外物之助方能達成,故現實中不可見的虛幻「龍」物象即為中介物,在成仙過程中扮演著重要角色,為仙人之交通工具。然而「龍」與仙人相提並論,甚至以「龍」為登天想法,並非在晉人葛洪《神仙傳》方始出現,遠在《山海經》、《楚辭》、《史記》早已記載之。在《太上登真三矯靈應經》曰:

> 夫三矯經者,上則龍矯,中則虎矯,下則鹿矯。如此矯者,是上清宮內隱秘之書。大凡學仙之道,用龍矯者,龍能上天入地,穿山入水,不出此術,鬼神莫能測,能助奉道之士,混合杳冥,通大道也。……龍矯者,奉道之士,欲游洞天福地,一切邪魔精怪惡物不敢近,每去山川江河州府,到處自有神祇來朝現。[9]

由此可見「龍」在道教中最主要的作用是助道士上天入地,溝通鬼神。「三矯」乃協助人們登天成仙之憑藉,而三矯中以「龍矯」功用最大,能「上天入地、穿山入水」,甚至「一切邪魔精怪惡物不敢近」等本領。此外,葛景春在〈唐詩與道教文化〉一文中提到宗教對

---

8 (清)康熙四十二年御定:《御定全唐詩》,收入《景印文淵閣四庫全書》1423冊(臺北市:臺灣商務印書館,1986年),卷3,頁129。

9 (金)丘處機,白雲觀長春真人編纂:《正統道藏》第52冊〈洞真部‧眾術類〉(臺北市:新文豐出版社,1985年),頁1。

唐代詩人創作的影響曰：

> 道教文化對唐代詩人的創作思維方式也產生了重大的影響，使
> 他們從現實的邏輯思維中超脫出來，以幻想思維來羅織現實生
> 活中並不存在的虛幻世界，或在現實中實現不了的理想世
> 界。……宗教的本身就不是對社會現實和宇宙的真實的客觀反
> 映，而是人們一種主觀的虛構。它與文學的創作有一定的相通
> 之處。尤其是浪漫主義的文學創作，更是如此。因此，浪漫主
> 義的文學創作，常常從宗教的神話中來借取文學創作的素材、
> 方法和襲用它們的思維方式。道教作為宗教的一種，它所表現
> 的是一種超現實的虛幻世界，所運用的思維方式也不是現實的
> 邏輯思維，而是一種超現實的幻想思維。……唐代詩人在佛、
> 道（其中尤以道教為甚）宗教幻想思維的影響下，寫出了一大
> 批上天入地，縱橫馳騁，無拘無束，舒卷自如，想像豐富的富
> 有浪漫色彩的傑作，以達到他們追求思想自由、追求個性自
> 由、追求人生理想、追求審美的理想境界的實現。[10]

道教表現出一種超現實的虛幻世界、幻想思維，現實的困頓將李白逼
回到他的「內心」世界，現實的不滿足，使他不得不到「內心」中去
尋求滿足，這樣就離不開幻想。幻想與現實最大不同，即是幻想的世
界是超凡的世界。幻想是不受現實制約的非理性虛幻世界，且不合現
實邏輯的思維的跳躍性，甚至異想天開的奇幻性。渴望在仙境中享受
非凡又完滿自足的生活，如〈遊泰山六首其六〉：「朝飲王母池，暝投
天門闕……想像鸞鳳舞，飄搖龍虎衣」；在仙境中追求人間不能達到

---

10 詳見葛景春：〈唐詩與道教文化〉，收錄於鄺健行主編：《中國詩歌與宗教》（香港：
　　中華書局（香港）公司，1999年9月初版），頁238-241。

的絕對自由,如〈元丹丘歌〉:「身騎飛龍耳生風,橫河跨海與天通」那樣逍遙自在,所描寫的仙人因有「龍駕」接引升天,甚至可遨遊於天地之間,李白藉由這些神話典故轉而思索己身若欲登天,也需有似「龍」這樣神物貴人或機緣牽引才行,以天界世界象徵人間朝廷宮闕,奔向想像中完滿世界之心態呈現一覽無遺,詩中描寫仙人無拘無束自由自在的生活,是李白追求的生活理想,藉由騎「龍」升天的「想像力」自由感發,在仙境之中得到慰藉。筆者考察《先秦漢魏晉南北朝詩》一書,從先秦迄隋代出現「攀龍」一詞彙僅有2首詩,如邯鄲淳〈贈吳處玄詩〉:「攀龍附鳳,必在初舉。」(頁409);陶潛〈命子詩十章其三〉:「於赫愍侯,運當攀龍。」(頁970),從魏代開始,「攀龍」一詞開始指稱攀附權勢之意。而「登龍」一詞在魏晉南北朝之前尚未出現,直至唐代李白之前詩作才出現5首,如張九齡〈和姚令公哭李尚書乂〉:「忽歎登龍者,翻將吊鶴同。」(《全唐詩》卷49);宋之問〈桂州陪王都督晦日宴逍遙樓〉:「投刺登龍日,開懷納鳥晨。」(《全唐詩》卷53);駱賓王〈初秋登王司馬樓宴得同字〉:「展驥端居暇,登龍喜宴同。」(《全唐詩》卷78);崔日知〈冬日述懷奉呈韋祭酒張左丞蘭台名賢〉:「誰謂登龍日,翻成刻鵠年。」(《全唐詩》卷91);孟浩然〈李少府與楊九再來〉:「弱歲早登龍,今來喜再逢。」(《全唐詩》卷160),多功成名就、位居高位之意。筆者歸納李白詩中出現「攀龍」、「登龍」詞彙除了承繼前人用意外,分別以「從政用世的企求與艱險」、「詭譎世情的體悟與感慨」二大面向去探析其情感意涵。

一 從政用世的企求與艱險

　　天寶初年到安史之亂,是唐王朝國勢由盛轉衰的時期,由於玄宗

的昏庸，李林甫、楊國忠先後專橫，導致安史之亂的爆發，李白是這段歷史的見證人。「醜正同列，害能成謗，格言不入，帝用疏之」[11]的黑暗政治造成李白無法施展政治抱負。李白敘述騎乘仙界使者「龍」，大多託喻仙界幻遊之景象，將其與現實朝中君主綰合，形塑一種真實與想像間轉換之境界氛圍，營造一個虛幻虛擬世界。李白有著強烈的現實欲求，但現實處境不能滿足其欲求，如此矛盾貫穿其人生，故其所有超越幻想，是建立於現實欲求的基礎上，對自己的政治前途和人生前景的幻想，以「攀龍」的形象來自喻，結合仙人、仙游等超現實幻想，非但體現其人格理想，且與政治和人生的現實性幻想形成一種相互轉換關係。

（一）我欲「攀龍」見明主

> 長嘯梁甫吟，何時見陽春？君不見朝歌屠叟辭棘津，八十西來釣渭濱！寧羞白髮照淥水，逢時壯氣思經綸。廣張三千六百釣，風期暗與文王親。大賢虎變愚不測，當年頗似尋常人。君不見高陽酒徒起草中，長揖山東隆準公！入門開說騁雄辯，兩女輟洗來趨風。東下齊城七十二，指麾楚漢如旋蓬。狂客落拓尚如此，何況壯士當羣雄！我欲攀龍見明主，雷公砰訇震天鼓。帝傍投壺多玉女。三時大笑開電光，倏爍晦冥起風雨。閶闔九門不可通，以額扣關閽者怒。白日不照吾精誠，杞國無事憂天傾。猰貐磨牙競人肉，騶虞不折生草莖。手接飛猱搏彫虎，側足焦原未言苦。智者可卷愚者豪，世人見我輕鴻毛。力排南山三壯士，齊相殺之費二桃。吳楚弄兵無劇孟，亞夫咍爾

---

11 見（唐）李陽冰：〈草堂集序〉，收入詹鍈主編：《李白全集校注彙釋集評》第1冊（天津市：百花文藝出版社，1996年12月第1版），頁1。

為徒勞。梁甫吟，聲正悲。張公兩龍劍，神物合有時。風雲感
會起屠釣，大人屼峴當安之。(63〈梁甫吟〉)

〈梁甫吟〉為古代民間葬歌曲調，相傳為諸葛亮出山前所吟，李白襲
用舊題，詩開首「長嘯〈梁甫吟〉，何時見陽春？」以「長嘯」表現
激越悲憤的感情與淒厲深沈的哀怨，以「陽春」喻明主，詩中第一部
分用呂望、酈食其典故乃渴望君臣遇合，最末以張公神劍遇合為喻，
深信君臣際遇必有時日，證知其時未遇君主。此詩應作於開元十九
年，李白三十一歲初入長安求取功業，卻被張垍等奸佞所阻礙，未能
見到明主，李白漫遊干謁之途，已達十多年，胸懷濟世卻苦無晉身仕
途。李白對未來前景有著堅定信念，故全押平聲韻[12]，聲調高亢昂
揚，語氣舒展平坦。第二部分寫謁見天帝的受阻，改用仄聲韻[13]，語
氣拗怒急促，「我欲攀龍見明主，雷公砰訇震天鼓，帝傍投壺多玉
女」句中描寫欲求見玉皇大帝，他依附飛龍來到天上，然而兇惡雷公
搖起天鼓，用震耳欲聾的鼓聲恐嚇他，而他所欲求見的君王只顧與玉
女般的奸佞寵臣所包圍投壺嬉戲，以仙境中佞臣包圍玉帝來比喻才士
投身無門，懷才不遇的政治寄託，從樂觀陷入痛苦之中。儘管如此，
李白還是不顧一切以額叩關，觸怒守衛天門的閽者，李白在天國的遭
遇，實際就是現實生活中的遭遇，正如楊義所言：「詩人在這麼一種
潛在的意義的貫串下，建立了一個新的心理時空世界，錯綜組合著諸

---

12 第一部分押韻字為：「春」、「濱」、「綸」、「親」、「人」等字押上平聲十一真；
「公」、「風」、「蓬」、「雄」等字押上平聲一東。見余照春亭編輯，周基校訂，朱明
祥編寫：《增廣詩韻集成》（高雄市：高雄復文圖書出版社，2011年2月），頁43、
44、3、4、5。

13 第二部分押韻字為：「主」、「鼓」、「女」、「雨」、「怒」等字押上聲七麌。見余照春
亭編輯，周基校訂，朱明祥編寫：《增廣詩韻集成》（高雄市：高雄復文圖書出版
社，2011年2月），頁133、134、136。

多時代的人物事件。這就是古代詩歌中用典的時空秘密，詩人成了心理時空的創造者。」[14]李白借助於幻設的神話境界，傾訴心中忿懣不平，不能實現從政用世的政治理想，其失意無處排遣，因此藉由「攀龍升天」想像虛構來衝破外界的限制和束縛，嚮往神仙以求精神上的安慰，使內心的情感激流得以宣洩和昇華。

　　自「白日不照吾精誠」以下十二句為第三部分，李白連續運用七個歷史傳說典故，抨擊現實生活中不合理現象，李白對朝廷無限精誠，天子卻無從體察，反笑其杞人憂天。奸佞為政殘害百姓，詩人嚮往仁政治世，雖身處困境，仍相信有接猱搏虎、履焦原的才能與勇氣，但現實生活中，庸碌之輩趾高氣揚，有才能卻受壓抑，被世俗之人看得輕如鴻毛。齊國三個力能推山的勇士被宰相晏子設計害死；吳楚叛亂卻將賢人劇孟摒棄不用，國家前途堪憂，強化第二部分懷才不遇心情，感情跌宕起伏，忽而舒展押平聲韻，忽而舒展押仄聲韻，十二句三易其韻[15]，從自負到自傷到自慰，最後「梁甫吟，聲正悲」沈痛悲愴呼應開首兩句，但筆鋒一轉，「張公兩龍劍」自信回應「何時見陽春」，確信將於埋沒中得到重用，於壓抑中得以施展抱負，安時俟命，待風雲感會一日，呼應「我欲攀龍見明主」。

（二）「攀龍」忽墮天

　　　　憶昔作少年，結交趙與燕。金羈絡駿馬，錦帶橫龍泉。寸心無
　　　　疑事，所向非徒然。晚節覺此疏，獵精草太玄。空名束壯士，

14　楊義：《李杜詩學》（北京市：北京出版社，2001年），頁49。

15　第三部分押韻字為：「誠」、「傾」、「莖」三字押下平聲八庚；「虎」、「苦」二字押上聲七麌；「豪」、「毛」、「桃」、「勞」四字押下平聲四豪。見余照春亭編輯，周基校訂，朱明祥編寫：《增廣詩韻集成》（高雄市：高雄復文圖書出版社，2011年2月），頁94、96、134、136、75、77。

薄俗棄高賢。中迴聖明顧，揮翰夌雲煙。騎虎不敢下，攀龍忽
墮天。還家守清真，孤潔勵秋蟬。煉丹費火石，採藥窮山川。
臥海不關人，租稅遼東田。乘興忽復起，棹我溪中船。臨醉謝
葛強，山公欲倒鞭。狂歌自此別，垂釣滄浪前。

（475〈留別廣陵諸公〉）

此詩作於天寶六年，李白四十七歲，起首言少年任俠，晚節探玄，回
顧中年之時，承蒙皇帝恩寵榮登翰林待詔金門，雖知履滿為戒，卻面
臨騎虎難下危殆處境，本欲攀龍昇天，卻勢不得上，不料失足墜地，
中年受恩不得令終，只好歸家守清真之術，效法秋蟬居高飲露孤潔節
操，過著煉丹採藥求仙生活。詩中以「騎虎」、「攀龍」代表初見明皇
之時，楊貴妃、高力士讒間。「龍」在此非但成為昇天的神物外，亦
有所指唐明皇，在虛實間道出政治失敗所帶來沈痛悲哀，卻又期待退
隱煉成大還丹後可如神仙般飛升九天，忘卻失意人間。

（三）一朝「攀龍」去

月出魯城東，明如天上雪。魯女驚莎雞，鳴機應秋節。當君相
思夜，火落金風高。河漢挂戶牖，欲濟無輕舠。我昔辭林丘，
雲龍忽相見。客星動太微，朝去洛陽殿。爾來得茂彥，七葉仕
漢餘。身為下邳客，家有圯橋書。傳說未夢時，終當起巖野。
萬古騎辰星，光輝照天下。與君各未遇，長策委蒿萊。寶刀隱
玉匣，繡澁空莓苔。遂令世上愚，輕我土與灰。一朝攀龍去，
鼃黽安在哉？故山定有酒，與爾傾金罍。

（612〈酬張卿夜宿南陵見贈〉）

此詩於天寶五載（西元746年）於東魯所作，李白四十六歲。因張卿

夜宿南陵有詩贈李白，李白以此詩酬答。首段描寫想像張卿夜宿南陵
所見景象，次段「我昔辭林丘，雲龍忽相見」一語道出當時被召金
鑾，禮同綺皓，有如雲龍相逢。「攀龍」二字點出當時依附帝王欲成
就功業，然而一朝之間，從待詔翰林卻遭讒敕還，與嚴陵處境相仿。
再次段敘張卿家世及贈美將如傅說出山大濟蒼生，功高列辰星，光輝
照耀世人。最末敘兩人共同遭遇，生未逢時，有長策無所用，如寶刀
藏匣鏽蝕生苔，被人視為塵灰，人不知我，故歸於山，但若一旦攀龍
得用，愚人蛙黽又將何在？此時正值李白賜金放還，但仍期待雲龍相
逢，再次「攀龍」施展政治抱負。

（四）「攀龍」九天上

> 雙珠出海底，俱是連城珍。明月兩特達，餘輝照傍人。英聲振
> 名都，高價動殊鄰。豈伊箕山故？特以風期親。惟昔不自媒，
> 擔簦西入秦。攀龍九天上，別忝歲星臣。布衣侍丹墀，密勿草
> 絲綸。才微惠渥重，讒巧生緇磷。一去已十年，今來復盈旬。
> 清霜入曉鬢，白露生衣巾。側見綠水亭，開門列華茵。千金散
> 義士，四座無凡賓。欲折月中桂，持為寒者薪。路旁已竊笑，
> 天路將何因？垂恩儻丘山，報德有微身。
>
> （344〈贈崔司戶文昆季〉）

此詩作於天寶十二年（西元753年），李白五十三歲，詩中「一去」意
即李白於天寶三載去京，「已十年」，即天寶十二年，今來宣城，正值
「清霜」、「白露」，暮秋時節可證之。此詩首段以明珠比崔司戶兄弟
贈讚其才華為國之重器，可惜隱淪，次段從「惟昔不自媒」言己無接
引之媒，「攀龍九天上」，去為皇都之客，召入翰林，待詔金門，詩中
「龍」喻指唐明皇，並以東方朔歲星之典故喻己，據《太平廣記》卷

六:「（東方）朔未死時,謂同舍郎曰:『天下人無能知朔,知朔者唯太王公耳。』朔卒後,武帝得此語,即召太王公問之,曰:『爾知東方朔乎?』公對曰:『不知。』『公何所能?』曰:『頗善星曆。』帝問:『諸星皆具在否?』曰:『諸星具（在）,獨不見歲星十八年,今復見耳。』帝仰天歎曰:『東方朔生在朕傍十八年,而不知是歲星哉!』」[16]以及「布衣侍丹墀,密勿草絲綸」二句言待詔供奉翰林之時寵深。然而奸佞見嫉讒謗,以致李白不能自全竄逐遠方。雖曾一度攀龍得勢上九天,卻因難容官場賜金放還,但仍不失積極欲再報效國家之心,望司戶加惠於己,希冀透過崔文昆季再度攀龍上九天。李白供奉翰林失敗,也代表其仕途失敗,政治理想破滅,但並未心恢意冷,在充滿痛苦、失望中,仍等待時機,渴望再次被起用,立功報國。

（五）「攀龍」宴京湖

> 昔聞顏光祿,攀龍宴京湖。樓船入天鏡,帳殿開雲衢。君王歌大風,如樂豐沛都。延年獻嘉作,邈與詩人俱。我來不及此,獨立鍾山孤。楊宰穆清飆,芳聲騰海隅。英寮滿四座,粲若瓊林敷。鷁首弄倒景,蛾眉掇明珠。新弦綵梨園,古舞嬌吳歈。曲度繞雲漢,聽者皆歡娛。雞棲何嘈嘈,沿月沸笙竽。古之帝宮苑,今乃人樵蘇。感此勸一觴,願君覆瓢壺。榮盛當作樂,無令後賢吁。(655〈春日陪楊江寧及諸官宴北湖感古作〉)

此詩於天寶十三年（西元754年）春在金陵所作,李白五十四歲。首段八句以古人事起詠,「攀龍宴京湖」敘寫當年晉帝觀賞北湖,顏延

---

16 （宋）李昉等奉敕編:《太平廣記》,收入《景印文淵閣四庫全書》1043冊（臺北市:臺灣商務印書館,1983年）,卷6神仙6,頁34。

年以光祿大夫侍宴。樓船入於天鏡之中，帳殿開於雲衢之內，晉帝如漢高祖高唱〈大風〉歌於豐沛那樣歡樂，顏延年向皇上獻上佳作，與古代詩人一樣歌功頌德，君臣相樂，令人欣羨。次段言己趕不上京湖之宴，只能獨立於鍾山無所依，並讚美楊利物為江寧縣令清風和美，悠閒瀟灑，聲譽遠傳遍海內。英武僚佐滿座，遍佈瓊林。美女裝飾點綴著燦爛明珠彈奏梨園新曲，跳起古舞唱著吳歌，曲調悠揚繚繞於雲漢之上，聞者情舒歡暢。最後以日夕雞棲時乘月吹笙竽以終宴。昔日繁華之地的古帝王宮苑，如今已荒廢為樵蘇者所在，對歷史興亡，深感榮盛衰敗的無常，藉由歷史人物事件、場景反思並自覺省視自我、社會國家所生發出的情意，「『攀龍』宴京湖」一句以「攀龍」活化了歷史生命，刻劃歷史人物的血肉精神，使讀者對造成興盛衰亡的歷史人物，生發無限慨歎，評斷論述含蓄幽微，相對照於李白當時統治階層無斧鑿之痕做了譴責，獨到精闢。

二 詭譎世情的體悟與感慨

李白少壯時心繫塵世，期望為官濟世，但事與願違，失望之情油然而生，借助神仙之事排遣憤悶之情，然而李白遊仙之思並非如魏晉南北朝時代的脫離塵世局限、生命短促、身心不自由這些情緒，雖欲藉由空發奇想的虛擬「登龍」升天，終究還是希冀「奮其智能，願為輔弼」，安史之亂，李白從永王璘，其愛國熱誠與建功立業的理想，不久被皇室內部的鬥爭所粉碎，永王兵敗，被判罪流放夜郎，對於友情、親情面臨利益之時，也淡然無存，對詭譎世情有了深刻體悟與無限的感慨，〈箜篌謠〉一詩可證，其詩如下：

攀天莫登龍，走山莫騎虎。貴賤結交心不移，惟有嚴陵及光
武。周公稱大聖，管蔡寧相容！漢謠一斗粟，不與淮南春。兄
弟尚路人，吾心安所從？他人方寸間，山海幾千重？輕言託朋
友，對面九疑峯。多花必早落，桃李不如松。管鮑久已死，何
人繼其蹤！（82〈箜篌謠〉）

此詩作於至德二載（西元757年）李白五十七歲江西潯陽獄中。李白
受知於明皇，禮遇殊絕，當時王公貴人交遊者眾，然潯陽事敗下獄，
引管、蔡及淮南事兄弟尚路人，感嘆道出攀天莫登乎龍，走山莫騎乎
虎，但龍、虎不易馴，欲登之騎之非勢不可，但害亦相隨，說明交友
之道：賤不可攀貴，下不可攀上，有所攀援，必取辱而已。甚至舉出
自古以來，貧賤相交，以至富貴不相忘者，惟有嚴陵與光武而已。反
之，周公雖聖明，但對於管叔、蔡叔之事，義有所不能容，不得已以
法誅放之[17]；漢文帝斗粟之謠，不與淮南王而同春[18]。連親兄弟都如
此，至於他人必不能以信義而真心相交，何況攀天登龍？將人世間變
動不居、詭譎、陰險世情，以「登龍」、「騎虎」這意象生動刻畫出難
以形容險巇的世情，以及深邃難測的內心世界，相知之友唯有管鮑，
後繼無人，故不能輕易以心託友，詩中以管蔡和淮南王事喻指肅宗與

---

17 《史記·周本紀》：「成王少，周初定天下，周公恐諸侯畔周，公乃攝行政當國。管
　叔、蔡叔群弟疑周公，與武庚作亂，畔周。周公奉成王命，伐誅武庚、管叔，放蔡
　叔。」見（漢）司馬遷撰，楊家駱主編：《新校本史記三家注并附編二種》第1冊
　（臺北市：鼎文書局，1997年10月10版），頁132。

18 《漢書·淮南衡山濟北王傳》：「（淮南厲王長）令男子但等七十人，與棘蒲侯柴武
　太子奇謀，以輂車四十乘反谷口，令人使閩越、匈奴。事覺，治之，……當棄
　市。……制曰：『其赦長死罪，廢勿王。』有司奏請處蜀嚴道邛郵，……（淮南
　王）不食而死。……民有作歌歌淮南王曰：『一尺布，尚可縫；一斗粟，尚可舂。
　兄弟二人不相容！』」詳見（漢）班固撰：《漢書》第5冊，收入《四部備要》（臺北
　市：臺灣中華書局，1965年11月臺1版），卷44，頁4-6。

永王李璘的關係，有感永王李璘敗亡而作，一反前人將「登龍」一詞
多用於功成名就、盛讚他人宴會場所，此為李白別出心裁、甚至感慨
良多之處。

第二節　龍各具姿態的活躍靈動性

　　虛幻中「龍」既為物象，必有其身形姿態，描寫「龍」飛動的姿
態，如「龍飛」；描寫「龍」驚人怒吼或鳴叫形態，如「龍吟」；描寫
「龍」身形集聚在一起，如「龍蟠」；描寫「龍」的性情，如「龍
性」，展現「龍」各具聲形樣貌的靈動性。筆者為了觀察李白詩中虛
幻「龍」物象的各樣姿態的詞彙，是否承繼前人筆法與意涵，首先考
察《先秦漢魏晉南北朝詩》一書，從先秦迄隋代出現「龍飛」一詞彙
共有13首詩[19]，多以歌功頌德帝王興起與即位，如陸機〈答賈謐詩十
一章其四〉：「吳實龍飛，劉亦岳立。」（頁673）詩中「龍飛」語出
《易經・乾卦》：「飛龍在天，利見大人。孔穎達疏：『猶若聖人有龍

19　筆者考察《先秦漢魏晉南北朝詩》一書出現「龍飛」詩作共有13首，如繆襲〈應帝
　　期〉：「歷數承天序，龍飛自許昌」、應貞〈晉武帝華林園集詩其二〉：「位以龍飛，
　　文以虎變」、傅咸〈贈何劭王濟詩〉：「吾兄既鳳翔，王子亦龍飛」、張華〈蕭史
　　曲〉：「龍飛逸天路，鳳起出秦關」、陸機〈答賈謐詩十一章其四〉：「吳實龍飛，劉
　　亦岳立」、傅玄〈食舉樂東西廂歌十二章其七〉：「龍飛革運，臨奡八荒」、成功綏
　　〈正旦大會行禮歌十五章其十五〉：「明明聖帝，龍飛在天」、傅玄〈玄雲〉：「龍飛
　　保娫娫，鳳翔何翩翩」、孫綽〈與庾冰詩十三章其三〉：「中宗奉時，龍飛廓祚」、郊
　　廟曲辭〈歌世祖武皇帝〉：「應期登禪，龍飛紫庭」、鮑照〈蕭史曲〉：「龍飛逸天
　　路，鳳起出秦關」、王韶之〈大會行禮歌二曲其二〉：「龍飛紫極，造我宋京」、王韶
　　之〈後舞歌〉：「龍飛在天，儀刑萬國」詳見逯欽立輯校：《先秦漢魏晉南北朝詩》
　　（臺北市：學海出版社，1984年5月初版），頁529、580、607、614、673、819、
　　824、834、898、1072、1269、1363、1368。

德，飛騰而居天位。」[20]此後以龍飛形容帝王的興起與即位。其後如孫綽〈與庾冰詩十三章其三〉：「中宗奉時，龍飛廓祚。」（頁898）；王韶之〈大會行禮歌二曲其二〉：「龍飛紫極，造我宋京。」（頁1363）承此筆法。然而唐代李白之前詩人出現「龍飛」一詞卻一改前代形容帝王興起，卻是單純描寫「龍」這一神物，如宋之問〈游禹穴回出若邪〉：「鶴往籠猶掛，龍飛劍已空。」（《全唐詩》卷53）；趙彥昭〈奉和幸大薦福寺〉：「寶地龍飛後，金身佛現時。」（《全唐詩》卷103），此為殊奇之處。「龍蟠」僅出現一首，如庾肩吾〈奉和武帝苦旱詩〉：「繁雲興嶽立，蒸穴動龍蟠。」（頁1992）形容龍蟠聚貌。「龍吟」一詞在李白之前出現11首之多[21]，但卻有二種意涵，一為單純描寫「龍」此一神物發出驚人聲音，如楊羲〈南極王夫人詩〉：「林振須類感，雲蔚待龍吟。」（頁1119）、梁元帝蕭繹〈姓名詩〉：「龍吟澈水渡，虹光入夜圓。」（頁2041）；二是將龍吟引伸為笛聲曼妙，如劉孝先〈詠竹詩〉：「誰能制長笛，當為吐龍吟。」（頁2066）、周弘讓〈賦得長笛吐清氣詩〉：「商聲傳後出，龍吟鬱前吐。」（頁2465）、庾信〈對酒詩〉：「唯有龍吟笛，桓伊能獨吹。」（頁2405）、李嶠〈風〉：

20　（清）阮元校勘：《十三經注疏·周易1》（臺北市：臺灣商務印書館，2001年12月初版14刷），頁10。

21　筆者考察李白之前詩作出現「龍吟」詞彙共有11首，如楊羲〈南極王夫人詩〉：「林振須類感，雲蔚待龍吟」、梁元帝蕭繹〈姓名詩〉：「龍吟澈水渡，虹光入夜圓」、劉孝先〈詠竹詩〉：「誰能制長笛，當爲吐龍吟」、王臺卿〈奉和泛江詩〉：「日落江風靜，龍吟迴上游」、周弘讓〈賦得長笛吐清氣詩〉：「商聲傳後出，龍吟鬱前吐」、庾信〈奉和泛江詩〉：「日落江風靜，龍吟迴上游」、庾信〈對酒詩〉：「唯有龍吟笛，桓伊能獨吹」詳見逯欽立輯校：《先秦漢魏晉南北朝詩》（臺北市：學海出版社，1984年5月初版），頁1119、2041、2066、2089、2465、2354、2405。李嶠〈風〉：「帶花疑鳳舞，向竹似龍吟」、王維〈送韋大夫東京留守〉：「雲旗蔽三川，畫角發龍吟」、李頎〈聽安萬善吹觱篥歌〉：「龍吟虎嘯一時發，萬籟百泉相與秋」、常建〈張山人彈琴〉：「改弦扣商聲，又聽飛龍吟」詳見《全唐詩》，卷59、125、133、144。

「帶花疑鳳舞，向竹似龍吟。」（《全唐詩》卷53），此後多以龍吟代
笛音美妙，人間難得幾回聞之意。「龍性」一詞在李白之前出現2首，
如顏延之〈五君詠五首嵇中散〉：「鸞翮有時鎩，龍性誰能馴。」（頁
1235）；陳子昂〈酬李參軍崇嗣旅館見贈〉：「鳳歌空有問，龍性詎能
馴。」（《全唐詩》卷83）以「龍」的神性比喻人的個性難以馴伏，二
詩分別詠嵇康、李參軍不同流合污的高蹈志節，如龍難以馴服。筆者
歸納李白詩中出現「龍飛」、「龍蟠」、「龍吟」、「龍性」等詞彙除了承
繼前人用意外，分別對「君王縱情聲色的否定與託諷」、「歷史興亡更
替的透視與省思」、「功名富貴的消解與淡漠」三大面向去探析其情感
意涵。

一　君王縱情聲色的否定與託諷

天寶元年（西元742年），歌舞昇平，玄宗沈迷於紙醉金迷的享樂
之中，放蕩荒靡忘記身為一國之主的責任，縱情聲色疏於治國理政，
奸佞李林甫使詐獻媚，獨霸專權，朝政日益敗壞，容身保位，無復直
言的腐敗席捲朝廷，朝廷混亂，伯樂難遇，李白貴為翰林供奉，實為
君王倡優，壯志難酬。

（一）笛奏龍鳴水

> 盧橘為秦樹，蒲桃出漢宮。煙花宜落日，絲管醉春風。笛奏龍
> 鳴水，簫吟鳳下空。君王多樂事，何必向回中。
>
> （150〈宮中行樂詞八首其三〉）

此詩乃奉詔作於天寶二載（西元743年）李白四十三歲長安宮中之
作。《文苑英華》題作〈醉中侍宴應制〉。《本事詩・高逸》：「（玄宗）

嘗因宮人行樂，謂高力士曰：『對此良辰美景，豈可獨以聲伎為娛？倘時得逸才詞人詠出之，可以誇耀於後。』遂命召白。時寧王邀白飲酒，已醉。既至，拜舞頹然。上知其薄聲律，謂非所長，命為宮中行樂五言律詩十首，白頓首曰：『寧王賜臣酒，今已醉。倘陛下賜臣無畏，始可盡臣薄技。』上曰：『可。』即遣二內臣腋扶之，命研墨濡筆以授之，又令二人張朱絲欄於其前。白取筆抒思，暑不停輟，十篇立就，更無加點。筆迹遒利，鳳跂龍拏。律度對屬，無不精絕。」[22]首聯寫宮廷中各種珍異果木，另一說盧橘、蒲桃為喻指異地女子，頷聯點出春景落日時傳來絲竹聲樂，笛聲如龍鳴水中；簫聲如鳳鳴從天空飛下，暗用《列仙傳》簫史與弄玉之典故。尾聯「君王多樂事」總括全文，但末句「何必向回中」轉折之語，希冀君王當與百姓同樂，託諷委婉。詩中「龍吟」一句引用馬融〈長笛賦〉，將笛聲比為龍鳴水中，以龍鳴為比，如此富有想像力，超現實方式去虛擬形容笛聲之美妙，非人間音樂，此曲只應天上有，人間難得幾回聞。宮中行樂，其樂甚矣，苑囿聲樂，君王豈可獨享其樂，雖詠唐宮歡樂之景，然諷其該與民同樂，規諷深婉。李白在盛讚唐宮歡樂之景，卻流露沈重的愛國憂民之心，龍鳴水中世間罕聞之聲，卻能在宮中聽聞，何其尊貴，然而玉樓金殿不為延賢之地，徒使女子小人歡樂之處，反映出唐明皇當時被聲色之惑，多不視朝，言在此，意在彼，緣情綺靡中託諷昭然。

（二）「龍吟」曾未聽

> 野竹攢石生，含煙映江島。翠色落波深，虛聲帶寒早。龍吟曾未聽，鳳曲吹應好。不學蒲柳凋，貞心常自保。
>
> （779〈慈姥竹〉）

---

22 （唐）孟棨撰：《本事詩》高逸第三，收入《景印文淵閣四庫全書》1478冊（臺北市：臺灣商務印書館，1983年），頁240。

此詩未編年，詠慈姥竹。言竹生石邊而映江島，翠色葉落於波心，空谷回聲已傳秋意。制以為箭，吹作龍鳳之意，然龍潛於水，雖未得而聞之，鳳鳴於谷，古人因以制律，度曲成聲。詩中「龍吟」一詞引用《文選》卷十八馬融〈長笛賦〉：「龍鳴水中不見己，截竹吹之聲相似。」[23]然而此竹不學早凋之蒲柳，常保堅貞之心，凌歲寒而永茂，意在言外，暗喻自己如慈姥竹能吹作龍吟鳳曲，更有堅貞節操。詩中以「龍」鳴水中，這種人間不存在的妙音，亦暗指自己的非凡超絕，側面烘托慈姥竹高風亮節品格，表面寫製成美妙龍吟之聲的慈姥竹，實則寫人，讚頌竹永保本色精神，以「龍吟未曾聽」一語道出那是人間難得妙曲，也許只有在帝王宮中行樂時才能一聞龍吟仙樂。慈姥竹是製成龍吟鳳曲妙音的樂器材質，正如詩人面對宮中艱難政治環境，寧折不彎，決不向任何黑暗勢力屈服品格，流露一股不肯與腐敗朝廷同流合污的錚錚傲骨。

二　歷史興亡更替的透視與省思

李白空有濟世熱情卻苦無用武之地，此矛盾心情表現為思索歷史人世盛衰興亡的哲理，黑暗政治拒絕其政治熱情，回到文人的個性來思索考現實政治問題，批判現實歷史中，表現其志。李白在歷史中意識到國家興亡更替、人世無常的悲劇性，諷論現實，論斷是非，並省思國家興亡哲理，藉由「龍」的靈動性飛入歷史中，遠觀魏晉南北朝時局的動亂興亡至自己身處唐王朝政局，將歷史活躍於眼前，不僅是往事的陳述，更有豐富的內蘊與對君王的期許。

23　（梁）蕭統編，（唐）李善注：《文選註》，收入《景印文淵閣四庫全書》1329冊
　　（臺北市：臺灣商務印書館，1983年），卷18，頁311。

（一）「龍飛」入咸陽

> 金天之西，白日所沒。康老胡鶵，生彼月窟。巉巖容儀，戌削風骨。碧玉炅炅雙目瞳，黃金拳拳兩鬢紅。華蓋垂下睫，嵩岳臨上脣。不覩譎詭兒，豈知造化神？大道是文康之嚴父，元氣乃文康之老親。撫頂弄盤古，推車轉天輪。云見日月初生時，鑄冶火精與水銀。陽烏未出谷，顧兔半藏身。女媧戲黃土，團作愚下人。散在六合間，濛濛若沙塵。生死了不盡，誰明此胡是仙真？西海栽若木，東溟植扶桑。別來幾多時，枝葉萬里長。中國有七聖，半路頹鴻荒。陛下應運起，龍飛入咸陽。赤眉立盆子，白水興漢光。叱咤四海動，洪濤為簸揚。舉足蹋紫微，天關自開張。老胡感至德，東來進仙倡。五色師子，九苞鳳凰。是老胡雞犬，鳴舞飛帝鄉。淋漓颯沓，進退成行。能胡歌，獻漢酒。跪雙膝，立兩肘。散花指天舉素手。散花指天舉素手。拜龍顏，獻聖壽。北斗戾，南山摧。天子九九八十一萬歲，長傾萬歲杯。（84〈上雲樂〉）

此詩作於至德二載（西元757年），李白五十七歲，〈上雲樂〉乃樂府舊題，《樂府詩集》卷五一列於〈清商曲辭〉。「上雲」乃飛升三清之意。《上清道寶經》曰：「在三界之外，仙人居太清，真人居上清，聖人居玉清，各有自然宮殿。」[24]可見道教所言聖人登玉清、真人登上清、仙人登太清，至太清即成仙。據《樂府詩集》卷五一引《古今樂錄》曰：「〈上雲樂〉七曲，梁武帝製，以代西曲。」[25]胡震亨注：「梁

---

24 《上清道寶經》卷之二天品第三　三清之天，收入（明）明英宗正統十年：《正統道藏》33冊（中國大陸三家出版社聯合影印精裝本36冊，1988年），頁710。

25 （宋）郭茂倩輯：《樂府詩集》（二），收入《景印文淵閣四庫全書》1347冊（臺北市：臺灣商務印書館，1986年），卷51，頁744。

武帝製〈上雲樂〉，設西方老胡文康，生自上古者，青眼高鼻白髮，導弄孔雀、鳳凰、白鹿，慕梁朝來遊，伏拜祝千歲壽。周捨為之辭。太白擬作，視捨本辭加肆，而『龍飛咸陽』數語，似又謂此胡遊肅宗朝者。亦各從其時，備一代俳樂耳。」[26]由上可知〈上雲樂〉意謂登天之歡樂，李白擬梁代周捨之作。梁武帝曾作七曲，周捨對此作了詳盡陳述，內容言及西方老胡人文康，青眼白髮、峨眉高鼻，曾周遊世界，與天宮神仙往來。其帶領一群小子組成樂舞班，經過遙遙路程至大梁瞻拜，獻藝宮廷，扮演珍禽異獸，盡情歌樂，演技高超，祝願梁皇帝壽千萬歲，周捨用以頌梁主盛德，而胡人臣伏，李白據此讚美肅宗中興，回紇來王。

　　此詩首先描寫胡人出生地及容貌，次寫其撫摸戲弄過盤古的頭頂，推動過天地旋轉的車輪，見日月初生、女媧造人、在西海栽過若木、在東海種過扶桑等事，誰能證胡人是神仙人物，此處仙化胡人，展現李白道家思想濃厚。而「陛下應運起，龍飛入咸陽。赤眉立盆子，白水興漢化。」應為全詩主軸，歌頌肅宗應運中興，龍飛入京繼承帝位，即位靈武，有如光武中興，將安祿山、安慶緒等叛逆喻為赤眉，滅赤眉，降盆子，叱吒四海，正如《周易・乾卦》：「九五，飛龍在天，利見大人。」[27]所言，又《文選》張衡〈東京賦〉：「龍飛白水，鳳翔參墟。其下薛綜注：『龍飛鳳翔，以喻聖人之興也』。」[28]以「龍」飛入咸陽，比喻肅宗即位，神化帝王天賦權勢。安史之亂，中原板蕩，肅宗中興復舊都，撥亂反正，肯定定亂與繼統之功，讓國家

26　詹鍈主編：《李白全集校注彙釋集評》第1冊（天津市：百花文藝出版社，1996年12月第1版），頁448。

27　（清）阮元校勘：《十三經注疏・周易1》（臺北市：藝文印書館，2001年12月初版14刷），頁10。

28　（梁）蕭統編，（唐）李善注：《文選註》，收入《景印文淵閣四庫全書》1329冊（臺北市：臺灣商務印書館，1983年），卷3，頁48。

免於分裂混亂的局面。

（二）派作「九龍盤」

> 漢江迴萬里，派作九龍盤。橫潰豁中國，崔嵬飛迅湍。六帝淪
> 亡後，三吳不足觀。我君混區宇，垂拱眾流安。今日任公子，
> 滄浪罷釣竿。（719〈金陵望漢江〉）

此詩作於開元十三年（西元725年），李白二十五歲於金陵所作。前六
句描寫大江綿延曲折萬里之遠，在九江分作九條支流就像九條巨龍盤
踞，魏晉南北朝如江水泛濫，六朝帝國滅亡後，三吳地區已無昔日盛
況，暗喻六朝戰亂。此詩將江水支流比喻為巨龍盤踞，活化九江支流
的形象，甚至擴大引申至魏晉南北朝的戰亂分裂的局面。

（三）「龍蟠」虎踞帝王州

> 龍蟠虎踞帝王州，帝子金陵訪古丘。春風試暖昭陽殿，明月還
> 過鳷鵲樓。（256〈永王東巡歌十一首其四〉）

此詩作於至德二載（西元757年），李白五十七歲初春隨永王舟師東下
途中所作。詩中描寫永王李璘的水師已到達金陵。然而永王來此訪弔
前代帝王之丘墓，卻使金陵恢復生氣。開首「龍盤虎踞帝王州」，化
用《太平御覽》卷一百五十六引晉張勃《吳錄》曰：「蜀主曾使諸葛
亮至京口，覩秣陵山阜，歎曰：『鍾山龍盤，石城虎踞，帝王之
宅。』」[29]與謝朓〈鼓吹入朝曲〉：「江南佳麗地，金陵帝王州。」[30]之

---

29 （宋）李昉等奉敕撰：《太平御覽》（二），收入《景印文淵閣四庫全書》894冊（臺
   北市：臺灣商務印書館，1983年），卷156，頁534。

30 （宋）郭茂倩輯：《樂府詩集》（一），收入《景印文淵閣四庫全書》1347冊（臺北
   市：臺灣商務印書館，1986年），卷20，頁190。

語，強化龍蟠虎踞的形勝乃首都絕佳之地，在此將「龍」出現盤踞之處，形容為絕妙建都之處，肯定君王神聖的地位，〈永王東巡歌〉頌讚永王軍容、軍紀，勉勵永王收復失地，挽救中原，可見其擁戴永王璘，並加入抗安史之亂的愛國熱情，可見李白在國家動亂之時，特別喜用「龍」物象來肯定平亂領導者的正統性與天意。

三　功名富貴的消解與淡漠

夢中虛幻的一切卻是真實世界寫實的投射，超現實空間是想像力的產物，雖不符合現實時空面貌，卻打破現實時空限定，創造一個精神上的時空情境。《說文解字》云：「夢，寐而覺者也。」[31]指人在睡眠時仍有知覺；《莊子・齊物論》曰：「方其夢也，不知其夢也。夢之中又有占其夢焉。覺而後知其夢也。」[32]莊子從哲學角度闡釋「夢」與「覺」有時無法截然劃分為二。而西方人將「夢」解釋為一種精神作用，柏拉圖說：「夢是一種感情的產物。」、亞里斯多德說：「夢是一種持續到睡眠狀態中的思想。」以及佛洛伊德（Sigismund Schlomo Freud, 1856-1939）對「夢」的看法：「它完全是有意義的精神現象。實際上，是一種願望的達成。它可以算是一種清醒狀態精神活動的延續。」[33]佛洛伊德（Sigismund Schlomo Freud, 1856-1939）釋夢理論中認為夢是願望的達成，所有的夢都有其意義與精神價值。如李白〈夢遊天姥吟留別〉一詩以夢境揭示內心世界的渴望，體悟世事虛幻，用

31　（漢）許慎撰，（清）段玉裁注：《說文解字》（臺北市：黎明文化事業公司，1996年9月初版2刷），卷7下，頁350。

32　（周）莊周撰，郭象注：《莊子》上冊（臺北市：藝文印書館，1959年），卷1，頁63。

33　（奧地利）佛洛伊德（Sigismund Schlomo Freud, 1856-1939）著，賴其萬、符傳孝譯：《夢的解析》（臺北市：志文出版社，1994年），頁55。

「龍吟」喻險惡絕境，此詩獨特之處，不承繼前人使用「龍吟」喻絕妙之音、笛聲曼妙之意，反而展現「龍」兇惡駭人的聲吼，以描寫政局的可怖，讓一心欲報效國家、建功立業的李白，步步驚險坎坷難行，甚至以「龍性」難馴服，道出政途挫敗，關懷國事的主張得不到唐玄宗的重用與信用，反受到奸人讒毀，藉由夢境、遊仙方式以消解報國無門的悲憤感情。

（一）熊咆「龍吟」殷巖泉

> 海客談瀛洲，煙濤微茫信難求。越人語天姥，雲霓明滅或可睹。天姥連天向天橫，勢拔五岳掩赤城。天台四萬八千丈，對此欲倒東南傾。我欲因之夢吳越，一夜飛度鏡湖月。湖月照我影，送我至剡溪。謝公宿處今尚在，淥水蕩漾清猿啼。腳著謝公屐，身登青雲梯。半壁見海日，空中聞天雞。千巖萬轉路不定，迷花倚石忽已暝。熊咆龍吟殷巖泉，慄深林兮驚層巔。雲青青兮欲雨，水澹澹兮生煙。列缺霹靂，丘巒崩摧。洞天石扇，訇然中開。青冥浩蕩不見底，日月照耀金銀臺。霓為衣兮風為馬，雲之君兮紛紛而來下。虎鼓瑟兮鸞回車，仙之人兮列如麻。忽魂悸以魄動，怳驚起而長嗟。惟覺時之枕席，失向來之煙霞。世間行樂亦如此，古來萬事東流水。別君去兮何時還，且放白鹿青崖間。須行即騎訪名山。安能摧眉折腰事權貴，使我不得開心顏？（466〈夢遊天姥吟留別〉）

此詩作於天寶五載（西元746年）李白四十六歲離開東魯南下會稽時告別東魯友人之作。是一首記夢詩，亦是遊仙詩，以虛實相偕、神話與現實相融筆法，呈現出「虛實虛」結構型態，以夢遊天姥山的遊仙模式展開「四度空間」寫作。起首從「海客談瀛洲」到「對此欲倒東

南傾」寫夢遊起因，以兩個虛實相映的形象，以仙山的虛幻難覓反襯
天姥的實際存在，再以誇張手法，「橫」、「拔」、「掩」三個動詞描繪
天姥山拔地參天、橫空出世的雄偉形勢與動態感；第二段自「我欲因
之夢吳越」到「失向來之煙霞」敘述夢遊過程，也是全詩主體，由醒
覺轉入夢境，「一夜飛度鏡湖月」，一個「飛」字形容歷程之快，駕長
風，披月光，越鏡湖，抵達當年謝靈運宿處，眼觀海上明日，耳聞天
雞啼，寫遊賞之景，隨後出現熊咆、龍吟、岩泉震動、深林戰慄可怕
之景，就在驚懼疑惑之時，閃電雷鳴、山崩石裂再度變換了視界，以
瑰麗色彩描繪眼前神仙世界：仙人以霓霞為衣，以鳳為馬，紛紛飛
下，白虎鼓瑟，鸞鳥駕車，神仙眾多如麻，為夢境的最高潮處；最後
從「世間行樂亦如此」寫夢遊後的感慨，對名山仙境。關於此詩的詩
旨，學者們以不同的角度切入，至今說法紛紜，竺岳兵概括整理為
四種：

> 第一種是「世事虛幻」說，如明唐汝詢「託言寄夢，以見世事
> 皆虛幻也」；第二種是「光明象徵」說，認為夢中仙境是光明
> 的象徵，是詩人追求的理想境界。這種說法在新中國成立以來
> 特別地多；第三種是「神仙世界」說：「詩中表現對神仙世界
> 的熱烈嚮往與追求」；第四種是「回首宮殿」說：「太白被放以
> 後，回首蓬萊宮殿，有若夢遊，故借天姥以寄意。」[34]

此詩運用「龍吟」險惡情景的描述，將長安生活後期受讒遭疏，不為
時臣所容的際遇喻為此險惡絕境。正如葛景春所言：「『熊咆龍吟殷巖
泉，慄深林兮驚層巔』與『日月照耀金銀臺⋯⋯仙之人兮列如麻』，

---

34 竺岳兵：〈〈夢遊天姥吟留別〉詩旨新解〉，收錄於中國唐代文學學會編：《唐代文學
　研究》6輯（桂林市：廣西師範大學出版社，1996年），頁832。

顯然是兩個世界。前者所描寫的令人恐怖的景象，顯然是黑暗的現實生活的寫照；而後者所描繪的美麗的仙境，則是詩人所追求的理想世界。」[35]李白藉由精神想像，對名山仙境的嚮往，其實是對權貴的抗爭，於仙境夢中驚醒後，頓覺自古迄今，世事皆虛幻，功名富貴如夢，飄然世外的神仙夢境助其擺脫俗世束縛，正如佛洛伊德（Sigismund Schlomo Freud, 1856-1939）所言：「夢，並不是空穴來風，不是毫無意義的，不是荒誕的，也不是部分昏睡，部分清醒的意義的產物。它完全是有意義的精神現象。實際上，它是一種願望的達成。它可以說是一種清醒狀態精神活動的延續。它是高度錯綜複雜的理智活動的產物。」[36]。而李豐楙先生曰：「以夢境寓寫人生，既可深刻表現人生的體驗，也可形成文學藝術的奇幻感。就詩藝本身而言，其隱喻性更高。」[37]李白以夢遊宛如仙境般富麗堂皇的天庭，爰及天庭仙境之後的幻滅過程，比喻象徵李白意圖從政的幻滅。沈德潛《唐詩別裁集》卷六認為此詩乃是「託言夢遊，窮形盡相，以極洞天之奇幻，至醒後頓失煙霞矣。知世間行樂，亦同一夢，安能于夢中屈身權貴乎！吾當別去，遍遊名山以終天年也。」[38]據陳沆《詩比興箋》卷三評〈夢遊天姥吟留別〉曰：「太白被放之後，回首蓬萊宮殿，有若夢游，故托天姥以寄意也。……題曰『留別』，蓋寄去國離都之思，非徒酬贈握手之什。」[39]可見李白真正要告別的並非東魯諸公，而是他自己在現

35 葛景春：《李白與中國傳統文化》（臺北市：群玉堂出版事業公司，1991年），頁161-162。

36 （奧地利）佛洛伊德（Sigismund Schlomo Freud, 1856-1939）著，張燕雲譯：《夢的釋義》（瀋陽市：遼寧人民出版社，1987年），頁114。

37 李豐楙：《憂與遊——六朝隋唐遊仙詩論集》（臺北市：學生書局，1996年），頁65。

38 （清）沈德潛評選：《唐詩別裁集》上冊（臺北市：廣文書局，1970年），頁186。

39 （清）陳沆撰、楊家駱主編：《詩比興箋》（臺北市：鼎文書局，1979年2月初版），頁159。

實政治社會中意圖攀龍的夢幻之想。然而，詩末寫到夢醒之後，「惟覺時之枕席，失向來之煙霞」，李白領悟人世間萬事如夢一般虛幻，功名富貴轉眼成空，不委屈自己折腰事權貴，對於功名富貴一種消解與否定。

（二）「龍性」君莫馴

　　李白「龍」意象詩歌，僅有一首運用「龍性」一詞，其詩如下：

> 學道三十春，自言羲皇人。軒蓋宛若夢，雲松長相親。偶將二公合，復與三山鄰。喜結海上契，自為天外賓。鸞翮我先鎩，龍性君莫馴。朴散不尚古，時訛皆失真。勿踏荒溪波，揭來浩然津。薜帶何辭楚，桃源堪避秦。世迫且離別，心在期隱淪。酬贈非炯誠，永言銘佩紳。
>
> （615〈酬王補闕惠翼莊廟宋丞泚贈別〉）

此詩作於李白五十三歲，酬答王姓與宋姓兩位在朝為官之友人，自敘學道三十春，在心態上已是仙隱思維，對於過去長安生活猶如夢之短暫與虛無，「雲松長相親」反襯「軒蓋宛若夢」，以軒蓋易逝來烘託學道的長久可恃。「鸞翮」、「龍性」引用《文選》卷二一顏延年〈五君詠〉之二〈嵇中散〉：「鸞翮有時鎩，龍性誰能馴。」[40]此處的「鸞翮」自指雖學道有如鸞翮，徒有文彩，鋒芒已遭摧殘，而二公仙隱有如龍性，或沈潛或顯現，無人能馴。在此以「龍性」變化高深莫測，能隱能顯，非俗世所能羈絆折服。

40　（梁）蕭統編，（唐）李善注：《文選註》，收入《景印文淵閣四庫全書》1329冊（臺北市：臺灣商務印書館，1983年），卷21，頁374。

　　虛幻文學創作出現實生活中不存在的「龍」物象，超越經驗認知的局限。筆者考察先秦至漢魏晉南北朝時代的詩作，以及李白之前唐朝所有詩人詩作中出現虛幻「龍」物象的詞彙，諸如「攀龍」、「登龍」、「龍飛」、「龍蟠」、「龍吟」、「龍性」等詞彙，發現前代詩人多有承繼歷來說法及意涵，無非攀龍附鳳、歌功頌德帝王興起與即位，或單純描寫「龍」神物聲形樣貌，或形容笛聲曼妙之意。然而至唐代李白開始，雖亦使用這些靈動性的龍詞彙，但卻一反歷來單純意涵。李白天才橫溢，運用豐富想像力，將非真實自身所見所體驗之「龍」物象，寄託一己情思與懷抱，從「虛幻場域中影射現實」，在虛幻文學的心理時空世界，借乘「龍」入仙境側寫政局動亂、人間的困頓，開啟幻想與現實的對照比較，流露世情，並以「龍」活躍的姿態形貌彰顯人類世界的本貌，更藉由夢境來滿足願望，充分展示詩人思想載體，在「乘龍飛入虛幻神仙世界」一節，分別以「從政用世的企求與艱險」和「詭譎世情的體悟與感慨」二方面探討「我欲攀龍見明主」、「攀龍上九天」、「攀龍忽墮天」、「一朝攀龍去」、「攀龍宴京湖」等詩之待詔翰林從政歷程與遭讒敕還悲憤，以及「攀天莫登龍」對於投身永王李璘幕下，兵敗下獄，世情官場無情詭譎，兄弟難容的感慨。在「龍各具姿態的活躍靈動性」一節，分別對「君王縱情聲色的否定與託諷」、「歷史興亡更替的透視與省思」、「功名富貴的消解與淡漠」三方面探討「龍飛入咸陽」、「龍蟠虎踞帝王州」、「派作九龍盤」、「熊咆龍吟殷巖泉」、「龍吟曾未聽」、「龍性君莫馴」、「笛奏龍鳴水」等詩藉由「龍」的靈動性飛入歷史中，遠觀魏晉南北朝時局的動亂興亡至自己身處唐王朝政局，將歷史活躍於眼前，不僅是往事的陳述，更有豐富的內蘊與對君王的期許。此外，不承繼前人使用「龍吟」喻絕妙之音、笛聲曼妙之意，反而展現「龍」兇惡駭人的聲吼，以描寫政局的可怖，以及道出自己的非凡傑出，甚至雖詠唐宮笛聲之

美、歡樂之景，諷其該與民同樂，規諷深婉，李白經歷政治黑暗，在現實世界難以抒發之情，藉由虛幻「龍」物象的超現實時空，或權勢、或兇險、或浪漫、或靈動、或樸實、或化身高潔品，呈現一心為國，堅韌不屈的精神面貌，反映社會實況與內心情事。

第六章
李白詩歌龍意象類型三
——與龍有關的自然界、動物界、品物類事物景象

第一節　與龍有關的自然界事物景象

一　雲龍

　　李白詩歌中出現最多自然界意象為「雲」意象，共有518次409首，因為雲千變萬化、飄忽不定，最能引發人無窮想像力，其所占比率為唐代詩人中最高。道教神仙所追求的逍遙自在超自然的特徵皆與「雲」飄遊天際相類，故詩人筆下雲意象，不單留於一般層次上的象徵和比喻，而是融合仙氣於其中，因此「雲」的意象常用於表現隱逸情趣或求仙之意。在《莊子・逍遙遊》曰：「藐姑射之山，有神人居焉……乘雲氣御飛龍而遊乎四海之外。」[1]文中乘雲御龍於仙界，「雲」與「龍」皆出現於遊仙世界。「雲龍」一詞結合於遊仙論述之外，也運用於人事之上，如《周易・乾卦》曰：「同聲相應，同氣相求。水流濕，火就燥。雲從龍，風從虎。」、孔穎達《周易正義》曰：「龍是水畜，雲是水氣，故龍吟則景雲出，是雲從龍也。」[2]以及

1　（晉）郭象注：《莊子注》，收入《景印文淵閣四庫全書》1056冊（臺北市：臺灣商務印書館，1983年），卷1，頁7-8。

2　（魏）王弼、（晉）韓康伯注，（唐）陸德明音義，孔穎達疏：《周易注疏》，收入《景印文淵閣四庫全書》7冊（臺北市：臺灣商務印書館，1986年），卷1，頁321。

王充《論衡‧龍虛篇》云:「龍興景雲起,龍與雲相招」[3]等論述,可見雲、龍之間有著相當密切的聯繫。筆者考察《先秦漢魏晉南北朝詩》一書,在李白之前將「雲龍」一詞合稱之詩作僅有4首,如魏詩陳思王曹植〈言志詩〉:「慶雲未時興,雲龍潛作魚。」、晉詩〈廬山夫人女婉撫琴歌〉:「彈鳴琴兮樂莫過,雲龍會兮登太和。」、宋詩謝靈運〈答中書詩八章其四〉:「振迹鼎朝,翰飛雲龍。」、北周詩〈青帝歌〉:「雲龍轡嚴駕,玉衡擁瓊輪。」[4]上述四詩「雲龍」有喻指人才,有君臣遇合之意,有遊仙中雲龍等意涵。李白詩中有五首運用「雲龍」一詞,有三種說法,一是以雲從龍同類事物相感應,喻君臣遇合,如〈贈別從甥高五〉:「雲龍若相從,明主會見收。」言賢甥此去,或遇明君,因材取用,第二句詩明確強化第一句雲龍相從之意;〈酬張卿夜宿南陵見贈〉:「我昔辭林丘,雲龍忽相見。」二句乃李白追憶昔日曾辭林丘,來遊京國,被召金鑾,禮同綺皓,有如雲龍之相逢;〈江上答崔宣城〉:「謬忝燕臺召,而陪郭隗蹤。水流知入海,雲去或從龍。」四句言天子召李白於金鑾,供奉翰林,出處之跡,如同郭隗之赴燕昭王之召,盛寵一時,如水歸海,如雲從龍,此三首詩皆以雲龍喻君臣遇合,有如雲龍之相逢。二是以「雲龍」形容兵陣名,如〈胡無人〉:「雲龍風虎盡交回,太白入月敵可摧。」二句言白晝八陣交戰非常激烈,晚上太白星入月預兆胡人必敗,據《李衛公問對》:「太宗曰:『天地風雲龍虎鳥蛇,斯八陣何義也?』靖曰:『古人秘藏此法,故詭說八名,於八陣本一也。』」[5]可見古時以天、地、

3　(漢)王充:《論衡》(上海市:上海古籍出版社,1990年),頁64。

4　上述四詩分別見逯欽立輯校:《先秦漢魏晉南北朝詩》(臺北市:學海出版社,1984年5月初版),魏詩卷7、晉詩卷21、宋詩卷2、北周詩卷6,頁462、1126、1154、2436。

5　詹鍈主編:《李白全集校注彙釋集評》第1冊(天津市:百花文藝出版社,1996年12月第1版),頁478。

風、雲、龍、虎、鳥、蛇為八陣，雲龍風虎皆是兵陣名。三是形容雲
中之龍，非凡人才，如〈送張秀才從軍〉：「六駁食猛武，恥從駑馬
羣。一朝長鳴去，矯若龍行雲。」此四句言六駁能食猛虎，恥於隨從
那些劣馬為伍，一旦長鳴而去，昂首高舉如龍騰雲駕霧，比喻張秀才
的智勇與眾不同。由上可見李白在運用「雲龍」一詞除了承繼前人意
涵之外，新創將「兵陣名」融入詩中，以及顛覆以往「雲從龍」詞
彙，開創「龍行雲」新詞彙。

二　龍火

中國傳統天文學中將二十八星宿與四靈相匹配，據《尚書·堯
典》記載：「是天星有龍、虎、鳥、龜之形也，四方皆有七宿，各成
一形，東方成龍形，西方成虎形，皆南首而北尾；南方成鳥形，北方
成龜形，皆西首而東尾。」[6]而蒼龍屬東宮，七宿依次為角、亢、
氐、房、心、尾、箕，若以房宿作為連接點將七宿諸星依次連綴，其
所呈現的圖像與甲骨文及金文「龍」字形象完全相同。此外，蒼龍七
宿中除箕宿之外，其餘六宿的宿名皆來龍體，宿名的意義與蒼龍形象
的位置一一對位，角宿為龍角，亢宿為龍咽，氐宿為龍首，房宿為龍
腹，心宿為龍心，尾宿為龍尾，可見甲骨文與金文的「龍」字可說似
東方蒼龍七宿星圖之象形字。筆者考察《先秦漢魏晉南北朝詩》一書
發現李白之前並無「龍火」一詞入詩，李白首先將「龍火」一詞入
詩，如〈古風五十九首其四十七〉：「桃花開東園，含笑誇白日。偶蒙
東風榮，生此艷陽質。豈無佳人色？但恐花不實。宛轉龍火飛，零落
早相失。詎知南山松，獨立自蕭飀？」此詩前八句寫桃花於春天開出

6　（清）阮元：《十三經注疏·尚書1》（臺北市：藝文印書館，2001年12月14刷），卷
　　2，頁24。

豔麗花朵，生此豔陽之質而自矜，然而「宛轉龍火飛，零落早相失」
二句描寫心宿西移快速而秋風起，桃花就會零落殆盡，詩中「龍火」
乃「大火心星，東方蒼龍之宿也。此星昏而中正，以六月加於地之南
方，至七月則下而西流矣，是秋之時也。」[7]而張協〈七命〉八首其
二：「若乃龍火西頹，暄氣初秋。李善注：《漢書》曰：東宮，蒼龍房
心，心為火，故曰龍火也。左氏傳曰：仲尼曰火猶西流。禮記曰：仲
秋，陽氣日衰也。」[8]可上可知「龍火飛」，即七月流火。火，大火，
古代天文學十二次之一，代表東方蒼龍七宿之一的心宿。此宿夏六月
黃昏時出現在中天正南方，至七月則西移而下，故稱七月流火。李白
寫時令季節轉變以星宿變化言之，甚至將桃花飄落與龍火飛相比附，
多了一分天才浪漫與殊奇，更可見李白博通天文地理。

三　地名

「地名」一詞最早出現於《周禮》卷三三〈夏官司馬第四〉記
載：「邍師，掌四方之地名，辨其丘、陵、坟、衍、邍、隰之名。」[9]
而邍師所掌管的「地名」並不是現代意義上的地名概念，而是指具體
的丘名、陵名、坟名、衍名、邍名、隰名，因為《周禮》同一卷中還
有「山師，掌山林之名」和「川師，掌川澤之名」的記載，可見山
林、川澤之名都在當時的地名概念之外，範圍較今日狹窄。直到東漢
班固《漢書‧地理志》著錄約4500處地名，記載40多種地名通名，將

7　詹鍈主編：《李白全集校注彙釋集評》第1冊（天津市：百花文藝出版社，1996年12
　　月第1版），頁218。

8　（梁）蕭統編，（唐）李善註：《文選註》，收入《景印文淵閣四庫全書》1329冊
　　（臺北市：臺灣商務印書館，1986年），卷35，頁609。

9　（清）阮元：《十三經注疏‧周禮3》（臺北市：藝文印書館，2001年12月初版14
　　刷），卷33，頁504。

「地名」概念從模糊到準確完善。地名是人們根據其特定方位、範圍及形態特徵的地理實體給予共同約定成俗的文字符號，雖是符號標誌，代表地理實體的一種符號，在日常生活上提供定位功能，並表現著一個地區環境背景意涵，更是一種超越時空的文化現象，蘊含豐富的歷史文化內涵。「『地名』與『人』，兩者不可分開。在人與地方的互動中，地名是人賦予地方意義的方式，所以地名反映人對特定地方的看法。」[10]正如王秉欽《文化翻譯學》一書指出：「地名可以反映某一民族、某一地區及某一歷史階段特徵、產物、經濟、歷史史實（事件或人物）、生存範圍、歷史變遷及宗教信仰等文化內涵。」[11]文人於詩作中出現地名，並非只是單純記錄行蹤，可見當地景觀史蹟文化，以及詩人的情意寄託，如譚德晶《唐詩宋詞的藝術》一書曰：

> 在唐詩中，經常運用借代和代字來表示詩的形象性。如地名、人名借代的主要動機和作用是在於蘊含情緒意味。如唐詩中常用到的「龍城」一詞，與其說「龍城」是一個具體的城市名稱，不如說是一個具豪壯情緒、英勇善戰的代指，例如王昌齡的「但使龍城飛將在，不教胡馬渡陰山。」就是借「龍城」一詞表現一種豪壯的情緒，它實際的地理意義是微乎其微的。一些北方的地名，如：河北、薊北、塞北、邯鄲等與北方相關的代字大都蘊含著某種思念、邊遠、荒涼、強悍之類的情緒意味。[12]

---

10 Tuan, Yi-fu,"Language and the Making of Place: A Narrative-Descriptive Approach," *Annals of the association of American geographers* 81, no.4 (1991):684-696.

11 王秉欽：《文化翻譯學》（天津市：南開大學出版社，1995年），頁181。

12 詳見譚德晶：《唐詩宋詞的藝術》（上海市：學林出版社，2001年），頁116-120。

由上可知，唐詩中出現的地名，多已成為借代，主要是蘊含情緒，其地理意義微乎其微。錢鍾書先生《談藝錄》一書說到：「西方詩人學者不少談到詩中地名人名之妙，狄奧尼修斯、儒貝爾、拉辛、內爾法爾、白瑞蒙、墨立、李特等人都各有其說。像李特就說：『此數語無深意而有妙趣，以其善用前代人名，外國地名，使讀者悠然生懷古之幽情，思遠之逸致也。』而錢鍾書先生說：『吾國古人作詩，早窺厥旨』。」[13]綜上可知，地名承載深厚的社會文化脈絡，更是詩人情意寄託。龍是中華民族的象徵，故「龍」字地名在中國是廣泛普遍的。龍是先民想像神物，龍與水關係密切，如「龍潭」、「龍池」。筆者考察李白詩中以龍之居處命名如：「龍門」、「龍庭」、「龍城」；以龍之顏色命名的有：「黃龍」、「白龍」、「青龍」，其中更可見將「白龍」與「潭」的組合以及「青龍」與「山」的組合，如「白龍潭」、「青龍山」。此外，與自然山水類有關的龍字地名，尤其是水系地名，如「池」、「潭」、「泉」等與「龍」字組合的地名不少，如「龍池」、「龍潭」。本文擬從「龍地名之由來與意涵」來探討李白詩中「龍」字地名蘊含情意，追尋其獨特而深刻的觀察，以及將自己情感投射其中，彰顯其對功名仕途的嚮往，流露對社會政治的關懷，呈現出超越自我的精神。

（一）「龍」字地名之由來與意涵

筆者考察《中國歷史地名大辭典》收有「龍」字起頭的地名，有255條，還不算約有200條同名的，例如：龍門、龍山、龍潭、龍池、龍首、龍尾、龍角等。[14]《中國地名錄》收詞約32000條，以「龍」字

---

13 詳參錢鍾書：《談藝錄》（臺北市：書林出版社，1988年），頁291。

14 鄭樑生、吳文星、葉劉仙相編譯：《中國歷史地名大辭典》（臺北市：三通圖書公司，1984年）。

起首的地名就有330條。[15]《中國古今地名大詞典》收有「龍」字起頭的地名，有480條。[16]從眾多「龍」字地名，以及龍首、龍尾、龍角等這些地名可得知應與我們中華民族遠古的龍圖騰崇拜以及中國歷來皇帝自命為龍有關。以下分別探討李白詩中出現「龍」字地名，如龍門、黃龍、龍沙、龍庭、龍城、龍潭、白龍潭、龍池、龍山、青龍山、盧龍、龍標等依其地理屬性分別探討之。

1 龍門

　　龍門是指黃河禹門口（今山西河津縣西北和陝西韓城縣東北），在陝西省韓城市與山西省河津市之間，跨黃河東西兩岸，其地勢險要，兩岸峭壁對峙，形如闕門，河水於中洶湧流下，發出轟隆隆聲響，車馬難以通過。相傳夏禹導河至此，鑿以通流，即《尚書・禹貢》所謂：「浮于積石，至于龍門」[17]。除了古籍記載外，當地亦流傳「鯉魚躍龍門」傳說。《水經注・河水》：「鱣，鮪也。出鞏穴，三月則上渡龍門，得渡者為龍矣，否則點額而還。」[18]，又東漢辛氏《三秦記》：「龍門之下，每歲季春有黃鯉魚，自海及諸川爭來赴之。一歲中，登龍門者不過七十二。初登龍門，即有雲雨隨之，天火自后燒其尾，乃化為龍矣」[19]得知每年三月，有成千上萬條黃鯉魚，從江海大

15 國家測繪局測繪科學研究所地名研究室編：《中國地名錄：中華人民共和國地圖集地名索引》（北京市：地圖出版社，1983年）。

16 復旦大學主編：《中國古今地名大詞典》（上海市：上海辭書出版社，2005年7月），頁724-764。

17 （清）阮元：《十三經注疏・尚書1》〈夏書・禹貢〉（臺北市：藝文印書館，2001年12月初版14刷），頁87。

18 （後魏）酈道元撰，陳橋譯：《水經注校釋》（杭州市：杭州大學出版社，1999年），頁54。

19 （東漢）辛氏撰：《三秦記》，收入《二酉堂叢書》（臺北市：藝文印書館，1968年），頁3。

河裡競逐游於此地，不顧一切的往上跳。一年當中能躍上龍門，不過七十二條。而躍上龍門的鯉魚，雲雨立即跟來，天火又將其尾燒去，因此，他們騰雲駕霧上天變成龍。跳不上龍門即碰得頭破血流回歸江海大河，由此可知魚變龍實屬不易，《三秦記》談到「登龍門」的艱苦，江海大魚薄集龍門下，數千，不得上。上與不上，即為龍與魚的分界線，上則為龍，不上只能曝腮龍門。

然而「魚躍龍門」作為一種自然現象，先秦典籍中早已記載，如《竹書紀年》記載：「晉昭公元年，河水赤于龍門三里。」又曰：「貞定王十二年河水赤三日。」[20]此外，《資治通鑑外紀》亦載曰：「周貞定王十二年，晉河水赤三日。」[21]上述「龍門赤河」的現象即「鯉魚躍龍門」傳說的最初記載。據「研究發現，這裡所說的『黃色鯉魚』其實並非『鯉魚』，而是『鮪魚』，或稱『鱣魚』，也就是『鱘魚』。鱘魚是江海洄游性的魚類，體長約2公尺，最大可長5公尺以上，其形似龍。鱘魚產卵前雌雄追逐，時常躍出水面，特別是產卵前兩、三天內，跳躍更為頻繁，躍出水面的鱘鰭充血發紅。一時間成千上萬條大魚在河面翻動，遠望一片紅光，於是出現了十分壯觀的『赤河』景象。因魚多故可長達數里，亦可持續數日，遂即形成了『赤河三日』、『赤河三里』的特異現象。」[22]古人不知何故，以為災異現象，報史官記載之。「『鯉魚躍龍門』典故的主體意識，反映的是一種自強不息、不屈不撓、超越自我的精神，因而成為鼓舞人們奮發向上的一種動力。自隋唐科舉制度盛行以後，人們首先用『鯉魚躍龍門』來喻

---

20 （梁）沈約注：《竹書紀年》，收入《景印文淵閣四庫全書》303冊（臺北市：臺灣商務印書館，1983年），卷下，頁35。

21 （宋）劉恕撰：《資治通鑑外紀》，收入《景印文淵閣四庫全書》312冊（臺北市：臺灣商務印書館，1983年），卷10，頁830。

22 王銳：〈鯉魚躍龍門的典故由來〉，《歷史月刊》第229期（2008年），頁141-142。

稱仕途的進退，稱科舉會試中選、致身榮顯為『登龍門』。而傳說鯉
魚登不上龍門者則『點額曝鰓』，後人也引『點額』喻科考落第或仕
途失意。」[23]。筆者考察在唐代之前《先秦漢魏晉南北朝詩》一書中
出現「龍門」二字共有24首[24]，尤以南北朝時期梁代詩作最多，如梁
代吳均〈共賦韻詠庭中桐詩〉:「龍門有奇價，自言梧桐枝」；劉孝綽
〈賦得始歸鴈詩〉:「差池高復下，欲向龍門飛」；王筠〈奉酬從兄臨
川桐樹詩〉:「伊昔擅羽儀，待價龍門垂」；朱超〈奉和登百花亭懷荊
楚詩〉:「若因鵬舉便，重上龍門中」，可見「龍門」此地名在南北朝
時已普遍成為仕途官場代稱。

23　同前註，頁141。

24　筆者考察《先秦漢魏晉南北朝詩》一書，出現「龍門」一詞共有24首詩，其詩如：
　　齊代謝朓〈詠琵琶詩〉:「芳袖幸時拂，龍門空自生」；謝朓〈詠梧桐詩〉:「豈戢龍
　　門幽，直慕瑤池曲」；謝朓〈琴〉:「洞庭風雨幹，龍門生死枝」，陸厥〈奉答內兄希
　　叔詩五章其一〉:「屬叨金馬署，又點銅龍門」；梁代沈約〈詠孤桐詩〉:「龍門百尺
　　時，排雲少孤立」；沈約〈八詠詩霜來悲落桐〉:「本出龍門山，長枝仰刺天」；吳均
　　〈贈柳祕書詩〉:「已蔽蒼龍門，又影鳳皇闕」；吳均〈共賦韻詠庭中桐詩〉:「龍門
　　有奇價，自言梧桐枝」；劉峻〈自江州還入石頭詩〉:「前望蒼龍門，斜矚白鶴館」；
　　劉孝綽〈登陽雲樓詩〉:「龍門不可見，空慕凌寒柏」；劉孝綽〈賦得始歸鴈詩〉：
　　「差池高復下，欲向龍門飛」；庾肩吾〈亂後經夏禹廟詩〉:「金簡泥初發，龍門鑿
　　始通」；王筠〈奉酬從兄臨川桐樹詩〉:「伊昔擅羽儀，待價龍門垂」；王筠〈奉酬從
　　兄臨川桐樹詩〉:「伊昔擅羽儀，待價龍門垂」；梁元帝蕭繹〈自江州還入石頭詩〉:
　　「前望青龍門，斜暉白鶴館」；朱超〈奉和登百花亭懷荊楚詩〉:「若因鵬舉便，重
　　上龍門中」；陳代張正見〈賦得威鳳棲梧詩〉:「影照龍門水，聲入洞庭風」；阮卓
　　〈賦得蓮下游魚詩〉:「未上龍門路，聊戲芙蓉池」；北齊蕭愨〈奉和詠龍門桃花
　　詩〉:「舊聞開露井，今見植龍門」；北周庾信〈青帝雲門舞〉:「泗濱石，龍門桐」；
　　〈周大祫歌二首昭夏〉:「洞庭鍾鼓，龍門瑟琴」；〈羽調曲五首其四〉:「龍門之下孤
　　桐，泗水之濱鳴石」；隋代劉臻〈河邊枯樹詩〉:「奇樹臨芳渚，半死若龍門」；薛道
　　衡〈敬酬楊僕射山齋獨坐詩〉:「龍門竹箭急，華岳蓮花高」；無名釋〈卮謙詩二首
　　其二〉:「進不登龍門，退不求名位」見逯欽立輯校：《先秦漢魏晉南北朝詩》（臺北
　　市：學海出版社，1984年5月初版），頁1402、1403、1453、1466、1657、1666、
　　1741、1749、1757、1831、1845、1989、2017、2049、2095、2496、2561、2278、
　　2420、2426、2432、2656、2683、2785。

2 黃龍、龍沙、龍庭、龍城

　　黃龍，古代府名，一名龍城，古邊遠之地。《水經注》卷十四：
「白狼水又北徑黃龍城東。《十三州志》曰：遼東屬國都尉治昌遼，
道有黃龍亭者也。魏營州刺史治。《魏土地記》曰：黃龍城西南有白
狼河，東北流附城東北下，即是也。」[25]《新唐書·北狄傳》：「（契
丹）逃潢水之南，黃龍之北。……室韋，契丹別種，東胡之北邊，蓋
丁零苗裔也。地據黃龍北，傍猺越河，直京師東北七千里。」[26]故址
在今遼寧朝陽市。

　　龍沙，又稱白龍堆、龍堆，指白龍堆沙漠。《後漢書》卷七七
〈班超傳贊〉：「坦步葱雪，咫尺龍沙。」李賢注：「葱嶺，雪山。白
龍堆，沙漠也。」[27]《前漢書·西域傳》：「然樓蘭國最在東垂近漢，
當白龍堆，乏水草。」[28]「即今新疆維吾爾自治區若羌縣東北庫姆塔
格沙漠。泛指塞外沙漠。陳後主〈昭君怨〉曰：「狼山聚雲暗，龍沙
飛雪輕。」[29]《資治通鑑·後漢紀》：「五代漢天福十二年（947年），
趙延壽恨契丹負約，謂人曰：我不復入龍沙矣。胡三省注：盧龍山後
即大漠，故謂之龍沙」。[30]

25　（後魏）酈道元撰：《水經注》，收入《景印文淵閣四庫全書》573冊（臺北市：臺
　　灣商務印書館，1983年），卷14，頁236-237。

26　（宋）歐陽修、宋祁等奉敕撰：《新唐書》，收入《景印文淵閣四庫全書》276冊
　　（臺北市：臺灣商務印書館，1983年），卷219，列傳144，頁335、340。

27　（劉宋）范曄撰：《後漢書》，收入《景印文淵閣四庫全書》253冊（臺北市：臺灣
　　商務印書館，1983年），卷77，頁93。

28　（漢）班固撰：《前漢書》，收入《景印文淵閣四庫全書》251冊（臺北市：臺灣商
　　務印書館，1983年），卷96上，頁242。

29　（宋）郭茂倩編撰：《樂府詩集》第2冊（臺北市：里仁書局，1999年），卷59，頁
　　854。

30　（宋）司馬光撰：《資治通鑑》，收入《景印文淵閣四庫全書》310冊（臺北市：臺

　　龍庭，一作龍城，《後漢書》卷五三〈竇憲傳〉引班固〈燕然山銘〉曰：「躡冒頓之區落，焚老上之龍庭。李賢注：匈奴五月大會龍庭，祭其先、天地、鬼神。」[31]可知乃漢代匈奴大會祭天之處，故址在今蒙古人民共和國鄂爾渾河一帶。

　　龍城，又作龍城、龍庭。匈奴祭天、大會諸部處。《前漢書‧匈奴傳》曰：「歲正月，諸長小會單于庭，祠。五月，大會龍城，祭其先、天地、鬼神。」[32]「在今蒙古國鄂爾渾河西側和碩柴達木湖附近。又名和龍城、黃龍城。在今遼寧省朝陽市。十六國前燕慕容皝八年（341年）築，營建宗廟、宮闕，並置龍城縣。次年自棘城遷都於此，號新宮為和龍宮。慕容儁元璽元年（352年）遷都薊，建留台於此。後燕永康二年（397年）復以此為都。馮跋太平元年（409年）在此建立北燕。太興六年（436年），北燕為北魏所滅，燕王焚和龍宮殿，東走高麗。北魏置鎮，後置營州。」[33]

　　唐朝的東北契丹、北方回紇、西方吐蕃、西南南詔等外患國家侵擾不斷，使得年年爭戰不休，雄心壯志的文人筆下不少邊塞軍旅生活的描寫，故邊塞地區的地名常出現於詩中，希望建立功平患的李白於詩中藉由「黃龍」、「龍庭」、「龍沙」一詞點出北方邊塞之地，表達久戍邊關將士的思鄉之悲切，已非一般地名陳述，而是賦予強烈情感與歷史意涵。正如陳銘《說詩》所言：

　　灣商務印書館，1983年），卷286，頁603。

31　（劉宋）范曄撰：《後漢書》，收入《景印文淵閣四庫全書》252冊（臺北市：臺灣商務印書館，1983年），卷53，頁619。

32　（漢）班固撰：《前漢書》，收入《景印文淵閣四庫全書》251冊（臺北市：臺灣商務印書館，1986年），卷94上，頁181。

33　戴均良等主編：《中國古今地名大詞典》上冊（上海市：上海辭書出版社，2005年7月），頁724。

在探討中國古典詩詞意象的歷史概括性的同時，我們還要注意
到其鮮明的地域性。在不同民族的歷史中，有一些特定的地域
特徵寫入詩歌，往往不僅僅是一種自然地域的概念，而且會成
為象徵某一種事物、寄託某一種感情的意象……。唐代的邊塞
詩，是唐詩中奇麗的一部分……。那些西域的地名，往往不只
是一個地域概念，而是包圍了比地理學上的名稱更多的歷史和
現實的思想和感情。這些詩中的「平沙萬里」、「漢時關」、「陰
山」等地理辭彙，和漢唐時代那一段民族和戰的歷史緊密相
連，也和西北自然物象相連。詩中的意象，典型的體現了塞外
軍旅生活，也體現將士們在危機四伏、生死未測得大戰前豪邁
又帶有憂傷的心理狀態。[34]

由上可知，那些邊塞地名，非但是邊塞詩的特徵，更是歷史寫實記
載，將漢唐時代對邊塞民族和戰的歷史緊密相連，傾吐寄託歷史民族
的血淚與豪情壯志之情思。筆者考察在唐代之前《先秦漢魏晉南北朝
詩》一書，並未出現「黃龍」這個地名詞彙，但出現「龍城」有11首
詩，「龍沙」、「龍庭」各有4首詩[35]，綜合考察這4個邊塞地名，發現隋

---

34 陳銘：《說詩：中國古典詩詞美學三味》（臺北市：未來書城，2003年），頁52。

35 筆者考察《先秦漢魏晉南北朝詩》一書，出現「龍城」一詞共有11首詩，其詩如：
何遜〈學古詩三首其三〉：「日隱龍城霧，塵起玉關風」；吳均〈戰城南〉：「天山已
半出。龍城無片雲」；吳均〈渡易水〉：「揚鞭渡易水，直至龍城西」；劉孝綽〈冬
曉〉：「寄語龍城下，詎知書信難」；梁簡文帝蕭綱〈隴西行三首其一〉：「月暈抱龍
城，星流照馬邑」；梁簡文帝蕭綱〈賦得隴坻鴈初飛詩〉：「雖弭輪臺援，未解龍城
圍」；徐陵〈長相思二首其一〉：「龍城遠，鴈門寒」；溫子昇〈涼州樂歌二首其
二〉：「路出玉門關，城接龍城坂」；盧思道〈從軍行〉：「朝見馬嶺黃沙合，夕望龍
城陣雲起。……歸鴈連連映天沒，從軍行軍萬里出龍庭」；德源〈星名〉：「虎落
驚氛斂，龍城宿霧通」；楊素〈出塞二首其一〉：「雲橫虎落陣，氣抱龍城虹」。出現
「龍庭」、「龍沙」一詞各有4首詩，其詩如：裴子野〈詠雪詩〉：「飄飄千里雪，倏
忽度龍沙」；梁簡文帝蕭綱〈從軍行〉：「魚雲望旗聚，龍沙隨陣開」；張正見〈從軍

代時「龍庭」、「龍城」出現頻率較高，如盧思道〈從軍行〉：「朝見馬
嶺黃沙合，夕望龍城陣雲起。……歸鴈連連映天沒，從軍行軍行萬里
出龍庭」；隋煬帝楊廣〈雲中受突厥主朝宴席賦詩〉：「鹿塞鴻旗駐，
龍庭翠輦回」；薛道衡〈出塞二首其二〉：「連旗下鹿塞，疊鼓向龍
庭」；德源〈星名〉：「虎落驚氛斂，龍城宿霧通」；楊素〈出塞二首其
一〉：「雲橫虎落陣，氣抱龍城虹」可見隋代開始與邊塞民族戰爭頻
繁，詩歌中開始描寫塞外軍旅生活與將士思鄉之情懷。

3 龍潭、白龍潭、龍池

　　龍潭，「全稱九龍潭。在今河南登封縣北太室山（嵩山）東岩之
巔。」[36]《明一統志》卷二九河南府山川：「龍潭，在登封縣東二十五
里，嵩頂之東，九潭相接，其深莫測。」[37]又《登封縣志》曰：「九龍
潭出太室東，舊志在太室東巖之巔，巔中懸一大壑，水自壑中瀑注，
峽內有九壘，每壘結一潭，迭相貫注，水色洞黑，其深無際。崖崿險
峻，波濤怒激，登臨者凜然生畏焉。九潭中第一潭與第八潭最巨，八
潭之下又一大潭，共為九龍潭。唐武后常同太平公主遊此。集古錄
云：戒人遊龍潭者，勿語笑以黷神龍，龍怒則有雷恐。」[38]此外，更

行〉：「鴈塞秋聲遠，龍沙雲路迷」；陳後主叔寶〈昭君〉：「狼山聚雲暗，龍沙飛雪
輕」；謝朓〈永明樂十首其五〉：「化洽鯤海君，恩變龍庭長」；隋煬帝楊廣〈雲中受
突厥主朝宴席賦詩〉：「鹿塞鴻旗駐，龍庭翠輦回」；薛道衡〈出塞二首其二〉：「連
旗下鹿塞，疊鼓向龍庭」見逯欽立輯校：《先秦漢魏晉南北朝詩》（臺北市：學海出
版社，1984年5月初版），頁1694、1720、1722、1842、1905、1950、2528、2221、
2631、2651、2675、1790、1904、2473、2503、1419、2667、2680。

36 魏嵩山主編：《中國古典詩詞地名辭典》（南昌市：江西教育出版社，1989年4月），
頁217。

37 （明）李賢等奉敕撰：《明一統志》，收入《景印文淵閣四庫全書》472冊（臺北
市：臺灣商務印書館，1983年），卷29，頁729。

38 （清）洪亮吉、陸繼萼等纂：《登封縣志》，收入《中國地方志叢書》華北地方第
462號（臺北市：成文出版社，1983年），清乾隆五十二年刊本，頁166-167。

可指深淵之意。

白龍潭，《新定九域志》記載：「陵陽山在宣州。列仙傳云：陵陽子明釣得白龍放之。」[39]因故名白龍潭。《列仙傳》卷下曰：「陵陽子明者，銍鄉人也。好釣魚，於旋溪釣得白龍，子明懼，解鉤拜而放之，復得白魚，腹中有書，教子明服食之法。子明遂上黃山採五石脂，沸水而服之。三年，龍來迎去，止陵陽山上。百餘年，山去地千餘丈，大呼山下人，令上山半，告言：『溪中子安當來，問子明釣車在否？』後二十餘年，子安死，人取葬石山下，有黃鶴來棲其塚邊樹，鳴呼子安云。」楊注：「又有子安，仙人也。來就子明二十年，一旦忽死，葬山下，常有黃鵠棲其樹上，鳴云子安子安。」[40]

龍池，《唐六典》卷七記載「興慶宮在皇城之東南，東距外郭城東垣，下注曰：即今上龍潛舊宅也。……初上居此第，其里名協聖諱。所居宅之東，有舊井，忽湧為小池。周袤纔數尺，常有雲氣，或見黃龍出其中。至景龍中，潛復出水，其沼浸廣，時即連合為一。未半歲而里中人悉移居，遂鴻洞為龍池焉。」[41]筆者考察在唐代之前《先秦漢魏晉南北朝詩》一書，並未出現「龍潭」、「白龍潭」這個地名詞彙，僅出現「龍池」有2首詩，如宋代謝靈運〈登廬山絕頂望諸嶠詩〉：「捫壁窺龍池，攀枝瞰乳穴」（頁1179）；梁代裴憲伯〈朱鷺〉：「暫戲龍池側，時往鳳棲前」（頁2114）雖然在唐玄宗之前並未有興慶宮龍池，但這兩首詩以「龍池」描寫自然界奇山異水之景，謝靈運道出崢嶸危峭奇景間不計艱難進行遊玩探險，裴憲伯亦同謝靈運搜奇攬勝。

39　（宋）王存等纂修：《新定九域志》，收入《四庫全書存目叢書》史部166冊（濟南市：齊魯書社，1996年8月第1版），頁52。

40　王叔岷撰：《列仙傳校箋》（臺北市：中研院文哲所，1995年），頁158。

41　（唐）張九齡等撰：《唐六典》，收入《景印文淵閣四庫全書》595冊（臺北市：臺灣商務印書館，1983年），卷7，頁77-78。

4 龍山、青龍山、盧龍

　　龍山，今安徽省馬鞍山市當塗縣境內，據《太平寰宇記》卷九十昇州江寧縣：「岩山，在縣南四十五里，其山岩險，因名曰岩山。宋孝武帝改曰龍山。」[42]《景定建康志》卷十七〈山川志〉：「龍山在城西南九十五里，周迴二十四里，高一百二十丈，入太平州當塗縣，北有水。以其山似龍形，因以為名。」[43]《元和郡縣志》卷二十九江南道宣州當塗縣：「龍山，在（當塗）縣東南十二里。桓溫嘗與僚佐九月九日登此山宴集。」[44]《新定九域志》卷六太平州：「龍山，《晉書》：大司馬桓溫嘗于九月九日登此山，孟嘉為風飄帽落，即此山也。」[45]又《太平府志》卷三記載：「龍山，去郡十里，蟠溪而臥，蜿蜒如龍，故名。秋色甚佳，舊載孟嘉落帽事。《輿圖記》謂龍山，當在江陵。舊志云：『桓溫嘗以重九日與僚佐登此，嘉故參溫軍事，或當是移鎮姑孰，時上有屯壘，故蹟未詳何代，寺為興化院，闐寂靜邃，可以幽棲，東嶺西江尤足展眺。』」綜上可知山在今當塗縣城南青山河畔，距城十里。

　　青龍山，此地名有兩個，一在棲霞區龍潭南，曾名蟠龍山，早年此山開採多為青石，且山體狹長似龍，人稱青龍山；另一個在江寧區東北部，以山石堅而青、重巒疊嶂得名，據《江南通志》卷十一山川

42　（宋）樂史撰：《太平寰宇記》，收入《景印文淵閣四庫全書》470冊（臺北市：臺灣商務印書館，1983年），卷90，頁10。

43　（宋）周應合撰：《景定建康志》，收入《景印文淵閣四庫全書》489冊（臺北市：臺灣商務印書館，1983年），卷17，頁56。

44　（唐）李吉甫撰：《元和郡縣志》，收入《景印文淵閣四庫全書》468冊（臺北市：臺灣商務印書館，1983年），卷29，頁475。

45　（宋）王存等纂修：《新定九域志》，收入《四庫全書存目叢書》，史部166冊（濟南市：齊魯書社，1996年8月第1版），頁54。

江寧府：「青龍山在府東南三十五里，山趾石堅而色青，郡人多取為碑礎。唐李白詩白鷺映春洲，青龍見朝暾指此」[46]

　　盧龍，歷來有二地之說，一說據《太平寰宇記》卷九十江南東道昇州上元縣：「盧龍山，在縣西北二十里。周迴五里，西臨大江。按舊《圖經》：晉元帝初渡江，此盡為虜寇所有。以其山連石頭，開鑿為固，故以盧龍為名。」[47]《六朝事跡編類》卷下：「盧龍山，《圖經》云：在城西北十六里。周迴五里，高三十六丈。東有水下注平陸，西臨大江。舊經云：晉元帝初渡江到此，見嶺山連綿接石頭城，真江上之關塞，以比北地盧龍，因以為名。」[48]然而在兩晉宋齊及北魏之前，詩作中未見此地名。二說盧龍地屬幽州，原是古塞道名，在今河北省喜峰口一帶，為古老塞道，由河北薊縣經遵化循灤河谷出塞，折東趨大凌河流域，是古代由內地通往關外的要塞。筆者考察在唐代之前《先秦漢魏晉南北朝詩》一書，並未出現「青龍山」這個地名詞彙，但出現「龍山」3首[49]，而僅有一首「盧龍」地名出現在北周時代，如王褒〈從軍行二首其二〉：「康居因漢使，盧龍稱魏臣」詩中「盧龍」即河北省盧龍塞，日夜溫差極大，描寫戰士守邊苦寒之艱辛。然而李白詩中「盧龍」乃指南京「盧龍山」，非指河北省盧龍塞。

46 （清）趙弘恩等監修，黃之雋等編纂：《江南通志》，收入《景印文淵閣四庫全書》507冊（臺北市：臺灣商務印書館，1983年），卷11，頁384。

47 （宋）樂史撰：《太平寰宇記》，收入《景印文淵閣四庫全書》470冊（臺北市：臺灣商務印書館，1983年），卷90，頁14。

48 （南宋）張敦頤撰：《六朝事迹編類》，收入《景印文淵閣四庫全書》589冊（臺北市：臺灣商務印書館，1983年），卷下，頁218。

49 筆者考察《先秦漢魏晉南北朝詩》一書，出現「龍山」一詞有3首詩，其詩如：鮑照〈學劉公幹體詩五首其三〉：「胡風吹朔雪，千里度龍山」；庾信〈道士步虛詞十首其三〉：「鳳林采珠實，龍山種玉榮」；盧思道〈彭城王挽歌〉：「纔看鳳樓迥，稍視龍山沒」見逯欽立輯校：《先秦漢魏晉南北朝詩》（臺北市：學海出版社，1984年5月初版），頁1299、2350、2636。

5　龍標

　　龍標，唐代地名，今湖南省懷化市洪江市（原黔陽縣），荒僻偏遠的不毛之地。南朝梁為龍標縣。隋屬沅陵郡。唐武德七年改名龍標縣，因龍標山為名。因是唐代時才出現的地名，故筆者考察在唐代之前《先秦漢魏晉南北朝詩》一書，並未出現「龍標」詞彙。

（二）李白詩中「龍」地名之情感意涵

　　李白「龍」字地名詩歌有24首，詩歌中出現「龍門」、「黃龍」、「龍沙」、「龍庭」、「龍潭」、「龍池」、「龍山」、「盧龍」、「龍標」等地名，每個不朽「地名」背後都連結著情感、記憶與故事，更有著成千上萬的文人想像。文化地理學家艾蘭・普瑞德（Allan Pred, 1875-1961）曰：

> 　　地方（place）不僅僅是一個客體。它是某個主體的客體。它被每一個個體視為一個意義、意向或感覺價值的中心；一個動人的，有感情附著的焦點；一個令人感覺到充滿意義的地方。[50]

李白的詩歌連繫了他成長、居住以及踏旅過的地方，表現他的回憶、認同乃至歸屬，充滿動人及文化意義的情感。李白詩中「地名」除了正告其為親身之所歷絕無虛假之外，然其中有情懷之寄託，情緒之抒發以及情感之表達，甚具代表性地名詩歌於唐代詩壇自立一格，正如吳思敬《心理詩學》：「詩歌要通過以自我為中心的內心世界的小宇宙

50　艾蘭・普瑞德（Allan Pred, 1875-1961）著，許坤榮譯：〈結構歷程和地方——地方感和感覺結構的形成過程〉，收入夏鑄九、王志弘編譯：《空間的文化形式與社會理論讀本》（臺北市：明文出版社，1999年），頁86。

的揭示來達到與客觀世界的大宇宙的交融，它所傳達的是最個性化的
體驗。」[51]，因地而觸動心中感性，牽動起喜怒哀樂之情，故擬由以
下幾方析之：

1 鯉魚躍龍門之企求

（1）歎息「龍門」下

> 醉來脫寶劍，旅憩高堂眠。中夜忽驚覺，起立明燈前。開軒聊
> 直望，曉雪河冰壯。哀哀歌苦寒，鬱鬱獨惆悵。傳說版築臣，
> 李斯鷹犬人。欻起匡社稷，寧復長艱辛。而我胡為者，歎息龍
> 門下。富貴未可期，殷憂向誰寫。去去淚滿襟，舉聲梁甫吟。
> 青雲當自致，何必求知音。（794〈冬夜醉宿龍門覺起言志〉）

此詩於開元十九年（西元731年），李白三十一歲冬在洛陽龍門作。開
首二句言「醉宿」，次二句再寫「覺起」，由窗外景色勾起吟唱〈苦寒
行〉，心中憂傷獨自惆悵。聯想到殷朝宰相傅說本是築板牆小臣，據
《史記·殷本紀》記載：「帝武丁即位，思復興殷，而未得其
佐。……夜夢得聖人，名曰說。以夢所見，視羣臣百吏，皆非也。於
是迺使百工營求之野，得說於傅險中。是時說為胥靡，築於傅險。見
於武丁，武丁曰是也。得而與之語，果聖人，舉以為相，殷國大治。
故遂以傅險姓之，號曰傅說。」[52]，以及秦朝丞相李斯曾於上蔡獵狐
兔牽鷹犬，據《史記·李斯列傳》載其臨刑前，「顧謂其中子曰：『吾
欲與若復牽黃犬俱出上蔡東門逐狡兔，豈可得乎！』遂父子相哭，而

51 吳思敬：《心理詩學》（北京市：首都師範大學出版社，1996年10月），頁322。

52 （漢）司馬遷撰：《史記》，收入《景印文淵閣四庫全書》243冊（臺北市：臺灣商
　　務印書館，1983年），卷3，頁84。

夷三族。」⁵³，兩人皆出身微賤，然而一朝驟起成為匡輔大臣。而思
自身有何作為？卻在龍門下嘆息無所作為，滿腔殷憂向誰訴，一路流
淚唱〈梁甫吟〉，醉宿龍門醒後的所見所想，表達了作者理想不得實
現的悲憤之情，但末二句卻振奮起精神，以青雲之志應自己去實現，
何必求知音舉薦。詩中「龍門」是地名，歷來有著魚躍龍門之說，在
此詩中指受位居高位獎掖接待，並舉傅說、李斯之例，身懷經世致用
高才，不須貴人薦舉，自能青雲自致，即使惆悵苦悶不得志，然對政
治熱情未減。

（2）「登龍」有直道

白若白鷺鮮，清如清唳蟬。受氣有本性，不為外物遷。飲水箕
山上，食雪首陽巔。迴車避朝歌，掩口去盜泉。岂嶷廣成子，
倜儻魯仲連。卓絕二公外，丹心無間然。昔攀六龍飛，今作百
鍊鉛。懷恩欲報主，投佩向北燕。彎弓綠弦開，滿月不憚堅。
閑騎駿馬獵，一射兩虎穿。回旋若流光，轉背落雙鳶。胡虜三
嘆息，兼知五兵權。鎗鎗突雲將，卻掩我之妍。多逢勦絕兒，
先著祖生鞭。據鞍空矍鑠，壯志竟誰宣。蹉跎復來歸，憂恨坐
相煎。無風難破浪，失計長江邊。危苦惜頹光，金波忽三圓。
遊敬亭上，閑聽松風眠。或弄宛溪月，虛舟信洄沿。顏公三十
萬，盡付酒家錢。興發每取之，聊向醉中仙。過此無一事，靜
談秋水篇。君從九卿來，水國有豐年。魚鹽滿市井，布帛如雲
煙。下馬不作威，冰壺照清川。霜眉邑中叟，皆美太守賢。時
慰風俗，往往出東田。竹馬數小兒，拜迎白鹿前。含笑問使
君，日晚可迴旋？遂歸池上酌，掩抑清風絃。曾標橫浮雲，下

53 （漢）司馬遷撰：《史記》，收入《景印文淵閣四庫全書》244冊（臺北市：臺灣商
務印書館，1983年），卷87，頁571。

撫謝朓肩。樓高碧海出，樹古青蘿懸。光祿紫霞杯，伊昔忝相
傳。良圖掃沙漠，別夢繞旌旃。富貴日成疏，願言杳無緣。登
龍有直道，倚玉阻芳筵。敢獻繞朝策，思同郭泰船。何言一水
淺，似隔九重天。崔生何傲岸，縱酒復談玄。身為名公子，英
才苦迍邅。鳴鳳託高梧，凌風何翩翩？安知慕羣客，彈劍拂秋
蓮。（391〈贈宣城宇文太守兼呈崔侍御〉）

此詩作於天寶十二年（西元753年），李白五十三歲在宣城作。首段十
二句表明清白高潔是自己的本性，以許由飲水箕山，伯夷、叔齊餓死
首陽，二典故據《史記·伯夷列傳》曰：「說者曰堯讓天下於許由，
許由不受，恥之，逃隱。……太史公曰：余登箕山，其上蓋有許由冢
云。……伯夷、叔齊，孤竹君之二子也。……武王已平殷亂，天下宗
周，而伯夷、叔齊恥之。……遂餓死於首陽山。」[54]，墨子迴車於朝
歌，《漢書·賈鄒枚路傳》記載鄒陽云：「臣聞盛飾入朝者不以私污
義，底厲名號者不以利傷行。故里名勝母，曾子不入；邑號朝歌，墨
子回車。」[55]又《淮南鴻烈解·說山訓》云：「墨子非樂，不入朝
歌。」[56]，孔子不飲盜泉，據《尸子》曰：「孔子至於勝母，暮矣而不
宿於盜泉；渴矣而不飲，惡其名也。」[57]將上述那些清高之士自比，
又服膺黃帝時廣成子，居於崆峒之上，據《莊子·在宥》曰：「黃帝
立為天子十九年，令行天下，聞廣成子在空同（山）之上，故往見

---

54 （漢）司馬遷撰：《史記》，收入《景印文淵閣四庫全書》244冊（臺北市：臺灣商
務印書館，1983年），卷61，頁343-345。

55 （漢）班固撰：《前漢書》，收入《景印文淵閣四庫全書》250冊（臺北市：臺灣商
務印書館，1983年），卷51，頁270。

56 （漢）劉安撰、高誘注：《淮南鴻烈解》，收入《景印文淵閣四庫全書》848冊（臺
北市：臺灣商務印書館，1983年），卷16，頁696。

57 （清）汪繼培輯校：《尸子》，明嘉慶十六年1811年，湖海樓叢書本，卷下，頁25。

之。」[58]其高不可及；以及願學戰國魯仲連高蹈北海之濱，《史記・魯仲連鄒陽列傳》云：「魯仲連者，齊人也。好奇偉俶儻之畫策，而不肯仕宦任職，好持高節。」[59]其志不可屈，以表示自己與之同心同德的志向。次段從「昔攀六龍飛」開始乃李白自敘當年承恩供奉翰林，昔達今窮，描寫上年幽燕之行，騎駿馬，一發殪兩虎，轉背落雙鳶，使旁觀之胡虜讚嘆。無奈諸將掩己之技能，健兒先我著鞭，雖老壯如馬援，據《後漢書・馬援列傳》記載：「二十四年，武威將軍劉尚擊武陵五溪蠻夷，深入，軍沒，援因復請行。時年六十二，帝愍其老，未許之。援自請曰：『臣尚能被甲上馬。』帝令試之。援據鞍顧眄，以示可用。帝笑曰：『矍鑠哉，是翁也！』」[60]李白壯志未酬，蹉跎至此，三個月來遊敬亭，泛宛溪弄水月，飲酒醉鄉之趣，讀〈秋水〉篇，以求養生之術，此外無所作為。第三段從「君從九卿來」敘宇文太守之賢，昔相會而今相別。言宇文太守自九卿出守宣城正值豐年，魚鹽布帛足於民用，和而不威，清而有守，到境童叟拜迎，政美人和，優遊自適，勝於古時謝朓。又謂自己有奇謀，欲清胡難，不得一試，徒懷忠憤，歸來仍夢繞旌旗，富貴不可得，欲言無機緣。「登龍有直道，倚玉阻芳筵」一詞中「登龍」意指登龍門，據《後漢書》卷六十七《黨錮列傳・李膺傳》：「膺獨持風裁，以聲名自高。士有被其容接著，名為登龍門。李賢注：以魚為喻也。龍門，河水所下之口，在今絳州龍門縣。」[61]東漢士人將受到司隸校尉李膺的接待稱做「登

---

58 （晉）郭象注：《莊子注》，收入《景印文淵閣四庫全書》1056冊（臺北市：臺灣商務印書館，1983年），卷4，頁57。

59 （漢）司馬遷撰：《史記》，收入《景印文淵閣四庫全書》244冊（臺北市：臺灣商務印書館，1983年），卷83，頁518。

60 （劉宋）范曄撰：《後漢書》，收入《景印文淵閣四庫全書》252冊（臺北市：臺灣商務印書館，1983年），卷54，頁630。

61 （劉宋）范曄撰：《後漢書》，收入《景印文淵閣四庫全書》253冊（臺北市：臺灣商務印書館，1983年），卷97，頁363。

龍門」，故其後詩文中「龍門」並不單純指地名，隱含應召赴試、科
舉及第、受名人提攜援引、追求功名等意涵。道出登龍門當由正道，
欲靠太守卻阻於芳筵，將欲獻策，思同舟以偕歡，豈以一水之淺，卻
隔如九天之遙。末段從「崔生何傲岸」開始八句乃贈崔侍御，言崔成
甫為人材高氣岸，放懷飲酒，善談玄，雖身為貴冑，卻遭遇坎坷，而
今與宇文太守同遊，如鳳凰倚梧桐，凌風高飛。末二句以「慕群客」
自謂，希冀宇文太守與崔侍御汲引提攜。

2 點額不成龍之苦悶

> 黃河三尺鯉，本在孟津居。點額不成龍，歸來伴凡魚。故人東
> 海客，一見借吹噓。風濤儻相因，更欲凌崑墟。何當赤車使，
> 再往召相如？（313〈贈崔侍御〉）

此詩作於天寶三年（西元744年），李白四十四歲被賜金還山後所作。
開首四句言黃河有三尺鯉，在於孟津之水，暮春遡流，欲化為龍，本
期燒尾之雷，不意點額而退，化龍不成，還歸於河伴凡魚，運用魚躍
龍門典故道出自己亦如士子們一樣汲取功名，以自喻供奉翰林未能入
仕而被讒放歸還山。後四句寫友人崔成甫如東海客，希望借其吹噓之
力，助以風濤之勢，再次薦舉，使李白能飛騰凌越崑崙之墟。末二句
以司馬相如自比，據《史記·司馬相如列傳》記載：「蜀人楊得意為
狗監，侍上。上讀〈子虛賦〉而善之，曰：『朕獨不得與此人同時
哉！』得意曰：『臣邑人司馬如自言為此賦。』上驚，乃召問相如。
相如曰：『有是。然此乃諸候之事，未足觀也。請為天子游獵賦，賦
成奏之。』」[62]，期望玄宗皇帝再次派遣赤車使者召見自己，正如司馬

---

62 （漢）司馬遷撰：《史記》，收入《景印文淵閣四庫全書》244冊（臺北市：臺灣商
務印書館，1983年），卷117，頁800。

相如能獲得機緣被皇帝召見重用。全詩流露遭讒被忌之憤慨，以致無奈放歸還山之苦悶，亦如黃鍾毀棄，瓦釜雷鳴，有才者閒棄不用，權奸當道，然而在點額不成龍之苦悶之中，仍將躍龍門之望願寄託友人身上，期待友人提攜，苦悶中永不喪志，無奈中又奮起積極建功業之心。

3 咆哮觸龍門之兇惡

> 黃河西來決崑崙，咆哮萬里觸龍門。波滔天，堯咨嗟。大禹理百川，兒啼不窺家。殺湍湮洪水，九州始蠶麻。其害乃去，茫然風沙。被髮之叟狂而癡，清晨徑流欲奚為？旁人不惜妻止之，公無渡河苦渡之。虎可搏，河難憑，公果溺死流海湄。有長鯨白齒若雪山，公乎公乎挂骨於其間，箜篌所悲竟不還。
>
> （61〈公無渡河〉）

此詩作於天寶十一年（西元752年），李白五十二歲於幽州（河北）所作。詩題〈公無渡河〉乃樂府舊題，又名〈箜篌引〉。《樂府詩集》卷二六列於〈相和歌辭〉，並引崔豹《古今注》曰：「〈箜篌引〉者，朝鮮津卒霍里子高妻麗玉所作也。子高晨起刺船，有一白首狂夫，被髮提壺，亂流而渡，其妻隨而止之，不及，遂墮河而死。於是援箜篌而歌曰：『公無渡河，公竟渡河，墮河而死，將奈公何！』聲甚悽愴，曲終亦投河而死。子高還，以語麗玉。麗玉傷之，乃引箜篌而寫其聲，聞者莫不墮淚飲泣。麗玉以其曲傳鄰女麗容，名曰〈箜篌引〉。」[63]此詩乃李白擬作，詠其本事。開首「黃河西來決崑崙，咆哮萬里觸龍門」二句描寫黃河之水從西而來衝決崑崙山，奔騰萬里怒嘯

著直衝龍門。據《元和郡縣志》卷十四河東道絳州龍門縣:「黃河,
北去縣二十五里,即龍門口也。……大禹導河積石,疏決龍門,即斯
處也。」[64]塞外諸河,率皆歸此,故水勢最盛。《太平御覽》卷四十引
辛氏《三秦記》曰:「河津一名龍門。巨靈迹猶在,去長安九百里,
江海大魚俱集門下數千,不得上,上則為龍,故云曝鰓龍門。」[65]由
上可知塞外諸河,率皆歸此龍門,水勢最盛。在此「龍門」喻指「朝
廷」,即使歷經艱險萬分,亦為士人嚮往之處,然而此詩卻隱含有安
祿山等奸佞危害朝廷。其後馬上言河水泛濫,波浪滔天,堯命大禹理
百川,以疏河流。禹三過家門不入,一心治水使湍流減少,堙洪水之
橫流,順而導之,以歸於海。河害既息,水土既平,民安居樂業。卻
出現「被髮之叟狂而癡」自罹覆溺之患,清晨被髮直接徒步渡河,旁
人圍觀不為之惜,惟其妻止之。據安旗、薛天緯《李白年譜》記載:
「天寶十載(西元751年),宗氏不欲白冒險北遊,加以勸阻。詩中所
謂『渡河』,即指白渡黃河北遊幽州;『披髮之叟狂而癡』乃白自謂;
『旁人不惜妻止之』,妻即宗氏;『有長鯨白齒若雪山』,指安祿山,
時為幽州節度使,後作〈贈江夏韋太守良宰〉詩中有句云:『君王棄
北海,掃地借長鯨。』亦以『長鯨』喻安祿山。『公乎公乎挂罥於其
間,箜篌所悲竟不還。』預言此行凶多吉少,且極而言之。」[66]其妻
止而不已,公苦渡之,自棄其生。猛虎雖兇,有力者可以徒手與之搏
鬥,黃河水深,公不自量,竟至溺死,流屍於東海之濱,可憐老翁血
肉之軀掛纏於長鯨之齒牙,其妻彈箜篌悲,渡河之叟竟不還。此詩乃

64 (唐)李吉甫撰:《元和郡縣志》,收入《景印文淵閣四庫全書》468冊(臺北市:
　　臺灣商務印書館,1983年),卷14,頁302。

65 (宋)李昉等奉敕撰:《太平御覽》,收入《景印文淵閣四庫全書》893冊(臺北
　　市:臺灣商務印書館,1983年),卷40,頁471。

66 見詹鍈主編:《李白全集校注彙釋集評》第1冊(天津市:百花文藝出版社,1996年
　　12月第1版),頁289。

李白見朝中為胡人奸佞把持，有感而發，安祿山在朝中狂妄之態已為將來安史之禍埋下徵兆，以「咆哮萬里觸龍門」一語很鮮明描寫安祿山從胡地來到中原漢家天子朝廷，那種囂張跋扈之勢活靈活現呈展出。李白正如披髮之狂癡老叟，明知此去避免不了災難，如臨深淵，如履薄冰，卻偏往之，其妻苦勸不聽，為了堅持己願，至死無悔。

4 黃龍邊塞兒之思鄉

（1）「黃龍」邊塞兒

> 白馬誰家子，黃龍邊塞兒。天山三丈雪，豈是遠行時？春蕙忽秋草，莎雞鳴曲池。風催寒梭響，月入霜閨悲。憶與君別年，種桃齊娥眉。桃今百餘尺，花落成枯枝。終然獨不見，流淚空自知。（120〈獨不見〉）

此詩作於天寶二年（西元743年），李白四十三歲長安翰林待詔所作。《樂府詩集》卷七五引《樂府解題》曰：「〈獨不見〉，傷思而不得見也。」[67]李白擬樂府古題亦用其旨，描寫女子思念遠戍邊塞丈夫。開首四句描寫丈夫是乘白馬遠赴黃龍邊塞之守邊者，邊塞天山雪深三丈，冬夏常雪，乃苦寒之地。其後四句寫時間飛速，春去秋來，戍者之室家獨處，思婦感時物而淒涼傷悲。末段六句言離別之久，別時種的桃樹今已長成百尺大樹，花落桃枯，時更物變，遠戍在外的丈夫終不得以相見，悲傷流淚只有自知其苦。李白擬女子口吻寫此詩，雖言思婦悲苦，然而遠戍塞外軍旅思鄉之苦更甚，最末「終然獨不見，流淚空自知」呼應開首「黃龍邊塞兒」點出唐朝時東北契丹外患國家侵

擾不斷，希望建功平患的李白在詩中藉由「黃龍」地名點出北方苦寒之地，表達對久戍邊關將士之憐惜。然寫作此詩正值翰林待詔之時，身在公門，卻無實質政治權力，僅是玄宗皇帝風花雪月之文學侍從，黃龍邊塞兒、思婦獨不見，所以怨思，但李白翰林供奉卻不被重用，怨思亦同。

（2）遠寄「龍庭」前

> 垂楊拂淥水，搖艷東風年。花明玉關雪，葉暖金窗煙。美人結長想，對此心悽然。攀條折春色，遠寄龍庭前。
>
> （178〈折楊柳〉）

此詩作於天寶二年（西元743年），李白四十三歲長安翰林待詔所作。《樂府詩集‧橫吹曲辭二》卷二二曰：「《唐書‧樂志》曰：梁樂府有胡吹歌云：『上馬不捉鞭，反拗楊柳枝。下馬吹橫曲，愁殺行客兒。』此歌辭元出北國，即鼓角橫吹曲〈折楊柳枝〉是也。《宋書‧五行志》曰：『晉太康末，京洛為〈折楊柳〉之歌，其曲有兵革苦辛之辭。』」[68]李白擬樂府古題描寫閨婦思念遠戍的征夫。開首四句寫楊柳垂於水邊而芳條發於初春，楊花之飛，光明如玉關之雪，楊葉之柔暖如金窗之煙，正值春光明媚時節。後四句寫戍者之妻觀此美景傷春而思遠，戍者遠居關外，夫婦不得團聚而心境淒然，悔教夫婿覓封侯，只能攀折春色柳條，遠寄戍守龍庭的丈夫，寄情於萬里之外，寫楊花似雪，憶念邊塞有雪。詩中「龍庭」乃單于所都之地，亦稱「龍城」，與「黃龍」同義，皆指北方邊塞之地，可知「龍庭」是唐代重要邊塞。

---

68 （宋）郭茂倩編撰：《樂府詩集》（一）（臺北市：里仁書局，1999年），卷22，頁328。

5 戰士臥龍沙之艱辛

（1）戰士臥「龍沙」

> 塞虜乘秋下，天兵出漢家。將軍分虎竹，戰士臥龍沙。邊月隨
> 弓影，胡霜拂劍花。玉關殊未入，少婦莫長嗟。

（138〈塞下曲六首其五〉）

此詩作於天寶二年（西元743年），李白四十三歲長安翰林待詔之時。
此詩乃從軍樂之體，首二句道出當時邊庭多警，塞外胡虜乘秋高馬肥
之際，行寇邊之舉，皇帝命發兵應之，命將軍分領虎符，戰士深入龍
沙之地。詩中「龍沙」用以指稱西北邊地沙漠。西北邊塞外族侵擾，
天子派兵鎮亂，將士前往西北邊地戍守，因歇宿於沙漠之中而不得
寧，恐胡虜忽至，弓必上弦，劍亦出鞘，加上沙漠日夜溫差大，夜間
氣溫驟降，劍都因此結霜，酷寒氣候，更襯戍守邊地之艱辛。因未平
息邊患，未能旋歸入關，據《漢書・李廣利傳》曰：「太初元年，以
廣利為貳師將軍。……各堅城守不肯給食，攻之不能下，下者得食，
不下者，數日則去。比至郁成，士有數千皆飢罷。……使使上書言道
遠多乏食，且士卒不患戰而患飢，……願且罷兵。天子聞之，大怒，
使使遮玉門關曰：『軍有敢入，斬之。』」[69]又《後漢書・班超傳》
曰：「超自以久在絕域，年老思土，十二年，上疏曰：『臣不敢望到酒
泉郡，但願生入玉門關。』李賢注：玉門關屬敦煌郡，今沙州也，去
長安三千六百里。關在敦煌縣西北。」[70]故以玉門關為入關回到中原

---

69 （漢）班固撰：《前漢書》，收入《景印文淵閣四庫全書》250冊（臺北市：臺灣商
　　務印書館，1983年），卷61，頁426、427。

70 （劉宋）范曄撰：《後漢書》，收入《景印文淵閣四庫全書》253冊（臺北市：臺灣
　　商務印書館，1983年），卷77，頁87。

之意。詩中勸慰閨中少婦安心等待，長嗟無益。

（2）今戍「龍庭」前

> 代馬不思越，越禽不戀燕。情性有所習，土風固其然。昔別雁
> 門關，今戍龍庭前。驚沙亂海日，飛雪迷胡天。蟣蝨生虎鶡，
> 心魂逐旌旃。苦戰功不賞，忠誠難可宣。誰憐李飛將，白首沒
> 三邊。（6〈古風五十九首其六〉）

此詩作於天寶八年（西元749年），李白四十九歲，寫作地點不可考。
開首四句以「代馬」、「越禽」起興，代馬生於北方，踐雪耐苦寒，越
禽生於南方，處卑濕，鳥獸各有所戀，物之情性，各有所習，處非其
地，身心不安，比喻將士去家遠戍，思鄉情深。「昔別雁門關，今戍
龍庭前」一句點出自從一別國土，至今戍守邊不得歸家之無奈。「龍
庭」，一作「龍城」，是漢代匈奴大會祭天之處。過去戍於雁門關，猶
在中國境內，而今別雁門關遠戍龍庭，去國萬里，深入敵國之境。次
段六句描寫將士離鄉戍守邊疆之勞苦，當初離鄉赴雁門關戍守，已飽
受思鄉之苦，本以為期滿可歸家，卻又被派往遠戍匈奴龍庭之地，思
鄉之苦更甚，加之驚沙掩日，飛雪蔽天，環境惡劣艱困，以及蟣蝨滿
身，苦不堪言。末四句借李廣將軍之事寫王忠嗣臨老受屈而死，深切
憤懣不平。據《史記‧李將軍列傳》記載元狩四年：

> 廣既從大將軍青擊匈奴，……引兵與右將軍食其合軍出東道。
> 軍亡導，或失道，後大將軍。……大將軍使長史持糒遺廣，因
> 問廣、食其失道狀，青欲報天子軍曲折。廣未對，大將軍使長
> 史急責廣之幕府對簿。廣曰：「諸校尉無罪，乃我自失道。吾
> 今自上簿。」至莫府，廣謂其麾下曰：「廣結髮與匈奴大小七

> 十餘戰，今幸從大將軍出接單于兵，而大將軍又徙廣部行回
> 遠，而又迷失道，豈非天哉！且廣六十餘矣，終不能復對刀筆
> 之吏。」遂引刀自剄。廣軍士大夫一軍皆哭。百姓聞之，知與
> 不知，無老壯皆為垂涕。[71]

在此李白舉漢代李廣之飛將軍之例說明邊戍勞苦至極，克敵功高，然
亦不蒙朝廷封侯之賞，卒以後期自刎而死，戰士忠誠之心，難以向世
人宣洩，為戍守邊疆將士鳴不平。陳沆《詩比興箋》曰：「此傷王忠
嗣也。忠嗣兼河西、隴右、河東、朔方節度使，仗四節制萬里，屢破
突厥、吐蕃、吐谷渾。李林甫忌其功名日盛，恐其入相，因事構陷幾
死，賴歌舒翰力救，乃貶漢陽太守而卒。故悲其功高不賞，忠誠莫諒
也。」[72]李白寫作此詩乃感諷時事，傷王忠嗣及當時戍邊者被掩其敵
愾之功，如此功高不賞，如何攘夷安邊。

6 龍居深潭池之想像

　　地名不僅反映地理環境自然景觀的種種特點，也反映出人文地理
景觀的各種特點。李白對於歷來龍潛居深潭、池底的想像面貌在其詩
中浮顯，正如班尼迪克·安德森（Benedict Anderson, 1936- ）的「想
像共同體」（imagined community）[73]，有著文化認同的功能，從生活

71　（漢）司馬遷撰：《史記》，收入《景印文淵閣四庫全書》244冊（臺北市：臺灣商
　　務印書館，1986年），卷109，頁732、733。

72　閻琦、房日晰、安旗、薛天緯：《李白全集編年注釋》（成都市：巴蜀書社，1990
　　年），頁910。

73　關於「想像共同體」這個概念，指的是一個民族國家通過印刷語言或其它象徵資
　　本，讓人在閱讀、想像、記憶的過程中，形成共同體的想像，因而具有共同的歸屬
　　感和認同感，凝聚成建立或鞏固民族國家的信念。引自廖炳惠：《關鍵詞200：文學
　　與批評研究的通用詞彙編》（臺北市：麥田出版社，2003年），頁138-140。可參見

中選擇題材,建構一個具有歸屬性和認同性的地方感,形成一個具有
深刻生活性的神話精神世界。

(1) 天開「白龍潭」

> 為余話幽棲,且述陵陽美。天開白龍潭,月映清秋水。黃山望
> 石柱,突兀誰開張?黃鶴久不來,子安在蒼茫。東南焉可窮?
> 山鳥絕飛處。稠疊千萬峯,相連入雲去。
> (395〈自梁園至敬亭山見會公談陵陽山水兼期同遊因有此贈〉)

此詩作於天寶十二年(西元753年),李白五十三歲,寫作地點不可
考。在敬亭山見僧會,僧會向李白介紹陵陽山水之美,期以同遊,故
李白寫此詩以相贈。在本文中節錄第三段言及白龍潭文本。首段言自
梁園至敬亭,芳草已衰落,中途無名山可賞。次段寫宣城地靈人傑,
歌頌僧會振白拂以揮塵,高論清談,粉壁繪畫瀟灑情景。第三段敘會
公述陵陽之景:白龍潭月映秋水,黃山、石柱兩山高聳,仙人子安乘
黃鶴隱於蒼茫之中,東南山水不可窮盡,飛鳥盡處,羣峯稠疊。末段
聞此陵陽山水之美,期欲策杖而遊,然後歸來晴關不出,為此相思,
故向僧會提問何日啟程同去。「天開白龍潭」一句以子明釣得白龍放
之將潭水予以神話,之後再以「黃鶴久不來,子安在蒼茫」二句神話
傳說強化「白龍潭」此地神異靈性與人傑。

(2)「龍潭」下奔溔

> 西涉清洛源,頗驚人世喧。採秀臥王屋,因窺洞天門。竭來遊

(美)班尼迪克・安德森(Benedict Anderson, 1936-)著,吳叡人譯:《想像的共同
體:民族主義的起源與散布》(臺北市:時報文化出版公司,2010年),頁5-28。

嵩峯，羽客何雙雙！朝攜月光子，暮宿玉女窗。鬼谷上窈窕，龍潭下奔潨。（500〈送王屋山人魏萬還王屋〉）

此詩作於天寶十三年（西元754年），李白五十四歲，寫作地點不可考。此詩乃李白送魏萬歸隱道教十大洞天之首——河南省王屋山。記述魏萬超凡出世的名士風貌，並表達對魏萬遭遇的憤慨、無奈和惋惜之情，雖然寫魏萬千里尋訪自己，一路經歷的吳越山水壯麗，其實倒是詩人自己一生登山臨水的真實記錄。本文節錄此段敘述魏萬自山東而西遊河南，歷清洛，經王屋，過嵩山遇到不少羽客道士，入鬼谷先生所居之地，賞其窈窕秀美，也至龍潭觀其眾流急奔。詩中「龍潭」乃登封縣之「九龍潭」，共有九潭，遞相灌輸，水色洞黑，其深無際，有石記戒入游龍潭者，勿語笑以黷龍神，歷來以「龍」深居此潭之想像神話傳說，來神化此地潭水之玄妙靈怪。

（3）更遊「龍潭」去

疇昔未識君，知君好賢才。隨山起館宇，鑿石營池臺。星火五月中，景風從南來。數枝石榴發，一丈荷花開。恨不當此時，相過醉金罍。我行值木落，月苦清猿哀。永夜達五更，吳歈送瓊盃。酒酣欲起舞，四座歌相催。日出遠海明，軒車且徘徊。更遊龍潭去，枕石拂莓苔。（797〈過汪氏別業二首其二〉）

此詩作於天寶十四年（西元755年），李白五十五歲遊覽涇縣一帶山水過訪汪倫時作。此詩敘寫與汪倫友情，開首四句言以往雖互不相識，但知汪倫愛賢才，有座別墅以招待友人。次段六句後悔未能於仲夏美景來訪共醉。末段敘寫此次相訪正值木落清秋之季，承蒙汪倫招待長夜至五更，吳歌清唱伴隨著玉杯美酒，酒酣起舞，直至海上日出，車

馬不忍離去，最末二句「更遊龍潭去，枕石拂莓苔」道出更想相約遊龍潭而拂去莓苔枕石漱流。「龍潭」在此指深淵之意，據《李白在安徽》曰：「龍潭可能是泛指桃花潭上游羅敷潭、澀灘、三門六刺灘等奇山異水。」[74]可見從李白開始喜歡以神異的「龍潭」代稱深淵異水，給予山水美景增添靈妙之氣。

（4）「龍潭」中噴射

> 百丈素崖裂，四山丹壁開。龍潭中噴射，晝夜生風雷。但見瀑
> 泉落，如潨雲漢來。聞君寫真圖，島嶼備縈迴。石黛刷幽草，
> 曾青澤古苔。幽緘儻相傳，何必向天臺？
>
> （886〈求崔山人百丈崖瀑布圖〉）

此詩作於天寶六年（西元747年），李白四十七歲，寫作地點不可考。李白求崔山人畫一幅百丈崖瀑布圖相贈。開首六句描寫想像中百丈崖瀑布之景，崖上有「龍潭」，飛流直下數百丈，是為瀑布，噴射晝夜如風雷。後六句設想畫中點綴有島嶼迴環，苔草蒼碧，若能得此畫，何必去天台，可知崔山人的山水畫比真實天台山更妙。此詩雖是描寫畫作，想像中崖上「龍潭」飛流噴射形象似如風雷，將山水美景活靈活現躍然紙上。

（5）樓船侍「龍池」

> 伊昔全盛日，雄豪動京師。冠劍朝鳳闕，樓船侍龍池。鼓鍾出
> 朱邸，金翠照丹墀。君王一顧眄，選色獻蛾眉。列戟十八年，
> 未曾輒遷移。（477〈感時留別從兄徐王延年、從弟延陵〉）

---

74 詹鍈主編：《李白全集校注彙釋集評》第6冊（天津市：百花文藝出版社，1996年12月第1版），頁3292。

此詩作於至德元年（西元756年），李白五十六歲於杭州作。詩中所描寫「龍池」乃長安興慶宮。據說玄宗未登基前時住隆慶坊，宅子南部突有泉水湧出，變成一大水池可泛舟，會望氣看相人深以為異，認為有「天子之氣」，將舊宅改為興慶宮，池水瀰漫數里，該池被稱為「龍池」，此地也因天子故居而榮耀，將此泉池附會龍種之說。本文節錄第三段描寫其在朝初封，寵眷之隆，開元全盛時期，王才能卓絡名動京師，服冠劍而朝於鳳闕，乘樓船而侍於「龍池」，以此深化君王對徐王延年顧盼恩寵有加。

7 山似蟠龍臥之讚譽

李白的詩一貫傾向浪漫主義的風格，然而在記載「龍山」這個地方，忠實記錄所見所聞，透過觀察，寫實了自然景觀，但在外在景像的描寫中常不自禁表達內心的感受，在敘景中夾雜著抒情，透過抒情，給自然世界和心靈世界共通的美感，單純描寫山形貌似有條龍蟠旋於上的景觀，除了對眼前佳景讚譽之外，更比附過往名士與充滿報國欲投身政治的自己。

（1）黃雲蔽「龍山」

> 心愛名山遊，身隨名山遠。羅浮麻姑臺，此去或未返。遇君蓬池隱，就我石上飯。空言不成歡，強笑惜日晚。綠水向鴈關，黃雲蔽龍山。歎息兩客鳥，徘徊吳越間。共語一執手，留連夜將久。解我紫綺裘，且換金陵酒。酒來笑復歌，興酣樂事多。水影弄月色，清光奈愁何！明晨掛帆席，離恨滿滄波。
>
> （803〈金陵江上遇蓬池隱者〉）

此詩作於天寶七年（西元748年），李白四十八歲在金陵作。李白於金陵遇見一位蓬池隱士，特以紫綺裘換酒招待。開首四句敘此位隱者喜

遊名山，將往羅浮山麻姑臺。次段八句描寫相遇共飯情景，貧困生活
使兩人強笑，可嘆我們如飄泊無依兩客鳥，徘徊吳越，眼看綠水流向
雁門山，彌漫的黃雲遮掩龍山，最末十句寫解紫綺裘換美酒深夜歡樂
長談，但想到明晨分手盡是離恨別愁。詩中「龍山」只是單純描寫山
似龍形這座名山，然而深究李白非忘情國家，歷來詩中多以浮雲蔽
日，道出自己的憂國之情，然於此詩以「黃雲蔽龍山」，偶然觸發，
身在江湖，心懷魏闕之情不覺流露篇中。

（2）九日「龍山」飲

> 九日龍山飲，黃花笑逐臣。醉看風落帽，舞愛月留人。
>
> （687〈九日龍山飲〉）

此詩作於廣德二年（西元763年），李白六十三歲，臥病當塗所作。詩
中「龍山」在今安徽省馬鞍山市當塗縣境內。李白九月九日重陽節之
際，登當塗名勝龍山與好友飲酒，謂己為逐臣，菊花盛開似在嘲笑逐
臣，不以見逐而忘佳節之樂，醉眼看秋風落帽，月下醉舞喜愛明月留
人，借嘉日以舒其憤悶之情，花亦笑其狂態。李白借用「龍山之會」
與「落帽人」這個典故將自己的龍山之遊緊密結合，聯想起龍山上名
士清流之事，以逐臣自比，暫時忘卻政治上不得意，將自己比作被風
吹落帽的名士孟嘉，表達對名士嚮往，將月擬人，月留人，留戀脫俗
忘塵自然之境，並抒發內心失意憤懣、曠達灑脫之情。

（3）「青龍」見朝暾

> 梧桐識佳樹，蕙草留芳根。白鷺映春洲，青龍見朝暾。地古雲
> 物在，臺傾禾黍繁。我來酌清波，於此樹名園。功成拂衣去，
> 歸入武陵源。（703〈登金陵冶城西北謝安墩〉）

此詩作於天寶六年（西元747年），李白四十七歲在金陵作。李白登金陵冶城西北謝安墩，先敘永嘉之亂情景，再寫謝安之功，並寫自己冶城訪古，登謝安墩而懷念當年謝安和王右軍瀟灑丰姿與言談。本文節錄最末段描寫登墩所見景物，朝陽從青龍山升起，地雖古而雲物長存，墩中往日之人，不復可見，欲沾餘澤於此地築園，待出仕功成名遂後，拂衣而去，往桃源隱居，超然有高世之志。詩中「青龍」乃指江寧府「青龍山」，因山趾石堅而色青，似青龍臥，白鷺洲與青龍山兩地出現於詩中頗有仙境之意，又將名士與青龍山相比附，予以無限的讚譽。

（4）「青龍山」後日

> 白鷺洲前月，天明送客迴。青龍山後日，早出海雲來。流水無情去，征帆逐吹開。相看不忍別，更進手中盃。
>
> 　　　　　　　　　　　　　　　　（559〈送殷淑三首其二〉）

此詩作於上元二年（西元761年），李白六十一歲在金陵作。此詩寫白鷺洲、青龍山、海雲、江水東流而逝、行人征帆於風中張開皆是金陵送別殷淑道士的景色，與前首〈登金陵冶城西北謝安墩〉所描寫景色大致相同，青龍山後升起一輪紅日從海雲中跳躍而出，前六句寫景，即景抒情。

（5）「盧龍」霜氣冷

> 三山懷謝脁，水澹望長安。燕沒河陽縣，秋江正北看。盧龍霜氣冷，鳷鵲月光寒。耿耿憶瓊樹，天涯寄一歡。
>
> 　　　　　　　　　　　　　　　　（458〈三山望金陵寄殷淑〉）

此詩作於上元二年（西元761年），李白六十一歲於三山（今南京市西南部）作。李白秋日登上三山懷念謝朓眺望金陵，李白所望是唐朝陪都金陵，朓所望者是晉之長安洛陽，地雖不同，懷忠心愛國之情意同。安史之亂，唐室中衰，長安洛陽陷沒，蕭索凄悲。開四句化用謝朓詩意表達懷念故都，接續二句描寫南京盧龍山頭霜氣冷，鳲鵲觀上月光寒，最末二句懷念故人之情。詩中「盧龍」並非幽燕盧龍，非關塞之地，是晉元帝初渡江至此，見山連石頭，以比北地盧龍，與北周王褒〈從軍行〉詩中所言「盧龍」雖然不同地，非描寫戰士守邊苦寒，而是描寫金陵之盧龍山之堅固又似龍蟠臥之形，但卻充滿愛國之情。

8 龍標過五溪之同情

楊花落盡子規啼，聞道龍標過五溪。我寄愁心與明月，隨風直到夜郎西。（424〈聞王昌齡左遷龍標，遙有此寄〉）

此詩作於天寶七年（西元748年）暮春，李白四十八歲於揚州所作。李白任俠尚義，足跡遍中原，廣交友，並作了大量贈答詩歌，此詩為王昌齡而作。開元二十七年（西元739年）王昌齡貶謫嶺南，天寶元年（西元742年）謫遷江寧（今江蘇省南京市）丞，天寶七年（西元748年）再貶龍標（今湖南省黔陽縣）尉，仕途屢經挫折。據《新唐書·文藝傳》記載王昌齡「晚節不護細行，貶龍標尉。」[75]王昌齡左遷乃因「不護細行」，生活小節失於檢點，可能欲加之罪，然而王昌齡於〈芙蓉樓送辛漸〉一詩以「一片冰心在玉壺」[76]明志，表明光明

---

75 （宋）歐陽修、宋祁等奉敕撰：《新唐書》，收入《景印文淵閣四庫全書》276冊（臺北市：臺灣商務印書館，1983年），卷203，頁86。

76 王昌齡〈芙蓉樓送辛漸〉一詩見（清）康熙四十二年御定：《御定全唐詩》，收入

磊落、廉正高潔品格。李白於漫遊期間，悉聞其不幸遭遇，表達深切同情遙寄慰藉。首句「楊花落盡子規啼」寫景，李白在繁花雜樹中獨取「楊花」，因其似浮萍漂泊無依形象，在禽鳥中選子規，因其啼聲哀切，非但點明時令，更切合當時情事，烘託淒涼悲傷、飄零離恨心境。次句「聞道龍標過五溪」，道出得知朋友被貶時的驚愕傷感之情。詩中「龍標」為地名，雖然王昌齡時稱王龍標，然而那是其貶任龍標尉之後才有的別名。此語說明龍標處所需過了五溪才能到達，據《通典》卷一八三記載：「五溪謂酉、辰、巫、武、陵等五溪也。」[77]足見貶地的荒涼遙遠與艱險，王昌齡只因不護細行，竟被謫放至比五溪還遠的沅水之濱，不得晤言，懷想彌切。最末二句「我寄愁心與明月，隨風直到夜郎西」言及「夜郎」於今湖南省沅陵縣境，龍標在其西南方向，非指今貴州省桐梓縣的夜郎，據清代劉獻庭《廣陽雜記》曰：「王昌齡為龍標尉。龍標即今沅州也，又有古夜郎縣，故有『夜郎西』之句。若以夜郎為漢夜郎王地者，則相去甚遠，不可解矣。」[78]將無告的同情與懷念之情寄託明月，藉由風送達貶所，不言寬慰，但寬解自明。

　　綜言之，地名是約定成俗的符號標誌，代表地理實體的一種符號，表現該地區的自然或人文地理環境，甚至兩者互相影響，而形成該地豐富的歷史文化。因此，地名除了作為空間的具體標誌外，更是一種超越時空的文化現象。李白之前使用「龍」字地名入詩的詞彙有「龍門」、「龍沙」、「龍庭」、「龍城」、「龍池」、「龍山」、「盧龍」等，

《景印文淵閣四庫全書》1424冊（臺北市：臺灣商務印書館，1986年），卷143，頁319。

77　（唐）杜佑：《通典》（北京市：中華書局，1984年影印本），卷183，頁957。

78　袁行霈主編：《歷代名篇鑒賞》上冊（臺北市：五南圖書出版公司，1995年5月初版2刷），頁713。

尤以「龍門」出現24次數最高,可見自古以來「魚躍龍門」一詞連繫了「龍門」一地的自然景觀與文化、文學上的各種寓意。李白詩作中出現「龍」字地名詞彙,除了承襲前代詞彙,亦增加前代所無地名入詩,如「黃龍」、「龍潭」、「白龍潭」、「青龍山」、「龍標」等地,藉由實際地名的紀錄與投射,賦予作品更豐富的精神價值與情意寄託。本文考察在李白之前的《先秦漢魏晉南北朝詩》出現「龍」字地名意涵,再探討李白十九首「龍」地名詩作蘊含情意,發現從李白開始拓寬地名詞彙意涵,「龍門」除了承繼歷來「鯉魚躍龍門之企求」與「點額不成龍之苦悶」外,新創了「咆哮觸龍門之兇惡」意涵;「龍沙」、「龍庭」、「龍城」除了承繼歷來「戰士臥龍沙、龍庭、龍城之艱辛」外,亦新創「黃龍邊塞兒之思鄉」。更可發現在李白之前對於地名的使用較為現實關注,從李白開始將古時典故結合實際地理實景,增添想像空間的地名出現,以「龍居深潭池之想像」如入「龍潭」、「九龍潭」中勿語笑以黷龍神,「白龍潭」陵陽子明釣得白龍之說,以及唐玄宗興慶宮湧泉「龍池」成為「天子之氣」傳說。此外,李白亦將一貫浪漫主義風格投注於描寫名山之上,以「山似蟠龍臥之讚譽」描寫「龍山」、「青龍山」、南京「盧龍山」,以此比附充滿欲投身報國的自己。甚至唐代才出現地名「龍標」因王昌齡而聲名遠播,李白「聞道龍標過五溪」,道出對朋友被貶時的驚愕傷感之同情。李白詩中「龍」字地名除了反映出當地人們對該地域的某種認識、感情或寄寓某種期望之外,有彰顯世人對功名仕途的嚮往,期待友人提攜,苦悶中永不喪志,無奈中又奮起積極建功立業之心,流露其對社會政治的關懷,有著歷史事件、軍事活動,因身為翰林供奉卻不被重用,僅是玄宗皇帝風花雪月之文學侍從,其怨思亦如黃龍邊塞兒、思婦獨不見。此外,更附加典故、神話,增加神秘浪漫色彩,並呈現出超越自我的精神。

第二節　與龍有關的動物界

　　中國人注重觀物取象，立象盡意，取象比類，如此表現於語言形式上，即產生意象的組合，善於合二為一，以類比的思維在不同類的事物中由此及彼，觸類旁通，設雙象而喻同理。「龍」是中國最推崇尊敬神化的神物，能與之相提並論的動物亦是神化且擁有仙力，如「龍鳳」、「龍鸞」；能與之同樣於生物界的身物鏈上居於首位，如「龍虎」、「龍馬」、「龍駒」、「龍象」；通過與龍的形象形成強烈對比，使強弱、美醜、大小等隱喻意象的形象化的凸顯，一般動物在龍的面前相形見絀，如「魚龍」、「龍蛇」、「龍蠖」。以下分別探析「龍」與「鳳」、「鸞」、「虎」、「馬」、「駒」、「魚」、「蠖」等動物相結合的詞組：

一　龍鳳

　　在遠古圖騰崇拜中，祥瑞之兆的奇禽異獸有多種，其中主要是龍、麟、鳳、龜，謂之「四靈」，而四靈出現，能帶來祥瑞。鳳凰在商周是百鳥之王的祥瑞靈獸，有著呼風喚雨、騰雲駕霧之神力，也是溝通天地的引魂使者，但到了封建社會中，「龍鳳」由氏族圖騰轉化為最高統治者的化身，成為皇帝政治權威的象徵。然而在李白將「龍鳳」合稱，使用「龍鳳」意象並非單純作為神物，而是融入詩人主觀情意的審美對象，以「龍鳳」比附人的精神品格，作為君子的象徵，乃因「鳳凰」在文人筆下多具有高潔、高尚品格的意涵，如《莊子・秋水》：「夫鵷鶵，發於南海而飛於北海，非梧桐不止，非練實不食，

非醴泉不飲。」[79]，可見鳳凰「非梧桐不止，非練實不食，非醴泉不飲」特性，與凡鳥不同，展現高潔形象，以鳳凰自由的個性反映其狂放不羈、卓爾不群，象徵追求自由精神且具政治色彩，暗示崇高的使命感與濟蒼生、安社稷的襟懷，寄寓聖賢治世的理想，如〈古風五十九首其四十五〉，其詩如下：

> 八荒馳驚飆，萬物盡凋落。浮雲蔽頹陽，洪波振大壑。龍鳳脫罔罟，飄搖將安託？去去乘白駒，空山詠場藿。
>
> （45〈古風五十九首其四十五〉）

此詩作於肅宗至德二載（西元757年），李白坐從璘罪繫尋陽獄，宣慰大使崔渙及御史中丞宋若思為之推覆清雪。開首四句以狂風席捲大地、萬物凋零喻指安祿山之亂，以浮雲蔽頹陽喻指小人逆臣作亂，唐明皇逃往成都，以洪水震動巨大深谷比喻人民遭受大災難。後四句李白以「龍鳳」喻自己，因參加永王李璘幕府而被補入獄，經御史中丞宋若思的營救而出獄並加入其幕府。然因朝廷追查，又離開宋若思幕府逃難到宿松，無處可棲託，思出世遠去。

李白詩中「龍」與鳥類合稱，除了「龍鳳」之外，還有「龍鸞」合稱。《說文解字》釋「鸞」字曰：「亦神靈之精也。赤色，五采，雞形。鳴中五音，頌聲作則至。」[80]「鸞」是鳳凰一類的鳥，古傳說中的神鳥，鸞鳥分雄雌，雄鳥稱「鸞」，雌鳥稱「和」，故「龍鸞」亦是「龍」與「鳳」之意，龍鳳歷來除了喻賢士之外，另有喻文章華美之

---

79 （晉）郭象注：《莊子注》，收入《景印文淵閣四庫全書》1056冊（臺北市：臺灣商務印書館，1983年），卷6，頁88。

80 （漢）許慎撰：《說文解字》，收入《景印文淵閣四庫全書》223冊（臺北市：臺灣商務印書館，1983年），卷4上，頁142。

意，如李白〈留別于十一兄逖、裴十三遊塞垣〉曰：「裴生覽千古，龍鸞炳天章。悲吟雨雪動林木，放書輟劍思高堂。」詩中以「龍鸞」喻文采華美，照映天上日月星辰，將文采予以靈動耀眼奪目之龍鸞來形容，給予極高評價與肯定，跳脫「龍鳳」、「龍鸞」歷來只用以形容人的範疇匡限。

二　龍馬

　　「龍」是虛擬、天上飛升之神物，具控制水域的神功，「馬」是真實哺乳類動物，是六畜之首，為重要的交通運輸、軍事工具，二者之間，本無必然聯繫，「龍馬」合稱是先民巧思新創品種，寄寓古人對龍馬同類的尊崇心理。中國古代龍馬文化源遠流長，早在先秦時期就出現了「龍馬」之說，《禮記·月令》曰：「孟春之月……天子居青陽左前，乘鸞路，駕蒼龍。」[81]鸞路指有虞氏之車，蒼龍則是指青色的馬。至漢代，將「龍馬」解釋為由「龍」演變而成的「馬」，如《禮記·禮運》曰「『河出馬圖』按《中候·握河紀》：『堯時，受河圖，龍銜赤文綠色。注云：『龍而形象馬，故云馬圖是龍馬負圖而出。又云：『伏羲氏有天下，龍馬負圖出於河。』」[82]此中「龍馬負圖」神話傳說是對《禮記·禮運》所載「河出馬圖」傳說的一種附會解釋，因馬不能於大河之中，傳說中只有龍才能如此，既能載重負圖，又能識水性，故龍頭馬身的神獸才能具此雙本領。又《尚書中候·握河紀》曰：「帝堯即政……龍馬銜甲，赤文綠色，自河而

81　（清）阮元：《十三經注疏·禮記5》（臺北市：藝文印書館，2001年12月初版14刷），卷14，頁279、285。

82　（清）阮元：《十三經注疏·禮記5》（臺北市：藝文印書館，2001年12月初版14刷），卷22，頁442。

出。」注曰：「龍而形象馬，赤熛怒之使者，甲所以藏，圖文赤色綠地也。」[83]可證龍馬故鄉應該在北方的黃河，且古代帝王受命於天，以「龍種」自詡，伴隨其坐騎，被認為血統高貴，也以「龍」來指稱御馬。而王嘉《拾遺記》記載「（周）穆王即位三十二年巡行天下……馭八龍之駿，一名絕地，足不踐土，二名翻羽，行越飛禽，三名奔霄，夜行萬里，四名超影，逐日而行，五名踰輝，毛色炳耀，六名超光，一形十影，七名騰霧，乘雲而奔，八名挾翼，身有肉翅，遞而駕焉。」[84]此中八龍之駿即是八匹駿馬，這些稱之為龍的馬，即是中國最早意義上的「龍馬」，可見當時以龍來指稱良馬。

在李白之前詩歌中最早出現「龍馬」一詞為南北朝齊代謝朓〈送遠曲〉云：「方衢控龍馬，平路騁朱輪。」（頁1416）詩中描寫達官顯貴所乘騎的駿馬車駕，以「龍馬」代稱駿馬。其後，梁代何遜〈學古贈丘永嘉征還詩〉云：「龍馬魚腸劍，躞蹀起風塵。」（頁1692）詩中描寫身騎駿馬配戴「魚腸劍」這把寶劍，馬行如疾風飛騰之速；以及梁簡文帝蕭綱〈洛陽道〉云：「金鞍照龍馬，羅袂拂春桑。」（頁1911）詩中描寫古都洛陽的繁富景物以及士女行遊歡樂風俗，金鞍映照龍馬，少年跨騎高大雄壯馬匹，乘坐華貴馬車到田野踏春，「龍馬」一詞乃是對駿馬、良馬的大力讚美與褒揚。但至梁代武帝蕭衍開始，「龍馬」這個詞彙卻新增成皇帝御駕之意，如武帝蕭衍〈襄陽蹋銅蹄歌三首其三〉云：「龍馬紫金鞍，翠眊白玉羈。」（頁1520）梁武帝自襄陽起兵，東下建業，奪了蕭齊天下，此首詩是想像，建業打下，出征的襄陽兒龍馬金鞍，照耀在建業雙闕之下。詩中描寫以「龍

---

83 （清）孔廣林輯：《尚書中候》，收入《叢書集成新編》24冊（臺北市：新文豐出版社，1985年），卷1，頁150。

84 （晉）王嘉：《拾遺記》，收入《景印文淵閣四庫全書》1042冊（臺北市：臺灣商務印書館，1983年），卷3，頁324。

馬」來形容帝王坐騎，其上鞍了金碧輝煌的佩件；梁元帝蕭繹〈草名詩〉曰：「初控游龍馬，仍移卷柏舟。」（頁2044）、梁代沈約〈相逢狹路間〉云：「滿龍馬街衢，飛蓋交門側。」（頁1616）、北齊詩〈元會大饗歌十首：皇夏〉云：「鶴蓋龍馬，風乘雲車。」（頁2317）以及北周庾信〈侍從徐國公殿下軍行詩〉：「電爍驅龍馬，山精鏤寶刀。」（頁2361）上述5首是形容皇帝的御馬，除了帝王用來逸樂嬉遊，甚至展現皇家規模排場高貴盛大，或形容征伐軍用行旅戰馬。除了「龍馬」一詞形容帝王坐騎外，李白另有2首詩以「龍駒」形容帝王御馬，沿用前代之說，如〈贈從弟南平太守之遙二首其一〉：「承恩初入銀臺門，著書獨在金鑾殿。龍駒雕鐙白玉鞍，象牀綺席黃金盤」詩中以「龍駒」即是代表當時御賜的榮耀；〈永王東巡歌十一首其七〉：「王出三山按五湖，樓船跨海次揚都。戰艦森森羅虎士，征帆一一引龍駒」，起首「王出三山按五湖」特為警湛，強調永王軍隊動作快捷，三山、五湖泛指揚州一帶江河湖泊，之後緊接著寫到「樓船跨海次揚都」，道出戰艦之堅固與眾多，「戰艦森森羅虎士」一語道破前句樓船即戰艦，戰艦上全是勇猛戰士，強化出軍容壯盛之景況。最後，更以「龍駒」代指帝王的御馬，如龍飛之疾。引龍駒有二說，一指意指風帆之疾，舟師盛而征帆速，如龍駒之速；另一詮解為永王軍水陸並進之意，實為帝王之御馬。

　　綜上可知，人們在使用「龍馬」這個詞彙漸漸由龍馬負圖神話傳說此種神異寶馬逐漸淡化，而「龍馬」一詞至漢代成為「良馬」之意，到南北朝之後多用來形容「御馬」，李白之前使用「龍馬」一詞入詩僅有8首，從李白開始拓寬「龍馬」詞彙意涵，甚至引伸喻指傑出才性，表現個人情感與強烈建功立業雄心壯志。本節先針對歷來「龍馬傳說」進行探源，然後試圖從「章法結構」角度切入，去探討李白詩中六處「龍馬」合稱所蘊含的精神內涵，追尋其獨特觀察視

角，呈現「龍馬花雪毛」、「五馬如飛龍」、「朝天數換飛龍馬」、「本是天池龍」、「勅賜飛龍二天馬」、「身騎飛龍天馬駒」等詩之情感意涵。

（一）「龍馬」一詞探源

　　「龍」與「馬」自古即有深厚的淵源，在《禮記・月令》曰：「孟春之月……天子居青陽左前，乘鸞路，駕蒼龍。」[85]鸞路指有虞氏之車，蒼龍則是指青色的馬。而王嘉《拾遺記》記載「（周）穆王即位三十二年巡行天下……馭八龍之駿，一名絕地，足不踐土，二名翻羽，行越飛禽，三名奔霄，夜行萬里，四名超影，逐日而行，五名踰輝，毛色炳燿，六名超光，一形十影，七名騰霧，乘雲而奔，八名挾翼，身有肉翅，遞而駕焉。」[86]此中八龍之駿即是八匹駿馬，這些稱之為龍的馬，即是中國最早意義上的「龍馬」，可見當時以龍來指稱良馬。據《周禮・夏官・司馬・廋人》云：「馬八尺以上為龍，七尺以上為騋，六尺以上為馬。」[87]說明龍馬的名稱是由馬異乎尋常的身高決定。至宋代陸佃《埤雅》卷十二〈釋騋〉云：「廋人曰：八尺以上為龍，此種馬也。豈所謂天下之馬者耶？蓋馬八尺以上則疑於龍矣，是故謂之龍也。」[88]此段文字可知陸佃認為八尺以上的馬並非凡馬，疑似為龍，此說乃是依照身體長短來劃分馬的等級。而《宋書・符瑞志》曰：「龍馬者，仁馬也，河水之精。高八尺五寸，長頸有

85　（清）阮元：《十三經注疏・禮記5》（臺北市：藝文印書館，2001年12月初版14刷），卷14，頁279、285。

86　（晉）王嘉：《拾遺記》，收入《景印文淵閣四庫全書》1042冊（臺北市：臺灣商務印書館，1983年），卷3，頁324。

87　（清）阮元：《十三經注疏・周禮3》（臺北市：藝文印書館，2001年12月初版14刷），卷33，頁497。

88　（宋）陸佃撰：《埤雅》，收入《景印文淵閣四庫全書》222冊（臺北市：臺灣商務印書館，1983年），卷12，頁164。

翼，傍有垂毛，鳴聲九哀。」[89]此說將龍馬視為神異非凡，視為祥瑞之兆。南朝梁沈約《南史・西戎傳》記載河南國「有青海方數百里，放牝馬其側，輒生駒，土人謂之龍種，故其國多善馬。」[90]又《隋書・西域傳》記載吐谷渾國「青海周迴千餘里，中有小山，其俗至冬輒牧牝馬于其上，言得龍種。」[91]上述三例言及「馬」具龍形龍性乃是古人將想像中「龍」的形象觀念投射到現實的「馬」身上。綜上可知，歷來將體質健壯駿馬、優良馬種指稱為「龍馬」。

另一說將「龍馬」解釋為由「龍」演變而成的「馬」，此說產生於漢代。據《尚書中候・握河紀》曰：「伏羲氏有天下，龍馬負圖于河。」其中「龍馬負圖」此神話乃針對《禮記・禮運》所載「河出馬圖」傳說的附會解釋，將「河出馬圖」之「馬」解釋為「龍馬」，認為馬不能於河之中，唯有龍才行，且要能載重負圖，又要能識水性，唯有身兼龍與馬雙重本事的龍馬才能。林梅村在〈吐火羅人與龍部落〉一文說到居住在古代中國西北地區的吐火羅人（大月氏人）所敬奉的神nage（或為nake），即漢語所譯「龍」，其原型是馬，龍乃是原始漢藏語對馬的共同稱謂，其文如下：

> 中原新石器遺址中普遍不見家馬骨骼出土。八尺以上的高頭大馬可能是月氏人最先馴養出來的，所以這個民族有「龍部落」之稱。那麼原始漢藏語「龍」的讀音可能借自吐火羅語nage（龍）或nakte（神），實為月氏人對馬或神的稱謂。大月氏西

89　（梁）沈約撰：《宋書》，收入《景印文淵閣四庫全書》257冊（臺北市：臺灣商務印書館，1983年），卷28，頁504。

90　（唐）李延壽撰：《南史》，收入《景印文淵閣四庫全書》265冊（臺北市：臺灣商務印書館，1983年），卷79，頁1128-1129。

91　（唐）魏徵等奉敕撰：《隋書》，收入《景印文淵閣四庫全書》264冊（臺北市：臺灣商務印書館，1983年），卷83，頁1139。

遷不單是民族的遷移，還帶走了「豢龍術」。由於龍在中原銷
聲匿跡，中原人士不知龍為何物，於是將古史傳說中的龍神化
為神靈。直到漢武帝伐大宛，漢朝遠征軍從中亞帶回汗血馬，
中原人士才終於再次見到龍。漢武帝稱其為「天馬」而不是
龍，這表明漢代人已不清楚這些高頭大馬其實就是古史傳說中
的龍。[92]

由上可知「龍」稱「馬」是對少數民族傳統、語言的承繼，只是因少
數民族西遷，中原人已無從得曉其淵源，故對龍、龍馬有諸多神化詮
釋。然而「龍馬」的神化與龍的產生有所關聯，聞一多先生在〈伏羲
考〉一文指出：

> 龍圖騰，不拘它局部的像馬也好，像狗也好，或像魚，像鳥，
> 像鹿都好，它的主幹部分和基本形態卻是蛇。這表明在當初那
> 個眾圖騰單位林立的時代，內中以蛇圖騰為最強大，眾圖騰
> 的合併與融化，便是這蛇圖騰兼併與同化了許多弱小單位的
> 結果。[93]

可見「馬」是形成「龍圖騰」的一部分，故龍有馬像，龍與馬通過藝
術化的方式統合起來，故「龍馬」藉由「龍」的關係，擺脫平凡，神
化起來，且「龍馬」並稱寄寓中國人對龍馬同類的尊崇心理但實為駿
馬之意。

---

92 林梅村：〈吐火羅人與龍部落〉，《西域研究》1997年第1期，頁17。
93 聞一多：《聞一多全集》第3卷（武漢市：湖北人民出版社，1993年），頁8。

（二）李白「龍馬」詩歌之內容意蘊與章法結構

筆者考察李白1054首詩歌中，出現「龍馬」一詞共有6首，在此節中分別探析此6首詩歌運用「龍馬」一詞傳達出何種情感？並輔以章法結構的分析見其詩中呈顯意旨何在？而此6首詩僅1首作於天寶十三年（西元754年），其餘5首皆作於天寶二年（西元743年）供奉翰林時期或初入長安時期，在這段期間李白詩歌中「龍馬」意象所傳達的情感意涵各有所不同，藉由「龍馬」代表皇恩寵遇外，以及表徵自我雄才壯志外，更傳達飽含理想、壯志、失望、哀怨、憤悶之情，從中窺知其內心起伏，筆者試圖從章法結構探析其詩中旨意與龍馬意象的關聯性。

1 龍馬花雪毛

> 龍馬花雪毛，金鞍五陵豪。秋霜切玉劍，落日明珠袍。鬥雞事萬乘，軒蓋一何高？弓摧南山虎，手接太行猱。酒後競風采，三杯弄寶刀。殺人如剪草，劇孟同遊遨。發憤去函谷，從軍向臨洮。叱咤經百戰，匈奴盡波濤。歸來使酒氣，未肯拜蕭曹。羞入原憲室，荒徑隱蓬蒿。（131〈白馬篇〉）

此詩作於開元十九年（西元731年），李白三十一歲初入長安之時曾與五陵豪交遊。據《樂府詩集・雜曲歌辭》曹植〈白馬篇〉題下注云：「白馬者，見乘白馬者而為此曲。言人當立功立事，盡力為國，不可念私也。」[94]李白擬為〈白馬篇〉詩義同。開首四句言長安五陵豪族子弟的富貴形象，「龍馬花雪毛」句中「龍馬」意指高頭大馬，採

---

94 （宋）郭茂倩編撰：《樂府詩集》（二）（臺北市：里仁書局，1999年），卷63，頁914。

《周禮‧夏官‧廋人》:「馬八尺以上為龍。」說法,身騎配有金鞍、毛如雪花般的高頭大馬,身佩如秋霜般閃光、鋒利可切玉的寶劍,穿著可與日爭輝的明珠之袍。次段八句從「鬭雞事萬乘」至「劇孟同遊遨」描寫陪伴皇帝去鬥雞,自己到郊外行獵,弓摧南山之虎,手射太行之猱,甚至飲酒作樂、遊俠作風。末段八句從「發憤去函谷」至「荒徑隱蓬蒿」描寫其發憤從軍立功,在戰場上叱吒風雲,身經百戰,遠逐匈奴,凱旋歸來時仗著酒氣,傲視公侯,不肯俯身下拜蕭何曹參之類的高官。最後二句「羞入原憲室,荒徑隱蓬蒿」據《韓詩外傳》卷一曰:「原憲居魯,環堵之室,茨以蒿萊,蓬戶甕牖,桷桑而無樞,上漏下溼,匡坐而絃歌。子貢乘肥馬衣輕裘,中紺而表素,軒不容巷而往見之。原憲楮冠黎杖而應門,⋯⋯子貢曰:『嘻!先生何病也?』原憲仰而應之曰:『⋯⋯比周而友,學以為人,教以為己,仁義之匿,車馬之飾,衣裘之麗,憲不忍為之也。』子貢逡巡,面有慙色,不辭而去。」[95]又《史記‧仲尼弟子列傳》曰:「孔子卒,原憲遂亡在草澤中。子貢相衛而結駟連騎,排藜藿入窮閻,過謝原憲,憲攝敝衣冠見子貢,子貢恥之,曰:『夫子豈病乎?』原憲曰:『吾聞之,無財者謂之貧,學道而不能行者謂之病。若憲,貧也,非病也。』子貢慙,不懌而去,終身恥其言之過對也」[96]用「原憲室」典故,喻貧士之室,言他們不甘貧賤,羞於進入像原憲那樣隱於荒徑蒿萊之下的貧士之室,筆者認為此二句與上二句「歸來使酒氣,未肯拜蕭曹」似乎描寫到五陵豪因朝廷所寵,有驕橫跋扈,不可一世,頗帶有貶刺之意。然而綜觀全詩可見李白用心塑造出武藝高強、報國殺敵

95　(漢)韓嬰撰:《韓詩外傳》,收入《景印文淵閣四庫全書》89冊(臺北市:臺灣商務印書館,1983年),卷1,頁778。

96　(漢)司馬遷撰:《史記》,收入《景印文淵閣四庫全書》244冊(臺北市:臺灣商務印書館,1983年),卷67,頁386。

的俠客形象，承繼曹植〈白馬篇〉精神，有著建功立業、策馬邊疆的
豪情壯志之熱血情懷，但又突顯與之不同的俠客形象，表現一種不肯
摧眉折腰事權貴的傲骨，體現詩人豪氣干雲與時代風氣。筆者試圖分
析此詩的章法結構，去透視作者的心志呈現與全詩意旨何在，其章法
結構表　如下：

```
      ┌─ 主：金鞍五陵豪
   ┌ 凡 ┤
   │   └─ 賓：龍馬花雪毛，秋霜切玉劍，落日明珠袍。
   │
   ├─ 目一（侍御）：鬥雞事萬乘，軒蓋一何高。
   ├─ 目二（行獵）：弓摧南山虎，手接太行猱。
   ├─ 目三（酒酣）：酒後競風采，三杯弄寶刀。
   ├─ 目四（遊俠）：殺人如剪草，劇孟同遊遨。
   ├─ 目五（從軍）：發憤去函谷，從軍向臨洮。叱咤經百戰，
   │                匈奴盡波濤。歸來使酒氣，未肯拜蕭曹。
   └─ 凡：羞入原憲室，荒徑隱蓬蒿。
```

　　此詩以「凡目凡」結構形式寫成，將「先凡後目」與「先目後
凡」兩者加以疊用，首尾均使用「凡」的結構，在「凡」的部分，首
先以「賓主」結構，借「賓」位：「龍馬花雪毛，秋霜切玉劍，落日
明珠袍」形「主」方式點出全詩主旨「主」位：「金鞍五陵豪」，強化
敘述五陵豪富貴尊寵形象。其後「目」的部分一一論述五陵豪的作
為，從侍御鬥雞、行獵、飲酒舞劍、遊俠、從軍、不肯拜宰相等報國
殺敵，甚至驕橫跋扈，不可一世的俠客形象。然全詩最後以「凡」結
尾：「羞入原憲室，荒徑隱蓬蒿」更深化化尊貴形象外，雖有羨慕之
情，卻隱隱有貶刺之意。

2 五馬如飛龍

> 美女渭橋東，春還事蠶作。五馬如飛龍，青絲結金絡。不知誰
> 家子，調笑來相謔。妾本秦羅敷，玉顏豔名都。綠條映素手，
> 采桑向城隅。使君且不顧，況復論秋胡。寒螿愛碧草，鳴鳳棲
> 青梧。託心自有處，但怪旁人愚。徒令白日暮，高駕空踟躕。
>
> （170〈陌上桑〉）

　　此詩作於天寶二年（西元743年），李白四十三歲。據《樂府詩
集》卷二八〈相和歌辭・相和曲下〉引《樂府解題》曰：「古辭言羅
敷採桑，為使君所邀，盛誇其夫為侍中郎以拒之。」[97]李白擬〈陌上
桑〉古辭作詩。首段敘美女在渭橋東採桑，適有貴客乘五馬之車，「五
馬如飛龍，青絲結金絡」，言其馬矯矯若飛龍，形容馬飛奔之勢如龍
飛，接下來對馬匹車駕裝飾描寫，青絲繫馬尾，黃金絡馬頭，用以烘
托富家子可匹敵王侯，是表現主題的伏筆。不知誰家子，前來調戲，
在此也喻指賢者自守，不以富貴而有所挾。次段為美女答覆自己如羅
敷，非但容貌豔名都、採桑城隅與羅敷相同，只知力蠶之勤，無懷春
之念，貞潔亦如羅敷。「使君且不顧，況復論秋胡」言使君雖有五馬之
貴，然非美女思之所存，又將忘義戲妻的秋胡之事作為襯托，道出王
者之貴不可挾，富者之金不能移其志，既不傾慕權勢，也不為金錢所
動。末段六句總括全篇之意，言採桑忠貞女子託心自有所愛，富貴不
能動其心，路人挑逗何等愚蠢。猶用世之士，各有所從，他人縱招之，
豈能動其心，高駕徘徊，徒然費日無益。筆者試圖分析此詩的章法結
構，去透視作者的心志呈現與全詩意旨何在，其章法結構表如下：

97　（宋）郭茂倩編撰：《樂府詩集》（一）（臺北市：里仁書局，1999年），卷28，頁
　　410。

```
                                                              ┌ 賓：寒螿愛碧草，
                                        ┌ 主：妾本秦羅敷，玉顏豔名都。    │      鳴鳳棲青梧。
                                        │    綠條映素手，采桑向城隅。    └ 主：託心自有處，
          ┌ 主：美女渭橋東，            │                                    但怪旁人愚。
          │    春還事蠶作。            │                                    徒令白日暮，
          │                            └ 賓：使君且不顧，況復論秋胡。      高駕空踟躕。
          │
          └ 賓：五馬如飛龍，青絲結金絡。
                不知誰家子，調笑來相謔。
```

此詩採以三層「賓主」結構，藉由章法結構表，更可清楚見其全詩主
旨在「主」位部分：「美女渭橋東，春還事蠶作」，借「賓」位：「五
馬如飛龍，青絲結金絡，不知誰家子，調笑來相謔」強化城郊採桑女
子「主」位受到富豪權貴子弟「賓」位的挑逗調戲，然而在「賓」位
之中，以「五馬如飛龍，青絲結金絡」這個代表身份地位的五馬去強
化權勢之富裕。第二層「賓主」結構，「主」位：「妾本秦羅敷，玉顏
豔名都」，以羅敷自比；以「賓」位：「使君且不顧，況復論秋胡」呼
應羅敷拒使君，更襯採桑女子堅貞，最末一層「賓主」結構，以
「主」位總括全詩：「託心自有處，但怪旁人愚。徒令白日暮，高駕
空踟躕」，也呼應了「五馬如飛龍，青絲結金絡」如此權貴至極仍無
法動搖一個堅貞者之心志。

3 朝天數換飛龍馬

　　烈士擊玉壺，壯心惜暮年。三盃拂劍舞秋月，忽然高詠涕泗
漣。鳳凰初下紫泥詔，謁帝稱觴登御筵。揄揚九重萬乘主，謔
浪赤墀青瑣賢。朝天數換飛龍馬，敕賜珊瑚白玉鞭。世人不識
東方朔，大隱金門是謫仙。西施宜笑復宜顰，醜女效之徒累

　　身。君王雖愛蛾眉好，無奈宮中妬殺人。(211〈玉壺吟〉)

　　此詩作於天寶二年（西元743年），李白四十三歲秋供奉翰林後期，賜金還山的前夕，當時被力士、貴妃讒毀，君王疏遠，充滿鬱勃不平之氣。首段四句言烈士悲歌擊玉壺以為節，暗用王敦擊玉壺詠曹操詩句之典故，據《世說新語・豪爽》曰：「王處仲每酒後輒詠：『老驥伏櫪，志在千里。烈士暮年，壯心不已。』（曹操〈步出夏門行〉詩句）以如意打唾壺，壺口盡缺。」[98]詩中「玉壺」乃玉製唾壺，刻畫出李白憤慨難平的自我形象。「烈士」、「暮年」、「壯心」三詞皆是曹操詩中語，曹操一生建立轟轟烈烈的功業，對照自己卻至今未展素志，不覺悲從中來，流露壯志難酬，苦悶之情借酒澆愁仍抑制不了內心苦痛，於是拔劍對月揮舞，高聲吟詠又涕淚滂沱。四句一氣傾瀉，擊壺、痛飲、舞劍、高詠、流淚，將內心鬱悶之情刻畫活靈活現。次段八句，異峰突起，境界頓變。一掃悲憤抑鬱之氣，而極寫當初奉詔入京、皇帝賜宴寵遇，「鳳凰初下紫泥詔，謁帝稱觴登御筵」正如李陽冰〈草堂集序〉云：「天寶中，皇祖下詔，徵就金馬，降輦步迎，如見綺、皓。以七寶牀賜食，御手調羹以飯之。」[99]所言。「揄揚」二句寫在朝廷作為，前一句尊主，讚頌皇帝和後一句卑臣，嘲弄權貴。「朝天數換飛龍馬，敕賜珊瑚白玉鞭。」二句寫受到皇帝特殊恩寵，命騎天廄飛龍之馬，賜以珊瑚白玉之鞭。「飛龍馬」乃皇宮內六廄之一飛龍廄中的寶馬。唐制學士初入，例借飛龍馬。但「數換飛龍馬」，又賜珊瑚「白玉鞭」，則超出常例，可見次段六句極力形容當時

98 （南朝宋）劉義慶撰：《世說新語》，收入《景印文淵閣四庫全書》1035冊（臺北市：臺灣商務印書館，1983年），卷中之下，頁148。

99 （唐）李陽冰：〈草堂集序〉，見詹鍈主編：《李白全集校注彙釋集評》第1冊（天津市：百花文藝出版社，1996年12月第1版），頁1。

恩寵騰踔飛揚神態，正襯時下冷落悲涼，與首段四句形成鮮明對比。
但筆鋒一轉，下二句「世人不識東方朔，大隱金門是謫仙」李白以被
漢武帝視為滑稽弄臣的東方朔內心相當苦悶自喻，據《史記・滑稽列
傳》曰：「武帝時，齊人有東方生名朔……酒酣，據地歌曰：『陸沈於
俗，避世金馬門。宮殿中可以避世全身，何必深山之中，蒿廬之
下？』金馬門者，宦者署門也。門傍有銅馬，故謂之曰金馬門。」[100]
又以天上謫仙人自負，從受寵得意到大隱金門，驟然突變，正反對比
呈顯內心悲哀。末段四句寫詩人自己堅貞傲岸的品格，以西施自比，
或笑或嚬皆俱真情之美，處之皆宜，別人效之不得，流露出傲岸自
信，更以醜女比權貴，裝腔作勢益顯其醜，君王雖愛蛾眉之好，然宮
中小人忌妒讒害，化用《楚辭・離騷》：「眾女嫉余之蛾眉兮，謠諑謂
余以善淫。」[101]詩意，託言美人見妒，暗寓自己不見容於朝廷，感慨
深沈。筆者試圖分析此詩的章法結構，去透視作者的心志呈現與全詩
意旨何在，其章法結構表如下：

```
                        ┌ 主：鳳凰初下紫泥詔，      ┌ 賓：世人不識東方朔，
                        │    謁帝稱觴登御筵。      │
                        │    揄揚九重萬乘主，      └ 主：大隱金門是謫仙。
                        │    謔浪赤墀青瑣賢。
  ┌ 敘：烈士擊玉壺，
  │    壯心惜暮年，
  │    三盃拂劍舞秋月，
  │    忽然高詠涕泗漣。    └ 賓：朝天數換飛龍馬，
  │                          敕賜珊瑚白玉鞭。
  └ 論：西施宜笑復宜嚬，醜女效之徒累身。君王雖愛蛾眉好，無奈宮中妒殺
       人。
```

100　（漢）司馬遷撰：《史記》，收入《景印文淵閣四庫全書》244冊（臺北市：臺灣商
　　　務印書館，1983年），卷126，頁899。

101　（宋）洪興祖撰：《楚辭補注》，收入《景印文淵閣四庫全書》1062冊（臺北市：
　　　臺灣商務印書館，1983年），卷1，頁124。

此詩章法結構採以「先敘後論」形式寫成，在「敘」部分採以二層「主賓」結構，第一層以「賓」位：「朝天數換飛龍馬，敕賜珊瑚白玉鞭」去強化「主」位：「鳳凰初下紫泥詔，謁帝稱觴登御筵」之榮寵，「借賓形主」方式正襯榮寵至極。在「論」部分乃全詩主旨所在：「西施宜笑復宜顰，醜女效之徒累身。君王雖愛蛾眉好，無奈宮中妒殺人。」託言美人見妒，寄寓自己不見容於朝廷，呼應「敘」部分「主中主」部分：「大隱金門是謫仙」。詩中「龍馬」一詞乃已是尊貴形象代表，更正襯出時下悲涼。

4 本是天池龍

> 長沙陳太守，逸氣凌青松。英主賜玉馬，本是天池龍。湘水迴九曲，衡山望五峯。榮君按節去，不及遠相從。
>
> （552〈送長沙陳太守二首其一〉）

此詩作於天寶二年（西元743年），李白四十三歲供奉翰林時送陳太守赴任長沙而作。開首四句讚美長沙陳太的脫俗雄逸之氣概，「英主賜玉馬，本是天池龍」道出得到天子賞賜而賜龍馬，詩中「玉馬」乃是天子乘輿之馬，膺郡守之命，接續二句描寫長沙郡美景，湘水曲折九流迴，能從各角度觀看衡山五峰，乃陳太守赴任之地。末二句羨慕陳太守能按轡車馬緩行得節，自己不得相從，於此送別。筆者試圖分析此詩的章法結構，去透視作者的心志呈現與全詩意旨何在，其章法結構表如下：

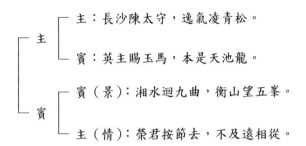

```
     ┌ 主 ┌ 主：長沙陳太守，逸氣凌青松。
     │    └ 賓：英主賜玉馬，本是天池龍。
主 ┤
     │    ┌ 賓（景）：湘水迴九曲，衡山望五峯。
     └ 賓 ┤
          └ 主（情）：榮君按節去，不及遠相從。
```

此詩採以兩個「賓主」結構，藉由章法結構表，更可清楚見其全詩主旨在「主」位部分：「長沙陳太守，逸氣凌青松」、「榮君按節去，不及遠相從」，借「賓」位：「英主賜玉馬，本是天池龍」強化主位受寵之榮貴，雖然詩句中未出現「龍馬」一詞，但詩中將玉馬與天池龍綰合論述，已流露馬是天池之龍種之意。

5 勅賜飛龍二天馬

昔獻長揚賦，天開雲雨歡。當時待詔承明裏，皆道揚雄才可觀。勅賜飛龍二天馬，黃金絡頭白玉鞍。浮雲蔽日去不返，總為秋風摧紫蘭。角巾東出商山道，採秀行歌詠芝草。路逢園綺笑向人，而君解來一何好。聞道金陵龍虎盤，還同謝朓望長安。千峯夾水向秋浦，五松名山當夏寒。銅井炎爐歊九天，赫如鑄鼎荊山前。陶公礦鑠呵赤電，回祿睢盱揚紫煙。此中豈是久留處？便欲燒丹從列仙。愛聽松風且高臥，颭颭吹盡炎氛過。登崖獨立望九州，陽春欲奏誰相和？聞君往年遊錦城，章仇尚書倒屣迎。飛牋絡繹奏明主，天書降問迴恩榮。肮髒不能就珪組，至今空揚高道名。夫子工文絕世奇，五松新作天下推。吾非謝尚邀彥伯，異代風流各一時。一時相逢樂在今，袖拂白雲開素琴。彈為三峽流泉音。從茲一別武陵去，去後桃花春水深。（626〈答杜秀才五松見贈〉）

　　此詩作於天寶十三載（西元754年），李白五十四歲往秋浦途經南陵五松山遇杜秀才而作。「千峰夾水向秋浦，五松名山當夏寒」可知時方當夏季。杜秀才作五松山詩贈李白，李白以此詩酬答。首段從「昔獻長揚賦」至「而君解來一何好」自敘往昔供奉翰林得到皇帝恩寵賜御馬與群臣讚揚情景，遭小人進讒離京，頭戴角巾東出商山古道，一路採芝歌唱，想像遇到商山四皓東園公與綺里季，嚮往隱居生活，詩中以「勅賜飛龍二天馬，黃金絡頭白玉鞍」二句強化皇帝賞賜飛龍廄的御馬，以黃金為馬絡頭，以白玉鑲馬鞍，呈現貴重榮寵至極。據《舊唐書‧職官志三》殿中省：「開元時，仗內六閑，曰：飛龍、祥麟、鳳苑、鵷鶵、吉良、六群等，號六廄馬。」[102]與《唐書‧兵志》記載：「又以尚乘掌天子之御，左右六閑，一曰飛黃，二曰吉良，三曰龍媒，四曰騊駼，五曰駃騠，六曰天苑，總十有二閑，為二廄……。其後禁中又增置飛龍廄。」[103]可見「飛龍」一詞為唐代御廄名。次段從「聞道金陵龍虎盤」至「陽春欲奏誰相和」敘述現今在江南漫遊，從過去時間拉回到現今，從金陵往秋浦，途經五松山遇到杜秀才。接續描繪銅井山冶煉爐火衝天紫煙飛揚的情景，想到跟從仙人煉丹、隱居松林，登高望遠，高歌〈陽春〉而獨立孤傲的生活情趣，然而「還同謝朓望長安」一句卻流露人在江湖，心懷魏闕。末段從「聞君往年遊錦城」至「去後桃花春水深」描寫杜秀才的才華人品，雖有天子詔書降問給予恩榮，卻不肯入仕，五松新作被天下推崇，文章絕世。李白自己與杜秀才關係雖無謝尚邀請袁宏的地位，但兩人相

102　（後晉）劉昫等奉敕撰：《舊唐書‧職官志》，收入《景印文淵閣四庫全書》269冊
　　　（臺北市：臺灣商務印書館，1983年），卷44，頁251。
103　（宋）歐陽修、宋祁等撰：《唐書‧兵志》（臺北市：藝文印書館，1982年），卷
　　　50，頁607。

知卻是異代各領風流，相逢而樂，彈奏〈三峽流泉〉表示知音，以別後往武陵桃源作結。筆者試圖分析此詩的章法結構，去透視作者的心志呈現與全詩意旨何在，其章法結構表如下：

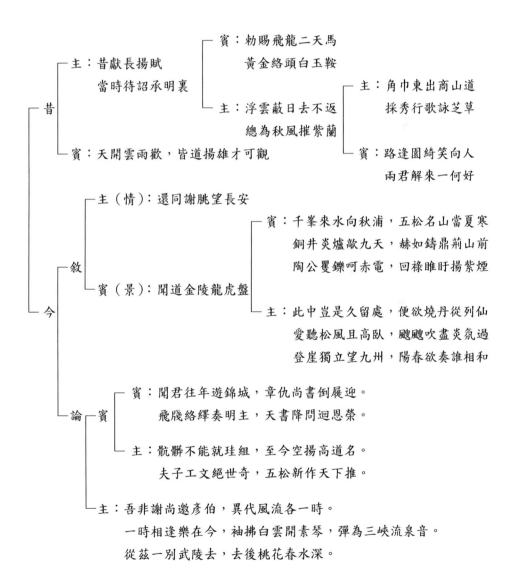

此詩章法結構以「先昔後今」形式寫成，在「昔」部分採以「主賓」形式，以「賓」位：「勅賜飛龍二天馬，黃金絡頭白玉鞍」去強化「主」位：「當時待詔承明裏」之尊寵，「借賓形主」方式正襯榮寵至極。在「今」部分採以「敘論」形式分別帶出二個「先賓後主」結構先敘述江南漫遊途經五松山萌生隱居松林情趣，以及於五松山遇杜秀才，論讚人品才華「骯髒不能就珪組，至今空揚高道名。夫子工文絕世奇，五松新作天下推。」，最終道出主位：「吾非謝尚邀彥伯，異代風流各一時」自己有志跟從隱居松林。藉由章法結構表，更可清楚見其全詩主旨在「主」之部分：「昔獻長揚賦」、「當時待詔承明裏」、「浮雲蔽日去不返」、「總為秋風摧紫蘭」、「角巾東出商山道」、「採秀行歌詠芝草」其詩意在從仙遠遊，藉由求仙學道，化解精神苦悶，正如「文藝心理學認為，人類在飽受心靈的磨難之後，便有一種要求得到解脫、超越的本能，藝術能使人獲得一種心理愉悅與審美快感，宗教能使人在現實性悲劇面前保持一種超然的寧靜與少有的坦然。」[104]，然而「主」位：「還同謝朓望長安」出現就與杜秀才心迹不同，仍望想建功立業後，再功臣身退，故此詩中「龍馬」成為身在江湖，心懷魏闕之代表心志形象。

6 身騎飛龍天馬駒

> 少年落托楚漢間，風塵蕭瑟多苦顏。自言介蕙竟誰許？長吁莫錯還閉關。一朝君王垂拂拭，剖心輸丹雪胸臆。忽蒙白日迴景光，直上青雲生羽翼。幸陪鸞輦出鴻都，身騎飛龍天馬駒。王公大人借顏色，金章紫綬來相趨。當時結交何紛紛？片言道合唯有君。待吾盡節報明主，然後相攜臥白雲。
>
> （310〈駕去溫泉宮後贈楊山人〉）

---

104 王友勝：〈李白游仙訪道的思想契機〉，《吉首大學學報》1994年第3期，頁4。

　　此詩作於天寶元年（西元742年），李白四十二歲奉詔入京得到君王禮遇供奉翰林、從駕溫泉宮時所作。開首四句自敘回顧少年流寓於楚漢之間，窮困多苦顏，雖有抱負可比管仲、諸葛亮，但卻無人推許賞識，只能長嘆寂寞閉門，藏身自守。次段從「一朝君王垂拂拭」至「金章紫綬來相趨」八句寫入京後得到君王賞識，供奉翰林，自己盡心竭力，以輸其忠，蒙天子眷顧，皮青雲之上，駕幸溫泉，叨陪侍從，「身騎飛龍天馬駒」一句描寫騎著飛龍廄的駿馬出翰林院，據《史記・大宛列傳》記載「初，天子（指漢武帝）發書易云：『神馬當從西北來，得烏孫馬，好，名曰『天馬』。及得大宛汗血馬，益壯，更名烏孫馬。』」、「馬汗血，言其先天馬子也。下注曰：『言大宛國有高山，其上有馬不可得，因取五色母馬置其下與集，生駒，皆汗血，因號曰天馬子云。』」[105]，又據《苕溪漁隱叢話・秀老》記載：「唐學士例借飛龍廄馬。」[106]當時李白供奉翰林，故得借飛龍廄馬。王公大臣、朝廷大官皆奉承自己，得志神情溢於言表，與開首四句情景對比，顯示出世態炎涼。最末四句道出當年寵遇之時，王公大臣巴結自己的人很多，但真正志同道合的，惟楊山人而已。李白表示待盡忠報答明主後，功成身退，然後與楊山人隱居同臥白雲。筆者試圖分析此詩的章法結構，去透視作者的心志呈現與全詩意旨何在，其章法結構表如下：

105　（漢）司馬遷撰：《史記・大宛列傳》，收入《景印文淵閣四庫全書》244冊（臺北市：臺灣商務印書館，1983年），卷123，頁879、874。

106　（宋）胡仔：《苕溪漁隱叢話》前集，收入《景印文淵閣四庫全書》1480冊（臺北市：臺灣商務印書館，1983年），卷57，頁362。

昔：少年落托楚漢間，風塵蕭瑟多苦顏。自言介葛竟誰許？長吁莫錯還閉關。

今：
- 賓：一朝君王垂拂拭
     忽蒙白日迴景光
- 主：剖心輸丹雪胸臆
     直上青雲生羽翼
  - 主：幸陪鸞輦出鴻都，身騎飛龍天馬駒。
  - 賓：王公大人借顏色
    - 賓：當時結交何紛紛
    - 主：片言道合唯有君
         待吾盡節報明主
         然後相攜臥白雲

此詩章法結構以「先昔後今」形式寫成，在「昔」的部分自敘回顧少年流寓窮困之境，在「今」部分採以三層「賓主」形式，第一層「賓主」結構，描述入京後得到君王賞識，供奉翰林，並強化出「主」位：「剖心輸丹雪胸臆，直上青雲生羽翼」，第二層「賓主」結構，以「主」位：「幸陪鸞輦出鴻都，身騎飛龍天馬駒」

　　強化第一層當年寵遇至極。然而在「賓」位部分：「王公大人借顏色」一語之下又帶出第三層「賓主」結構，以「賓」：「當時結交何紛紛」形「主」方式帶出「主」位：「片言道合唯有君，待吾盡節報明主，然後相攜臥白雲」。全詩藉由「身騎飛龍天馬駒」將得志神情流露無遺，何等神氣風光。

（三）李白「龍馬」詩歌之情感意涵

　　筆者針對李白詩歌中「龍馬」一詞的使用，將其區分為三大時期，分別有不同的創作心理，而不同時期的創作心理，當然反應出情感意涵亦有所不同，第一期：在開元十九年初入長安時期，李白三十一歲，此詩人生正起步，對未來前程充滿期待與希望，一心欲報國建

功立業，正值可大展長才，以「龍馬」代表皇帝榮寵尊貴形象、五陵豪必有的佩件，如〈白馬篇〉；第二期：天寶元年至天寶二年翰林待詔之時，皇祖下詔，徵就金馬，降輦步迎，七寶牀賜食，御手調羹，正值受到玄宗皇帝榮寵之時，「龍馬」已成為自己當時禮遇，作品如：〈陌上桑〉、〈玉壺吟〉、〈送長沙陳太守二首其一〉、〈駕去溫泉宮後贈楊山人〉等；第三期：在天寶三年（西元744年）後期至天寶十四年（西元755年）期間，李白四十四至五十五歲，此時賜金放還離開長安，懷才不遇，憤世嫉俗的心，於詩作中流露從仙人煉丹、隱居松林之意，運用「龍馬」形象只是作為回顧自我過去曾經榮寵的象徵，抒發遭小人進讒離京的憤悶之情，如：〈答杜秀才五松見贈〉詩。

此外，筆者採以「章法結構」來分析李白詩歌中「龍馬」一詞，見其「龍馬」於其詩中占有重要意涵，上述六首詩皆以「賓主法」結構，「賓主」法又名「眾賓拱主」法（或「眾星拱辰」法），是文章謀篇布局的藝術手法中，相當常見的一種手法，自古以來即受到相當的重視。陳滿銘在《國文教學論叢》一書中，在〈談運用詞章材料的幾種基本手段〉文章中，扼要論及「賓主」法的原理與定義：

> 作者想要具體的表出詞章的義旨，除了要直接運用主要材料之外，往往也需要間接的藉著輔助材料來使義旨凸顯，以增強它的感染或說服力量。直接運用主要材料的，即所謂的「主」；而間接運用輔助材料的，則是「賓」。一篇文章裡如有主有賓，則很容易將它的義旨充分的表達出來。[107]

本文六首詩中，可見李白有心強化「龍馬」這一物象，以「賓主法」

---

107 參見陳師滿銘：〈談運用詞章材料的幾種基本手段〉，《國文教學論叢》（臺北市：國文天地雜誌社，1991年7月初版），頁351-352。

結構行文，借由「賓」位去呈顯「主」位的尊貴之勢。從李白全部作品與時代關係來看，並不太適合從如何反映、表現他的時代這個角度去定義，李白一生多為自我編織幻想，創作意涵在於如何塑造自我、想像自我，多是表現內心獨白、人生感慨、幻想與神秘體驗遊仙居多。然而這六首「龍馬」詩歌，雖然有三首詩是樂府類，三首贈答類，但卻很強烈表現出唐代帝王愛馬與賜馬與大臣的歷史、政治環境。

在擬樂府古題〈白馬篇〉一詩中雖然藉由「龍馬」一詞展現長安五陵豪之富貴形象，其實亦流露李白內心自許能成為像五陵豪那樣武藝高強、報國殺敵的俠客形象，但以人為鏡，又不希望成為那種「羞入原憲室」跋扈權貴。在擬樂府古題〈陌上桑〉一詩以「五馬如飛龍」強化使君身份之高，其實隱含自己對於權貴邀寵，不肯折腰，道出自己藐視權貴，富貴不動其心。在〈玉壺吟〉一詩中以「朝天數換飛龍馬」道出翰林供奉期間受到皇帝特殊恩寵，超出常例，但以王敦擊玉壺詠曹操詩之典故為題，兩相對比，正襯時下悲涼，刻劃憤慨難平之內心世界自我形象。在贈答詩部分雖然只是應酬之作，但李白卻藉由「龍馬」形塑對方尊貴外，亦流露自己的欽慕之情，如〈送長沙陳太守二首其一〉，詩中「本是天池龍」除了強調御馬榮寵之外，更將對方比成「龍馬」尊貴，在贈人之際亦暗喻自己，龍馬之所以不同凡俗，有其非凡之勇氣、耐力及精神。在〈駕去溫泉宮後贈楊山人〉一詩以「身騎飛龍天馬駒」一語將得志神情溢於言表，最後更表明心迹，待功成身退一同與楊山人隱居高臥白雲。由上可見「龍馬」一詞出現當是在朝為官，翰林供奉時，尊貴身份代稱，但李白最特殊就是在五十四歲已經離開長安朝廷，政治失意，當時往秋浦途經五松山所作遊仙意味頗濃的贈答詩〈答杜秀才五松見贈〉以「今昔」手法回憶過往榮寵「敕賜飛龍二天馬」之盛況，此時「龍馬」成為追憶過往意象，強化出身在江湖，心懷魏闕之情。

　　綜上所言，「龍」與「馬」二者之間，本無直接的關連，但自先
秦時期出現「龍馬」之說，頗能反映古人對龍馬同類的尊崇心理。古
代文人將想像中「龍」的形象觀念投射到現實中「馬」身上，具龍形
龍性，故「龍馬」一詞被理解為由龍變成的馬或高大神異之馬。人們
在使用「龍馬」這個詞彙漸漸由「龍馬負圖」神話傳說的龍頭馬身逐
漸淡化，而「龍馬」一詞至漢代成為「良馬」之意，到南北朝之後多
用來形容「御馬」，李白之前使用「龍馬」一詞入詩僅有8首，從李白
開始拓寬「龍馬」詞彙意涵，甚至引伸喻指傑出才性，表現個人情感
與強烈建功立業雄心壯志。李白詩歌中出現6首「龍馬」詞彙，皆以
「賓主」章法結構行文，不斷借由「賓」位：「龍馬」去呈顯「主」
位尊貴，可看出「龍馬」一詞於詩中所占重要性之高，藉由虛擬中的
「龍」與現實存在的「馬」相結合成「龍馬」一詞來強化「馬」的尊
貴、價值之高，亦流露出俠客形象、過往榮寵、得志神情，更暗喻自
己不同凡俗，身在江湖，心懷魏闕的自我形象，開展自由心靈，在境
界上巧思多變，不泥古呆滯，洋溢著魄力宏大、豪放之氣，達成清新
之境界。

三　龍虎

　　「虎」是萬獸之王，給人印象是野性、速度、力度和致命的兇狠
勇猛的形象。虎噬物成性，故歷來詩歌將野蠻凶殘的外敵以「虎」為
喻，如晉代張載〈七哀詩二首其一〉：「季世喪亂起，賊盜如豺虎」[108]
詩中以豺虎形容董卓及其部眾野蠻凶殘的本性，李白〈古風五十九首
其三十四〉：「困獸當猛虎，窮魚餌奔鯨」以猛虎喻強敵，抨擊當權者

108　（梁）蕭統撰：《文選註》，收入《景印文淵閣四庫全書》1329冊（臺北市：臺灣
　　　商務印書館，1983年），卷23，頁405。

窮兵黷武,甚至刻劃官吏窮凶惡極,苛政猛於虎,或是喻指進退維谷
處境,如〈留別廣陵諸公〉:「騎虎不敢下,攀龍忽墮天」。然而在李
白之前的詩作中已出現「龍虎」合稱詩句,如晉朝張華〈遊俠篇〉:
「龍虎相交爭,七國並抗衡」(頁611)形容兩方皆為強勢,彼此對
抗,不相上下。李白詩中出現「龍虎」合稱共有12首,約可分為四
類,較為殊奇一類是將「龍虎」形容書法作品如龍虎雄逸,僅有一
首,如〈醉後贈王歷陽〉詩云:「書禿千兔毫,詩裁兩牛腰。筆蹤起
龍虎,舞袖拂雲霄。雙歌二胡姬,更奏遠清朝。舉酒挑朔雪,從君不
相饒。」詩中「龍虎」二字乃是評論書法雄逸,據梁武帝蕭衍《古今
書人優劣評》:「王羲之書,字勢雄逸,如龍跳天門,虎臥鳳闕,故歷
代寶之,永以為訓。」[109]。其餘三類,一為描寫群雄爭戰對抗,如
〈古風五十九首其一〉、〈山人勸酒〉、〈登金陵冶城西北謝安墩〉、〈南
山四皓〉;二為表現人物非凡,用以形容賢才,如〈獻從叔當塗宰陽
冰〉、〈對雪奉餞任城六父秩滿歸京〉、〈送韓準裴政孔巢父還山〉;三
是形容地勢險要、帝王之宅、龍虎二物秘藏之處,如〈答杜秀才五松
見贈〉、〈登梅岡望金陵贈族姪高座寺僧中孚〉、〈金陵三首其一〉,分
別探析如下:

(一)描寫群雄爭戰

1 龍虎相啖食

> 大雅久不作,吾衰竟誰陳?王風委蔓草,戰國多荊榛。龍虎相
> 啖食,兵戈逮狂秦。正聲何微茫,哀怨起騷人。揚馬激頹波,
> 開流蕩無垠。廢興雖萬變,憲章亦已淪。自從建安來,綺麗不
> 足珍。聖代復元古,垂衣貴清真。群才屬休明,乘運共躍鱗。

---

109 詹鍈主編:《李白全集校注彙釋集評》第4冊(天津市:百花文藝出版社,1993
年),頁1746。

文質相炳煥，眾星羅秋旻。我志在刪述，重輝映千春。希聖如
有立，絕筆於獲麟。(1〈古風五十九首其一〉)

此詩是中國文學史上最早的一首論詩詩，對《詩經》以來到唐代歷代
詩賦作概括性的總結與評價，並抒發自己的文學主張。詩中以「龍虎
相啖食，兵戈逮狂秦」二句形容戰國時期天下大亂，七國諸侯如龍虎
相拚，戰爭一直延續到狂暴的秦國統一天下，以「正聲何微茫」總結
戰國至秦整個詩壇，在微茫之中仍有些正聲。此詩以「龍虎」喻指戰
國七雄，然此說始於漢代班固〈答賓戲〉：「曩者王塗蕪穢，周失其馭，
侯伯方軌，戰國橫騖。於是七雄虓闞，分裂諸夏，龍戰虎爭。」[110]。

2 龍虎鬭朝昏

晉室昔橫潰，永嘉遂南奔。沙塵何茫茫！龍虎鬭朝昏。胡馬風
漢草，天驕蹙中原。哲匠感頹運，雲鵬忽飛翻。組練照楚國，
旌旗連海門。西秦百萬眾，戈甲如雲屯。投鞭可填江，一掃不
足論。皇運有返正，醜虜無遺魂。談笑過橫流，蒼生望斯存。
冶城訪古跡，猶有謝安墩。憑覽周地險，高標絕人喧。想像東
山姿，緬懷右軍言。梧桐識佳樹，蕙草留芳根。白鷺映春洲，
青龍見朝暾。地古雲物在，臺傾禾黍繁。我來酌清波，於此樹
名園。功成拂衣去，歸入武陵源。

(703〈登金陵冶城西北謝安墩〉)

此詩作於天寶六年（西元747年）在金陵作。李白登金陵冶城西北謝
安墩，將言謝安之功，先敘王室之難，敘寫永嘉之亂情景，晉室中

110　（梁）蕭統撰：《文選註》，收入《景印文淵閣四庫全書》1329冊（臺北市：臺灣
　　　商務印書館，1983年），卷45，頁785。

衰,中原士人紛紛向南逃奔避難。「沙塵何茫茫,龍虎鬬朝昏」二句
言戰爭飛起的沙塵彌漫天際,以「龍虎」喻群雄,相鬬從早至晚不停
息,胡馬侵食漢地之草,匈奴南下進逼中原。次段寫謝安之功,憂皇
運衰頹,如雲鵬飛翻受命出師,雖然西秦聰堅有百萬之眾,戈與鎧甲
屯聚如雲,自誇投鞭可填長江,卻被晉軍一掃而空,謝公於談笑間輕
易遏止晉朝危殆局勢,乃蒼生所望,萬民得以生存。李白冶城訪古,
油然而生期許功成身退之思。

3 龍虎方戰爭

> 白髮四老人,昂藏南山側。偃臥松雪間,冥翳不可識。雲窗拂
> 青靄,石壁橫翠色。龍虎方戰爭,於焉自休息。秦人失金鏡,
> 漢祖昇紫極。陰虹濁太陽,前星遂淪匿。一行佐明兩,欻起生
> 羽翼。功成身不居,舒卷在胸臆。窅冥合元化,茫昧信難測。
> 飛聲塞天衢,萬古仰遺跡。(755〈商山四皓〉)

此詩作於天寶三載(西元744年)離開京城途經商山(今陝西商縣東
南)時所作。秦末東園公等四老人隱居於此,號為「商山四皓」。據
《高士傳》卷中:「四皓者,皆河內軹人也,或在汲。一曰東園公,
二曰用里先生,三曰綺里季,四曰夏黃公,皆修道潔己,非義不動。
秦始皇時,見秦政虐,乃退入藍田山而作歌曰:『莫莫高山,深谷透
迤。曄曄紫芝,可以療飢。唐、虞世遠,吾將何歸?駟馬高蓋,其憂
甚大。富貴之畏人,不如貧賤之肆志。』乃共入商、洛,隱地肺山,
以待天下定。及秦敗,漢高聞而徵之,不至。深自匿終南山,不能屈
己。」[111]開首八句言四皓在秦末大亂時避世隱居商山,「龍虎方戰

---

111 (晉)皇甫謐撰:《高士傳》,收入《景印文淵閣四庫全書》448冊(臺北市:臺灣
商務印書館,1983年),卷中四皓,頁100。

爭，於焉自休息」二句指出秦末戰爭形勢似龍虎相鬥戰爭不息，四皓於此避世休息。接續描寫漢高祖欲廢太子，然而四皓出山輔佐太子，使其羽翼成長。最後言四皓功成不居，受萬人敬仰其遺蹤。

4 恥隨龍虎爭

> 蒼蒼雲松，落落綺皓。春風爾來為阿誰？胡蝶忽然滿芳草。秀眉霜雪桃花貌，青髓綠髮長美好。稱是秦時避世人，勸酒相歡不知老。各守兔鹿志，恥隨龍虎爭。欻起佐太子，漢皇乃復驚。顧謂戚夫人，彼翁羽翼成。歸來商山下，泛若雲無情。舉觴酹巢由，洗耳何獨清！浩歌望嵩岳，意氣還相傾。
>
> （96〈山人勸酒〉）

此詩讚美商山四皓品格高尚，秀眉如霜雪，面容如桃花，骨髓青綠，體魄與容貌長久保持美好，樂於隱居。「各守兔鹿志，恥隨龍虎爭」言此四人各有幽棲之高志，恥隨楚漢之爭雄。詩中以「龍虎」指楚項羽與漢劉邦之爭，將強勢不相上下的雙方喻指為「龍虎」，四人本以參與龍爭虎鬥為恥，然天下需要時也能出山輔佐太子，使國家安定。最末言四皓功成身退回商山隱居，如同天上雲彩毫無眷戀世俗富貴，隱有道，出有為。

　　上述四詩皆運用「龍虎」一詞描寫群雄爭戰，故可見「龍虎啖食」、「龍虎鬥」、「龍虎戰爭」、「龍虎爭」這些詞彙連用，以「龍」、「虎」這無比強勢、勇猛、兇惡動物道出群雄爭戰激烈與浩大，也流露出戰爭給人民帶來巨大的浩劫，以此比喻最能貼切描述戰爭慘烈。

（二）表現非凡賢才

1 終協龍虎精

> 金鏡霾六國，亡新亂天經。焉知高光起，自有羽翼生？蕭曹安
> 峋岘，耿賈摧攙搶。吾家有季父，傑出聖代英。雖無三台位，
> 不借四豪名。激昂風雲氣，終協龍虎精。弱冠燕趙來，賢彥多
> 逢迎。（409〈獻從叔當塗宰陽冰〉）

此詩作於寶應元年（西元762年）秋，李白六十二歲投軍病還，從金
陵至當塗時作。李白以詩獻於從叔李陽冰，本文節錄首段，言一代之
興，必有一代之佐。秦滅六國而失金鏡，新室王莽，謀竊漢璽，建立
新朝，悖逆不道，亂天經。暴秦、亡新之世，固然無輔治之賢。以漢
高祖創業，光武中興，有蕭何、曹參平亂安天下；耿弇、賈復平群雄
之僭亂，以天生賢佐起興，引出從叔乃當代英傑，雖未登三台之位，
而聲名已過於戰國四豪，「激昂風雲氣，終協龍虎精」二句引用《周
易・乾卦》：「雲從龍，風從虎。」孔穎達《正義》：「龍是水畜，雲是
水氣，故龍吟則景雲出，是雲從龍也。虎是威猛之獸，風是震動之
氣，此亦是同類相感，故虎嘯則谷風生，是風從虎也。」[112]謂從叔激
揚奮發之氣，終究會成為君王輔弼大臣。詩中以「龍虎精」喻指君王
輔弼大臣，形容從叔如龍虎般氣概與才能，龍虎中之至精，給予極高
推崇肯定。

---

112 （魏）王弼、（晉）韓康伯注，（唐）陸德明音義，孔穎達疏：《周易注疏》，收入
　　《景印文淵閣四庫全書》7冊（臺北市：臺灣商務印書館，1983年），卷1，頁
　　321。

2 不能挂龍虎

> 獵客張兔罝，不能挂龍虎。所以青雲人，高歌在巖戶。韓生信英彥，裴子含清真。孔侯復秀出，俱與雲霞親。峻節凌遠松，同衾臥盤石。斧冰漱寒泉，三子同二屐。時時或乘興，往往雲無心。出山揖牧伯，長嘯輕衣簪。昨宵夢裏還，云弄竹溪月。今晨魯東門，帳飲與君別。雪崖滑去馬，蘿徑迷歸人。相思若煙草，歷亂無冬春。（509〈送韓準、裴政、孔巢父還山〉）

白遊任城與韓準、裴政、孔巢父、張叔明、陶沔等居徂徠山，號竹溪六逸。此詩作於開元二十八年（西元740年）冬，李白四十歲在兗州東門送韓準、裴政、孔巢父三人回徂徠山竹溪而作。首段言獵客張乎兔罝，其志在得兔，安能得龍虎，龍虎本非兔罝所能羈者。詩中以「兔罝」喻仕途，以「龍虎」喻賢才，正如陸機〈演連珠〉:「頓網探淵，不能招龍，振網羅雲，不必招鳳。是以巢箕之叟，不眄丘園之幣，洗耳之民，不發傅巖之夢。」之意。兔罝之小，如頓網探淵，宜乎其所得者，止於一兔而已，不能招龍，何況韓、裴、孔三人如龍虎般賢才，更是高逸之士不受羈絆，高臥山巖，隨心所欲，雖揖牧伯，卻經常長嘯抒懷，輕視權貴，可見青雲餐士超乎物表，莫能致之。

3 龍虎謝鞭策

> 龍虎謝鞭策，鵷鸞不司晨。君看海上鶴，何似籠中鶉？獨用天地心，浮雲乃吾身。雖將簪組狎，若與煙霞親。季父有英風，白眉超常倫。一官即夢寐，脫屣歸西秦。竇公敞華筵，墨客盡來臻。燕歌落胡鴈，郢曲迴陽春。征馬百度嘶，遊車動行塵。躊躇未忍去，戀此四座人。餞離駐高駕，惜別空殷懃。何時竹林下，更與步兵鄰？（511〈對雪奉餞任城六父秩滿歸京〉）

此詩作於天寶四載（西元745年）在魯郡任城餞別六父秩滿歸京所
作。開首四句言龍虎不用像牛馬那樣需要鞭策，鳳鳥更非公雞只能司
晨，鞭策用以御牛馬，對於龍虎使不上力，因龍虎不受制於人，故鞭
策無用。《抱朴子・逸民》：「麟不吠守，鳳不司晨。」[113]《金樓子・
立言上》：「鳳無司晨之善，麟乏警夜之功。」[114]雞司晨有靈，然而鴛
鴦不司晨與展翅於海上仙鶴，決非公雞、籠中之鵪平凡渺小可比。詩
中以「龍虎」喻君子賢人之狷介孤高且自珍自重，其不受羈絆非勢利
所能利誘掌控，更非凡物所比，李白以此贈季父言賢人君子當自重
如此。

　　上述三首詩中所言「龍虎精」、「龍虎」皆喻指賢人君子，絕非能
置網捕捉，更非鞭策所能控制，賢才君子之心異於眾人，雖曾與官宦
貴人接觸，但志向如浮雲飄遊自在，輕視權貴，何時出來輔弼君上，
隨心所欲。

（三）形容地勢險要

1　山為龍虎盤

> 晉家南渡日，此地舊長安。地即帝王宅，山為龍虎盤。金陵空
> 壯觀，天塹淨波瀾。醉客迴橈去，吳歌且自歡。
>
> 　　　　　　　　　　　　　　　　　　（760〈金陵三首其一〉）

此詩詠金陵之地，言晉元帝渡江建都金陵，此地為舊長安，乃帝王所
居。以「山為龍虎盤」表達形勝至極，以鍾阜「龍」盤，石城「虎」

113　（晉）葛洪撰：《抱朴子》，收入《景印文淵閣四庫全書》1059冊（臺北市：臺灣
　　　商務印書館，1983年），外篇卷1，頁131。

114　（梁）孝元帝撰：《金樓子》，收入《景印文淵閣四庫全書》848冊（臺北市：臺灣
　　　商務印書館，1983年），卷4，頁843。

踞形容壯觀雄偉，接下來又有天塹之長江，極寫金陵不愧為首都，地
勢險要。

2 聞道金陵龍虎盤

> 聞道金陵龍虎盤，還同謝朓望長安。千峯夾水向秋浦，五松名
> 山當夏寒。銅井炎爐歊九天，赫如鑄鼎荊山前。
>
> （626〈答杜秀才五松見贈〉）

本文節錄詩中此段文字以「金陵龍虎盤」形容金陵形勢如龍盤虎踞，
地勢極為險要，與〈永王東巡歌十首其四〉詩云：「龍盤虎踞帝王
州，帝子金陵訪古丘」二句意同，「龍虎盤」乃「龍盤虎踞」之意。

3 龍虎勢休歇

> 鐘山抱金陵，霸氣昔騰發。天開帝王居，海色照宮闕。羣峯如
> 逐鹿，奔走相馳突。江水九道來，雲端遙明沒。時遷大運去，
> 龍虎勢休歇。（705〈登梅岡望金陵，贈族姪高座寺僧中孚〉）

本文節錄詩中首段，敘寫金陵的形勢，鐘山形勝環抱金陵，往昔王霸
之氣在此騰湧展開，天神給金陵開創帝王之居，海色照映宮殿，眾山
峰如逐鹿猛衝，長江之水在九江由九條支流匯合而來，九派之水在遙
遠雲端時隱時現，然而時代變遷，天運已去，曾經盛極一時之金陵龍
蟠虎踞之勢已逝，昔日帝都之勢不復有而感慨。

4 龍虎秘光彩

> 太古歷陽郡，化為洪川在。江山猶鬱盤，龍虎秘光彩。蓄洩數
> 千載，風雲何霮！特生勤將軍，神力百夫倍。
>
> （285〈歷陽壯士勤將軍名思齊歌〉）

此詩首二句用古傳說寫歷陽於一夜之間沈沒為大湖，寫出歷陽的神奇，接續寫數千載後江山還是那麼重厚，卻有著龍虎秘藏的神秘與光彩，洪大湖泊蓄泄數千年，風雲變幻幽邃，最末點出此環境中有著神奇超出百人之力的勤將軍，地靈人傑。詩中「龍虎秘光彩」道出江山之中有著龍虎二物秘藏，形容地勢險要神秘。

上述4首詩中出現「龍虎盤」、「龍虎勢」、「龍虎秘光彩」皆形容金陵之地山勢有如龍虎盤踞其上，地勢既神秘又險要，乃極佳建都之地，以「龍」、「虎」二物描寫山勢形勝活化真實地理環境。

四　魚龍

「魚」自古以來與人們的生活密切相關。魚是一個典型的原始意象，在原始社會，魚是先民最主要的食物來源，如《尸子》曰：「燧人之世，天下多水，故教民以漁。」[115]可證捕食魚可以滿足基本生存需求，故《詩經・小雅・無羊》第四章：「牧人乃夢，眾維魚矣，旐維旟矣。大人占之，眾維魚矣，實維豐年；旐維旟矣，室家溱溱」[116]以魚出現代表豐年並象徵家族繁衍興旺。在《漢書・西域傳》中記載古代一種雜耍戲「魚龍戲」，「魚龍者，為舍利之獸，先戲於庭極，畢乃入殿前激水，化成比目魚，跳躍漱水，化霧障日，畢，化成黃龍八杖，出水敖戲於庭，炫耀日光。」[117]可見龍可化魚，有其超凡能力，魚龍本為一體，魚有著龍的特徵。在文學中，作家賦予自由自在的

---

115 （秦）尸佼：《尸子》（上海市：上海古籍出版社，1989年），頁17。

116 （漢）毛亨傳，鄭玄箋，（唐）孔穎達疏，陸德明音義：《毛詩注疏》，收入《景印文淵閣四庫全書》69冊（臺北市：臺灣商務印書館，1983年），卷18，頁522。

117 （漢）班固撰：《前漢書》，收入《景印文淵閣四庫全書》251冊（臺北市：臺灣商務印書館，1983年），卷96下，頁267。

「魚」靈性生命力，並將自己的情思寄託其上，如表現中國文人對自由的追求，如《莊子・秋水篇》中記載莊子與惠施遊於濠梁之上，羨慕魚自由自在生活，一心嚮往如魚自在，不為名利、不為繁華所動的自由人生；甚至藉「魚」意象，表達希冀統治者能眷顧自己，姜太公於渭水河畔用直鈎垂釣，目的釣人君，孟浩然「坐觀垂釣者，徒有羨魚情」抒發其仕途無門之失望與無奈欽羨之情，李白骨子裡有著強烈安社稷的功名欲望，如〈送別得書字〉：「日落看歸鳥，潭澄羨躍魚」、〈遠別離〉：「君失臣兮龍為魚」飽含對濟蒼生宏願與希冀朝廷統治者能重視自己。而「龍」有著魚的特點，全身上下布滿鱗片，加上魚躍龍門之傳說，魚龍互變，蘊含平步青雲的理想。李白詩中將「魚」與「龍」合稱，將「魚」多意指唐朝百姓、賢人，「龍」指為唐朝皇帝、上層社會的達官權貴。李白詩歌中出現「魚龍」合稱共有4首詩，如〈猛虎行〉、〈上崔相百憂章〉、〈遊秋浦白笴陂二首其二〉、〈紀南陵題五松山〉，分別探析如下：

（一）魚龍奔走安得寧

> 朝作猛虎行，暮作猛虎吟。腸斷非關隴頭水，淚下不為雍門琴。旌旗繽紛兩河道，戰鼓驚山欲傾倒。秦人半作燕地囚，胡馬翻銜洛陽草。一輸一失關下兵，朝降夕叛幽薊城。巨鼇未斬海水動，魚龍奔走安得寧？頗似楚漢時，翻覆無定止。
>
> （205〈猛虎行〉）

此詩作於李白五十六歲，寫出玄宗天寶十四年安祿山叛亂之事，同年常山太守顏杲卿等郡歸唐，不久，史思明的叛軍卻攻陷常山，故有朝降夕叛之意。當時局勢動盪，戰亂紛湧而起，李白用「巨鼇」比喻叛軍勢騰氣飛，以「魚龍奔走」喻指唐朝老百姓與皇帝到處奔逃避亂，

道出無奈哀嘆之情。瑞士心理學家榮格認為原始意象是在原始人茫然
無助的特殊情況下產生的，而一經產生，「他把我們個人的命運轉變
為人類的命運，他在我們身上喚醒所有那些仁慈的力量，保證了人類
能夠隨時擺脫危難，渡過漫漫的長夜。」[118]而「每一個原始意象中都
有人類精神和人類命運的一塊碎片，都有著在我們祖先的歷史中重複
了無數次的歡樂和悲哀的一點殘餘。」[119]，詩中以巨鼇不滅，海波不
會平靜，安祿山未消滅，天下仍舊動盪不安，唐朝臣民如魚龍一般紛
紛逃亡不得安寧，如同魚被補食悲劇命運，展現危難的生存體驗。

（二）魚龍陷人

> 共工赫怒，天維中摧。鯤鯨噴盪，揚濤起雷。魚龍陷人，成此
> 禍胎。火焚崑山，玉石相碨。仰希霖雨，灑寶炎煨。箭發石
> 開，戈揮日迴。鄒衍慟哭，燕霜颯來。微誠不感，猶贄夏臺。
> 蒼鷹搏攫，丹棘崔嵬。豪聖凋枯，王風傷哀。斯文未喪，東嶽
> 豈頹。穆逃楚難，鄒脫吳災。見機苦遲，二公所咍。驥不驟
> 進，麟何來哉？星離一門，草擲二孩。萬憤結緝，憂從中催。
> 金瑟玉壺，盡為愁媒。舉酒太息，泣血盈盃。台星再朗，天網
> 重恢。屈法申恩，棄瑕取材。冶長非罪，尼父無猜。覆盆儻
> 舉，應照寒灰。（867〈上崔相百憂章〉）

此詩作於至德二載（西元757年），李白五十七歲在潯陽獄中作。開首
十句道出安祿山像上古共工那樣狂怒發動叛亂，據《淮南子・天文
訓》曰：「共工與顓頊爭為帝，怒而觸不周之山，天柱折，地維

---

118 （瑞士）榮格（Carl Gustav Jung, 1875-1961）：《心理學與文學》（北京市：三聯書
　　店，1987年），頁122。

119 葉舒憲：《神化──原型批評》（西安市：陝西師範大學出版社，1987年），頁99。

絕。」[120]，以神話典故比喻叛亂中斷唐王朝統治綱紀，如同鯤鯨在大海中翻騰震盪，揚起狂濤如雷，朝中君臣相互猜忌，掌權者如魚龍相互陷害造成，種下今日禍根──安史之亂如大火焚燒崑崙山，玉石俱焚，造成災難極大，李白期仰告蒼天澆滅叛亂大火。次段以李廣「箭發石開」、魯陽「戈揮日迴」、鄒衍含冤夏日降雪之事，說明精誠所至，感動上蒼，奇蹟出現，反襯李白自己蒙冤微小忠誠卻不能感動上蒼，至今被囚獄中。末段懇請崔相明察冤情，赦己之罪，枉法開恩，自比公冶長，以孔子比擬崔相，據《論語・公冶長》記載：「子謂『公冶長可妻也。雖在縲絏之中，非其罪也』，以其子妻之。」[121]希望崔相使自己重見天日。此四言詩，節奏急促，以「魚龍陷人」為全詩重心，禍起安史之亂，李白從李璘只是為了平亂救國，那顆拳拳愛國之心，其誠可憫，深切表達自己含冤悲憤之情。

（三）魚龍動陂水

> 白笴夜長嘯，爽然溪谷寒。魚龍動陂水，處處生波瀾。天借一明月，飛來碧雲端。故鄉不可見，腸斷正西看。
>
> （665〈遊秋浦白笴陂二首其二〉）

此詩作於天寶十三年（西元754年），李白五十四歲遊秋浦（安徽）時作。言李白於白笴陂夜間長嘯，心情舒暢，溪谷透出寒氣。此詩中「魚龍」單純寫景，描寫魚龍在陂水中游動，使得陂水處處生波瀾，李白雖身在江湖仍感受到唐王朝那股不平靜的徵兆，此時心靜不同莊

120　（漢）劉安撰，高誘注：《淮南鴻烈解》，收入《景印文淵閣四庫全書》848冊（臺北市：臺灣商務印書館，1983年），卷3，頁530。

121　（魏）何晏集解，（宋）邢昺疏，（唐）陸德明音義：《論語注疏》，收入《景印文淵閣四庫全書》195冊（臺北市：臺灣商務印書館，1983年），卷5，頁567。

子看魚自由自在戲水之樂，最後含蓄以遙望故鄉不可見，望月思鄉
作結。

（四）魚與龍同池

> 聖達有去就，潛光愚其德。魚與龍同池，龍去魚不測。當時板
> 築輩，豈知傳說情？一朝和殷人，光氣為列星。伊尹生空桑，
> 捐疱佐皇極。桐宮放太甲，攝政無愧色。三年帝道明，委質終
> 輔翼。曠哉至人心，萬古可為則。時命或大謬，仲尼將奈何？
> 鸞鳳忽覆巢，麒麟不來過。龜山蔽魯國，有斧且無柯。歸來，
> 歸去來，宵濟越洪波。（772〈紀南陵題五松山〉）

此詩作於天寶十四載（西元755年），李白五十五歲在安徽南陵五松山
感時贈別之作。首段四句以魚龍作比喻，以「魚」喻凡俗之人，以
「龍」喻聖賢之人，說明聖者通達知分，對於去從慎重，有時會隱蔽
潛匿真才實德，外表若愚。魚龍雖生活在同一池中，龍總有離去之
時，魚無法得知其去向，言聖凡不同。李白巧妙以魚龍作比起興，如
同朝中有賢愚權奸，接續舉傅說未佐殷時，一起與其搗土築牆的人
們，誰知其賢佐證其開始譬喻之說。最末以孔子語說明時世命運有時
也會發生大錯，對此亦無可奈何，魯國已被龜山遮住，縱有斧無柯亦
無力回天，為此自嘆歸去，將自己形容如「龍」潛隱而去，此詩可見
李白自己妙比為池中之「龍」，眼見朝中混亂卻無可奈何之苦悶。

上述四首詩使用「魚龍」來分別以「魚」喻凡俗百姓、賢人、權
奸，以「龍」喻帝王，乃因「龍」歷來成為皇帝御用代稱，然而李白
擴寬「魚龍」歷來意涵，將「龍」喻指賢者外，甚至在〈紀南陵題五
松山〉一詩以「龍」暗喻自比，如龍的潛匿，龍去之時，不再與權奸
同朝，然而內心之中無非更期許自己有朝一日能一躍上天，實現滿腔
政治抱負。

五　龍蛇

　　「蛇」是現實中動物，喜歡蟄居於陰暗潮濕之地，無足而能疾行，身軀柔軟，卻可昂首直立，能蛻變，部分蛇會分泌毒液，攻擊性極強，更是中國古典神話中常出現形象。在《山海經》中記載千奇百怪的蛇形象，其神秘莫測，遊走於草木之間，或盤踞於荒野之郊，象徵神之法力與靈氣。甚至主管婚育之神女媧即是蛇身，象徵生殖繁衍，多子多孫之意。然而蛇的生命力頑強，於艱難環境中皆能生存，蛇的蛻皮都是重獲新生，似乎集天地靈氣，永生不滅。雖然在中國古代神話中，「蛇」始終無法與象徵權勢高貴的「龍」相比，但卻有著與功名富貴相縐合之典故，如《莊子‧達生》中記載齊桓公遇蛇之事。齊桓公在藻澤中打獵，忽見鬼影，為其駕車的管仲卻沒見到，桓公因此嚇出病來。一名叫皇子告敖向桓公解釋曰：「委蛇，其大如轂，其長如轅，紫衣而朱冠。其為物也，惡聞雷車之聲，則捧其首而立。見之者殆乎霸。」[122]桓公儼然笑曰：「此寡人之所見者。」桓公聽說見此蛇人必成霸業，隨即病癒。此外，在《搜神記》記載：「車騎將軍巴郡馮緄，字鴻卿，初為議郎發綬笥，有二赤蛇，可長二尺，分南北走，大用憂怖。許悸山孫憲字寧方，得其先人秘要，緄請使卜云：『此吉祥也。君後三歲，當為邊將，東北四五里，官以東為名。』其後五年，從大將軍南征，居無何，拜尚書郎，遼東太守，南征將軍。」[123]由此可見，蛇亦象徵富貴，此後歷代帝王也以龍蛇自

122　（晉）郭象注：《莊子注》，收入《景印文淵閣四庫全書》1056冊（臺北市：臺灣商務印書館，1983年），卷7，頁96。

123　（晉）干寶撰：《搜神記》，收入《景印文淵閣四庫全書》1042冊（臺北市：臺灣商務印書館，1983年），卷9，頁411。

就，如秦始皇被比作白帝子（白蛇），漢高祖被比作赤帝子（赤蛇）。
李白詩歌中將「龍」與「蛇」合稱，亦沿用此意，除了比作君王外，
更可以比喻賢士，如〈早秋贈裴十七仲堪〉詩云：

> 遠海動風色，吹愁落天涯。南星變大火，熱氣餘丹霞。光景不
> 可迴，六龍轉天車。荊人泣美玉，魯叟悲匏瓜。功業若夢裏，
> 撫琴發長嗟。裴生信英邁，崛起多才華。歷抵海岱豪，結交魯
> 朱家。良圖竟未展，意欲飛丹砂。破產且救人，遺身不為家。
> 復攜兩少女，豔色驚荷花。雙歌入青雲，但惜白日斜。窮溟出
> 寶貝，大澤饒龍蛇。明主儻見收，烟霄路非賒。知飛萬里道，
> 勿使歲寒差。（293〈早秋贈裴十七仲堪〉）

此詩作於開元末期於魯地贈魯王裴仲堪之作。首段六句自敘飄落天
涯，點明時令為初秋尚有餘熱，歲遷序易，時光易逝，人生易老。次
段四句以卞和泣美玉，孔子悲匏瓜作比，自己功業無成，嘆自古聖賢
皆不遇。第三段讚裴仲堪為人有才華且具英邁之氣，可惜於聲色行樂
中度日。末段以遠海出寶貝，大澤多龍蛇喻盛世必多賢才，倘若得明
主見用可青雲直上，莫為今日坎坷而嗟嘆。

　　此外，「龍蛇」除了形容賢士外，李白也將「龍蛇」一詞運用於
形容草書之靈動筆法，如〈草書歌行〉詩云：

> 少年上人號懷素，草書天下稱獨步。墨池飛出北溟魚，筆鋒殺
> 盡中山兔。……起來向筆不停手，一行數字大如斗。怳怳如聞
> 神鬼驚，時時只見龍蛇走。左盤右蹙如驚電，狀同楚漢相攻
> 戰。（286〈草書歌行〉）

李白此詩讚頌僧人懷素草書天下獨步，據《宣和書譜》卷十九草書七曰：「釋懷素，字藏真，俗姓錢。長沙人，徒家京兆，奘三藏之門人也。初勵律法，晚精意於翰墨，追倣不輟，禿筆成塚。一夕，觀夏雲隨風，頓悟筆意，自謂得草書三昧。斯亦見其用志不分，乃凝於 神也。當時名流如李白、戴叔倫、竇眾、錢起之徒，舉皆有詩美之。」[124]開首三、四句運用誇飾手法言其涮筆墨池之大可飛出北海之魚，其筆鋒犀利用筆之多，已殺盡中山之兔。起身向牆壁大筆一揮，一行幾個字大如斗，恍然中忽聽見神鬼驚叫，似乎看到龍蛇奔走，左右蹙疾如驚電，形狀如同楚漢相爭時兩軍交戰。

六　龍蠖

蠖，尺蠖，一種身體細長的蟲，行走時身體一屈一伸，若尺量物。《說文解字》曰：「蠖，尺蠖，屈伸蟲也。」[125]，又《周易・繫辭下》：「尺蠖之屈，以求信也。龍蛇之蟄，以存身也。」[126]李白詩中將「龍」與「蠖」合稱，取其屈伸之意，如〈金門答蘇秀才〉詩云：

> 君還石門日，朱火始改木。春草如有情，山中尚含綠。折芳愧遙憶，永路當日勗。遠見故人心，平生以此足。巨海納百川，麟閣多才賢。獻書入金闕，酌醴奉瓊筵。屢忝白雲唱，恭聞黃

---

124 （宋）不著撰人：《宣和書譜》，收入《景印文淵閣四庫全書》813冊（臺北市：臺灣商務印書館，1983年），卷19，頁301-302。

125 （漢）許慎撰：《說文解字》，收入《景印文淵閣四庫全書》223冊（臺北市：臺灣商務印書館，1983年），卷13蟲部，頁336。

126 （魏）王弼、（晉）韓康伯注，（唐）陸德明音義，孔穎達疏：《周易注疏》，收入《景印文淵閣四庫全書》7冊（臺北市：臺灣商務印書館，1983年），卷12，頁555。

竹篇。恩光煦拙薄，雲漢希騰遷。銘鼎倘云遂，扁舟方渺然。
我留在金門，不去臥丹壑。未果三山期，遙欣一丘樂。玄珠寄
罔象，赤水非寥廓。願狎東海鷗，共營西山藥。栖巖君寂滅，
處世余龍蠖。良辰不同賞，永日應閒居。鳥吟簷間樹，花落窗
下書。緣谿見綠篠，隔岫窺紅蕖。採薇行笑歌，眷我情何已？
月出石鏡間，松鳴風琴裏。得心自虛妙，外物空頹靡。身世如
兩忘，從君老煙水。（609〈金門答蘇秀才〉）

此詩作於天寶二年（西元743年），李白四十三歲夏初於長安供奉翰林
時，待詔於金門，蘇秀才贈以詩，李白答之。李白當時得到皇帝恩
寵，雖欣羨蘇秀才隱居山林，但仍想留於金門致身青雲，此為一生最
得意階段。開首八句言蘇秀才還山正值初夏，折芳相贈，不能同還只
能遙憶，勉君自珍自重。次段十句言朝廷招賢如百川歸海，自己獻頌
得供奉翰林，承恩寵希騰遷，待功成銘鼎後，引身而退，乘扁舟泛五
湖自適。第三段從「我留在金門」至「處世余龍蠖」言自己仕於朝
廷，而君歸於丹壑，李白未能實現求仙三神山的期約，只能遙遠欣賞
蘇秀才棲遲山林之樂。「栖巖君寂滅，處世余龍蠖」二句言蘇秀才棲
於巖泉，清淨寂寞，無求於世；李白處世，如龍蠖時屈時伸，順時而
動，此二句為全文重心，以「龍蠖」二字巧妙形容自己應世之方，既
含蓄又生動傳神表達己意。

七 龍象

「龍象」一詞為佛家用語，用以指出類拔萃之僧人，而「龍」在
佛教經典中記載，極為豐富。唐代雖因帝家尊李姓道教，並在唐高宗
時被定為國教，不過「早在唐太宗打天下圍攻王世充時，就曾得到少

林寺和尚的援助……武則天擬篡唐稱帝，沙門懷義、法明等撰《大雲經疏》，盛言受命之事，結果『釋教開革命之階』……中宗朝，華嚴宗的創始人法藏參與鎮壓張易之之亂，以功授鴻臚卿」[127]，而潘桂明在《中國居士佛教史》云：「把唐朝佛教推向一個新的繁榮發展高度的，則是女皇武則天。」[128]，又孫昌武提及唐代文人多結交禮敬禪僧：「從則天朝起，禪宗大為流行，……文人結交禪侶，參禪悟道，漸成風習。」[129]，由上可知，武則天統治期間佛教倍受崇奉，達於極盛，唐朝與佛教存在密切關係，而文人們習禪成風。

　　李白生於武后執政末期的長安年間，武則天為了打壓李姓皇室，大力尊佛，可知其所處身世，正當佛教流佈遍天下之際。李白雖與道教關係深厚，曾受籙為一位真正道士，但亦結交高僧和信仰佛教的文人，遍遊佛教名山，甚至自號具佛教色彩的「青蓮居士」，再據葛景春在《李白與中國傳統文化》論及李白與佛教關係曰：「他的思想是儒、道、佛兼而有之。不僅求仙學道，嚮往做一名『仙人』而且還經常與僧伽浮圖廣為交遊，對釋經佛典造詣深，憧憬佛家未來的世界。據初步統計和李白交遊的僧人，在李集中可查出姓名的就有三十餘人；所遊覽和寄居過的佛寺，寺名可考的就有二十餘所；在李集中直接與佛教有關及與僧人交遊的詩文就有五十餘首之多。李白與佛教的關係絕不下於他與道教的關係。」[130]杜松柏《禪學與唐宋詩學》云：「禪門宗風已煽於天下，詩人集中，方多禪理詩：李白〈東林寺夜

127 孫昌武：《唐代文學與佛教》，〈唐代古文運動與佛教〉一章（臺北市：谷風出版社，1987年），頁1-2。

128 潘桂明：《中國居士佛教史》（北京市：中國社會科學出版社，2000年9月），頁303。

129 孫昌武：《詩與禪》（臺北市：東大圖書公司，1994年8月），頁85。

130 葛景春：《李白與中國傳統文化》（臺北市：群玉堂出版事業公司，1991年），頁117-118。

懷〉：『我尋青蓮宇……』」[131]阮廷瑜：「太白言仙而厭僧氣，〈江夏贈
韋南陵冰〉詩云：『頭陀雲月多僧氣，山水何曾稱人意』。厭僧氣而不
作禪語，然極愛禪味而時觸禪機。」[132]陳祚龍云：「李白對於中華的
佛教佛學並不是完全沒有認識與瞭解，相反的，他當年對於這些『玩
意』所有認識與瞭解，並也很可能為相深厚。」[133]，由上可知李白與
佛教的因緣匪淺。

　　筆者考查李白詩中出現「龍象」一詞僅有〈贈宣州靈源寺沖濬
公〉一詩，此詩極為推崇蜀僧沖濬，將其媲美為東晉名僧支遁，由其
詩內容意蘊及章法結構，探究箇中之章旨及龍象所指，並藉由龍象一
詞傳達何種心理需求與思維。

（一）〈贈宣州靈源寺沖濬公〉之創作背景

　　李白一生曾經三次入長安。開元十八年，為尋求政治出路，「西
入秦海，一觀國風。」是為一入；天寶元年，奉詔入朝，待詔翰林，
是為二入，然天寶三載去朝後，出世思想空前濃厚，甚至受了道籙；
天寶十一載，幽州之行，此行目的立功邊陲，以報效國家，一展平生
之志，然到幽州以後卻發現安祿山正在為叛亂作準備，使其「沙漠收
奇勛」夢想失落，更為國家命運憂心如焚，天寶十二載春，從幽州脫
險回到河南後，又為另一立功報國的念頭所驅使，意欲就幽州事向朝
廷陳獻濟時之策，一展平生之志，三入長安。入長安後，見楊國忠竊
據高位，滿朝歌舞昇平，玄宗耽迷酒色，不知危在旦夕，三入長安獻
策失敗後，最後懷著辭楚避秦心情離開長安。是年秋，南下宣城，隱

131　杜松柏：《禪學與唐宋詩學》（臺北市：國立臺灣師範大學國文研究所博士論文，
　　　1976年5月），頁301。

132　阮廷瑜：《李白詩論》（臺北市：國立編譯館，1986年7月），頁335。

133　陳祚龍：〈關於李白與佛教的因緣〉，《中國文化月刊》第79期（1986年），頁94。

居出世思想再度燃起，李白與沖濬禪師暢談禪理，兩人風度相似，詩才相當，在空寂的佛境中，超脫物我之心，高雅明淨，以空觀物，以淨修心，暫時自我緩解。

　　《繫年》繫此詩於天寶十二載（西元753年），李白五十三歲，秋遊安徽宣城時。李白天寶三年被放還山，到天寶十二年離開長安已整整十年，長期飄泊感受世態炎涼，看到唐王朝政治日趨腐敗，自己的抱負無法施展，仙道之思更加濃厚。李白雖信仰道教，但也不排斥佛教，並大加讚揚，非凡氣度。讓李白深深走進佛教世界還有另一個原因，在於李白一直汲求長生不死，嚮往神仙世界，當時李白仰慕的道人、道教茅山派的嫡傳弟子胡紫陽卻在六十二歲去世，此時李白對道教長生不老產生疑惑：「何龜鶴早世，蟪蛄延秋？元命乎？遭命乎？予長息三日，懵于變化之理。」[134]在政治理想與人生遭受到雙重打擊，在最失意時，將目光轉向了佛教的世界。此詩由寫美景入手，轉而讚揚僧沖濬禪悟境界的高深。「禪在本質上是一種見性的功夫，是掙扎桎梏走向自由之道。」[135]李白長期處於矛盾痛苦之中，面對現實打擊，為逃避現實苦悶，尋求精神安慰，產生出世思想，不僅學道籙，也習禪學佛。佛教和道教皆有「空無」觀念，但卻是不同思維，在〈金銀泥畫西方淨土變相贊〉中讚揚佛教中超脫生死的力量[136]；在〈地藏菩薩贊〉中贊揚地藏菩薩「大雄掩照，日月崩落，惟佛智慧大而光生死雪。賴假普慈力，能救無邊苦。獨出曠劫，導開橫流。則地

134　（唐）李白：〈漢東紫陽先生碑銘〉，《李白全集校注彙釋集評》第8冊（天津市：百花文藝出版社，1996年），頁4495。

135　（日）鈴木大拙：《禪與生活》讀者序（臺北市：志文出版社，1971年9月），頁2。

136　（唐）李白：〈金銀泥畫西方淨土變相讚〉，《李白全集校注彙釋集評》第8冊（天津市：百花文藝出版社，1996年），頁4190-4199。

藏菩薩為當仁矣。」[137]此時李白的人生挫折和痛苦在佛教世界裡借佛的力量得到超脫和曠達。李白對佛教興趣盎然，源於內心痛苦，個性使他對佛教仰慕多半集中於任運自然，無拘無束的山中僧人。

（二）〈贈宣州靈源寺沖濬公〉之內容意蘊及章法結構

此詩為贈送沖濬公之詩，李白詩歌中僅有兩首論及沖濬這個僧人（「蜀僧濬」與「靈源寺沖濬公」應為同一人），除此詩之外，另有〈聽蜀僧濬彈琴〉一詩。此詩與〈聽蜀僧濬彈琴〉皆於天寶十二年在宣城作。李白喜歡結交卓絕的僧人，這位唐代僧人沖濬除了文采風流，更有著高超的琴藝，在〈聽蜀僧濬彈琴〉一詩中寫到李白聽琴洗滌煩慮，用鍾子期善於聽音之典故，道出兩人通過琴聲傳達知己情誼[138]。在此小節探析〈贈宣州靈源寺沖濬公〉一詩之內容意蘊及章法結構，看李白如何推崇沖濬高潔出塵的襟懷，甚至以佛門龍象稱許？有何深意？如何在秀麗佳景、空寂佛境中，展現高度佛心禪悟境界？藉由與其交遊談玄，滌淨自己的坎坷不遇之情。

1 內容意蘊

> 敬亭白雲氣，秀色連蒼梧。下映雙溪水，如天落鏡湖。此中積龍象，獨許濬公殊。風韻逸江左，文章動海隅。觀心同水月，解領得明珠。今日逢支遁，高談出有無。
>
> （403〈贈宣州靈源寺沖濬公〉）

---

137 （唐）李白：〈地藏菩薩讚〉，《李白全集校注彙釋集評》第8冊（天津市：百花文藝出版社，1996年），頁4216。

138 〈聽蜀僧濬彈琴〉詩云：「蜀僧抱綠綺，西下峨眉峯。為我一揮手，如聽萬壑松。客心洗流水，餘響入霜鍾。不覺碧山暮，秋雲暗幾重。」見詹鍈主編：《李白全集校注彙釋集評》第7冊（天津市：百花文藝出版社，1996年），頁3522。

　　開首四句描繪敬亭山和宣城周圍的環境之幽和景色之美，敬亭山上白雲霧氣繚繞，秀麗景色綿邈千里直連蒼梧。靈源寺居其中，如此秀色下映雙溪之水（宣州宣城有宛溪、句溪二水繞城合流，稱雙溪），有如青天落入鏡子般的湖中，點出靈源寺位於佳景之中。接著六句先言靈源寺中所住皆龍象高僧，而以濬公最出眾，並讚濬公的風流俊逸於江東，文名震動海濱；對佛理更為精通，觀心如同觀水中之月，非有非無，清澈明靜；領悟佛理，得其真諦，如海底得夜明珠。靈源寺中聚集了如龍如象的高僧，特別推許濬公最傑出優秀。其後描寫沖濬公的風韻氣度在江東馳名，詩文創作轟動沿海地區。

　　「觀心同水月，解領得明珠」二句道出李白觀沖濬公的佛心如同水中之月非有非無，對佛理的理解領悟如探得明珠所在。「水月」一詞，語出佛典，《五燈會元》卷八：「應物現形，如水中月。」[139]《景德傳燈錄》卷十四：「三界六道，唯自心現，水月鏡像，豈有生滅。」[140]鳩摩羅什譯《維摩詰所說經》卷五《觀眾生品第七》：「如智者見水中月。」[141]，意指映在水中的月影，是「清明」之意，比喻清淨、明亮或虛幻不實的，詩中以如水之清明喻心性、道性之清明，將有形的水喻無形的心性、道性之清明，此處借明月表達自身高潔出塵的襟懷。然而「水月」是大乘常用的譬喻，此處指觀察自心，如同水月，非有非無，了不可得，而明有妙用。正如王琦注：「水月，謂水中月影，非有非無，了不可執。慧者觀心，亦復如是。解領，解悟也。明珠，喻菩提大道也。」觀心，即觀察心性，為一切凡夫入如來

139　（宋）普濟撰：《五燈會元》，收入《景印文淵閣四庫全書》1053冊（臺北市：臺灣商務印書館，1983年），頁332。

140　（宋）釋道原撰：《景德傳燈錄》卷14〈南岳石頭希遷大師〉，收入《大正新脩大藏經》第51冊（日本：大正一切經刊行會，1922-1934年），頁309中。

141　（姚秦）鳩摩羅什譯：《維摩詰所說經註》（臺北市：新文豐出版社，1993年5月台1版），頁198。

地頓悟法門，心如畫師，能畫世間種種色，「水清則月自來，心淨則佛自現」，佛教以心為萬物的主體，無一事在心外，故觀心即能究明一切事理。解領，理解領悟，正是「觀心」之心得，故心得之佛理用明珠喻之。「觀心」是修行的關鍵，《十界二門》云：「一代教門，皆以觀心為要」[142]。「明珠」，典出法華七喻之衣珠喻，《文句記三下》曰：「眾生身中，有昔種緣，名為衣珠」，指佛在菩提樹下悟得的無上正覺。李白贊頌沖濬公從敬亭秀美的水月景色中解悟佛法，掌握佛家真諦。

末二句更加推崇沖濬公如同東晉名僧支道林，李白言其能遇高僧聽談佛理高出有無，榮幸之至。支遁，東晉名僧，以清談玄佛之理著稱。《高僧傳・晉剡沃洲山支遁》：「支遁，字道林，本姓關氏，陳留人，或云河東林慮人。幼有神理，聰明秀徹。……家世事佛，早悟非常之理。隱居餘杭山，深思《道行》之品，委曲《慧印》之經。卓焉獨拔，得自天心。年二十五出家，每至講肆，善標宗會，而章句或有所遺，時為守文者所陋。謝安聞而善之，曰：『此乃九方堙之相馬也，略其玄黃，而取其駿逸。』……俄又投跡剡山，於沃洲小嶺立寺行道，僧眾百餘，常隨稟學。……晚移石城山，又立棲光寺。……以晉太和元年閏四月四日終於所住，春秋五十有三。」[143] 而《世說新語・言語》：「支道林常養數匹馬。劉孝標注：『《高逸沙門傳》曰：『支遁字道林，河內林慮人，或曰陳留人，本姓關氏。少而任心獨往，風期高亮，家世奉法。嘗於餘杭山沈思道行，泠然獨暢。年二十

---

142 （唐）湛然釋籤，（宋）知禮鈔，（宋）可度詳解，（明）正謐分會：《十不二門指要鈔詳解》（臺南市：湛然寺印行，1997年2月3版），頁65。

143 （梁）釋慧皎：《高僧傳》，收入《大正新脩大藏經》第50冊史傳部二〈高僧傳卷第四〉（日本：大正一切經刊行會，1922-1934年），頁348-349。

五始釋形入道。年五十三終於洛陽。」[144]又《世說新語‧賞譽》：
「王長史歎林公：『尋微之功，不減輔嗣。』《支遁別傳》曰：『遁神
心警悟，清識玄遠。嘗至京師，王仲祖稱其造微之功，不異王
弼。』」[145]李白以東晉高僧支遁來比沖澹公，說他的高談佛玄之理超
出有無之論。

　　支遁，亦佛亦道，是東晉清談領袖，對《般若經》頗有研究，曾
提出「即色本空」思想，建立「即色宗」，即色空，非色滅空。物質
本身是空的，不需要待物質消滅才是空的，否定物質自性角度來否定
物質客觀存在。因物質現象（色）均由各種條件（緣）結合而成，本
身並無自性，故為虛假不實而「空」。支遁所創的即色宗佛學思想，
在般若學上立即色義，與魏晉玄學向秀、郭象一樣研討莊子逍遙義思
想，在莊學上立逍遙義，是雜揉老釋僧人。《世說新語‧文學篇》
曰：「《莊子‧逍遙篇》，舊是難處，諸名賢所可鑽味，而不能援理於
郭、向之外，支道林在白馬寺中，將馮太常共語，因及〈逍遙〉。支
卓然標新理於二家之表，立異義於眾賢之外，皆是諸名賢尋味之所不
得，後遂用支理。」[146]由此可知支遁對〈逍遙遊〉有極深研究，支遁
在《逍遙論》曰：「夫逍遙者，明至人之心也。莊生建言大道，而寄
指鵬鷃。鵬以營生之路曠，故失適於體外；鷃以在近而笑遠，有矜伐
于心內。至人乘天正而高興，遊無窮于放浪。物物而不物于物，則遙
然不我得；玄感不為，不疾而速，則逍然靡不適。此所以為逍遙也。
若夫有欲當其所足，足于所足，快然有似天真，猶飢者一飽，渴者一
盈，豈忘蒸嘗於糗糧，絕觴爵於醪醴哉：苟非至足，豈所以逍遙

144　（宋）劉義慶，（梁）劉孝標注：《世說新語》，收入《景印文淵閣四庫全書》1035
　　　冊（臺北市：臺灣商務印書館，1983年），頁54。

145　同前註，頁125。

146　同前註，頁73。

乎。」[147]由上可知《逍遙論》是一種佛玄結合的思想，可見支遁的逍遙並非滿足自己的性分，而是求得一種心理超脫的境界，不為外物所累，不為內心所累，做到無我，無物，靈台虛靜，即能逍遙。

全詩先是對靈源寺周圍的景色進行一番描寫，如此地靈人傑之地有「龍象」，而這與眾不同之處盡在一個僧人身上，即沖濬，他風度翩翩，氣韻不凡，文章高妙，傾動江東，而禪修也極其不凡，「解領得明珠」巧用「衣裡明珠」喻表明禪師已解下煩惱外衣，得到了自性明珠，這顆明珠個個都有，人人本具，只要轉身解衣，立刻獲得，從此就大受用，不被貧苦困，這是對沖濬禪悟境界的讚揚，稱揚龍象之中，流露出空靈明淨的意境，滲透出禪味，不執於現象世界，鏡花水月的審美自覺運用與佛理的闡發。並在最後將沖濬比作名僧支遁，並通過記敘二人高談，進一步闡明見解。「高談出有無」表明二人已領悟佛法中有關「有」、「無」的妙義，不在執著，可見李白對這位僧人的讚慕之情中亦流露對佛理的認知。

2 章法結構

此詩主要以「敘論」、「賓主」章法來組織其內容材料，形成其結構。以「先敘後論」形式寫成，於「敘」的部分形成「賓主」[148]結

---

147 同前註，頁73。

148 陳師滿銘在〈談運用詞章材料的幾種基本手段〉文章中論及「賓主」法的原理與定義：「作者想要具體的表現出詞章的意旨，除了要直接運用主要材料之外，往往也需要間接的藉著輔助材料來使義旨凸顯，以增強它的感染或說服力量。直接運用主要材料的，即所謂的『主』；而間接運用輔助材料的，則是『賓』。一篇文章裡如有主有賓，則很容易將它的義旨充分的表達出來。」見其〈談運用詞章材料的幾種基本手段〉，《國文教學論叢》（臺北市：國文天地雜誌社，1991年7月初版），頁351-352。

構，使文章產生緊湊的組織結構，層次井然的藝術效果，透過更深一層的賓主烘襯關係，借賓形主方式，帶出清明水月中解悟佛法的高僧，點出全詩主旨：「此中積龍象，獨許濬公殊」、「今日逢支遁，高談出有無」，將李白心中佛門龍象、玄佛會通的心境自然流露。

　　試析〈贈宣州靈源寺沖濬公〉一詩章法結構表如下：

```
            ┌ 賓（景）：敬亭白雲氣，秀色連蒼梧。下映雙溪水，如天落鏡湖。
      ┌ 敘 ┤
      │     │                         ┌ 賓：風韻逸江左，文章動海隅。
┌─────┤     └ 主（情）：此中積龍象，  ┤
│     │                 獨許濬公殊。   └ 主：觀心同水月，解領得明珠。
│     │
└─────┴ 論：今日逢支遁，高談出有無。
```

（1）就「敘」部分而言，以「賓主」結構，先以「賓」位敘敬亭山景色：「敬亭白雲氣，秀色連蒼梧。下映雙溪水，如天落鏡湖」四句描繪敬亭山白雲霧氣繚繞，秀麗景色直連蒼梧，靈源寺下雙溪水輝映，如青天落入鏡子般的湖中，周圍的環境之幽和景色之美，藉賓顯主，凸顯其後「主」位：「此中積龍象，獨許濬公殊」，強化靈源寺處地靈人傑之佳境，如此奇景寺中聚集了如龍如象的高僧，並特別推許濬公。然而在「主」位之中又形成另一層「賓主」結構，用「主中賓」：「風韻逸江左，文章動海隅」加強闡述濬公風韻氣度在江東馳名與文才轟動海隅，然而這些「賓」位更是正襯出「主中主」：「觀心同水月，解領得明珠」，說明濬公佛心如同水中之月非有非無，對佛理的理解如探明珠，更強調濬公這位高僧鮮明特殊之處在於對佛心與佛理精通超越眾僧之上。

（2）最後以「論」部分：「今日逢支遁，高談出有無」二句收束全
詩，也道出贈詩之義，遇濬公高僧聽談佛理高出有無，而此中
有無，更是從「敘」部分中「主中主」的佛心佛理而來。

（三）李白心中佛門龍象——支遁、沖濬公

　　支遁（西元314-366年），東晉名僧，字道林。雖為東晉名僧，但
在《晉書》無傳，卻於《世說新語》對其生平重大事跡頗有記載。
《世說新語》一書收錄魏晉南北朝時代名士思想言行，可見當時清談
風貌。「《世說新語》一書關涉佛迹之處甚多，其所記僧人與士人的交
往尤其令人矚目，在84處佛迹中，支遁一人就占了52處，包括正文的
49處，劉注的3處。這說明支遁在當時的影響力之大，非其他僧人可
及。」[149]在《隋唐佛學與中國文學》一書論及支遁「是《世說新語》
的核心人物之一……佛教界與士大夫交往最為密切、最具影響力的當
推支遁，他與謝安、王羲之、孫綽、許詢、李充等名士結成一集
團……名士間交往的一個重要內容就是談玄，支遁置身其間，概莫能
外，而他確是以深於《莊子》聞名的」[150]。莊子的「逍遙」是一種絕
對的精神自由，只有擺脫外在功名利祿束縛，精神處於無掛礙的「至
人」才能達此境界。支遁將佛學思維融入玄學，認為「逍遙」是指至
人凝神于玄冥，悠然于無待之境，不執著萬物，不生得失憂喜之心的
精神狀態。認為物質現象是空，「心」不起執著，就無物存在，一切
皆空，「至人」正是體悟此「空」能不執著而逍遙，支遁的「至人」
深烙著佛影。沖濬公，生平不詳，但從〈聽蜀僧濬彈琴〉詩曰：「蜀
僧抱綠綺，西下峨眉峰」可知琴師僧濬是蜀地人，李白對於來自故鄉

---

149 倪晉波：〈支遁與東晉士人交往初論——以《世說新語》為中心〉，《蘭州學刊》
　　2005年第6期，頁266。

150 陳引馳：《隋唐佛學與中國文學》（南昌市：百花洲文藝出版社，2002年），頁43。

的蜀僧特別親切，加之沖濬公富有文采，人格、氣格非凡，琴藝高超，於此可見李白與僧人交游出於一種心理靈求，與僧人交往並非為了研習佛教義理，而是著眼於僧人的學識、才華、氣質、風度、品行操守。因此李白以龍象稱之，並藉由此消解自己報國無門憂悶，不執著萬物，不留戀世間，才能解脫，作為人生最高修養崇敬的對象。

李白禪學思想呈現出道家風格，擺脫印度和中國早期禪觀離世苦行的特徵，成為一種富於生活情趣，當其失意之時，尋求精神慰寄，但內心始終積極關懷國事民生，更深期有朝一日建功立業。

第三節　與龍有關的品物類

「龍」作為造型藝術之一，與生活工藝美術結下不解之緣。古人在日常生活中出現龍紋、龍形象，除了象徵皇帝威權之外，亦表現對龍的神物崇拜與審美情趣。本節探析李白詩歌龍意象中出現與龍相關品物類詞彙，歸納概分為：「物品」、「交通工具」、「建築」、「服飾」等四類，分別探析之。

一　物品

（一）兵器

劍為古代兵器之一，為「短兵」之祖，故有「百兵之君」美稱。古人佩劍除了用以抵御匪寇與野獸，因攜帶輕便，用之迅捷，故歷朝王公帝侯，文士俠客，以佩之為榮，展現一種身份地位與尚武精神的表現。相傳劍創作自軒轅黃帝時代，據《廣黃帝本行紀》曰：「帝采

首山之銅鑄劍，以天文古字銘之。」到了周代，春秋戰國時期，劍已
成為主要短兵器。《管子・數地篇》曰：「葛天盧之山，發而出水，金
從之，蚩尤受而制之，以為劍、鎧、矛、戟」[151]，這是中國劍的開
始。此後中國後世文人對於劍的由來不斷融進超現實的特點。「正是
因為劍的神聖與珍貴，在古人看來，劍又和中國人心中的聖物——龍
產生了聯繫。在《豫章記》等古籍中，多有寶劍化身為龍的異聞。龍
在中華民族傳統理念中是一種通天神獸，是『溝通天、地、人的特殊
中介』，劍由此也具有了『變化屈伸，隱則黃泉，出則升雲』的神
性。這種如龍一般騰飛的本領多見記載，甚至被賦予了更為精妙的人
文氣息。」[152]劉勰《文心雕龍・明詩》：「夫人稟七情，應物斯感，感
物吟志，莫非自然。」[153]借物表現詩人的主觀情感，龍為獸類，但與
其他字詞結合後，成為物的名稱，如借龍的傳說、氣勢來為劍命名
的，如龍淵、龍泉劍等。李白自少年習劍，家傳龍泉寶劍，其又擅長
劍術，辭親別友離開蜀中，龍泉寶劍相伴遍訪各地壯遊。在〈與韓荊
州書〉曰：「十五好劍術，遍干諸侯」[154]，《宣和書譜》曰：「及長好
擊劍，落落不羈來」[155]，《新唐書》記載李白「性倜儻，喜縱橫術，
擊劍為任俠」[156]可證。筆者統計李白1054首詩歌中出現「劍」字共有

---

151 （周）管仲著，（唐）房玄齡注：《管子》，收入《景印文淵閣四庫全書》729冊
（臺北市：臺灣商務印書館，1983年），頁247。

152 李冰：〈李白詩中的「劍」與其人形象〉，《芒種》2012年第13期，頁123。

153 （梁）劉勰著，黃叔琳注、李詳補注、楊明照校注拾遺：《文心雕龍校注》（北京
市：中華書局，1957年），頁34。

154 李白〈與韓荊州書〉一文見（唐）李白：《李太白文集》，收入《景印文淵閣四庫
全書》1066冊（臺北市：臺灣商務印書館，1983年），卷25，頁401。

155 （北宋）不著撰人：《宣和書譜》，收入《景印文淵閣四庫全書》813冊（臺北市：
臺灣商務印書館，1983年），卷9，頁254。

156 （宋）歐陽修、宋祁等奉敕撰：《新唐書》，收入《景印文淵閣四庫全書》276冊
（臺北市：臺灣商務印書館，1983年），頁75。

109次，約占十分之一，李白好劍之說自可明證。「劍」的傳說既是神物，與「龍」相結合，更是絕妙。李白詩中出現「劍」與「龍」字結合成劍名的有「龍泉」出現4次，詩例如下：

> 寧知草間人，腰下有龍泉。（356〈在水軍宴贈幕府諸侍御〉）
> 龍泉解錦帶，為爾傾千觴。（471〈夜別張五〉）
> 金羈絡駿馬，錦帶橫龍泉。（475〈留別廣陵諸公〉）
> 萬里橫戈探虎穴，三杯拔劍舞龍泉。（527〈送羽林陶將軍〉）

「龍劍」出現1次，詩例如下：

> 張公兩龍劍，神物合有時。（63〈梁甫吟〉）

「兩蛟龍」、「雙蛟龍」各出現1次，詩例如下：

> 贈劍刻玉字，延平兩蛟龍。
> 　　　　　　（580〈洞庭醉後送絳州呂使君杲流澧州〉）
> 寶劍雙蛟龍，雪花照芙蓉。（1042〈感寓二首其一〉）

上述這些龍泉、龍劍、兩蛟龍、雙蛟龍展現出「劍」的靈動、神異性能。本小節考察李白運用「龍劍」一詞彙，發覺有著共同象徵意義，擬從〈梁甫吟〉、〈感寓二首其一〉二詩探析其意涵。

1 龍劍考察

歐冶子為春秋末期到戰國初期越國人，是中國古代鑄劍鼻祖，史載他為越王鑄了五把寶劍。相傳歐冶子在鑄劍時，「赤堇之山破而出

錫,若耶之溪涸而出銅,雨師掃灑,雷公鼓橐,蛟龍捧爐,天帝裝炭;太一下觀,天精下之。歐冶乃因天之精神,悉其伎巧,造為大刑三,小刑二;一曰湛盧,二曰純鈞,三曰勝邪,四曰魚腸,五曰巨闕。」[157]從此傳說可知歐冶子鑄劍之時,得天上神靈相助,竭其才智才而成,在此劍已被神聖化。除了鑄此五把稀世寶劍外,更是龍泉寶劍創始人。

龍泉寶劍是中國古兵器代表,其產地在浙江省西南部浙閩贛邊境。相傳歐冶子為鑄此劍,鑿開茨山,放出山中溪水,引至鑄劍爐旁成北斗七星環列的七個池中,是名七星。劍成之後,俯視劍身,如同登高山而下望深淵,飄渺而深邃彷彿有巨龍盤臥,是名龍淵。據《越絕書·越絕外傳記寶劍第十三》記載曰:「春秋時歐冶子鑿茨山,洩其溪,取鐵英作為鐵劍三枚,一曰龍淵、二曰泰阿、三曰工布,畢成。風胡子奏之楚王,楚王見此三劍之精神太悅。風胡子問之曰:『此三劍何物所象,其名為何?』風胡子對曰:『一曰龍淵,二曰泰阿,三曰工布』。楚王曰:『何為龍淵、泰阿、工布?』風胡子對曰:『欲知龍淵,觀其狀如登高山,臨深淵。』」[158]故名此劍曰七星龍淵,簡稱龍淵劍。唐朝時,龍淵劍名聲大震,後因避唐高祖李淵諱,便把淵字改成泉字,曰七星龍泉,簡稱龍泉劍。

綜上所述可知龍泉劍之名由來,乃因鑄劍地點、劍形成後的劍身如如同登高山而下望深淵,飄渺而深邃彷彿有巨龍盤臥。後世更將「龍」直接比附於「劍」上,產生靈異神妙傳說,「豐城龍劍」會合說法,在《晉書·張華傳》記載:「初,吳之未滅也,斗牛之間常有紫氣,道術者皆以吳方彊盛,未可圖也。惟華以為不然。及吳平之

---

157 （漢）袁康撰:《越絕書》,收入《景印文淵閣四庫全書》463冊（臺北市:臺灣商務印書館,1983年）,頁114。

158 同前註,頁115。

後，紫氣愈明。華聞豫章人雷煥妙達緯象，乃要煥宿，屏人曰：『可共尋天文，知將來吉凶。』因登樓仰觀，煥曰：『僕察之久矣，惟斗牛之間頗有異氣。』華曰：『是何祥也？』煥曰：『寶劍之精，上徹於天耳。』華曰：『君言得之。吾少時有相者言吾出六十位登三事，當得寶劍佩之，斯言豈效與。』因問曰：『在何郡？』煥曰：『在豫章豐城。』華曰：『欲屈君為宰，密共尋之。……即補煥為豐城令。煥到縣，掘獄屋基，入地四丈餘，得一石函，光氣非常，中有雙劍，並刻題：一曰龍泉，一曰太阿。其夕，斗牛間氣不復見焉。煥以南昌西山北巖下土以拭劍，光芒艷發。……遣使送一劍并土與華，留一自佩。』或謂煥曰：『得兩送一，張公豈可欺乎？』煥曰：『本期將亂，張公當受其禍，此劍當繫徐君墓樹耳。靈異之物，終當化去，不永為人服也。』華得劍，寶愛之，常置坐側。以南昌土不如華陰赤土。報煥書曰：『詳觀劍文，乃干將也，莫邪何復不至？雖然，天生神物，終當合耳。』因以華陰土一斤致煥，煥更以拭劍，倍益精明。華誅，失劍所在。煥卒，子華為州從事。持劍行經延平津，劍忽於腰間躍出墮水。使人沒水取之，不見劍，但見兩龍各長數丈，蟠縈有文章。沒者懼而反。須臾，光彩照水，波浪驚沸，於是失劍。華歎曰：『先君化去之言，張公終合之論，此其驗乎！』」。[159]又《藝文類聚》引南朝劉宋雷次宗《豫章記》曰：「吳末亡。恆有紫氣見牛斗之間。張華聞雷孔章妙達緯象。乃要宿。問天文。孔章曰：『惟牛斗之間有異氣。是寶物之精。在豫章豐城』。張華遂以孔章為豐城令。至縣。掘深二丈。得玉匣。長八尺。開之。得二劍。其夕斗牛氣不復見。孔章乃留其一匣。而進之。劍至。光曜煒曄。煥若電發。後張華遇害。此劍飛入襄城水中。孔章臨亡。戒其子。恆以劍自隨。後其子為建安從事。

---

159 （唐）房玄齡等奉敕撰：《晉書》，收入《景印文淵閣四庫全書》255冊（臺北市：臺灣商務印書館，1983年），卷36，頁650。

經淺瀨。劍忽於腰閒躍出。遂視。見二龍相隨焉。」[160]「龍」的虛無
縹渺與神異靈動被比附於「劍」上，使得中國天生神物「龍劍」，終
當會合，被詩人拿來作為君臣相遇合之比附。

2 〈梁甫吟〉與〈感寓二首其一〉之創作背景

（1）〈梁甫吟〉之創作背景

梁甫，泰山腳下一座小山名。〈梁甫吟〉是古樂府舊題，此題來
歷有二說，一設是春秋時期曾子躬耕於泰山之下，天雨雪凍，幾個月
不能回家，因思念自己的父母，所以創作〈梁甫吟〉，在《樂府詩
集》收錄諸葛亮〈梁甫吟〉，並引《古今樂錄》一段文字記載梁甫吟
不起於亮，曰：「李勉〈琴說〉曰：『〈梁甫吟〉，曾子撰。』〈琴操〉
曰：『曾子耕泰山之下，天雨雪凍，旬月不得歸，思其父母。』」可
證。然另一說法認為〈梁甫吟〉又作〈梁父吟〉蓋言人死葬此山，亦
葬歌也，為梁甫山此處辦喪事的葬歌悲歌，今存古辭乃題名為諸葛亮
所作，主題是傷被齊相晏嬰用二桃所殺三士之事。《三國志·蜀書·
諸葛亮傳》：「亮躬耕隴畝，好為〈梁父吟〉。」宋姚寬《西溪叢語》
卷上：「樂府解題有〈梁父吟〉，《蜀志·諸葛亮傳》云：『亮躬耕隴
畝，好為〈梁父吟〉。』《藝文類聚》吟門云：『蜀志諸葛亮〈梁父
吟〉云：『步出齊城門，遙望蕩陰里，里中有三墳，纍纍正相似，問
是誰家冢，田疆古冶氏，力能排南山，又能絕地紀，一朝被讒言，二
桃殺三士，誰能為此誅，相國齊晏子。』又青州圖經：『臨淄縣塚墓
門云三士塚在縣南一里，三墳周圍一里高二丈六尺。』張朏齊記：
『是烈士公孫捷、田開疆、古冶子三士塚，所謂二桃殺三士者。』唐

---

160 （唐）歐陽詢等奉敕撰：〈軍器部·劍〉，《藝文類聚》，收入《景印文淵閣四庫全
　　書》888冊（臺北市：臺灣商務印書館，1983年），卷60，頁374。

褚亮〈梁甫吟〉曰：『步出齊城門，遙望蕩陰里。里內有三墳，纍纍皆相似。借問誰家塚，田疆古冶子。』李白有〈梁甫吟〉一篇云：『力排南山三壯士，齊相殺之費二桃。』注云：君有德，則封此山，願輔佐君王致　於有德，而為小人讒邪之所阻。諸葛亮好為〈梁父吟〉，恐取此義。」[161]又蕭注曰：「按王僧虔《技錄》相和歌楚調五曲內有〈梁甫吟行〉，意始於諸葛亮，後惟太白繼之耳。」胡注云：「本古葬歌，諸葛亮所詠，則蕩陰二桃殺三士墓也。史云：亮好為〈梁父吟〉，自比管、樂，時人未之許。白擬作，雖兼及二桃事，然感慨不遇之談為多。其又以亮之自比者成詠歟？」[162]由上可知李白此詩不僅襲用舊題，亦繼承諸葛亮〈梁甫吟〉主旨，願輔佐君王致於有德而為小人讒邪所阻難。但較前人之作，李白加入「張公兩龍劍，神物合有時。」一語，將龍劍神話傳說融入，表達壯志必酬信心，無論是情感基調、氣魄、格局皆於諸葛亮之上。

此詩創作時期，歷來有二說，一說因文中有「雷公」、「玉女」、「閽者」等字眼比喻奸佞之輩，認為此詩應作於李白在朝廷任詔翰林，因奸臣讒言被放歸之時；另一說因首句「長嘯梁甫吟，何時見陽春？」以陽春喻明主，且〈梁甫吟〉是諸葛亮出山時所作，認為此詩作於李白尚未入朝為官，希冀借由「隱居」此終南捷徑入朝為官之時，詹鍈《李白詩文繫年》謂此詩與〈冬夜醉宿龍門覺起言志〉詩同時作，作於開元二十一年秋冬於洛陽。雖然前人多因詩中有「雷公」、「玉女」、「閽者」等形象喻奸佞，以為被讒去朝後所作。不知李

161　（宋）姚寬：《西溪叢語》，收入《景印文淵閣四庫全書》850冊（臺北市：臺灣商務印書館，1983年），頁929-930。

162　蕭、胡二注見詹鍈：《李白全集校注彙釋集評》第1冊（天津市：百花文藝出版社，1996年12月），頁316-317。

白開元間初入長安求取功業，即因張垍等奸佞所阻礙，而未能見到明主。綜上所述，筆者判斷此詩為李白初入長安時作於開元二十一年（西元733年）即初入長安被張垍所阻而未見明主之後。其通篇用典，列舉歷史人物遭際，襯托自己懷才不遇，於揭露朝政昏暗的同時深信終有風雲感會之時。

（2）〈感寓二首其一〉創作背景

此詩作年不詳。此首咸本、蕭本、王本、郭本、胡本、《全唐詩》本皆編入〈古風五十九首〉其十六。此詩直接歌詠寶劍，寫張華、雷煥所得干將、莫邪二劍故事以及風胡子謂湛盧入楚事。參用鮑照〈贈故人馬子喬詩〉之六：「雙劍將別離，先在匣中鳴。煙雨交將夕，從此遂分形。雌沈吳江裏，雄飛入楚城。吳江深無底，楚關有崇扃。一為天地別，豈直限幽明。神物終不隔，千祀儻還并。」之詩意，蕭士贇謂此詩擬鮑照之作。徐禎卿曰：「此篇自況也。」朱諫《李詩選注》：「此白以寶劍取喻賢才之難於久棄而終當見用也。」林兆珂《李詩鈔述注》曰：「以比賢者雖厄，終當見用於時，不久淪落耳。此亦太白自負之詞。」[163]因作年不詳，不論出於何本，本文在此不論其出於何詩，僅從詩文本探析「龍劍」的象徵意涵。

3　〈梁甫吟〉與〈感寓二首其一〉之內容意蘊

（1）〈梁甫吟〉之內容意蘊

抒情言志為文學創作目的之一，是主客體交融的心智活動。李白擬樂府古題〈梁甫吟〉以抒發其內在之幽微情意，〈梁甫吟〉一詩

---

163 朱諫與林兆珂二注見詹鍈：《李白全集校注彙釋集評》第7冊（天津市：百花文藝出版社，1996年12月），頁3390。

如下：

> 長嘯梁甫吟，何時見陽春？君不見朝歌屠叟辭棘津，八十西來
> 釣渭濱，寧羞白髮照淥水，逢時壯氣思經綸。廣張三千六百
> 釣，風期暗與文王親。大賢虎變愚不測，當年頗似尋常人。君
> 不見高陽酒徒起草中，長揖山東隆準公。入門開說騁雄辯，兩
> 女輟洗來趨風。東下齊城七十二，指麾楚漢如旋蓬。狂客落拓
> 尚如此，何況壯士當羣雄。我欲攀龍見明主，雷公砰訇震天
> 鼓。帝旁投壺多玉女，三時大笑開電光，倏爍晦冥起風雨。閶
> 闔九門不可通，以額叩關閽者怒。白日不照吾精誠，杞國無事
> 憂天傾。猰貐磨牙競人肉，騶虞不折生草莖。手接飛猱搏彫
> 虎，側足焦原未言苦。智者可卷愚者豪，世人見我輕鴻毛。力
> 排南山三壯士，齊相殺之費二桃。吳楚弄兵無劇孟，亞夫哈爾
> 為徒勞。梁甫吟，聲正悲。張公兩龍劍，神物合有時。風雲感
> 會起屠釣，大人峣屼當安之。

　　李白開首詠諸葛亮〈梁父吟〉，其後接續道出何時見「陽春」，以
陽春喻知遇明主以施展抱負。李白於天寶初供奉翰林時曾作〈陽春
歌〉以頌得意，從開首二句可知此詩作於未遇明主之時。

　　其後寫姜太公（呂望）、酈食其的遭際，喻大賢大能之人，不能
久坐貧困，而終有得志之日，用兩個歷史典故表達出自己待時而遇的
殷切與希望。《戰國策·秦策三》：「臣（范雎）聞始時呂尚之遇文王
也，身為漁父而釣於渭陽之濱耳。」[164]又《秦策五》：「姚賈曰：『太
公望，齊之逐夫，朝歌之廢屠，子良之逐臣，棘津之讎不庸，文王用

164　（漢）劉向：〈秦策三〉，《戰國策》，收入《景印文淵閣四庫全書》406冊（臺北
　　市：臺灣商務印書館，1983年），卷5，頁274。

之而王。」¹⁶⁵《史記・齊太公世家》記載:「太公望呂尚者,東海上人也。……呂尚蓋嘗窮困,年老矣,以魚釣奸周西伯。」¹⁶⁶又《史記・范雎蔡澤列傳》范雎曰:「臣聞昔者呂尚之遇文王也,身為漁父而釣於渭濱耳。」¹⁶⁷。上述史書記載呂尚釣於渭濱。此外,《史記・游俠列傳》曰:「太史公曰:『呂尚困於棘津。』徐廣在《廣川正義》:「《尉繚子》云太公望行年七十,賣食棘津云。」古亦謂之石濟津,故南津。」¹⁶⁸而《韓詩外傳》記載:「呂望行年五十,賣食棘津,年七十屠於朝歌,九十乃為天子師,則遇文王也。」¹⁶⁹又載曰:「太公望少為人壻,老而見去。屠牛朝歌,賃於棘津,釣於磻溪,文王舉而用之,封於齊。」¹⁷⁰從上述史書記載可知呂尚五十賣食棘津,七十屠肉於朝歌,八十來到渭水邊釣魚。難道不以綠水映照著白髮為羞恥,只為了尋覓機遇。「廣張三千六百釣」一句更是道出釣於渭有十年間之事,《唐宋詩醇》卷二:「此詩當亦遭讒被放後作,與屈平睠睠楚國同一精誠。三千六百釣,迄無定論。按《說苑》云:『呂望年七十釣於渭渚。』《孔叢子》卷云:『太公勤身苦志,八十而遇文王。』以百年三萬六千場計之,七十至八十約三千六百釣也。或以八

165 (漢)劉向:〈秦策五〉,《戰國策》,收入《景印文淵閣四庫全書》406冊(臺北市:臺灣商務印書館,1983年),卷7,頁295。

166 (漢)司馬遷撰:〈齊太公世家第二〉,《史記》,收入《景印文淵閣四庫全書》244冊(臺北市:臺灣商務印書館,1983年),卷32,頁15。

167 (漢)司馬遷撰:〈齊太公世家第二〉,《史記》,收入《景印文淵閣四庫全書》244冊(臺北市:臺灣商務印書館,1983年),卷79,頁488。

168 (漢)司馬遷撰:〈游俠列傳第六十四〉,《史記》,收入《景印文淵閣四庫全書》244冊(臺北市:臺灣商務印書館,1983年),卷124,頁887。

169 (漢)韓嬰撰:《韓詩外傳》,收入《景印文淵閣四庫全書》89冊(臺北市:臺灣商務印書館,1983年),卷7,頁830。

170 (漢)韓嬰撰:《韓詩外傳》,收入《景印文淵閣四庫全書》89冊(臺北市:臺灣商務印書館,1983年),卷8,頁843。

十始釣，九十始遇為十年，殆未知《楚辭》所云太公九十乃顯榮，蓋指封國時言也。」[171]高步瀛云：「今本《說苑》無此文，要之此但言太公垂釣至十年耳，不必泥定起訖之年也。」吳昌祺《刪訂唐詩解》：「注以太公垂釣解三千六百，似矣。然『廣』字何解？且各書或言七十有二，或言八十，或言九十，無釣十年之說。予思地有三千六百軸，言太公合天下而釣之也。」由上可知呂尚釣於渭濱，終遇文王，成為帝王之師。大賢之人發達就像虎皮花紋的更新，驟然得志，愚人無法預測。

　　「君不見高陽酒徒起草中，長揖山東隆準公」二句帶出另一個君臣遇合之典故。《史記‧酈生陸賈列傳》：「酈生食其者，陳留高陽人也。好讀書，家貧落魄，無以為衣食業，為里監門吏。然縣中賢豪不敢役，縣中皆謂之狂生。……初，沛公引兵過陳留，酈生踵軍門上謁……使者入通，沛公方洗，問使者曰：『何如人也？』使者對曰：『狀貌類大儒，衣儒衣，冠側注。』沛公曰：『為我謝之，言我方以天下為事，未暇見儒人也。』使者出謝，……酈生瞋目案劍叱使者曰：『走！復入言沛公，吾高陽酒徒也，非儒人也。』……沛公遽雪足杖矛曰：『延客入！』。……沛公（劉邦）至高陽傳舍，使人召酈生。酈生至，入謁，沛公方倨牀使兩女子洗足，而見酈生。酈生入，則長揖不拜，曰：『足下欲助秦攻諸侯乎？且欲率諸侯破秦也？』沛公罵曰：『豎儒！夫天下同苦秦久矣，故諸侯相率而攻秦，何謂助秦攻諸侯乎？』酈生曰：『必聚徒合義兵誅無道秦，不宜倨見長者。』於是沛公輟洗，起攝衣，延酈生上坐，謝之。酈生因言六國從橫時，

171　（清）乾隆十五年敕編：《御選唐宋詩醇》，收入《景印文淵閣四庫全書》1448冊
　　（臺北市：臺灣商務印書館，1983年），卷2，頁104。

沛公喜賜酈生食。」[172]又記載:「漢三年秋,項羽擊漢,拔滎陽,漢
兵遁保鞏、洛。楚人聞淮陰侯破趙,彭越數反梁地。酈生因曰:
『……方今燕、趙已定,唯齊未下。……臣請得奉明詔說齊王,使為
漢而稱東藩。』上曰:『善。』迺從其畫,復守敖倉,而使酈生說齊
王。……田廣以為然,迺聽酈生,罷歷下兵守戰備,與酈生日縱酒。
淮陰侯聞酈生伏軾下齊七十餘城,迺夜度兵平原襲齊。」[173]此段史事
記載傲慢無禮的劉邦以天下為事,未暇見儒人,自稱高陽酒徒的酈食
其出於草莽,見了高鼻龍顏劉邦只是長揖而不拜,一進門雄辯天下形
勢,使得劉邦停止洗腳,疾趨如風接待他,酈食其不費一兵一卒說服
齊王田廣獻出七十二城降漢,指揮如旋蓬之易且速,狂客得遇,何況
李白的文武之才皆於上。由上述二人得遇明君,道出自己對君臣相遇
充滿信心與期待。

　　然其後筆鋒一轉,「我欲攀龍見明主,雷公砰訇震天鼓」開始道
出變故,「帝旁投壺多玉女,三時大笑開電光」二句道破皇帝身旁奸
佞之多,天帝身旁投壺得寵的玉女非常多,一整天大笑且電光迅速閃
爍,倏忽之間天地昏暗風雨大作。據《神異經・東荒經》記載:「東
王公居長……恆與一玉女投壺,每投千二百矯(矢躍出也)。設有入
入出者,天為之醫噓(開口笑);矯出而脫誤不接者,天為之笑。」
天宮九個大門都緊閉不通,甚至以額叩門卻招惹守門者怒,此處道出
皇帝為群邪壅蔽而不遇。
　　「白日不照吾精誠,杞國無事憂天傾」二句運用《列子・天瑞》

---

172 (漢)司馬遷撰:《史記》,收入《景印文淵閣四庫全書》244冊(臺北市:臺灣商
　　務印書館,1983年),卷97,頁640。

173 同前註,頁640、642。

典故曰：「杞國有人憂天地崩墜，身亡所寄，廢寢食者。」[174]意謂皇帝不理解我的精誠，還以為我是杞人憂天。「猰貐磨牙競人肉，騶虞不折生草莖」二句說明古代有極惡的兇獸猰貐專門磨牙爭食人肉，梁任昉《述異記》卷上：「猰貐（猰貐），獸中最大者，龍頭馬尾虎爪。長四百尺，善走，以人為食。遇有道君即隱藏，無道君即出食人。」[175]但也有一種仁獸騶虞不吃生物甚至不踏生草的草莖，《詩經・召南・騶虞》：「于嗟乎騶虞。」《毛傳》：「騶虞，義獸也。白虎黑文，不食生物，有至信之德則應之。」[176]此二句道出朝中權貴剝民脂膏，為政害人，如同猰貐惡獸；而忠臣、自己欲行仁政治天下，如同騶虞仁獸一般。「手接飛猱搏彫虎，側足焦原未言苦」二句緊接著說自己像古代勇士有接飛猱、搏雕虎的本領，孫星衍校輯本《尸子》卷下：「中黃伯曰：『余左執太行之獳，而右搏雕虎。惟象之未與吾心試焉。有力者則又願為牛，欲與象鬬以自試。今二三子以為義矣，將烏乎試之？夫貧窮，太行之獳也，疏賤者，義之雕虎也，而吾日遇之，亦足以試矣。』」[177]《尸子》卷下又曰：「莒國有石焦原者，廣長五十步，臨百仞之谿。莒國莫敢近也。有以勇見莒子者，猶卻行齊踵焉。莒國莫之敢近，已獨齊踵焉。此所以服莒國也。夫義之為焦原也，亦高矣。是故賢者之於義，必且齊踵焉，此所以服一世也。」[178]

174 （周）列禦寇：《列子・天瑞》，收入《景印文淵閣四庫全書》1055冊（臺北市：臺灣商務印書館，1983年），頁583。

175 （梁）任昉：《述異記》，收入《景印文淵閣四庫全書》1047冊（臺北市：臺灣商務印書館，1983年），頁618-619。

176 （清）阮元：《十三經注疏・詩經2》（臺北市：藝文印書館，2001年12月初版14刷），頁68。

177 （周）尸佼撰，（清）孫星衍輯校：《尸子》，收入《續修四庫全書》子部雜家類（臺北市：世界書局，1985年），頁300。

178 同前註，頁299。

二句意謂自己雖處於窮賤之地，卻仍有勇氣和才能去接攀援輕捷的獼猴、與虎搏鬥、履險峻的巨石，不論遇何危險，皆能克服艱苦。「智者可卷愚者豪，世人見我輕鴻毛」二句道出智者把本領藏起來，愚者才偏逞強鬥勝。其後引諸葛亮〈梁父吟〉二桃殺三士之典故，據《晏子春秋》記載：「公孫接、田開疆、古冶子事景公，以勇力搏虎聞。晏子過而趨，三子者不起。晏子入見公曰：『臣聞明君之蓄勇力之士也，上有君臣之義，下有長率之倫；內可以禁暴，外可以威敵；上利其功，下服其勇。故尊其位，重其祿。今君之蓄勇力之士也，上無君臣之義，下無長率之倫，內不以禁暴，外不可威敵，此危國之器也，不若去之。』公曰：『三子者搏之恐不可得，刺之恐不中也。』晏子曰：『此皆力攻勍敵之人也，無長幼之禮。』因請公使人少餽之二桃，曰：『三子何不計功而食桃？』公孫接仰天而歎曰：『晏子智人也。夫使公之計吾功者，不受桃，是無勇也。士眾而桃寡，何不計功而食桃矣。接一搏�而再搏乳虎，若接之功，可以食桃而無與人同矣。』援桃而起。田開疆曰：『吾伏兵而卻三軍者再，若開疆之功，亦可以食桃而無與人同矣。』援桃而起。古冶子曰：『吾嘗從君濟於河，黿銜左驂以入砥柱之流。當是時也，冶少，不能游，潛行逆流百步，順流九里，得黿而殺之。左操驂尾，名絜黿頭，鶴躍而出。津人皆曰『河伯也！』若冶視之，則大黿之首。若冶之功，亦可以食桃而無與人同矣。二子何不反桃？』抽劍而起。公孫接、田開疆曰：『吾勇不子若，功不子逮。取桃不讓，是貪也；然而不死，無勇也。』皆反其桃，絜領而死。古冶子曰：『二子死之，冶獨生之，不仁；恥人以言而誇其聲，不義；恨乎所行，不死，無勇。』雖然二子同桃而節治專桃而宜，亦反其桃，絜領而死。使者復曰：『已死矣。』公殮之

以服，葬之以禮焉。」[179]由上可知齊國力能推山的三壯士被宰相害死，讒言危害性之大，李白藉此暗指當時李林甫曾陷害韋堅、李邕、裴敦復等大臣。「吳楚弄兵無劇孟，亞夫咍爾為徒勞」，據《史記·遊俠列傳》曰：「吳、楚反時，條侯（周亞夫）為太尉，乘傳車將至河南，得劇孟，喜曰：『吳、楚舉大事而不求孟，吾知其無能為已矣。』天下騷動，宰相得之，若得一敵國云。」[180]二句言吳楚叛亂卻不用劇孟而被漢景帝名將周亞夫譏為徒勞無功。上述博引五個典故婉轉曲折表達出對國事的關懷與懷才不遇之情，說出沒有人才欲治國是徒勞無功。

　　末段六句，以龍劍會合，借助龍劍神話故事，正面回應主旨，與篇首呼應，強烈自信終有君臣遇合之日，並寄寓自己的理想與抱負，應安守困境，以待時機。一轉上段悲涼之情，展現豪邁開闊之情。

（2）〈感寓二首其一〉之內容意蘊

　　李白借物寓意，不直接敘事或抒情，在物上完全寄寓自身情思，在物我融合上有著「飛躍」的成就，將自我與龍劍在時、空的互動中產生情感與哲思，其〈感寓二首其一〉詩如下：

> 寶劍雙蛟龍，雪花照芙蓉。精光射天地，雷騰不可衝。一去別金匣，飛沉失相從。風胡歿已久，所以潛其鋒。吳水深萬丈，楚山邈千重。雌雄終不隔，神物會當逢。

179　（齊）晏嬰撰：〈景公養勇士三人無君之義晏子諫第二十四〉，《晏子春秋》，收入《景印摛藻堂四庫全書薈要》子部墨家類275冊（臺北市：世界書局，1987年），頁151-152。

180　（漢）司馬遷撰：《史記》，收入《景印文淵閣四庫全書》244冊（臺北市：臺灣商務印書館，1983年），卷124，頁888。

首句以兩把寶劍就是一對蛟龍，言其變化神異之妙，雪花照芙蓉之形容出自《越絕書》卷十一〈外傳記寶劍〉曰：「昔者，越王句踐有寶劍五，聞於天下。客有能相劍者名薛燭，王召而問之曰：『吾有寶劍五，請以示之。』……王取純鈞，薛燭聞之，忽如敗；有頃，懼如悟，下階而深惟，簡衣而坐望之。手振拂揚，其華捽如芙蓉始出。」[181]言劍體光明如雪花，劍鍔豔麗如芙蓉。其精光照射天地，劍光如電騰不可擋。「一去別金匣，飛沈失相從」二句運用雷煥掘得二劍後，一劍送張華，一劍自佩，從此二劍失相從，後來一劍飛失，一劍沈水。風胡，即風胡子，古之善相劍者。《越絕書》卷十一〈外傳記寶劍〉記載：「楚王召風胡子而問之曰：『寡人聞吳有干將，越有歐冶子，此二子甲世而生，天下未嘗有。精誠上通天，下為烈士。寡人願齎邦之重寶皆以奉子，因吳王請此二人作鐵劍，可乎？』風胡子曰：『善。』於是乃令風胡子之吳，見歐冶子、干將，使作鐵劍。歐冶子、干將鑿茨山，洩其溪，取鐵英，作為鐵劍三枚：一曰龍淵，二曰泰阿，三曰工布。畢成，風胡子奏之楚王。楚王見此三劍之精神，大悅風胡子，問之曰：『此三劍何物所象？其名為何？』風胡子對曰：『一曰龍淵，二曰泰阿，三曰工布。』楚王曰：『何為龍淵、泰阿、工布？』風胡子對曰：『欲知龍淵，觀其狀如登高山臨深淵。欲知泰阿，觀其鈒巍巍翼翼，如流水之波。欲知工布，鈒從文起，至脊而止，如珠不可衽，文若流水不絕。』」[182]善於相劍的風胡子死去已久，故寶劍潛藏不出。

「吳水深萬丈，楚山邈千重」二句言雖吳水之深，楚山之遠，不能使之相隔，神靈之物，必有會合之時。《吳越春秋》卷二〈闔閭內

---

181 （漢）袁康：《越絕書》，收入《景印文淵閣四庫全書》463冊（臺北市：臺灣商務印書館，1983年），頁114。

182 同前註，頁114-115。

傳〉記載：「湛盧之劍惡闔閭之無道也，乃去而出，水行如楚。楚昭
王臥而寤得吳王湛盧之劍於牀。昭王不知其故，乃召風胡子而問曰：
『寡人臥覺而得寶劍，不知其名是何劍也。』風胡子曰：『此謂湛盧
之劍。』昭王曰：『何以言之？』風胡子曰：『臣聞吳王得越所獻寶三
枚，……一名湛盧，五金之英，太陽之精，寄氣託靈，出之有神。服
之有威，可以折衝拒敵。然人君有逆理之謀，其劍即出，故去無道以
就有道。今吳王無道，殺君謀楚，故湛盧入楚。』」[183] 又鮑照〈贈故
人馬子喬詩〉：「雌沈吳江裏，雄飛入楚城。吳江深無底，楚闕有崇
扃。……神物終不隔，千祀儻還并。」[184] 寶劍為神物，故始雖相離，
而終當相合。因風胡子不在，故潛其鋒，人才亦如寶劍，為國家利
器，將必遇知人之人，一展長才。

4 〈梁甫吟〉與〈感寓二首其一〉之篇章結構

　　此二詩皆使用「凡目法」篇章結構形式寫成，陳師滿銘在《篇章
結構學》曰：

> 凡目法即在敘述同一類事、景、情、理時，運用了「總括」與
> 「條分」來組織篇章的一種章法。凡目法的形成，基本上是運
> 用了歸納、演繹的邏輯思考。……而「凡、目、凡」的結構，
> 則是綜合運用了歸納、演繹的推理方式而形成的。所以「凡」
> 是總括，具有統括的力量；「目」則是條分，條分的項目是並
> 列的，因而有一種整齊美。而且「凡、目、凡」和「目、凡、

183　（漢）趙曄撰：《吳越春秋》，收入《景印文淵閣四庫全書》463冊（臺北市：臺灣
　　商務印書館，1983年），頁19。
184　見逯欽立輯校：《先秦漢魏晉南北朝詩》（臺北市：學海出版社，1984年5月初
　　版），頁1285-1286。

目」結構還有一個特點，那就是具有對稱（均衡與統一的美感）。[185]

第一首〈梁甫吟〉先以「凡目凡」帶出「賓主」篇章結構，陳師滿銘在《篇章結構學》一書中論及「賓主法」云：

> 運用輔助材料（賓），來凸顯主要材料（主），從而有力地傳達出主旨的一種章法。根據「相似」聯想，去尋找輔助的「賓」，以烘托出「主」，因而產生調和之美；而且有主有從，都是為了托出主旨而服務，這就會成繁多的統一，因此而產生映襯與和諧美。[186]

第二首〈感寓二首其一〉首先以「先敘後論」帶出其後「凡目凡」、「賓主」篇章結構，使文章產生緊湊組織結構、層次井然的藝術效果。在第一首〈梁甫吟〉詩中透過多角度的「賓主」烘襯關係，使文勢呈現跌宕多姿、波瀾翻騰的美感。以下分別針對二詩篇章結構分析，見其如何呈顯章旨。

（1）〈梁甫吟〉之篇章結構

此詩主要以「凡目凡」、「賓主」章法來組織其內容材料，形成其結構。其章結構分析表及試析如下。〈梁甫吟〉之篇章結構分析表如下：

---

185 陳滿銘：《篇章結構學》（臺北市：萬卷樓圖書公司，2005年5月初版），頁124-125。
186 同前註，頁126。

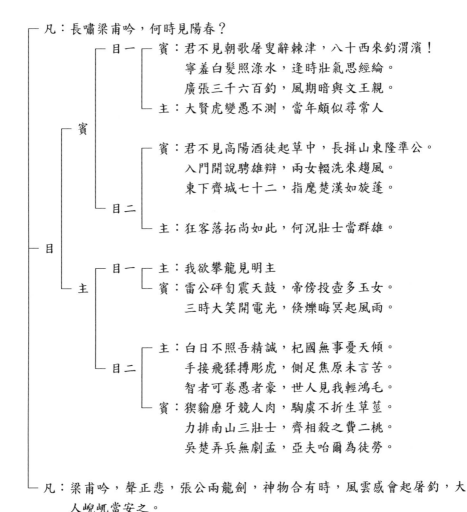

就「凡」總提而言──李白在首段兩句抒發未見明主、不能施展抱負
的感嘆，點明主旨，為全詩定下基調。就「目」分應而言，形成三層
結構，含括「賓主」、「目一、目二」、「賓主」結構，在第一層「賓
主」的部分，各別以二目論述賓主內容如下：

A.在第一層「賓」的部分，以「目一、目二」結構分層敘述，在第二層「目一」的部分，形成「先賓後主」結構：首先以「君不見朝歌屠叟辭棘津，八十西來釣渭濱！寧羞白髮照淥水，逢時壯氣思經綸。廣張三千六百釣，風期暗與文王親」六句為「賓」，帶出呂望（姜太公）的遭際，從賣食棘津，屠肉於朝歌，到八十歲垂釣渭水邊，他在渭水邊釣了十年，他的風度期望暗中卻與周文王親近的，終於成了帝王之師。這些鋪敘無疑是為了帶「主」的部分：「大賢虎變愚不測，當年頗似尋常人」，說明大賢之人的發達就像虎皮花紋的更新，愚者是無法預測的，未成功前亦如常人。在「目二」的部分，亦形成「先賓後主」結構，同「目一」形式結構，以「君不見高陽酒徒起草中，長揖山東隆準公。入門開說騁雄辯，兩女輟洗來趨風。東下齊城七十二，指麾楚漢如旋蓬」六句為「賓」，帶出當年自稱高陽酒徒的酈食其出於草莽，見劉邦只是長揖不拜，進門雄辯騁說天下形勢，使向來傲慢無禮的劉邦急忙接待他，後來酈食其不費一兵一卒說服齊王田廣獻出七十二城而降漢，這些鋪敘強化接下來「主」的論述：「狂客落拓尚如此，何況壯士當群雄」，說明如此落拓的狂客尚能如此，何況我李白的文武之才都能力當群雄的壯士。二目借兩個歷史人物的遭際，主要說明大賢雖長期落難，但最終得遇明主，做出一番大事業，狂生雖然一時落拓，最終也能成為建立大功的風雲人物，點出自己目前境遇，以及對自我的肯定，相信自己日後能遇見明主，施展抱負。

B.在第一層「主」的部分，同樣以「目一、目二」結構分層敘述，在第二層「目一」的部分，形成「先主後賓」結構：開首直接點出「主」的部分：「我欲攀龍見明主」，說明自己期待能像上述呂望、酈食其兩位人物能攀龍附鳳遇見明主，但很不幸，筆鋒一

轉，其後馬上帶出「賓」位：「雷公砰訇震天鼓，帝傍投壺多玉女。三時大笑開電光，倏爍晦冥起風雨」借幻設的神話境界，形象生動描寫自己欲見明主而不得的情景：雷神擊天鼓，天帝身旁投壺得寵的玉女非常多，只顧與玉女戲耍，電光閃爍，風雨交加，詩人求見明主，卻被守門小人怒阻於門外。借屈原〈離騷〉的奇幻迷離寫作手法，曲折地反映李白對求路無門的感受。上述「賓位」正襯出「主位」欲攀龍見明主的困難所在。在「目二」的部分，亦形成「先主後賓」結構，同「目一」形式結構，以「白日不照吾精誠，杞國無事憂天傾。手接飛猱搏彫虎，側足焦原未言苦」、「智者可卷愚者豪，世人見我輕鴻毛」六句為「主」，說明李白對朝廷無限精誠，天子卻無從體察，人們卻以為詩人的憂慮是杞人憂天，並強調自己也像古代勇士有接飛猱、搏彫虎的本領，敢於行走於焦原危石之上，不怕吃苦的勇氣。然而智者都將本領掩藏起來，愚者才偏要逞強鬥勝，詩人沒有機會遇時才智，卻被人看輕。接下來馬上帶出「賓」位：「猰貐磨牙競人肉，騶虞不折生草莖」、「力排南山三壯士，齊相殺之費二桃。吳楚弄兵無劇孟，亞夫咍爾為徒勞」六句，說明兇獸猰貐專門磨牙爭食人肉，仁獸騶虞不吃生物甚至不踏生草的草莖，然而朝臣之中，賢奸不一，奸險一流，如食人兇獸；忠良之流，則專一保全善類，如仁獸不有傷草木，強化出主位自己能踐善以行，雖履險犯難，未言苦。其後並運用二個典故：齊國力能推山的三壯士被宰相害死，吳楚叛亂卻不用劇孟而被周亞夫譏為徒勞無功，抨擊不合理現象，更深刻強化「主位」論述，表現出李白懷才不遇的心情。

C.最後再以「凡」總提收束全文：「梁甫吟，聲正悲，張公兩龍劍，神物合有時，風雲感會起屠釣，大人峣屼當安之」六句中運

用龍泉、太阿二龍劍典故，說明神物終究會有遇合之日，一轉之前悲嘆懷才不遇心情，安守困境，以待機遇，回答主旨並回扣首段「凡」，與篇首相呼應。

（2）〈感寓二首其一〉之篇章結構

此詩主要以「敘論」、「凡目」、「賓主」章法來組織其內容材料，形成其結構。其章結構分析表及試析如下。〈感寓二首其一〉之篇章結構分析表如下：

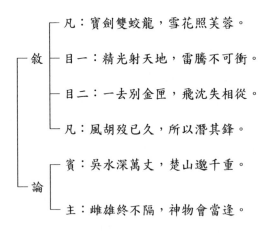

```
     ┌ 凡：寶劍雙蛟龍，雪花照芙蓉。
     │
  ┌敘 ┤ 目一：精光射天地，雷騰不可衝。
  │  │
  │  ┤ 目二：一去別金匣，飛沈失相從。
  │  │
  │  └ 凡：風胡歿已久，所以潛其鋒。
──┤
  │  ┌ 賓：吳水深萬丈，楚山邈千重。
  └論 ┤
     └ 主：雌雄終不隔，神物會當逢。
```

A.就「敘」部分而言，以「凡目凡」結構分別論述，先以「凡」總提全詩主角：「寶劍雙蛟龍，雪花照芙蓉」二句點出詠兩把寶劍其實是一對蛟龍，劍體光明如雪花，劍鍔豔麗如芙蓉。其後接續以「目一」：「精光射天地，雷騰不可衝」，加強描述劍精光照射天地，如雷騰不可擋，然而好景不常，馬上以「目二」：「一去別金匣，飛沈失相從」說明雷煥掘得二劍後，一以送張華，一以自佩，從此二劍失相從。雌雄二劍後來一劍飛失，一劍沈水，失去

相從。最後以「凡」總提收束主角今已沈潛不在：「風胡歿已
久，所以潛其鋒」，加強說明善於相劍的風胡子死去已久，從此
寶劍潛藏其鋒芒不再出現，道出感慨知己不存，懷才不遇之情自
然流露。

B.就「論」部分而言，在此李白以「先賓後主」方式，以「賓」
位：「吳水深萬丈，楚山邈千重」二句闡述雖然相隔萬丈深的吳
水和千重遠的楚山，強調相會之難，目的凸顯「主」位：「雌雄
終不隔，神物會當逢」，說明寶劍為神物，故始雖相離，而終當
相合，暗寓賢才為國家之利器，始雖未偶，而終當見用，必遇相
知之人引而薦於朝，對於自己未來能見明主，寄予相當深的厚望
與期待。

5 二詩中「龍劍」之象徵意義

李白對中國傳文化中的劍文化進行了承襲與開創，筆者考察《先
秦漢魏晉南北朝詩》中出現以「龍淵」為劍名一詞彙入詩的有4首，
如曹植〈雜詩〉：「美玉生盤石，寶劍出龍淵」；陸機〈吳王郎中時從
梁陳作詩〉：「假翼鳴鳳條，濯足升龍淵」；劉琨〈扶風歌〉：「左手彎
繁弱，右手揮龍淵」；蕭繹〈和王僧辯從軍師〉：「寶劍飾龍淵，長虹
畫彩斿」。以「龍泉」為劍合一詞彙入詩的有5首，如曹丕〈大墻上蒿
行〉：「越之步光，楚之龍泉」；吳均〈贈柳真陽詩〉：「龍泉甚鳴利，
如何獨不知」；車敳〈隴頭水〉：「獨有孤雄劍，龍泉字不滅」；庾信
〈送炅法師葬詩〉：「龍泉今日掩，石洞即時封」。以「蛟龍」為劍名
一詞彙入詩的僅有1首，如周興嗣〈劍騎詩〉：「劍是兩蛟龍」。[187]由上

---

187 筆者據逯欽立輯：《先秦漢魏晉南北朝詩》（上）（中）（下）三冊搜尋統計出現「龍
淵」、「龍泉」、「蛟龍」為劍名之詩作。（臺北市：學海出版社，1984年5月初版）。

可知，先秦漢魏晉南北朝詩中出現「龍劍」為劍名的詞彙僅有10首，由其引用龍劍相關的詩句，可知龍劍在先秦漢魏晉南北朝僅是當為兵器、利器或神話傳說典故而已，並未有君臣遇合之象徵意涵，且發現李白之前與「龍」意象相結合的「劍」並不多，由此可知李白之前「龍劍」多視為珍寶之物，雖有神話特性，建功立業的期望，但並沒有李白那種藉由龍劍悲嘆懷才不遇、強烈建功立業願望與君臣遇合的企盼。

「張公兩龍劍」、「延平兩蛟龍」、「寶劍雙蛟龍」等皆代指寶劍，而寶劍名字是一種符號，承載著豐富的訊息，是攜帶意義的一種感知，正如趙毅衡所言：「符號是被認為攜帶意義的感知：意義必須用符號才能表達，符號的用途是表達意義。反過來說：沒有意義可以不用符號表達，也沒有不表達意義的符號。」[188]符號與意義相連結，意義藉著符號顯現，因此劍名即是一種具有某種意義的符號。

（1）具有神性、正義、陽剛之氣

〈感寓二首其一〉詠張華、雷煥所得雙蛟龍寶劍，運用湛盧之劍惡闔閭之無道，乃去而出，水行如楚事，並藉由風胡子之口道出：以龍劍具有一種神性、正義、陽剛之氣，採五金之英、太陽之精，寄氣託靈，出之有神。服之有威，可以折衝拒敵。人君有逆理之謀，其劍即出，去無道以就有道。李白以此自比充滿正義之氣，無畏無懼朝中奸佞弄權，更不同流合污，堅持正道期盼明君識才重用。

---

188 趙毅衡：《符號學》（臺北市：新銳文創，2012年），頁2。

（2）豪放不羈個性與追求自由精神

　　李白鍾情於「劍」，歷來鑄劍的過程有著許多神性傳說，多與天上「龍」關係密切，龍劍的正氣、飛耀、神奇靈動展現出李白豪放不羈、任俠、飄逸、神奇莫測的個性，在龍劍中活躍著自我形象。李白豪邁奔放的情與自由狂傲的性格，無非是追求精神自由，在現實政治環境不如意的情況下，又不願僅是文學侍從，藉由龍劍的飛騰、靈動感來追求狂放自由的任俠生活態度，蔑視帝王權貴。

（3）強烈建功立業之願望

　　李白終生具有經世濟民的政治抱負，「申管晏之談，謀帝王之術，奮其智能，願為輔弼，使寰區大定，海縣清一」（〈代壽山答孟少移文書〉）[189]然卻因時政黑暗，奸佞讒言，不羈直言坦率的個性，使得仕途坎坷。因此將內心情感寓意於物，寄託於客觀事物中，使其感到暫時的快樂。思緒飛到張華、雷煥時代「龍劍」會合傳說，正可解不得志之情，重新燃起強烈建功立業之願望。

（4）一掃懷才不遇之悲情

　　李白初入長安，對仕途充滿信心，結識權貴，甚至經人引薦寄居公主別館，欲攀龍見明主，然而唐玄宗晚年貪圖縱樂，朝政已由李林甫、楊國忠弄權，邊防甚至胡人安祿山、哥舒翰把持，李白並未得到重用，僅是供奉翰林，陪皇帝風花雪月，滿腔政治熱情無從施展，懷才不遇的悲憤之情，正如龍劍落水潛藏其鋒，君無道去而出，但龍劍

189　（唐）李白：《李太白文集》，收入《景印文淵閣四庫全書》1066冊（臺北市：臺灣商務印書館，1983年），頁399。

是神靈之物，終不可泯沒，必有會合之時，安守困境，來日風雲際會，必能一展長才，用「龍劍」來一掃失意與落魄之情。

（5）君臣遇合之企盼

綜觀歷代，不論在太平盛世或戰亂時代，有些賢才終其一生並不能遇明君，僅能處廟堂之遠而憂其君。賢臣能遇明主，需天時、地利、人和，這機遇的促成多半有識才之人、貴人，如風胡子之徒的引薦才能風雲際會。在中國歷史上，誰能得寵，誰能肝膽相照、患難與共，誰能掌握時機，善處君臣關係，才有政治施展的舞台。〈梁甫吟〉一詩起首吟詠「長嘯梁甫吟，何時見陽春」，對於諸葛亮能遇劉備如此君臣遇合是中國封建史上理想模範，劉備之仁明、三顧茅廬與諸葛亮之忠賢締造聖君賢相的典範，始終是李白衷心企盼。

綜上所言，李白所處的盛唐時代，有著開放多元的文化氣息，其豪放不羈的個性與自信，加上追求自由的精神，絕奇超人的才華，使得劍之精神在其筆下開展到最大程度的張揚。加上奇幻靈動想像力，將劍與龍比附，藉由神話傳說為詩增加靈動感與玄秘感。以潛藏於水中龍劍來比喻不得志的賢者，亦如自己，等待是可供施展身平的時局，因少了識劍的風胡子而潛藏於黑暗的池底，不得乘雲飛騰而出自喻不得施展政治抱負。李白筆下的「龍劍」虛實相生，糅合了俠的形象，表現了詩人豪放不羈的性格、熱情樂觀的人生思維以及對自由的嚮往，最重要以「神物」稱之，表明龍劍具有神異的力量，如同自己的卓絕超凡。

〈梁甫吟〉與〈感寓二首其一〉雖出現「龍劍」相關詞彙，但歷來從未有將二首詩並列來作整體的詮釋與閱讀。本小節由其使用的

「龍劍」詞彙切入，分別析論二詩的意涵、篇章結構並探討詩人如何承繼與開創傳統的意涵，藉由呂望、酈食其兩個歷史人物的遭際史事，強烈自信必能得遇明君，施展抱負；借鑒屈原〈離騷〉的表現手法，奇幻迷離，融入天帝只顧與玉女戲耍的聯想；運用齊相二桃殺三士、吳楚叛亂不用劇孟被周亞夫譏為徒勞無功的典故，表現詩人懷才不遇的心情；張華、雷煥所得干將、莫邪二劍故事以及風胡子謂湛盧入楚事，除了展現龍劍的神性外、更有正氣之意，表達賢才難於久棄必遇相知之人引薦於朝等方法結合來開創象徵的內容，使得物象與自身相結合。此外，運用篇章結構分析可見二詩皆運用「凡目凡」方式，說明神物終有遇合之時，一轉之前悲嘆懷才不遇心情，安守困境，以待機遇，回答主旨並回扣首段「凡」，與篇首相呼應。李白善於將「龍」附會到「劍」身上，並以「神物」稱之，表明龍劍具有神異的力量，亦暗喻自己非凡的才華。二詩表達賢才失志雖是內心的縮影，但終究要傳達自己深信有朝一日能君臣遇合，實現理想之樂觀心態。

（二）龍虎旗

　　旗，裝在竿上，有特別圖案，作為某種標幟或號令的布帛或紙，因具有代表性及號召力，古時多用於軍隊之用。李白詩中出現「龍虎旗」一詞有2首詩，如：〈永王東巡歌十一首其一〉：「永王正月東出師，天子遙分龍虎旗。樓船一舉風波靜，江漢翻為雁鶩池。」、〈登邯鄲洪波臺，置酒觀發兵〉：「風引龍虎旗，歌鐘昔追攀」一詩描寫軍隊在隨風飄引的龍虎旗下前進。上述二詩龍虎旗是繪有龍虎形狀的軍旗，據《初學記》卷二二引《釋名》：「交龍為旂。旂，倚也，畫作兩龍相依倚，通以一赤色為之，無文采，諸侯所建也。……熊虎為旗。

旗,期也,言與眾期於下,軍將所建,象其猛如熊虎也。」[190]以及宋代葉夢得《石林燕語》卷六:「節度旌節:門旗二、龍虎旌一、節一、麾槍二、豹尾二,凡八物。」[191]可以得知〈永王東巡歌十一首其一〉一詩記載永王率水師東下,用龍虎者乃是天子之命,玄宗分以龍虎之旗,任以藩屏之職,委他以重任,遙分二字點出非面命,但言東巡是正當性的。從上可知,龍虎旗除了是天子命令軍隊的號召象徵外,更是喚起人們特定的情感,表明鮮明的政治立場是不言而喻的。

(三)龍韜策

龍韜,乃姜太公兵法《六韜》之一,泛指兵書兵法、戰略。李白詩中新創前代所無「龍韜策」一詞,在〈送外甥鄭灌從軍三首其二〉:「丈八蛇矛出隴西,彎弧拂箭白猿啼。破胡必用龍韜策,積甲應將熊耳齊。」詩中論及破胡戰勝敵軍必須使用姜太公〈龍韜〉中的戰略,此詩乃送外甥鄭灌從軍,言其彎弓拂箭雖像古代射手養由基那那樣使白猿啼號,然而作戰制敵除了驍勇之外,還得有智謀,如此才能繳獲敵人武器會像當年漢光武破赤眉軍一般堆積得與熊耳山相齊,點出帶兵從軍除了武力外,更重要智取,於此可見李白慧眼獨具與博覽群書。

(四)龍笛、龍管

「笛」是中國傳統樂器,《舊唐書‧音樂志二》:「笛,漢武帝工丘仲所造也,其元出於羌中。短笛修尺有咫,長笛短笛之間,為之中

---

190 （唐）徐堅等撰:《初學記》,收入《景印文淵閣四庫全書》890冊（臺北市:藝文印書館,1983年）,卷22,頁347。

191 （宋）葉夢得撰,宇文紹奕考異:《石林燕語》,收入《景印文淵閣四庫全書》863冊（臺北市:藝文印書館,1983年）,卷6,頁584。

管。」[192]可見笛作為樂器始於漢代。笛曲之音可以喚起人們各種聽覺感受，笛聲可傳達征戎赴塞、遊子羈旅的離別愁緒，亦可傾訴感時傷懷，而在胸懷英雄壯氣的詩人耳中卻越發產生亢爽雄渾的精神力度。李白詩中在〈襄陽歌〉：「車旁側挂掛一壺酒，鳳笙龍管行相催」、〈陪宋中丞武昌夜飲懷古〉：「龍笛吟寒水，天河落曉霜」二詩分別出現「龍笛」、「龍管」一詞，詩中龍管、龍吟皆引用《文選》卷十八馬融〈長笛賦〉：「近時雙笛從羌起，羌人伐竹未及已。龍吟水中不見己，截竹吹之聲相似。」[193]以笛聲如龍鳴，故稱龍管、龍笛，此曲只應天上有，人間難得幾回聞之意。

（五）龍鬚席

　　龍鬚席，乃指用龍鬚草編的席子。龍鬚草（Eulaliopsis binate (Retz.) C. E. Hubb.）又名蓑草、擬金茅或羊胡子草，為禾本科擬金茅屬，是禾本科多年宿根性纖維植物[194]，原生於廣東、雲南等地山區，席地如毯，形似龍鬚而得名[195]。龍鬚草集中在海拔600公尺以下的向陽荒山坡和乾熱河谷，因其栽培簡單、根系發達，生長迅速，分蘖性強，常是荒山生態系統植被恢復與重建的優勢種和建群種，也是製造高檔紙、人造棉、人造絲及多種手工編織品的上乘原料[196]。李白詩中

---

192 （後晉）劉昫等奉敕撰：《舊唐書・音樂志二》，收入《景印文淵閣四庫全書》268
　　冊（臺北市：藝文印書館，1983年），卷29，頁713。

193 （梁）蕭統編，（唐）李善注：《文選註》，收入《景印文淵閣四庫全書》1329冊
　　（臺北市：臺灣商務印書館，1983年），卷18，頁311。

194 詳見劉亮：〈論禾本科黍亞科的系統分類與演化〉，《植物分類學報》第26卷第1期
　　（1988年），頁11-28。

195 詳見王清鋒：〈論龍鬚草的發展價值及在我國的利用現狀與展望〉，《自然資源學
　　報》第8卷第4期（1993年），頁307-312。

196 劉金祥、張濤：〈龍鬚草的利用現狀及研究進展〉，《湛江師範學院學報》第34卷第
　　3期（2013年），頁94。

有二首詩沿用前代「龍鬚席」一詞,如《樂府詩集》中〈長樂佳〉:「玉枕龍鬚席,郎眠何處牀。」[197],而李白〈白頭吟二首〉其一、其二皆使用:「莫捲龍鬚席,從他生網絲。且留琥珀枕,還有夢來時。」二詩中所寫龍鬚席和琥珀枕,往往指愛情生活,此四句表示女子對以往愛情生活的追念和留戀。而另一首詩寫在魯地觀察農家割蒲草的形情,如〈魯東門觀刈蒲〉:「魯國寒事早,初霜刈渚蒲。揮鐮若轉月,拂水生連珠。此草最可珍,何必貴龍鬚?織作玉牀席,欣承清夜娛。羅衣能再拂,不畏素塵蕪。」詩中以蒲草與龍鬚草對比,古代往往以龍鬚草編織成珍貴草席,然李白以龍鬚草正襯出蒲草珍貴實用。李白運用龍鬚、龍鬚草一詞可見當時珍貴席子材料來源,亦可見古人想像力豐富,因草形似龍鬚而以此命名。

(六)盤龍寶鏡

　　許慎《說文解字》十四篇上金部:「鏡,景也。」清代段玉裁注:「景者,光也。金有光,可照物,謂之鏡。」[198]可照見影像的器物,在鏡背留白之處,古人常飾以吉祥圖樣或銘文,用以寄寓美好的願望。鏡,本是日常生活用品,而女子更重視修飾容貌,攬鏡而照的形象成為女性氣質的象徵,故鏡子作為閨中日常用品,在文人墨客筆下,傳達出多彩多姿的審美情思。李白〈代美人愁鏡二首其二〉一詩開首即道出鏡後鑄刻的盤龍圖案的寶鏡,詩云:「美人贈此盤龍之寶鏡,燭我金縷之羅衣。時將紅袖拂明月,為惜普照之餘輝。影中金鵲飛不滅,臺下青鸞思獨絕。藁砧一別若箭弦,去有日,來無年。狂風

197　(宋)郭茂倩編撰:《樂府詩集》第1冊(臺北市:里仁書局,1999年1月10日初版2刷),卷44,頁665。

198　(清)段玉裁注:《說文解字注》(臺北市:黎明文化事業公司,1998年12刷),卷14,頁703。

吹卻妾心斷，玉筋併墮菱花前。」據《太平廣記》卷二三一引內載《異聞錄》〈李守泰〉一則云：「唐天寶三載五月十五日。揚州進水心鏡一面，縱橫九寸，青瑩耀日，背有盤龍，長三尺四寸五分，勢如生動。玄宗覽而異之。進鏡官揚州參軍李守泰曰：『鑄鏡時，有一老人自稱姓龍名護，鬚髮皓白，眉如絲垂，下至肩，衣白衫，有小童相隨，年十歲，衣黑衣，龍護呼為玄冥……遂令玄冥入爐所，扃閉戶牖不令人到，經三日三夜，門左洞開。呂暉等二十人于院內搜覓，失龍護及玄冥所在。鏡爐前獲素書一紙，……歌曰：盤龍盤龍，隱于鏡中。分野有象，變化無窮，興雲吐霧，行雨生風。』」[199]後來唐玄宗以此鏡祈雨，風虎雲龍，無不靈驗。此為盤龍寶鏡傳說，代表丈夫所贈此盤龍寶鏡珍貴，並成為愛情的信物，李白以女子口吻寫臨鏡所感，對寶鏡的愛惜，因是夫夫所贈故珍愛之，更寄寓相思之情，在此盤龍寶鏡成為愛情的象徵。

二　交通工具

在「與龍有關的動物界」那節中探討「龍馬」一詞，實乃君王的車駕（龍車），已探析過，故本節不再探討陸上交通工具，僅探討水行交通工具。李白詩中除了承繼前代使用「龍舟」外，亦新創「龍舸」一詞。舟是絕河渡水的交通工具，《說文解字》曰：「舟，船也。古者，共鼓、貨荻，刳木為舟，剡木維楫，以濟不通。」[200]最初「舟是指用於江河兩岸的過渡工具，而船則是沿水道上下航行的遠行工具，

199　（宋）李昉等奉敕撰：《太平廣記》，收入《景印文淵閣四庫全書》1044冊（臺北市：藝文印書館，1983年），卷231，頁499。

200　（清）段玉裁注：《說文解字注》（臺北市：黎明文化事業公司，1998年12刷），卷8，頁403。

舟、船普及之後，最先的這種過渡與遠行的區分就不明顯了」[201]，可並稱為舟船。最早將舟船與國君相聯繫，如《爾雅‧釋水》：「天子造舟，諸侯維舟，大夫方舟，士特舟，庶人乘泭」[202]，可見當時造舟為天子專用。據《大業雜記‧隋煬帝》記載：「龍舟高四十五尺，闊五十尺，長二百尺，四重」[203]、「隋代所造的五牙大戰船，船上有五層樓，高百餘尺，四周設置6個拍竿，高50尺，用以拍擊敵船。煬帝巡幸江都，所乘船有龍舟、翔螭、浮景、漾彩、失鳥、蒼螭、白虎等名目。其中龍舟高45尺，闊50尺，長200尺。船身分4層，上層有正殿、內殿和東西朝堂，中間兩層有120個房間。」[204]由此可見龍舟為國君所乘坐的豪華舟船，呈現國君出行、遊樂的氣勢盛大與尊貴身份，如晉代程咸〈平吳後三月三日從華林園作詩〉：「皇帝升龍舟，待幄十二人」（頁552）、隋詩〈煬帝幸江南時聞民歌〉：「今我挽龍舟，又困隋堤道」（頁2742）。至唐代李白〈上皇西巡南京歌十首其六〉：「濯錦清江萬里流，雲帆龍舸下揚州。北地雖誇上林苑，南京還有散花樓。」詩中新創「龍舸」一詞，《方言》卷九：「南楚江湘凡船大者謂之舸。」[205]因大舟之首及兩旁畫有龍圖像，故名「龍舸」，而「雲帆龍舸」引用馬融〈廣成頌〉：「張雲帆，施蜺幬。」一詞。此詩言蜀中名勝，江南富庶之地有揚州，而成都濯錦之錦江水長流萬里，帝王的龍

---

201 王賽時：《漢唐流風──中國古代生活習俗面面觀：衣食住行》（濟南市：山東友誼出版社，2000年），頁145。

202 （清）阮元：《十三經注疏‧爾雅8》（臺北市：藝文印書館，2001年12月初版14刷），頁120。

203 （唐）杜寶撰：《大業雜記》，《中國野史集成》第3冊（成都市：巴蜀書社，1993年），頁244。

204 張豈之、張國剛、楊樹森主編：《隋唐宋尺》（臺北市：五南圖書出版公司，2002年），頁127。

205 （漢）揚雄撰，（晉）郭璞注：《輶軒使者絕代語釋別國方言》，收入《景印文淵閣四庫全書》221冊（臺北市：藝文印書館，1983年），卷9，頁340

船張帆可直達揚州。而〈贈僧朝美〉詩云：

> 水客凌洪波，長鯨湧溟海。百川隨龍舟，噓嗡竟安在？中有不
> 死者，探得明月珠。高價傾宇宙，餘輝照江湖。苞卷金縷褐，
> 蕭然若空無。誰人識此寶？竊笑有狂夫。了心何言說，各勉黃
> 金軀。

開首十句寫渡海沈船，不幸中亦有幸者，反而從海底探得夜明珠，喻
人在坎坷不幸中悟得佛理。安旗《李白與佛教》：「此詩前六句乃化用
《維摩詰經・佛道品》：『是故當知一切煩惱，為如來種。譬如不下巨
海，不能得無價寶珠。如是不入煩惱大海，則不能得一切智寶。』以
之譽揚朝美深得佛法三昧，朝美當是身世坎坷而因之出家者。」[206]詩
中出現「龍舟」一詞，據《穆天子傳》卷五：「天子乘鳥舟龍卒浮於
大沼。注：沼池『龍』下有『舟』字，舟皆以龍鳥為形制。」[207]可見
詩中「龍舟」乃是刻有龍文以為飾的大舟，然而本詩中龍舟就並非意
指國君的舟船。「百川隨龍舟，噓嗡竟安在」二句化用《文選》卷十
二木華〈海賦〉：「魚則橫海之鯨，突扤孤遊，戛巖嶅，偃高濤，茹鱗
甲，吞龍舟，噏波則洪漣踧踖，吹潦則百川倒流。」[208]之意，以精鍊
文字描寫百川翻滾隨著龍舟飛馳，且舟為長鯨所噓吸，被洪波淹沒。

206　詹鍈主編：《李白全集校注彙釋集評》4冊（天津市：百花文藝出版社，1993年），
　　頁1841。

207　（晉）郭璞註：《穆天子傳》，收入《景印文淵閣四庫全書》1042冊（臺北市：臺
　　灣商務印書館，1983年），卷5，頁259。

208　（梁）蕭統編，（唐）李善注：《文選註》，收入《景印文淵閣四庫全書》1329冊
　　（臺北市：臺灣商務印書館，1983年），卷12，頁211。

三 建築

　　建築是一門藝術,「藝術能將一個民族的文化精神集中而又扼要地表現出來。」[209]自《詩經》開始,宏偉壯麗的建築是中國古典詩文中重要意象之一,如《詩經·大雅·靈臺》讚嘆「經始靈臺,經之營之。」[210]此後漢代〈古詩十九首〉其五〈西北有高樓〉:「西北有高樓,上與浮雲齊。交疏結綺窗,阿閣三重階。上有弦歌聲,音響一何悲!」開首以「高樓」起興,伴隨著悲凄的弦歌,在孤清凄冷之中呈現綺窗和層閣的高樓聳立於縹緲浮雲之中,欲攀不得,寄寓作者失意之情。而《楚辭》建築意象最貼切地詮釋忠、怨之核心,其中以天門「閶闔」比為現實中宮門,由此可見建築本身蘊含著豐富的文化內涵與深厚人文精神。

　　中國傳統宮殿、宗廟佛寺道館建築中,「龍」是常見符號,建立在屋頂、樑間、牆頭、柱身和御路之上,為建築帶來威儀和氣勢,烘托出建築之靈動仙氣。柱是傳統建築構架中垂直承受上部重量的構件,以龍環飾,故稱為「龍柱」。龍柱除了承重外,因孤立獨處,具獨立視覺效果,更呈現融合、福生、祥瑞神性。「以龍飾柱,最早可以追溯到東漢時期,從東漢畫像石上的建築中可窺一斑。如山東微山縣兩城山桓桑終食堂畫像中,柱子以龍紋裝飾。浙江海寧長安鎮畫像石墓的墓室北、西、東三壁均各雕有二根以龜為礎座的蟠龍柱。」[211]「常見龍柱往往一柱一龍,兩兩相對稱,形成一對近似的龍柱組合,

---

209 余英時:〈游於藝與心與道合〉,《讀書》2010年第3期,頁33。

210 (清)阮元校勘:《十三經注疏·詩經2》(臺北市:臺灣商務印書館,2001年12月初版14刷),頁579。

211 陳磊:〈盤龍:河南文物建築中的龍柱藝術〉,《中國文化遺產》2010年第5期,頁80。

龍的姿態大致相擬，或是穿雲破霧從天而降，頭下尾上，被謂之『天龍』；或是激盪雨浪，騰空而起直上九天，頭下尾下，被謂之『海龍』。更還有兩柱中，一柱龍首在上，一柱龍首在下，兩相呼應，被謂之『翻天覆地』式龍柱。也有一柱雕二龍，二龍戲珠，靈動十分，被稱為『雌雄蟠龍』式。龍柱柱心可以是圓形、棱形（六角或八角均有），還有瓜瓣形，豐富多樣。……主體龍之外，龍柱上常配以雲紋、水紋，或水族動物蝦蟹等，將龍襯托得仙氣盎然。」[212]李白詩中出現「龍柱」、「銅龍樓」建築，如〈春日行〉詩云：

> 深宮高樓入紫清，金作蛟龍盤繡楹。佳人當窗弄白日，弦將手語彈鳴箏。春風吹落君王耳，此曲乃是昇天行。因出天池泛蓬瀛，樓船矗杳波浪驚。三千雙蛾獻歌笑，撾鐘考鼓宮殿傾，萬姓聚舞歌太平。我無為，人自寧。三十六帝欲相迎，仙人飄翩下雲軿。帝不去，留鎬京。安能為軒轅，獨往入窅冥。小臣拜獻南山壽，陛下萬古垂鴻名。

此詩作於長安供奉翰林時，詩中描寫皇宮深邃大樓高聳雲霄，殿中的楹柱上皆雕飾著盤旋的金色蛟龍，宮女倚窗彈箏，手扣絃發出悅耳箏音，樂聲隨著春風吹落於君王之耳，則知此曲乃是歌詠神仙之古樂府〈昇天行〉，頌美天子之遊樂。詩中以金色蛟龍，盤於繡楹描寫皇帝宮殿中楹柱雕樑畫棟、金璧輝煌的建築裝飾，亦是對唐朝盛世之歌頌。另一首描寫「銅樓龍」，如〈酬坊州王司馬與閻正字對雪見贈〉詩云：「價重銅龍樓，聲高重門側」句中「銅龍樓」指太子宮殿。據《漢書・成帝紀》：「上嘗急召，太子出龍樓門。」顏師古引張晏注：

---

212 金立敏：〈福建宮廟建築龍柱藝術初探〉，《雕塑》2014年第3期，頁55。

「門樓上有銅龍,若白鶴,飛廉之為名也。」[213]以及《文選》卷二六陸韓卿〈奉答內兄希叔〉:「屬叨金馬署,又點銅龍門。」[214]可證「銅龍」,乃太子門名,此二句讚美閣正字聲價甚高,在太子宮中有尊貴身份,在朝廷中也有很高的名聲。由上可知,自漢代開始,銅龍樓借代為太子宮殿之意。

四　服飾

　　服飾作為一種被書寫的意象,在我國文學史中源遠流長,《詩經》中服飾不僅分男女裝、春秋裝,還分貴族裝、平民裝;而《楚辭》中的服飾描寫據周秉高〈楚辭服飾研究〉一文統計,《楚辭》中描寫的服飾達三十種之多[215]。衣服在防寒蔽體同時,能裝扮美化,為悅己者容,同時,還可以顯耀裝者身份、地位、氣質、品位等,在中國各朝代皇帝充分利用服飾來標榜其權威與榮譽,昭示至高政治地位,而服飾成為劃分等級界限,區別貴賤尊卑的差別。「龍袍」即衣服裝飾著龍文,借助這些符號的象徵潛力,表達龍袍、龍衣、龍章所承載的歷史意義,象徵昭示了「真龍天子」至高無上的權威與地位,標榜出皇帝高貴的身份,統馭萬民的地位。

　　龍袍是中國服裝史上地位最顯赫,最氣派莊嚴,使用最珍貴材質,以最精良工藝縫製,並且文化內涵深厚富富、充滿濃厚政治氣息。其主體圖案是龍紋,配以彩雲、潮水、山石、海浪等襯景,堆積龍紋是賦予「真龍天子」之裝以巨大而神奇的力量,透過藝術的烘

213　(漢)班固撰:《前漢書‧成帝紀》,收入《景印文淵閣四庫全書》249冊(臺北市:臺灣商務印書館,1983年),卷10,頁160。

214　(梁)蕭統編,(唐)李善注:《文選註》,收入《景印文淵閣四庫全書》1329冊(臺北市:臺灣商務印書館,1983年),卷26,頁457。

215　周秉高:〈楚辭服飾研究〉,《職大學報》2008年第1期,頁27-30。

托，顯示統治者具有巨龍的神威、尊榮與高貴。李白詩中出現二種雕畫龍文的衣服，如〈自溧水道哭王炎三首其一〉：「天上墜玉棺，泉中掩龍章。」二句運用王喬玉棺典故，據《後漢書・王喬傳》：「（喬）為葉令。……每當朝時，葉門下鼓不擊自鳴，聞於京師。後天下玉棺於堂前，吏人推排，終不搖動。喬曰：『天帝獨召我邪？』乃沐浴服飾寢其中，蓋便立覆。葬於城東，土自成墳……或云此即古仙人王子喬也。」以此抒寫王炎抱負未展、英年早逝的痛惜之情。詩中「龍章」之「龍」即袞龍之服；「章」，即章甫之冠。可見龍文服飾是地位顯赫者的服飾。此外，「龍衣」亦用於形容仙人服飾之中，如〈遊泰山六首其六〉詩云：

> 朝飲王母池，暝投天門關。獨抱綠綺琴，夜行青山月。山明月露白，夜靜松風歇。仙人遊碧峯，處處笙歌發。寂靜娛清暉，玉真連翠微。想象鸞鳳舞，飄颻龍虎衣。捫天摘匏瓜，恍惚不憶歸。舉手弄清淺，誤攀織女機。明晨坐相失，但見五雲飛。

此詩言神遊天界，朝飲於王母瑤池，暝投於泰山天門。抱琴乘夜行於山間，月露白而松風歇，但見仙人遊於碧峯之上，處處有笙歌，而玉真仙子著龍虎衣、鸞鳳舞姿、飄然神態、宛然可親，以手捫天摘匏瓜之星，弄銀河，卻誤攀織女機，浪漫感性的遊仙想像，在理智的覺悟中破碎，終究夢幻，不可復以形跡，平添失意與感傷。據《太上黃庭內景玉經》中〈洞玄部本文類・膽部章〉第十四曰：「九色錦衣綠華裾，佩金帶玉龍虎文。」[216]可知詩中「龍虎衣」指裝飾有龍、虎紋樣的衣服，乃仙人所服。

216　（晉）魏華毒撰：《太上黃庭內景玉經》，收入《正統道藏》第10冊（臺北市：新文豐出版社，1988年），頁107。

第七章
李白詩歌龍意象的象徵意涵與情感意蘊

第一節　象徵意涵

　　「龍」性喜水、好飛，具備通天、善變、顯靈、徵瑞、兆禍、示威等神性。李白有著飄逸、靈動不居的仙氣思維，與「龍」的通天、善變質性相契合。李白詩歌中運用「龍」意象，不再同前代詩人一樣著重於吉祥象徵，反而是投射於人身上，但也不再獨尊於帝王之家，多著重於自身、百姓、群雄、賢奸等多元的人格象徵意涵，故特立一節以探析李白詩歌與前代詩作藉「龍」意象來呈顯人格象徵意涵有何不同之處，歸納出李白詩歌中將「龍」喻指人格象徵意涵可分為：「喻帝王龍種」、「喻君子賢臣」、「喻權貴奸臣」、「喻唐朝百姓」、「喻君臣遇合」、「喻勇猛群雄」等七類分別探析之。

一　喻帝王龍種

　　龍是傳說中的神物，作為帝王的象徵，如帝王相貌稱龍顏；帝王後代子孫稱龍種；帝王身體稱龍體；帝王服飾稱龍袍、龍袞；帝王座椅稱龍座；帝王臥床稱龍床；帝王坐車、船稱龍輦、龍船、龍舟；登基即位稱龍飛…等，因「龍」的強大超自然大力量，舉凡與皇帝有關

皆與「龍」綰合，正如《論衡‧紀妖》所言：「龍，人君之象也。」[1]，以龍為王者之瑞應，而此以龍喻君王可追溯至上古圖騰社會，遠古先民以圖騰視為其始祖[2]，於此觀念下，繼之而起許多與圖騰有關的感生神話，如「華胥履大跡生伏羲」[3]，道出伏羲降生與龍有關；「安登感神龍而生神龍」[4]；「赤龍與慶都合而生堯」[5]；《史記‧漢高祖本紀》記載：「其先劉媼嘗息大澤之陂，夢與神遇。是時雷電晦冥。太公往視，則見蛟龍於其上。已而有身，遂產高祖。」[6]而王充曾對此事提出說解：「野出感龍，及蛟龍居上，或堯、高祖受富貴之命，龍為吉物，遭加其上，吉祥之瑞，受命之證也。」[7]，可知統治者為了建立自己與龍的血緣關係，以鞏固其統治地位。統治者企圖借助天上的權威來論証人間的富貴，用出身的神聖性來論証統治的合法性，以君權天授是來歷不凡的龍種，封建帝王時期以真龍天子自居，「龍」成了帝王專用權利，因此龍與帝王結合，龍被視為皇帝、皇權的象徵，是中國龍的最大特色之一。

---

1 黃暉：《論衡校釋》（臺北市：臺灣商務印書館，1983年12月臺六版），卷22，頁923。

2 （奧地利）佛洛伊德（Sigismund Schlomo Freud, 1856-1939）曰：「大抵說來，圖騰總是宗族的祖先，同時也是其守護者；它發佈神諭，雖然令人敬畏，但圖騰能識得且眷憐它的子民。」見（奧地利）佛洛伊德（Sigismund Schlomo Freud, 1856-1939）著，楊庸一譯：《圖騰與禁忌》（臺北市：志文出版社，1990年5月再版），頁14。

3 《太平御覽‧皇王部‧太昊庖犧氏》引《詩含神霧》曰：「大跡出雷澤，華胥履之，生伏犧」見（宋）李昉：《太平御覽》（臺北市：臺灣商務印書館，1986年1月臺5版），卷78，頁493。

4 （宋）李昉：《太平御覽》（臺北市：臺灣商務印書館，1986年1月臺5版），卷78〈皇王部‧神農氏〉引《孝經鉤命決》曰：「任己感龍生帝魁」，注曰：「魁，神農名」，頁494。

5 （東漢）王充：《論衡‧奇怪》引《讖書》曰：「堯母慶都野出，赤龍感己，遂生堯。」見黃暉：《論衡校釋》（臺北市：臺灣商務印書館，1983年12月臺六版），卷3，頁148。

6 （漢）司馬遷著：《新校本史記》（臺北市：鼎文書局，1985年3月7版），卷8，頁341。

7 見黃暉：《論衡校釋》（臺北市：臺灣商務印書館，1983年12月臺六版），頁154-155。

　　《易經‧乾卦‧九五》曰：「飛龍在天。」飛龍在天，猶聖人之
在王位，飛龍即指君王。《易經‧乾卦‧上九》曰：「亢龍有悔。」以
龍喻指君主，告誡君主處於極尊之位，當以亢滿為戒，否則易有敗亡
之禍。《易經‧乾卦》：「見龍在田，利見大人。君德也。」、《廣雅‧
釋詁》：「龍，君也。」、《論衡‧紀妖》：「祖龍死，謂始皇也。祖，人
之本；龍，人君之象也。」何星亮《龍族的圖騰》：「各帝王都傳說與
龍有關，有意製造種種神奇的傳說，是為了神化帝王，以獲得政治權
威……，帝王利用人們的這種信仰心理，把自己與龍混同為一，使人
們對龍的尊崇轉移到帝王身上。」[8]李鳳行《十二生肖的傳奇》曰：
「龍在人間，便是至高無上的皇帝。《易經》上說：『飛龍在天，大人
造也。』龍就是天，皇帝就是『天子』，所以皇帝的一切都以龍來象
徵。皇帝的面貌叫『龍顏』，皇帝穿的禮服叫『龍袍』，皇帝睡的床叫
『龍床』……，龍成為專制帝王的獨佔品。」[9]。

　　初唐時宮廷詩壇多以「奉和應制」的詩歌創作，其主要內容以歌
頌帝王、頌美國家昌盛、描寫宮殿的華麗、君臣饗宴上賦詩唱和等。
在歌頌帝王的詩作中，如姜皎〈龍池篇〉：「龍池初出此龍山，常經此
地謁龍顏」（全唐詩卷75）中「龍顏」；武三思〈奉和春日遊龍門應
制〉：「鳳駕臨香地，龍輿上翠微」（全唐詩卷80）及賀知章〈奉和御
制春臺望〉：「層欄窈窕下龍輿，清管逶迤半綺疏」（全唐詩卷112）二
詩中「龍輿」；張九齡〈奉和聖制初出洛城〉：「東土淹龍駕，西人望
翠華」（全唐詩卷48）及喬知之〈侍宴應制得分字〉：「豫游龍駕轉，
天樂鳳簫聞」（全唐詩卷81）二詩中「龍駕」；許敬宗〈奉和詠雨應
詔〉：「激溜分龍闕，斜飛灑鳳樓」（全唐詩卷35）及張九齡〈龍門旬
宴得月字韻〉：「中席傍魚潭，前山倚龍闕」（全唐詩卷47）二詩中

<hr>

8　何星亮：《龍族的圖騰》（臺北市：臺灣中華書局，1993年），頁30。
9　李鳳行：《十二生肖的傳奇》（臺北市：漢威出版社，1993年），頁94。

「龍闕」；薛曜〈舞馬篇〉：「星精龍種競騰驤，雙眼黃金紫豔光」詩中「龍種」等詞彙代表尊貴帝王身份或帝王家宮殿車駕。

至盛唐詩人，亦有應制之作，如王維〈奉和聖製登降聖觀與宰臣等同望應制〉一詩稱美大唐盛世，帝王得賢臣輔弼，國運昌隆，詩云：「鳳辰朝碧落，龍圖耀金鏡。維嶽降二臣，戴天臨萬姓。……端拱能任賢，彌彰聖君聖。」（全唐詩卷125）詩中以「鳳辰」、「龍圖」表帝王之意。又王維〈奉和聖製十五夜燃燈繼以酺宴應制〉一詩描寫君王出遊觀燈並與臣民宴飲的情況，詩云：「上路笙歌滿，春城漏刻長。遊人多晝日，明月讓燈光。魚鑰通翔鳳，龍輿出建章。」（全唐詩卷127）描寫正月十五日天子乘車出宮觀燈，以「龍輿」指稱君王座車。在應制詩中，除歌頌天子功業外，藉「龍」顯現皇帝尊貴的身分地位，除前歷來「龍輿」、「龍駕」外，亦有以龍袍來形容帝王身分，如王維〈和賈舍人早朝大明宮之作〉：「日色纔臨仙掌動，香煙欲傍袞龍浮」（全唐詩卷128）中「袞龍」描寫帝王尊貴服飾。

甚至有以「龍樓」來指稱帝王之宮殿，如張說〈安樂郡主花燭行〉：「鸞車鳳傳王子來，龍樓月殿天孫出」（全唐詩卷86）詩中以「龍樓」指帝王居住的宮殿。然而李白以「龍」字詞彙指稱君王，並非描寫帝王的尊貴與排場、氣勢，更無太平盛世、歌功頌德的意指，而是君國之憂。李白懷有濟蒼生的遠大理想，但未受到玄宗皇帝重用，於宮中又遭小人讒毀出京，有志難伸、懷才不遇的苦悶，如李白〈遠別離〉詩云：

> 遠別離，古有皇英之二女。乃在洞庭之南，瀟湘之浦。海水直下萬里深，誰人不言此離苦。日慘慘兮雲冥冥，猩猩啼煙兮鬼嘯雨。我縱言之將何補，皇穹竊恐不照余之忠誠。雲憑憑兮欲吼怒，堯舜當之亦禪禹。君失臣兮龍為魚，權歸臣兮鼠變虎。

或言堯幽囚，舜野死。九疑聯綿皆相似，重瞳孤墳竟何是。帝子泣兮綠雲間，隨風波兮去無還。慟哭兮遠望，見蒼梧之深山。蒼梧山崩湘水絕，竹上之淚乃可滅。

詩中「君失臣兮龍為魚，權歸臣兮鼠變虎」道出對君王的擔憂，皇帝大權旁落，如同龍變為魚，任人宰割，此處「龍」代指皇帝。同理，在〈枯魚過河泣〉一詩亦出現「白龍改常服，偶被豫且制」，以「白龍化魚」諷諫君王微行得謹慎行事，可見李白使用「龍」稱代皇帝，不再是承繼前代歌功頌德皇帝的尊貴，而是警喻帝王不可遭奸佞弄權。而在〈送蔡山人〉一詩以「採珠勿驚龍，大道可暗歸」告誡友人取富貴不宜觸怒君王，詩中「龍」字喻指君王；〈酬張卿夜宿南陵見贈〉：「一朝攀龍去，電曳安在哉」詩中「攀龍」二字點出欲依附君王成就功業之意。

此外「六龍」一詞是李白詩中使用相當多的詞彙，共出現10次，李白所運用的「六龍」一詞，有四種含意：一為感時傷逝，悲嘆光陰虛擲，如：〈早秋贈裴十七仲堪〉：「光景不可回，六龍轉天車。」、〈日出入行〉：「六龍所舍安在哉，其始與終古不息。」、〈短歌行〉：「吾欲攬六龍，回車掛扶桑。」；其二，將六龍喻為天子車駕，如：〈上皇西巡南京歌十首其四〉：「誰道君王行路難，六龍西幸萬人歡。」、〈萬憤詞投魏郎中〉：「何六龍之浩蕩，遷白日於秦西。」、〈擬古十二首其六〉：「百草死冬月，六龍頹西荒。太白出東方，彗星揚精光。」、〈贈張相鎬二首其一〉：「六龍遷白日，四海暗胡塵。」、〈遊泰山六首其一〉：「六龍過萬壑，澗谷隨縈迴」；其三，單純描述為天上駕日之龍車，如：〈蜀道難〉：「上有六龍回日之高標，下有衝波逆折之回川。」；其四，喻指唐玄宗之意，如〈贈宣城宇文太守兼呈崔侍御〉：「昔攀六龍飛，今作百鍊鉛。懷恩欲報主，投佩向北燕。」。其

中為唐玄宗的代稱有六首；感時傷逝，悲嘆光陰虛擲有三首；為天上駕日之龍車只有一首。由此可見「六龍」一詞，喻指唐玄宗，多有政治寓託之意，悲嘆功業未立之感。以「六龍」代稱君主，表現自己攀龍附鳳之心，對於仕途懷有搏扶搖而直上之想，有著平步青雲的潛意識。「六龍」一詞展現對君王、光明的渴望，有著作者身世之感，體現被君王拋棄之孤獨荒涼感。

二　喻君子賢臣

　　龍不僅是神物，亦有思想感情，龍的形象高潔神聖，更可喻指高尚道德的君子。在《呂氏春秋・舉難》曰：「龍食乎清而游乎清；龜食乎清而游乎濁；魚食乎濁而游乎濁。」[10]可知龍與龜、魚不同，只游於清水之間，只在清水中飲食。中國最早將「龍」比喻為人的創始者是孔子，將「龍」比喻為最有道德的道家學派創始者老子，據《莊子・天運篇》記載：「孔子見老聃之後，三天不說話。弟子問曰：『夫子見老聃，亦將何規哉？』孔子曰：『吾乃今於是乎見龍；合而成體，散而成章，乘雲氣而養乎陰陽。予口張而不能脅，予又何規老聃哉！』」[11]以及《史記・老子申韓列傳》記載孔子問禮於老子，歸去之後，「謂弟子曰：『鳥，吾知其能飛；魚，吾知其能游；獸，吾知其能走。走者可以用網，游者可以為綸，飛者可以為矰。至於龍，吾不能知其乘風雲而上天。吾今日見老子，其猶龍耶！』。」[12]孔子將老子喻為龍，取龍的神通、超然、高潔與深不可測的特性。

10　楊家駱主編：《呂氏春秋集釋》第3冊（臺北市：世界書局，1958年5月初版），頁27。

11　（清）郭慶藩撰：《莊子集釋》（臺北縣：頂淵文化事業公司，2001年），頁523-524。

12　（漢）司馬遷撰：《史記》，收入《景印文淵閣四庫全書》244冊（臺北市：臺灣商務印書館，1983年），卷63，頁353-354。

　　此外，將「龍」喻指為賢臣，遠在《山海經・大荒北經》云：「蚩尤作兵伐黃帝，黃帝乃令應龍攻之冀州之野。應龍畜水，蚩尤請風伯、雨師，縱大風雨。黃帝乃下天女曰魃，雨止，遂殺蚩尤。」[13]此中「應龍」乃扮演除暴安良賢臣之位。以及將「龍」喻指君子人才，如「虯龍」、「蛟龍」等詞彙，傳說中的無角龍，指龍之小者為虯，如《離騷》序云：「虯龍鸞鳳，以託君子，飄風雲霓，以為小人。」及《離騷》曰：「跪敷衽以陳辭兮，耿吾既得此正。駟玉虯以乘鷖兮，溘埃風餘上征。」[14]藉虯的珍貴美好，隱喻君子之德美。《楚辭・九章・悲回風》云：「魚葺鱗以自別兮，蛟龍隱其文章。」而王逸注曰：「言俗人朋黨恣其口舌，則賢者亦伏匿而深藏也。」[15]詩中之「蛟龍」象徵不眷戀名聲，不為權力所迷惘隱居之賢人。三國時代的諸葛孔明為稱為「臥龍先生」。《三國志・蜀志・諸葛亮傳》：「徐庶見先主，先主器之，謂先主曰：『諸葛孔明者，臥龍也，將軍豈願見之乎？』」[16]此後「臥龍」即被喻為隱居之豪傑。而被稱為龍的，尚有東漢的蔡邕，能飲斗酒，因常醉臥路邊，而有「醉龍」的稱號[17]。魏晉南北朝時，以「龍」來形容人的詞彙增加，出現「潛龍」、「龍鳳」、「龍蛇」等，如：阮籍〈詠懷詩八十二首其三十四〉：「曲直何所為，龍蛇為我鄰」、傅玄〈雜詩三首其三〉：「居不附龍鳳，常畏蛇與蟲」、傅玄〈卻東西門行〉：「退似潛龍婉，進如翔鸞飛」[18]。至唐代詩人沿

13　袁珂：《山海經校注》（臺北市：里仁書局，1982年8月），頁430。

14　（宋）洪興祖：《楚辭補註》（臺北市：藝文印書館，1981年3月6版），頁12。

15　同前註，頁258。

16　（晉）陳壽撰，（南朝宋）裴松之注：《三國志》（上海市：古籍出版社，2002年），頁842。

17　黃光男：〈飛龍在天〉，《龍文化特展》（臺北市：國立歷史博物館，1999年），頁17。

18　逯欽立輯校：《先秦漢魏晉南北朝詩》（臺北市：學海出版社，1984年5月初版），魏詩卷10、晉詩卷1，頁503、560、570。

用這些詞彙,如高適〈自淇涉黃河途中作十三首〉:「亂流自茲遠,倚楫時一望。遙見楚漢城,崔嵬高山上。……屠釣稱侯王,龍蛇爭霸王。緬懷多殺戮,顧此生慘憺。聖代休甲兵,吾其得閒放。」[19]詩中「龍蛇」指劉邦、項羽二人,寫高適薊北歸來渡河,見滎陽廣武城而悲楚漢相爭,士卒多戰死。然而李白除了承繼喻君子賢臣的「蛟龍」、「潛龍」、「龍鳳」、「龍蛇」、「臥龍」等詞彙外,如:〈南都行〉:「誰識臥龍客,長吟愁鬢斑」,更喜用數字龍來稱代賢者,如李白〈魯中送二從弟赴舉之西京〉:「復羨二龍去,才華冠世雄」、〈送二季之江東〉:「多慚一日長,不及二龍賢」,二詩均運用「二龍」比喻兄弟二人。最為殊奇是「夔龍」一詞,此詞彙源自《山海經》,先秦漢魏晉南北朝詩作中僅有一首漢詩郊廟歌辭〈華燁燁〉:「九疑賓,夔龍舞」,詩中描寫「夔龍舞」,並非形容人,然而李白筆下「夔龍」已從神話傳說單足神物轉變為世俗化,專用於形容人,尤以賢臣居多,如〈鳴皋歌送岑徵君〉:「若使巢由桎梏於軒冕兮,亦奚異乎夔龍蹩躠於風塵」詩中以「夔龍蹩躠於風塵」道出不能讓像夔、龍這樣善理朝政的賢臣流落風塵之中,以「夔龍」喻輔弼之臣;〈獄中上崔相渙〉:「台庭有夔龍,列宿粲成行」二句歌頌賢相崔渙如同古代夔、龍那樣善於輔佐皇帝,使海內安康,官員如星宿般粲然有序得其所用;〈送岑徵君歸鳴皋山〉:「奕世皆夔龍,中台竟三拆」詩中說明岑徵君乃相門之子,家族中歷代皆為夔、龍一般國家棟樑,然而三代為宰相,竟二人被誅,岑徵君洞燭機先,辭謝不拜高明;〈答高山人兼呈權、顧二侯〉:「應運生夔龍,開元掃氛翳」詩中「夔龍」乃形容玄宗開元時代的姚崇、宋璟兩位輔弼賢臣,開創盛世。另一殊奇「龍虎」一詞歷來用以形容群雄,如張華〈遊俠篇〉:「龍虎相交爭,七國並抗衡」,

---

19 (清)清聖祖御定:《全唐詩》第3冊(臺北市:文史哲出版社,1987年),卷212,頁2211。

然而李白除了承繼前人之意外，亦用以形容賢才，如：〈送韓準、裴政、孔巢父還山〉：「獵客張兔罝，不能挂龍虎」詩中以「龍虎」喻韓準、裴政、孔巢父三位賢才高逸之士；〈對雪奉餞任城六父秩滿歸京〉：「龍虎謝鞭策，鵷鸞不司晨」詩中以「龍虎」喻賢人之狷介孤高自重，非勢利所能利誘。

此外，李白詩中「龍」亦作為自喻，即為抱負、際遇的寫照，如〈古風五十九首其四十五〉寫永王李璘兵敗受牽累，下潯陽獄，長留夜郎後之心境，詩曰：「八荒馳驚飆，萬物盡凋落。浮雲蔽頹陽，洪波振大壑。龍鳳脫罔罟，飄颻將安託。去去乘白駒，空山詠場藿。」詩中以「龍鳳」自喻，因參與永王李璘幕府而被捕入獄，經御史中丞宋若思營救出獄，因朝廷追查，逃難至宿松，無處可棲的慘況。綜觀前人詩作中的「龍」多是配角，李詩中的「龍」是主角，代表李白的思維中把自己視為龍的成份高，前代詩人多將君王視為龍，永遠是攀附君主，故李白的「龍」有自己的高度。

三　喻權貴奸臣

李白詩中以形象生動的「龍」字詞彙描寫朝中氣焰囂張、目中無人之權貴與詭詐佞臣，以「夔龍」、「魚龍」二詞代稱。「夔龍」一詞說法有三：一即伏羲，又名雷神。二為想像性單足神怪動物。三為相傳舜的二臣名，夔為樂官，龍為諫官。《山海經・大荒東經》描寫夔是：「狀如牛，蒼身而無角，一足，出入水則必有風雨，其光如日月，其聲如雷，其名曰夔」[20]。「夔龍」本指賢臣，然而在李白此詩中卻轉喻為右相楊國忠，強化富貴者氣焰聲赫，此為李白心象轉化，這

---

20 見（晉）郭璞注、（清）郝懿行箋疏：《山海經箋疏》第14（臺北市：臺灣中華書局，1969年2月臺2版），頁6。

後面蘊藏極大研究價值空間，如〈贈宣城趙太守悅〉：「夔龍一顧重，
矯翼凌翔鴞」二句說明趙悅得到宰相楊國忠的提拔器重，如鴞鵬展翅
高飛，詩中以「夔龍」喻指奸臣宰相楊國忠之意。「魚龍」一詞有著
魚躍龍門傳說，魚龍互變，平步青雲的意涵，然而李白卻轉喻為氣焰
聲赫之權貴，如〈上崔相百憂草〉詩云：「共工赫怒，天維中摧。鯤
鯨噴盪，揚濤起雷。魚龍陷人，成此禍胎。」開首六句以神話典故道
出叛亂中斷唐王朝國政，如同鯤鯨於大海中翻騰震盪，揚起狂濤如
雷，朝中君臣相互猜忌，朝中權貴如魚龍相互陷害種下安史之亂禍
根，「魚龍陷人」四字為全詩重心，靈動誇張的筆法描繪出當時權奸
禍害朝政情形，可見李白慧眼獨具賦予舊詞彙新意涵，增添詩歌靈
動性。

四　喻有德高僧

　　在先秦漢魏晉南北朝詩歌中並無「龍象」這個詞彙，直至與李白
同時期的孟浩然詩中首度出現此詩彙，而李白詩中出現「龍象」一
詞，用以喻指有德高僧。筆者首先針對「龍象」一詞釋義。在湛如
〈印度古代與佛教中龍的傳說、形象與描述〉一文中論及「龍象」一
詞實指「龍」而非「象」，其文曰：「龍，是古代印度傳說中的神靈。
雖然在文獻中可以找到其名稱、形象概述與居住地點，但對其具體特
徵卻無記載。但是，象卻是南亞次大陸常見的動物，在佛陀時代就早
已就被人馴服，成為坐騎[21]。或者編為象軍，成為印度古代四種最常

---

21 參見「阿闍世王白佛言：『世尊！如今人乘象、馬車，……今諸沙門現在所修，現
　　得果報不？』」（姚秦）佛陀耶舍共竺佛念譯：《佛說長阿含經・沙門果經》，收入
　　《大正新脩大藏經》第1冊（日本：大正一切經刊行會，1922-1934年），卷17，頁
　　108。

規的軍隊之一[22]。象的力大無窮對於當時的印度人一定並不陌生，並且佛經中亦有記載，如『假使雪山中，所有大力象，其數足滿百，金寶庄校身，其體甚殊大，其行極迅疾……』[23]當龍成為佛教的護法以後，對龍僅僅有簡單的名稱、形象概述顯然變得不夠用了。於是，在佛經中首次出現了『龍象』這一名詞，並通過這個新構建的名詞，將現實中人所皆知的大象的神力賦予到了傳說中的、人們並未見過的龍的身上，筆者認為這是符合邏輯的。此外，『大象』無論在古代印度梵語，還是現在印度所使用的印地語中，兩千多年以來都是Ganesha一詞，並不使用Naga。這從另一個側面告訴我們，龍象並不是大象，而是龍，是指猶如大象一般力大無窮的龍。」[24]然「龍象」一詞另有其說，認為龍象一詞，非有二物，或者龍象一詞並非實指「龍」，在《佛光大辭典》、丁福保《佛學大辭典》、《中國佛教百科全書》皆列舉經義說明，但無論是否有龍、無龍；有象，無象，最終皆喻指有德高僧。以下分別羅列三書對於「龍象」一詞的解釋：

1. 據《佛光大辭典》解釋龍象一詞曰：「原指象中之殊勝者，比喻菩薩之威猛能力。維摩經卷中不思議品（大一四·五四七上）：『譬如龍象蹴踏，非驢所堪。』而僧肇之注解謂（大三八·三八三中）：『能、不能為喻，象之上者名龍象。』吉藏之維摩經義疏

---

22 參見「過去世時，有一士夫出王舍城，于拘絺羅池側正坐思惟——世間思惟。當思惟時，見四種軍——象軍、馬軍、車軍、步軍，無量無數，皆悉入于一藕孔中。」（劉宋）求那跋陀羅譯：《雜阿含經》，《大正新脩大藏經》第2冊（日本：大正一切經刊行會，1922-1934年），卷16，頁109。

23 失譯：《別譯雜阿含經》，收入《大正新脩大藏經》第2冊（日本：大正一切經刊行會，1922-1934年），卷9，頁440。

24 湛如：〈印度古代與佛教中龍的傳說、形象與描述〉，《文學與文化》2013年第1期，頁17。

卷四謂,稱為龍象,非有二物,如好馬名龍馬,故好象稱龍象。
北本涅槃經卷二載,斷除諸結漏之菩薩,稱為大龍象菩薩摩訶
薩。舊譯華嚴經卷七中以龍象比喻菩薩之威儀妙好無比。此外,
龍之梵語為naga,又譯為象,意指龍、象各為水上、陸上之最有
力者。後引申作美稱最勝之禪定力用,及具足此力用之有德高僧
為龍象。(中阿含卷二十九龍象經、悲華經卷五、大智度論卷
三)」[25]

2. 丁福保《佛學大辭典》曰:「(雜語)naga,梵語,那伽。譯曰
龍。又譯象。諸阿羅漢中,修行勇猛,有最大力者,佛氏稱為龍
象。蓋水行龍力最大,陸行象力最大,故以為喻也。涅槃經二
曰:『世尊我今已與大龍象菩薩摩訶薩,斷諸結漏,文殊師利法
王子等。』舊華嚴經七曰:『威儀巧妙最無比,是名龍象自在
力。』智度論三曰:『那伽,或名龍,或名象。是五千阿羅漢,
諸阿羅漢中最大力,以是故言如龍如像。水行中龍力大,陸行中
象力大。』中阿含龍象經說唯佛大龍象。【又】象之大者曰龍
象。如馬之美者曰龍馬。維摩經不思議品曰:『譬如龍象蹴蹋非
驢所堪。』注曰:『肇曰:象之上者為龍象也。』同嘉祥疏曰:
『此言龍象者只是一象耳,如好馬名龍馬,好象云龍象也。』又
僧之敬稱。禪門言:『西來龍象』,『法筵龍象眾』等。」[26]

3. 《中華佛教百科全書》說明「龍象」一詞歷來有兩種不同詮釋之
意:「(1)象之殊勝、卓越者謂之龍象:此中之『龍』字,是象
徵『殊勝』、『卓越』的形容詞,並不是指龍宮中的龍。佛典中,
『龍象』一詞常用來形容、讚美菩薩或出家人。如《維摩經》卷
中〈不思議品〉言及菩薩有威德力,並非下劣無有勢力之凡夫所

---

25 慈怡主編:《佛光大辭典》下冊(高雄市:佛光出版社,1988年10月初版),頁6392。
26 丁福保:《佛學大辭典》(北京市:文物出版社,1984年),頁1364。

能逼迫時云（大正14·547a）：『譬如龍象蹴踏，非驢所堪。』僧肇注云（大正38·383b）：『象之上者，名龍象。』吉藏《維摩經義》卷四亦言（大正38·964c）：『象中之美者，稱為龍象，非二物也。』。（2）龍與象之合稱：梵語naga，音譯那伽，譯作『龍』，也可譯作『象』，有無上、最上之義。以龍為水族之王，象為獸類之王；在水行中龍力最大，陸行中象力最大，故取龍象比喻諸阿羅漢中，修行勇猛、有最大力者。《大智度論》卷三解釋經中所云『摩訶那伽』時謂（大正25·81b）：『那伽或名龍，或名象。是五千阿羅漢，諸阿羅漢中最大力，以是故言如龍如象，水行中龍力大，陸行中象力最大。』（參考資料：北本《涅槃經》卷二；舊譯《華嚴經》卷七；《中阿含經》卷七〈象跡喻經〉、卷二十九〈龍象經〉；《六度集經》卷八）。」[27]

綜上所述「龍象」一詞，由〈印度古代與佛教中龍的傳說、形象與描述〉一文及三辭典所言，筆者綜合整理出三種說法：

一、三辭典皆據《大智度論》卷三曰：「那伽，或名龍，或名象，是五千阿羅漢，諸阿羅漢中最大力，以是故言如龍如象。水行中龍力大，陸行中象力大。」、舊譯華嚴卷七中曰：「威儀巧妙最無比，是名龍象自在力。」[28]所言說明為龍、象二物合稱。

二、三辭典皆據吉藏《維摩經義》卷四曰：「象中之美者，稱為龍象，非二物也。」、《維摩經》卷中〈不思議品〉嘉祥疏曰：

---

27 中華佛教百科全書編輯委員會編輯、藍吉富主編：《中華佛教百科全書》第9冊（臺南縣永康市：中華佛教百科文獻基金會，1994年），頁5571-5572。

28 （唐）于闐國三藏沙門實叉難陀譯：《大方廣佛華嚴經》，收入《景印高麗大藏》8冊（臺北市：新文豐出版社，1982年），卷7，頁49。

「此言龍象者只是一象耳，如好馬名龍馬，好象云龍象也。」
所言其實龍象並非二物，龍乃殊勝、卓越者的形容詞，象之上
者名龍象。

三、「大象」無論在古代印度梵語，還是現在印度所使用的印地語
中，兩千多年以來都是Ganesha一詞，並不使用Naga。由此可
知，龍象並不是指稱大象，而是龍，是指猶如大象一般力大無
窮的龍。

佛典中所稱的象，除了指明四蹄的大象，如果龍象並稱，必是一
物而已，因為「那伽」一語，可譯作「龍」，亦可譯作「象」，若由印
地語使用觀之，譯為「龍」較妥切。佛世的羅漢弟子中，凡是修行勇
猛、有有大力的，釋尊即稱他們為龍象，因此不論二物合稱或一物，
「龍象」一詞美稱最勝之禪定力用，及具足此力用之有德高僧為龍
象，如李白〈贈宣州靈源寺仲濬公〉詩云：

敬亭白雲氣，秀色連蒼梧。下映雙溪水，如天落鏡湖。此中積
龍象，獨許濬公殊。風韻逸江左，文章動海隅。觀心同水月，
解領得明珠。今日逢支遁，高談出有無。

詩中用「龍象」一詞來形容靈源寺沖濬，可見對沖濬的佛法深厚及逍
遙心性極為讚賞。「龍象」一詞源自佛教經典，梵語Naga，音譯「那
伽」，《大智度論》將「那伽」可譯為龍，或象，然筆者據歷來經典、
辭典及印度梵語考察，「龍象」非指二物，實由「龍」而來，「龍」為
佛教中駕雲行雨之神物，因「龍」的梵語為：Naga，而「象」的梵語
為：Ganesha，佛世的羅漢弟子中，凡是修行最勇猛又有最大力者，
釋尊即稱他們為龍象，後用以泛指高僧大德，是佛家用以指出類拔萃

之僧。李白交往的僧侶是不拘束於佛教教規之內，具有逍遙的處世態度與卓絕的技藝，如靈源寺蜀僧沖濬琴藝高超，彈奏出的琴音既有氣勢而又動人，如同聽到萬壑之松濤，身為遊子的心情也因之彷彿被流水洗滌過，蕩滌其煩慮，並由其居住靈源寺空靈明淨的環境、鏡花水月之中滲透出佛理。中國詩歌重視空靈的思想，如此與禪宗的「空」和「破執」觀點相符應，李白詩歌追求空靈之美，佛教哲學的核心思想是一切皆空，一切事物都因緣而生，將現世生活中對功名利祿的執著追求視為無意義的東西加以捨棄，提倡「破執」，泯滅一切物我、有無、色空的界線，從而超越和逃避現實苦難。李白用空明的覺心靜觀萬象，處處有發現，處處心物相契。「靜觀萬象，萬象如在鏡中，光明瑩潔，而各得其所，呈現著它們各自充實的、內在的、自由的生命。」[29]從龍象一詞可見李白內心崇敬支遁，藉由支遁比附沖濬，無非宣揚自己心中佛玄會通思維，逍遙地任運自然，亦衷心讚譽唐代僧人沖濬恬淡儒雅性格與遠離塵囂的生活方式，與此時正值仕途坎坷、投報無門、內心壓抑的李白產生心靈的共鳴，提供心靈慰藉，藉佛的力量得到超脫與曠。

五　喻唐朝百姓

「龍」代表皇帝，是至高無上的權威象徵；代表君子賢臣，是品德操守非凡的人才；「龍」代表權貴，是聲勢地位顯赫的人；「龍」代表群雄，是勇猛、能獨當一面的強者。歷來「龍」與顯赫、強勢、優勢結下不解之緣，然而李白筆下的「龍」除了承繼前人之說法外，更新創出不同意涵，將「魚」與「龍」兩字結合成「魚龍」一詞，擴寬

29　宗白華：《美學與意境》（臺北市：淑馨出版社，1989年4月），頁227。

原意，用以喻指唐朝老百姓，如〈猛虎行〉：「巨鼇未斬海水動，魚龍奔走安得寧？頗似楚漢時，翻覆無定止。」李白用「巨鼇」比喻叛軍勢騰氣飛，巨鼇不滅，海波不會平靜，安祿山未消滅，天下仍舊動盪不安，以「魚龍奔走」喻指唐朝老百姓如魚龍一般到處奔逃避亂，不得安寧，道出無奈哀嘆之情，以「魚龍」一詞鮮活描寫出當時百姓逃難情景。

六　喻君臣遇合

　　中國歷史上，君臣關係始終是一個敏感又難以處理的問題，有「逆鱗」之說，而劉備與諸葛亮肝膽相照、患難與共的聖主賢臣是中國封建歷史上君臣遇合的理想典範。李白詩中「雲龍」說明同類事物相感應，喻指君臣遇合，然而在李白之前「雲龍」一詞僅有4首，且多結合於遊仙論述，如晉詩〈盧山夫人女婉撫琴歌〉：「彈鳴琴兮樂莫過，雲龍會兮登太和」、北周詩〈青帝歌〉：「雲龍彎嚴駕，玉衡擁瓊輪」。李白不單留於乘雲御龍於仙界的論述，反而結合自身處境，將「雲龍」喻指為君臣關係，如〈贈別從甥高五〉：「雲龍若相從，明主會見收。……登龍有直道，倚玉阻芳筵。」言賢甥此去，或遇明君，而獲得重用，詩中「龍」字指稱君主；〈酬張卿夜宿南陵見贈〉：「我昔辭林丘，雲龍忽相見。」二句道出李白追憶昔日曾辭林丘，來遊京國，被召金鑾，禮同綺皓，有如雲龍之相逢；〈江上答崔宣城〉：「謬忝燕臺召，而陪郭隗蹤。水流知入海，雲去或從龍。」〈江上答崔宣城〉一詩引用「事典」的方式，道出天子召自己於金鑾殿，供奉翰林，出處之跡，如同郭隗之赴燕昭王之召，《史記・燕召公世家》記載：「燕昭王於破燕之後即位，卑身厚幣以招賢者。謂郭隗曰：『齊因孤之國亂而襲破燕，孤極知燕小力少，不足以報。然誠得賢士以共

國，以雪先王之恥，孤之願也。先生視可者，得身事之。』郭隗曰：『王必欲致士，先從隗始。況賢於隗者，豈遠千里哉！』於是昭王為隗改築宮而師事之。樂毅自魏往，鄒衍自齊往，劇辛自趙往，士爭趨燕。」[30]，又孔融〈論盛孝章書〉：「昭王築臺，以尊郭隗。隗雖小才，而逢大遇。」[31]道出古代明君賢相，急於求賢，燕昭王遭亂之後，卑辭厚幣以招賢者，首得郭隗而師事之，為其築燕臺（黃金臺），以為禮賓之所。以「燕臺」、「郭隗」隱喻自己被薦而待詔金門之意，事典運用渾化無痕，亦如雲去或從龍，四句詩強化出同類事物相感應，表現出內心對君臣遇合真切的吶喊。

　　上述詩中以雲從龍，比喻聖主、賢臣遇合，綜觀歷代，不論在太平盛世或戰亂時代，有些賢才終其一生並不能遇明君，僅能處廟堂之遠而憂其君。賢臣能遇明主，需天時、地利、人和，這機遇的促成多半有識才之人、貴人的引薦才能風雲際會。在中國歷史上，誰能得寵，誰能肝膽相照、患難與共，誰能掌握時機，善處君臣關係，才有政治施展的舞台。這後面蘊藏有極大研究價值的空間。

七　喻勇猛群雄

　　龍的巨大、兇猛、威力無比，用來形容強勢群雄最為貼切，李白詩中出現「兩龍」爭鬭、「三龍」紛戰爭以數字代替群雄數目，如〈送張秀才謁高中丞〉：「兩龍爭鬭時，天地動風雲」詩中「兩龍」喻指楚、漢兩軍，以此描寫楚漢相爭激烈；〈留別金陵諸公〉：「海水昔飛動，三龍紛戰爭」詩中「三龍」喻指三國時期魏、蜀、吳三國，描

30　（漢）司馬遷：《史記》第4冊，收入《四部備要》（臺北市：臺灣中華書局，1965年11月臺1版），卷34，頁5-6。

31　（梁）蕭統：《六臣註文選》（臺北市：臺灣商務印書館，1979年），卷41，頁775。

寫昔日海水飛動之時，正是三國爭天下之際，如同龍鬪水沸，川岳不
寧。龍為神異奇幻的水物，可上天下海，其氣勢浩大，加之「虎」是
現實中萬獸之王，歷來詩歌中將野蠻凶殘的外敵以「虎」為喻，以猛
虎喻強敵、當權者、刻劃窮凶惡極官吏，故「龍虎」合稱更加形容兩
方皆為強勢，不相上下，將「龍」字與「虎」字相結合多用於比喻群
雄，將兩個動物界最雄壯、威武、勇猛，甚至是最可怕的動物結合，
也意指群雄勢力氣焰極盛，兩強相鬥，禍害之大，也流露心疼無辜百
姓之情，如〈古風五十九首其一〉：「戰國多荊榛。龍虎相啖食，兵戈
逮狂秦」三句形容戰國時期天下大亂，七國諸侯如龍虎相爭，戰爭一
直延續到狂暴的秦國，詩中「龍虎」喻戰國七雄；〈山人勸酒〉：「各
守兔鹿志，恥隨龍虎爭」詩中「龍虎」指楚項羽與漢劉邦之爭，將強
勢不相上下的雙方以此喻之；〈登金陵冶城西北謝安墩〉：「晉室昔橫
潰，永嘉遂南奔。沙塵何茫茫！龍虎鬪朝昏」二句寫戰爭之多造成沙
塵瀰漫天地，以「龍虎」喻群雄，相鬥從早至晚不停息，描寫群雄爭
戰激烈；〈商山四皓〉：「龍虎方戰爭，於焉自休息」寫出秦末各方群
雄戰爭形勢似龍虎相鬥，爭戰不息。由上述詩例可知李白詩中「龍
虎」可喻指群雄有戰國七雄、楚、漢、魏、蜀、吳等國，以「龍」、
「虎」這樣強勢、兇猛動物道出群雄爭戰的浩大與慘烈，寫出戰爭帶
來的巨大浩劫，流露出對百姓憐憫與痛惜之情。

　　作為一個詩人，他能否建立起自己獨特的風格，在很大程度上取
決於是否建立了他個人的典型意象。[32]李白以「龍」為代表的非寫實
神話傳說意象系列的創構，大大豐富其意象群。上述龍意象的主要功

---

32 王長俊主編：《詩歌意象學》第五章〈詩意象的分類考察〉（南京市：南京師範大學
　文學院中國古代文學學科，2000年），頁205。

用除了神話傳說之外，大體是比喻或象徵。李白筆下的龍意象，是對傳統文化的傳承，關於龍的雲從龍、六龍御日、飛龍在天等神話傳說中，面對深厚歷史文化的積累，似乎並非完全承襲，有所創新與挑戰歷來諸說，並且將時代風雲和個人的秉賦、際遇藉由此呈展出來。

　　李白在詩中對六龍載日的傳說、日出日落由神主宰提出質疑，深受《莊子‧知北遊》哲學思想：「天不得不高，地不得不廣，日月不得不行，萬物不得不昌，此其道與！」[33]認為日月運行乃自然之道，誠如詩所言，天將明時，太陽升起於東海，好像從地府鑽出來上升於天，而後歷天而行西沈入海，如此天地自運，萬物自化，否定六龍駕日超自然的神力。日出而始，日入而終，萬古不息，人非化育天地之元氣，如何與日同升共落，以至於無期？李白從對大自然的直觀中得到人生的啟示，一反漢樂府〈日出入〉抒寫的是人生短暫，企望登遐升仙的苦悶情懷，他謳歌自然時，卻迸發出反權貴反禮法，擺脫世俗拘束的思想。

　　此外，他運用「龍」意象追敘自己在齊魯一帶欣然求仙時所作的遊仙詩，如〈古風五十九首其十八〉：「借予一白鹿，自挾兩青龍。」；或運用「龍」意象寓其政治失意後，被放賜歸，被讒去朝時希冀遊仙，如〈來日大難〉一詩道出英雄混跡於傭保，異人隱形於乞丐，不屑不潔，饕餮嶔崎，以玩世不恭得以超然自得，最終期望能「乘龍上三天，飛目瞻兩角」。〈來日大難〉雖以遊仙來隱喻入朝廷，儘管李白游仙詩大量存在，嚮往神仙境界的和平、沒有機巧、偽詐，但在對神仙的嚮往中寄寓著他政治失意的幽憤，於此可見超脫飄逸的詩仙關切現實社會的一面，也賦予「龍」這一經典意象以新的意蘊。

33　（清）王先謙著：《莊子集解》（臺北市：東大圖書公司，2004年10月5版1刷），卷6，頁197。

　　中國文化中龍是權威、力量、吉祥的象徵，自西漢開始，龍超越神靈之物的原始圖騰意義，已成為帝王的象徵。但至三國時代諸葛孔明以臥龍先生代稱後，龍亦用來比喻賢才。李白筆下賦予「龍」多元意涵，除了承繼傳統說法外，甚至慧眼獨具，另造一番異於前人之說，將向來尊貴吉祥的象徵意涵，擴大使用，用龍象以喻高僧，而轉至平民百姓身上也以魚龍來形容，甚至將凶殘、邪惡的對象，如群雄爭戰、氣焰聲赫的權貴、奸臣，也以龍虎、夔龍來比擬。「夔龍」之說有二，一是想像性的單足神怪動物，是龍的萌芽期。《山海經・大荒東經》：「狀如牛，蒼身而無角。一足，出入水則必有風雨，其光如日月，其聲如雷，其名曰夔。」二則夔、龍，相傳為虞舜之二臣。《尚書・堯典》：「伯拜稽首，讓于夔、龍。」孔傳：「夔、龍，二臣名。」夔為樂官，龍為諫官。在此，李白超越神話之說，且打破歷史文化典故，將虞舜時的賢臣夔龍除了比喻賢臣外，也用來指稱奸臣楊國忠，這是李白獨到之處，前所未有的創新之說。李白為何將楊國忠比附為龍，與中國歷來將龍視為祥瑞的看法大異其端，筆者試從揣摩龍形去追尋李白如何將此相比附的脈絡。

　　李白詩中大量以龍喻君主、權貴，將人的個性、行為處世態度與龍形相比附，描寫的詡詡如生、恰到好處。龍的本領高強，既能潛伏於海底深淵之下，又能騰雲駕霧的飛上九天，恰似君主至高無上的權威、才智卓越的賢者。而龍的外表活像各生物的混種，長長的身軀似蛇，彎曲多變，能屈能伸，恰似權貴為了功名利祿，伸屈自如的圓滑處世態度。又渾身披著鱗片，這些鱗片卻是最佳的保護傘，代表權貴極強的自我防衛心，甚至有精準的判斷力；尾巴更是控制方向，能隨時見風轉舵，因此才能於政治圈中長保富貴以致終老。似鹿角的龍角與似虎、豹、鷹、雞爪的龍爪，是一切意念的執行工具，具備無比的力量，這並非一般百姓所及，也唯有君主、權貴才能擁有如此權勢與

力量。魚，無爪無角，欠缺執行力，就如同百姓不能自己主宰自己的人生，正如李白所言「魚與龍同池，龍去魚不測」。君主、權貴擁有權勢並非皆惡，用權用勢，治法與治人，若是用對地方，即會造福子民，若是貪圖享逸，便禍國央民。《易經・乾卦》以龍為象來述其卦意，以天道之運行恒常不變作為人的惕勵，使人依自然之理，德行中正，行君子之道。而兩條長長的龍鬚，是觸覺的功效，具敏銳力，能觀察外在環境，感受水波脈動，亦如權貴、賢才有洞燭機先的睿智，精準的預知前景，更如君主應時而起。

第二節　情感意蘊

一　建功立業的政治情懷（濟世精神）

　　李白的濟世精神，運用「龍」意象飽含通脫、靈活、達觀，自視不凡，以經時濟世之力，安邦治國之才自許，如〈駕去溫泉宮後贈楊山人〉：「幸陪鸞輦出鴻都，身騎飛龍天馬駒」、〈贈從弟南平太守之遙二首其一〉：「龍駒雕蹬白玉鞍，象牀綺席黃金盤」，詩中「飛龍」、「龍駒」即是代表當時御賜的榮耀，而天馬名為「飛龍」，可能為當時實名[34]，運用「龍」一詞帶有出類拔萃，超凡脫俗，更是唐朝皇帝對翰林學壓的優禮待遇，從自己生命意識出發，謀求自我生命價的精神。在〈酬張卿夜宿南陵見贈〉：「一朝攀龍去，黿鼉安在哉？」、〈贈崔司戶文昆季〉：「攀龍九天上，別忝歲星臣」、〈春日陪楊江寧及諸官宴北湖感古作〉：「昔聞顏光祿，攀龍宴京湖」、〈贈宣城宇文太守兼呈

---

34 開元時仗內六閑，曰：「飛龍、祥麟、鳳苑、鵷鸞、吉良、六羣等，號六廠馬。」見（後晉）劉昫等撰，楊家駱主編：《舊唐書・職官志三》（臺北市：鼎文書局，1985年），頁1865。

崔侍御〉:「登龍有直道,倚玉阻芳筵」等詩,除了表現個人魚躍龍門企求外,更是傳達濟世之志,急欲為社會建一番事業,讓自己生命在歷史上留下永恆,感時憂國憂民,對家國社會百姓產生強烈使命責任感。〈梁甫吟〉:「我欲攀龍見明主,雷公砰訇震天鼓」一詩借助神話境界,傾訴心中忿懣不平,不能實現從政用世的政治理想事小,但國君被奸佞蒙蔽,賢人摒棄不用,國家前途堪憂,暴露黑暗,批判現實的沈痛與反思,更是濟世精神的深層次反映。濟世本身應是豐富的,多層次的,除了昂揚奮舉的建功立業情結外,更是揭示批判政局、戰爭的殘酷、罪惡,甚至在〈登高丘而望遠海〉:「窮兵黷武今如此,鼎湖飛龍安可乘!」對於無休止的開邊,窮兵黷武的軍事政策的危害以及皇帝沈迷於尋仙求藥,只圖自己長壽永生,永享富貴,有著歷史沈重感沈痛反思,李白敢言,追求憐憫蒼生的人生態度難能可貴,反映中國傳統知識份子的良知,而此良知正是濟世精神的深層次表現。

二 傲岸不羈的神仙氣質（自由精神）

李白自比屈原,一心報國,但與屈原不同在於其並不想一輩子耽溺於官場政治中,一生好入名山遊,心靈最終歸宿不在廟堂之上,功成身退是人生目標,如此矛盾對立在其自由精神的建構中完美統一,藉由「龍」意象巧妙將道家仙風道骨與儒家積極進取的精神合一,藉由騎龍升天的飛升之態,神遊仙界,如〈飛龍引二首其一〉:「黃帝鑄鼎於荊山,鍊丹砂。丹砂成黃金,騎龍飛去太上家」、〈飛龍引二首其二〉:「乘鸞飛煙亦不還,騎龍攀天造天關」,展現縹緲隱逸高蹈的道家情懷。神話傳說中「龍」的出現,仙境世界的營造,有其象徵意義,相對於現實社會的殘酷,其給予詩人心靈的滿足與安適,如〈古風五十九首其十八〉:「借予一白鹿,自挾兩青龍」、〈元丹丘歌〉:「身

騎飛龍耳生風，橫河跨海與天通」、〈早望海霞邊〉：「舉手何所待？青龍白虎車」等詩中運用「龍」這一神物輔助登天，進入隨心所欲的神仙世界，以任達態度追求生命永恆，從精神上獲得解脫，珍視自己生命、人格自由獨立，讓自己身為臣民活得有尊嚴，既有強烈社會群體意識，又有強烈自我意識，既有社會使命感，又有自我價值感，既不願獨善其身，又不失傲岸風度，以神仙自由精神舒卷自如，瀟灑大度，正如尼采描述詩人情感中心的自我色彩：「抒情詩人的形象只是抒情詩人自己，它們似乎是他本人形形色色的客觀化，所以，可以說他是那個『自我』世界移動著的中心點。」[35]而宇文所安（Stephen Owen, 1946- ）亦說明謫仙的「自我」：「李白對於感受外界、情調沒有多大的興趣，他只寫一個巨大的『我』。」[36]，李白藉由「龍」意象將自我的自由精神發揮至極，以自我為主體，以自由為本位，正如「龍」飛騰飄逸、變化自如，甚至心雄萬夫不媚權貴的高傲姿態，在〈酬王補闕惠翼莊廟宋丞泚贈別〉：「鸞翮我先鍛，龍性君莫馴」，借由龍性道出非凡傑出、高深莫測，非俗世權貴所能羈絆折服之自由精神。

三　豪情萬丈的英雄氣概（剛健精神）

　　「剛」是剛強不屈服於外力，「健」是主動進取且具持久力。《周易》曰：「需，須也，險在前也。剛健而不陷，其義不困窮矣」[37]，正

35　（德）尼采（Friedrich Wilhelm Nietzsche, 1844-1900）著，周國平譯：《悲劇的誕生》（臺北市：左岸文化，2005年），頁103。

36　（美）宇文所安著（Stephen Owen, 1946-），賈晉華譯：《盛唐詩》（北京市：生活・讀書・新知三聯書店，2004年），頁161。

37　（清）阮元校勘：《十三經注疏・周易1》（臺北市：藝文印書館，2001年12月初版14刷），卷2，頁32。

如李白在〈北風行〉一詩以「燭龍棲寒門，光耀猶旦開」中將「燭龍」形容為光明之神，是希望的象徵，即使面對艱困環境，仍不屈服，表現其英雄氣概，展現剛健精神。其追求理想，建功立業的豪情壯志，敢於否定腐敗政權的改革精神，與至老仍從軍效命的愛國心不減，甚至流放夜郎，九死不悔的態度，展現極大韌性，正如「龍」的強勢但又能沈潛待機，一躍上天。《易經》中之乾卦取象於龍，爻辭是以龍為象而開展，「初九潛龍勿用，九二見龍在田，利見大人；九三君子終日乾乾，夕惕若厲，無咎；九四或躍在淵，無咎；九五飛龍在天，利見大人；上九亢龍有悔；用九見群龍無首，吉。」[38]乾卦六爻均為陽爻，是純陽至剛「天」的象徵，其性質是「健」，剛健自強不息。《春秋元命苞》曰：「龍之言萌也，陰中之陽，故言龍舉而雲興。」[39]在此可見「龍」象徵著剛健、雄渾壯大的精神，正符應李白剛健精神，也反映「盛唐氣象」，將盛唐那種時代精神的雄渾、豪放、剛健、悲壯的陽剛之美與博大、深遠、超逸、活力等精神，展現崇高宏大的氣魄與強勁的風骨，「龍」代表盛唐「風骨」[40]當之無愧，如〈遊泰山六首其一〉：「六龍過萬壑，澗谷隨縈迴」、〈贈宣城宇文太守兼呈崔侍御〉：「昔攀六龍飛，今作百鍊鉛」，不用六龍御日之原始

---

38 （清）阮元校勘：《十三經注疏・周易1》（臺北市：藝文印書館，2001年12月初版14刷），卷1，頁8-10。

39 引自（唐）徐堅等撰：《初學記》，收入《景印文淵閣四庫全書》890冊（臺北市：臺灣商務印書館，1986年），卷30鱗介部，頁448。

40 「『風骨』說的提出，並非唐代，其淵源可以追溯到中國古代的相骨術。到漢代，時興人物品藻，從而將其引入，以品件人物的氣質風貌。到六朝時，則進一步引入繪畫與書法美學中，作為一種審美標準，來品鑑書、畫。齊梁時劉勰《文心雕龍・風骨》篇論述『風骨』云：『怊悵述情，必始乎風；沈吟鋪辭，莫先于骨。故辭之待骨，如體之樹骸，情之含風，猶形之包氣。結言端直，則文骨成焉；意氣駿爽，則文風清焉。』從這幾句話來看，『風骨』是一個要求思想內容明朗駿爽，又強調文辭應剛健挺拔的美學範疇。」見吳明賢、李天道編著：《唐人的詩歌理論》（成都市：巴蜀書社，2006年9月第1版），頁168。

典故，將太陽光輝照耀、光彩奪目轉而指稱為君臨天下之唐玄宗，儼然是人格化的日、龍，展現剛健盛唐氣象。此外，李白「龍」字地名詩中有數首描寫邊塞最能體現剛健特質，有著儒俠互補人格精神，如〈獨不見〉：「白馬誰家子，黃龍邊塞兒」、〈折楊柳〉：「攀條折春色，遠寄龍庭前」、〈塞下曲六首其五〉：「將軍分虎竹，戰士臥龍沙」、〈古風五十九首其六〉：「昔別雁門關，今戍龍庭前」等詩表達對久戍邊關將士的憐惜之情外，跳脫文學侍從身份，關注國家軍事活動，奮起豪情萬丈英雄氣概，如同《周易・乾卦》象曰：「天行健，君子以自強不息」以及《周易・坤卦》象曰：「地勢坤，君子以厚德載物」[41]，君子除順應天道，積極向上，自強不息外，更能如大地寬厚和順，容載萬物，肯定邊塞將士努力效國，又給予人道關懷，又代長年於苦寒之地戍守的將士表達思鄉、艱辛之情，將「自強不息」、「厚德載物」剛健精神的兩面發揮淋漓盡致。

四　佛道兼容並收的胸懷（和合精神）

　　「龍」的起源說法紛紜，然而綜合多種動物和合組成的龍形象說法影響甚廣，除了深刻體現中華民族崇尚「和合」的精神品格外，更是多元思想的雜糅。李白詩歌龍意象展現著佛、道思想糅合的奇妙，中國在漢代之前只有「龍神」，而無「龍王」，但從隋唐以後，佛教信仰傳入中國，龍王信仰遍及中土。而本土宗教的道教中本以「龍」作為助道士上天入地，溝通鬼神的乘騎工具，因引進佛教龍王加以改造成道教的龍王信仰，稱諸天龍王、四海龍王、五方龍王等。凡有水之處，如江河湖海、淵潭塘井均有龍王，職司該地水旱豐歉，此後龍王

41　（清）阮元校勘：《十三經注疏・周易1》（臺北市：藝文印書館，2001年12月初版14刷），頁11、19。

廟林立。然而「龍」意象本身融合佛、道思維，因此李白思想中佛與
道不時交融。「佛」、「道」在中國文化傳統中能共攝相互往來的原因
在於「超越」是宗教共同基本之課題，是一種生命精神安頓的方式。
在此舉〈贈宣州靈源寺沖濬公〉一詩中以佛門龍象「支遁」讚許沖濬
公，其詩如下：

> 敬亭白雲氣，秀色連蒼梧。下映雙溪水，如天落鏡湖。此中積
> 龍象，獨許濬公殊。風韻逸江左，文章動海隅。觀心同水月，
> 解領得明珠。今日逢支遁，高談出有無。

　　李白崇道，一生以道家思維為主流，道家是超脫人生，順因自
然，逍遙於世，然佛家否定現世人生，要求人離斷欲念，心向淨土，
以達涅槃至樂之境，但支遁卻能將道家思維融入佛學之中，非其他僧
人所及，深得李白崇敬。本詩從沖濬公帶出佛門龍象——支遁，而其
佛學思想呈現出道家風格，將禪與莊子逍遙聯繫起來，不同於印度和
中國早期離世苦行的禪觀，於世俗中超越。李白詩歌中提及佛門龍象
「支遁」的詩有三首：〈別山僧〉：「謔浪肯居支遁下？風流還與遠公
齊」、〈將遊衡嶽過漢陽雙松亭留別族弟浮屠談皓〉：「卓絕道門秀，談
玄乃支公」、〈陪族叔當塗宰遊化城寺升公清風亭〉：「雖遊道林室，亦
舉陶潛盃」。三首詩論及東晉僧人支遁皆強調其逍遙心性與談玄言行
風度，可見李白心中佛門龍象，是能逍遙自在，非苦行離世。
　　支遁雖屬佛學理論家，亦為玄學清談名士，攝玄以闡般若並結合
般若以闡發老學重玄思想與莊學逍遙遊。佛教的禪宗把現世生活中對
功名利祿的執著追求作為沒有意義的東西加以捨棄，提倡「破執」，
要求泯滅一切物我、有無的界限，從而超越和逃避現實苦難給人們精
神上所帶來的憂患和苦悶。佛、道皆以「空」為基本理論，佛教的苦

空觀認為人生的痛苦產生於人們對世界事物沒有真正了解，解脫痛苦
的方式即「無自性」，即「空」。萬物都是因緣和合而生，凡憑藉因緣
產生的事物皆是「空」、「假」，虛幻不實。認為世上無永恆存在事
物，執著於我體，從而產生種種思想欲求，瞋恚、愚痴，形成種種煩
惱，若能不執著，達到自性清淨即能成佛。在此與仕途坎坷、投報無
門、內心壓抑的李白產生心靈的共鳴，提供心靈慰藉。此外，在李白
的詩作中，不乏贊僧的作品，如在〈地藏菩薩贊並序〉曰：「大雄掩
照，日月崩落。惟佛智慧大，而光生死雪，賴假普慈力，能救無邊
苦。」[42]又如在〈化城寺大鐘銘並序〉曰：「噫！天以震雷鼓群動，佛
以鳴鐘警大夢」[43]。李白是自我意識十分強烈的詩人，重視心性本體
自由，此與禪宗注重自性、覺性相契合，憑藉本心的自覺，擺脫束縛
的思想，追求人生理想的實現。禪宗認為現實世界一切都是虛妄不
實，唯有佛性才是真實永存，人只需破除對外在世界的迷妄執著與種
種欲望，即可頓悟成佛。嚴羽《滄浪詩話·詩辯》曰：「大抵禪道唯
在妙悟，詩道亦在妙悟。」[44]支遁是李白心中佛門龍象，其玄學思想
以及超然物外的人生態度切中李白心坎，其對《莊子》是靈活運用，
自然將玄學與佛學交融，其禪學思想呈現出道家風格，不僅賦予佛學
中國化的形式，使佛學易於被中國士人及百姓接受，並且擺脫印度和
中國早期禪觀離世苦行的特徵，成為一種富於生活情趣，當其失意之
時，可在支遁的玄思妙理中尋求精神慰寄，並展現佛道兼容之和合
精神。

42　（清）董誥等編，孫映逵等點校：《全唐文》（太原市：山西教育出版社，2002年第
　　1版），卷350，頁2102。

43　同前註，頁2103。

44　（宋）嚴羽：《滄浪詩話》，收入《景印文淵閣四庫全書》1480冊（臺北市：臺灣商
　　務印書館，1983年），頁810。

第八章
李白詩歌龍意象對中國傳統文學的承轉

　　「龍」字的意象從動物延伸到「祥瑞」、「尊貴」、「剛健」這些抽象概念，以具象為中心拓展至抽象。在每一個延伸詞彙語意皆與具象基本意象保持聯繫。在先秦時期的詩歌中，龍字是帶著它最簡單的基本義與簡單意象，但之後魏晉南北朝、初唐作家使用龍字相關詞彙，無論沿用舊詞或開始創造新詞，龍字意象逐漸朝向其性質開拓出新的語意。此章所要探討的是李白如何在中國傳統文學中對龍字詞彙運用、龍意象精神的承繼與後出轉精。首先從「李白詩歌龍意象之特色」談起，見其如何承繼前人寫作方式、抒情筆法？面對同一物象、神話典故，以及不同時代、不同作家留下來的「龍」與神仙思維，看李白如何超越前人說法，新創出自己獨特龍意象詩歌的風貌。

　　筆者在本章第二節細察李白之前所有詩歌中的龍字相關彙作一概要分類，如「動詞＋龍」類，如騎龍、驚龍、勸龍、放龍；「龍＋動詞」類，如龍開、龍去、龍驚；「顏色專名類」，如白龍、黃龍、青龍；「龍＋動物合稱類」，如龍馬、龍虎、龍蛇；「神明靈怪類」，如龍伯國；「釋道類」，如龍象、龍參；「地名類」，如白龍潭、龍門、龍山等分門別類，將李白沿用前代的詞彙、前代已有的龍字相關詞彙而李白詩中不再出現與創新的龍字相關詞彙分別羅列出來，再就分類中較具特色者略加論述之。

第一節　李白詩歌龍意象之特色

　　「龍」作為中華民族的象徵，被賦予超自然、超現實的意義，充滿神聖和神秘色彩，對於「龍」這種異彩紛呈的動物形象、敘事創作，亦無可避免陷入某種同化之中，正如榮格所言：「動物主題通常是人類原始本能的本質性象徵」[1]。李白把龍形象融化為詩人自我的形象，成為表現詩人情懷的客觀對象，如黑格爾所言：「真正的抒情因素，也不是實際客觀事物的面貌，而是客觀事物在主體心中所引起的回聲、所造成的心境」[2]，李白巧妙純熟地運用語言藝術傳達心聲，使其詩歌的藝術魅力、撼動人心達至巔峰，筆者析論李白詩中龍意象特色如下：

一　奔放靈動自我形象

　　浪漫主義的李白善於作品中直接表現自己的主觀世界，充分揭示自我的精神面貌，抒發內心強烈豐富的生活感受，將現實提升到理想加以表現，所描繪的往往是其所願之事，表現其對美好理想的追求，諸如對奇幻絢麗的神仙夢境、雄奇山水、寒漠邊塞景象等描寫，都表現其對污濁現實的厭棄，對軍士人民同情，藉由騎龍升天遊仙於天界，幻想神遊仙界雖是樂事，但最終卻得回歸殘酷的現實，正如關永中云：「中國神話的時間是有條理的運行，由神明所營治；而人活於

1　（瑞士）榮格（Carl Gustav Jung, 1875-1961）著，劉國彬譯：《榮格自傳——回憶‧夢‧思考》（上海市：上海三聯書店，2009年），頁136。

2　（德）黑格爾（Georg Wilhelm Feiedrich Hegel, 1770-1831）著，朱光潛譯：《美學》第4冊（臺北市：里仁書局，1983年3月），頁220。

世，也要在時間中度他的生老病死。固然人渴望延年益壽、羽化登
仙，甚至偶然也會體驗超越界的永恆圓滿，可是人仍須返回凡間來
度。」[3]明白天人永不可交替，身騎飛龍升天僅是暫時性解脫現實不
圓滿之鬱悶。

　　李白詩歌之所以具有震撼人心、動神蕩情的巨大藝術感染力，最
重要原因在於其奔放靈動的自我形象，詩歌始終有一個「我」存在其
中，而這個與世格格不入的「我」，在龍意象詩歌中充份展現出來。
他賦予龍意象多元意義，有神話思維、賦予龍人格化，甚至表徵自
己，投寄自我的人生理想，反思政治社會環境，時而高昂、時而感
慨、時而激憤，波瀾起伏，如「龍」變化莫測。羅時進《唐詩演進
論》曰：「李白詩中不僅以『我』領起最多，而且統計表明，在唐代
詩人中『我』字的使用頻度以李白最高。這一突出的創作現象，正反
映出李白詩歌強烈的自我確認意識，折射出濃厚的狂放色彩。」[4]並
據欒貴明編纂《全唐詩索引》中華書局出版一書，統計在具有可比性
的作家中，「我」（含「吾」、「余」）的使用頻率，李白0.582%、白居
易0.4749%、杜甫0.4026%，顯然李白高居第一。文中統計出李白詩中
使用「我」398次，用「吾」94次，用「余」76次。[5]然筆者據詹鍈主
編《李白全集校注彙釋集評》一書逐句搜求168首龍意象詩歌中，剔
除非自我意識者，共有82首作品使用「我」、「余」、「吾」、「予」、「李
白」等字總計達134次，占了二分之一左右，比例相當高。分別統計
用「我」字93次、用「吾」字23次、用「余」字15次、用「予」字2
次、用「李白」1次，其中〈金門答蘇秀才〉、〈答王十二寒夜獨酌有
懷〉用「我」、「余」字3次，〈讀諸葛武侯傳，書懷贈長安崔少府叔封

3　關永中：《神話與時間》（臺北市：臺灣書店，1997年），頁297。

4　羅時進：《唐詩演進論》（南京市：江蘇古籍出版社，2001年9月第1版），頁46。

5　同前註，頁46。

昆季〉用「余」字3次,〈鄴中贈王大勸入高鳳石門山幽居〉用
「我」、「吾」字達4次,〈夢遊天姥吟留別〉用「我」字達4次,〈魯郡
堯祠送竇明府薄華還西京〉用「我」、「余」達4次,〈送王屋山人魏萬
還王屋〉、〈萬憤詞投魏郎中〉用「我」、「吾」字5次,〈憶舊遊寄譙郡
元參軍〉用「我」、「余」字達8次,尤為顯著,充分顯示李白自我意
識強烈之情形。李白一生關注國家民生,但觀察和敘述的角度都在
「我」這個體上,從隱逸中躍起建功立之心,在功業中又萌生隱逸思
想,如龍沈潛深潭待時而起,一躍上天,如飛龍在天,又隱含盛衰之
道。李白生命循環的巧合,始終未放棄理想,似「龍」的奇幻多變,
或許是巧合,又或許是李白與「龍」那種出於「同構」的生命之時相
互綰合。

　　李白詩歌龍意象中「自我」非常突出,一切均圍繞在「我」周
圍,一切皆可為「我」所用,一切皆服從於「我」,詩中世界以
「我」為中心,成了核心主宰,天上地府、日月星辰,甚至「龍」皆
為我所用,以主馭客,以強烈主觀色彩去駕馭客觀景物,將「龍」字
詩句與「我」、「吾」、「余」連用,寫出磅礴浩大的氣勢,如〈短歌
行〉:「吾欲攬六龍,迴車挂扶桑」、〈梁甫吟〉:「我欲攀龍見明主,雷
公砰訇震天鼓」二句寫了自己的善良、忠誠以及為國效力的強烈要
求,卻受到圍繞在皇帝身邊的雷公黑暗勢力的阻擾,表現當時政治的
腐朽與黑暗,呈現「自我」精神境界的崇高,〈留別曹南羣官之江
南〉:「我昔釣白龍,放龍溪水傍」、〈酬王補闕惠翼莊廟宋丞泚贈
別〉:「鸞翮我先鎩,龍性君莫馴」、〈與南陵常贊府遊五松山〉:「龍堂
若可憩,吾欲歸精修」、〈冬夜醉宿龍門覺起言志〉:「而我胡為者?歎
息龍門下」、〈酬張卿夜宿南陵見贈〉:「我昔辭林丘,雲龍忽相見」、
〈流夜郎至西塞驛寄裴隱〉:「龍怪潛溟波,候時救炎旱。我行望雷
雨,安得霑枯散」等詩自然率真展現其從政用世的企求與艱險,展現

懷才不遇形象極為生動，即使浪漫主義風格使然，然其描寫神話中龍物象，總是與其生活的社會現實各方面密不可分，發揮主觀想像，但心靈始終如龍飛翔在高空中，直接以「我」、以情化物，奔放無羈，正如胡應麟《詩藪》曰：「太白多率語。」[6]詩中「我」之色彩濃烈，自我形象表現直接，甚至以「龍」非凡之物以自喻，表現高度自信形象，如〈金門答蘇秀才〉：「栖巖君寂滅，處世余龍蠖」，以我的眼光、情緒、獨特的感受生活方式，不單是詩人個人，而是代表著一群，體現其所處的階級的願望和要求，有著很強的時代感。

　　此外，部份龍意象詩歌的詩句中雖無「我」、「吾」、「余」字，但卻有著「自我」於其中駕馭「龍」，或借「龍」喻自己形象，可歸納出三種自我形象，一是表現「濟蒼生，安社稷，胸懷大志」的形象，如〈江夏寄漢陽輔錄事〉：「報國有壯心，龍顏不迴眷」、〈贈別從甥高五〉：「雲龍若相從，明主會見收」、〈在水軍宴贈幕府諸侍御〉：「寧知草間人，腰下有龍泉」；二是表現「懷才不遇，傲視權貴」的形象，如〈鳴皋歌送岑徵君〉：「蝘蜓嘲龍，魚目混珍；嫫母衣錦，西施負薪」抒發報國無門苦悶，對統治者不識賢愚，以「龍」喻自身高尚形象，在美醜對比中，對小人得志猖狂、賢才遭害不合理現象進行抨擊與憤怒，以及嚴正警告上位者，如〈遠別離〉：「君失臣兮龍為魚，權歸臣兮鼠變虎」；三是表現「神遊於仙界自由浪漫」的形象，如〈西岳雲臺歌送丹丘子〉：「玉漿倘惠故人飲，騎二茅龍上天飛」、〈來日大難〉：「乘龍上三天，飛目瞻兩角」、〈送楊山人歸嵩山〉：「歲晚或相訪，青天騎白龍」詩人借用神話傳說中騎二茅龍、白龍典故，使那些神仙美好世界與自我融為一體，將自身置於變幻的歷史風雲中，從而揭示出自我所處的逆境與矛盾心情。

6　（明）胡應麟撰：《詩藪內外雜編》清光緒十七年1981年，光緒廣雅叢書本，外篇卷4，頁5。

　　綜上可知李白以「龍」意象來表現自我形象時,並非主觀感情隨著客觀生活變化,而是由主觀感受去支配客觀外物的變化,「龍」是詩人的藝術化身,寄託了詩人的理想與願望,求仙超世心理並未妨礙其入世之心,仙道幻覺使其執著於社會人生,又不同化於社會人生,借由「龍」意象使其心靈上處於居高臨下的超脫勝利感,獲取補償心理,讓疲乏的身心得以再度面對殘酷的現實。李白天才出眾,飄逸豪放,揮灑自如,以馭「龍」、攀「龍」展現雄麗奔放,突顯自我形象,在灑脫之中蘊含靈動,以獨特精神面貌表現自我,展現盛唐的氣運。

二　善用神話傳說典故意象

　　典故是隨著歷史文化而逐漸豐富的,李白學識廣博對中國文化典籍如數家珍,信手拈來能將寓意推陳出新,運用渾然天成。《文心雕龍‧事類》云:「事類者,蓋文章以外,據事以類義,援古以證今者也。」又《文心雕龍‧物色》曰:「以少總多,情貌無遺。」[7]黃永武《中國詩學——鑑賞篇》云:「妙的用典是以常見的典故,別生巧思,借用原典、翻用原典、活用原典,以達到化桑成絲,釀花為蜜的境地。」[8]李白於詩歌中使用典故表達繁之意,使作品富有濃厚的神秘性、象徵性與趣味性,故其含蓄深情流露於美感與藝術價值之中。李白的龍意象詩歌中大量運用神話傳說、典故來寄意遙深的內心世界,有著大量遊仙隱逸出世思想,又有著強烈的入世衝創意志的性格,運用神靈之物作為自我象徵,可見善用神話傳說典故是李白詩歌

7　(梁)劉勰撰:《文心雕龍》第8卷事類第38、第10卷物色第46(臺北市:臺灣商務印書館,1965年),頁42、51。

8　黃永武:《中國詩學——鑑賞篇》(臺北市:巨流圖書公司,2008年),頁119。

龍意象最大的特色。李白詩並非單純描述這些神話傳說典故的原型，而是在其中找到客觀的投影，將自身遭遇與其合一，化用、新變典故原意，巧妙傳達內心真實情感。

　　典故運用主要可分為「語典」和「事典」兩大類，「語典」是指有來歷出處的詩文和詞語，「事典」是指古代故事、神話或傳說之類。李白化用前人詩句、典籍之語、神話傳說甚多，目的在明理徵義，用形象以表達情思，使抽象事理更具體化。筆者依經、史、子、集作一分類，以明析李白詩歌龍意象用典之情形。

（一）引用「經部」

　　李白詩歌龍意象所用經書之語較少，出現於《尚書》、《易經》、《周禮》等3部經書。

1 引用《尚書》

詩題	詩句	用典
219鳴皋歌送岑徵君	若使巢由桎梏於軒冕兮，亦奚異乎臩龍蟄蟄於風塵	《尚書·虞書·舜典》帝曰：「咨，四岳！有能典朕三禮？」僉曰：「伯夷。」帝曰：「俞咨！伯，汝作秩宗。夙夜惟寅，直哉惟清。」伯拜稽首，讓于夔、龍。帝曰：「俞，往欽哉！」帝曰：「夔，命汝典樂，教胄子。直而溫，寬而栗，剛而無虐，簡而無傲，詩言志，歌永言，聲依永，律和聲；八音克諧，無相奪倫，神人以和。」夔曰：「於！予擊石拊石，百獸率舞。」帝曰：「龍，朕聖讒說殄行，震驚朕師。命汝作納言，夙夜出納朕命，惟允。」記載夔為樂

詩題	詩句	用典
		官，龍為諫官，是舜的二臣名。[9]
332書情題蔡舍人雄	太階得夔龍，桃李滿中原	同上
359獄中上崔相渙	台庭有夔龍，列宿粲成行	同上
392贈宣城趙太守悅	夔龍一顧重，矯翼凌翔鵷	同上
561送岑徵君歸鳴皋山	奕世皆夔龍，中台竟三拆	同上
625答高山人兼呈權、顧二侯	應運生夔龍，開元掃氛翳	同上

2 引用《易經》

詩題	詩句	用典
86日出入行	歷天又復入西海，六龍所舍安在哉	《周易·乾卦》:「時乘六龍以御天也。」[10]
379贈張相鎬二首其一	六龍遷白日，四海暗胡塵	同上
839擬古十二首其六	百草死冬月，六龍頹西荒	同上
868萬憤詞投魏郎中	何六龍之浩蕩，遷白日於秦西	同上

9 　詳參（清）阮元校勘:《十三經注疏·尚書1》（臺北市:藝文印書館，2001年12月初版14刷），卷3，頁46。

10 　（清）阮元校勘:《十三經注疏·周易1》（臺北市:藝文印書館，2001年12月初版14刷），頁16。

詩題	詩句	用典
267上皇西巡南京歌十首其四	誰道君王行路難？六龍西幸萬人歡	同上，以喻天子之六轡。
84上雲樂	陛下應運起，龍飛入咸陽	《周易·乾卦》：「九五，飛龍在天，利見大人。」[11]
339贈別從甥高五	雲龍若相從，明主會見收	《周易·乾卦》曰：「同聲相應，同氣相求。水流濕，火就燥。雲從龍，風從虎。」[12]謂同類事物相感應，比喻君臣之遇合。
612酬張卿夜宿南陵見贈	我昔辭林丘，雲龍忽相見	同上
619江上答崔宣城	水流知入海，雲去或從龍	同上
409獻從叔當塗宰陽冰	激昂風雲氣，終協龍虎精	《周易·乾卦》：「雲從龍，風從虎。」孔穎達《正義》：「龍是水畜，雲是水氣，故龍吟則景雲出，是雲從龍也。虎是威猛之獸，風是震動之氣，此亦是同類相感，故虎嘯則谷風生，是風從虎也。」[13]

3　引用《周禮》

詩題	詩句	用典
131白馬篇	龍馬花雪毛，金	《周禮·夏官·廋人》：「馬八尺以

11　同前註，頁10。

12　（魏）王弼、（晉）韓康伯注，（唐）陸德明音義，孔穎達疏：《周易注疏》，收入《景印文淵閣四庫全書》7冊（臺北市：臺灣商務印書館，1986年），卷1，頁321。

13　同前註，頁321。

詩題	詩句	用典
	鞍五陵豪	上為龍，七尺以上為騋，六尺以上為馬。」[14]

上述所引用「經書」之語，多採「明用」方式，即詩文中明白指出所引詩句之出處者，有時徵引典實，或明言其人，或明引其事，使人一見即知，如直接引用《尚書‧虞書‧舜典》中「夔龍」一詞；甚至以「抽換文字」手法，即對前人的句子，改易數字後又增減字，與「化用」方式，襲取前人辭句、故事，將其內涵與自己立意所在，融為一體，靈活運用，不見斧鑿痕跡，如將《周易‧乾卦》中「時乘六龍以御天」改寫成「歷天又復入西海，六龍所舍安在哉」與轉化精鍊出「六龍遷白日」之語。在〈江上答崔宣城〉一詩以「明用」方式抽換《易經‧乾卦》中「雲從龍，風從虎」文字，改寫成「雲去或從龍」，又〈贈別從甥高五〉：「雲龍若相從，明主會見收」亦取同類相感之意，引申聖主賢臣相遇合。而〈白馬篇〉一詩以「正用」方式，直取典故本來含義，截取《周禮‧夏官‧廋人》中「馬八尺以上為龍」語句，從中截取作為「龍馬」一詞，自然妥切，無斧鑿之跡。

(二) 引用「史部」

李白詩歌龍意象所使用的史書，出自《史記》、《漢書》、《魏書》、《晉書》、《舊唐書》、《新唐書》、《十六國春秋》、《隋書‧經籍志》中的北魏‧酈道元《水經注》、《太平御覽》、《唐六典》等10部史書。

---

14 （清）阮元：《十三經注疏‧周禮3》（臺北市：藝文印書館，2001年12月初版14刷），卷33，頁497。

1 引用《史記》

詩題	詩句	用典
69飛龍引二首其一	黃帝鑄鼎於荊山，鍊丹砂。丹砂成黃金，騎龍飛去太上家	《史記‧封禪書》記載：「黃帝采首山銅，鑄鼎於荊山下。鼎既成，有龍垂胡髯下迎黃帝。黃帝上騎，羣臣後宮從上者七十餘人，龍乃上去。餘小臣不得上，乃悉持龍髯。龍髯拔，墮，墮黃帝之弓。百姓仰望黃帝既上天，乃抱其弓與胡髯號，故後世因名其處曰鼎湖，其弓曰烏號。」[15]
70飛龍引二首其二	乘鸞飛煙亦不還，騎龍攀天造天關	同上
606答長安崔少府叔封遊終南翠微寺太宗皇帝金沙泉見寄	鼎湖夢淥水，龍駕空茫然	同上
519送魯郡劉長史遷弘農長史	軒后上天時，攀龍遺小臣	同上
140來日大難	乘龍上三天，飛目瞻兩角	同上
343草創大還，贈柳官迪	鸞車速風電，龍騎無鞭策	同上
92登高丘而望遠海	窮兵黷武今如此，鼎湖飛龍安可乘	同上

15　（漢）司馬遷：《史記‧封禪書》，收入《景印文淵閣四庫全書》243冊（臺北市：臺灣商務印書館，1986年），卷28，頁647。

詩題	詩句	用典
261永王東巡歌十一首其九	祖龍浮海不成橋，漢武尋陽空射蛟	《史記・秦始皇本紀》卷六第六：「三十六年，熒惑守心，有墜星下，……因言曰：『今年祖龍死。』」《集解》：「蘇林曰：祖，始也。龍，人君象。謂始皇也。」[16]

2 引用《漢書》

詩題	詩句	用典
63梁甫吟	我欲攀龍見明主，雷公砰訇震天鼓	《漢書・敘傳》：「舞陽鼓刀，滕公廄騶，潁陰商販，曲周庸夫，攀龍附鳳，并乘天衢。」[17]
475留別廣陵諸公	騎虎不敢下，攀龍忽墮天	同上
612酬張卿夜宿南陵見贈	一朝攀龍去，蓍黽安在哉	同上
344贈崔司戶文昆季	攀龍九天上，別忝歲星臣	同上
655春日陪楊江寧及諸官宴北湖感古作	昔聞顏光祿，攀龍宴京湖	同上
261永王東巡歌十一首其九	祖龍浮海不成橋，漢武尋陽空射蛟	《漢書・武帝紀》卷六第六：「元封五年冬……自尋陽浮江，親射蛟江中，獲之。」[18]

---

16 （漢）司馬遷撰：《史記》1冊（臺北市：大申書局，1978年3月再版），卷6，頁262。

17 （漢）班固撰：《前漢書》，收入《景印文淵閣四庫全書》251冊（臺北市：臺灣商務印書館，1983年），卷100下，頁417。

18 （漢）班固撰，楊家駱主編：《新校本漢書并附編二種》（臺北市：鼎文書局，1991年9月7版），卷6，頁196。

詩題	詩句	用典
391贈宣城宇文太守兼呈崔侍御	登龍有直道，倚玉阻芳筵	《後漢書》卷六十七《黨錮列傳‧李膺傳》：「膺獨持風裁，以聲名自高。士有被其容接者，名為登龍門。李賢注：以魚為喻也。龍門，河水所下之口，在今絳州龍門縣。」[19]
138塞下曲六首其五	將軍分虎竹，戰士臥龍沙	《後漢書》卷七十七《班超傳贊》：「坦步葱雪，咫尺龍沙。李賢注：白龍堆，沙漠也。」[20]

3 引用《魏書》

詩題	詩句	用典
839擬古十二首其六	得水成蛟龍，爭池奪鳳凰	《魏書‧楊大眼傳》：「時高祖自代將南伐，令尚書李沖典選征官，大眼往求焉。馬沖弗許。大眼曰：『尚書不見知聽，下官出一技，便出長繩三丈許，繫髻而走繩，直如矢，馬馳不及，見者莫不驚歎。沖曰：『自千載以來，未有逸材若此者也。』遂用為軍主。大眼顧謂同僚曰：『吾之今日，所謂蛟龍得水之秋，自此一舉，終不復與諸君齊列矣！』未幾，遷為統軍。」[21]

---

19 （宋）范曄撰：《後漢書》，收入《景印文淵閣四庫全書》253冊（臺北市：臺灣商務印書館，1986年），卷97，頁363。

20 （宋）范曄撰：《後漢書》，收入《景印文淵閣四庫全書》253冊（臺北市：臺灣商務印書館，1986年），卷77，頁93。

21 （北齊）魏收奉敕撰：《魏書》，收入《景印文淵閣四庫全書》262冊（臺北市：臺灣商務印書館，1983年），卷73，頁105。

4 引用《晉書》

詩題	詩句	用典
687九日龍山飲	九日龍山飲，黃花笑逐臣	龍山，《晉書・孟嘉傳》：「桓溫參軍溫甚重之，九月九日，溫燕龍山，寮佐畢集，時佐吏並著戎服，有風至吹，嘉帽墮落，不之覺。溫使左右勿言，欲觀其舉止。」[22]即此地也。
63梁甫吟	張公兩龍劍，神物合有時	《晉書・張華傳》曰：「華得劍，寶愛之，常置坐側。以南昌土不如華陰赤土。報煥書曰：『詳觀劍文，乃干將也，莫邪何復不至？雖然，天生神物，終當合耳。』因以華陰土一斤致煥，煥更以拭劍，倍益精明。華誅，失劍所在。煥卒，子華為州從事。持劍行經延平津，劍忽於腰間躍出墮水。使人沒水取之，不見劍，但見兩龍各長數丈，蟠縈有文章。沒者懼而反。須臾，光彩照水，波浪驚沸，於是失劍。華歎曰：『先君化去之言，張公終合之論，此其驗乎！』」[23]
1042感遇二首其一	寶劍雙蛟龍，雪花照芙蓉	《越絕書》卷十一〈外傳記寶劍〉曰：「昔者，越王句踐有寶劍五，聞於天下。客有能相劍者名薛燭，王召而問之曰：『吾有寶劍五，請

---

22 （唐）房玄齡等奉敕撰：《晉書》，收入《景印文淵閣四庫全書》256冊（臺北市：臺灣商務印書館，1986年），卷98，頁614。

23 （唐）房玄齡等奉敕撰：《晉書》，收入《景印文淵閣四庫全書》255冊（臺北市：臺灣商務印書館，1986年），卷36，頁650。

詩題	詩句	用典
		以示之。』……王取純鈎，薛燭聞之，忽如敗；有頃，懼如悟，下階而深惟，簡衣而坐望之。手振拂揚，其華捽如芙蓉始出。」[24]

5 引用《舊唐書》

詩題	詩句	用典
211玉壺吟	朝天數換飛龍馬，敕賜珊瑚白玉鞭	《舊唐書・職官志三》殿中省：「開元時，仗內六閑，曰：飛龍、祥麟、鳳苑、鵷鶵、吉良、六羣等，號六廄馬。」[25]
626答杜秀才五松見贈	勅賜飛龍二天馬，黃金絡頭白玉鞍	同上

6 引用《新唐書》

詩題	詩句	用典
424聞王昌齡左遷龍標，遙有此寄	楊花落盡子規啼，聞道龍標過五溪	《新唐書・文藝傳》記載王昌齡「晚節不護細行，貶龍標尉。」[26]
211玉壺吟	朝天數換飛龍	《唐書・兵志》記載：「又以尚乘

24 （漢）袁康：《越絕書》，收入《景印文淵閣四庫全書》463冊（臺北市：臺灣商務印書館，1983-1986年），頁114。

25 （後晉）劉昫等奉敕撰：《舊唐書・職官志》，收入《景印文淵閣四庫全書》269冊（臺北市：臺灣商務印書館，1983年），卷44，頁251。

26 （宋）歐陽修、宋祁等奉敕撰：《新唐書》，收入《景印文淵閣四庫全書》276冊（臺北市：臺灣商務印書館，1986年），卷203，頁86。

詩題	詩句	用典
	馬，敕賜珊瑚白玉鞭	掌天子之御，左右六閑，一曰飛黃，二曰吉良，三曰龍媒，四曰駃騠，五曰駃騠，六曰天苑，總十有二閑，為二廐……。其後禁中又增置飛龍廐。」[27]
626答杜秀才五松見贈	勅賜飛龍二天馬，黃金絡頭白玉鞍	同上
310駕去溫泉宮後贈楊山人	幸陪鸞輦出鴻都，身騎飛龍天馬駒	同上

7 引用《十六國秋》

詩題	詩句	用典
356在水軍宴贈幕府諸侍御	月化五白龍，翻飛凌九天	《十六國春秋‧後燕錄》：「慕容熙建始元年正月，……太史丞梁延年夢月化為五白龍，夢中占之曰：月，臣也；龍，君也。月化為龍，當有臣為君。」[28]

8 引用《水經注》

詩題	詩句	用典
261永王東巡歌十	祖龍浮海不成橋，	《水經注》卷十四〈濡水〉：「《三

27　（宋）歐陽修、宋祁等撰：《唐書‧兵志》（臺北市：藝文印書館，1982年），卷50，頁607。

28　（魏）崔鴻撰：《十六國春秋‧後燕錄》，收入《景印文淵閣四庫全書》463冊（臺北市：臺灣商務印書館，1986年），卷48，頁736。

詩題	詩句	用典
一首其九	漢武尋陽空射蛟	齊略記》曰：始皇於海中作石橋，海神為之豎柱。始皇求與相見，神曰：『我形醜，莫圖我形，當與帝相見。』及入海四十里見海神。左右莫動手，工人潛以腳畫其狀。神怒曰：『帝負約，速去。』始皇轉馬還，前腳猶立，後腳隨奔，僅得登岸。畫者溺死於海。」[29]
407登敬亭山南望懷古贈竇主簿	白龍降陵陽，黃鶴呼子安	《水經注》卷二十九沔水：「水出陵陽山，下逕陵陽縣，西為旋溪水。昔縣人（陵）陽子明釣得白龍處。後三年，龍迎子明上陵陽山，山去地千餘丈。後百餘年，呼山下人，令上山半與語，溪中子安問子明釣車所在。後二十年，子安死山下，有黃鶴樓其塚樹，鳴常呼子安。」[30]
467留別曹南群官之江南	我昔釣白龍，放龍溪水傍	同上
395自梁園至敬亭山見會公談陵陽山水兼期同游因有此贈	天開白龍潭，月映清秋水	同上
313贈崔侍御	點額不成龍，歸來伴凡魚	《水經注·河水》：「鱣，鮪也。出鞏穴，三月則上渡龍門，得渡者為龍矣，否則點額而還。」[31]

29　（北魏）酈道元：《水經注》（上海市：上海古籍出版社，1990年第1版），頁291。

30　（後魏）酈道元撰：《水經注》，收入《景印文淵閣四庫全書》573冊（臺北市：臺灣商務印書館，1986年），卷29，頁446。

31　（後魏）酈道元撰，陳橋譯：《水經注校釋》（杭州市：杭州大學出版社，1999年），頁54。

9 引用《太平御覽》

詩題	詩句	用典
256永王東巡歌十一首其四	龍蟠虎踞帝王州，帝子金陵訪古丘	《太平御覽》卷一百五十六引晉張勃《吳錄》:「蜀主曾使諸葛亮至京口，覩秣陵山阜，歎曰:『鍾山龍盤，石城虎踞，此帝王之宅。』」[32]

10 引用《唐六典》

詩題	詩句	用典
477感時留別從兄徐王延年、從弟延陵	冠劍朝鳳闕，樓船侍龍池	《唐六典》卷七興慶宮注:「即今上龍潛舊宅也。……初上居此第，其里名協聖諱。所居宅之東，有舊井，忽涌為小池。周袤纔數尺，常有雲氣，或見黃龍出其中。至景龍中，潛復出水，其沼浸廣，時即連合為一。未半歲而里中人悉移居，遂鴻洞為龍池焉。」[33]

上述引用「史部」之典最多是出自《史記》和《漢書》兩部書，其次為《水經注》、《新唐書》，皆採用「明用」、「暗用」、「化用」方式。李白在史部用典中最少是直接引用成辭，如〈在水軍宴贈幕府諸侍御〉中「月化五白龍」直接「明用」《十六國春秋・後燕錄》:「太史丞梁延年夢月化為五白龍」一詞。而〈梁甫吟〉:「我欲攀龍見明主，雷公砰訇震天鼓」一詞採用「增減文字」方式引用《漢書・敘傳》中

---

32 （宋）李昉等奉敕撰:《太平御覽》，收入《景印文淵閣四庫全書》894冊（臺北市:臺灣商務印書館，1986年），卷156，頁534。

33 （唐）張九齡等撰，李林甫等注:《唐六典》，收入《景印文淵閣四庫全書》595冊（臺北市:臺灣商務印書館，1983年），卷7，頁77-78。

「攀龍附鳳」一詞，方便比況寄意。又〈永王東巡歌十一首其九〉：
「祖龍浮海不成橋，漢武尋陽空射蛟」引用《史記・秦始皇本紀》二
十八年、三十六年史實。此外，〈永王東巡歌十一首其九〉除「化用」
《史記》之典故外，更融《水經注》碣石山一文二典為一句，將原本
二個典故的句子，加以組合，融成一個全新句子：「祖龍浮海不成
橋」，見其用典靈活多變。又〈梁甫吟〉：「張公兩龍劍，神物合有
時」化用《晉書・張華傳》二龍劍典故與〈感遇二首其一〉：「寶劍雙
蛟龍，雪花照芙蓉」化用《越絕書》中記載相劍者薛燭見句踐寶劍情
景，襲取前人辭句、故事，將自己立意與其融為一體。在〈永王東巡
歌十一首其四〉一詩以「明用」方式抽換《太平御覽》中引晉・張勃
《吳錄》記載劉備曰：「鍾山龍盤，石城虎踞，此帝王之宅」文字，
精鍊成「龍蟠虎踞帝王州」之語，善於美化文辭。

（三）引用「子部」

　　李白詩歌龍意象所使用的子書，出自《莊子》、《列子》、《淮南
子》、《廣博物志》、《說苑》、《列仙傳》、《山海經》、《雲笈七籤》、《論
衡》、《法言》等10部子書。

1 引用《莊子》

詩題	詩句	用典
86日出入行	歷天又復入西海，六龍所舍安在哉	《莊子・田子方》：「日出東方而入於西極。」[34]

34　（清）王先謙著：《莊子集解》卷5外篇〈田子方〉第21（臺北市：東大圖書公司，
　　2004年10月5版1刷），頁185。

詩題	詩句	用典
405贈僧行融	海若不隱珠，驪龍吐明月	《莊子・列禦寇》:「夫千金之珠，必在九重之淵，而驪龍頷下。」[35]
555送蔡山人	採珠勿驚龍，大道可暗歸	同上

2 引用《列子》

詩題	詩句	用典
319贈臨洺縣令皓弟	終期龍伯國，與爾相招尋	《列子・湯問》龍伯巨人釣走東海六鰲之傳說，於是岱輿、員嶠二山飄流至北極，沈沒大海。天帝知此事，震怒下將龍伯國土地削減，並縮短其身子，直至伏羲神農時，龍伯國人仍有數十丈長。[36]

3 引用《淮南子》

詩題	詩句	用典
86日出入行	歷天又復入西海，六龍所舍安在哉	《淮南子・天文訓》:「爰止羲和，爰息之螭，是謂縣車。」高誘注:「日乘車，駕以六龍，羲和御之，日至此而薄于虞泉，羲和至此而回六螭。」[37]

---

35 （清）郭慶藩撰，王孝魚點校:《莊子集釋》（臺北縣:頂淵文化事業公司，2001年），頁1061。

36 詳參（周）列禦寇撰，（晉）張湛注:《列子》，收入《景印摛藻堂四庫全書薈要》子部道家類276冊（臺北市:世界書局，1987年），頁44。

37 （漢）高誘注:《淮南子注》（臺北市:世界書局，1969年8月3日），卷3，頁45。

詩題	詩句	用典
293早秋贈裴十七仲堪	光景不可迴，六龍轉天車	同上
379贈張相鎬二首其一	六龍遷白日，四海暗胡塵	同上
839擬古十二首其六	百草死冬月，六龍頹西荒	同上
868萬憤詞投魏郎中	何六龍之浩蕩，遷白日於秦西	同上
267上皇西巡南京歌十首其四	誰道君王行路難？六龍西幸萬人歡	同上，以喻天子之六轡。
88北風行	燭龍棲寒門，光耀猶旦開	漢代《淮南子》卷四〈墜形訓〉記載：「燭龍在雁門北，蔽於委羽之山，不見日。其神人面龍身而無足。高誘注：『龍銜燭以照太陰，蓋長千里，視為畫，瞑為夜，吹為冬，呼為夏。』」又「北方北極之山，曰寒門。高誘注：『積寒所在，故曰寒門。』」[38]

4 引用《廣博物志》

詩題	詩句	用典
557送楊山人歸嵩山	歲晚或相訪，青天騎白龍	《廣博物志》：「瞿武，後漢人也。七歲絕粒，服黃精紫芝，入峨眉山，天竺真人授以真訣，乘白龍而去。」[39]

38　（漢）劉安撰：《淮南子》（臺北市：臺灣中華書局，1968年），卷4，頁10。

39　（明）董斯張撰：《廣博物志》，收入《景印文淵閣四庫全書》980冊（臺北市：臺灣商務印書館，1983年），卷12，頁264。

5 引用《說苑》

詩題	詩句	用典
171枯魚過河泣	白龍改常服，偶被豫且制	劉向《說苑・正諫》：「昔白龍下清泠之淵，化為魚。漁者豫且射中其目。」[40]
378流夜郎半道承恩放還兼欣尅復之美書懷示息秀才	黃口為人羅，白龍乃魚服	同上

6 引用《列仙傳》

詩題	詩句	用典
214元丹丘歌	身騎飛龍耳生風，橫河跨海與天通	與天通，《列仙傳・陶安公》：「陶安公者，六安鑄冶師也。數行火，火一旦散，上行紫色衝天，安公伏冶下求哀須臾。朱雀止曰：『安公，安公，治與天通。七月七日，迎汝以赤龍。』至期，赤龍到，大雨，而安公騎之東南上一城邑，數萬人眾共送視之。」[41]
407登敬亭山南望懷古贈竇主簿	白龍降陵陽，黃鶴呼子安	《列仙傳》曰：「陵陽子明者，銍鄉人。好釣魚，於旋溪釣得白龍。子明懼，解鉤拜而放之。後得白魚，腹中有書，教子明服食之法。子明遂上黃山採五石脂，沸水而服

---

40 （漢）劉向撰：《說苑》，收錄於《四部備要》明刻本史部22（臺北市：臺灣中華書局，1982年），頁1490。

41 （漢）劉向：《列仙傳》，收入《神仙傳列仙傳疑仙傳》（臺北市：廣文書局，1989年），卷下，頁9。

詩題	詩句	用典
		之。三年，龍來迎去，止陵陽山上百餘年。山去地千餘丈，大呼山下人，令上山半，所言：『溪中子安當來，問子明釣車在否？』後二十餘年，子安死，人取葬石山中，有黃鶴來棲其塚邊樹上，鳴呼子安。」[42]
467留別曹南群官之江南	我昔釣白龍，放龍溪水傍	同上
395自梁園至敬亭山見會公談陵陽山水兼期同游因有此贈	天開白龍潭，月映清秋水	同上
695早望海霞邊	舉手何所待？青龍白虎車	《神仙傳》記載：「沈羲者，吳郡人也。學道於蜀中，但能消災治病，救濟百姓而不知服食藥物，功德感於天，天神識之。羲與妻賈氏共載詣子婦，卓孔寧家道，次逢白鹿車一乘，青龍車一乘，白虎車一乘，從數十騎，皆是朱衣，仗節方飾帶劍，輝赫滿道。羲曰：『君見沈道士乎？』羲愕然。曰：『不知何人耶？』又曰沈羲。答曰：『是某也，何為問之。』騎吏曰：『羲有功於民，心不忘道，從少已來，履行無過，壽命不長，算祿將盡，黃老愍之，今遣仙宮來下迎之。』……遂載羲昇天。」[43]

---

42 王叔岷撰：《列仙傳校箋》（臺北市：中研院文哲所，1995年），頁158。

43 （晉）葛洪：《神仙傳》，收入《景印文淵閣四庫全書》1059冊（臺北市：臺灣商務印館，1983年），卷3，頁266。

詩題	詩句	用典
18古風五十九首其十八	借予一白鹿，自挾兩青龍	《列仙傳》卷下：「呼子先者，漢中關下卜師也。老壽百餘歲。臨去，呼酒家老嫗曰：『急裝，當與嫗共應中陵王。』夜有仙人持二茅狗來。至呼子先，子先持一與酒家，嫗得而騎之，乃龍也。上華陰山，常於山下大呼言：『子先、酒家母在此』。」[44]
213西岳雲臺歌送丹丘子	玉漿倘惠故人飲，騎二茅龍上天飛	同上

7 引用《山海經》

詩題	詩句	用典
88北風行	燭龍棲寒門，光耀猶旦開	《山海經·大荒北經》：「西北海之外，赤水之北，有章尾山，有神，人面蛇身而赤，直目正乘，其瞑乃晦，其視乃明，不食不寢不息，風雨是謁。是燭九陰，是謂燭龍。」[45]

8 引用《雲笈七籤》

詩題	詩句	用典
214元丹丘歌	身騎飛龍耳生風	《雲笈七籤》卷六〈三洞品格〉

---

44 （漢）劉向：《列仙傳》，收入《景印文淵閣四庫全書》1058冊（臺北市：臺灣商務印館，1983年），卷下，頁504。

45 （晉）郭璞注，（清）郝懿行箋疏：《山海經箋疏》第17（臺北市：臺灣中華書局，1969年2月臺2版），頁7。

詩題	詩句	用典
	，橫河跨海與天通	云：「太上紫微宮中金格玉書靈寶真文篇目有十部妙經。……昔黃帝登峨嵋山詣天皇真人，請受此法，駕龍玄昇……自唐堯之後，得上文者乃七千人，此飛龍玄昇或論化潛引，不可具記。」 46

9 引用《論衡》

詩題	詩句	用典
339贈別從甥高五	雲龍若相從，明主會見收	王充《論衡‧龍虛篇》云：「龍興景雲起，龍與雲相招」47

10 引用《法言》

詩題	詩句	用典
63梁甫吟	我欲攀龍見明主，雷公砰訇震天鼓	揚雄《法言‧淵騫》篇：「攀龍鱗，附鳳翼，巽以揚之，勃勃乎其不可及也。」48

上述引用「子部」之語最多是出自《淮南子》與《列仙傳》二書，除了採「明用」、「正用」、「化用」之外，並無接引用成辭，如〈枯魚過河泣〉：「白龍改常服，偶被豫且制」正用劉向《說苑‧正諫》：「昔白龍下清泠之淵，化為魚。漁者豫且射中其目。」、〈北風行〉：「燭龍棲

46　（宋）張君房編：〈三洞品格〉，《雲笈七籤》，收入《景印文淵閣四庫全書》第1060冊（臺北市：臺灣商務印書館，1986年），卷6，頁52-53。

47　（漢）王充：《論衡》（上海市：上海古籍出版社，1990年），頁64。

48　（漢）揚雄撰：《揚子法言》，收入《景印文淵閣四庫全書》696冊（臺北市：臺灣商務印書館，1983年），卷8，頁334-335。

寒門，光耀猶旦開」正用《淮南子》中「龍銜燭以照太陰」，以及
〈古風五十九首其十八〉：「借予一白鹿，自挾兩青龍」正用《列仙
傳・呼子先傳》中仙人騎二茅龍迎其升天故事，上述三首皆直取其原
義；而〈流夜郎半道承恩放還兼欣剋復之美書懷示息秀才〉：「黃口為
人羅，白龍乃魚服」化用其意，將故事內涵與自己立意融為一體，深
化寓意。〈早秋贈裴十七仲堪〉：「光景不可迴，六龍轉天車」正用
《淮南子》六龍御日之事，然而在〈萬憤詞投魏郎中〉：「何六龍之浩
蕩，遷白日於秦西」與〈上皇西巡南京歌十首其四〉：「誰道君王行路
難，六龍西幸萬人歡」二首詩均化用《淮南子》六龍御日之事，但此
中「六龍」引申為天子之六轡，另翻新意。最特別是採以「反用」
（亦稱「翻用」，反其意而用之，「翻」出另一番情景）方式，反其意
用之，如〈日出入行〉：「歷天又復入西海，六龍所舍安在哉」反用
《莊子・田子方》：「日出東方而入於西極」，甚至融二典為一句，將
原本二個典故句子，加以組合，融成全新句子，如〈贈僧行融〉：「海
若不隱珠，驪龍吐明月」，將《莊子・秋水》中「海若」與《莊子・
列禦寇》中「千金之珠，必在九重之淵，而驪龍頷下」巧妙融合二典
故之意。李白在引用「子部」書籍中，最特殊是採以「借用」方式，
只用古人、古書中之言辭，但不用其本意，如〈留別曹南群官之江
南〉：「我昔釣白龍，放龍溪水傍」借用《列仙傳》中陵陽子明釣白龍
又放之，其後龍來迎去故事，表達企慕得道成仙之思。此外，李白引
用「子部」書籍中，喜以「化用」與「暗用」（即引用詞語不指明出
處，或暗用故事，有如羚羊掛角，無跡可求，乍看不覺，必須深切體
會，始知其意）方式，如〈元丹丘歌〉：「身騎飛龍耳生風，橫河跨海
與天通」二句「化用」《列仙傳・陶安公》中陶安公騎赤龍升天故
事；〈早望海霞邊〉中「舉手何所待，青龍白虎車」二句「暗用」《神
仙傳》記載青龍車、白虎車載沈羲昇天故事，暗用古事自言期待青龍
白虎車迎接自己升天，企慕得道成仙，足見道教思想深厚。

（四）引用「集部」

1 引用《楚辭》

詩題	詩句	用典
167短歌行	吾欲攬六龍，迴車挂扶桑	劉向《九歎·遠遊》:「維六龍於扶桑」[49]
335訪道安陵遇蓋寰為余造真籙臨別留贈	三災蕩琁璣，蛟龍翼微躬	《楚辭·九歎·遠游》曰:「譬彼蛟龍，乘浮雲兮。泛淫頹溶，紛若霧兮。潏緩繆輵，雷動電發，馺高舉兮。升虛凌冥，沛濁浮清，入帝宮兮。搖翹奮羽，馳風騁雨，游無窮兮。」[50]
444自漢陽病酒歸，寄王明府	今年勅放巫山陽，蛟龍筆翰生輝光	同上
513魯郡堯祠送竇明府薄華還西京	深沉百丈洞海底，那知不有蛟龍蟠	同上

2 引用前人詩文

詩題	詩句	用典
379贈張相鎬二首其一	六龍遷白日，四海暗胡塵	漢代劉歆〈遂初賦〉:「摠六龍於駟房兮，奉華蓋於帝側。」[51]

---

49 （宋）洪興祖撰:《楚辭補註》，收入《景印文淵閣四庫全書》1062冊（臺北市：臺灣商務印書館，1983年），卷16，頁287。

50 （宋）洪興祖撰:《楚辭補註》（臺北市：藝文印書館，1981年3月6版），頁515-516。

51 （漢）劉歆:〈遂初賦〉，收入（宋）章樵註:《古文苑》，收入《景印文淵閣四庫全書》1332冊（臺北市：臺灣商務印書館，1983年），卷5，頁609。

詩題	詩句	用典
267上皇西巡南京歌十首其四	誰道君王行路難？六龍西幸萬人歡	同上
636遊泰山六首其一	六龍過萬壑，澗谷隨縈迴	同上
391贈宣城宇文太守兼呈崔侍御	昔攀六龍飛，今作百鍊鉛	同上
150宮中行樂詞八首其三	笛奏龍鳴水，簫吟鳳下空	《文選》卷十八馬融〈長笛賦〉：「近世雙笛從羌起，羌人伐竹未及已。龍鳴水中不見已，截竹吹之聲相似。」[52]
779慈姥竹	龍吟曾未聽，鳳曲吹應好	同上
207襄陽歌	車旁側掛一壺酒，鳳笙龍管行相催	同上
767陪宋中丞武昌夜飲懷古	龍笛吟寒水，天河落曉霜	同上
615酬王補闕惠翼莊廟宋丞泚贈別	鸞翮我先鎩，龍性君莫馴	《文選》卷二一顏延年〈五君詠〉之二〈嵇中散〉：「鸞翮有時鎩，龍性誰能馴。」[53]
47古風五十九首其四十七	宛轉龍火飛，零落早相失	《文選》卷三五張協〈七命〉八首其二：「若乃龍火西頹，暄氣初秋。」[54]

---

52 （梁）蕭統編，（唐）李善註：《文選註》，收入《景印文淵閣四庫全書》1329冊（臺北市：臺灣商務印書館，1983年），卷18，頁311。

53 （梁）蕭統編，（唐）李善註：《文選註》，收入《景印文淵閣四庫全書》1329冊（臺北市：臺灣商務印書館，1986年），卷21，頁374。

54 （梁）蕭統編，（唐）李善註：《文選註》，收入《景印文淵閣四庫全書》1329冊（臺北市：臺灣商務印書館，1986年），卷35，頁609。

詩題	詩句	用典
313贈崔侍御	點額不成龍,歸來伴凡魚	《藝文類聚》卷九六:「符子曰:觀於龍門,有一魚,奮鱗鼓鬐而登乎龍門,而為龍。」[55]
170陌上桑	五馬如飛龍,青絲結金絡	〈陌上桑〉古辭:「使君從南來,五馬立踟躕。」、「青絲繫馬尾,黃金絡馬頭。」[56]
552送長沙陳太守二首其一	英主賜玉馬,本是天池龍	庾信〈春賦〉:「馬是天池之龍種。」[57]、唐太宗〈詠飲馬〉:「翻似天池裏,騰波龍種生。」[58]
211玉壺吟	朝天數換飛龍馬,敕賜珊瑚白玉鞭	《苕溪漁隱叢話·秀老》記載:「唐學士例借飛龍廄馬。」[59]
626答杜秀才五松見贈	勅賜飛龍二天馬,黃金絡頭白玉鞍	同上
310駕去溫泉宮後贈楊山人	幸陪鸞輦出鴻都,身騎飛龍天馬駒	同上
388醉後贈王歷陽	筆蹤起龍虎,舞袖拂雲霄	梁武帝蕭衍《古今書人優劣評》:「王羲之書,字勢雄逸,如龍跳天

55　（唐）歐陽詢等奉敕撰:《藝文類聚》,收入《景印文淵閣四庫全書》888冊（臺北市:臺灣商務印書館,1986年）,卷96,頁923。

56　（宋）郭茂倩編撰:《樂府詩集》第1冊（臺北市:里仁書局,1999年1月10日初版2刷）,卷28,頁411。

57　（唐）歐陽詢等奉敕撰:《藝文類聚》,收入《景印文淵閣四庫全書》887冊（臺北市:臺灣商務印書館,1986年）,卷3,頁183。

58　（清）康熙四十二年御定:《御定全書詩》,收入《景印文淵閣四庫全書》1423冊（臺北市:臺灣商務印書館,1986年）,卷1,頁118。

59　（宋）胡仔:《苕溪漁隱叢話》前集,收入《景印文淵閣四庫全書》1480冊（臺北市:臺灣商務印書館,1986年）,卷57,頁362。

詩題	詩句	用典
		門,虎臥鳳闕,故歷代寶之,永以為訓。」[60]
1古風五十九首其一	龍虎相啖食,兵戈逮狂秦	漢代班固〈答賓戲〉:「曩者王塗蕪穢,周失其馭,侯伯方軌,戰國橫騖。於是七雄虓闞,分裂諸夏,龍戰虎爭。」[61]
426憶舊遊,寄譙郡元參軍	浮舟弄水簫鼓鳴,微波龍鱗莎草綠	潘岳〈金谷集作〉詩:「濫泉龍鱗瀾,激波連珠揮。」[62]
980自溧水道哭王炎三首其一	天上墜玉棺,泉中掩龍章	《文選》卷四三趙景真〈與嵇茂齊書〉:「表龍章於裸壤。」[63]
954代美人愁鏡二首其二	美人贈此盤龍之寶鏡,燭我金鏤之羅衣	蕭子顯〈日出東南隅行〉:「明鏡盤龍刻,簪羽鳳凰雕。」[64]

上述李白引用「集部」詩文,全是採「化用」或「借用」方式,可見其對前人的名言佳句、優美詩文,並非直接去抄襲,而是吸納優點,加以融鑄後,呈展出自己獨特的語言風格,並使用「抽換文字」、「增減文字」、「截取詞句」、「移轉詞序」(即對前人的詞句,倒置其詞序,或倒置詞序後又增減其字)等手法,如〈宮中行樂詞八首其

60 詹鍈主編:《李白全集校注彙釋集評》第4冊(天津市:百花文藝出版社,1993年),頁1746。

61 (梁)蕭統撰:《文選註》,收入《景印文淵閣四庫全書》1329冊(臺北市:臺灣商務印書館,1986年),卷45,頁785。

62 (梁)蕭統撰:《文選註》,收入《景印文淵閣四庫全書》1329冊(臺北市:臺灣商務印書館,1986年),卷20,頁361。

63 (梁)蕭統撰:《文選註》,收入《景印文淵閣四庫全書》1329冊(臺北市:臺灣商務印書館,1986年),卷43,頁751。

64 (宋)郭茂倩編撰:《樂府詩集》第1冊(臺北市:里仁書局,1999年1月10日初版2刷),卷28,頁421。

三〉：「笛奏龍鳴水，簫吟鳳下空」中「化用」馬融〈長笛賦〉：「近世雙笛從羌起，羌人伐竹未及已。龍鳴水中不見已，截竹吹之聲相似。」精鍊出「笛奏龍鳴水」之詩句；〈酬王補闕惠翼莊廟宋丞泚贈別〉一詩引用顏延年〈五君詠〉之二〈嵇中散〉：「鸞翮有時鎩，龍性誰能馴」抽換文字為「鸞翮我先鎩，龍性君莫馴」；甚至在〈短歌行〉中「借用」劉向《九歎‧遠遊》：「維六龍於扶桑」中之「六龍」、「扶桑」一詞，但不用其本意，寫出「吾欲攬六龍，迴車挂扶桑」自我意識極高之語，讓辭彙入詩豐富多變；在〈贈崔侍御〉一詩「借用」《藝文類聚》：「符子曰：觀於龍門，有一魚，奮鱗鼓鬐而登乎龍門，而為龍。」中魚躍龍門典故，但不用其本意，寫出「點額不成龍，歸來伴凡魚」絕妙之語，流露懷才不遇之情。

　　從上述李白出現「龍」字詞彙的詩句中引用經、史、子、集各部典故列表中，引用經部約17首、史部約34首、子部約25首、集部約25首，共101首，約占其李白詩歌龍意象60.1%。李白詩歌龍意象用典包羅萬象，有神仙、神話傳說人物，如陵陽子明釣白龍、龍伯巨人釣鰲、瞿武乘白龍升天、陶安公騎赤龍升天、青龍白虎車迎沈羲升天等；有歷史人物、人間帝王，如黃帝騎龍升天、周穆王、秦始皇、漢武帝求仙，尋長生不死藥等；有天象地理建築類，如魚躍龍門、興慶宮龍池等；有器物類，如張華兩龍劍。綜觀典故列表可見李白詩歌龍意象引用最多雖為史部，但史部中《史記》7首引用黃帝騎龍升天之事，加上子部均為神仙、神話傳說，共約32首之多，可見「龍」意象詩歌與「神仙、神話傳說」、「道教」結下不解之緣，如「黃帝騎龍升天」、「六龍御日」、「周穆、秦皇、漢武求仙」、「白龍載子明上陵陽山成仙」等典故。

　　在《史記‧封禪書》記載黃帝形象是騎龍升天得道的仙人，然而

在神話中記述黃帝的功業，能呼風喚雨，具有無比神威，如《山海經・大荒北經》云：「蚩尤作兵伐黃帝，黃帝使應龍攻之冀州之野。應龍蓄水，蚩尤請風師、雨師，縱大風雨。黃帝乃下天女曰魃，雨止，遂殺蚩尤。」[65]《魚龍河圖》曰：「黃帝攝政，有蚩尤兄弟八十一人，並獸身人語，銅頭鐵額，食沙石子。造立兵仗刀戟大弩，威震天下，誅殺無道，不仁不慈。萬民欲令黃帝行天子事，黃帝以仁義不能禁止蚩尤，乃仰天而歎。天遣玄女下授黃帝兵信神符，制伏蚩尤，帝因使之主兵，以制八方。」[66]在《淮南子・天文訓》云：「中央土地，其帝黃帝，其佐后土，執繩而制四方。」[67]記載黃帝是掌管中央土地的大神。又《淮南子・說林訓》曰：「黃帝生陰陽，上駢生耳目，桑木生臂手，此女媧所以七十化也。」高誘注：「黃帝，古之天神也。始造人之時，化生陰陽。」[68]說明黃帝是化生萬物的天神。然而正史中的黃帝，淡化了神性，更合於傳統聖王的形象，如《史記・五帝本紀》記載：「軒轅之時，神農氏衰，諸侯相侵伐，暴虐百姓，而神農氏弗能征。於是軒轅乃習用干戈，以征不享，諸侯咸來賓從，而蚩尤最為暴，莫能伐。炎帝欲侵陵諸侯，諸侯咸歸軒轅。軒轅乃修德振兵，治五氣，蓺五種，撫萬民，度四方，教熊羆貔貅貙虎，以與炎帝戰於阪泉之野，三戰然後得其志。蚩尤作戰，不用帝命，於是黃帝乃徵師諸侯，與蚩尤戰於涿鹿之野，遂禽殺蚩尤。而諸侯咸尊軒轅為天

---

65 袁珂：《山海經校注》（臺北市：里仁書局，1982年8月），頁430。

66 《史記・五帝本紀》正義引《龍魚河圖》說法，見（漢）司馬遷撰，楊家駱主編：《新校本史記三家注并附編二種一》（臺北市：鼎文書局，1997年10月10版），頁4。

67 張雙棣：《淮南子校釋》（北京市：北京大學出版社，1997年8月1版1刷），卷3，頁263。

68 張雙棣：《淮南子校釋》（北京市：北京大學出版社，1997年8月1版1刷），卷17，頁1747、1751。

子，代神農氏，是為黃帝。」[69]而〈飛龍引〉二首即是歌頌黃帝騎龍升天的情景，黃帝本是神話性多過歷史性人物，人間功業完成後，追求仙境，正符合李白心中「功成身退」完美典範，然而人間帝王多如周穆王、秦始皇、漢武帝，甚至玄宗皇帝，只求得權勢榮華的延續，已不再有黃帝那樣完美人間帝王，故於〈答長安崔少府叔封遊終南翠微寺太宗皇帝金沙泉見寄〉：「鼎湖夢淥水，龍駕空茫然」、〈登高丘而望遠海〉：「窮兵黷武今如此，鼎湖飛龍安可乘」化用典故對人間帝王求仙抱持反對態度並加以諷喻。

　　總結李白詩歌龍意象用典的特色有：喜作翻案之語，多用對照方式形成強烈對比，詞彙入詩豐富多變，自然貼切無斧鑿之跡，善於融化典故來做比喻，以典抒情，賦予新意。正如徐復觀所言：「一個典故的自身，即是一個小小的完整世界；詩詞中的典故，乃是在少數幾個的字後面，隱藏了一個小小的世界，其象徵作用之大，製造氣氛之容易與豐富，是不難想見的。」[70]從上述各列表可見，李白運用典故廣博，含括經史子集各部經典，且少平鋪直敘、沿襲照搬，以其敏銳、洞悉時局的觀察力，加上藉由「龍」生發聯想、幻覺思維，濃縮化用文字，展現用材背後深藏意蘊，每個典故背後均有其深意與情蘊。

三　奇特的想像與大膽的誇張

　　李白生平、思想及其創作，可以「奇」字言之，前人評論李白，無論抑揚，均好用「奇」字，如白居易〈與元九書〉云：「詩之豪

69　（漢）司馬遷著，楊家駱主編：《新校本史記三家注并附編二種》（臺北市：鼎文書局，1993年2月7版），卷1，頁3。

70　徐復觀：《中國文學論集》（臺北市：臺灣學生書局，1980年10月4版），頁128。

者，世稱李、杜。李之作，才矣奇矣，人不逮矣。」[71]、錢珝〈江行無題一百首其八十五〉曰：「筆端降太白，才大語終奇。」[72]其詩歌中的「奇」主要在於善用豐富奇詭的想像，並將想像與比喻、誇張、擬人手法相結合，將現實與理想、人間與幻境、自然與人事，巧妙熔鑄創造出神奇瑰麗的奇幻境界。李白沈浸在自己的內心世界中，有著強烈的主觀色彩，展現浪漫主義精神，正如英國浪漫主義詩人華茲華斯（William Wordsworth，1770-1850）說：「詩人比一般人具有更敏銳的感受性，具有更多的熱忱和溫情，他更了解人的本性，而且有著更開闊的靈魂；他喜歡自己的熱情和意志，內在活力使他比別人快樂得多。」[73]波德賴爾也說：「浪漫主義既不是選擇題材，也不是準確的真實，而是感受的方式。」[74]李白以奇特的想像和大膽的誇張表現其主觀心靈，打破常理與形式規範，強調表現內心真實情感，以及藝術形式的創新。

李白詩歌龍意象具有一種飛騰升天之動感，大量運用誇飾手法，想像飛躍，虛實相間，筆勢大開大合，氣勢雄渾，張揚超凡雄偉的個性氣質。其誇大特質並非矯情虛飾，而是一種自我自在呈現，正如《文心雕龍‧誇飾》所言：「誇而有節，飾而不誣」[75]以奇特想像展現

---

71 （唐）白居易著，朱金城箋校：《白居易集箋校》（上海市：上海古籍出版社，1988年），頁2791。

72 （清）康熙四十二年御定：《御定全書詩》，收入《景印文淵閣四庫全書》1430冊（臺北市：臺灣商務印書館，1986年），卷712，頁194。

73 （英）華茲華斯（William Wordsworth，1770-1850）：《〈抒情歌謠集〉第二版序言》，見曹葆華譯，劉若端編：《十九世紀英國詩人論詩》（北京市：人民文學出版社，1984年），頁13。

74 中國社會科學院外國文學研究所外國文學研究資料叢刊編輯委員會編：《歐美古典作家論現實主義和浪漫主義》（二）（北京市：中國社會科學出版社，1981年），頁184。

75 （梁）劉勰：《文心雕龍注》（臺北市：臺灣開明書店，1993年5月臺17版），卷8，頁6。

語出驚人的效果。而楊思寰在《審美心理學》一書中曰：「由於審美想像的自由創造，可以突破現實時空的限制，使表象自由聯結、組合，開闢了審美的無限可能性。它包含著無意趣，非理性因素，創造出現實中不可能存在的怪異、變態、虛幻的意象，有的確是超驗的，這雖不符合理性要求，卻無礙於審美。」[76]藉由龍意象遙體人情，懸想事勢，設身局中，形象生動又鞭辟入裡展現人情世態，經過想像虛構與誇飾，達到完整展現歷史面貌與自身形象，以及抒發內心真實情感。

　　李白詩歌龍意象具體運用誇張的修辭方式多彩多姿，主要有三種語言藝術誇張類型：一是「對比性誇張」[77]，如〈梁甫吟〉：「我欲攀龍見明主，雷公砰訇震天鼓」，攀龍升天本可見到明主，但卻遭雷公阻擋，將自己的形象融入神話傳說的境界，以「雷公砰訇」反映出當時皇帝昏庸，權奸當道，政治黑暗腐敗，與本欲報國攀龍見「明主」，與現實中昏庸君主、奸佞當道呈現強烈對比，雖關心國事，卻報國無門的社會現實。〈遠別離〉：「君失臣兮龍為魚，權歸臣兮鼠變虎」道出對君王的擔憂，皇帝大權旁落，如同「龍」變為「魚」，任人宰割，以「龍－魚」，「鼠－虎」呈現強烈對比，使用對比方式，將被誇張物的形貌、狀態、情事以反襯手法，加深詩人詠嘆的藝術效果，變抽象為具體，將情感推至高潮。〈贈宣城宇文太守兼呈崔侍御〉：「昔攀六龍飛，今作百鍊鉛」詩中以「今昔」對比，以攀六龍，言承玄宗之寵，而今成了「百鍊鉛」不能剛，道出昔達今窮之境況。

76 楊思寰：《審美心理學》（臺北市：五南圖書出版公司，1993年），頁86。

77 「對比性誇張的基本形式是先說一個公認的普世的具有最高程度的參照物，再說被誇物的程度尤甚於此。這種藝術手法，可以變抽象為具體，使被誇物之性狀、特徵和程度等形象可感，使得誇張所必具的超乎尋常的審美質感得以凸現出來。」見黃曉林、張惠：〈李白詩歌語言藝術的誇張特色〉，《綿陽師範學院學報》第29卷第3期（2010年3月），頁11。

〈酬王補闕惠翼莊廟宋丞泚贈別〉:「鸞翮我先鎩,龍性君莫馴」二句以「鸞翮」自指雖學道有如鸞翮,徒有文彩,鋒芒已遭摧殘,而王姓、宋姓二公仙隱有如「龍性」,或沈潛或顯現,無人能馴,「我先鎩」、「君莫馴」對比去強化「龍性」變化高深莫測,能隱能顯,非俗世所能羈絆。

　　二是「動態化誇張」[78],如〈夢遊天姥吟留別〉借寫夢遊天姥山,引出一個虎嘯鸞鳴、仙人紛至的神奇境界,「熊咆龍吟殷岩泉,栗深林兮驚層巔」以岩泉之中充滿熊咆叫聲、龍吟吼聲,以「殷」、「驚」字道出驚怖之情景。〈古風五十九首其一〉:「龍虎相啖食,兵戈逮狂秦」二句形容戰國時期天下大亂,七國諸侯如龍虎相拚,用「啖食」形象生動描寫諸侯爭戰激烈,以及〈登金陵冶城西北謝安墩〉:「沙塵何茫茫,龍虎鬭朝昏」二句言戰爭飛起的沙塵彌漫天際,以「龍虎」喻群雄,從早至晚相鬥不停,「鬭」字活化兩強兩硬的群雄如龍似虎爭戰。而〈猛虎行〉:「巨鼇未斬海水動,魚龍奔走安得寧」二句用「巨鼇」比喻叛軍勢騰氣飛,以「魚龍奔走」形象生動描繪出唐朝老百姓與皇帝到處奔逃避亂,魚龍本在水中自由游移,卻用路行「奔走」二字道出百姓皇帝逃難情景,深痛無奈哀嘆之情流露無遺。〈猛虎行〉:「有策不敢犯龍鱗,竄身南國避胡塵」二句以皇帝是龍的化身,有逆鱗,不能輕易冒犯,以「犯」字形象生動道出對皇帝懼怕,已雖有安邦良策,但不敢獻給皇帝。〈短歌行〉:「吾欲攬六龍,迴車挂扶桑。北斗酌美酒,勸龍各一觴」四句寫出李白欲攬住駕

78　「動詞除了傳遞自然意象的客觀動態外,還承載著表達創作主體心理感受的表情功
　　能。因此,通過對動詞所表達的動態進行誇張性修飾,就會取得一種特別的效果,
　　這就是動態化誇張。」見黃曉林、張惠:〈李白詩歌語言藝術的誇張特色〉,《綿陽
　　師範學院學報》第29卷第3期(2010年3月),頁11。

日車的六龍，使其轉車東回掛於扶桑神樹上，用北斗酌酒，勸六龍各飲一杯，使其沈睡而無法駕日車運行，明知時光一逝不復返，卻借助大膽想像，在幻想中誇大其辭以「攬」字鮮活自己強烈征服的願望。〈留別曹南群官之江南〉：「我昔釣白龍，放龍溪水傍」二句寫李白以幻想方式結合陵陽子明典故，說明自己過去想像子明一樣釣得白龍，又將白龍放入溪水中，白龍是仙物，能遇之並以「釣」、「放」二字生動道出自己本想修道有成離世而去。〈贈僧行融〉：「海若不隱珠，驪龍吐明月」二句化用《莊子‧列禦寇》典故，讚美行融像海神不隱珍珠，而「吐」字活躍出吐珠形象，甚至又將「珠」比喻成明月，此語既是動態化誇張亦是比擬式誇張，以彰顯行融才學與胸襟開曠。可見「動詞」是詩歌中特殊的意象，除了傳遞意象的客觀動態外，亦承載創作主體的心理感受，透過對動詞所表達的動態進行誇張性修飾，得到一種特別效果，表達上雖有言過其實，但卻營造一種心理審美張力。

　　三是「比擬式誇張」[79]，如〈蜀道難〉寫蜀道不僅寫了神話傳說，想像奇特，「上有六龍回日之高標，下有衝波逆折之回川」二句將上有突兀高聳，直插雲霄的山勢，以「六龍回日」比擬太陽被山勢阻擋；下有深不可測，衝波激浪，曲折回旋，以「衝波逆折」比擬駭人的氣勢，兩句融誇張和神話為一體，道出山高川險，突顯蜀道難險難行。在〈九日龍山飲〉詩云：「九日龍山飲，黃花笑逐臣」將黃花比擬為人，十分生動寫龍山宴飲時菊花盛開的美麗容顏，「笑逐臣」嘲笑我遭朝廷被貶謫流放的人。〈對雪奉餞任城六父秩滿歸京〉：「龍

---

79 「比擬的本質是將本體表達得更加形象生動，誇張則是被誇物的程度要有所偏離。比擬與誇張結合，就可以使誇張被形象生動的具體物象表現出來。」見黃曉林、張惠：〈李白詩歌語言藝術的誇張特色〉，《綿陽師範學院學報》第29卷第3期（2010年3月），頁11。

虎謝鞭策，鸑鷟不司晨」二句言鞭策用以御牛馬，對於龍虎使不上力，因龍虎不受制於人，故鞭策無用，以「龍虎」喻君子賢人之狷介孤高且自珍自重，其不受羈絆非勢利所能利誘掌控，更非凡物所比。〈上皇西巡南京歌十首其四〉：「誰道君王行路難？六龍西幸萬人歡」詩中以「六龍」比擬成唐玄宗的車駕，玄宗倉皇奔蜀，慌不擇路，甚至食物都不能為繼，次馬嵬驛發生兵變，乃狼狽沈痛之奔蜀，以「六龍西幸」一語帶過，但李白憑著想像玄宗入蜀，充滿榮幸感外，「萬人歡」一語將安全感傳達給玄宗。由上可見李白發揮比擬的特質將本體表述更加形象生動，比喻式誇張與其離奇想像力結合，不僅生動、形象地描繪當時情況，同時也展現自己獨特的個性，狂傲不羈、熱烈奔放情感。

可見李白在誇飾的使用中神思飛逸，變不可能為可能，雖是怪異、變態、超驗、不合理的想像，但卻在奇特中營造出浪漫情調，將現實事物、神話傳說、歷史典故、自然景觀、夢中境界等展開藝術想像，如龍躍天，突破時間與空間的限制，任意翱翔。

第二節　李白詩歌龍意象對前代詞彙的沿用、消逝與新創

「龍」字的意象從「生物圖騰」這一物象延伸到各種器物皆刻畫其形貌，甚至帝王君權的象徵、祥瑞的抽象概念，最早以具象為中心拓展至抽象。在每一個延伸詞彙語意皆與具象基本意象保持聯繫。在先秦時代的詩歌中，龍字是最簡單的基本義與簡單意象，具體刻畫其生物形貌，如「有龍于飛，周徧天下」、「龍返其鄉，得其處所」、「龍欲上天，五蛇為輔」、「龍已升雲，四蛇各入其宇」、「龍尾伏辰」等，但之後兩漢、魏晉南北朝、初唐作家大量出現龍字詞彙，無論沿用舊

詞或開始創造新詞，龍字詞彙逐漸朝向其性質開拓出新的語意，並與其他語詞搭配後成為可以表現高昂奮進精神，如「龍馬」、「龍驤」等詞彙。由於歷代詩歌中龍字詞彙為數眾多，如不加以分類，難以看其承轉的線索，因此，筆者將李白之前所有詩歌中龍字相關詞彙作一概要分類，如下表8-1，將李白沿用前代的詞彙、前代已有的龍字相關詞彙而李白詩中不再出現與創新的龍字相關詞彙分別羅列出來，再就分類中較具特色者略加論述：

表8-1　李白詩歌龍意象對前代詞彙的沿用、消逝與新創

詞彙／承轉類別	李白沿用前代詩歌（先秦～盛唐）中龍字相關詞彙	前代已有的龍字相關詞彙而李白詩中不再出現	李白詩歌中新創的龍字相關詞彙
1.「動詞＋龍」類	飛龍8次，攀龍8次，登龍2次，乘龍、成龍、盤龍、雕龍各1次	交龍、扳龍、蜚龍、斬龍、鑿龍、戰龍、蟠龍、潛龍、鬥龍、濯龍、騰龍、駕龍、馭龍	騎龍2次，勸龍、放龍、驚龍各1次
2.「龍＋動詞」類	龍吟3次，龍盤、龍蟠、龍鳴各2次，龍飛、龍騎、龍行、龍駕	龍逝、龍威、龍匿、龍蟄、龍蹲、龍躍、龍遊、龍潛、龍伏、龍鬥、龍馳、龍騰、龍至、龍飆、龍銜	龍虎盤2次，龍開、龍驚、龍去、龍藏、蛟龍蟠、龍縈盤各1次
3.顏色專名類	白龍6次，青龍5次，黃龍	蒼龍、赤龍、銅龍、倉龍、玄龍、琥珀龍、黑龍、斑龍	無
4.「數量詞＋龍」類	六龍10次，二龍4次，兩龍2次，雙龍1次	八龍、五龍、七龍、十龍、群龍	三龍1次
5.專有名詞類	蛟龍6次，龍子、虯龍各1次	應龍、螭龍、巨龍、龍媒、鳥龍、火龍、老龍、真龍	二茅龍、天池龍各1次

詞彙 承轉 類別	李白沿用前代詩歌（先秦～盛唐）中龍字相關詞彙	前代已有的龍字相關詞彙而李白詩中不再出現	李白詩歌中新創的龍字相關詞彙
6.「龍＋動物合稱」類	龍虎9次，龍馬、龍駒、龍蛇、龍驤各2次，龍鳳、龍龜、龍蠖各1次	龍魚、龍鶴、龍駟、龍鴝、龍蛟	龍鸞1次
7.「動物＋龍合稱」類	魚龍2次	龜龍、虵龍	無
8. 物品類	龍泉3次，龍虎旗、龍鬚席2次，龍劍、龍管、龍文、龍笛、龍章各1次	龍楯、龍扉、龍軒、龍鏡、龍轡、龍旌、龍旍、蛟龍錦、龍淵、龍旂、龍燭、龍文鼎、龍鑣、龍刀、龍首堞、龍梭、龍珠、交龍錦、龍圖、袞龍、泥龍、龍旆、龍杖、龍書、龍匣、龍袞、龍戟、龍柯、龍竹	龍笻
9. 交通工具類	龍舟1次	龍輿、龍車、水龍（戰船）、龍輔（天子喪車）、龍輻（龍車之意）、龍驂（皇帝車駕）	龍舸1次
10. 地理類	龍門5次，龍山、龍潭各3次，龍沙、龍池、蒼龍門、盧龍、龍標各1次	龍城、龍津、龍鄉、龍湖、龍溪、龍河、龍丘、龍穴、龍荒、龍川、龍州、龍堆、龍尾灣、龍漠	白龍潭、臥龍各1次
11. 建築類	銅龍樓、龍庭各1次	龍樓、龍闕、蒼龍闕、龍殿、龍宮、龍橋、蒼龍門、銅龍門、龍館、青龍門、龍骨渠、龍首渠、龍岫	龍堂1次

承轉類別 ＼ 詞彙	李白沿用前代詩歌（先秦～盛唐）中龍字相關詞彙	前代已有的龍字相關詞彙而李白詩中不再出現	李白詩歌中新創的龍字相關詞彙
12. 天象類	雲龍3次	龍星	龍火2次
13. 神明靈怪類	燭龍、驪龍各1次	神龍、龍精、龍王、龍仙、天龍、蒼龍精、龍女、龍聖、毒龍	龍虎精、龍伯國、龍怪各1次
14. 龍本身（六根）類	龍顏5次，龍鱗4次，龍性、龍鬚各1次	龍首、龍尾、龍頭、龍形、龍音、龍胎、龍口、龍翼、龍醢、龍勢、龍影、龍蹄、龍聲、龍髯、龍種	龍翼骨1次
15. 吉祥象徵類	無	龍光、龍輝、龍興、龍德、龍運、龍祉、龍雩	無
16. 人物類	夔龍5次，臥龍1次	攀龍客、龍鍾、龍額侯、龍陽	祖龍2次，龍顏君、董龍、龍標（指王昌齡）各1次
17. 釋道類	龍象	龍華會、龍藏	龍參
18. 兵法類	無	青龍陣、臥龍圖	龍韜策

　　從上列資料顯示，自先秦迄盛唐李白之前約235個龍字詞彙，約27%詞彙被李白繼承下來，而李白在這基礎上又擴充了約30個新詞彙，連同繼承前代的64個，共有約94個龍字詞彙。李白在前代詞彙基礎下，創新最多龍字詞分別為第1「龍＋動詞類」、第2「動詞＋龍類」、第16「人物類」此三大類，可見李白對龍的想像較前代活躍，並且增加許多想像空間、誇張性動詞修飾語，使龍意象更靈動。但第3「顏色專名類」、第7「動物＋龍合稱類」此二大類並無創新之詞，因為這些類別多是專名，只能展現博物見識，無法全面展現李白神思

的生命氣息。但較特殊是李白對於第15「吉祥象徵類」的龍字詞彙毫無繼承，亦無開拓，可見李白不再將龍視為至高無上，不再定於皇帝威權，將龍喻指對象擴及君子、賢臣、百姓，此為李白不同於以往詩人的思維創見。

以下就分類中較具特色者加以論述：李白詩歌龍意象寫得最特殊莫過於描述動態的龍形象，因此使用最多且創新最多是第1「動詞＋龍」類與第2「龍＋動詞」類。在第1「動詞＋龍」類，前人多關注在「攀龍」、「飛龍」、「乘龍」、「登龍」、「潛龍」、「駕龍」、「雕龍」、「馭龍」、「斬龍」、「鬥龍」、「戰龍」等詞彙，想要控制龍，甚至有騎龍升天之思想，或登龍門之政治抱負，故以積極性的動詞去控制龍這一物象，然而李白卻不使用「斬龍」、「鬥龍」、「戰龍」、「馭龍」等這些詞彙，卻新創「勸龍」、「放龍」、「驚龍」這些詞彙，以柔性動詞去對待龍這一物象，如〈短歌行〉：「北斗酌美酒，勸龍各一觴」希望時間停止，用北斗酌酒，勸六龍各飲一杯，使其沈睡而無法駕日車運行；〈留別曹南群官之江南〉：「我昔釣白龍，放龍溪水傍」企望修道有成，離世而去之仙道思維，甚至也害怕龍受驚嚇的情況發生，原因並非龍是軟弱，而是龍受驚後，恐怕造成人生命危殆，如〈送蔡山人〉：「採珠勿驚龍，大道可暗歸」詩中以「龍」喻指君王，告戒友人取富貴不宜觸君王之怒，得大道可退隱以全其身。較為殊奇是「騎龍」一詞，一般而言，駕馭龍皆用「乘龍」一詞，但李白卻以「騎」這個動詞來形容駕馭「龍」這一物象，直接將「龍」視為現實生活中的動物，輕而易舉乘騎之，如騎馬一般平凡，此時「龍」不再是遙不可及的奇幻神物，是能隨心所欲騎之，甚至心遊於仙界。

在第2「龍＋動詞」類中，為「龍」加上各種動詞，如「龍吟」、「龍鳴」、「龍盤」、「龍蟠」、「龍飛」、「龍藏」、「龍行」、「龍駕」、「龍

騎」等詞彙，附加上去的這些動詞多與龍行動有關，甚至描摩龍的聲音形貌狀態，然而較殊奇是李白新創「龍開」、「龍驚」、「龍去」這三個詞彙，除了〈早過漆林渡寄萬巨〉一詩以「龍開水中霧」一語強勢刻劃情景外，李白將歷來強勢的「龍」轉化為有柔弱一面，前人雖有描寫龍蟄伏潛沈一面，但頂多是用「龍匿」、「龍蟄」、「龍伏」、「龍潛」這些詞彙，但李白卻不用這些詞彙，新創「龍藏」一詞外，反而另有一番新思維，如〈紀南陵題五松山〉：「魚與龍同池，龍去魚不測」二句言魚龍雖生活在同一池中，龍總有離去之時，魚無法得知其去向，以魚喻凡人，龍喻聖賢，言聖凡不同，詩中的「去」字表面是離開，實則有高遷之意，同樣在〈夜泊黃山，聞殷十四吳吟〉一詩中「龍驚不敢水中臥，猿嘯時聞巖下」句中出現「龍驚」並非龍害怕，而是怕驚醒水中之龍，惹來殺身之禍，因此，李白在此類中運用委婉、柔性的動詞，然實則有另一層深度寓意，柔弱勝剛強，表面柔，實則更為非凡。

　　在第16「人物類」中，雖然歷來較少出現此詞彙，李白除了沿襲前代詩歌使用「夔龍」、「臥龍」詞彙外，亦有新創「祖龍」、「董龍」、「龍標」這些人名入詩，如〈永王東巡歌十一首其九〉：「祖龍浮海不成橋，漢武尋陽空射蛟」、〈答王十二寒夜獨酌有懷〉：「孔聖猶聞傷鳳麟，董龍更是何雞狗」、〈聞王昌齡左遷龍標，遙有此寄〉：「楊花落盡子規啼，聞道龍標過五溪」，除了「龍標」是盛唐時人王昌齡，其餘皆是前代君、臣。然而在第10「地理類」中，出現「臥龍」、「龍標」這兩個詞彙本是地名，然因人傑出，更顯地靈。此類中出現最多是「龍門」一詞，有5次之多，而在李白之前詩歌中出現38次位居第二高。

　　除了上述之外，筆者綜合考察李白詩歌中龍字詞彙結合第3「顏色詞」雖未有創新詞彙，但使用「白龍」竟達6次；第4「數量詞」新

創「三龍」這一詞彙,「三龍紛戰爭」以數字代替群雄數目,並且沿襲前代使用「六龍」竟達10次之高,此詞彙也是先秦到唐代李白之前詩歌中「龍」字詞彙出現次數最高者,高達46次,筆者歸納李白使用此詞彙共有四個意涵:一為感時傷逝,悲嘆光陰虛擲,如:〈早秋贈裴十七仲堪〉、〈日出入行〉、〈短歌行〉;另一為唐玄宗及天子車駕的代稱,如:〈上皇西巡南京歌十首其四〉、〈贈宣城宇文太守兼呈崔侍御〉、〈萬憤詞投魏郎中〉、〈擬古十二首其六〉、〈贈張相鎬二首其一〉;第三種為天上駕日之龍車,如:〈蜀道難〉。其中為唐玄宗及天子車駕的代稱有五首;感時傷逝,悲嘆光陰虛擲有三首;為天上駕日之龍車只有一首。由此可見「六龍」一詞,多有政治寓託之意,亦有感時傷逝,悲嘆功業未立之感;第5「專有名詞」部分,運用典故新創「二茅龍」、「天池龍」,沿襲前代使用「蛟龍」詞彙達6次;第6、7「與其他動物合稱」,除了新創「龍鸞」一詞,亦沿襲前代使用「龍虎」竟達9次,用以描寫群雄爭戰、表現非凡賢才、形容地勢險要;第8「物品類」詞彙相當多元,除了沿襲前代詩文「龍泉」、「龍劍」、「龍虎旗」、「龍鬚席」、「龍笛」、「龍章」詞彙外,新創「龍筇」一詞;第9「交通工具類」僅有「龍舟」、「龍舸」二詞;第11「建築類」新創「龍堂」一詞,如〈與南陵常贊府遊五松山〉:「龍堂若可憩,吾欲歸精修」中「龍堂」乃神話中河神所居之堂;第12「天象類」除了沿襲前代「雲龍」一詞外,新創「龍火」,如〈古風五十九首其四十七〉:「宛轉龍火飛,零落早相失」將桃花飄落與天象龍火飛相比附,多了一分天才浪漫與殊奇,更可見李白博通天文地理;第13「神明靈怪類」引用龍伯巨人典故新創「龍伯國」一詞;第14「龍本身(六根)類」中沿襲前代「龍顏」、「龍性」、「龍麟」意指君王;第18「兵法類」並無沿襲前代任何詞彙,但僅有一個新創「龍韜策」詞彙。最殊奇是「龍」字詞彙中的第17「釋道類」,李白詩中龍多與仙

道結合，然而在釋道類中卻僅出現佛教詞彙：「龍象」、「龍參」二詞，如〈贈宣州靈源寺沖濬公〉：「此中積龍象，獨許濬公殊」、〈春日歸山，寄孟浩然〉：「鳥聚疑聞法，龍參若護禪」二詩，可見龍與仙道關係，卻是與神話密切結合。由上可知，李白詩中「龍」字詞彙含蓋面向甚廣且多元，除了累積歷代豐富意涵與詩歌創作方式與自行開創新詞彙外，在前人詞彙的意象上，進行再發揮、再創新，流露出作者主觀積極的力量，表現永世不衰的政治熱情，甚至藉由「龍」靈動多姿形態樣貌塑造出詩人性格，在幻想中更加縱情恣肆抒發心中理想世界，為中國詩歌史、龍文化注入新的生命。

綜觀先秦到唐代所有詩歌，可以發現龍意象詞彙出現次數的逐漸增加，且與國力強盛、國家與邊境爭戰、龍與仙道神佛等有密切關係，從漢代龍意象詩歌出現比例為6.2%、曹魏龍意象詩歌出現比例為7.3%、晉代龍意象詩歌出現比例為7%、南朝宋龍意象詩歌出現比例為4.8%、南朝齊龍意象詩歌出現比例為8%、南朝梁龍意象詩歌出現比例為6%、南朝陳龍意象詩歌出現比例為6.7%、北魏龍意象詩歌出現比例為9.3%、北齊龍意象詩歌出現比例為11.3%、北周龍意象詩歌出現比例為12%、隋代龍意象詩歌出現比例為10.6%，至唐代「龍」字詞彙入詩可說是空前發達，然而在李白之前作家，並無任何作家使用「龍」字詞彙次數比率超越李白，李白詩歌可說是龍文化最佳代言者，李白詩歌龍意象約有16%（據詹鍈《李白全集校注彙釋集評》統計）或19.64%（據《全唐詩》統計），是前代所有詩人中比率最高，與其存詩遠多於前代詩人有關，更與盛唐的政治、經濟、交通、社會環境有助於龍意象詩歌發展高度相關。李白將舊詞彙賦予新意涵，並自創新的龍意象詞彙，給予後人在作詩時能有更多憑藉與想像空間，其思維如「龍」靈動多姿，在前代龍意象詩歌的基礎上更上一層，以新的深度與力度，使其龍意象更加生動、形象更加鮮明，與感受澎湃

激昂的救世情懷，歷史民族血淚情感，有著龍般氣勢豪壯，又不失奇幻縹緲超現實的仙化理想，更有顆參透佛理後澄靜無染之心，使得盛唐詩歌生機勃勃，繽紛燦爛，氣象恢宏。

第九章

結論

　　龍，是中國歷史文化中一個神秘瑰麗的謎，關於龍的記載和傳說，豐富多彩。龍，是中華民族的標誌和象徵，是凝聚民族精神的象徵。以農立國的中國尊崇能興雲布雨的龍，封建帝王為了維護其統治，借助「龍」來樹立自己的威權，而龍也因此獲得顯赫的地位，受到廣泛的崇拜，影響中國古代政治和文化深遠。龍，究竟是什麼？龍的起源問題，學術界眾說紛紜，歷代龍的形象演變不斷在發展變化，商代以前的龍帶著圖騰的屬性，溝通天人；商代至戰國這段時期，龍紋表示尊卑等級，諸侯旗上飾「交龍」；秦漢以前，龍未與帝王發生直接聯繫，龍可喻賢聖；至漢高祖其母感龍而生，皇帝龍種之說由此而始。將「龍」字從古籍中一一抽絲剝繭出來，能夠清晰地了解到中國歷來「龍」字相關詞彙在詩歌中的意象結構及其脈絡發展的模式，從中可知其時空背景與內在意涵，明瞭「龍」與君權、政治、文化、遊仙文學、神話傳說密不可分之命運，而中國自古以來與龍相關的神話傳說、詞彙代代相傳，後出轉精，使得龍意象作品逐漸多元瑰麗，龍文化、龍文學跨越時空、奇幻絢麗。

　　本論文之研究宗旨，以「李白詩歌龍意象」為研究重點，以「唐代李白之前的龍字入詩文、古籍」（先秦~唐）為素材，細究「龍意象」使用情況，就李白詩歌中龍意象內容為探討重點，將龍意象詩歌概分為三大類型：一是遊仙、神話、志怪文學，二是虛幻文學類型，三是龍與自然界事物景象、與動物界、與物品、建築、服飾有關等類

型，從中審視其藉由宗教力量超越內心矛盾與痛苦，在浪漫飄逸詩風下，呈現超越自我的龍文化精神與大唐氣象。

一　綜覽歷來「龍文化」、「龍文學」研究方式與成果

在本論文首章，筆者分別針對歷來研究「李白」、「李白詩歌」、「意象」、「龍的來源」、「龍文化」、「『龍』語言、文學作品」等六個主題的相關論文作一述評。而今人研究李白專著專文其成果展現在大陸先後成立四個「李白紀念館」（江油【綿陽】、馬鞍山、安陸、濟寧）之外，更分別在江油【綿陽】及馬鞍山成立「李白研究學會」和「李白研究資料中心」，並於1990年舉辦首屆李白研究國際會議，出版會議論文集，推動李白研究深具影響。加上今人相關資料的考訂整理對李白身世研究頗具參考價值，相關議題有深入精微的見解，如郭沫若《李白與杜甫》、安旗《李白研究》與《李太白別傳》、葛景春《李白研究管窺》、郁賢皓主編《李白大辭典》等。

關於「李白詩歌」研究，除了南宋楊齊賢注的《李翰林詩》、元朝蕭士贇《分類補注李太白集》、明代胡震亨《李詩通》、清代王琦《李太白文集》等李白注釋全集的整理外，臺灣與大陸地區李詩的研究者甚多，有專著、學位論文、期刊論文，分別從不同角度探析李白詩文。

關於「意象」研究，因「意象」一詞的意涵眾說紛紜，中國、西方、近代對意象的詮釋、研究甚豐，並考察臺灣與大陸地區意象研究相關專著與論文，筆者繼承前賢研究成果，整理歷代有關「意象」詮說。此外，題目雖無意象一詞出現，但與本文相關性的意象，如「神仙坐騎」亦為本文文獻探討範疇。

關於「龍」研究，筆者針對歷來關涉「龍」的來源，在文獻探討

中探析以「龍」學為主題的研究專著約20筆、臺灣與大陸地區學位論文約有42筆、期刊論文上百篇等為數不少的研究著作一一考察，從這些論著發現探討「龍的起源」、「龍圖騰」、「龍的形象」，甚至多將龍與「民俗」、「文化」、「藝術」、「哲學」、「宗教民間信仰」等結合，並與「神話故事」結下不解之緣，由神話角度出發詮釋。此外，題名雖無「龍」字，但內文探討有關「龍」之篇章，共有3筆臺灣學位論文資料，雖然取材範圍與本文不同，然其所析論龍之所有吉祥、權威、神秘、萬能等各種表徵，仍具參考價值。

　　關於「龍文化」研究，在臺灣地區對於「龍」文化研究期刊論文、論著不多，反之，大陸地區對於「龍」文化研究相當多，故筆者綜合考察「龍」文化歷來學術期刊論文，檢索1915-2014年大陸期刊論文以「龍」字為篇名，直接探討「龍」的相關研究有330筆，大致歸納為四大類：一、針對「龍」之起源加以研究；二、中西方「龍」之差異；三、針對龍文化與龍神信仰之研究；四、研究文物器具上「龍」之藝術形象。

　　關於「『龍』語言、文學作品」研究，筆者考察大陸地區探討漢字文化、龍意象的比喻與象徵性、中西方龍意象差異、龍形象在各朝代轉變等期刊論文（1915-2014年）共有54筆相關資料。然與本論文最有直接相關三篇期刊論文，如吳瑞霞〈龍的意象與中國詩意思維關係的探源〉一文說明龍圖騰體現了原始思維的具象性、感覺性、類比性、象徵性與神秘性；趙曉蘭〈略論杜詩的非寫實意象——以「龍」為例〉一文說明杜甫對非寫實意象的選擇和運用，是自覺的、積極的藝術追求，杜詩龍意象的主要功用是比喻或象徵，並說到李白筆下的「飛龍」意象展現盛唐的波瀾壯闊，不同於杜詩是個人心境投影，雖論杜詩，但提及李詩對筆者研究助益良多；蕭麗華〈游仙與登龍——李白名山遠游的內在世界〉一文首先將龍與名山遠游相繫連，論及名

山世界有「仙」有「龍」，充滿現實與夢幻，出世與入世，睥睨權貴與追求自我的二元內涵，映顯李白自我形象，對本文研究深具啟發助益之功。

藉由綜覽上述六大主題相關研究文獻，筆者界定李白詩歌共有1054首，詩歌中出現「龍意象」有168首為本論文研究文本，由於文學創作的複雜性，任何一種界定標準都不可能是絕對，但依此為據，當不致造成漫無邊際的問題。並輔以「唐代李白之前龍字入詩文、古籍」中《易經》、《詩經》、《楚辭》、《山海經》、《先秦漢魏晉南北朝詩》等為研究素材，從「意象學」、「主題學」角度切入探析李白詩歌龍意象。

二 明晰「龍」意象的古籍、詩歌文本生命

「龍」究竟何物？就歷代描繪龍的形象觀之，難以將其比附為自然界任何一種動物，可說是一個瑰奇的神物。中國關於龍的記載和傳說多元，龍在中國人生活中佔特殊之地位。歷經數千年不同朝代更替，龍的象徵意義也隨之變化。在中國文壇上，龍的作品雖然不多，因變化莫測，進而產生許多臆測與想像空間。然筆者以主題學角度切入考察先秦至唐代所有與龍相關的詞彙，發現以「龍」字入詩文的古籍不少，甚至古人筆下的龍意象多與政治密切相關。既然探討唐代李白詩歌的龍文學，從古探源起即可明晰龍意象的文本生命與對中國文化的傳承。

本文於第二章考察唐代以前「龍」字入「詩」文本的實貌：第一節「龍意象義界」，在第一章研究範圍已界定出標準，在此僅針對「龍」字文獻資料試圖給龍下一個定義。第二節「先秦文本」，筆者針對先秦文學典籍中出現對龍的認知與「龍」字相關詞彙的運用情

形，分為《詩經》、《楚辭》、《山海經》、先秦詩歌謠諺、先秦典籍專著作一全面考察，並蒐羅歷代龍的神話傳說。第三節「兩漢文本」。第四節「魏晉南北朝文本」：魏詩、晉詩、南北朝詩、隋詩。第五節「李白之前的唐代詩作」。第六節「杜甫詩作」，針對同處盛唐時代的杜甫使用「龍」字次於李白，發現杜甫未將「龍」與仙化理想結合，主要功用是比喻或象徵，與李白凸顯龍的騰飛飄逸、遊仙、仙道思維，迥然不同。

三　細列李白之前「龍」字入詩文之使用機制

先秦文本出現「龍」字詞彙：《詩經》7次，《楚辭》37次，《山海經》42次，先秦詩歌謠諺8首，先秦典籍專著有《周易》36次，《呂氏春秋》31次，《莊子》21次，《管子》20次，《韓非子》13次，《荀子》11次。

筆者據逯欽立輯《先秦漢魏晉南北朝詩》來統計，由先秦至唐代之前的詩歌謠諺約有9440首，「龍」字作品共有665首，約7%，其中以北周詩比例最高，並可發現龍字作品從北朝開始逐漸增加。筆者據逯欽立輯《先秦漢魏晉南北朝詩》（上）（中）（下）三冊統計出各朝代總詩作數／以龍字入詩作品數：先秦214首／8首，約3.7%；兩漢592首／37首，約6.2%；魏詩603首／44首，約7.3%；晉詩2285首／159首，約7%；宋詩937首／45首，約4.8%；齊詩528首／42首，約8%；梁詩2363首／143首，約6%；陳詩609首／41首，約6.7%；北魏詩183首／17首，約9.3%；北齊詩203首／23首，約11.3%；北周詩434首／52首，約12%，隋詩489首／52首，約10.6%。若加上李白之前的唐朝作品（6343首）合計約有15783首，「龍」字作品共有1216首，約7.7%。而李白詩歌共1054首，其中出現「龍」意象共有168首，約

16%，是唐代詩人使用最多「龍」字入詩者，比率高於唐以前龍字入詩作品2倍之多。

中國的龍意象詩歌，可上溯到先秦的《詩經》和《楚辭》。龍意象詩歌日漸成熟，是在北朝與隋代兩個時期。綜觀李白之前的所有「龍」字入詩作品及其作者，發現漢代龍字入詩不多，而曹魏時代曹植詩作約有136首，以龍字入詩共有11首，約占8%，是魏代使用龍字詞彙比率最高者；晉代最善用龍字入詩是傅玄，其詩約有111首，有29首與龍字詞彙，約占26.1%，是李白之前使用龍字比率最高的作家，其龍字作品多是郊廟宴饗歌辭；南朝宋代最善用龍字入詩首推鮑照，其詩約205首，有12首龍字作品，約占5.9%；南朝齊代使用最多龍字入詩為謝朓，其詩約有200首，有20首龍字詩歌，約占11%；南朝梁代詩歌總量最多，其中最善用龍字詞彙是沈約，有23首龍字詩歌，其次為梁簡文帝蕭綱有20首龍字詩歌，再次之為梁元帝蕭繹有11首龍字詩歌，可以發現梁代帝王喜用龍字入詩；南朝陳代使用最多龍字入詩為張正見有15首，其次為江總6首；北魏、北齊龍字入詩作品甚少，北周使用最多龍字入詩為庾信，其詩約有260首，有30首龍字詩歌，約占11.5%；隋代使用最多龍字入詩為盧思道，有8首龍字詩歌，其次為薛道衡有6首龍字詩歌，再其次為隋煬帝楊廣，其詩約有43首，有5首龍字詩歌，約占11.6%。從魏晉南北朝詩作中發現龍字使用比率隨著時代前進並逐漸提升，可見朝廷君王對「龍」的重視與喜愛，尤以梁代帝王最喜用龍字入詩，更可見「龍」字詞彙多出現於郊廟宴饗之作或應制之作，如郊廟歌辭〈皇夏樂〉、享廟歌辭〈登歌樂〉、〈祀五帝於明堂樂歌〉、〈侍宴應令詩〉等。此外，較為殊奇是從北魏開始龍字詩歌多出現於道教歌辭之中，如〈化胡歌〉、〈太上老君哀歌〉、〈老君十六變詞〉、〈步虛辭〉等。從中可知歷代先民對龍所關注焦點的轉變，從通天神獸到以龍比德，皇帝龍種，郊廟宴饗、仙道歌辭，使得龍意象逐漸豐富多元。

四　梳理唐代之前作家對「龍」意象運用現象

　　《周易》以龍象潛隱飛升與生態特徵來論述天地循環之道與判定吉凶之法，將「龍」文化活躍宇宙論。《呂氏春秋》是先秦哲學專著中使用最多龍字者，在〈舉難〉中記載龍雖與龜、魚並列，但孔子認為龍是一種生活於水中的動物，又具一般動物所無的超然不群的特性和變化飛升的神通，與龜、魚最大不同在於只遊於清水中，只於清水中飲食，可見於古人心中是高潔神聖性。其次是《莊子》一書充滿哲理寓言，在〈列禦寇〉中記載一戶編織蘆葦為生的兒子潛入深淵，為得價值千金的寶珠，其父言千金寶珠必在九重深淵黑龍的頷下，能得珠，必遭其睡，可見「驪龍」是深淵中的怪獸，可置人於死。較殊奇是「屠龍」這個新詞彙，朱泙漫向支離益學習屠龍術，耗盡千金家財，三年學成，世上無龍，無法施展其術，空有高明技術本領，卻無施展之處，闡述人間迷思。三是《管子》一書明確寫出龍能變幻成奇特形象，隨心所欲變幻莫測的習性。四是《韓非子》一書認為龍是一種實在的動物，能騎、有鱗、能傷人的特性。五是《荀子》在〈勸學〉、〈致士〉二文中道出蛟龍生於深淵的特性。

　　自先秦迄隋代約有183個龍字詞彙，約67%的詞彙被唐代繼承下來，而唐代在這基礎上又擴充了50個新詞彙，連同繼承前代的123個詞彙，共有173個龍字詞彙。唐代在前代的基礎下，創新最多比率的龍詞彙依次分別為：「物品類」、「龍＋動物類」、「地理類」、「動詞＋龍類」、「龍本身（六根）類」、「神明靈怪類」、「建築類」、「吉祥象徵類」、「釋道類」、「顏色專名類」、「數量詞＋龍類」、「專有名詞類」、「交通工具類」、「天象類」、「人物類」、「兵法類」，可見唐代人對龍的想像逐漸豐富，對龍形象運用到各方面的思維不斷創新。

　　從先秦到唐代李白之前詩歌中龍字詞彙約有235個，遍及各類，
有各式物品上龍形圖騰、龍與動物合稱、龍本身六根形貌、御龍制服
龍的動詞組構詞彙、龍本身動態詞彙、以外形顏色品種區分、交通工
具、建築、地理、天象、以及有關龍的神話典故，甚至將龍比附人，
用以比喻象徵，如龍象、臥龍，甚至吉祥象徵，尤其在魏晉南北朝時
新創大量龍形圖騰物品類的龍字詞彙。「六龍」、「龍門」、「龍城」、
「龍樓」、「魚龍」這些詞彙歷來廣泛被詩人們使用，在不同時代中，
出現許多詩人皆以同一詞彙做為表徵詞，不約而同對「龍」擁有相同
或相似的意象，也利用這些詞彙抒發相同或相近的心情，意味著這些
龍字詞彙給予人們的意象已達成一種共識。而魏晉南北朝時大量在各
式物品上刻畫龍形圖騰，甚至對龍的形象諸多描述，多停留在「龍」
這一生物的形貌上，但在唐代卻消失殆盡，甚至到了李白詩歌中完全
沒有承繼「吉祥象徵類」詞彙，反是藉由「龍」喻指人特多，甚至增
加前代所無佛教中龍詞彙，可見龍意象詞彙的沿革受時空條件的影響
甚深。

　　筆者綜合考察在李白之前所有詩作與詩人，發現李白是中國詩壇
中善用最多龍字詞彙的作家，一一檢視李白之前使用龍字入詩的文本
後，可得知「龍」意象多被使用於政治相關層面，以及不同象徵意
涵、喻意等方面。

五　探究李白詩歌龍意象之類型

　　「龍」的意象，畢竟是古典中國文化界的集體創作，結構複雜，
既深且廣，其具體架構或許在多維度空間才能加以整合，而這個整合
的意象，由不同角度觀之，便有不同投射。在立體空間中存在的每個
個人，皆有獨特的心靈視角，因而見到了不同的龍的投影。筆者將李

白「龍」意象詩歌概分為三大類型論述：一、遊仙、神話、志怪文學中的「龍」；二、論虛幻「龍」物象之現實影射；三、與龍有關的自然界、動物界、品物類事物景象。

　　「龍」非現實生活中可見之物，故非三度空間世界所能刻畫，而歷來遊仙、神話、志怪文學所描述是非人之耳目所經見的非常之人、非常之物、非常之事，故筆者在第四章「龍意象類型一：遊仙、神話、志怪文學中的『龍』」之下，細分為二節：一、「藉神仙神話典故寫『龍』」是一種超越性寫龍，如六龍御日、白龍化魚、魚化白龍、陵陽子明釣白龍、月化五白龍、青龍白虎車接引沈羲升天、採珠勿驚龍、燭龍棲寒門、呼子先騎二茅龍升天、龍伯巨人釣鰲等神話典故。二、「『龍』與道教的仙化理想」一節再細分為三部分討論：一是「龍與道教、神仙世界之關係」從「騎龍飛去太上家」、「騎龍攀天造天關」、「身騎飛龍耳生風」、「龍駕空茫然」、「攀龍遺小臣」、「自挾兩青龍」等詩去論述「騎龍升天想望」，表現篤信道教與企望成仙的遊仙思想，然而藉由乘龍登天，追求神仙長生，是為了擺脫時空有限，以我主宰仙界，自我主體的強化，並對生命塵世的超脫；從「蛟龍翼微躬」、「青龍白虎車」等詩去說明「求仙學道經驗」目的為了救世濟俗，展現茅山道派用世意識。二是「龍與隱逸思維之關係」從「乘龍上三天」、「龍騎無鞭策」等詩去反映「超越現實困頓」，知進不如退，超越現實不如意；從「鼎湖飛龍安可乘」詩中萌生「對神仙思維動搖」，否定神仙存在，諷刺批判沈迷尋仙求藥的帝王。在登龍仙隱思維中化解仕隱矛盾，獲得情感滿足與生命肯定。

　　在第五章「論虛幻『龍』物象之現實影射」分別從「乘龍飛入虛幻神仙世界」與「龍各具姿態的活躍靈動性」二大面向來探討李白詩中「龍」物象由虛幻到現實的影射，追尋其獨特深刻的觀察。在「乘龍飛入虛幻神仙世界」一節，分別以「從政用世的企求與艱險」和

「詭譎世情的體悟與感慨」二方面探討「我欲攀龍見明主」、「攀龍上九天」、「攀龍忽墮天」、「一朝攀龍去」、「攀龍宴京湖」等詩之待詔翰林從政歷程與遭讒救還悲憤，以及「攀天莫登龍」對於投身永王李璘幕下，兵敗下獄，世情官場無情詭譎，兄弟難容的感慨。在「龍各具姿態的活躍靈動性」一節，分別對「君王縱情聲色的否定與託諷」、「歷史興亡更替的透視與省思」、「功名富貴的消解與淡漠」三方面探討「龍飛入咸陽」、「龍蟠虎踞帝王州」、「派作九龍盤」、「熊咆龍吟殷巖泉」、「龍吟曾未聽」、「龍性君莫馴」、「笛奏龍鳴水」等詩藉由「龍」的靈動性飛入歷史中，遠觀魏晉南北朝時局的動亂興亡至自己身處唐王朝政局，將歷史活躍於眼前，不僅是往事的陳述，更有豐富的內蘊與對君王的期許，藉由虛幻「龍」物象的超現實時空，綰合政治和人生現實性。

在第六章「與龍有關的自然界、動物界、品物類事物景象」分為三節論述：一、「與龍有關的自然界事物景象」，二、「與龍有關的動物界」，三、「與龍有關的品物類」。在「與龍有關的自然界事物景象」一節分為「雲龍」、「龍火」、「地名」等三類論述，尤其在地名之處有19首詩，可見李白除了承襲前代詞彙，如「龍門」有著「鯉魚躍龍門之企求」與「點額不成龍之苦悶」外，又新創「咆哮觸龍門之兇惡」意涵；「龍沙」、「龍庭」、「龍城」除承繼描述塞外將士艱辛外，亦新創「黃龍邊塞兒之思鄉」，甚至也道出唐玄宗興慶宮湧泉「龍池」為天子之氣傳說，「山似蟠龍臥」比附欲投身報國的自己，以及「聞道龍標過五溪」對朋友遭貶傷感之情，在地名中流露對政治社會關懷，建構一個歸屬性和認同性的地方感，具有深刻生活性的神話精神世界。

在「與龍有關的動物界」一節中概分為七類：能與之相提並論且具神化擁有仙力，如「龍鳳」；「龍」與「馬」本無直接關連，但自先

秦出現「龍馬」之說，反映古人對龍馬同類的尊崇心理，漸由「龍馬負圖」神話傳說的龍頭馬身逐漸淡化，至漢代成為「御馬」，以虛擬中的「龍」與現實中的「馬」相結合成「龍馬」來強化「馬」的尊貴，暗喻自己非凡，洋溢宏大豪放之氣；「龍虎」李白詩中出現「龍虎」合稱共有12首，約可分為四類，較為殊奇一類是將「龍虎」形容書法作品如龍虎雄逸，僅有一首，如〈醉後贈王歷陽〉一詩以「龍虎」評論書法雄逸，另三類，一為描寫群雄爭戰對抗，二為表現人物非凡，用以形容賢才，三是形容地勢險要、帝王之宅、龍虎二物秘藏之處；「魚龍」，承繼前人以「魚」喻凡俗百姓、賢人、權奸，以「龍」喻帝王，合稱意指百姓與帝王；「龍蛇」除了喻賢士外，李白新創運用於形容草書之靈動筆法；「龍蠖」巧妙傳達自己應世之方；「龍象」一詞見李白與僧人交游出於一種心理靈求，消解自己報國無門憂悶，尋求精神慰寄。

　　在「與龍有關的品物類」一節中概分為四大類：一、「物品」類之下又細分為：「龍劍」、「龍虎旗」、「龍韜策」、「龍笛、龍管」、「龍鬚席」、「盤龍寶鏡」等七類論述，尤其在「龍劍」一節考察李白之前詩人使用情形，發現龍劍在先秦漢魏晉南北朝時僅是當作兵器、利器或神話傳說典故而已，並未有君臣遇合之象徵意涵，然而至李白藉由龍劍悲嘆懷才不遇、君臣遇合之意涵，筆者特別統整出李白詩中「龍劍」象徵意義有五種：「具有神性、正義、陽剛之氣」、「豪放不羈個性與追求自由精神」、「強烈建功立業之願望」、「一掃懷才不遇之悲情」、「君臣遇合之企盼」；二、「交通工具」類，在「與龍有關的動物界」那節中探討「龍馬」一詞，實乃君王的車駕（龍車），已探析過，故本節不再探討陸上交通工具，僅探討水行交通工具。李白詩中除了承繼前代使用「龍舟」外，亦新創「龍舸」一詞；三、「建築」類中探討李白詩中出現「龍柱」是宮殿、宗廟、佛寺、道館建築常

見，而「銅龍樓」源自漢成帝時太子宮殿名，此後以代稱太子宮殿之意；四、「服飾」類探討「龍袍」即衣服上裝飾著龍文，借助這些符號的象徵潛力，表達「龍袍」、「龍衣」、「龍章」所承載的歷史意義，昭示真龍天子權威與高貴身份外，亦將「龍衣」用於形容仙人服飾之中。

六　確立李白善用龍意象對中國傳統文學的承轉意涵

細究李白詩歌中龍意象，通天善變質性與其飄逸、靈動不居的仙氣思維相契合，可以指稱君王、喻指自己、君子（臥龍客）、賢臣（夔龍）、喻唐朝老百姓（魚龍）、喻君臣遇合（雲龍）、喻勇猛群雄（龍虎）等除了承繼前人意涵外，更擴大新創象徵意涵，如喻權貴奸臣（夔龍）、喻有德高僧（龍象），並展現李白「建功立業的政治情懷（濟世精神）」、「傲岸不羈的神仙氣質（自由精神）」、「豪情萬丈的英雄氣概（剛健精神）」、「佛道兼容並收的胸懷（和合精神）」，在個人獨特豪放開闊風格下，又不失浪漫飄逸，如此兼容並蓄映現盛唐氣象。

「龍」字的意象從動物延伸到「祥瑞」、「尊貴」、「剛健」這些抽象概念，以具象為中心拓展至抽象，而每一個延伸詞彙語意皆與具象基本意象保持聯繫。在先秦時期詩歌中，龍字詞彙是帶著它最簡單的基本義與簡單意象，但之後魏晉南北朝、初唐作家使用龍字相關詞彙，無論沿用舊詞或開始創造新詞，龍字意象逐漸朝向其性質開拓出新的語意。李白詩歌龍意象有神話思維、賦予龍人格化，甚至表徵自己，投寄自我的人生理想，反思政治社會環境，時而高昂、時而感慨、時而激憤，波瀾起伏，如「龍」變化莫測，展現「奔放靈動自我形象」；李白詩歌龍意象引用經部約17首、史部約34首、子部約25首、集部約25首，共101首，約占其李白詩歌龍意象60.1%。其用典包

羅萬象，有神仙、神話傳說人物，如陵陽子明釣白龍、龍伯巨人釣
鰲、瞿武乘白龍升天、陶安公騎赤龍升天、青龍白虎車迎沈羲升天
等；有歷史人物、人間帝王，如黃帝騎龍升天、周穆王、秦始皇、漢
武帝求仙，尋長生不死藥等；有天象地理建築類，如魚躍龍門、興慶
宮龍池等；有器物類，如張華兩龍劍。非但大量運用神話傳說、典故
來寄意遙深的內心世界，喜作翻案之語，表現遊仙隱逸出世思想，又
有著強烈的入世衝創意志的性格，運用神靈之物作為自我象徵，可見
善用神話傳說典故是李白詩歌龍意象最大的特色。第三特色是「奇特
的想像和大膽的誇張」，李白詩歌龍意象中的「奇」主要在於善用豐
富奇詭的想像，並將想像與比喻、誇張、擬人手法相結合，將現實與
理想、人間與幻境、自然與人事，巧妙熔鑄創造出神奇瑰麗的奇幻境
界，分別從「對比性誇張」、「動態化誇張」、「比擬式誇張」探析，在
奇特中營造出浪漫情調，突破時空仙凡的局限。

　　自先秦迄盛唐李白之前約235個龍字詞彙，約27%詞彙被李白繼
承下來，而李白在這基礎上又擴充了約30個新詞彙，連同繼承前代的
64個，共有約94個龍字詞彙。李白在前代詞彙基礎下，創新最多龍字
詞分別為第1「龍＋動詞類」、第2「動詞＋龍類」、第16「人物類」此
三大類，可見李白對龍的想像較前代活躍，並且增加許多想像空間、
誇張性動詞修飾語，使龍意象更靈動。但第3「顏色專名類」、第7
「動物＋龍合稱類」此二大類並無創新之詞，因為這些類別多是專
名，只能展現博物見識，無法全面展現李白神思的生命氣息。但較特
殊是李白對於第15「吉祥象徵類」的龍字詞彙毫無繼承，亦無開拓，
可見李白不再將龍視為至高無上，不再限定於皇帝威權，將龍擴大喻
指對象擴及君子、賢臣、百姓，此為李白不同於前人的思維創見。剖
析論斷李白「龍意象」詩歌中對前代龍字詞彙的蛻變和創新，從龍意
象細察其思想內涵與及所具特色，對中國傳統文化的承轉，肯定其在

龍文學、龍文化、遊仙文學上及歷史上的價值。

　　李白詩歌如「龍」奔放靈動，仙氣飄逸，懷才不遇時，如「龍」之潛沈隱逸，待機而動時，身騎飛龍耳生風，積極進取，豪放飛揚、氣魄宏偉。其龍意象詩歌交織著熱情與悲哀、自由與憤悶、現實與理想等矛盾情感，如「龍」之既神聖又兇險，在政治企求與求仙學道中瞻望聖賢、傲視權貴、率真不羈，龍虎謝鞭策，展現豐富多彩之盛唐氣象。

參考文獻

一 書籍

（一）李白詩文集、校注及年譜

（唐）李白　《李太白文集》　影宋本　臺北市　臺灣學生書局　1967年5月初版

（唐）李白　《李太白文集》　《景印文淵閣四庫全書》　1066、1067冊　臺北市　臺灣商務印書館　1983年

（宋）楊齊賢注　（元）蕭士贇補　《李太白全集》　臺北市　世界書局　2005年1月2版5刷

（明）朱諫撰　《李詩辨疑》　《叢書集成續編199》　臺北市　新文豐出版社　1989年

（清）王琦注　《李太白全集》　北京市　中華書局　1977年版

中華書局編輯部　《李白研究論文集》　北京市　中華書局 1964年版

中國李白研究編輯部　《中國李白研究1990年集》　南京市　江蘇古籍出版社　1990年1月

中國李白研究編輯部　《中國李白研究1991年集》　南京市　江蘇古籍出版社　1993年4月

李白學刊編輯部　《李白學刊》　上海市　三聯書店　1989年3月

李白研究學會編《李白研究論叢》　第2輯　成都市　巴蜀書社　1990年

安旗主編 《李白全集編年注釋》 成都市 巴蜀書社 1990年版

金濤聲、朱文彩編 《李白資料彙編》（唐宋之部） 上冊 北京市 中華書局 2007年7月第1版

詹鍈主編 《李白全集校注彙釋集評》 1-8冊 天津市 百花文藝 出版社 1993年

詹 鍈 《李白詩文繫年》 北京市 人民文學出版社 1984年4月 新1版

閻琦、房日晰、安旗、薛天緯 《李白全集編年注釋》 成都市 巴 蜀書社 1990年

薛天緯主編 《中國李白研究》2005年集 合肥市 黃山書社 2005 年12月第1版

薛天緯主編 《中國李白研究》2006-2007年集 合肥市 黃山書社 2007年8月第1版

薛天緯主編 《中國李白研究》2008年集 合肥市 黃山書社 2008 年10月第1版

瞿蛻園等校注 《李白集校注》（一）、（二）冊 臺北市 里仁書局 1981年

（二）古人著作（按時代先後順序排列）

（周）莊周 《莊子》 臺北市 臺灣中華書局 1968年

（周）莊周撰 （晉）郭象注 《莊子》 上冊 臺北市 藝文印書 館 1959年

（周）荀況撰 《荀子》 臺北市 臺灣中華書局 1968年

（周）韓非著 《韓非子》 臺北市 臺灣中華書局 1968年

（周）管仲撰 《管子》 第2冊 臺北市 臺灣中華書局 1968年

（齊）管仲撰 （唐）房玄齡注 《管子》 第2冊 臺北市 臺灣中

華書局　1968年

（周）管仲著　（唐）房玄齡注　《管子》　《景印文淵閣四庫全書》　729冊　臺北市　臺灣商務印書館　1983年

（周）墨翟撰　吳毓江校注　《墨子校注》　下冊　臺北市　廣文書局　1978年

（周）列禦寇　《列子》　《景印文淵閣四庫全書》　1055冊　臺北市　臺灣商務印書館　1983年

（周）列禦寇撰　（晉）張湛注　《列子》　《景印摛藻堂四庫全書薈要》子部道家類276冊　臺北市　世界書局　1987年

（周）尸佼撰　《尸子》　臺北市　臺灣中華書局　1968年

（秦）尸佼　《尸子》　上海市　上海古籍出版社　1989年

（周）尸佼撰　（清）孫星衍輯校　《尸子》　《續修四庫全書》子部雜家類　臺北市　世界書局　1985年

（齊）晏嬰撰　《晏子春秋》　《景印摛藻堂四庫全書薈要》　子部墨家類275冊　臺北市　世界書局　1987年

（秦）呂不韋撰　楊家駱主編　《呂氏春秋集釋》　第1、2、3冊　臺北市　世界書局　1958年5月初版

（秦）呂不韋撰　（漢）高誘註　《呂氏春秋》　《景印文淵閣四庫全書》　848冊　臺北市　臺灣商務印書館　1983年

（漢）伏勝撰　（漢）鄭玄注　（清）孫之騄輯　《尚書大傳三補遺一卷》　收入《經學輯佚文獻彙編》　第6冊　北京市　國家圖書館出版社　2010年

（漢）韓嬰撰　《韓詩外傳》　《景印文淵閣四庫全書》　89冊　臺北市　臺灣商務印書館　1983年

（漢）劉安　《淮南子》　臺北市　臺灣中華書局　1968年

（漢）劉安撰　高誘注　《淮南鴻烈解》　《景印文淵閣四庫全書》

848冊　臺北市　臺灣商務印書館　1983年

（漢）劉安　《淮南子》　北京市　中華書局　1988年

（漢）劉安著　楊堅點校　《淮南子》　長沙市　岳麓書社　1989年

（漢）董仲舒　《春秋繁露》　臺北市　臺灣中華書局　1968年

（漢）司馬遷　《史記》　《景印文淵閣四庫全書》　243、244冊
　　　臺北市　臺灣商務印書館　1986年

（漢）司馬遷撰　楊家駱主編　《新校本史記三家注并附編二種》
　　　第1冊　臺北市　鼎文書局　1997年10月10版

（漢）司馬遷　《史記》　第4冊　《四部備要》　臺北市　臺灣中
　　　華書局　1965年11月臺1版

（漢）司馬遷撰　《史記》　第1冊　臺北市　大申書局　1978年3月
　　　再版

（漢）劉向　《說苑》　臺北市　臺灣商務印書館　1965年5月臺1版

（漢）劉向撰　《說苑》　《景印文淵閣四庫全書》　696冊　臺北
　　　市　臺灣商務印書館　1983年

（漢）劉向撰　《說苑》　《四部備要》明刻本史部22　臺北市　臺
　　　灣中華書局　1982年

（漢）劉向編　（後漢）王逸章句　（宋）洪興祖補注　《楚辭》
　　　臺南市　北一出版社　1972年8月初版仿古字版

（漢）劉向　《列仙傳》　《景印文淵閣四庫全書》　1058冊　臺北
　　　市　臺灣商務印館　1983年

（漢）劉向　《列仙傳》　《神仙傳列仙傳疑仙傳》　臺北市　廣文
　　　書局　1989年

（漢）劉向　《戰國策》　《景印文淵閣四庫全書》　406冊　臺北
　　　市　臺灣商務印書館　1983年

（漢）揚雄撰　（晉）郭璞注　《輶軒使者絕代語釋別國方言》

《景印文淵閣四庫全書》 221冊 臺北市 藝文印書館 1983年

（漢）揚雄撰 《揚子法言》 《景印文淵閣四庫全書》 696冊 臺北市 臺灣商務印書館 1983年

（漢）戴德撰 （北周）盧辯注 《大戴禮記》 《景印文淵閣四庫全書》 128冊 臺北市 臺灣商務印書館 1986年

（漢）袁康撰 《越絕書》 《景印文淵閣四庫全書》 463冊 臺北市 臺灣商務印書館 1983年

（漢）毛亨傳 鄭玄箋 （唐）孔穎達疏、陸德明音義 《毛詩注疏》 《景印文淵閣四庫全書》 69冊 臺北市 臺灣商務印書館 1983年

（東漢）王充 《論衡》 第1、2冊 臺北市 臺灣中華書局 1968年

（漢）王充 《論衡》 上海市 上海古籍出版社 1990年

（漢）王充 《論衡》 見王雲五主編 《叢書集成初編》 591冊 臺北市 臺灣商務印書館 1993年12月初版

（漢）班固撰 《漢書》 第5冊 《四部備要》 臺北市 臺灣中華書局 1965年11月臺1版

（漢）班固撰 《前漢書》 第6冊 臺北市 臺灣中華書局 1968年

（漢）班固撰 《前漢書》 《景印文淵閣四庫全書》 249、250、251冊 臺北市 臺灣商務印書館 1983年

（漢）班固撰 楊家駱主編 《新校本漢書并附編二種》 臺北市 鼎文書局 1991年9月7版

（漢）許慎撰 《說文解字》 《景印文淵閣四庫全書》 223冊 臺北市 臺灣商務印書館 1983年

（漢）許慎撰 （清）段玉裁注 《說文解字注》 臺北市 黎明文化事業公司 1998年12刷

（漢）許慎撰　（清）段玉裁注　《新添古音說文解字注》　臺北市
　　　洪葉文化事業公司　1998年

（漢）鄭玄撰　《易緯乾坤鑿度》　《無求備齋易經集成》　臺北市
　　　成文出版社　1976年

（漢）蔡邕撰　《獨斷》　《景印文淵閣四庫全書》　850冊　臺北
　　　市　臺灣商務印書館　1986年

（東漢）劉熙　《釋名》　《百部叢書集成》　第84冊《小學彙函》
　　　臺北市　藝文印書館　1967年清同治年間校刻

（漢）高誘注　《淮南子注》　臺北市　世界書局　1969年8月

（東漢）辛氏撰　《三秦記》　《二酉堂叢書》　臺北市　藝文印書
　　　館　1968年

（東漢）辛氏撰　劉慶柱輯注　《三秦記輯注》　西安市　三秦出版
　　　社　2006年1月第1版第1刷

（印度）龍樹菩薩造　（後秦）鳩摩羅什譯　《大智度論》　收入
　　　（日本）高楠順次郎、渡邊海旭組織大正一切經刊行會
　　　《大正新脩大藏經》第25冊　日本　大正新修大藏經刊行會
　　　1960年

（魏）何晏集解、（宋）刑昺疏、（唐）陸德明音義　《論語注疏》
　　　《景印文淵閣四庫全書》　195冊　臺北市　臺灣商務印書
　　　館　1983年

（東吳）韋昭注　《國語》《四部刊要》　臺北市　漢京出版社
　　　1983年

（魏）王弼　《周易》《十三經注疏》臺北市　藝文出版社　1997年

（魏）王弼　《周易略例》　收入嚴靈峰編　《無求備齋易經集成》
　　　第149冊　臺北市　成文出版社　1976年

（魏）王弼、（晉）韓康伯注　（唐）陸德明音義、孔穎達疏　《周

易注疏》　《景印文淵閣四庫全書》7冊　臺北　臺灣商務
印書館　1983年

（魏）張揖撰　（清）王念孫疏證　《廣雅疏證》　臺北市　廣文書
局公司　1991年1月再版

（晉）皇甫謐撰　《高士傳》　《景印文淵閣四庫全書》　448冊
臺北市　臺灣商務印書館　1983年

（晉）陳壽撰　（南朝宋）裴松之注　《三國志》　上海市　古籍出
版社　2002年

（晉）郭象注　《莊子注》　《景印文淵閣四庫全書》　1056冊　臺
北市　臺灣商務印書館　1983年

（晉）郭璞注　（清）郝懿行箋疏　《山海經箋疏》　臺北市　臺灣
中華書局　1969年2月臺2版

（晉）郭璞註　《穆天子傳》　《景印文淵閣四庫全書》　1042冊
臺北市　臺灣商務印書館　1983年

（晉）葛洪撰　《神仙傳》　《景印文淵閣四庫全書》　1059冊　臺
北市　臺灣商務印書館　1983年

（晉）葛洪撰　《抱朴子》　《景印文淵閣四庫全書》　1059冊　臺
北市　臺灣商務印書館　1983年

（晉）干寶撰　《搜神記》　《景印文淵閣四庫全書》　1042冊　臺
北市　臺灣商務印書館　1983年

（晉）王嘉　《拾遺記》　《景印文淵閣四庫全書》　1042冊　臺北
市　臺灣商務印書館　1983年

（晉）魏華毒撰　《太上黃庭內景玉經》　《正統道藏》　第10冊
臺北市　新文豐出版社　1988年

（姚秦）鳩摩羅什譯　《維摩詰所說經註》　臺北市　新文豐出版社
1993年5月台1版

（姚秦）佛陀耶舍共竺佛念譯　《佛說長阿含經・沙門果經》　收入
　　《大正新脩大藏經》第1冊　日本　大正一切經刊行會　1922-
　　1934年

（劉宋）范曄撰　《後漢書》　《景印文淵閣四庫全書》　252、253
　　冊　臺北市　臺灣商務印書館　1983年

（南朝宋）劉義慶撰　《世說新語》　《景印文淵閣四庫全書》
　　1035冊　臺北市　臺灣商務印書館　1983年

（劉宋）求那跋陀羅譯　《雜阿含經》　《大正新脩大藏經》　第2
　　冊　日本　大正一切經刊行會　1922-1934年

（劉宋）失譯　《別譯雜阿含經》　《大正新脩大藏經》　第2冊
　　日本　大正一切經刊行會　1922-1934年

（梁）沈約撰　《宋書》　《景印文淵閣四庫全書》　257冊　臺北
　　市　臺灣商務印書館　1983年

（梁）沈約注　《竹書紀年》　《景印文淵閣四庫全書》　303冊
　　臺北市　臺灣商務印書　1983年

（梁）任昉　《述異記》　《景印文淵閣四庫全書》　1047冊　臺北
　　市　臺灣商務印書館　1983年

（梁）劉勰著　黃叔琳注、李詳補注、楊明照校注拾遺　《文心雕龍
　　校注》　北京市　中華書局　1957年

（梁）劉勰著　范文瀾註　《文心雕龍註》　香港　商務印書館
　　1960年6月第1版

（梁）劉勰撰　《文心雕龍》　臺北市　臺灣商務印書館　1965年

（梁）劉勰　《文心雕龍注》　臺北市　臺灣開明書店　1993年5月
　　臺17版

（梁）吳均撰　《續齊諧記》　《景印文淵閣四庫全書》　1042冊
　　臺北市　臺灣商務印書館　1983年

（梁）蕭統　《六臣註文選》　臺北市　臺灣商務印書館　1979年

（梁）蕭統編　（唐）李善注　《文選註》　《景印文淵閣四庫全書》　1329冊　臺北市　臺灣商務印書館　1983年

（南朝梁）蕭統編　（唐）李善注　《文選》　臺北市　五南圖書出版公司　2009年10月初版9刷

（梁）孝元帝撰　《金樓子》　《景印文淵閣四庫全書》　848冊　臺北市　臺灣商務印書館　1983年

（梁）釋慧皎　《高僧傳》　《大正新脩大藏經》　第50冊　日本大正一切經刊行會　1922-1934年

（後魏）酈道元撰　《水經注》　《景印文淵閣四庫全書》　573冊　臺北市　臺灣商務印書館　1983年

（北魏）酈道元　《水經注》　上海市　上海古籍出版社　1990年第1版

（北魏）崔鴻撰　《十六國春秋》　《景印文淵閣四庫全書》　463冊　臺北市　臺灣商務印書館　1983年

（後魏）楊衒之　《洛陽伽藍記》　《景印文淵閣四庫全書》　587冊　臺北市　臺灣商務印書館　1983年

（北齊）魏收奉敕撰　《魏書》　《景印文淵閣四庫全書》　262冊　臺北市　臺灣商務印書館　1983年

（唐）歐陽詢等奉敕撰　《藝文類聚》　《景印文淵閣四庫全書》　887、888冊　臺北市　臺灣商務印書館　1986年

（唐）房玄齡等奉敕撰　《晉書》　《景印文淵閣四庫全書》　255、256冊　臺北市　臺灣商務印書館　1983年

（唐）魏徵等奉敕撰　《隋書》　《景印文淵閣四庫全書》　264冊　臺北市　臺灣商務印書館　1983年

（唐）張九齡等撰　《唐六典》　《景印文淵閣四庫全書》　595冊

臺北市　臺灣商務印書館　1983年

（唐）盧照鄰　《盧昇之集》　《景印文淵閣四庫全書》　1065冊
　　臺北市　臺灣商務印書館　1983年

（唐）吳兢撰　《樂府古題要解》善本 臺北市　藝文印書館　1969年

（唐）司馬承禎　《天隱子‧神仙篇》　收入白雲觀長春真人編纂
　　《正統道藏》第21冊　臺北市　新文豐出版社　1985年

（唐）張鷟撰　《朝野僉載》　《景印文淵閣四庫全書》　1035冊
　　臺北市　臺灣商務印書館　1983年

（唐）徐堅撰　《初學記》　《景印文淵閣四庫全書》　890冊　臺
　　北市　臺灣商務印書館　1983年

（唐）李延壽撰　《南史》　《景印文淵閣四庫全書》　265冊　臺
　　北市　臺灣商務印書館　1983年

（唐）王勃　《王子安集》　《景印文淵閣四庫全書》　1065冊　臺
　　北市　臺灣商務印書館　1983年

（唐）王昌齡　《詩格》　《中國歷代詩話選》（一）　長沙市　岳
　　麓書社　1985年第1版

（唐）杜甫著　（清）楊倫淺注　《杜詩鏡銓》　臺北市　天工書局
　　1994年10月10日出版

（唐）湛然釋籤　（宋）知禮鈔　（宋）可度詳解　（明）正諲分會
　　《十不二門指要鈔詳解》　臺南市　湛然寺印行　1997年2
　　月3版

（唐）獨孤及　《毘陵集》　《景印文淵閣四庫全書》　1072冊　臺
　　北市　臺灣商務印書館　1983年

（唐）杜佑　《通典》　北京市　中華書局　1984年影印本

（唐）李吉甫撰　《元和郡縣志》　《景印文淵閣四庫全書》　468
　　冊　臺北市　臺灣商務印書館　1983年

（唐）白居易著　朱金城箋校　《白居易集箋校》　上海市　上海古
　　　籍出版社　1988年

（唐）段成式撰　《酉陽雜俎》　《景印文淵閣四庫全書》　1047冊
　　　臺北市　臺灣商務印書館　1983年

（唐）司空圖　《二十四詩品》　見（清）何文煥輯　《歷代詩話》
　　　北京市　中華書局　1992年5月第1版第3次印刷

（唐）孟棨撰　《本事詩》　《景印文淵閣四庫全書》　1478冊　臺
　　　北市　臺灣商務印書館　1983年

（唐）杜寶撰　《大業雜記》　《中國野史集成》　第3冊　成都市
　　　巴蜀書社　1993年

（唐）般剌蜜諦譯　《大佛頂如來密因修證了義諸菩薩萬行首楞嚴
　　　經》　收入（日）高楠順次郎、渡邊海旭等監修　《大正新
　　　脩大藏經》密教部二　九四五　臺北市　新文豐出版社
　　　1983年　日本大正十一年1922-1934年版本

（唐）于闐國三藏沙門實叉難陀譯　《大方廣佛華嚴經》　收入《景
　　　印高麗大藏》　8冊　臺北市　新文豐出版社　1982年

（後晉）劉昫等奉敕撰　《舊唐書》　見（清）紀昀等奉敕撰　《欽
　　　定四庫全書》　廣州　廣東書局重刊本　清同治七年　1868年

（後晉）劉昫等奉敕撰　《舊唐書》　《景印文淵閣四庫全書》
　　　268、269、270冊　臺北市　臺灣商務印書館　1983年

（後晉）劉昫等撰　《二十五史・舊唐書》　第1、2冊　臺北市　藝
　　　文印書館　1982年

（後晉）劉昫等奉敕撰　《舊唐書》　北京市　中華書局　2002年

（後晉）劉昫等撰　楊家駱主編　《舊唐書》　臺北市　鼎文書局
　　　1985年

（宋）李昉等撰　《太平廣記》　第9冊　北京市　中華書局　1961年

（宋）李昉等奉敕編　《太平廣記》　《景印文淵閣四庫全書》
　　　1043、1044冊　臺北市　臺灣商務印書館　1983年

（宋）李昉等奉敕撰　《太平御覽》　《景印文淵閣四庫全書》
　　　893、894冊　臺北市　臺灣商務印書館　1983年

（宋）李昉　《太平御覽》　臺北市　臺灣商務印書館　1986年1月
　　　臺5版

（宋）李昉撰　《太平御覽》　臺北市　文史哲出版社　1987年5月
　　　再版

（宋）樂史撰　《太平寰宇記》　《景印文淵閣四庫全書》　470冊
　　　臺北市　臺灣商務印書館　1983年

（宋）王溥撰　《唐會要》中冊　臺北市　世界書局　1960年

（宋）張君房編　《雲笈七籤》　《景印文淵閣四庫全書》　1060冊
　　　臺北市　臺灣商務印書館　1983年

（宋）歐陽修、宋祁等撰　《唐書》　臺北市　藝文印書館　1982年

（宋）歐陽修、宋祁等奉敕撰　《新唐書》　《景印文淵閣四庫全
　　　書》　275、276冊　臺北市　臺灣商務印書館　1983年

（宋）張君房編　《雲笈七籤》　《景印文淵閣四庫全書》　第1060
　　　冊　臺北市　臺灣商務印書館　1986年

（宋）司馬光撰　《資治通鑑》　《景印文淵閣四庫全書》　309、
　　　310冊　臺北市　臺灣商務印書館　1983年

（宋）不著撰人　《宣和書譜》　《景印文淵閣四庫全書》　813冊
　　　臺北市　臺灣商務印書館　1983年

（宋）王存等纂修　《新定九域志》　《四庫全書存目叢書》　史部
　　　166冊　濟南市　齊魯書社　1996年8月第1版

（宋）釋道原撰　《景德傳燈錄》　《大正新脩大藏經》　第51冊
　　　日本　大正一切經刊行會　1922-1934年

（宋）劉恕撰　《資治通鑑外記》　《景印文淵閣四庫全書》　312
　　冊　臺北市　臺灣商務印書館　1983年

（宋）郭茂倩輯　《樂府詩集》　《景印文淵閣四庫全書》　1347冊
　　臺北市　臺灣商務印書館　1986年

（宋）郭茂倩編撰　《樂府詩集》　第1、2冊　臺北市　里仁書局
　　1999年1月10日初版2刷

（宋）陸佃撰　《埤雅》　《景印文淵閣四庫全書》　222冊　臺北
　　市　臺灣商務印書館　1983年

（宋）陸佃撰　《埤雅》　《叢書集成初編》　北京市　中華書局
　　1985年

（宋）郭若虛撰　《圖畫見聞誌》　《叢書集成初編》　北京市　中
　　華書局　1985年

（宋）葉夢得撰　宇文紹奕考異　《石林燕語》　《景印文淵閣四庫
　　全書》　863冊　臺北市　藝文印書館　1983年

（宋）呂祖謙編　晦庵先生校正　《周易繫辭精義》　《續修四庫全
　　書》　第2冊　上海市　上海古籍出版社　2002年

（宋）洪興祖撰　《楚辭補註》　《景印文淵閣四庫全書》　1062冊
　　臺北市　臺灣商務印書館　1983年

（宋）洪興祖　《楚辭補註》　臺北市　藝文印書館　1981年3月6版

（宋）胡仔　《苕溪漁隱叢話》前集　《景印文淵閣四庫全書》
　　1480冊　臺北市　臺灣商務印書館　1986年

（宋）姚寬　《西溪叢語》　《景印文淵閣四庫全書》　850冊　臺
　　北市　臺灣商務印書館　1983年

（宋）朱熹撰　《楚辭集注》　臺北市　藝文印書館　1974年

（宋）朱熹撰　《中庸章句》　《景印文淵閣四庫全書》　191冊
　　臺北市　臺灣商務印書館　1986年

（宋）章樵註　《古文苑》　《景印文淵閣四庫全書》　1332冊　臺
　　北市　臺灣商務印書館　1983年

（宋）普濟撰　《五燈會元》　《景印文淵閣四庫全書》　1053冊
　　臺北市　臺灣商務印書館　1983年

（宋）周應合撰　《景定建康志》　《景印文淵閣四庫全書》　489
　　冊　臺北市　臺灣商務印書館　1983年

（宋）嚴羽　《滄浪詩話》　《景印文淵閣四庫全書》　1480冊　臺
　　北市　臺灣商務印書館　1983年

（南宋）張敦頤撰　《六朝事迹編類》　《景印文淵閣四庫全書》
　　589冊　臺北市　臺灣商務印書館　1983年

（金）丘處機　白雲觀長春真人編纂　《正統道藏》　第52冊　臺北
　　市　新文豐出版社　1985年

（明）陸容撰　《菽園雜記》　《景印文淵閣四庫全書》　1041冊
　　臺北市　臺灣商務印書館　1983年

（明）李賢等奉敕撰　《明一統志》　《景印文淵閣四庫全書》
　　472冊　臺北市　臺灣商務印書館　1983年

（明）李時珍　《本草綱目》　《景印文淵閣四庫全書》　774冊
　　臺北市　臺灣商務印書館　1986年

（明）胡應麟撰　《詩藪內外雜編》　清光緒十七年1981年　光緒廣
　　雅叢書本

（明）董斯張撰　《廣博物志》　《景印文淵閣四庫全書》　980冊
　　臺北市　臺灣商務印書館　1983年

（明）唐汝詢選釋　（清）吳昌祺評定　《刪定唐詩解》　上海市
　　上海古籍出版社　2002年

（清）康熙四十二年御定　《御定全書詩》　《景印文淵閣四庫全
　　書》　1423-1431冊　臺北市　臺灣商務印書館　1986年

（清）清聖祖御定　《全唐詩》　第1-12冊　臺北市　文史哲出版社
　　　1987年

（清）王夫之　《唐詩評選》　《船山遺書集部》善本　上海市　上
　　　海太平洋書店重校刊　1933年12月

（清）趙弘恩等監修　黃之雋等編纂　《江南通志》　《景印文淵閣
　　　四庫全書》　507冊　臺北市　臺灣商務印書館　1983年

（清）沈德潛　《說詩晬語》　收入陸費逵總勘　《四部備要》　集
　　　部　臺北市　臺灣中華書局　1965年臺1版

（清）沈德潛評選　《唐詩別裁集》　上冊　臺北市　廣文書局
　　　1970年

（清）段玉裁　《說文解字注》　臺北市　黎明文化事業公司　1998
　　　年12刷

（清）孔廣林輯　《尚書中候》　《叢書集成新編》　24冊　臺北市
　　　新文豐出版社　1985年

（清）董誥等編　《欽定全唐文》　北京市　中華書局　1983年11月
　　　第1版

（清）董誥等編、孫映逵等點校　《全唐文》　太原市　山西教育出
　　　版社　2002年第1版

（清）王念孫疏證　《廣雅疏證》　南京市　江蘇古籍出版社　2000年

（清）洪亮吉、陸繼萼等纂　《登封縣志》　收入《中國地方志叢
　　　書》華北地方第462號　臺北市　成文出版社　1983年　清
　　　乾隆五十二年刊本

（清）汪繼培輯校　《尸子》　明嘉慶十六年1811年　湖海樓叢書本

（清）乾隆十五年敕編　《御選唐宋詩醇》　《景印文淵閣四庫全
　　　書》　1448冊　臺北市　臺灣商務印書館　1983年

（清）阮元校勘　《十三經注疏・易經1》　臺北市　臺灣商務印書

館　2001年12月初版14刷

（清）阮元校勘　《十三經注疏・尚書1》　臺北市　藝文印書館
　　　2001年12月初版14刷

（清）阮元校勘　《十三經注疏・詩經2》　臺北市　臺灣商務印書
　　　館　2001年12月初版14刷

（清）阮元校勘　《十三經注疏・周禮3》　臺北市　藝文印書館
　　　2001年12月初版14刷

（清）阮元校勘　《十三經注疏・禮記5》　臺北市　藝文印書館
　　　2001年12月初版14刷

（清）阮元校勘　《十三經注疏・左傳6》　臺北市　藝文印書館
　　　2001年12月初版14刷

（清）阮元校勘　《十三經注疏・爾雅8》　臺北市　藝文印書館
　　　2001年12月初版14刷

（清）陳沆撰　《詩比興箋》　臺北市　鼎文書局　1979年2月初版

（清）俞政燮撰　楊家俊主編　《癸巳存稿》　臺北市　世界書局
　　　1977年4月再版

（清）王先謙著　《莊子集解》　臺北市　東大圖書公司　2004年10
　　　月5版1刷

（清）郭慶藩撰　王孝魚點校　《莊子集釋》　臺北縣　頂淵文化事
　　　業公司　2001年

（清）釋道霈編　《華嚴經疏論纂要》　臺北市　新文豐出版社
　　　1987年

「《全唐詩》檢索系統」網址
　　　http://cls.hs.yzu.edu.tw/tang/Database/index.html

「故宮【寒泉】古典文獻全文檢索資料庫」先秦諸子網址
　　　http://210.69.170.100/s25

【諸子百家中國哲學書電子化計畫】網站檢索《詩經》網址如下
　　http://ctext.org/book-of-poetry/zh
【諸子百家中國哲學書電子化計畫】網站檢索《山海經》網址如下
　　http://ctext.org/shan-hai-jing/zh

（三）今人著作（按作者姓名筆劃排列）

丁福保　《佛學大辭典》　北京市　文物出版社　1984年
山東大學文史哲研究所主編　《中國歷代著名文學家評傳》　第2卷
　　濟南市　山東教育出版社　1985年
王運熙等著　《李太白研究》　臺北市　里仁書局　1985年4月出版
王大有　《龍鳳文化源流》　北京市　北京工藝美術出版社　1988年
王夢鷗　《中國文學理論與實踐》　臺北市　時報文化出版公司
　　1995年11月
王叔岷撰　《列仙傳校箋》　臺北市　中研院文哲所　1995年
王　立　《中國古代文學十大主題——原型與流變》　臺北市　文史
　　哲出版社　1994年7月
王秉欽　《文化翻譯學》　天津市　南開大學出版社　1995年
王才、馮廣裕　《龍文化與民族精神》　上海市　上海人民出版社
　　2000年
王長俊主編　《詩歌意象學》　合肥市　安徽文藝出版社　2000年8
　　月1版1刷
王賽時　《漢唐流風——中國古代生活習俗面面觀：衣食住行》　濟
　　南市　山東友誼出版社　2000年
王先霈　《文藝心理學讀本》　武漢市　華中師範大學出版社　2009年
中國社會科學院外國文學研究所外國文學研究資料叢刊編輯委員會編
　　《歐美古典作家論現實主義和浪漫主義》（二）　北京市

中國社會科學出版社　1981年

中國唐代文學學會、西北大學中文系　《唐代文學論叢》　西安市　陝西人民出版社　1983年

中華佛教百科全書編輯委員會編輯、藍吉富主編　《中華佛教百科全書》第9冊　臺南縣永康市　中華佛教百科文獻基金會　1994年

中國古典文學研究會主編　《古典文學》第七集　上冊　臺北市　臺灣學生書局　1985年8月初版

中國唐代文學學會編　《唐代文學研究》　6輯　桂林市　廣西師範大學出版社　1996年

中華炎黃文化研究組織編寫　《龍文化與民族精神》　上海市　上海人民出版社　2000年

仇小屏　《篇章意象論──以古典詩詞為考察範圍》　臺北市　萬卷樓圖書公司　2006年

印　順　《中國古代民族神話與文化之研究》　新竹市　正聞出版社　1994年

田秉鍔　《龍圖騰：中華龍文化的源流》　北京市　社會科學文獻出版社　2008年

安　旗　《李太白別傳》　北京市　人民文學出版社　2004年

安　旗　《李白研究》　臺北市　水牛出版社　1992年初版

朱天順　《中國古代宗教初探》　上海市　上海人民出版社　1982年

朱光潛　《詩論》　臺北市　萬卷樓圖書公司　1993年

朱乃誠　《中華龍──起源與形成》　北京市　三聯書店　2009年

朱乃誠　《中國龍起源和形成》　北京市　三聯書店　2009年

朱必知　《龍圖騰：中國精神》　北京市　北京理工大學出版社　2012年

余光中　《掌上雨》　臺北市　大林文庫　1970年3月初版

余照春亭編輯　周基校訂　朱明祥編寫　《增廣詩韻集成》　高雄市　高雄復文圖書出版社　2011年2月

李劍國　《唐前志怪小說史》　天津市　南開大學出版社　1984年

李從軍　《李白考異錄·李白家世考索》　濟南市　齊魯書社　1986年

李養正　《道教概說》　北京市　中華書局　1989年2月第1版

李元洛　《詩美學》　臺北市　東大圖書公司　1990年2月初版

李鳳行　《十二生肖的傳奇》　臺北市　漢威出版社　1993年

李劍國　《唐前志怪小說輯釋》　臺北市　文史哲出版社　1995年

李豐楙　《憂與遊——六朝隋唐遊仙詩論集》　臺北市　臺灣學生書局　1996年3月

李長之　《道教徒的詩人李白及其痛苦》　瀋陽市　遼寧教育出版社　1998年3月

李圃主編　《古文字詁林》　上海市　上海教育出版社　2004年第1版第1刷

阮廷瑜　《李白詩論》　臺北市　國立編譯館　1986年7月

何　新　《談龍》　香港　中華書局　1989年10月初版

何　新　《龍：神話與真相》　上海市　上海人民出版社　1989年

何　新　《神龍之謎——東西方思想文化研究與比較》　延吉市　延邊大學出版社　1988年

何星亮　《中國圖騰文化》　北京市　中國社會科學出版社　1992年11月1版

何星亮　《中國自然神與自然崇拜》　上海市　三聯書店　1992年

何星亮　《龍族的圖騰——遠古的崇拜》　臺北市　臺灣中華書局　1993年

何金松　《漢字形義考源》　武漢市　武漢出版社　1996年

呂宗力、欒保群　《中國民間諸神》　臺北市　臺灣學生書局　1991年

吳戰壘　《中國詩學》　臺北市　五南圖書出版公司　1993年11月初版

吳思敬　《心理詩學》　北京市　首都師範大學出版社　1996年10月
　　　　第1版

吳明賢、李天道編著　《唐人的詩歌理論》　成都市　巴蜀書社
　　　　2006年9月第1版

吳啟禎　《王維詩的意象》　臺北市　文津出版社　2008年

杜松柏　《國學治學方法》　臺北市　洙泗出版社　1991年10月

宗白華　《美學與意境》　臺北市　淑馨出版社　1989年4月

林　庚　《詩人李白》　上海市　上海古籍出版社　2000年

周秀萍　《文學欣賞與批評》　長沙市　中南工業大學出版社　1998年

周勛初　《詩仙李白之謎》　臺北市　臺灣商務印書館　1996年

周勛初　《李白評傳》　南京市　南京大學出版社　2011年

邱明正　《審美心理學》　上海市　復旦大學出版社　1993年

胥樹人　《李白和他的詩歌》　上海市　上海古籍出版社　1984年

卿希泰主編　《中國道教》　第3卷　上海市　知識出版社　1994年

郁賢皓　《李白大辭典》　南寧市　廣西教育出版社　1995年1月

施逢雨　《李白詩的藝術成就》　臺北市　大安出版社　1992年2月

施逢雨　《李白生平新探》　臺北市　臺灣學生書局　1999年8月

苑利主編　《中國民俗學經典‧神話卷》　北京市　社會科學文獻出
　　　　版社　2002年

苑利主編　《二十世紀民俗學經典‧信仰民俗卷》　北京市　社會科
　　　　學文獻出版社　2002年

苑　利　《龍王信仰探秘》　臺北市　東大圖書公司　2003年10月

徐復觀　《中國文學論集》　臺北市　臺灣學生書局　1980年10月4版

徐乃湘、崔岩崎　《說龍》　北京市　紫禁城出版社　1987年

徐初眉　《話說中國龍》　杭州市　西泠印社出版社　2008年

唐　蘭　《古文字學導論》　濟南市　齊魯書社　1981年1月

唐寰澄　《中國古代橋樑》　北京市　文物出版社　1987年

袁　珂　《山海經校注》　臺北市　里仁書局　1982年8月

袁　珂　《中國神話傳說》　臺北市　里仁書局　1987年

袁　珂　《中國神話傳說》　上冊　北京市　人民文學出版社　1998年

袁行霈　《中國詩歌藝術研究》　臺北市　五南圖書出版公司　1989
年5月初版

袁行霈主編　《歷代名篇鑒賞》　上冊　臺北市　五南圖書出版公司
1995年5月初版2刷

夏鑄九、王志弘編譯　《空間的文化形式與社會理論讀本》　臺北市
明文出版社　1999年

孫昌武　《唐代文學與佛教》　臺北市　谷風出版社　1987年

孫昌武　《詩與禪》　臺北市　東大圖書公司　1994年8月

陳綬祥　《中國的龍》　桂林市　漓江出版社　1988年

陳植鍔　《詩歌意象論》　北京市　中國社會科學出版社　1990年3
月第1版

陳滿銘　《國文教學論叢》　臺北市　國文天地雜詩社　1991年7月
初版

陳慶輝　《中國詩學》　臺北市　文史哲出版社　1994年12月初版

陳橋譯　《水經注校釋》　杭州市　杭州大學出版社　1999年

陳　銘　《意與境──中國古典詩詞美學三昧》　杭州市　浙江大學
出版社　2001年

陳引馳　《隋唐佛學與中國文學》　南昌市　百花洲文藝出版社
2002年

陳　銘　《說詩：中國古典詩詞美學三昧》　臺北市　未來書城

2003年

陳鵬翔　《主題學研究論文集》　臺北市　三民書局　2004年

陳滿銘　《篇章結構學》　臺北市　萬卷樓圖書公司　2005年5月初版

陳滿銘　《意象學廣論》　臺北市　萬卷樓圖書公司　2006年

張光直主編　《中國青銅時代》　臺北市　聯經出版社　1987年

張光直主編　《中國青銅時代》　第2集　臺北市　聯經出版社
　　　1990年11月初版

張光直　《美術・神話與祭祀》　臺北縣　稻鄉出版社　1993年

張雙棣　《淮南子校釋》　北京市　北京大學出版社　1997年8月1版
　　　1刷

張書城　《李白家世之謎》　蘭州市　蘭州大學出版社　2000年

張豈之、張國剛、楊樹森主編　《隋唐宋尺》　臺北市　五南圖書出
　　　版公司　2002年

張雙棣、陳濤主編　《古代漢語大字典》　北京市　北京大學出版社
　　　2004年8月第1版第4刷

郭沫若　《李白與杜甫》　北京市　人民文學出版社　1971年

郭郛註　《山海經注證》　北京市　中國社會科學出版社　2004年

曹葆華譯　劉若端編　《十九世紀英國詩人論詩》　北京市　人民文
　　　學出版社　1984年

詹　鍈　《李白詩文繫年》　北京市　作家出版社　1958年

清華大學中文系主編　《清華大學古代漢文學論集》　北京市　北京
　　　中華書局　2005年3月

國家測繪局測繪科學研究所地名研究室編　《中國地名錄：中華人民
　　　共和國地圖集地名索引》　北京市　地圖出版社　1983年

商務印書館編輯　《辭源》　臺北市　遠流出版事業公司　1989年4
　　　月16日臺灣第5版

傅孝先　《困學集‧西洋文學散論》　臺北市　時報文化出版公司　1979年11月2版

曾霄容　《時空論》　臺北市　青文出版社　1973年

黃國彬　《中國三大詩人新論》　臺北市　源流出版社　1982年3月

黃　暉　《論衡校釋》　臺北市　臺灣商務印書館 1983年12月臺六版

黃永武　《中國詩學——思想篇》　臺北市　巨流圖書公司　2004年

黃永武　《中國詩學——鑑賞篇》　臺北市　巨流圖書公司　2008年

復旦大學主編　《中國古今地名大詞典》　上海市　上海辭書出版社　2005年7月

逯欽立輯校　《先秦漢魏晉南北朝詩》　上、中、下冊　臺北市　學海出版社　1984年5月初版

慈怡主編　《佛光大辭典》　下冊　高雄市　佛光出版社　1988年10月初版

福井康順等監修　《道教》　上海市　上海古籍出版社　1992年

葛景春　《李白與中國傳統文化》　臺北市　群玉堂出版事業公司　1991年9月初版

葛景春　《李白研究管窺》　保定市　河北大學出版社　2002年1月初版

楊家駱主編　《呂氏春秋集釋》　第2、3冊　臺北市　世界書局　1958年5月初版

楊鴻烈　《歷史研究法》　臺北市　華世出版社　1975年4月

楊新、李毅華、徐乃湘　《龍的藝術》　臺北市　臺灣商務印書館　1988年

楊思寰　《審美心理學》　臺北市　五南圖書出版公司　1993年

楊文雄　《李白詩歌接受史》　臺北市　五南圖書出版公司　2000年3月

楊　青　《洞庭湖的龍文化》　長沙市　岳麓書社　2004年

楊靜榮、劉志雄　《龍之源》　北京市　中國書店　2008年

葉嘉瑩　《迦陵談詩》　臺北市　三民書局　1970年4月初版

葉舒憲　《神化──原型批評》　西安市　陝西師範大學出版社　1987年

廖炳惠　《關鍵詞200：文學與批評研究的通用詞彙編》　臺北市　麥田出版社　2003年

熊鈍生主編　臺灣中華書局辭海編輯委員會編　《辭海》　臺北市　臺灣中華書局　1982年臺2版

楚戈（袁德星）　《龍史》　臺北市　自費出版　2009年

聞一多　《神話與詩──伏羲考》　臺北市　里仁書局　1993年

聞一多著　朱自清等編　《聞一多全集》第3冊　臺北市　里仁書局　2000年

趙伯陶　《中國民俗文化面面觀》　濟南市　齊魯書社　2000年

趙毅衡　《符號學》　臺北市　新銳文創　2012年

鄭樑生、吳文星、葉劉仙相編譯　《中國歷史地名大辭典》　臺北市　三通圖書公司　1984年

劉若愚著　杜國清譯　《中國詩學》　臺北市　幼獅文化公司　1981年12月3版

劉守華　《道教與中國民間文學》　臺北市　文津出版社　1991年

劉志雄、楊靜榮　《龍與中國文化》　北京市　人民出版社　1992年

劉志雄、楊靜榮　《龍的身世》　臺北市　臺灣商務印書館　2001年

劉毓慶、趙瑞鎖　《龍的文化解讀──世俗文化支配下的中國傳統人生》　北京市　人民出版社　2006年

潘桂明　《中國居士佛教史》　北京市　中國社會科學出版社　2000年9月

魯樞元　《創作心理研究》　鄭州市　黃河文藝出版社　1985年

賴炎元　《韓詩外傳今註今譯》　臺北市　臺灣商務印書館　1972年
　　　　9月初版

錢鍾書　《談藝錄》　臺北市　書林出版社　1988年

魏嵩山主編　《中國古典詩詞地名辭典》　南昌市　江西教育出版社
　　　　1989年4月

鍾來因　《中古仙道詩精華》　南京市　江蘇文藝出版社　1994年

戴均良等主編　《中國古今地名大詞典》　上冊　上海市　上海辭書
　　　　出版社　2005年7月出版

關永中　《神話與時間》　臺北市　臺灣書店　1997年

羅時進　《唐詩演進論》　南京市　江蘇古籍出版社　2001年9月第1
　　　　版

譚德晶　《唐詩宋詞的藝術》　上海市　學林出版社　2001年

鄺健行主編　《中國詩歌與宗教》　香港　中華書局公司　1999年9
　　　　月初版

龐　進　《八千年中國龍文化》　北京市　人民日報出版社　1993年

龐　燼　《龍的習俗》　臺北市　文津出版社　1990年7月

顧頡剛　《古史辨》　第7冊　海口市　海南出版社　2005年5月

（日本）松浦友久著　劉維治、尚永亮、劉崇德譯　《李白的客寓意
　　　　識及其詩思——李白評傳》　北京市　中華書局　2001年10
　　　　月第1版

（日）鈴木大拙　《禪與生活》讀者序　臺北市　志文出版社　1971
　　　　年9月

（英）R.J.約翰斯頓（Ronald John Johnston, 1940-）著　蔡運龍、江
　　　　濤譯　《哲學與人文地理學》　北京市　商務印書館　2010年

（美）龐德（Ezra Pound, 1855-1972）著　黃晉凱、張秉貞、楊恆達

譯 《象徵主義・意象派》 北京市 中國人民大學出版社
1989年1月初版

（美）愛德華・謝弗（Edward Schafer, 1913-1991）著 吳玉貴譯
《唐代的外來文明》 西安市 陝西師範大學出版社 2005
年12月

（美）韋勒克（Rene Wellek, 1903-1955）、華倫（Austin Warren, 1899-
1986）著 王夢鷗、許國衡譯 《文學論》 臺北市 志文
出版社 1992年12月再版

（美）宇文所安著（Stephen Owen, 1946-） 賈晉華譯 《盛唐詩》
北京市 生活・讀書・新知三聯書店 2004年

（美）亞瑟・賴特著（Arthur F. Wright, 1913-1976） 中央研究院中
美文化研究組譯 《中國歷史人物論集》 臺北市 正中書
局 1973年

（美）弗蘭克・G・戈布爾（Frank G.Goble）著 呂明、陳紅雯譯
《第三思潮：馬斯洛心理學》 上海市 上海譯文出版社
1986年

（美）凱文・林奇（Kevin Lynch , 1918-1984）著 方益萍、何曉軍
譯 《城市意象》 北京市 中華書局 1998年

（美）班尼迪克・安德森（Benedict Anderson, 1936-）著 吳叡人譯
《想像的共同體：民族主義的起源與散布》 臺北市 時報
文化出版公司 2010年

（德）黑格爾（Georg Wilhelm Feiedrich Hegel, 1770-1831）著 朱光
潛譯 《美學》 第4冊 臺北市 里仁書局 1983年3月

（德）鮑姆嘉藤（Alexander Gottlieb Baumgarten, 1714-1762）著 簡
明、王旭曉譯 《美學・詩的哲學默想錄》 北京市 文化
藝術出版社 1987年版

（德）尼采（Friedrich Wilhelm Nietzsche, 1844-1900）著　周國平譯　《悲劇的誕生》　臺北市　左岸文化　2005年

（瑞士）卡爾‧古斯塔夫‧榮格（Carl Gustav Jung, 1875-1961）著　馮川、蘇克譯　《心理學與文學》　南京市　譯林出版社　2011年

（奧地利）佛洛伊德（Sigismund Schlomo Freud, 1856-1939）著　張燕雲譯　《夢的釋義》　瀋陽市　遼寧人民出版社　1987年

（奧地利）佛洛伊德（Sigismund Schlomo Freud, 1856-1939）著　楊庸一譯　《圖騰與禁忌》　臺北市　志文出版社　1990年5月再版

（奧地利）佛洛伊德（Sigismund Schlomo Freud, 1856-1939）著　賴其萬、符傳孝譯　《夢的解析》　臺北市　志文出版社　1994年

（瑞士）榮格（Carl Gustav Jung, 1875-1961）　《心理學與文學》　北京市　三聯書店　1987年

（瑞士）榮格（Carl Gustav Jung, 1875-1961）著　劉國彬譯　《榮格自傳——回憶‧夢‧思考》　上海市　上海三聯書店　2009年

Barthes, R. (1980). From work to test. In Josv'e V. Harai (Ed.), Textual Strategies: Perspectives in Post-structuralist Critisism. p.73-75. London: Methuen.

Tuan, Yi-fu,"Language and the Making of Place: A Narrative-Descriptive Approach," *Annals of the association of American geographers* 81, no.4 (1991):684-696.

教育部重編國語辭典修訂本，網址：http://dict.revised.moe.edu.tw

（四）學位論文

1 臺灣地區

丁符原　《李白古風五十九首思想研究》　新竹市　玄奘大學中國語
　　　　文研究所在職專班碩士論文　2011年

王方霓　《龍女故事研究》　臺北市　文化大學中國文學研究所碩士
　　　　論文　1993年

王之敏　《傳統吉祥圖案的意象研究》　臺南市　國立成功大學中文
　　　　研究所碩士論文　2000年

李文宏　《概念隱喻理論與詩文分析之運用──以李白古風五十九首
　　　　為例》　臺中市　東海大學中國文學研究所碩士論文　2012年

杜松柏　《禪學與唐宋詩學》　臺北市　國立臺灣師範大學國文研究
　　　　所博士論文　1976年5月

呂明修　《李白古風五十九首研究》　臺北縣　輔仁大學中國文學研
　　　　究所碩士論文　1991年

林宜賢　《從唐傳奇〈柳毅〉及後世相關戲曲作品看龍女故事的發
　　　　展》　臺中市　逢甲大學中國文學研究所碩士論文　2010年

林禹璇　《《夷堅志》龍故事研究》　高雄市　國立高雄師範大學國
　　　　文研究所碩士論文　2010年

洪白蓉　《幸福的祈思──中國龍女故事類型研究》　臺中市　東海
　　　　大學中國文學研究所碩士論文　2001年

夏薇薇　《文章賓主法析論》　臺北市　國立臺灣師範大學國文研究
　　　　所碩士論文　2000年

陳麗娜　《李白詠物詩研究》　臺北市　東吳大學中國文學研究所碩
　　　　士論文　1986年

陳秋吟　《屈賦意象研究》　高雄市　國立中山大學中國文學研究所
　　　　碩士論文　1996年

陳昭吟　《唐小說中龍故事類型研究》　高雄市　國立中山大學中文
　　　　研究所碩士論文　1996年

陳宣諭　《李白詩歌海意象研究》　臺北市　國立臺灣師範大學國文
　　　　研究所博士論文　2011年

許自佑　《青龍白虎源流考》　新北市　淡江大學中國文學研究所碩
　　　　士論文　2001年

張鈞莉　《六朝遊仙詩研究》　臺北市　國立臺灣大學中國文學研究
　　　　所碩士論文　1987年

張貞海　《宋前神話小說中龍的研究》　臺北市　文化大學中國文學
　　　　研究所博士論文　1992年

莊美芳　《李太白詩探源》　臺北市　東吳大學中國文學研究所碩士
　　　　論文　1986年

黃政卿　《古典詞的時空特質及其運用研究》　高雄市　國立高雄師
　　　　範大學國文學系碩士論文　2005年

黃志光　《李白〈古風五十九首〉篇章結構探析》　臺北市　東吳大
　　　　學中國文學研究所碩士論文　2013年

游瑟玫　《盛唐詩歌「龍」意象之研究》　臺北市　國立臺北教育大
　　　　學語文與創作學系暑期語文教學碩士論文　2009年

蔡佩芳　《西遊記中龍王世界的探究》　臺中市　東海大學中國文學
　　　　研究所碩士論文　2009年

賴美合　《龍的意象及其應用研究──以台南大天后宮為實例》　嘉
　　　　義縣　南華大學建築與景觀學系環境藝術碩士論文　2009年

魏鈴珠　《李白〈古風五十九首〉用典研究》　新竹市　玄奘大學中
　　　　國語文研究所在職專班碩士論文　2011年

蘇敏如　《中國水界神異動物象徵研究——以《太平廣記》魚、龜、
　　　　蛇、龍為例》　嘉義縣　國立中正大學中國文學所碩士論文
　　　　2009年

2 大陸地區

王　凱　《「悲」與「樂」的辯證統一：從一個角度比較李白和莎士
　　　　比亞》　西安市　西北大學英語語文學碩士論文　2001年
王利利　《龍的符號形成與現代演繹》　揚州市　揚州大學教育技術
　　　　學碩士論文　2010年
汪田明　《中國龍的圖像研究》　北京市　中國藝術研究院設計藝術
　　　　學博士論文　2008年
周　瑜　《漢語成語「龍」的隱轉喻認知》　金華市　浙江師範大學
　　　　語言學及應用語言學碩士論文　2012年
姚　遠　《中國傳統龍紋的圖像與符號學意義研究》　南京市　南京
　　　　師範大學碩士論文　2006年
高衛國　《李杜詩歌中動物意象的比較》　西安市　陝西師範大學中
　　　　國古代文學碩士論文　2009年
時花蘭　《「三李」詩歌意象跳躍性研究》　西安市　陝西師範大學
　　　　中國古代文學碩士論文　2009年
隋小鳳　《含「龍」典故源流研究》　長沙市　中南大學語言學及應
　　　　用語言學碩士論文　2012年
劉施宏　《龍蛇龜黽文化解釋》　重慶市　重慶師範大學漢語語文字
　　　　學碩士論文　2008年
戴丹鶴　《唐詩龍鳳意象研究》　南昌市　東華理工大學文法學院碩
　　　　士論文　2012年
蘇　健　《李白詩歌意象的概念整合研究》　長沙市　長沙理工大學
　　　　外國語言學及應用語言學碩士論文　2010年

二 單篇論文

(一)臺灣地區

林淑貞 〈李白遊仙詩中的生命反差與人間性格〉 《彰化師大國文學誌》 第13期 2006年12月

附 錄 〈歷代龍象演變及其藝術特點〉 《龍文化特展》 臺北市 國立歷史博物館 2000年

袁德星 〈龍的原始〉 《故宮文物月刊》 第60期 1988年3月

孫 機 〈神龍出世六千年〉 《龍文化特展》 臺北市 國立編譯館 1999年

孫 機 〈神龍出世六千年——龍的形象之出現、演變和定型〉 《龍文化特展》 臺北市 國立故宮博物院 2000年

孫劍秋 〈易經中的龍〉 《臺北師院語文集刊》 第6期 2001年6月

夏春祥 〈文本分析與傳播研究〉 《新聞學研究》 第54集 臺北市 政治大學 1997年

陳慶元 〈李白入永王幕府之心態研究〉 《東海中文學報》 第13期 2001年7月

陳滿銘 〈從意象看辭章之內涵〉 《國文天地》 19卷第5期 2003年10月

陳滿銘 〈意象與辭章〉 《修辭論叢》第六輯 臺北市 洪葉文化事業公司 2004年11月第六屆中國修辭學國際學術研討會

陳泳超 〈夔龍是什麼龍?作為地方信仰實踐的遠古神話〉 《興大中文學報》 第28期 2010年12月

章成崧 〈從紅山文化玉龍談龍的起源〉 《中華學苑》 第41期 1991年6月

黃光男 〈飛龍在天〉 《龍文化特展》 臺北市 歷史博物館
　　　　1999年

莊吉發 〈祥龍獻瑞迎壬辰——龍圖騰崇拜的文化意義〉 《故宮文
　　　　物月刊》 第347期 2012年2月

趙　飛 〈【上下古今人世間】燭龍：千百世代的古今奇緣〉 臺灣
　　　　《科學人》雜誌 2009年5月號

錢曉雲 〈談龍在中國人心目中的地位〉 《宜蘭農工學報》 第10
　　　　期 1995年

蘇啟明 〈世紀龍顏——龍的歷史構成及其美學特質〉 《龍文化特
　　　　展》 臺北市 國立歷史博物館 1999年

（二）大陸地區

文伯倫 〈試論李白的游仙詩〉 《綿陽師範高等專科學校學報》
　　　　第19卷第3期 2000年6月

尹榮芳 〈龍為樹神說——兼論龍之原型是松〉 《學術學刊》 1989
　　　　年7月號

王輝斌 〈李白詩中之龍山考〉 《天府新論》 1986年第1期

王子今 〈龍與遠古虹崇拜〉 《文物天地》 1989年第4期

王清鋒 〈論龍鬚草的發展價值及在我國的利用現狀與展望〉 《自
　　　　然資源學報》 第8卷第4期 1993年

王友勝 〈李白游仙訪道的思想契機〉 《吉首大學學報》 1994年
　　　　第3期

王　銳 〈鯉魚躍龍門的典故由來〉 《歷史月刊》 第229期
　　　　2008年

王建平、劉莉萍 〈《聊齋志異》中的龍形象與龍文化〉 《電影評
　　　　介》 2009年第12期

王元林、陳玉霜　〈論嶺南龍母信仰的地域擴展〉　《中國歷史地理論叢》　2009年10月

王　暉　〈試論李白文化心態中求仕與歸隱的矛盾〉　《山西廣播電視大學學報》　2013年第2期　2013年6月

米　崏　〈從李白詩試論盛唐詩歌的氣質〉　《語文學刊》　2012年第9期

朱光潛　〈談李白詩三首〉　《語文學習》　1958年2月號

余山楓　〈民俗中的龍紋〉　《阜陽師範學院學報（社會科學版）》　2009年第3期

杜景潔　〈好夢難圓——從李白的詩看其矛盾心理〉　《遼寧師專學報（社會科學版）》　1999年第5期

阮堂明　〈李白詩中對自我的仙化傾向〉　《天津師大學報》　1997年第3期

吳瑞霞　〈龍的意象與中國詩意思維關係的探源〉　《培訓與研究——湖北教育學院學報》　2002年第6期

李傳江　〈魏晉南北朝志怪小說中的龍文化探析〉　《重慶工商大學學報（社會科學版・雙月刊）》　第21卷第5期　2004年10月

李豔麗　〈淺論李白古風詩中的神話〉　《淮南師範學院學報》　第8卷第5期　2006年9月

李光安　〈中國民間建築裝飾中龍紋飾的文化內涵〉　《藝術與設計》　2007年第12期

李　蓉　〈中西文學中龍的隱喻及文化誤讀〉　《福建商業高等專科學校學報》　2007年第4期　2007年8月

李麗榮　〈道教文化對李白人生道路及其詩風的影響〉　《河北科技師範學院學報（社會科學版）》　第8卷第3期　2009年9月

李　冰　〈論李白詩中神仙思想的多層性〉　《現代語文（文學研

究）》　2010年第5期

李　冰　〈李白詩中的「劍」與其人形象〉　《芒種》　2012年第13期

何念龍　〈試論李白的自我形象在詩中的表現——李白詩歌的浪漫主
　　　　義創作特征之一〉　《武漢大學學報（人文科學版）》
　　　　1982年5期

刑惠玲　〈論中國古典文學文獻中龍之形象〉　《圖書館建設》　2000
　　　　年第6期

宋　晶　〈武當五龍宮龍神崇拜初探〉　《鄖陽師範學院高等專科學
　　　　校學報》　第28卷第1期　2008年2月

林梅村　〈吐火羅人與龍部落〉　《西域研究》　1997年第1期

房日晰　〈李白詩與盛唐氣象〉　《西北大學學報（哲學社會科學
　　　　版）》　1987年第2期

周秉高　〈楚辭服飾研究〉　《職大學報》　2008年第1期

金立敏　〈福建宮廟建築龍柱藝術初探〉　《雕塑》　2014年第3期

孟祥修　〈論李白的游仙詩〉　《人文雜誌》　1990年第5期

洛陽博物館　〈洛陽北魏畫像石〉　《考古》　1980年3期

姚德懷、陳明然、國麗婭　〈「龍」的一條龍：「龍龖竜⋯⋯」——以
　　　　「字位」說試排「龍」的異體異形字〉　《語文建設通訊
　　　　（香港）》　第100期　2012年5月

徐亞娟　〈近百年龍母研究概述〉　《廣西民族研究》　2007年第4期

徐海燕　〈幻想的勝利——淺論現代西方奇幻文學〉　《忻州師範學
　　　　院學報》　第23卷第4期　2007年8月

倪晉波　〈支遁與東晉士人交往初論——以《世說新語》為中心〉
　　　　《蘭州學刊》　2005年第6期

康　震　〈論李白政治文化人格的內在矛盾〉　《人文雜誌》　2000
　　　　年第3期

陳祚龍　〈關於李白與佛教的因緣〉　《中國文化月刊》　第79期　1986年

陳勤建　〈越地祈雨中的「龍聖」──兼論中國龍的原型和源起〉　《華東師範大學學報》　2000年第3期

陳　磊　〈盤龍：河南文物建築中的龍柱藝術〉　《中國文化遺產》　2010年第5期

張嘯虎　〈論李白的政治態度及其政論詩〉　《中南民族大學學報（人文社會科學版）》　1982年第3期

張明華　〈山海經新探〉　《學林漫錄》　第8集　北京市　北京中華書局　1983年

張光富　〈警策心長：憂國情深──李白《蜀道難》主題新議〉　《九江師專學報》　1996年2期

張迤邐　〈失意悲憤是李白詩歌的主旋律〉　《遼寧教育學院學報》　第17卷第3期　2000年5月

張蓉、胡建琴　〈詩家仙佛終無緣──論李白性格的雙重性〉　《西安交通大學學報（社會科學版）》　第23卷第4期　2003年12月

張　建　〈中國神龍文化的形成與發展──《山海經》研究之二〉　《岳陽職業技術學院學報》　第20卷第3期　2005年9月

張連舉　〈李白詠劍詩略論〉　《韶關學院學報（社會科學版）》　第27卷第8期　2006年8月

張鶴、張玉清　〈中國龍文化的形成發展和中外文化交流〉　《河北師範大學學報（哲學社會科學版）》　第31卷第2期　2008年3月

張宗福　〈論李白仙道詩的清靜與超越〉　《西華師範大學學報（哲學社會科學版）》　2009年第2期　2009年3月

張存信　〈中西「龍」文化之差異〉　《華夏文化》　2013年第1期

曹桂花 〈「龍」意象在中英文中的文化差異〉 《湖北工程學院學報》 第33卷第4期 2013年7月

許 總 〈論李白自我中心意識及其詩境表現特征〉 《安徽大學學報（哲學社會科學版）》 1995年4期

許鮮明、季紅雨 〈漢語詞彙中的「龍」概念〉 《雲南師範大學學報（哲學社會科學版）》 第38卷第2期 2006年3月

殷曉蕾 〈略論道教文化與龍畫之關係〉 《大連大學學報》 第22卷第1期 2001年2月

景志明、花志紅、葉俊莉 〈李白詩學理論探析〉 《西昌學院學報（社會科學版）》 2012年第1期 2012年1月

閻雲翔 〈試論龍的研究〉 《九州學刊》 香港第2卷第2期 1988年1月

閔翔鵬 〈五方龍王與四海龍王的源流〉 《民俗研究》 第3期 2008年

傅明善、張維昭 〈李白游仙詩與悲劇意識〉 《寧波大學學報（教育科學版）》 第18卷第5期 1996年10月

黃桂秋 〈大明山龍母文化與華南族群的水神信仰〉 《廣西師範學院學報（哲學社會科學版）》 2006年第3期

黃交軍 〈從《說文解字》看中國先民的龍文化意識〉 《貴陽學院學報（社會科學版）》 2013年第3期

黃交軍 〈從《周易》到《說文解字》──論「龍」在先民文化中的形象流變〉 《貴陽學院學報（社會科學版）》 2013年第1期

黃曉林、張惠 〈李白詩歌語言藝術的誇張特色〉 《綿陽師範學院學報》 第29卷第3期 2010年3月

湛 如 〈印度古代與佛教中龍的傳說、形象與描述〉 《文學與文化》 2013年第1期

馮廣宏　〈黃龍與大禹神話考源〉　《四川文物》　1994年第3期

馮　芬　〈李白道論詩歌中的生態詩格與人格〉　《文藝評論》
　　　　2012年第2期

賈　兵　〈李白游仙詩的主題矛盾〉　《信陽農業高等專科學校學
　　　　報》　第20卷第2期　2010年6月

楊曉靄　〈李白游仙詩的道教化品格〉　《甘肅廣播電視大學學報》
　　　　1990年第4期

葛承雍　〈唐代龍造型中的外來文化因素〉　《尋根》　2001年第1期

葛　星　〈《西遊記》中「龍」形象的傳統文化審視〉　《齊魯學
　　　　刊》　2009年第5期

葛承雍　〈唐代龍的演變特點與外來文化〉　《人文雜誌》　2000年
　　　　第1期

蒲芳馨　〈淺談李白詩中的神仙坐騎〉　《中國城市經濟》　2010年
　　　　第11期

裴　斐　〈談李白的游仙詩〉　《江漢論壇》　1980年第5期

趙曉蘭　〈略論杜詩的非寫實意象──以「龍」為例〉　《杜甫研究
　　　　學刊》　2003年第2期

趙　丰　〈從地球科學追尋龍的起源〉　《科學發展》　2009年4月
　　　　436期

趙麗玲、王楊琴　〈論中西方龍形象及其文化意義的差異〉　《湖北
　　　　工業大學學報》　第25卷第6期　2010年12月

趙麗梅　〈李白的詩與道家思想〉　《學術探索》　2011年第6期

鄧彪、鄭燕飛　〈淺析李白、郭璞之游仙詩的寫作特色〉　《南昌教
　　　　育學院學報》　第26卷第12期　2011年12月

劉城淮　〈略談龍的始作者和模特兒〉　雲南《學術研究》　1964年
　　　　3期

劉　亮　〈論禾本科黍亞科的系統分類與演化〉　《植物分類學報》
　　　　第26卷第1期　1988年

劉根生　〈從虛幻的真實再探文學藝術的真實性〉　《衡水學院學
　　　　報》　第4期第7卷　2005年12月

劉雪梅、歐清煜　〈龍母傳說的文化考察〉　《文化遺產》　2008年
　　　　第2期

劉玉娥　〈《詩經》與龍文化〉　《濮陽職業技術學院學報》　第24
　　　　卷第6期　2011年12月

劉金祥、張濤　〈龍鬚草的利用現狀及研究進展〉　《湛江師範學院
　　　　學報》　第34卷第3期　2013年

盧燕平　〈略論李白詩以意驅象的特點及其文化心理成因〉　《天府
　　　　新論》　1998年5期　1998年9月

鍾文華　〈試論蜀人的仙化思維〉　《綿陽師範學院學報》　第26卷
　　　　第7期　2007年7月

薛豔群　〈淺談李白詩中的盛唐氣象〉　《運城高等專科學校學報》
　　　　第18卷第5期　1999年10月

韓雪晴　〈唐人小說中的龍意象及其文化意義〉　《昭烏達蒙族師專
　　　　學報（漢文哲學社會科學版）》　第25卷第5期　2004年5月

〈濮陽中華第一龍〉2013年11月16日《中時電子報》網址如下
　　　　http://www.chinatimes.com/cn/newspapers/20131116001002-
　　　　260303

附錄一
唐代詩歌（初唐—李白之前）「龍」意象摘句一覽表

編號	作者	詩題	詩句	御定全唐詩卷數	景印文淵閣四庫全書頁碼
1	太宗皇帝	〈帝京篇十首其二〉	玉匣啟龍圖，金繩披鳳篆。	卷1	1423冊108頁
2	太宗皇帝	〈飲馬長城窟行〉	都尉反龍堆，將軍旋馬邑。	卷1	1423冊109頁
3	太宗皇帝	〈執契靜三邊〉	書絕龍庭羽，烽休鳳穴戍。	卷1	1423冊109頁
4	太宗皇帝	〈於北平作〉	翠野駐戎軒，盧龍轉征旆。	卷1	1423冊111頁
5	太宗皇帝	〈詠司馬彪續漢志〉	潛龍既可躍，逸兔奚難致。	卷1	1423冊114頁
6	太宗皇帝	〈冬宵各為四韻〉	雕宮靜龍漏，綺閣宴公侯。	卷1	1423冊116頁
7	太宗皇帝	〈詠飲馬〉	翻似天池裏，騰波龍種生。	卷1	1423冊118頁
8	太宗皇帝	〈詠燭二首其二〉	九龍蟠焰動，四照逐花生。	卷1	1423冊119頁
9	太宗皇帝	〈賦得臨池竹〉	拂牖分龍影，臨池待鳳翔。	卷1	1423冊119頁
10	李治	〈太子納妃太平公主出降〉	龍樓光曙景，魯館啟朝扉。	卷2	1423冊121頁

編號	作者	詩題	詩句	御定全唐詩卷數	景印文淵閣四庫全書頁碼
11	李治	〈九月九日〉	鳳闕澄秋色，龍闈引夕涼。	卷2	1423冊 121頁
12	李顯	〈九月九日幸臨渭亭登高得秋字〉	何藉龍沙上，方得忿淹留。	卷2	1423冊 122頁
13	李隆基	〈過晉陽宮〉	井邑龍斯躍，城池鳳翔餘。	卷3	1423冊 124頁
14	李隆基	〈登蒲州逍遙樓〉	昔是潛龍地，今為上理辰。	卷3	1423冊 126頁
15	李隆基	〈過王濬墓〉	吳國分牛鬥，晉室命龍驤。	卷3	1423冊 126頁
16	李隆基	〈同玉真公主過大哥山池〉	鸞池臨九達，龍岫對層城。	卷3	1423冊 127頁
17	李隆基	〈旋師喜捷〉	龍蛇開陣法，貔虎振軍威。	卷3	1423冊 128頁
18	李隆基	〈春中興慶宮酺宴〉	伐鼓魚龍雜，撞鐘角抵陳。	卷3	1423冊 133頁
19	李隆基	〈早登太行山中言志〉	火龍明鳥道，鐵騎繞羊腸。	卷3	1423冊 134頁
20	李隆基	〈平胡〉	鼓角雄山野，龍蛇入戰場。	卷3	1423冊 134頁
21	武則天	〈唐明堂樂章・角音〉	龍德盛，鳥星出。	卷5	1423冊 147頁
22	武則天	〈唐大饗拜洛樂章・德和〉	夕惕同龍契，晨兢當鳳辰。	卷5	1423冊 148頁
23	武則天	〈遊九龍潭〉	巖頂翔雙鳳，潭心倒九龍。	卷5	1423冊 148頁
24	上官昭容	〈駕幸新豐溫泉宮獻詩三首其一〉	三冬季月景龍年，萬乘觀風出灞川。遙看電躍龍為馬，回矚霜原玉作田。	卷5	1423冊 152頁

編號	作者	詩題	詩句	御定全唐詩卷數	景印文淵閣四庫全書頁碼
25		〈郊廟歌辭·祀圜丘樂章·豫和〉	歌奏畢兮禮獻終，六龍馭兮神將升。	卷10	1423冊168頁
26		〈郊廟歌辭·郊天舊樂章·豫和〉	音盈鳳管，彩駐龍旗。	卷10	1423冊168頁
27		〈明皇祀圜丘樂章·壽和〉	于赫聖祖，龍飛晉陽。	卷10	1423冊171頁
28		〈明皇祀圜丘樂章·豫和〉	神光肸蚃，龍駕言旋。	卷10	1423冊171頁
29		〈祈谷樂章·肅和〉	龍運垂祉，昭符啟聖。	卷10	1423冊173頁
30		〈武后明堂樂章·角音〉	龍德盛，鳥星出。	卷10	1423冊174頁
31		〈雩祀樂章·肅和〉	朱鳥開辰，蒼龍啟映。	卷10	1423冊174頁
32		〈雩祀樂章·舒和〉	鳳曲登歌調令序，龍雩集舞泛祥風。	卷10	1423冊175頁
33		〈雩祀樂章·豫和〉	鳥緯遷序，龍星見辰。	卷10	1423冊175頁
34		〈郊廟歌辭·五郊樂章·肅和〉	玄鳥司春，蒼龍登歲。	卷11	1423冊176頁
35		〈郊廟歌辭·武后大享拜洛樂章·德和〉	夕惕司龍契，晨兢當鳳扆。	卷12	1423冊183頁
36		〈郊廟歌辭·奠文宣王樂章·舒和〉	隼集龜開昭聖烈，龍蹲鳳跱肅神儀。	卷12	1423冊189頁
37	姚崇	〈郊廟歌辭·享龍池樂章·第一章〉	此時舜海潛龍躍，此地堯河帶馬巡。	卷12	1423冊191頁
38	蔡孚	〈郊廟歌辭·享龍池樂章·第二章〉	帝宅王家大道邊，神馬龍龜湧聖泉。	卷12	1423冊191頁

編號	作者	詩題	詩句	御定全唐詩卷數	景印文淵閣四庫全書頁碼
39	沈佺期	〈郊廟歌辭・享龍池樂章・第三章〉	龍池躍龍龍已飛,龍德光天天不違。池開天漢分黃道,龍向天門入紫微。	卷12	1423冊191頁
40	盧懷慎	〈郊廟歌辭・享龍池樂章・第四章〉	代邸東南龍躍泉,清漪碧浪遠浮天。	卷12	1423冊191頁
41	姜皎	〈郊廟歌辭・享龍池樂章・五章〉	龍池初出此龍山,常經此地謁龍顏。	卷12	1423冊191頁
42	崔日用	〈郊廟歌辭・龍池樂章・第六章〉	龍興白水漢興符,聖主時乘運鬥樞。	卷12	1423冊191頁
43	蘇頲	〈郊廟歌辭・享龍池樂章・第七章〉	西京鳳邸躍龍泉,佳氣休光鎮在天。	卷12	1423冊191頁
44	李乂	〈郊廟歌辭・享龍池樂章・八章〉	魏國君王稱象處,晉家藩邸化龍初。	卷12	1423冊191頁
45	蘆晞	〈郊廟歌辭・享龍池樂章・第九章〉	始見龍台升鳳闕,應如霄漢起神泉。	卷12	1423冊192頁
46	裴璀	〈郊廟歌辭・享龍池樂章・第十章〉	乾坤啟聖吐龍泉,泉水年年勝一年。始看魚躍方成海,即睹龍飛利在天。	卷12	1423冊192頁
47		〈郊廟歌辭・享太廟樂章・景雲舞〉	龍湖超忽,象野芊綿。	卷13	1423冊195頁
48		〈郊廟歌辭・享太廟樂章・光大舞〉	大業龍祉,徽音駿尊。	卷13	1423冊195頁
49		〈郊廟歌辭・享太廟樂章・承光舞〉	龍樓正啟,鶴駕斯舉。	卷13	1423冊197頁
50		〈郊廟歌辭・享太廟樂章・昭感〉	已週三獻,將乘六龍。	卷13	1423冊198頁
51		〈郊廟歌辭・享太廟樂章・文舞〉	黃龍婉蟺,彩雲蹁躚。	卷13	1423冊199頁
52		〈郊廟歌辭・享太廟樂章・大成舞〉	帝舞季曆,龍聖生昌。	卷13	1423冊199頁

編號	作者	詩題	詩句	御定全唐詩卷數	景印文淵閣四庫全書頁碼
53		〈郊廟歌辭・享太廟樂章・大和舞〉	龍圖友及，駿命恭膺。	卷13	1423冊199頁
54		〈郊廟歌辭・享太廟樂章・凱安四章〉	離若鷟鳥，合如戰龍。	卷13	1423冊200頁
55	薛稷	〈郊廟歌辭・儀坤廟樂章・昭升〉	堯壇鳳下，漢室龍興。	卷14	1423冊204頁
56		〈郊廟歌辭・享隱太子廟樂章・凱安〉	雞戟遂崇儀，龍樓期好善。	卷15	1423冊208頁
57		〈郊廟歌辭・周郊祀樂章・治順樂〉	黼黻龍衣備，琮璜寶器完。	卷16	1423冊214頁
58		〈郊廟歌辭・周郊祀樂章・福順樂〉	多士齊列，六龍載馳。	卷16	1423冊214頁
59		〈郊廟歌辭・漢宗廟樂舞辭・章慶舞〉	玉斝犧樽激灧，龍旗鳳輨逡巡。	卷16	1423冊217頁
60		〈郊廟歌辭・周宗廟樂舞辭・章德舞〉	想龍服，奠犧樽。	卷16	1423冊218頁
61		〈郊廟歌辭・周朝饗樂章・忠順〉	明庭展禮，為龍為光。	卷16	1423冊221頁
62	盧照鄰	〈樂府雜曲・鼓吹曲辭・戰城南〉	笳喧雁門北，陣翼龍城南。	卷17	1423冊222頁
63	竇威	〈橫吹曲辭・出塞〉	潛軍渡馬邑，揚斾掩龍城。	卷18	1423冊234頁
64	王昌齡	〈橫吹曲辭・出塞〉	但使龍城飛將在，不教胡馬度陰山。	卷18	1423冊234頁
65	駱賓王	〈相和歌辭・王昭君〉	斂容辭豹尾，緘怨度龍鱗。	卷19	1423冊253頁
66	東方虯	〈相和歌辭・王昭君三首其二〉	掩涕辭丹鳳，銜悲向白龍。	卷19	1423冊254頁

編號	作者	詩題	詩句	御定全唐詩卷數	景印文淵閣閣四庫全書頁碼
67	虞世南	〈相和歌辭・從軍行二首其一〉	塗山烽候驚，弭節度龍城。	卷19	1423冊263頁
68	虞世南	〈相和歌辭・從軍行二首其二〉	俠客吸龍劍，惡少縵胡衣。	卷19	1423冊264頁
69	喬知之	〈相和歌辭・從軍行〉	鴛綺裁易成，龍鄉信難見。	卷19	1423冊264頁
70	厲玄	〈相和歌辭・從軍行〉	廣場收驥尾，清瀚怯龍鱗。	卷19	1423冊265頁
71	杜頠	〈相和歌辭・從軍行〉	去為龍城候，正值胡兵襲。	卷19	1423冊266頁
72	李世民	〈相和歌辭・飲馬長城窟行〉	都尉反龍堆，將軍旋馬邑。	卷20	1423冊275頁
73	袁朗	〈相和歌辭・飲馬長城窟行〉	鳥庭已向內，龍荒更鑿空。	卷20	1423冊275頁
74	王翰	〈相和歌辭・蛾眉怨〉	白日全含朱鳥窗，流雲半入蒼龍闕。	卷20	1423冊289頁
75	張若虛	〈相和歌辭・春江花月夜〉	鴻雁長飛光不度，魚龍潛躍水成文。	卷21	1423冊293頁
76	沈佺期	〈琴曲歌辭・霹靂引〉	電耀耀兮龍躍，雷闐闐兮雨冥。	卷23	1423冊312頁
77	王轂	〈雜曲歌辭・苦熱行〉	祝融南來鞭火龍，火旗焰焰燒天紅。	卷24	1423冊330頁
78	李頎	〈雜曲歌辭・緩歌行〉	暮擬經過石渠署，朝將出入銅龍樓。	卷24	1423冊332頁
79	虞世南	〈雜曲歌辭・結客少年場行〉	雲起龍沙暗，木落雁行秋。	卷24	1423冊333頁
80	虞羽客	〈雜曲歌辭・結客少年場行〉	龍城含曉霧，瀚海隔遙天。	卷24	1423冊333頁

編號	作者	詩題	詩句	御定全唐詩卷數	景印文淵閣四庫全書頁碼
81	盧照鄰	〈雜曲歌辭・結客少年場行〉	龍旌昏朔霧，鳥陣卷寒風。	卷24	1423冊333頁
82	李暇	〈雜曲歌辭・東飛伯勞歌〉	秦王龍劍燕後琴，珊瑚寶匣鏤雙心。	卷25	1423冊343頁
83	蘇頲	〈雜曲歌辭・長相思〉	君不見天津橋下東流水，東望龍門北朝市。	卷25	1423冊346頁
84	盧照鄰	〈雜曲歌辭・行路難〉	倡家寶襪蛟龍帔，公子銀鞍千萬騎。……蒼龍闕下君不來，白鶴山前我應去。	卷25	1423冊347頁
85	王勃	〈雜曲歌辭・秋夜長〉	鶴關音信斷，龍門道路長。	卷26	1423冊365頁
86		〈雜曲歌辭・入破第一〉	細草河邊一雁飛，黃龍關裏掛戎衣。	卷27	1423冊374頁
87		〈雜曲歌辭・蓋羅縫〉	但願龍庭神將在，不教胡馬渡陰山。	卷27	1423冊378頁
88	張說	〈雜曲歌辭・踏歌詞〉	龍銜火樹千燈豔，雞踏蓮花萬歲春。	卷28	1423冊397頁
89	張說	〈雜曲歌辭・舞馬詞〉	萬玉朝宗鳳扆，千金率領龍媒。……天祿遙征衛叔，日龍上借羲和。……彩旄八佾成行，時龍五色因方。……帝皂龍駒沛艾，星蘭驥子權奇。……擊石騞騞紫燕，摐金顧步蒼龍。	卷28	1423冊400頁
90	張說	〈雜曲歌辭・舞馬千秋萬歲樂府詞〉	連騫勢出魚龍變，蹀躞驕生鳥獸行。……遠聽明君愛逸才，玉鞭金翅引龍媒。	卷28	1423冊401頁
91	李頎	〈雜歌謠辭・鄭櫻桃歌〉	石季龍，僭天祿。……赤花雙簟珊瑚床，盤龍鬥帳琥珀光。	卷29	1423冊404頁

編號	作者	詩題	詩句	御定全唐詩卷數	景印文淵閣四庫全書頁碼
92	王珪	〈詠淮陰侯〉	斬龍堰灘水，擒豹燔夏陽。	卷30	1423冊411頁
93	陳叔達	〈聽鄰人琵琶〉	本是龍門桐，因妍入漢宮。	卷30	1423冊411頁
94	袁朗	〈賦飲馬長城窟〉	烏庭已向內，龍荒更鑿空。	卷30	1423冊412頁
95	袁朗	〈和洗掾登城南阪望京邑〉	龍飛灞水上，鳳集岐山陽。	卷30	1423冊412頁
96	竇威	〈出塞曲〉	潛軍度馬邑，揚旆掩龍城。	卷30	1423冊413頁
97	魏徵	〈五郊樂章・蕭和〉	玄鳥司春，蒼龍登歲。	卷31	1423冊415頁
98	褚亮	〈祈谷樂章・蕭和〉	龍運垂祉，昭符啟聖。	卷32	1423冊419頁
99	褚亮	〈雩祀樂章・蕭和〉	朱鳥開辰，蒼龍啟映。	卷32	1423冊420頁
100	褚亮	〈雩祀樂章・舒和〉	鳳曲登歌調令序，龍雩集舞泛祥風。	卷32	1423冊420頁
101	岑文本	〈奉述飛白書勢〉	飛毫列錦繡，拂素起龍魚。	卷33	1423冊425頁
102	劉孝孫	〈早發成皋望河〉	鴻流遵積石，驚浪下龍門。	卷33	1423冊427頁
103	楊師道	〈中書寓直詠雨簡褚起居上官學士〉	雲暗蒼龍闕，沉沉殊未開。	卷34	1423冊431頁
104	楊師道	〈詠飲馬應詔〉	清晨控龍馬，弄影出花林。	卷34	1423冊431頁
105	楊師道	〈詠琴〉	久擅龍門質，孤竦嶧陽名。	卷34	1423冊431頁

編號	作者	詩題	詩句	御定全唐詩卷數	景印文淵閣閣四庫全書頁碼
106	楊師道	〈奉和聖制春日望海〉	回瞻盧龍塞，斜瞻肅慎鄉。……龍擊驅遼水，鵬飛出帶方。	卷34	1423冊432頁
107	楊師道	〈詠馬〉	鳴珂屢度章台側，細蹀經向濯龍傍。	卷34	1423冊432頁
108	許敬宗	〈奉和詠雨應詔〉	激溜分龍闕，斜飛灑鳳樓。	卷35	1423冊436頁
109	許敬宗	〈奉和過慈恩寺應制〉	鳳闕鄰金地，龍旗拂寶台。	卷35	1423冊436頁
110	李義府	〈和邊城秋氣早〉	霜結龍城吹，水照龜林月。	卷35	1423冊437頁
111	虞世南	〈從軍行二首其一〉	塗山烽候驚，弭節度龍城。	卷36	1423冊439頁
112	虞世南	〈從軍行二首其二〉	俠客吸龍劍，惡少縵胡衣。	卷36	1423冊439頁
113	虞世南	〈結客少年場行〉	雲起龍沙暗，木落雁門秋。	卷36	1423冊440頁
114	虞世南	〈賦得臨池竹應制〉	龍鱗漾嶰穀，鳳翅拂漣漪。	卷36	1423冊441頁
115	虞世南	〈和鑾輿頓戲下〉	撫己慚龍幹，承恩集鳳條。	卷36	1423冊442頁
116	虞世南	〈奉和至壽春應令〉	文鶴揚輕蓋，蒼龍飾桂舟。……龍驂駐六馬，飛閣上三休。	卷36	1423冊442頁
117	虞世南	〈奉和幸江都應詔〉	龍旗煥辰象，鳳吹溢川塗。	卷36	1423冊443頁
118	王績	〈古意六首其一〉	漆抱蛟龍唇，絲纏鳳凰足。	卷37	1423冊443頁
119	王績	〈採藥〉	青龍護道符，白犬遊仙術。	卷37	1423冊446頁

編號	作者	詩題	詩句	御定全唐詩卷數	景印文淵閣閣四庫全書頁碼
120	王績	〈遊仙四首其一〉	駕鶴來無日，乘龍去幾年。	卷37	1423冊447頁
121	王績	〈遊仙四首其四〉	鵙桃聞已種，龍竹未經騎。	卷37	1423冊447頁
122	王績	〈過漢故城〉	中原逐鹿罷，高祖郁龍驤。	卷37	1423冊449頁
123	朱子奢	〈文德皇后輓歌〉	今日泉台路，非是濯龍遊。	卷38	1423冊456頁
124	陳子良	〈春晚看群公朝還人為八韻〉	紅塵掩鶴蓋，翠柳拂龍媒。	卷39	1423冊457頁
125	來濟	〈出玉關〉	斂轡遵龍漢，銜淒渡玉關。	卷39	1423冊459頁
126	張文恭	〈七夕〉	鳳律驚秋氣，龍梭靜夜機。	卷39	1423冊459頁
127	薛元超	〈奉和同太子監守違戀〉	北首瞻龍戟，塵外想鸞鑣。	卷39	1423冊460頁
128	盧照鄰	〈中和樂九章·歌東軍第三〉	島夷複祀，龍伯來賓。	卷41	1423冊465頁
129	盧照鄰	〈中和樂九章·歌南郊第四〉	龍駕四牡，鸞旗九斿。	卷41	1423冊465頁
130	盧照鄰	〈中和樂九章·歌公卿第八〉	群龍在職，振鷺盈朝。	卷41	1423冊466頁
131	盧照鄰	〈戰城南〉	笳喧雁門北，陣翼龍城南。	卷41	1423冊466頁
132	盧照鄰	〈結客少年場行〉	龍旌昏朔霧，鳥陣卷胡風。	卷41	1423冊467頁
133	盧照鄰	〈行路難〉	娼家寶襪蛟龍帔，公子銀鞍千萬騎。……蒼龍闕下君不來，白鶴山前我應去。	卷41	1423冊470頁

編號	作者	詩題	詩句	御定全唐詩卷數	景印文淵閣閣四庫全書頁碼
134	盧照鄰	〈長安古意〉	龍銜寶蓋承朝日，鳳吐流蘇帶晚霞。……妖童寶馬鐵連錢，娼婦盤龍金屈膝。	卷41	1423冊471頁
135	盧照鄰	〈和吳侍御被使燕然〉	春歸龍塞北，騎指雁門垂。	卷42	1423冊475頁
136	盧照鄰	〈山莊休沐（一作和夏日山莊）〉	龍柯疏玉井，鳳葉下金堤。	卷42	1423冊476頁
137	盧照鄰	〈贈許左丞從駕萬年宮〉	黃山聞鳳笛，清蹕侍龍媒。	卷42	1423冊477頁
138	盧照鄰	〈酬張少府柬之〉	珠浦龍猶臥，檀溪馬正沉。	卷42	1423冊477頁
139	盧照鄰	〈登封大酺歌四首其二〉	日觀仙雲隨鳳輦，天門瑞雪照龍衣。	卷42	1423冊479頁
140	李百藥	〈登葉縣故城謁沈諸梁廟〉	伊我非真龍，勿驚疲朽質。	卷43	1423冊483頁
141	劉褘之	〈奉和別越王〉	鶴蓋分陰促，龍軒別念多。	卷44	1423冊485頁
142	任希古	〈奉和太子納妃太平公主出降〉	龍旌翻地杪，鳳管颺天濱。	卷44	1423冊485頁
143	任希古	〈和左僕射燕公春日端居述懷〉	鳳邸摶霄翰，龍池躍海鱗。	卷44	1423冊488頁
144	任希古	〈和長孫秘監七夕〉	鵲橋波里出，龍車霄外飛。	卷44	1423冊489頁
145	楊思玄	〈奉和別魯王〉	鶴蓋動宸眷，龍章送遠遊。	卷44	1423冊489頁
146	王德真	〈奉和聖制過溫湯〉	玉霜鳴鳳野，金陣藻龍川。	卷44	1423冊490頁
147	薛克構	〈奉和展禮岱宗塗經濮濟〉	龍圖冠胥陸，鳳駕指雲亭。	卷44	1423冊490頁

編號	作者	詩題	詩句	御定全唐詩卷數	景印文淵閣閣四庫全書頁碼
148	陳元光	〈落成會詠一首〉	篿宅龍鍾地，承恩燕翼宮。	卷45	1423冊492頁
149	陳元光	〈示珦〉	祛災剿猛虎，溥德翊飛龍。	卷45	1423冊492頁
150	陳元光	〈太母魏氏半徑題石〉	劍埋龍守壤，石臥虎司碑。	卷45	1423冊492頁
151	許天正	〈和陳元光平潮寇詩〉	龍湖膏澤下，早晚遍枯窮。	卷45	1423冊493頁
152	韋承慶	〈寒食應制〉	鳳城春色晚，龍禁早暉通。	卷46	1423冊496頁
153	崔日用	〈奉和聖制春日幸望春宮應制〉	鳳閣斜通平樂觀，龍旗直逼望春亭。	卷46	1423冊497頁
154	崔日用	〈奉和聖制龍池篇〉	龍興白水漢興符，聖主時乘運門樞。	卷46	1423冊498頁
155	崔日用	〈奉和送金城公主適西蕃〉	六龍今出餞，雙鶴願為歌。	卷46	1423冊498頁
156	宗楚客	〈奉和幸安樂公主山莊應制〉	幸睹八龍游閬苑，無勞萬里訪蓬瀛。	卷46	1423冊498頁
157	張九齡	〈奉和聖制燭龍齋祭〉	燭龍煌煌，明宗報祀。	卷47	1423冊501頁
158	張九齡	〈奉和聖制喜雨〉	黃龍勿來，鳴鳥不思。	卷47	1423冊502頁
159	張九齡	〈和黃門盧監望秦始皇陵〉	土崩失天下，龍鬥入函谷。	卷47	1423冊503頁
160	張九齡	〈龍門旬宴得月字韻〉	中席傍魚潭，前山倚龍闕。	卷47	1423冊506頁
161	張九齡	〈感遇十二首其十一〉	但欲附高鳥，安敢攀飛龍。	卷47	1423冊508頁

編號	作者	詩題	詩句	御定全唐詩卷數	景印文淵閣閣四庫全書頁碼
162	張九齡	〈奉和聖制初出洛城〉	東土淹龍駕，西人望翠華。	卷48	1423冊513頁
163	張九齡	〈三月三日登龍山〉	豈似龍山上，還同湘水濱。	卷48	1423冊514頁
164	張九齡	〈答陳拾遺贈竹簪〉	遺我龍鍾節，非無玳瑁簪。	卷48	1423冊515頁
165	張九齡	〈故刑部李尚書挽詞三首其二〉	龍門不可望，感激涕沾衣。	卷48	1423冊520頁
166	張九齡	〈故滎陽君蘇氏挽歌詞三首其一〉	劍去雙龍別，雛哀九鳳鳴。	卷48	1423冊521頁
167	張九齡	〈奉和聖制龍池篇〉	天啟神龍生碧泉，泉水靈源浸迤延。飛龍已向珠潭出，積水仍將銀漢連。	卷48	1423冊521頁
168	張九齡	〈奉和聖制早渡蒲津關〉	龍負王舟渡，人占仙氣來。	卷49	1423冊522頁
169	張九齡	〈奉和吏部崔尚書雨後大明朝堂望南山〉	雙鳳褰為闕，群龍儼若仙。	卷49	1423冊523頁
170	張九齡	〈經江寧覽舊跡至玄武湖〉	鳧鷖喧鳳管，荷芰鬥龍舟。	卷49	1423冊527頁
171	張九齡	〈和姚令公哭李尚書乂〉	忽歎登龍者，翻將吊鶴同。	卷49	1423冊531頁
172	楊炯	〈奉和上元酺宴應詔〉	龜龍開寶命，雲火昭靈慶。……百戲騁魚龍，千門壯宮殿。	卷50	1423冊533頁
173	楊炯	〈廣溪峽〉	天下有英雄，襄陽有龍伏。	卷50	1423冊534頁
174	楊炯	〈從軍行〉	牙璋辭鳳闕，鐵騎繞龍城。	卷50	1423冊534頁

編號	作者	詩題	詩句	御定全唐詩卷數	景印文淵閣閣四庫全書頁碼
175	楊炯	〈和旻上人傷果禪師〉	簫鼓旁喧地，龍蛇直映天。	卷50	1423冊537頁
176	楊炯	〈和劉長史答十九兄〉	五龍金作友，一子玉為人。	卷50	1423冊538頁
177	宋之問	〈龍門應制〉	群公拂霧朝翔鳳，天子乘春幸鑿龍。鑿龍近出王城外，羽從琳琅擁軒蓋。……鳥旗翼翼留芳草，龍騎駸駸映晚花。	卷51	1423冊546頁
178	宋之問	〈桂州三月三日〉	昆明禜宿侍龍媒，伊闕天泉復幾回。	卷51	1423冊547頁
179	宋之問	〈高山引〉	天高難訴兮遠負明德，卻望咸京兮揮涕龍鍾。	卷51	1423冊547頁
180	宋之問	〈嵩山天門歌〉	紛窈窕兮岩倚披以鵬翅，洞膠葛兮峰棱層以龍鱗。	卷51	1423冊547頁
181	宋之問	〈幸嶽寺應制〉	雅曲龍調管，芳樽蟻泛觥。	卷52	1423冊549頁
182	宋之問	〈壽陽王花燭圖（一作沈佺期詩）〉	仙媛乘龍日，天孫捧雁來。	卷52	1423冊550頁
183	宋之問	〈牛女（一作沈佺期詩）〉	奔龍爭渡月，飛鵲亂填河。	卷52	1423冊550頁
184	宋之問	〈送田道士使蜀投龍〉	人隔壺中地，龍遊洞裏天。	卷52	1423冊551頁
185	宋之問	〈送杜審言〉	可惜龍泉劍，流落在豐城。	卷52	1423冊552頁
186	宋之問	〈送武進鄭明府〉	北謝蒼龍去，南隨黃鵠飛。	卷52	1423冊552頁
187	宋之問	〈渡吳江別王長史〉	劍別龍初沒，書成雁不傳。	卷52	1423冊553頁

編號	作者	詩題	詩句	御定全唐詩卷數	景印文淵閣閣四庫全書頁碼
188	宋之問	〈詠笛〉	羌笛寫龍聲，長吟入夜清。	卷52	1423冊 555頁
189	宋之問	〈駕出長安〉	天回萬象出，駕動六龍飛。	卷52	1423冊 556頁
190	宋之問	〈奉和春初幸太平公主南莊應制〉	青門路接鳳凰台，素滻宸游龍騎來。	卷52	1423冊 556頁
191	宋之問	〈奉和幸大薦福寺〉	乘龍太子去，駕象法王歸。	卷53	1423冊 556頁
192	宋之問	〈奉和幸三會寺應制〉	瑞鳥呈書字，神龍吐浴泉。	卷53	1423冊 556頁
193	宋之問	〈奉和薦福寺應制〉	欲識龍歸處，朝朝雲氣隨。	卷53	1423冊 557頁
194	宋之問	〈夜渡吳松江懷古〉	棹發魚龍氣，舟沖鴻雁群。	卷53	1423冊 560頁
195	宋之問	〈謁禹廟〉	舟遷龍負壑，田變鳥芸蕪。	卷53	1423冊 560頁
196	宋之問	〈遊禹穴回出若邪〉	鶴往籠猶掛，龍飛劍已空。	卷53	1423冊 560頁
197	宋之問	〈靈隱寺〉	鷲嶺鬱岧嶢，龍宮鎖寂寥。	卷53	1423冊 561頁
198	宋之問	〈遊雲門寺〉	入禪從鴿繞，說法有龍聽。	卷53	1423冊 561頁
199	宋之問	〈桂州陪王都督晦日宴逍遙樓〉	投刺登龍日，開懷納鳥晨。	卷53	1423冊 564頁
200	崔湜	〈大漠行（一作胡皓詩）〉	近見行人畏白龍，遙聞公主愁黃鶴。……陣雲不散魚龍水，雨雪猶飛鴻雁山。	卷54	1423冊 567頁
201	崔湜	〈酬杜麟台春思〉	鴛衾夜凝思，龍鏡曉含情。	卷54	1423冊 568頁

編號	作者	詩題	詩句	御定全唐詩卷數	景印文淵閣閣四庫全書頁碼
202	崔湜	〈寄天臺司馬先生〉	人間白雲返,天上赤龍迎。	卷54	1423冊568頁
203	崔湜	〈登總持寺閣〉	宿雨清龍界,晨暉滿鳳城。	卷54	1423冊569頁
204	王勃	〈忽夢遊仙〉	電策驅龍光,煙途儼鸞態。	卷55	1423冊573頁
205	王勃	〈秋夜長〉	鶴關音信斷,龍門道路長。	卷55	1423冊573頁
206	王勃	〈三月曲水宴得煙字〉	鳳琴調上客,龍轡儼群仙。	卷56	1423冊578頁
207	王勃	〈九日懷封元寂〉	今日龍山外,當憶雁書歸。	卷56	1423冊581頁
208	李嶠	〈扈從還洛呈侍從群官〉	並輯蛟龍書,同簪鳳凰筆。……叨承廊廟選,謬齒夔龍弼。	卷57	1423冊583頁
209	李嶠	〈安輯嶺表事平罷歸〉	返旆收龍虎,空營集鳥烏。	卷57	1423冊583頁
210	李嶠	〈雲〉	會入大風歌,從龍赴圓闕。	卷57	1423冊584頁
211	李嶠	〈寶劍篇〉	一朝運偶逢大仙,虎吼龍鳴騰上天。	卷57	1423冊584頁
212	李嶠	〈汾陰行〉	珠簾羽扇長寂寞,鼎湖龍髯安可攀。	卷57	1423冊585頁
213	李嶠	〈中宗降誕日長寧公主滿月侍宴應制〉	神龍見像日,仙鳳養雛年。	卷58	1423冊585頁
214	李嶠	〈和周記室從駕曉發合璧宮〉	濯龍春苑曙,翠鳳曉旗舒。	卷58	1423冊587頁
215	李嶠	〈天官崔侍郎夫人吳氏挽歌〉	劍飛龍匣在,人去鵲巢空。	卷58	1423冊589頁

編號	作者	詩題	詩句	御定全唐詩卷數	景印文淵閣閣四庫全書頁碼
216	李嶠	〈日〉	東陸蒼龍駕，南郊赤羽馳。	卷59	1423冊590頁
217	李嶠	〈風〉	帶花疑鳳舞，向竹似龍吟。	卷59	1423冊590頁
218	李嶠	〈雲〉	碧落從龍起，青山觸石來。	卷59	1423冊590頁
219	李嶠	〈田〉	杏花開鳳軫，菖葉布龍鱗。	卷59	1423冊591頁
220	李嶠	〈道〉	玉關塵似雪，金穴馬如龍。	卷59	1423冊591頁
221	李嶠	〈河〉	桃花來馬頰，竹箭入龍宮。	卷59	1423冊591頁
222	李嶠	〈市〉	細柳龍鱗映，長槐兔月陰。	卷59	1423冊592頁
223	李嶠	〈池〉	煙散龍形淨，波含鳳影斜。	卷59	1423冊592頁
224	李嶠	〈書〉	削簡龍文見，臨池鳥跡舒。	卷59	1423冊593頁
225	李嶠	〈旗〉	日薄蛟龍影，風翻鳥隼文。	卷59	1423冊594頁
226	李嶠	〈戈〉	願隨龍影度，橫□陣雲邊。	卷59	1423冊594頁
227	李嶠	〈弓〉	徒切烏號思，攀龍遂不成。	卷59	1423冊594頁
228	李嶠	〈笛〉	羌笛寫龍聲，長吟入夜清。	卷59	1423冊595頁
229	李嶠	〈錢〉	天龍帶泉寶，地馬列金溝。	卷60	1423冊596頁

編號	作者	詩題	詩句	御定全唐詩卷數	景印文淵閣閣四庫全書頁碼
230	李嶠	〈簾〉	巧作盤龍勢，長迎飛燕遊。	卷60	1423冊597頁
231	李嶠	〈燭〉	兔月清光隱，龍盤畫燭新。	卷60	1423冊597頁
232	李嶠	〈竹〉	白花搖鳳影，青節動龍文。	卷60	1423冊598頁
233	李嶠	〈瓜〉	龍蹄遠珠履，女臂動金花。	卷60	1423冊599頁
234	李嶠	〈柳〉	列宿分龍影，芳池寫鳳文。	卷60	1423冊599頁
235	李嶠	〈桐〉	高映龍門迥，雙依玉井深。	卷60	1423冊599頁
236	李嶠	〈馬〉	蒼龍遙逐日，紫燕迥追風。	卷60	1423冊601頁
237	李嶠	〈太平公主山亭侍宴應制（景龍三年八月十三日）〉	龍舟下瞰鮫人室，羽節高臨鳳女臺。	卷61	1423冊602頁
238	李嶠	〈奉和幸大薦福寺應制（寺即中宗舊宅）〉	還窺圖鳳宇，更坐躍龍川。	卷61	1423冊603頁
239	李嶠	〈奉和幸三會寺應制〉	龍形雖近刹，鳥跡尚留書。	卷61	1423冊603頁
240	李嶠	〈夏晚九成宮呈同僚〉	林引梧庭鳳，泉歸竹沼龍。	卷61	1423冊605頁
241	李嶠	〈劉侍讀見和山邸十篇重申此贈〉	對岩龍岫出，分壑雁池深。	卷61	1423冊606頁
242	李嶠	〈晚秋喜雨〉	服閑雲驥屏，冗術土龍修。	卷61	1423冊606頁
243	李嶠	〈奉和聖制幸韋嗣立山莊應制〉	萬騎千官擁帝車，八龍三馬訪仙家。	卷61	1423冊607頁

編號	作者	詩題	詩句	御定全唐詩卷數	景印文淵閣閣四庫全書頁碼
244	李嶠	〈石涼〉	羽蓋龍旗下絕冥，蘭除薜崛坐雲扃。	卷61	1423冊 607頁
245	杜審言	〈重九日宴江陰〉	龍沙即此地，舊俗坐為鄰。	卷62	1423冊 611頁
246	杜審言	〈扈從出長安應制〉	龍旗縈漏夕，鳳輦拂鉤陳。	卷62	1423冊 612頁
247	杜審言	〈贈蘇味道〉	雁塞何時入，龍城幾度圍。	卷62	1423冊 613頁
248	杜審言	〈和李大夫嗣真奉使存撫河東〉	禎符龍馬出，寶籙鳳凰傳。……興來探馬策，俊發抱龍泉。	卷62	1423冊 613頁
249	董思恭	〈詠星〉	雲際龍文出，池中鳥色翻。	卷63	1423冊 615頁
250	劉允濟	〈經廬岳回望江州想洛川有作〉	龜山帝始營，龍門禹初鑿。……仙才驚羽翰，幽居靜龍蠖。	卷63	1423冊 616頁
251	劉允濟	〈詠琴〉	昔在龍門側，誰想鳳鳴時。	卷63	1423冊 617頁
252	姚崇	〈奉和聖制龍池篇〉	此時舜海潛龍躍，此地堯河帶馬巡。	卷64	1423冊 619頁
253	蘇味道	〈單于川對雨二首其二〉	氣合龍祠外，聲過鯨海濱。	卷65	1423冊 622頁
254	蘇味道	〈詠霧〉	乍似含龍劍，還疑映蜃樓。	卷65	1423冊 622頁
255	郭震	〈古劍篇（一作寶劍篇）〉	良工鍛煉凡幾年，鑄得寶劍名龍泉。龍泉顏色如霜雪，良工咨嗟歎奇絕。	卷66	1423冊 624頁
256	王無競	〈北使長城〉	六國複囂囂，兩龍鬥豭豭。	卷67	1423冊 627頁

編號	作者	詩題	詩句	御定全唐詩卷數	景印文淵閣閣四庫全書頁碼
257	賈曾	〈奉和春日出苑矚目應令〉	銅龍曉辟問安回，金輅春遊博望開。	卷67	1423冊 628頁
258	崔融	〈詠寶劍〉	寶劍出昆吾，龜龍夾采珠。	卷68	1423冊 632頁
259	崔融	〈和梁王眾傳張光祿是王子晉後身〉	祗召趨龍闕，承恩拜虎闈。	卷68	1423冊 632頁
260	崔融	〈嵩山石淙侍宴應制〉	龍旗畫月中天下，鳳管披雲此地迎。	卷68	1423冊 633頁
261	閻朝隱	〈奉和聖制春日幸望春宮應制〉	句芒人面乘兩龍，道是春神衛九重。	卷69	1423冊 635頁
262	閻朝隱	〈奉和登驪山應制〉	龍行踏絳氣，天半語相聞。	卷69	1423冊 635頁
263	韋元旦	〈奉和九日幸臨渭亭登高應制得月字〉	絲言丹鳳池，旆轉蒼龍闕。	卷69	1423冊 635頁
264	韋元旦	〈早朝〉	北倚蒼龍闕，西臨紫鳳垣。	卷69	1423冊 636頁
265	韋元旦	〈奉和人日宴大明宮恩賜彩縷人勝應制〉	鸞鳳旌旗拂曉陳，魚龍角抵大明辰。	卷69	1423冊 636頁
266	唐遠悊	〈奉和送金城公主適西蕃應制〉	龍笛迎金榜，驪歌送錦輪。	卷69	1423冊 637頁
267	李適	〈侍宴長寧公主東莊應制〉	鳳樓紆睿幸，龍舸暢宸襟。	卷70	1423冊 638頁
268	李適	〈人日宴大明宮恩賜彩縷人勝應制〉	朱城待鳳韶年至，碧殿疏龍淑氣來。	卷70	1423冊 638頁
269	李適	〈奉和立春遊苑迎春〉	稍覺披香歌吹近，龍驂日暮下城闉。	卷70	1423冊 639頁
270	劉憲	〈興慶池侍宴應制〉	蒼龍闕下天泉池，軒駕來游簫管吹。	卷71	1423冊 641頁

編號	作者	詩題	詩句	御定全唐詩卷數	景印文淵閣四庫全書頁碼
271	劉憲	〈苑中遇雪應制〉	龍驂曉入望春宮，正逢春雪舞東風。	卷71	1423冊 642頁
272	韓仲宣	〈晦日重宴〉	鳳苑先吹晚，龍樓夕照披。	卷72	1423冊 643頁
273	周彥昭	〈晦日宴高氏林亭〉	勝地臨雞浦，高會偶龍池。	卷72	1423冊 643頁
274	蘇頲	〈奉和聖制行次成皋途經先聖擒建德之所感而成詩應制〉	漢東不執象，河朔方鬥龍。	卷73	1423冊 651頁
275	蘇頲	〈奉和聖制春臺望應制〉	大君乘飛龍，登彼複懷昔。	卷73	1423冊 652頁
276	蘇頲	〈長相思〉	君不見天津橋下東流水，南望龍門北朝市。	卷73	1423冊 652頁
277	蘇頲	〈春日芙蓉園侍宴應制〉	荷芰輕熏幄，魚龍出負舟。	卷73	1423冊 653頁
278	蘇頲	〈秋社日崇讓園宴得新字〉	鳴爵三農稔，句龍百代神。	卷73	1423冊 654頁
279	蘇頲	〈武擔山寺〉	鱉靈時共盡，龍女事同遷。	卷73	1423冊 654頁
280	蘇頲	〈餞荊州崔司馬〉	茂禮雕龍昔，香名展驥初。	卷73	1423冊 654頁
281	蘇頲	〈曉發方騫驛〉	傳置遠山蹊，龍鍾蹴澗泥。	卷73	1423冊 655頁
282	蘇頲	〈人日重宴大明宮恩賜彩縷人勝應制〉	疏龍磴道切昭回，建鳳旗門繞帝臺。	卷73	1423冊 656頁
283	蘇頲	〈龍池樂章（唐享龍池樂章第七章）〉	西京鳳邸躍龍泉，佳氣休光鎮在天。	卷73	1423冊 657頁
284	蘇頲	〈寒食宴於中舍別駕兄弟宅〉	子推山上歌龍罷，定國門前結駟來。	卷73	1423冊 657頁

編號	作者	詩題	詩句	御定全唐詩卷數	景印文淵閣閣四庫全書頁碼
285	蘇頲	〈奉和聖制途經華嶽應制〉	霧披乘鹿見，雲起馭龍回。	卷74	1423冊658頁
286	蘇頲	〈奉和聖制至長春宮登樓望稼穡之作〉	見龍垂渭北，辭雁指河東。	卷74	1423冊660頁
287	蘇頲	〈先是新昌小園期京兆尹一訪兼郎官數子自頃沉屙……成章〉	鬥蟻聞常日，歌龍值此辰。	卷74	1423冊661頁
288	蘇頲	〈奉和馬常侍寺中之作〉	絳服龍雩寢，玄冠馬使旋。	卷74	1423冊661頁
289	蘇頲	〈夜宴安樂公主新宅〉	車如流水馬如龍，仙史高臺十二重。	卷74	1423冊663頁
290	薑晞	〈龍池篇〉	始見龍臺升鳳闕，應如霄漢起神泉。	卷75	1423冊664頁
291	姜皎	〈龍池篇〉	龍池初出此龍山，常經此地謁龍顏。	卷75	1423冊664頁
292	蔡孚	〈奉和聖制龍池篇〉	帝宅王家大道邊，神馬潛龍湧聖泉。……莫疑波上春雲少，只為從龍直上天。	卷75	1423冊665頁
293	徐晶	〈阮公體〉	秦王按劍怒，發卒戍龍沙。	卷75	1423冊665頁
294	徐彥伯	〈比干墓〉	驪龍暴雙骨，太嶽摧孤仞。	卷76	1423冊668頁
295	徐彥伯	〈題東山子李適碑陰二首〉	圖高黃鶴羽，寶奪驪龍群。	卷76	1423冊669頁
296	徐彥伯	〈奉和幸新豐溫泉宮應制〉	五龍歸寶算，九扈葉時康。	卷76	1423冊670頁
297	徐彥伯	〈同韋舍人元旦早朝〉	逶迤綸禁客，假寐守銅龍。	卷76	1423冊670頁

編號	作者	詩題	詩句	御定全唐詩卷數	景印文淵閣閣四庫全書頁碼
298	駱賓王	〈晚憩田家〉	龍章徒表越，閩俗本殊華。	卷77	1423冊 674頁
299	駱賓王	〈出石門〉	暫策為龍杖，何處得神仙。	卷77	1423冊 674頁
300	駱賓王	〈從軍中行路難二首其二（一作行軍軍中行路難、軍中行路難）〉	七德龍韜開玉帳，千里鼉鼓疊金鉦。……龍鱗水上開魚貫，馬首山前振雕翼。……百發烏號遙碎柳，七尺龍文迥照蓮。……但使封侯龍額貴，詎隨中婦鳳樓寒。	卷77	1423冊 676頁
301	駱賓王	〈帝京篇〉	皇居帝裏崤函穀，鶉野龍山侯甸服。……寶蓋雕鞍金絡馬，蘭窗繡柱玉盤龍。	卷77	1423冊 677頁
302	駱賓王	〈疇昔篇〉	諸葛才雄已號龍，公孫躍馬輕稱帝。……峰開華嶽聳疑蓮，水激龍門急如箭。……遙瞻丹鳳闕，斜望黑龍津。	卷77	1423冊 678頁
303	駱賓王	〈代女道士王靈妃贈道士李榮〉	蘋風入馭來應易，竹杖成龍去不難。龍飆去去無消息，鸞鏡朝朝減容色。	卷77	1423冊 681頁
304	駱賓王	〈王昭君（一作昭君怨）〉	斂容辭豹尾，緘恨度龍鱗。	卷78	1423冊 682頁
305	駱賓王	〈初秋登王司馬樓宴得同字〉	展驥端居暇，登龍喜宴同。	卷78	1423冊 686頁
306	駱賓王	〈送郭少府探得憂字〉	貝闕桃花浪，龍門竹箭流。	卷78	1423冊 687頁
307	駱賓王	〈送劉少府遊越州〉	離亭分鶴蓋，別岸指龍川。	卷78	1423冊 687頁
308	駱賓王	〈詠雪〉	龍雲玉葉上，鶴雪瑞花新。	卷78	1423冊 688頁

編號	作者	詩題	詩句	御定全唐詩卷數	景印文淵閣閣四庫全書頁碼
309	駱賓王	〈秋晨同淄川毛司馬秋九詠。秋雲〉	蓋陰連鳳闕，陣影翼龍城。	卷78	1423冊688頁
310	駱賓王	〈晚渡黃河〉	通波連馬頰，迸水急龍門。	卷79	1423冊691頁
311	駱賓王	〈夕次蒲類津（一作晚泊蒲類）〉	龍庭但苦戰，燕頷會封侯。	卷79	1423冊691頁
312	駱賓王	〈和王記室從趙王春日遊陀山寺〉	葉暗龍宮密，花明鹿苑春。	卷79	1423冊692頁
313	駱賓王	〈邊城落日〉	君恩如可報，龍劍有雌雄。	卷79	1423冊694頁
314	駱賓王	〈宿溫城望軍營〉	風旗翻翼影，霜劍轉龍文。	卷79	1423冊694頁
315	駱賓王	〈四月八日題七級〉	化城分鳥堞，香閣俯龍川。	卷79	1423冊695頁
316	駱賓王	〈餞鄭安陽入蜀〉	遙遙分鳳野，去去轉龍媒。	卷79	1423冊696頁
317	駱賓王	〈幽縶書情通簡知己〉	漢陽窮鳥客，梁甫臥龍才。	卷79	1423冊697頁
318	武三思	〈奉和聖制夏日游石淙山〉	此地岩壑數千重，吾君駕鶴□乘龍。	卷80	1423冊699頁
319	武三思	〈奉和宴小山池賦得溪字應制〉	柳發龍鱗出，松新塵尾齊。	卷80	1423冊700頁
320	武三思	〈奉和春日遊龍門應制〉	鳳駕臨香地，龍輿上翠微。	卷80	1423冊700頁
321	張易之	〈奉和聖制夏日遊石淙山〉	六龍驤首曉駸駸，七聖陪軒集潁陰。	卷80	1423冊701頁
322	張昌宗	〈少年行〉	妙舞飄龍管，清歌吟鳳吹。	卷80	1423冊701頁

編號	作者	詩題	詩句	御定全唐詩卷數	景印文淵閣閣四庫全書頁碼
323	薛曜	〈舞馬篇〉	星精龍種競騰驤，雙眼黃金紫豔光。	卷80	1423冊702頁
324	喬知之	〈從軍行（一作秋閨）〉	鴛綺裁易成，龍鄉信難見。	卷81	1423冊704頁
325	喬知之	〈贏駿篇〉	噴玉長鳴西北來，自言當代是龍媒。……忽聞天將出龍沙，漢主持將駕鼓車。	卷81	1423冊706頁
326	喬知之	〈侍宴應制得分字〉	豫游龍駕轉，天樂鳳簫聞。	卷81	1423冊707頁
327	陳子昂	〈感遇詩三十八首其六〉	吾觀龍變化，乃知至陽精。	卷83	1423冊716頁
328	陳子昂	〈感遇詩三十八首其其十一〉	七雄方龍鬥，天下久無君。	卷83	1423冊717頁
329	陳子昂	〈與東方左史虯修竹篇〉	龍種生南嶽，孤翠鬱亭亭。	卷83	1423冊720頁
330	陳子昂	〈薊丘覽古贈盧居士藏用七首：軒轅臺〉	應龍已不見，牧馬空黃埃。	卷83	1423冊721頁
331	陳子昂	〈酬李參軍崇嗣旅館見贈〉	鳳歌空有問，龍性詎能馴。	卷83	1423冊723頁
332	陳子昂	〈春臺引〉	嘉青鳥之辰，迎火龍之始。	卷83	1423冊725頁
333	陳子昂	〈送著作佐郎崔融等從梁王東征〉	莫賣盧龍塞，歸邀麟閣名。	卷84	1423冊729頁
334	陳子昂	〈洛城觀酺應制〉	雲鳳休征滿，魚龍雜戲來。	卷84	1423冊732頁
335	陳子昂	〈峴山懷古〉	猶悲墮淚碣，尚想臥龍圖。	卷84	1423冊732頁
336	陳子昂	〈贈嚴倉曹乞推命錄〉	非同墨翟問，空滯殺龍川。	卷84	1423冊733頁

編號	作者	詩題	詩句	御定全唐詩卷數	景印文淵閣閣四庫全書頁碼
337	陳子昂	〈南山家園林木交映盛夏五月幽然清涼獨坐思遠率成十韻〉	願隨白雲駕，龍鶴相招尋。	卷84	1423冊735頁
338	陳子昂	〈還至張掖古城，聞東軍告捷，贈韋五虛己〉	白虎鋒應出，青龍陣幾成。	卷84	1423冊735頁
339	張說	〈唐享太廟樂章‧文舞〉	黃龍蜿蟺，彩雲踃躒。	卷85	1423冊739頁
340	張說	〈唐享太廟樂章‧大成舞〉	帝舞季曆，龍聖生昌。	卷85	1423冊739頁
341	張說	〈唐享太廟樂章‧大和舞〉	龍圖友及，駿命恭膺。	卷85	1423冊740頁
342	張說	〈唐享太廟樂章‧凱安三首其三〉	離若鷙鳥，合如戰龍。	卷85	1423冊740頁
343	張說	〈奉和聖制送宇文融安輯戶口應制〉	怍非夔龍佐，徒歌鴻雁飛。	卷86	1423冊741頁
344	張說	〈奉和聖制過晉陽宮應制〉	北風遙舉鵬，西河亦上龍。	卷86	1423冊741頁
345	張說	〈奉和聖制行次成皋應制〉	戰龍思王業，倚馬賦神功。	卷86	1423冊741頁
346	張說	〈奉和聖制義成校獵喜雪應制〉	帝射參神道，龍馳合人性。	卷86	1423冊742頁
347	張說	〈贈崔公〉	一朝驅駟馬，連轡入龍樓。……蚌蛤伺陰兔，蛟龍望鬥牛。	卷86	1423冊743頁
348	張說	〈答李伯魚桐竹〉	竹有龍鳴管，桐留鳳舞琴。	卷86	1423冊744頁
349	張說	〈襄州景空寺題融上人蘭若〉	碧湫龍池滿，蒼松虎徑深。	卷86	1423冊745頁

編號	作者	詩題	詩句	御定全唐詩卷數	景印文淵閣閣四庫全書頁碼
350	張說	〈入海二首其二〉	龍伯如人類，一釣兩鼇連。	卷86	1423冊746頁
351	張說	〈遊龍山靜勝寺〉	每上襄陽樓，遙望龍山樹。	卷86	1423冊748頁
352	張說	〈詠鏡〉	隱起雙蟠龍，銜珠儼相向。	卷86	1423冊749頁
353	張說	〈安樂郡主花燭行〉	鸞車鳳傳王子來，龍樓月殿天孫出。	卷86	1423冊751頁
354	張說	〈奉和聖制幸白鹿觀應制〉	竹徑龍驂下，松庭鶴轡來。	卷87	1423冊754頁
355	張說	〈奉和聖制過寧王宅應制〉	竹院龍鳴笛，梧宮鳳繞林。	卷87	1423冊755頁
356	張說	〈奉和聖制同玉真公主過大哥山池題石壁應制〉	乘龍與驂鳳，歌吹滿山林。	卷87	1423冊755頁
357	張說	〈奉和聖制經鄒魯祭孔子應制〉	龍驂回舊宅，鳳德詠餘芬。	卷87	1423冊755頁
358	張說	〈侍宴襄荷亭應制〉	仙路迎三鳥，雲衢駐兩龍。	卷87	1423冊755頁
359	張說	〈羽林恩召觀禦書王太尉碑〉	魚龍生意態，鉤劍動鋩輝。	卷87	1423冊756頁
360	張說	〈道家四首奉敕撰四首其一〉	香隨龍節下，雲逐鳳簫飛。	卷87	1423冊757頁
361	張說	〈送鄭大夫惟忠從公主入蕃〉	鳳吹遙將斷，龍旗送欲還。	卷87	1423冊758頁
362	張說	〈送李問政河北簡兵〉	依然四牡別，更想八龍遊。	卷87	1423冊758頁
363	張說	〈詠塵〉	夕伴龍媒合，朝遊鳳輦歸。	卷87	1423冊762頁

編號	作者	詩題	詩句	御定全唐詩卷數	景印文淵閣閣四庫全書頁碼
364	張說	〈崔尚書挽詞〉	庭中男執雁，門外女乘龍。	卷87	1423冊 763頁
365	張說	〈贈工部尚書馮公挽歌三首其二〉	爵位題龍旆，威儀出鳳城。	卷87	1423冊 764頁
366	張說	〈侍宴隆慶池應制〉	魚龍百戲紛容與，鳧鷁雙舟較溯洄。	卷87	1423冊 764頁
367	張說	〈舞馬千秋萬歲樂府詞三首其一〉	連騫勢出魚龍變，蹀躞驕生鳥獸行。	卷87	1423冊 765頁
368	張說	〈舞馬千秋萬歲樂府詞三首其一〉	遠聽明君愛逸才，玉鞭金翅引龍媒。	卷87	1423冊 765頁
369	張說	〈扈從幸韋嗣立山莊應制〉	舞鳳迎公主，雕龍賦婕妤。	卷88	1423冊 766頁
370	張說	〈奉和聖制賜崔日知往潞州應制〉	川橫八練闊，山帶五龍長。	卷88	1423冊 766頁
371	張說	〈春晚侍宴麗正殿探得開字〉	字如龍負出，韻是鳳銜來。	卷88	1423冊 766頁
372	張說	〈奉和聖制過王濬墓應制〉	牛鬥三分國，龍驤一統年。	卷88	1423冊 767頁
373	張說	〈奉和聖制太行山中言志應制〉	六龍鳴玉鑾，九折步雲端。	卷88	1423冊 768頁
374	張說	〈奉和聖制暇日與兄弟同遊興慶宮作應制〉	巢鳳新成閣，飛龍舊躍泉。	卷88	1423冊 768頁
375	張說	〈奉和聖制爰因巡省途次舊居應制〉	壁有真龍畫，庭餘鳴鳳梧。	卷88	1423冊 769頁
376	張說	〈送趙順直郎中赴安西副大都督〉	龍泉恩已著，燕頷相終成。	卷88	1423冊 773頁
377	張說	〈舞馬詞六首其一〉	萬玉朝宗鳳扆，千金率領龍媒。	卷89	1423冊 778頁

編號	作者	詩題	詩句	御定全唐詩卷數	景印文淵閣四庫全書頁碼
378	張說	〈舞馬詞六首其二〉	天鹿遙征衛叔，日龍上借羲和。	卷89	1423冊 778頁
379	張說	〈舞馬詞六首其三〉	旄八佾成行，時龍五色因方。	卷89	1423冊 779頁
380	張說	〈舞馬詞六首其四〉	皂龍駒沛艾，星蘭驥子權奇。	卷89	1423冊 779頁
381	張說	〈舞馬詞六首其五〉	擊石驂騄紫燕，搊金顧步蒼龍。	卷89	1423冊 779頁
382	張說	〈十五日夜御前口號踏歌詞二首〉	龍銜火樹千重焰，雞踏蓮花萬歲春。	卷89	1423冊 779頁
383	韋嗣立	〈奉和張岳州王潭州別詩二首其一〉	黃鵠飛將遠，雕龍文為開。	卷91	1424冊 3頁
384	崔日知	〈冬日述懷奉呈韋祭酒張左丞蘭台名賢〉	誰謂登龍日，翻成刻鵠年。	卷91	1424冊 6頁
385	李乂	〈奉和九日侍宴應制得濃字〉	台疑臨戲馬，殿似接疏龍。	卷92	1424冊 9頁
386	李乂	〈故趙王屬贈黃門侍郎上官公挽詞〉	駸駸百駟馳，憫憫群龍餞。	卷92	1424冊 10頁
387	李乂	〈享龍池樂第八章〉	魏國君王稱象處，晉家蕃邸化龍初。	卷92	1424冊 11頁
388	李乂	〈奉和幸長安故城未央宮應制〉	鳳輦乘春陌，龍山訪故台。	卷92	1424冊 12頁
389	李乂	〈奉和幸大薦福寺（寺即中宗舊宅）〉	象設隆新宇，龍潛想舊居。	卷92	1424冊 12頁
390	李乂	〈夏日都門送司馬員外逸客孫員佺北征〉	虎旗懸氣色，龍劍抱雄雌。	卷92	1424冊 12頁
391	盧藏用	〈奉和九月九日登慈恩寺浮圖應制〉	化塔龍山起，中天鳳輦迂。	卷93	1424冊 14頁

編號	作者	詩題	詩句	御定全唐詩卷數	景印文淵閣閣四庫全書頁碼
392	盧藏用	〈奉和立春遊苑迎春應制〉	天游龍輦駐城闉，上苑遲光晚更新。	卷93	1424冊 15頁
393	薛稷	〈儀坤廟樂章二首其一〉	堯壇鳳下，漢室龍興。	卷94	1424冊 16頁
394	薛稷	〈奉和幸安樂公主山莊應制〉	借問今朝八龍駕，何如昔日望仙池。	卷94	1424冊 17頁
395	吳少微	〈過漢故城〉	中原逐鹿罷，高祖鬱龍驤。	卷94	1424冊 20頁
396	沈佺期	〈過蜀龍門〉	龍門非禹鑿，詭怪乃天功。……流水無晝夜，噴薄龍門中。	卷95	1424冊 28頁
397	沈佺期	〈七夕曝衣篇〉	雙花伏兔畫屏風，四子盤龍擎鬥帳。	卷95	1424冊 31頁
398	沈佺期	〈霹靂引〉	電耀耀兮龍躍，雷闐闐兮雨冥。	卷95	1424冊 32頁
399	沈佺期	〈晦日滻水應制〉	摘蘭喧鳳野，浮藻溢龍渠。	卷96	1424冊 32頁
400	沈佺期	〈三日梨園侍宴（一作梨園亭侍宴）〉	畫鷁中流動，青龍上苑來。	卷96	1424冊 32頁
401	沈佺期	〈幸白鹿觀應制〉	紫鳳真人府，斑龍太上家。	卷96	1424冊 33頁
402	沈佺期	〈壽陽王花燭〉	仙媛乘龍夕，天孫捧雁來。	卷96	1424冊 34頁
403	沈佺期	〈上之回〉	回望甘泉道，龍山隱漢宮。	卷96	1424冊 35頁
404	沈佺期	〈牛女（一作宋之問詩）〉	奔龍爭度日，飛鵲亂填河。	卷96	1424冊 35頁
405	沈佺期	〈雜詩三首其三〉	聞道黃龍戍，頻年不解兵。……誰能將旗鼓，一為取龍城。	卷96	1424冊 35頁

編號	作者	詩題	詩句	御定全唐詩卷數	景印文淵閣四庫全書頁碼
406	沈佺期	〈樂城白鶴寺〉	碧海開龍藏，青雲起雁堂。	卷96	1424冊37頁
407	沈佺期	〈遊少林寺〉	雁塔風霜古，龍池歲月深。	卷96	1424冊37頁
408	沈佺期	〈人日重宴大明宮賜彩縷人勝應制〉	拂旦雞鳴仙衛陳，憑高龍首帝城春。	卷96	1424冊39頁
409	沈佺期	〈侍宴安樂公主新宅應制〉	山出盡如鳴鳳嶺，池成不讓飲龍川。	卷96	1424冊39頁
410	沈佺期	〈龍池篇（唐享龍池樂章第三章）〉	龍池躍龍龍已飛，龍德先天天不違。池開天漢分黃道，龍向天門入紫微。	卷96	1424冊39頁
411	沈佺期	〈初冬從幸漢故青門應制〉	天遊戒東首，懷昔駐龍軒。	卷97	1424冊41頁
412	沈佺期	〈奉和聖制幸禮部尚書竇希玠宅〉	天臨翔鳳轉，恩向躍龍開。	卷97	1424冊42頁
413	沈佺期	〈和韋舍人早朝〉	玉珂龍影度，珠履雁行來。	卷97	1424冊43頁
414	沈佺期	〈夏日梁王席送張岐州〉	家傳七豹貴，人擅八龍奇。	卷97	1424冊44頁
415	沈佺期	〈答魑魅代書寄家人〉	龍鍾辭北闕，蹭蹬守南荒。……河讖隨龍馬，天書逐鳳凰。	卷97	1424冊46頁
416	沈佺期	〈哭道士劉無得〉	吐甲龍應出，銜符鳥自歸。	卷97	1424冊48頁
417	沈佺期	〈夜宴安樂公主宅〉	濯龍門外主家親，鳴鳳樓中天上人。	卷97	1424冊48頁
418	趙冬曦	〈奉和聖制同二相已下群官樂遊園宴〉	從容會鵷鷺，延曼戲龍魚。	卷98	1424冊51頁
419	王琚	〈美女篇〉	玉臺龍鏡洞徹光，金爐沉煙酷烈芳。	卷98	1424冊53頁

編號	作者	詩題	詩句	御定全唐詩卷數	景印文淵閣閣四庫全書頁碼
420	盧僎	〈初出京邑有懷舊林〉	時步蒼龍闕，甯異白雲關。	卷99	1424冊59頁
421	東方虬	〈昭君怨三首其二〉	掩淚辭丹鳳，銜悲向白龍。	卷100	1424冊63頁
422	宋務光	〈海上作〉	馬韓底厥貢，龍伯修其職。	卷101	1424冊65頁
423	武平一	〈奉和登驪山高頂寓目應制〉	雲披丹鳳闕，日下黑龍川。	卷102	1424冊69頁
424	武平一	〈奉和幸白鹿觀應制〉	玉府凌三曜，金壇駐六龍。	卷102	1424冊69頁
425	武平一	〈侍宴安樂公主新宅應制〉	馬既如龍至，人疑學鳳來。	卷102	1424冊69頁
426	趙彥昭	〈奉和九日幸臨渭亭登高應制〉	呼鷹下鳥路，戲馬出龍沙。	卷103	1424冊72頁
427	趙彥昭	〈奉和送金城公主適西蕃應制（一作崔日用詩）〉	六龍今出餞，雙鶴願為歌。	卷103	1424冊72頁
428	趙彥昭	〈奉和幸安樂公主山莊應制〉	六龍齊軫禦朝曦，雙鷁維舟下綠池。	卷103	1424冊73頁
429	趙彥昭	〈奉和幸大薦福寺〉	寶地龍飛後，金身佛現時。	卷103	1424冊73頁
430	趙彥昭	〈奉和幸韋嗣立山莊侍燕應制〉	六龍駐旌罕，四牡耀旗常。	卷103	1424冊73頁
431	蕭至忠	〈陪遊上苑遇雪（一作劉憲詩）〉	龍驂曉入望春宮，正逢春雪舞春風。	卷104	1424冊75頁
432	楊廉	〈奉和九月九日登慈恩寺浮圖應制〉	慈雲浮雁塔，定水映龍宮。	卷104	1424冊75頁
433	趙彥伯	〈奉和九日幸臨渭亭登高應制得花字〉	呼鷹下鳥路，戲馬出龍沙。	卷104	1424冊77頁

編號	作者	詩題	詩句	御定全唐詩卷數	景印文淵閣四庫全書頁碼
434	盧懷慎	〈奉和聖制龍池篇〉	代邸東南龍躍泉，清漪碧浪遠浮天。	卷104	1424冊78頁
435	孫佺	〈奉和九月九日登慈恩寺浮圖應制〉	龍旗煥辰極，鳳駕儼香闈。	卷105	1424冊80頁
436	鄭愔	〈奉和九月九日登慈恩寺浮圖應制〉	雁子乘堂處，龍王起藏初。	卷106	1424冊83頁
437	鄭愔	〈奉和幸三會寺應制〉	鳥籥遺新閣，龍旗訪古台。	卷106	1424冊83頁
438	鄭愔	〈同韋舍人早朝〉	瑞闕龍居峻，宸庭鳳披深。	卷106	1424冊84頁
439	徐堅	〈送武進鄭明府〉	北謝蒼龍去，南隨黃鵠飛。	卷107	1424冊87頁
440	裴漼	〈奉和聖制龍池篇（第十章）〉	乾坤啟聖吐龍泉，泉水年年勝一年。始看魚躍方成海，即睹飛龍利在天。	卷108	1424冊89頁
441	陸堅	〈奉和聖制送張說上集賢學士賜宴（賦得今字）〉	復有夔龍相，良哉簡帝心。	卷108	1424冊92頁
442	胡皓	〈出峽〉	魚龍潛嘯雨，鳧雁動成雷。	卷108	1424冊95頁
443	胡皓	〈大漠行〉	近見行人畏白龍，遙聞公主愁黃鶴。……陣雲不散魚龍水，雨雪猶飛鴻鵠山。	卷108	1424冊95頁
444	許景先	〈奉和御制春臺望〉	秦城連鳳闕，漢寢疏龍殿。	卷111	1424冊102頁
445	許景先	〈奉和聖制送張尚書巡邊〉	龍武三軍氣，魚鈴五校名。	卷111	1424冊103頁
446	張嘉貞	〈奉和早登太行山中言志應制〉	明發扈山巔，飛龍高在天。	卷111	1424冊104頁

編號	作者	詩題	詩句	御定全唐詩卷數	景印文淵閣閣四庫全書頁碼
447	袁暉	〈奉和聖制送張尚書巡邊〉	羽書雄北地，龍漠寢南垓。	卷111	1424冊106頁
448	王光庭	〈奉和聖制送張說巡邊〉	玉輦龍盤帶，金裝鳳勒驄。	卷111	1424冊107頁
449	席豫	〈奉和敕賜公主鏡〉	令節頒龍鏡，仙輝下鳳臺。	卷111	1424冊107頁
450	賀知章	〈奉和御制春臺望〉	層欄窈窕下龍輿，清管透迤半綺疏。	卷112	1424冊110頁
451	賀朝	〈從軍行〉	騎射先鳴推任俠，龍韜決勝佇時英。	卷117	1424冊132頁
452	張若虛	〈春江花月夜〉	鴻雁長飛光不度，魚龍潛躍水成文。	卷117	1424冊134頁
453	孫逖	〈丹陽行〉	傳聞一馬化為龍，南渡衣冠亦願從。……自從龍見聖人出，六合車書混為一。	卷118	1424冊136頁
454	孫逖	〈奉和四月三日上陽水窗賜宴應制得春字〉	鳳吹臨清洛，龍輿下紫宸。	卷118	1424冊137頁
455	孫逖	〈奉和登會昌山應制〉	乾行萬物睹，日馭六龍遲。	卷118	1424冊137頁
456	孫逖	〈送靳十五侍御使蜀〉	西南一何幸，前後二龍來。	卷118	1424冊138頁
457	孫逖	〈同洛陽李少府觀永樂公主入蕃〉	美人天上落，龍塞始應春。	卷118	1424冊142頁
458	崔國輔	〈奉和聖制上巳祓禊應制〉	鵷鷺千官列，魚龍百戲浮。	卷119	1424冊145頁
459	陳希烈	〈奉和聖制三月三日〉	上巳迂龍駕，中流泛羽觴。	卷121	1424冊154頁
460	陳希烈	〈省試白雲起封中〉	素光非曳練，靈眹是從龍。	卷121	1424冊154頁

編號	作者	詩題	詩句	御定全唐詩卷數	景印文淵閣四庫全書頁碼
461	盧象	〈家叔征君東溪草堂二首其一〉	潤影生龍蛇，岩端翳檉梓。	卷122	1424冊156頁
462	盧象	〈寒食〉	光煙榆柳滅，怨曲龍蛇新。	卷122	1424冊158頁
463	徐安貞	〈奉和聖制早度蒲津關〉	長安回望日，宸禦六龍還。	卷124	1424冊163頁
464	陸海	〈題龍門寺〉	更與龍華會，爐煙滿夕風。	卷124	1424冊165頁
465	王維	〈奉和聖制登降聖觀與宰臣等同望應制〉	鳳辰朝碧落，龍圖耀金鏡。	卷125	1424冊168頁
466	王維	〈奉和聖制御春明樓臨右相園亭賦樂賢詩應制〉	遙聞鳳吹喧，闇識龍輿度。	卷125	1424冊168頁
467	王維	〈送高適弟耽歸臨淮作〉	君王蒼龍闕，九門十二逵。	卷125	1424冊174頁
468	王維	〈送韋大夫東京留守〉	天工寄人英，龍袞瞻君臨。……雲旗蔽三川，畫角發龍吟。	卷125	1424冊174頁
469	王維	〈同盧拾遺過韋給事東山別業二十韻給事首春……不果斯諾〉	側聞景龍際，親降南面尊。……高陽多夔龍，荊山積瑰璠。	卷125	1424冊176頁
470	王維	〈韋侍郎山居〉	良游盛簪紱，繼跡多夔龍。	卷125	1424冊178頁
471	王維	〈燕子龕禪師〉	鳥道悉已平，龍宮為之涸。	卷125	1424冊181頁
472	王維	〈寓言二首其一〉	驪駒從白馬，出入銅龍門。	卷125	1424冊182頁

編號	作者	詩題	詩句	御定全唐詩卷數	景印文淵閣四庫全書頁碼
473	王維	〈榆林郡歌〉	黃龍戍上遊俠兒，愁逢漢使不相識。	卷125	1424冊186頁
474	王維	〈登樓歌〉	卻瞻兮龍首，前眺兮宜春。……亦幸有張伯英草聖兮龍騰虯躍，擺長雲兮捩回風。	卷125	1424冊188頁
475	王維	〈送友人歸山歌二首其一〉	群龍兮滿朝，君何為兮空谷。	卷125	1424冊188頁
476	王維	〈送趙都督赴代州得青字〉	忘身辭鳳闕，報國取龍庭。	卷126	1424冊195頁
477	王維	〈過香積寺〉	薄暮空潭曲，安禪制毒龍。	卷126	1424冊197頁
478	王維	〈夏日過青龍寺謁操禪師（與裴迪同作)〉	龍鍾一老翁，徐步謁禪宮。	卷126	1424冊197頁
479	王維	〈黎拾遺昕裴秀才迪見過秋夜對雨之作〉	白法調狂象，玄言問老龍。	卷126	1424冊197頁
480	王維	〈恭懿太子挽歌五首其二〉	白雲隨鳳管，明月在龍樓。	卷126	1424冊201頁
481	王維	〈奉和聖制與太子諸王三月三日龍池春禊應制〉	明君移鳳輦，太子出龍樓。	卷127	1424冊202頁
482	王維	〈三月三日曲江侍宴應制〉	仙籞龍媒下，神皋鳳蹕留。	卷127	1424冊203頁
483	王維	〈奉和聖制十五夜然燈繼以酺宴應制〉	魚鑰通翔鳳，龍輿出建章。	卷127	1424冊203頁
484	王維	〈遊化感寺〉	龍宮連棟宇，虎穴傍簷楹。	卷127	1424冊208頁

編號	作者	詩題	詩句	御定全唐詩卷數	景印文淵閣閣四庫全書頁碼
485	王維	〈沈十四拾遺新竹生讀經處同諸公之作〉	樂府裁龍笛，漁家伐釣竿。	卷127	1424冊 209頁
486	王維	〈哭褚司馬〉	誰言老龍吉，未免伯牛災。	卷127	1424冊 209頁
487	王維	〈哭祖六自虛〉	何辜鏘鸞翮，底事碎龍泉。	卷127	1424冊 210頁
488	王維	〈和賈舍人早朝大明宮之作〉	日色才臨仙掌動，香煙欲傍袞龍浮。	卷128	1424冊 211頁
489	王維	〈送方尊師歸嵩山〉	仙官欲往九龍潭，旄節朱幡倚石龕。	卷128	1424冊 212頁
490	王維	〈春日與裴迪過新昌裏訪呂逸人不遇〉	閉戶著書多歲月，種松皆老作龍鱗。	卷128	1424冊 212頁
491	崔顥	〈上巳〉	猶言日尚早，更向九龍津。	卷130	1424冊 233頁
492	祖詠	〈贈苗發員外〉	八龍乘慶重，三虎遞朝歸。	卷131	1424冊 237頁
493	李頎	〈望鳴皋山白雲寄洛陽盧主簿〉	照日龍虎姿，攢空冰雪狀。	卷132	1424冊 242頁
494	李頎	〈謁張果先生〉	何必待龍髯，鼎成方取濟。	卷132	1424冊 243頁
495	李頎	〈緩歌行〉	暮擬經過石渠署，朝將出入銅龍樓。	卷133	1424冊 249頁
496	李頎	〈王母歌〉	紅霞白日儼不動，七龍五鳳紛相迎。	卷133	1424冊 249頁
497	李頎	〈別梁鍠〉	一言不合龍額侯，擊劍拂衣從此棄。	卷133	1424冊 251頁
498	李頎	〈送劉四赴夏縣〉	扶南甘蔗甜如蜜，雜以荔枝龍州橘。	卷133	1424冊 252頁

編號	作者	詩題	詩句	御定全唐詩卷數	景印文淵閣閣四庫全書頁碼
499	李頎	〈聽安萬善吹觱篥歌〉	龍吟虎嘯一時發，萬籟百泉相與秋。	卷133	1424冊253頁
500	李頎	〈愛敬寺古藤歌〉	古藤池水盤樹根，左攪右拏龍虎蹲。	卷133	1424冊253頁
501	李頎	〈雜興〉	波驚海若潛幽石，龍抱胡髯臥黑泉。	卷133	1424冊254頁
502	李頎	〈鄭櫻桃歌〉	石季龍，僭天祿。……赤花雙簟珊瑚床，盤龍鬥帳琥珀光。	卷133	1424冊254頁
503	李頎	〈送皇甫曾遊襄陽山水兼謁韋太守〉	山深臥龍宅，水淨斬蛟鄉。	卷134	1424冊260頁
504	李頎	〈失題（末缺）〉	紫極殿前朝伏奏，龍華會裏日相望。	卷134	1424冊262頁
505	綦毋潛	〈題栖霞寺〉	龍蛇爭翕習，神鬼皆密護。	卷135	1424冊264頁
506	王昌齡	〈塞下曲四首其四〉	更遣黃龍戍，唯當哭塞雲。	卷140	1424冊300頁
507	王昌齡	〈從軍行二首其二〉	去為龍城戰，正值胡兵襲。	卷140	1424冊300頁
508	王昌齡	〈鄭縣宿陶太公館中贈馮六元二〉	雲龍未相感，幹謁亦已屢。	卷140	1424冊301頁
509	王昌齡	〈岳陽別李十七越賓〉	魚鱉自有性，龜龍無能易。	卷140	1424冊305頁
510	王昌齡	〈諸官遊招隱寺〉	自從永明世，月向龍宮吐。	卷141	1424冊307頁
511	王昌齡	〈小敷谷龍潭祠作〉	昏為蛟龍怒，清見雲雨入。	卷141	1424冊309頁
512	王昌齡	〈駕出長安〉	天回萬象出，駕動六龍飛。	卷142	1424冊312頁

編號	作者	詩題	詩句	御定全唐詩卷數	景印文淵閣閣四庫全書頁碼
513	王昌齡	〈駕幸河東〉	下輦回三象，題碑任六龍。	卷142	1424冊312頁
514	王昌齡	〈寒食即事〉	雨滅龍蛇火，春生鴻雁天。	卷142	1424冊313頁
515	王昌齡	〈朝來曲〉	盤龍玉台鏡，唯待畫眉人。	卷143	1424冊314頁
516	王昌齡	〈從軍行七首其三〉	表請回軍掩塵骨，莫教兵士哭龍荒。	卷143	1424冊315頁
517	王昌齡	〈出塞二首其一〉	但使龍城飛將在，不教胡馬度陰山。	卷143	1424冊315頁
518	王昌齡	〈送崔參軍往龍溪〉	龍溪只在龍標上，秋月孤山兩相向。	卷143	1424冊320頁
519	常建	〈張山人彈琴〉	改弦扣商聲，又聽飛龍吟。	卷144	1424冊323頁
520	常建	〈仙谷遇毛女意知是秦宮人〉	嘗以耕玉田，龍鳴西頂中。	卷144	1424冊324頁
521	常建	〈鄂渚招王昌齡張僨〉	午日逐蛟龍，宜為弔冤文。	卷144	1424冊324頁
522	常建	〈第三峰〉	透迤非天人，執節乘赤龍。	卷144	1424冊325頁
523	常建	〈白龍窟泛舟寄天臺學道者〉	夕映翠山深，餘暉在龍窟。	卷144	1424冊326頁
524	常建	〈古意〉	黃金作身雙飛龍，口銜明月噴芙蓉。	卷144	1424冊327頁
525	常建	〈塞下〉	鐵馬胡裘出漢營，分麾百道救龍城。	卷144	1424冊329頁
526	常建	〈塞下曲四首其二〉	北海陰風動地來，明君祠上望龍堆。	卷144	1424冊329頁

編號	作者	詩題	詩句	御定全唐詩卷數	景印文淵閣四庫全書頁碼
527	常建	〈塞下曲四首其四〉	龍鬥雌雄勢已分，山崩鬼哭恨將軍。	卷144	1424冊 329頁
528	杜頎	〈從軍行〉	去為龍城候，正值胡兵襲。	卷145	1424冊 330頁
529	孟浩然	〈襄陽公宅飲〉	綺席捲龍須，香杯浮瑪瑙。	卷159	1424冊 440頁
530	孟浩然	〈與黃侍御北津泛舟〉	津無蛟龍患，日夕常安流。	卷159	1424冊 443頁
531	孟浩然	〈聽鄭五愔彈琴〉	半酣下衫袖，拂拭龍唇琴。	卷159	1424冊 445頁
532	孟浩然	〈同張明府清鏡歎〉	妾有盤龍鏡，清光常晝發。	卷159	1424冊 445頁
533	孟浩然	〈九日龍沙作，寄劉大昚虛〉	龍沙豫章北，九日掛帆過。	卷160	1424冊 448頁
534	孟浩然	〈姚開府山池〉	今日龍門下，誰知文舉才。	卷160	1424冊 455頁
535	孟浩然	〈秋日陪李侍禦渡松滋江〉	僚寀爭攀鷁，魚龍亦避驄。	卷160	1424冊 455頁
536	孟浩然	〈遊景空寺蘭若〉	龍象經行處，山腰度石關。	卷160	1424冊 455頁
537	孟浩然	〈李少府與楊九再來〉	弱歲早登龍，今來喜再逢。	卷160	1424冊 457頁
538	孟浩然	〈下贛石〉	跳沫魚龍沸，垂藤猿狖攀。	卷160	1424冊 468頁
539	孟浩然	〈同張將薊門觀燈〉	薊門看火樹，疑是燭龍燃。	卷160	1424冊 468頁
540	孟浩然	〈檀溪尋故人（一題作檀溪尋古）〉	花伴成龍竹，池分躍馬溪。	卷160	1424冊 469頁

編號	作者	詩題	詩句	御定全唐詩卷數	景印文淵閣四庫全書頁碼
541	慧淨	〈和琳法師初春法集之作〉	哲人崇踵武，弘道會群龍。	卷808	1431冊31頁
542	慧淨	〈雜言（一作義淨詩）〉	龍宮秘典海中探，石室真言山處仰。……回斯少福潤生津，共會龍華舍塵翳。	卷808	1431冊32頁
543	慧淨	〈在西國懷王舍城（一三五七九言）〉	鷲嶺寒風駛，龍河激水流。	卷808	1431冊34頁
544	慧淨	〈與無行禪師同游鷲嶺瞻奉既訖遐眺鄉關無任殷憂聊述所懷為雜言詩〉	龍宮秘典海中探，石室真言山處仰。	卷808	1431冊35頁
545	僧鸞	〈苦熱行〉	燭龍銜火飛天地，平陸無風海波沸。……何山怪木藏蛟龍，縮鱗卷鬣為乖慵。	卷823	1431冊144頁
546	杜易簡	〈嘲格輔元〉	有恥宿龍門，精彩先眹渾。	卷869	1431冊492頁
547	權龍襄	〈嶺南歸後獻詩〉	龍襄有何罪，天恩放嶺南。	卷869	1431冊494頁
548	陳叔達	〈太廟祼地歌辭〉	龍袞以祭，鸞刀思啟。	卷882	1431冊559頁
549	崔善為	〈九月九日〉	誰憶龍山外，蕭條邊興闌。	卷882	1431冊559頁
550	薛曜	〈邙山古意〉	象鳳笙留國，成龍劍上天。	卷882	1431冊560頁
551	崔融	〈題惠聚寺〉	殿高神氣力，龍活客丹青。	卷887	1431冊595頁

附錄二
杜甫詩歌「龍」意象摘句一覽表

編號	詩題	詩句	《全唐詩》卷數
1	〈玄都壇歌，寄元逸人〉	故人昔隱東蒙峰，已佩合景蒼精龍。	卷216
2	〈天育驃騎歌〉	矯矯龍性合變化，卓立天骨森開張。	卷216
3	〈同諸公登慈恩寺塔〉	仰穿龍蛇窟，始出枝撐幽。	卷216
4	〈送孔巢父謝病歸游江東，兼呈李白〉	深山大澤龍蛇遠，春寒野陰風景暮。	卷216
5	〈渼陂行〉	此時驪龍亦吐珠，馮夷擊鼓群龍趨。	卷216
6	〈奉同郭給事湯東靈湫作〉	初聞龍用壯，擘石摧林丘。	卷216
7	〈沙苑行〉	龍媒昔是渥窪生，汗血今稱獻於此。	卷216
8	〈驄馬行〉	卿家舊賜公取之，天廄真龍此其亞。	卷216
9	〈三川觀水漲二十韻〉	恐泥竄蛟龍，登危聚麋鹿。	卷216
10	〈哀王孫〉	高帝子孫盡隆准，龍種自與常人殊。豺狼在邑龍在野。王孫善保千金軀。	卷216
11	〈大雲寺贊公房四首〉	天陰對圖畫，最覺潤龍鱗。	卷216
12	〈喜晴〉	干戈雖橫放，慘澹鬥龍蛇。	卷217
13	〈送從弟亞赴安西判官〉	龍吟回其頭，夾輔待所致。	卷217

編號	詩題	詩句	《全唐詩》卷數
14	〈送韋十六評事充同谷郡防禦判官〉	鳥驚出死樹，龍怒拔老湫。	卷217
15	〈送李校書二十六韻〉	渥窪騏驥兒，尤異是龍脊。	卷217
16	〈洗兵馬〉	鶴禁通霄鳳輦備，雞鳴問寢龍樓曉。……攀龍附鳳勢莫當，天下盡化為侯王。	卷217
17	〈李鄠縣丈人胡馬行〉	鳳臆龍鬐未易識，側身注目長風生。	卷217
18	〈寄贊上人〉	裴回虎穴上，面勢龍泓頭。	卷218
19	〈夢李白二首其一〉	水深波浪闊，無使蛟龍得。	卷218
20	〈遣興五首其二〉	蟄龍三冬臥，老鶴萬里心。	卷218
21	〈遣興五首其三〉	天用莫如龍，有時系扶桑。	卷218
22	〈萬丈潭〉	龍依積水蟠，窟壓萬丈內。	卷218
23	〈乾元中寓居同谷縣，作歌七首其四〉	長淮浪高蛟龍怒，十年不見來何時。	卷218
24	〈乾元中寓居同谷縣，作歌七首其六〉	南有龍兮在山湫，古木巃嵸枝相樛。木葉黃落龍正蟄，蝮蛇東來水上游。	卷218
25	〈發同谷縣〉	停驂龍潭雲，回首白崖石。	卷218
26	〈龍門閣〉	清江下龍門，絕壁無尺土。	卷218
27	〈贈蜀僧閭丘師兄〉	鳳藏丹霄暮，龍去白水渾。	卷219
28	〈戲題王宰畫山水圖歌〉	赤岸水與銀河通，中有雲氣隨飛龍。	卷219
29	〈題李尊師松樹障子歌〉	陰崖卻承霜雪幹，偃蓋反走虯龍形。	卷219
30	〈戲為韋偃畫雙松圖歌〉	白摧朽骨龍虎死，黑入太陰雷雨垂。	卷219

編號	詩題	詩句	《全唐詩》卷數
31	〈病柏〉	偃蹇龍虎姿，主當風雲會。	卷219
32	〈楠樹為風雨所拔歎〉	虎倒龍顛委榛棘，淚痕血點垂胸臆。	卷219
33	〈溪漲〉	蛟龍亦狼狽，況是鱉與魚。	卷219
34	〈觀打魚歌〉	潛龍無聲老蛟怒，回風颯颯吹沙塵。	卷220
35	〈又觀打魚〉	日暮蛟龍改窟穴，山根鱣鮪隨雲雷。	卷220
36	〈海棕行〉	龍鱗犀甲相錯落，蒼稜白皮十抱文。	卷220
37	〈相逢歌贈嚴二別駕〉	把臂開尊飲我酒，酒酣擊劍蛟龍吼。	卷220
38	〈過郭代公故宅〉	定策神龍後，宮中翕清廓。	卷220
39	〈觀薛稷少保書畫壁〉	鬱鬱三大字，蛟龍岌相纏。	卷220
40	〈山寺〉	如聞龍象泣，足令信者哀。	卷220
41	〈桃竹杖引，贈章留後〉	路幽必為鬼神奪，拔劍或與蛟龍爭。……杖兮杖兮，爾之生也甚正直，慎勿見水踴躍學變化為龍。	卷220
42	〈寄題江外草堂〉	蛟龍無定窟，黃鵠摩蒼天。	卷220
43	〈韋諷錄事宅觀曹將軍畫馬圖〉	曾貌先帝照夜白，龍池十日飛霹靂。……君不見金粟堆前松柏裏，龍媒去盡鳥呼風。	卷220
44	〈丹青引，贈曹將軍霸〉	斯須九重真龍出，一洗萬古凡馬空。	卷220
45	〈別唐十五誡，因寄禮部賈侍郎〉	歌罷兩淒惻，六龍忽蹉跎。	卷220

編號	詩題	詩句	《全唐詩》卷數
46	〈別蔡十四著作〉	積水駕三峽,浮龍倚長津。	卷220
47	〈寄裴施州〉	霜雪回光避錦袖,龍蛇動篋蟠銀鉤。	卷221
48	〈雷〉	真龍竟寂寞,土梗空俯僂。	卷221
49	〈火〉	舊俗燒蛟龍,驚惶致雷雨。	卷221
50	〈牽牛織女〉	亭亭新妝立,龍駕具曾空。	卷221
51	〈雨〉	冥冥翠龍駕,多自巫山台。	卷221
52	〈八哀詩·故司徒李公光弼〉	平生白羽扇,零落蛟龍匣。	卷222
53	〈八哀詩·贈左僕射鄭國公嚴公武〉	虛無馬融笛,悵望龍驤塋。	卷222
54	〈八哀詩·贈秘書監江夏李公邕〉	龍宮塔廟湧,浩劫浮雲衛。	卷222
55	〈觀公孫大娘弟子舞劍器行〉	爟如羿射九日落,矯如群帝驂龍翔。	卷222
56	〈往在〉	侍祠惡先露,掖垣邇濯龍。	卷222
57	〈昔遊〉	有能市駿骨,莫恨少龍媒。	卷222
58	〈李潮八分小篆歌〉	八分一字直百金,蛟龍盤拏肉屈強。	卷222
59	〈荊南兵馬使太常卿趙公大食刀歌〉	蒼水使者捫赤絛,龍伯國人罷釣鰲。	卷222
60	〈前苦寒行二首其二〉	凍埋蛟龍南浦縮,寒刮肌膚北風利。	卷222
61	〈晚晴〉	赤日照耀從西來,六龍寒急光裴回。	卷222
62	〈寄從孫崇簡〉	嵯峨白帝城東西,南有龍湫北虎溪。	卷222

編號	詩題	詩句	《全唐詩》卷數
63	〈奉酬薛十二丈判官見贈〉	龍蛇尚格鬥，灑血暗郊坰。	卷222
64	〈君不見，簡蘇徯〉	百年死樹中琴瑟，一斛舊水藏蛟龍。	卷222
65	〈送重表侄王砅評事使南海〉	下雲風雲合，龍虎一吟吼。	卷223
66	〈詠懷二首其一〉	夜看豐城氣，回首蛟龍池。	卷223
67	〈別張十三建封〉	劉裴建首義，龍見尚躊躇。	卷223
68	〈暮秋枉裴道州手劄，率爾遣興，寄近呈蘇渙侍禦〉	鳥雀苦肥秋粟菽，蛟龍欲蟄寒沙水。	卷223
69	〈冬日洛城北謁玄元皇帝廟〉	五聖聯龍袞，千官列雁行。	卷224
70	〈上韋左相二十韻〉	鳳曆軒轅紀，龍飛四十春。	卷224
71	〈奉贈鮮於京兆二十韻〉	鳳穴雛皆好，龍門客又新。	卷224
72	〈李監宅〉	門闌多喜色，女婿近乘龍。	卷224
73	〈龍門〉	龍門橫野斷，驛樹出城來。	卷224
74	〈劉九法曹、鄭瑕丘石門宴集〉	晚來橫吹好，泓下亦龍吟。	卷224
75	〈奉留贈集賢院崔、于二學士〉	倚風遺鶺鴒路，隨水到龍門。	卷224
76	〈奉贈嚴八閣老〉	蛟龍得雲雨，雕鶚在秋天。	卷225
77	〈行次昭陵〉	讖歸龍鳳質，威定虎狼都。	卷225
78	〈喜聞官軍已臨賊境二十韻〉	元帥歸龍種，司空握豹韜。	卷225
79	〈紫宸殿退朝口號〉	宮中每出歸東省，會送夔龍集鳳池。	卷225
80	〈曲江對雨〉	龍武新軍深駐輦，芙蓉別殿謾焚香。	卷225

編號	詩題	詩句	《全唐詩》卷數
81	〈奉和賈至舍人早朝大明宮〉	旌旗日暖龍蛇動， 宮殿風微燕雀高。	卷225
82	〈至日遣興，奉寄北省舊閣老兩院故人二首其二〉	憶昨逍遙供奉班，去年今日侍龍顏。	卷225
83	〈秦州雜詩二十首〉	水落魚龍夜，山空鳥鼠秋。……聞說真龍種，仍殘老驌驦。	卷225
84	〈蕃劍〉	虎氣必騰踔，龍身寧久藏。	卷225
85	〈銅瓶〉	蛟龍半缺落，猶得折黃金。	卷225
86	〈寄彭州高三十五使君適、虢州岑二十七長史參三十韻〉	何太龍鍾極，於今出處妨。	卷225
87	〈寄張十二山人彪三十韻〉	存想青龍秘，騎行白鹿馴。	卷225
88	〈寄李十二白二十韻〉	龍舟移棹晚，獸錦奪袍新。	卷225
89	〈梅雨〉	竟日蛟龍喜，盤渦與岸回。	卷226
90	〈江漲〉	魚鱉為人得，蛟龍不自謀。	卷226
91	〈陪李七司馬皂江上觀造竹橋即日成往來之人免冬寒入水聊題短作簡李公二首其一〉	天寒白鶴歸華表，日落青龍見水中。	卷226
92	〈奉和嚴中丞西城晚眺十韻〉	旗尾蛟龍會，樓頭燕雀馴。	卷227
93	〈戲為六絕句〉	龍文虎脊皆君馭，歷塊過都見爾曹。	卷227
94	〈巴西驛亭觀江漲，呈竇使君〉	霄漢愁高鳥，泥沙困老龍。	卷227
95	〈所思〉	徒勞望牛門，無計斸龍泉。	卷227
96	〈傷春五首其一〉	蓬萊足雲氣，應合總從龍。	卷228

編號	詩題	詩句	《全唐詩》卷數
97	〈渡江〉	舟楫欹斜疾，魚龍偃臥高。	卷228
98	〈贈王二十四侍禦契四十韻（王契，字佐卿，京兆人）〉	鴛鴻不易狎，龍虎未宜馴。	卷228
99	〈寄董卿嘉榮十韻〉	猛將宜嘗膽，龍泉必在腰。	卷228
100	〈到村〉	蛟龍引子過，荷芰逐花低。	卷228
101	〈絕句四首其二〉	青溪先有蛟龍窟，竹石如山不敢安。	卷228
102	〈哭嚴僕射歸櫬〉	風送蛟龍雨，天長驃騎營。	卷229
103	〈禹廟〉	荒庭垂橘柚，古屋畫龍蛇。	卷229
104	〈贈崔十三評事公輔〉	我聞龍正直，道屈爾何為。	卷229
105	〈閣夜〉	臥龍躍馬終黃土，人事依依漫寂寥。	卷229
106	〈謁先主廟〉	虛簷交鳥道，枯木半龍鱗。	卷229
107	〈灩澦〉	江天漠漠鳥雙去，風雨時時龍一吟。	卷229
108	〈白帝城最高樓〉	峽坼雲霾龍虎臥，江清日抱黿鼉遊。	卷229
109	〈天池〉	魚龍開闢有，菱芡古今同。	卷229
110	〈瞿塘兩崖〉	猱玃須髯古，蛟龍窟宅尊。	卷229
111	〈上卿翁請修武侯廟，遺像缺落，時崔卿權夔州〉	尚有西郊諸葛廟，臥龍無首對江濆。	卷229
112	〈秋興八首其四〉	魚龍寂寞秋江冷，故國平居有所思。	卷230
113	〈秋興八首其五〉	雲移雉尾開宮扇，日繞龍鱗識聖顏。	卷230
114	〈諸將五首其二〉	胡來不覺潼關隘，龍起猶聞晉水清。	卷230

編號	詩題	詩句	《全唐詩》卷數
115	〈秋日夔府詠懷奉寄鄭監李賓客一百韻〉	即今龍廄水，莫帶犬戎膻。……置驛常如此，登龍蓋有焉。	卷230
116	〈贈李八秘書別三十韻〉	六龍瞻漢闕，萬騎略姚墟。	卷230
117	〈喜聞盜賊蕃寇總退口號五首其一〉	北極轉愁龍虎氣，西戎休縱犬羊群。	卷230
118	〈洞房〉	秦地應新月，龍池滿舊宮。	卷230
119	〈宿昔〉	花嬌迎雜樹，龍喜出平池。	卷230
120	〈洛陽〉	故老仍流涕，龍髯幸再攀。	卷230
121	〈驪山〉	鼎湖龍去遠，銀海雁飛深。	卷230
122	〈覆舟二首其一〉	鞴使空斜影，龍居閟積流。	卷230
123	〈草閣〉	魚龍回夜水，星月動秋山。	卷230
124	〈雨〉	牛馬行無色，蛟龍鬬不開。	卷230
125	〈雲〉	龍似瞿唐會，江依白帝深。	卷230
126	〈雷〉	龍蛇不成蟄，天地劃爭回。	卷230
127	〈憶鄭南玭〉	萬里滄浪外，龍蛇只自深。	卷231
128	〈戲寄崔評事表姪、蘇五表弟、韋大少府諸姪〉	隱豹深愁雨，潛龍故起雲。	卷231
129	〈哭王彭州掄〉	蛟龍纏倚劍，鸞鳳夾吹簫。	卷231
130	〈黃魚〉	泥沙卷涎沫，回首怪龍鱗。	卷231
131	〈大曆三年春白帝城放船出瞿塘峽久居夔府將適江陵漂泊有詩凡四十韻〉	鷗鳥牽絲颺，驪龍濯錦紆。	卷232
132	〈奉送蘇州李二十五長史丈之任〉	一毛生鳳穴，三尺獻龍泉。	卷232
133	〈秋日荊南述懷三十韻〉	赤雀翻然至，黃龍詎假媒。	卷232
134	〈北風〉	萬里魚龍伏，三更鳥獸呼。	卷233

編號	詩題	詩句	《全唐詩》卷數
135	〈千秋節有感二首其一〉	鳳紀編生日，龍池墊劫灰。	卷233
136	〈送盧十四弟侍禦護韋尚書靈櫬歸上都二十韻〉	墓待龍驤詔，台迎獬豸威。	卷233
137	〈奉贈蕭二十使君〉	巢許山林志，夔龍廊廟珍。	卷233
138	〈舟泛洞庭〉	蛟室圍青草，龍堆擁白沙。	卷234
139	〈惜別行送劉僕射判官〉	只收壯健勝鐵甲，豈因格鬥求龍駒。……龍媒真種在帝都，子孫永落西南隅。	卷234
140	〈呀鶻行〉	風濤颯颯寒山陰，熊羆欲蟄龍蛇深。	卷234

文學研究叢書·古典詩學叢刊 0804012

李白詩歌龍意象析論

作　　者　陳宣諭
責任編輯　吳家嘉

發 行 人　陳滿銘
總 經 理　梁錦興
總 編 輯　陳滿銘
副總編輯　張晏瑞
編 輯 所　萬卷樓圖書股份有限公司
排　　版　林曉敏
印　　刷　百通科技股份有限公司
封面設計　斐類設計工作室

發　　行　萬卷樓圖書股份有限公司
　　　　　臺北市羅斯福路二段 41 號 6 樓之 3
　　　　　電話 (02)23216565
　　　　　傳真 (02)23218698
　　　　　電郵 SERVICE@WANJUAN.COM.TW
大陸經銷　廈門外圖臺灣書店有限公司
　　　　　電郵 JKB188@188.COM

ISBN 978-957-739-945-8
2015 年 7 月初版
定價：新臺幣 980 元

如何購買本書：

1. 劃撥購書，請透過以下郵政劃撥帳號：
　帳號：15624015
　戶名：萬卷樓圖書股份有限公司
2. 轉帳購書，請透過以下帳戶
　合作金庫銀行 古亭分行
　戶名：萬卷樓圖書股份有限公司
　帳號：0877717092596
3. 網路購書，請透過萬卷樓網站
　網址 WWW.WANJUAN.COM.TW

大量購書，請直接聯繫我們，將有專人為
您服務。客服：(02)23216565 分機 10

如有缺頁、破損或裝訂錯誤，請寄回更換

國家圖書館出版品預行編目資料

李白詩歌龍意象析論 / 陳宣諭著. -- 初版. --
臺北市：萬卷樓, 2015.07
　面；　公分. -- (文學研究叢書；0804012)
ISBN 978-957-739-945-8(平裝)

1.(唐)李白 2.唐詩 3.詩評

851.4415　　　　　　　　　　104011811